HEYNE <

Zum Buch

1989: Im Auditorium einer Universität werden sechs verstümmelte Frauenleichen aufgefunden. Paul Riley, ein junger ehrgeiziger Staatsanwalt, kommt dem Täter schon bald auf die Spur. Es ist Terry Burgos, ein psychisch kranker Hausmeister. Anscheinend tötete er die Opfer nach den Strophen eines Songtextes, der auf Bibelstellen basiert. Riley fordert vor Gericht die Todesstrafe für den geständigen Burgos, der schließlich hingerichtet wird. Fast fünfzehn Jahre später wird die Öffentlichkeit von einer neuen Mordserie erschüttert. Paul Riley, inzwischen erfolgreicher, selbstständiger Anwalt, ist der Erste, der erkennt, dass die Morde zur zweiten Strophe des Songs passen. Gibt es einen Copycat-Killer, oder hat er seinerzeit den falschen Mann in die Todeszelle gebracht? Als Riley auch noch kryptische Nachrichten erhält, macht er sich auf die Suche nach der Wahrheit und gerät unversehens in eine Welt der Lügen und finsteren Geheimnisse.

»Ein unglaublich packender und raffinierter Thriller!« *The New York Times*

Zum Autor

David Ellis machte 1993 an der Northwestern Law School seinen Abschluss und arbeitet heute in Chicago als Anwalt mit Schwerpunkt Verfassungsrecht. Für seinen Debütroman *Line of Vision* erhielt er 2002 den Edgar-Allan-Poe-Award. David Ellis lebt mit seiner Frau, einer Tochter und zwei Hunden in Springfield, Illinois. Besuchen Sie den Autor auf seiner Website www.davidellis.com

DAVID ELLIS

IN GOTTES NAMEN

Thriller

Aus dem Amerikanischen
von Alexander Wagner

WILHELM HEYNE VERLAG
MÜNCHEN

Die Originalausgabe EYE OF THE BEHOLDER erschien 2007 bei
G. P. Putnam's Sons, Penguin Group, New York

FSC
Mix
Produktgruppe aus vorbildlich
bewirtschafteten Wäldern und
anderen kontrollierten Herkünften

Zert.-Nr. SGS-COC-1940
www.fsc.org

Verlagsgruppe Random House FSC-DEU-0100
Das für dieses Buch verwendete FSC-zertifizierte Papier
Holmen Book Cream
liefert Holmen Paper, Hallstavik, Schweden.

Redaktion: Tamara Rapp

4. Auflage
Vollständige deutsche Erstausgabe 06/2008

Printed in Germany 2008
Umschlaggestaltung: © yellow-farm.com/S. Freischem
Satz: Buch-Werkstatt GmbH, Bad Aibling
Druck und Bindung: GGP Media GmbH, Pößneck
ISBN: 978-3-453-40555-4

www.heyne.de

Für Sally Nystrom

Juni 1989

✝

Das »Mansbury-Massaker«

Wie das Marion Park Police Department bestätigt, wurden heute im Keller des Bramhall Auditorium auf dem Mansbury College Campus sechs Leichen entdeckt. Noch ist nicht bekannt, ob sich unter den Toten auch die vermissten Studentinnen Cassandra Bentley und Elisha Danzinger befinden.

– Caroly Pendry, Newscenter 4, 1.18 Uhr, 26. Juni 1989

Die Polizei von Marion Park hat Terrance Demetrius Burgos, 36, verhaftet, einen Aushilfshausmeister am Mansbury College, dem zur Last gelegt wird, sechs junge Frauen im Hörsaal des Colleges ermordet und sexuell missbraucht zu haben.

– Daily Watch, 27. Juni 1989

1. Kapitel

Montag, 26. Juni 1989, 8.23 Uhr

Paul Riley folgte der motorisierten Polizeieskorte, manövrierte seinen Wagen durch die Absperrung und bremste neben einem Polizei-Jeep. Er schob den Schalthebel auf Parken, würgte den Motor ab und schickte ein leises Stoßgebet zum Himmel.

Bereit für den Sturm.

Er stieß die Tür auf, heiße, feuchte Luft quoll ins Wageninnere, und mit einem Mal schien es, als hätte jemand die Lautstärke aufgedreht. Ein Polizist kommandierte durch ein Megafon Schaulustige und Reporter hinter die Absperrgitter zurück. Journalisten schleuderten jedem Beamten in Sichtweite Fragen entgegen, und einige stürzten sich jetzt auch auf Riley, ein neues, unbekanntes Gesicht. Cops, Sanitäter und Techniker von der Spurensicherung schrien sich Anweisungen zu. Mit Mikrofonen bewaffnete TV-Reporter verkündeten vor laufenden Kameras die Sensationsnachricht. Und Hunderte von Neugierigen spekulierten darüber, was genau man im Inneren des Bramhall Auditorium gefunden hatte.

Riley wusste kaum mehr als sie. Es hieß, sechs Leichen lägen dort, alles junge Frauen und alle auf unterschiedliche Art verstümmelt. Und dann gab es noch die Information, die ihm sein Chef am Telefon mit nervöser Stimme weitergegeben hatte. »Angeblich ist eine von ihnen Cassie.«

Gemeint war Cassandra Bentley, Studentin am Mansbury

College, und, was das Ganze noch bedeutsamer machte, Tochter des Milliardärehepaars Harland und Natalia Bentley. Alter Geldadel. Beziehungen bis in die höchsten Kreise der Politik. Allein schon der Name verströmte einen Geruch nach Macht und Wohlstand.

Riley spähte hinauf in den blutroten Himmel, wo drei Nachrichten-Helikopter über dem Mansbury College Campus kreisten. Er heftete sich die Dienstmarke ans Revers – sie war gerade mal drei Wochen alt – und hielt Ausschau nach einer Uniform. Davon gab es hier genügend und obendrein in allen Farben: Blau waren die Beamten der Marion Park Police, braun die Deputys des Bezirkssheriffs, weiß trugen die Mansbury-Sicherheitsleute und schwarz die Beamten eines anderen Gerichtsbezirks, die man wahrscheinlich eingeflogen hatte, um mit der Menschenmenge fertig zu werden.

Er nannte seinen Namen und seinen Rang, der ihm immer noch etwas ungewohnt über die Lippen kam. »Stellvertretender Bezirksstaatsanwalt«. Nach seinem Chef war er der zweitwichtigste Mann in der lokalen Strafverfolgungsbehörde.

»Wer ist hier zuständig?«, fragte er.

»Lightner«, sagte der Cop und wies in Richtung Auditorium.

Das Bramhall Auditorium erstreckte sich über den halben Block, ein gewaltiges, überkuppeltes Gebäude mit einem breiten Treppenaufgang aus Beton, einem von Granitsäulen flankierten Portal und gepflegten Rasenflächen zu beiden Seiten. Riley zählte die Stufen – es waren zwölf – und betrat die Lobby des Auditoriums.

Drinnen war es kaum weniger stickig. Die Klimaanlage war außer Betrieb. Ferien. Niemand hielt sich zu dieser Jahreszeit im Auditorium auf. *Zutritt,* dachte Riley. *Wer hat hier befugten Zutritt?*

Riley bewegte sich vorsichtig. Er war neu in seinem Job, aber mit Tatorten kannte er sich aus. Als junger Strafverfolger hatte er lange Jahre für die Bundesstaatsanwaltschaft gearbeitet und es dabei auch mit einer Straßengang zu tun gehabt, die vor blutiger Gewalt nicht zurückschreckte. Riley seufzte, als er die Unmengen von Untersuchungsbeamten im Inneren des Auditoriums entdeckte. Auch in solchen Fällen waren weniger immer mehr. Als er sich jedoch genauer umsah, wurde ihm rasch klar, dass das ganze beflissene Fingerabdrucknehmen um ihn herum ohnehin fruchtlos war. Dieses Auditorium, bestehend aus einer Lobby und einem gigantischen Hörsaal, fasste, die Ränge mit eingeschlossen, sicher ein paar tausend Leute. Vermutlich wäre es leichter, festzustellen, wer seine Fingerabdrücke hier *nicht* hinterlassen hatte.

In diesem Moment flog an einer Seitenwand der Lobby eine Tür auf – vermutlich führte sie ins Untergeschoss, zum Putzraum, wo man die Leichen entdeckt hatte. Ein Polizeibeamter torkelte heraus, riss sich die Gasmaske – mit integriertem Geruchsfilter aus Aktivkohle – vom Gesicht und übergab sich auf den Steinboden.

Riley fluchte stumm. Vorortcops. Als ehemaliger Bundesbeamter hegte er zwar auch gegen anmaßende Großstadtpolizisten eine natürliche Abneigung, aber alles war besser als ein Vorortcop. Doch Zuständigkeitsbereich war nun mal Zuständigkeitsbereich. Er arbeitete eben nicht mehr fürs FBI.

Riley befreite den bleichen, sich den Mund wischenden Polizisten von seiner Gasmaske. Er wies ihn an, die Sauerei zu beseitigen und draußen frische Luft zu schnappen. Dann atmete er tief ein und öffnete die Tür.

Sie führte zu einem Treppenhaus, das von unzähligen Fußabdrücken verschmutzt war. Er vermied es, das hölzerne Geländer zu berühren. Als er den Treppenabsatz erreichte, hielt er kurz inne, bevor er die letzten Stufen in Angriff nahm.

Unten im Kellergeschoss entdeckte Riley nur zwei Streifenbeamte. Einer von ihnen stand im stillgelegten Aufzug. Offensichtlich war die Hektik der Spurensicherung schon vorüber.

Der Kellerflur war breit, auf beiden Seiten gähnten schwere Eisentüren, einige der Lagerräume hatte man bereits erfolglos durchsucht. Auf dem Weg den Gang hinunter zum letzten, entscheidenden Raum merkte Riley, wie sich seine Schritte unwillkürlich verlangsamten.

Er wappnete sich innerlich, bevor er den Fuß über die Schwelle der letzten Tür setzte.

Ein großer Raum mit Reihen von verschlossenen Spinden und Regalen, in denen sich Chemikalien und Putzmittel stapelten. Es gab Schrubber, Besen und einen überdimensionierten Abfalleimer, an dem Sprayflaschen mit lila und blau gefärbten Reinigungsflüssigkeiten hingen. Und auf dem nackten Boden, sorgsam aufgereiht, die Arme am Körper, die Beine eng zusammen, lagen sechs Leichen.

Es war schwer zu erklären. Zwar hieß es immer, bestimmte Dinge könnte man nicht in Worte fassen. Aber das traf es nicht. Er wusste einfach nicht, wo er anfangen und wo er aufhören sollte. Er hatte Fotos von Dachau und Auschwitz gesehen, aber das waren Bilder gewesen, die das Grauen nur in zwei Dimensionen einfingen. Jetzt versuchte er, sich diese Erfahrung zunutze zu machen, als eine Art Abwehrmechanismus; versuchte, diese sechs grausam entstellten Mädchen zu betrachten wie ein Foto in einem Buch und den Aufruhr in seinem Magen und das durch den Körper pulsende Adrenalin zu ignorieren. Er bemühte sich, ruhig zu atmen, klar und analytisch zu denken.

Das erste Opfer war blond, ein junges und dem oberflächlichen Eindruck nach ausgesprochen hübsches Mädchen, auch wenn die gelbliche Färbung ihrer Haut sie eher wie eine

Wachsfigur wirken ließ. Die tiefe Platzwunde an ihrem Hinterkopf war aus seinem momentanen Blickwinkel kaum zu erkennen. Unübersehbar dagegen war die Wunde in ihrem Brustkorb, dort, wo früher ihr Herz geschlagen hatte. Der Ausdruck Wunde traf es allerdings nicht ganz. Vielmehr schien ihr das Leben selbst mit äußerster Brutalität entrissen worden zu sein.

Zweites Opfer: Der Schnitt in ihrem Hals klaffte so tief, dass es aussah, als würde der Kopf gänzlich abfallen, wenn man sie anhob. Auch ihre Haut war bleich und wächsern. Auf Riley wirkte sie mehr wie eine Schaufensterpuppe und weniger wie ein Mensch; aber vielleicht war auch das nur eine Art Abwehrmechanismus seinerseits. Möglicherweise war es für den Moment leichter, die Frauen als bloße Objekte zu betrachten. So wie es auch die Angreifer taten.

Das Opfer neben ihr war ebenfalls nackt. Ihr ganzer Körper war von Säure verbrannt, bis hinab zu den Händen und Füßen. Die Gesichtshaut hatte sich abgeschält, der blanke Schädelknochen ragte hervor, und die Augäpfel starrten gespenstisch aus ihren Höhlen. Man würde sie mit Hilfe eines Gebissabdrucks identifizieren müssen. Und möglicherweise befand sich an ihrer einen Hand noch ausreichend Haut für einen Fingerabdruck.

Der Tod des vierten Opfers schien weniger lange zurückzuliegen als bei den vorigen drei. Die Haut besaß noch einen Anflug natürlicher Färbung, dennoch war auch sie nach Rileys Einschätzung nicht erst kürzlich gestorben. Ihre Arme und Beine waren abgetrennt worden, ruhten jedoch wieder an ihrem ursprünglichen Ort, wie bei einer zerrissenen Gliederpuppe. Ihre Augenhöhlen waren blutige Löcher. Die Augäpfel waren mit einem stumpfen Gegenstand herausgehebelt worden.

Die Augen des fünften Opfers waren weit aufgerissen, ebenso ihr Mund, und die geplatzten Äderchen an Hals und Gesicht ließen auf Erstickungstod schließen.

Das letzte Opfer schien auch das frischeste zu sein, wie Riley aus der Farbe der Haut schloss – und weil die Anordnung der Leichen offenbar einer Chronologie folgte. Ihr Gesicht war von Schlägen verunstaltet, die vor dem Tod erfolgt sein mussten, die Nase war mehrfach gebrochen, die Knochen über Augen und Wangen zertrümmert, die Schädeldecke zu Brei geschlagen. Ihr dunkles Haar, verklebt mit getrocknetem Blut und Hirnmasse, stand in alle Richtungen ab. Bei der Toten musste es sich, nach allem, was man ihm erzählt hatte, um Cassandra Bentley handeln.

Sechs junge Frauen waren hier aufgereiht worden wie Vieh auf dem Schlachthof, nachdem man sie bestialisch ermordet und auf unterschiedliche Arten verstümmelt hatte.

Gut, er hatte es gesehen. Es war wichtig, einen Eindruck vom Tatort zu bekommen, wenn man den Fall vor Gericht bringen wollte. Und es bestand kein Zweifel, dass Riley diesen Fall übernehmen würde.

Den ganzen Körper wie unter Strom und mit benommenem Schädel stieg Riley die Stufen wieder hinauf. Weder im Flur noch im Treppenhaus gab es Blutspuren. Der Täter hatte sich nicht hier mit ihnen vergnügt. Sie waren woanders ermordet und dann ins Auditorium geschafft worden.

Als er die Tür zur Lobby aufstieß, nickte ihm ein hoch aufgeschossener Mann mit dunklen Locken zu. »Paul Riley? Joel Lightner. Chief Detective der Marion Park Police.«

Riley setzte die Gasmaske ab und schüttelte Lightner die Hand. Joel Lightner war schätzungsweise Mitte dreißig und hatte ein rundliches Kindergesicht. Riley fragte sich, wie viele Detectives eine Kleinstadt wie Marion Park wohl beschäftigte.

»Chief Harry Clark«, sagte Lightner und deutete hinter sich. Clark gehörte zu dem Schlag von Polizisten, die ohne Uniform teigig und konturlos wirken. Schlaffe Haltung, fett um die Hüften, fliehendes Kinn, kleine Augen, und das schüttere Haar militärisch kurz geschnitten.

»Und Walter Monk, der Sicherheitsbeauftragte von Mansbury.«

Alle begrüßten sich mit Handschlag und begannen Informationen auszutauschen. Lightner klappte sein Notizbuch auf und las die Liste der Verletzungen vor. Das erste Mädchen, Schlag gegen den Schädel und Herz entfernt; zweites Mädchen, Kehle aufgeschlitzt bis fast zur Enthauptung; drittes Mädchen, mit Schwefelsäure verbrannt; viertes Mädchen, Arme und Beine abgetrennt, Augen ausgestochen; fünftes Mädchen, stranguliert oder ertränkt; letztes Mädchen, schwere Schläge gegen Gesicht und Schädel, einzelne Schusswunde im Gaumen.

»In allen Fällen kam es zum Geschlechtsverkehr«, fügte Lightner hinzu. »Laut Gerichtsmediziner ist das erste Opfer etwa eine Woche alt. Jede in der Reihe scheint etwas frischer als die … Also möglicherweise ein Mord pro Tag, über eine Woche hinweg. Der letzte vermutlich gestern.«

»Sie lagen eine Woche hier unten, ohne dass jemand was davon mitgekriegt hat?«

Monk, der Sicherheitstyp, musste an die sechzig sein. Er nickte bedächtig mit seinem schnabelartigen Gesicht. »Zwischen Frühjahrssemester und den Sommerkursen sind zwei Wochen Ferien. Da macht die ganze Schule dicht.«

Und der Täter, überlegte Riley, *hat das gewusst.*

»Das letzte Opfer ist Cassie Bentley?«, fragte er. »Das reiche Mädchen?«

Monk seufzte. »Schwer, das mit Bestimmtheit zu sagen. Sie wurde übel zugerichtet.«

Riley musste ihm recht geben. Das Gesicht des armen Mädchens war vollkommen zerstört. Wie auch beim dritten Opfer würden sie zahnärztliche Unterlagen zur zweifelsfreien Identifikation heranziehen müssen.

»Ich gehe aber davon aus«, sagte Monk. »Zumal Ellie die Erste in der Reihe ist.«

Riley merkte auf. Er warf einen fragenden Blick in die Runde.

»Elisha Danzinger«, klärte ihn Lightner auf. »Kurz Ellie. Sie und Cassie haben sich ein Zimmer im Studentenwohnheim geteilt. Busenfreundinnen.«

Riley wandte sich an Monk. »Wie viele Studenten haben Sie hier in Mansbury?«

Monk runzelte die Stirn. »Etwa viertausend.«

»Viertausend. Und wieso kennen Sie ausgerechnet die beiden so gut?«

Monk stieß ein schnaubendes Lachen aus. »Jeder hier kennt Cassie Bentley. Schließlich ist sie eine Bentley.« Sein Ausdruck wurde säuerlich. »Außerdem hat sie immer wieder für Ärger gesorgt. Disziplinarische Probleme. Cassie ist ein bisschen – also, sie ist ein schwieriges Mädchen.«

Lightner stieß Monk an. »Erklär ihm, was du mir gerade über Ellie erzählt hast.«

»Tja, Ellie.« Monk holte tief Luft. »Ellie hatte Probleme mit einem Angestellten vom College. Einem Aushilfshausmeister. Der Kerl hat alle möglichen Arbeiten erledigt. Anstreichen, asphaltieren, Instandhaltung. Er war damals dem Block hier zugeteilt.«

»Und?«

»Er hat Ellie auf dem Campus verfolgt. Ein Stalker. Letztes Jahr ging sie vor Gericht und hat eine Unterlassungsklage erwirkt. Und natürlich haben wir ihn gefeuert.«

Riley dachte kurz nach. Eine Aushilfe des Hausmeisters. Schlüssel für alle Gebäude und das Auditorium. Kannte die Stundenpläne und Ferienzeiten. »Ellie ist die, der das Herz rausgerissen wurde? Die Erste?«

Alle nickten.

»Kennen Sie den Kerl? Diese Aushilfskraft?«

»Er heißt Terry Burgos«, sagte Monk. »Ich hab seine Adresse hier.«

Riley warf Lightner einen Blick zu. Brauchte er eine Extraaufforderung?

»Ich nehme ein paar Streifenwagen mit«, sagte Lightner.

»Warten Sie«, sagte Riley rasch. »Ich brauche ein Telefon. Und holen Sie mir einen von den Staatsanwälten ran. Wir gehen kein Risiko ein. Umstellen Sie vorerst nur das Haus. Wenn er einer Durchsuchung zustimmt, gehen Sie rein. Andernfalls unternehmen Sie nichts, bis Sie von mir hören.«

Lightner starrte Riley an. Cops verschafften sich mit allen möglichen Methoden Zutritt und redeten sich nachher auf irgendeine Zwangslage heraus.

»Niemand vermasselt mir die Durchsuchung durch eine voreilige Aktion«, erklärte Riley bestimmt. »Haben wir uns verstanden?«

Nachdem Lightner verschwunden war, trieb Riley eine junge Assistenz-Staatsanwältin auf und schickte sie wegen des Durchsuchungsbefehls zu einem Richter. Dann fand er ein Telefon im Verwaltungstrakt der Schule und rief seinen Boss an, Bezirksstaatsanwalt Ed Mullaney. »Sie sollten lieber Harland Bentley verständigen«, erklärte Riley. Er blickte aus dem Fenster hinauf zu dem kreisenden Nachrichten-Helikopter. »Wenn er es nicht ohnehin schon weiß.«

2. Kapitel

12.35 Uhr

Als Paul Riley vor Terry Burgos' Haus hielt, war die Polizei von Marion Park bereits seit einer Stunde vor Ort. Burgos hatte auf Detective Lightners Klopfen hin geöffnet und eingewilligt, auf der Veranda zu warten, während ein Staatsanwalt den Durchsuchungsbefehl für sein Haus besorgte.

Über ihnen knatterte ein Nachrichten-Helikopter. Reporter drängten sich hinter dem Absperrband der Polizei. Die Nachbarn waren herausgekommen und gafften. Einige von ihnen in Arbeitskleidung, andere in Morgenmänteln, ihre kleinen Kinder fest an der Hand. Die Nachricht hatte schnell die Runde gemacht. In 526 Rosemary Lane wohnte ein Killer.

Das Haus war unscheinbar. Es gehörte zu einer Reihe von Bungalows westlich des Campus. Die Beamten waren überall, suchten nach Spuren und Fingerabdrücken, durchkämmten die Garage, wo sie Blut und Haare gefunden hatten, sowie Burgos' Chevy Suburban in der Auffahrt.

Burgos war inzwischen zum Verhör aufs Polizeirevier gebracht worden. Riley wollte unbedingt dabei sein, vorher aber noch einen Blick auf das Haus werfen. Einen ungefähren Eindruck hatte er bereits. Im Bad, in der Garage und im Wagen hatte man Hinweise zutage gefördert, aber die unumstößlichen Beweise warteten im Keller. Sein Magen revoltierte, doch er riss sich zusammen. Das war sein Fall. Alles schaute auf ihn. Er nickte Lightner zu, der gerade die Garage betrat. Er sollte auf keinen Fall ohne Riley zum Revier fahren, und auch die Uniformierten, die Burgos mitgenommen hatten, waren entsprechend instruiert: Kein Wort zu Terry Burgos, bevor Riley grünes Licht gab.

Riley folgte dem Weg aus Steinplatten zum Haus. Der Garten war verwildert, der Rasen vertrocknet und voll brauner Stellen. Die vergammelte Fliegentür war von einem Polizeibeamten entfernt worden. Blieb die Eingangstür, die von einem größeren Stein offen gehalten wurde.

Das Erdgeschoss wirkte unauffällig. Alte Möbel und gesprungene Bodenkacheln ergaben einen bescheidenen, aber einigermaßen gepflegten Gesamteindruck.

Riley vermied es zu atmen, während er die mit Teppichboden ausgelegten Stufen zum Keller hinunterstieg. Der Geruch war durchdringend. Eine ungeübte Nase hätte als Ursache dafür wahrscheinlich die Kanalisation verantwortlich gemacht. Die meisten Menschen verloren im Moment des Todes die Kontrolle über ihren Schließmuskel und beschmutzten sich. Da unten lagen zwar keine Leichen, aber Lightner zufolge waren die Morde mit hoher Wahrscheinlichkeit hier begangen worden.

Tatsächlich sprach alles dafür.

Der Keller war unmöbliert, Betonboden, ein kleiner Fitnessbereich, eine Drückbank, eine Hantelstange mit leichten Gewichten, von Spinnweben überzogen. An einer Wand hing ein Dartboard schief neben einer Luftgewehr-Zielscheibe. Normalerweise war der Raum mit einer Glühbirne nur unzureichend beleuchtet, doch die Polizei hatte eine starke Scheinwerferanlage installiert, die den Technikern der Spurensuche eine merkwürdig schimmernde Aura verlieh.

Riley wandte sich dem hinteren Teil des Kellers zu, wo Burgos eine kleine Werkstatt eingerichtet hatte – eine Kreissäge, ein paar Werkzeuge, Sägeböcke. Der Boden war schmutzig und mit dunklen Flecken übersät. Wahrscheinlich Blutspuren, die Burgos versucht hatte, zu entfernen. Spurentechniker sammelten mit Pinzetten einzelne Haare ein und verstauten Gegenstände, die sie in der Nähe des Heimwerkerbereichs auflasen, in Beweisbeuteln. Vermutlich der Tatort.

Riley trat zur Werkbank und sog scharf den Atem ein. Hier lag ein gewöhnliches Küchenmesser mit einer etwa zehn Zentimeter langen Klinge, beschmiert mit Blut und irgendeiner anderen organischen Masse. Die ersten beiden Opfer, Elisha Danzinger und das noch nicht identifizierte Mädchen, mussten mit dieser Waffe verstümmelt worden sein. Neben dem Messer entdeckte er eine Handsäge. Das Sägeblatt war verklebt mit Blut, weiteren Körperflüssigkeiten und etwas, das nach Knochensplittern aussah. Mit diesem Werkzeug hatte Burgos die Gliedmaßen des vierten Opfers abgetrennt.

In einer Ecke stand eine alte gusseiserne Badewanne mit Füßen, die innen deutliche Korrosionsspuren aufwies. Riley war überzeugt, dass Burgos eines seiner Opfer hier mit Säure übergossen hatte. Auf der Waschmaschine direkt daneben entdeckte er eine Autobatterie und ein Glasröhrchen.

Das waren vier. Fehlten zwei.

Wie Riley bereits wusste, hatte die Polizei oben im Bad, im Ausguss der Wanne, Haare gefunden; vermutlich war dort eines der Opfer ertränkt worden war. Und in der Garage waren sie auf eine einzelne Patronenhülse und eine .32 Kaliber Pistole gestoßen – mit großer Wahrscheinlichkeit die Waffe, mit der man Cassie Bentley durch den Gaumen geschossen hatte, bevor oder nachdem sie von Schlägen bis zur Unkenntlichkeit entstellt worden war.

Das deckte alle sechs ab. Der Kerl hatte sich wenig Mühe gemacht – besser gesagt, er hatte sich *überhaupt keine* Mühe gemacht –, das Ganze zu vertuschen. Die Mordwaffen hatte er einfach offen herumliegen lassen. Er hatte sich nicht um die Spuren seiner Opfer im Keller, im Auto und in der Garage gekümmert. Und ihre persönlichen Besitzstücke – Geldbeutel, Ausweise, Kleider – hatte er in einem Müllsack in seinem Schlafzimmer aufbewahrt. Gut, immerhin hatte er die Morde ausschließlich auf seinem Grundstück begangen, zumindest dem ersten Eindruck nach, aber davon abgesehen hatte Terry Burgos weder den Tatort gesäubert noch die Waffen versteckt.

Auf der Werkbank, neben dem Messer und der Handsäge, bemerkte Riley eine King James Bibel, deren Seiten mit blutigen Fingerabdrücken übersät waren. Und auf einem einzelnen Zettel an der Pinnwand hinter der Werkbank war eine Reihe von Bibelstellen aufgelistet, mit Angaben von Kapitel und Vers. Er beugte sich über die Arbeitsfläche, um die mit rotem Kugelschreiber hingekritzelten Zeilen genauer zu studieren. Ganz oben auf dem Blatt stand, etwas von den anderen abgehoben, ein Vers aus Jeremia 48,10:

Verflucht, wer den Auftrag des Herren lässig betreibt, ja, verflucht, wer Sein Schwert abhält vom Blutvergießen.

Darunter folgten durchnummeriert weitere Bibelstellen, allerdings nur mit Angaben zu Kapitel und Vers.

1. Hosea 13,4-8
2. Römer 1,24-32
3. Levitikus 21,9
4. Exodus 21,22-25
5. 2 Könige 2,23-24
6. Deuteronomium 22, 20-21

Beim letzten Zitat war ein Vers aus Levitikus durchgestrichen worden zu Gunsten einer Passage aus dem Deuteronomium.

Die Korrektur war mit einem dünnen schwarzen Magic Marker ausgeführt worden. Riley stieß den Atem aus. Sechs Mädchen, sechs Verse aus der Bibel.

Okay. Das reichte. Tatorte waren nicht sein Spezialgebiet, er hatte nur einen Eindruck gewinnen wollen. Riley genoss die frische Luft, als er wieder ins Freie trat. Er traf Lightner in der Nähe der Garage. Lightners Körpersprache war die eines Cops, der mit Hochdruck am größten Fall seiner Karriere arbeitete, aber in seinen Augen brodelte etwas Dunkles und Böses. Gerade hatten sie zwei grauenvolle Tatorte besichtigt. Jetzt war es an der Zeit, eine Verbindung zwischen ihnen herzustellen.

»Holen wir uns das Geständnis«, sagte Riley.

3. Kapitel

13:17 Uhr

Paul Riley drehte ein Glas Wasser zwischen den Händen und betrachtete den Verdächtigen durch den Einwegspiegel des Observationsraums. Oft erfuhr man durch aufmerksames Beobachten mehr als durch Zuhören. Unschuldige in Untersuchungshaft wurden meistens nervös. Schuldige nur selten.

Terry Burgos hockte allein im Verhörzimmer. Er trug die Kopfhörer, die man ihm erlaubt hatte mitzunehmen, bewegte Kopf und Füße im Takt und spielte gelegentlich Schlagzeug auf dem kleinen Tisch vor sich. Er war ein typischer Südländer, gedrungen, mit kräftigem Torso, dunkel um die Augen, mit Unmengen von drahtigen schwarzen Locken. Die Baseballkappe tief ins Gesicht gezogen, schien er vor sich hin zu summen. Man hatte ihm zwei Dosen Cola gebracht, und einmal war er auf dem Klo gewesen. Er hatte keinen Anwalt verlangt, und die Miranda-Rechte waren ihm noch nicht vorgelesen worden.

Burgos wartete seit gut einer Stunde. Riley hatte Zeit gefordert, damit die Polizei vor dem Verhör alle verfügbaren Informationen über den Verdächtigen auftreiben konnte. Außerdem war Mittagszeit, und er wollte, dass Burgos der Magen knurrte. Riley hätte ihn gerne noch länger schmoren lassen, aber alle drängten auf seine Vernehmung, zumal man ihn nur begrenzte Zeit festhalten konnte, ohne die Anwälte zu ihm vorzulassen. Schon bald würde die halbe Welt über Terry Burgos Bescheid wissen, und dann würde unausweichlich der eine oder andere Anwalt aufkreuzen.

Cops und Staatsanwälte gingen im Observationsraum ein und aus und begafften den Verdächtigen mit morbider Neugier. Im Revier herrschte eine mit Händen zu greifende Spannung, denn sie hatten ihren Mann bereits geschnappt, und das in einem Fall, wie ihn die Stadt noch nie zuvor erlebt hatte.

Burgos war kein unbeschriebenes Blatt. Vor zwei Jahren hatte man ihn wegen Verdachts auf Körperverletzung an einer jungen Frau festgenommen, doch die Anklage war fallen gelassen worden. Paul vermutete, dass die Frau nicht zur Anhörung erschienen war. Letztes Jahr dann eine Anzeige wegen sexuellen Tätlichkeiten, aber nachdem die Anklage auf leichte Köperverletzung heruntergehandelt worden war, hatte er nicht einsitzen müssen.

Elisha Danzinger war voriges Jahr, im November 1988, aufs Revier gekommen, um unter Eid Beschwerde gegen Terry Burgos zu erheben. Sie hatte zu Protokoll gegeben, Burgos hätte ihr auf dem Campus nachgestellt, sie verbal bedroht und eingeschüchtert. Die Polizei hatte Burgos festgenommen, ihn aber nicht weiter belangt. Es lag nichts vor, weswegen man ihn weiter strafrechtlich hätte verfolgen können. Paul wusste von den Mansbury-Sicherheitsleuten, dass Ellie im Januar dieses Jahres eine zivilrechtliche Schutzanordnung gegen Burgos erwirkt hatte, die nicht in den Polizeiakten auftauchte. Ihm war bei Strafe untersagt worden, sich Ellie auf mehr als zweihundert Meter zu nähern.

Burgos war sechsunddreißig, lebte allein und hatte zwei Jobs gehabt. Einen in Mansbury, wo er als Gärtner und Reinigungskraft ausgeholfen hatte, bis er im Februar gefeuert worden war. Außerdem arbeitete er noch immer bei einer Druckerei außerhalb des Campus, die einem Professor des Mansbury College namens Frankfort Albany gehörte.

Allgemein galt Terry Burgos als mäßig intelligent, eher ungebildet und introvertiert; auch in Sachen Körperhygiene erhielt er keine Bestnoten; er beschwerte sich nie und schien dem Leben eher unbeteiligt gegenüberzustehen. Es gab Gerüchte über eine schwere Kindheit in Marion Park, Anzeigen wegen ehelicher Gewalt im Elternhaus, schlechte Noten in der Schule; die Highschool hatte er ohne Abschlusszeugnis abgebrochen.

Joel Lightner starrte zusammen mit Paul durch den Einwegspiegel, während Burgos drinnen stumm auf den Tisch hämmerte. Lightner wippte auf den Zehenballen wie ein Reservespieler, der an der Auslinie auf das Einsatzzeichen seines Trainers wartet. »Wann legen wir los?«, fragte er.

»Haben wir die Fotos?«, fragte Riley zurück.

Lightner nickte und händigte Riley einen Ordner aus.

Tatsächlich gab es keinen Grund, länger zu warten. Wenn schon Burgos' Nerven nicht blank lagen, was Riley bezweifelte, war er vielleicht wenigstens hungrig. Essensentzug zählte unter Staatsanwälten zu den üblichen Methoden, Verdächtige gefügiger zu machen.

Riley seufzte und dehnte seine Armmuskeln. »Fühlen Sie sich der Sache gewachsen, Detective?«

Lightner nickte knapp. »Marion Park ist nicht Mayberry. Ich bin kein Anfänger.«

Das traf zu. Die Kriminalstatistik von Marion Park reichte zwar längst nicht an die der Innenstadtbezirke heran, doch eine der bekannteren Gangs, die Columbus Street Cannibals, begann hier Fuß zu fassen.

»Trotzdem nehme ich gerne Ratschläge entgegen.«

»Okay.« Paul blickte erneut durch den Einwegspiegel. »Als Erstes – lassen Sie die Finger von ihm.«

»Versteht sich von selbst.«

»Und wie wär's zum Einstieg mit einer freundlichen Geste. Natürlich lassen Sie ihn nicht wirklich raus, aber sie könnten es ihm anbieten. Mal schauen, ob er darauf eingeht.«

»Wir könnten zusammen Mittag essen«, schlug Lightner vor. Riley hatte den gleichen Gedanken gehabt. Ein Gespräch beim Essen war entspannter. Man plauderte zwanglos, von Mensch zu Mensch. Eine gebräuchliche Methode von Detectives beim Ausfragen von Verdächtigen, für Staatsanwälte jedoch eher unüblich. Paul hätte ablehnen und selbst die Befragung durchführen können, doch das hätte ihn zum Zeugen gemacht und somit automatisch als Ankläger disqualifiziert. Es schwirrten auch noch andere Staatsanwälte auf dem Revier herum, unter anderem die Chefs der Behörden für Strafverfolgung und Spezialermittlungen, die Paul aus der City angefordert hatte, doch hatte er ihnen schon am Telefon klargemacht, dass Joel Lightner als Erster am Zug war. Er hatte den Kerl geschnappt, es war sein Fall. Und wenn sie mit ihrer Einschätzung richtig lagen, konnte Burgos ihnen ohnehin nicht mehr durch die Lappen gehen, ob er nun ein Geständnis ablegte oder nicht.

»Zeichnen Sie das Gespräch auf«, sagte Riley, als Lightner

den Observationsraum verließ. Dann winkte Paul die beiden Behördenchefs, Chief Clark und drei weitere Detectives herein. Sie würden als Zeugen fungieren, wo die Beweiskraft des Bandes nicht ausreichte. Außerdem wollte Riley ihre Meinung über den Fortschritt der Ermittlungen hören.

Alle starrten schweigend durch den Einwegspiegel. Terry Burgos wippte lässig zu den Beats aus seinem Kopfhörer. Er blickte nicht mal auf, als Joel Lightner mit dem Aufnahmegerät den Raum betrat. Lightner stellte das Tonband auf dem kleinen Holztisch ab und steckte das Kabel in die Wandsteckdose. Erst als Burgos das Vibrieren des Tischs beim Absetzen des Apparats spürte, nahm er von Lightner Notiz.

Lightner ließ sich Burgos gegenüber nieder und signalisierte ihm, den Kopfhörer abzunehmen. Burgos fummelte am Player herum, schaltete ihn schließlich aus und zog die kleinen Ohrhörer heraus.

»Erst mal vielen Dank, dass Sie hier sind, Mr. Burgos. Haben Sie was dagegen, wenn ich das Gespräch mitschneide?«

Burgos musterte den Detective stumm. Lightner drückte den Startknopf. »Es ist 1 Uhr 25, Montag, der 26. Juni, 1989. Mein Name ist Joel Lightner, Chief Detective des Marion Park Police Department. Ich sitze hier mit Terrance Demetrius Burgos. Mr. Burgos, stimmen Sie einer Aufzeichnung des Gesprächs zu?«

Der Verdächtige starrte ihn an, dann zuckte er mit den Schultern.

»Würden Sie bitte laut und deutlich antworten, Mr. Burgos?«

»Okay«, erwiderte Burgos. Er sprach leise und zögerlich.

»Heißt das, ich kann unser Gespräch aufnehmen?«

»Okay.« Burgos breitete seine Hände auf dem Tisch aus. »Gibt's noch Coke?«

»Sie möchten eine Coke? Kein Problem.« Lightner ging zur

Tür und gab die Bestellung weiter. »Vielleicht haben Sie auch Hunger? Mittagessen verpasst, was?«

»Mhm.«

»Nach was steht Ihnen der Sinn?«

Burgos antwortete nicht. Womöglich hatte er die Frage nicht richtig verstanden.

»Einen Burger mit Fritten vielleicht?«, fragte Joel. »Ein Sandwich?«

Burgos schaute Joel an. »Ich mag Tacos.«

»Tacos? Prima. Ich kenne da ein hervorragendes Lokal.« Er sprach erneut mit dem Beamten vor der Tür. Dann kam er zurück zum Tisch und hockte sich hin. Entspannt lehnte er sich zurück und schlug ein Bein über das andere. Viele Polizisten taten sich schwer mit dieser Art von demonstrativer Gelassenheit. So sehr sie sich bemühten, am Ende wirkten sie immer nur wie jemand, der krampfhaft auf unverkrampft machte. Joel aber hatte es drauf, das war Riley jetzt schon klar. »Wie gesagt, vielen Dank für Ihr Erscheinen, Mr. Burgos. Ich betrachte das als freundliches Entgegenkommen Ihrerseits. Wenn Sie gehen möchten, ist das jederzeit möglich. Okay?«

Der Verdächtige zuckte mit den Achseln. »Schon in Ordnung.«

»Sehr gut«, sagte Paul laut. Joel beherrschte sein Handwerk. Er hatte den Verdächtigen darauf hingewiesen, dass er jederzeit gehen konnte, was bedeutete, Burgos befand sich offiziell nicht in Gewahrsam, und die Miranda-Rechte mussten nicht verlesen werden. Vorher hatte Joel ihm noch geschickt ein Essen auf Kosten des Hauses angeboten. Jetzt konnte er ein nettes, entspanntes Gespräch führen, in dem das Wort *Anwalt* kein einziges Mal zu fallen brauchte. Doch Terry Burgos würde bald merken, dass es auf dieser Welt so etwas wie ein Gratismittagessen nicht gab.

»Was haben Sie heute Morgen so getrieben, Terry?«

Der Verdächtige zuckte mit den Achseln. »Nicht viel.«

»Haben Sie zufällig Radio gehört?«

»Nur meine Musik.«

»Also kein Radio heute?«

»Nö.«

»Wie sieht's mit Fernsehen aus? Mal reingeschaut?«

»Auch nicht.«

»Haben Sie mit jemand gesprochen? Nachbarn? Sonst irgendjemand?«

Burgos schüttelte den Kopf. »Niemand.«

Pauls Vertrauen in den Detective wuchs. Lightner hatte gerade ein paar mögliche Fallstricke ausgeräumt. Als die Polizei Burgos am späten Vormittag festgenommen hatte, hätte er bereits durch Radio- oder Fernsehnachrichten von den Morden erfahren haben können. Lightners Fragen aber hatten ergeben, dass er keine Nachrichten gehört hatte, also Kenntnisse der Tatumstände im Nachhinein nicht auf Fernsehen, Radio oder auch Nachbarn abschieben konnte. Alles was er aussagte, wusste er allein aus eigener Erfahrung.

»Sie haben gelegentlich in Mansbury gejobbt, ist das richtig?«, fragte Lightner.

»Stimmt.«

»Malerarbeiten, Straßen ausbessern, Blätter zusammenrechen, Schnee schippen. Solche Sachen.«

»Genau.«

»Reinigungsarbeiten?«

»Manchmal. Was die mir eben so aufgetragen haben.«

Joel kratzte sich an der Wange.

»Ich arbeite nicht mehr für die«, fügte Burgos hinzu.

»Sie arbeiten nicht mehr in Mansbury?«

Burgos schüttelte den Kopf.

»Warum nicht, Terry?«

»Keine Ahnung.« Burgos zuckte mit den Achseln. »Die haben mich gefeuert.«

Ein Uniformierter erschien mit der Coke, und Burgos lebte sichtlich auf. Er riss die Dose auf und trank einen Schluck. Paul hatte selbst noch nicht allzu viele Verhöre durchgeführt, aber die letzten Fragen schienen ihm wenig ergiebig. Er selbst hätte Burgos diese Informationen nicht aus der Nase gezogen, sondern ihn knallhart damit konfrontiert, um ihm zu zeigen, dass sie Bescheid wussten und sich nicht auf der Nase herumtanzen ließen. Lightner dagegen spielte den Dummen.

Doch es führten viele Wege zu einem Geständnis. Joel musste es auf seine Weise über die Bühne bringen, so gerne Riley sich auch eingeschaltet hätte.

»Als Sie noch dort gearbeitet haben, Terry«, sagte Lightner, »waren Sie da mal im Bramhall Auditorium?«

Burgos musterte die Coladose wie einen preisgekrönten Diamanten. Er leckte sich die Lippen und nahm noch einen Schluck. »Ja, war ich«, erwiderte er.

»Sind Sie auch unten im Keller gewesen? Wo die Reinigungsmittel lagern?«

Joel kam jetzt wieder mehr zur Sache, mit einer für die Vernehmung zweifellos entscheidenden Frage, egal ob die Antwort ja oder nein lautete.

»Ja«, erwiderte Burgos.

Riley wandte sich an Chief Clark. »Sagen Sie Ihrem Beamten, er soll das Essen nicht reinbringen, bevor Sie ihm den Befehl dazu geben.« Eigentlich meinte Riley, *bevor* ich *den Befehl dazu gebe,* aber er wollte niemandem auf die Füße treten.

»Und hat da jeder Zutritt, Terry? Könnte zum Beispiel ich da einfach so reinspazieren und runter in den Keller gehen?«

»Sie brauchen den Schlüssel.«

»Haben Sie einen Schlüssel?«

»Als ich dort gearbeitet hab, hatte ich welche zu allen Gebäuden.«

Paul hielt den Atem an. Das war einer dieser Momente. Während einer Befragung suchte man immer nach dem Durchbruch. Manchmal kam er wie von selbst. Oft war es aber auch wie ein Spiel, in dem eine ganze Reihe von möglichen Fragen die Schleusen öffnen konnte. Der Job des Verhörenden bestand darin, im Damm herumzustochern, bis er das Loch fand.

Burgos war der Frage ausgewichen.

»Und jetzt?«, fragte Lightner. »Besitzen Sie die Schlüssel noch?«

»Ich hab sie zurückgegeben.«

Wieder ausgewichen. Natürlich hatte er die Schlüssel zurückgegeben. Aber hatte er sich vielleicht eine Kopie machen lassen?

Die Vermutung lag nahe – und mehr als vermuten konnte man hier nicht –, dass Burgos sich Nachschlüssel von allen Gebäuden in Mansbury hatte anfertigen lassen. Daher hatte die Dekanin des College, Janet Scotland, den Unterricht auf unbestimmte Zeit ausgesetzt und das Schulgelände zur Sperrzone erklärt, damit die Untersuchungsbeamten in sämtlichen Ecken und Winkeln nach weiteren Leichen stöbern konnten. Auf dem gesamten Campus herrschte Ausgangssperre. Die Studenten der Sommerkurse, die heute hätten beginnen sollen, mussten auf ihren Zimmern bleiben, Polizisten kontrollierten die Eingänge der Wohnheime. Zwischen dem Universitätsgelände und der Druckerei, in der Burgos gearbeitet hatte, fahndete fast das gesamte Police Department nach Leichen und Beweisstücken.

Lightner hatte sich offensichtlich dazu entschlossen, die Sache mit den Schlüsseln nicht weiter zu forcieren. Wie die Beamten im Observationsraum hatte auch er Burgos' Empfindlichkeit in diesem Punkt registriert und sich entschieden, den lockeren Plauderton beizubehalten. Er erkundigte sich bei Burgos, was dieser in den letzten zwei Wochen so getrieben und wo er sich aufgehalten hatte. Der Gerichtsmediziner konnte mit einiger Bestimmtheit sagen, dass alle Morde innerhalb der letzen vierzehn Tage verübt worden waren. Das lief auf mindestens ein Opfer alle zwei Tage hinaus, vielleicht auch eines pro Tag.

Die Polizei hatte mittlerweile die Führerscheine der sechs Frauen gefunden, in einer Schublade in Burgos' Schlafzimmer. Damit waren ihre Namen bekannt, und man hatte sie in den Computer eingespeist. Da waren zum einen die beiden Studentinnen, Ellie Danzinger und Cassie Bentley, und die vier anderen Frauen, die nicht in Mansbury eingeschrieben waren. Alle vier waren zumindest einmal wegen Prostitution aufgegriffen worden. Zwei Studentinnen und vier Huren also.

Nun waren sie auf der Suche nach Freunden der Opfer, um ein grobes Zeitraster zu erstellen. Es war häufig schwer zu ermitteln, wann eine Prostituierte genau verschwunden war, weil die üblichen Informationsquellen – Arbeitgeber, Eltern, Ehepartner – fehlten. Trotzdem bestand eine gewisse Chance, etwas zu erfahren, besonders von ihren Vermietern, vorausgesetzt, sie hatten einen festen Wohnsitz. Natürlich wäre es äußerst hilfreich gewesen, den Zeitpunkt ihres Verschwindens schon vor der Befragung des Verdächtigen zu kennen. Man hätte dann die Fragen nach Burgos' Alibi präziser eingrenzen können.

Doch dazu war keine Zeit. Jeden Augenblick konnte Burgos die Unterstützung eines Anwalts erhalten, und der würde ihm mit Sicherheit als Erstes einen Maulkorb verpassen. Also musste Joel ihn über jeden einzelnen Tag der letzten zwei Wochen ausquetschen.

Die Befragung ergab ein typisches Muster, wie es wahrscheinlich im Leben von jedem Menschen existiert. Terry arbeitete tagsüber nicht, da man ihn in Mansbury gefeuert hatte, jobbte aber nachts von Montag bis Freitag in der Druckerei von Professor Frank Albany.

»Mit wem arbeiten Sie in der Druckerei zusammen?«

»Normalerweise bin ich allein – jedenfalls nachts.« Er schwenkte die leere Coladose, rülpste laut und kicherte.

»Und das soll unser Serienmörder sein?«, murmelte einer der Staatsanwälte im Observationsraum.

»Wie sind Ihre Arbeitszeiten, Terry?«, fragte Lightner.

»Kommt drauf an.«

»Was heißt, *kommt drauf an?*«

»Was eben so ansteht. Normalerweise fang ich abends um sechs an. Dann mach ich so lange, wie sie mich brauchen.«

Obwohl Lightner mehrfach nachhakte, konnte der Verdächtige keine genauen Angaben darüber machen, wann er in den letzten beiden Wochen in der Druckerei gearbeitet hatte. Diese für den Fall entscheidende Information würde jedoch leicht zu ermitteln sein.

Noch weniger auskunftsfreudig zeigte sich Burgos, als es um seine Beschäftigung tagsüber ging. Er sei zu Hause gewesen, manchmal mit dem Truck raus aufs Land gefahren, doch auf irgendwas Konkretes an einem bestimmten Tag ließ er sich nicht festnageln.

»Wie notieren Sie Ihre Arbeitsstunden in der Druckerei?«, fragte Joel, das Thema wechselnd. Eine übliche Verhörtechnik. Zu einem unbequemen Thema zurückkehren und die Reaktion beobachten. »Tragen Sie sich in eine Liste ein, oder haben Sie eine Stempelkarte?«

»Ich trag mich ein.« Burgos rutschte auf seinem Stuhl hin und her. Entweder ein kleiner klaustrophobischer Anfall, oder der Hunger setzte ein.

»Das Ganze läuft also auf einer Art Vertrauensbasis, sehe ich das richtig? Wenn Sie sich eintragen und dann gleich wieder verschwinden würden, bekäme das keiner mit, oder?« Joel zuckte mit den Achseln. »Schließlich arbeiten Sie da nachts ganz alleine.«

»Vermutlich könnte ich das«, stimmte Burgos zu, rascher, als Paul es erwartet hätte.

Riley blickte auf seine Uhr. Es war zwanzig nach zwei. »Bringt ihm sein Mittagessen«, wies er den Chief an. Kurz darauf erschien ein Beamter im Raum, in der Hand zwei Essenstüten, die er im Kantinenofen warm gehalten hatte.

Sie brauchten eine kurze Auszeit, um das weitere Vorgehen festzulegen. Joel sah das offensichtlich ähnlich, denn er verließ das Verhörzimmer. Als er den Observationsraum betrat, seufzte er und lockerte seinen Nacken. »Der Kerl ist nicht dumm«, sagte er zu Riley. »Er weiß genau, was er zugeben darf und wo er sich rausreden kann. Der Typ hat tagsüber keine Verpflichtungen und arbeitet nachts allein in einer Firma.«

Riley schaute sich im Raum um. »Irgendwelche Vorschläge?«

Es hagelte Ideen vonseiten der Staatsanwälte und Detectives, denn jeder wollte bei diesem Fall mitreden. Hart in die Mangel nehmen. Ihm die Verbrechen auf den Kopf zusagen. Tun, als wäre er gar nicht verdächtig, sondern ein Zeuge. Ihn um Mithilfe bitten. Jeder der Vorschläge konnte möglicherweise zu einer Lösung führen.

Doch Riley musste ständig daran denken, dass der Kerl bereits seit zwei Stunden auf dem Revier hockte und noch kein einziges Mal gefragt hatte, *warum* er eigentlich hier war. Vieles in diesem Job lief letzten Endes auf reines Bauchgefühl hinaus.

Riley musterte die Wand mit den Fotografien der sechs Opfer. Von jedem der Mädchen gab es über ein Dutzend Aufnahmen, aus den unterschiedlichsten Blickwinkeln und Entfernungen. »Holt mir eine neue Mappe«, sagte er zu niemand Bestimmtem. In der Zwischenzeit wählte er von jedem Opfer ein Foto aus und reduzierte so die Zahl von über sechzig auf sechs. Diese sechs Aufnahmen schob er in die neue Mappe. Er studierte sie einen Moment und entfernte dann das Foto des ersten Opfers, Ellie Danzinger.

Blieben fünf Aufnahmen, von den Opfern zwei bis sechs.

Riley hatte einen weiteren Einfall und arrangierte die Fotos der Leichen in einer anderen Reihenfolge, als sie auf dem Kellerboden gelegen hatten.

»Zeigen Sie ihm die Aufnahmen, während er isst«, wies er Joel an.

»In Ordnung.«

»Aber notieren Sie vorher, wie die Bilder jetzt angeordnet sind«, ergänzte Paul. Lightner nickte, und die Übrigen im Raum schauten ihm zu, als er die Reihenfolge auf einen Notizblock kritzelte. Plötzlich stutzte er.

»Sie sind falsch angeordnet.« Er blickte Riley aus schmalen Augen an. »Und wir lassen Ellie raus.«

»Genau.«

»Gefällt mir.« Joel ging kurz zur Toilette, während Riley und die anderen Terry Burgos beim Verspeisen seiner Tacos beobachteten. Burgos ging dabei mit großer Sorgfalt vor, fügte jeweils einen kleinen Spritzer Chilisoße hinzu und löffelte zu jedem Bissen eine mundgerechte Portion Guacamole.

Joel kam mit der Mappe ins Verhörzimmer und platzierte sie so vor Burgos, dass dieser die Fotos im Blick hatte. Doch der Verdächtige aß ungerührt weiter. Also erhob sich Joel wieder und schlenderte um den Tisch herum auf Burgos' Seite. »Was halten Sie von den Bildern, Terry?«

Burgos schob sein Essen und seine frische, Kondensperlen schwitzende Coke beiseite. Er wischte sich die Hände an der Serviette ab, fächerte die fünf Fotos vor sich auf und unterzog sie einer genaueren Begutachtung. In seinem Gesicht spiegelte sich weder Abscheu noch Wiedererkennen. *Als ob er mit der Szene vertraut wäre,* schoss es Riley durch den Kopf. Burgos musterte jedes Bild ausgiebig und wischte sich dann erneut die Hände an der Serviette ab, bevor er mit den Fingern langsam über die toten Frauen auf den Hochglanzvergrößerungen fuhr. Er murmelte irgendwas Unverständliches. Dann reckte er, noch immer leise murmelnd, einen Finger und tippte einmal leicht auf jedes Foto. Joel Lightner ließ den Verdächtigen nicht aus den Augen, sprach ihn aber nicht an. Noch war nicht der richtige Zeitpunkt.

Burgos nahm jetzt die Fotos und begann sie neu zu sortieren.

Rileys Herz pochte. Er konnten nicht erkennen, in welcher Reihenfolge Burgos die toten Mädchen arrangiert hatte, wusste aber instinktiv, dass sie nun der Anordnung auf dem Kellerboden des Bramhall Auditorium entsprach.

Burgos warf einen neugierigen Blick auf Joel, dann sah er wieder hinab auf die Fotos. Er hob die Mappe an und schaute darunter nach. Dann bog er die Ecken jedes einzelnen Abzugs um, als prüfte er, ob ein weiterer darunterklebte.

»Jetzt wird's spannend«, flüsterte Riley.

Der Chief sagte: »Was macht er …«, aber Riley legte ihm rasch die flache Hand auf die Schulter und bewegte sich sacht in Richtung Spiegel.

Terry Burgos spähte zu Joel empor. »Wo ist die Erste?«, fragte er. »Wo ist Ellie?«

4. Kapitel

14.20 Uhr

Zwei der Detectives im Raum klopften sich gegenseitig auf die Schultern. Der Chief klatschte erleichtert in die Hände. Riley hatte über die Jahre hinweg an zahllosen Vernehmungen teilgenommen und diesen Augenblick in vielen Variationen erlebt. Den Durchbruch. Den Moment, in dem der Verdächtige auspackte, aus Eitelkeit, schlechtem Gewissen, Frustration, aus Erleichterung oder aus Angst.

Dann kommt jetzt der harte Teil, dachte er. Im Grunde hatte Burgos' Schuld außer Frage gestanden, seit sie einen Blick ins Innere seines Hauses geworfen hatten. Bei dem, was jetzt folgte, ging es um etwas völlig anderes.

»Ich habe Ihnen die Fotos von sechs ermordeten Frauen vorgelegt«, sagte Detective Joel Lightner, dem offenbar eingefallen war, dass das Tonband nichts aufzeichnen konnte, was nicht zu hören war. »Sie haben sie in einer bestimmten Reihenfolge angeordnet. Und Sie haben gefragt …«

»Wo ist die Erste? Ellie?« Terry Burgos wedelte mit einem der Fotos herum und klatschte es dann auf den Tisch. Er sprang von seinem Stuhl auf und starrte in die Ferne. Riley hätte alles gegeben, um sein Gesicht besser sehen zu können. Dass Burgos ihm nur das Profil zuwandte, war Rileys eigenes Versäumnis. Eigentlich hätte der Verdächtige frontal zum Einwegspiegel sitzen sollen.

Außerdem konnte Riley immer noch nicht erkennen, in welcher Reihenfolge Burgos die Fotos sortiert hatte, obwohl er sich inzwischen hundertprozentig sicher war, dass sie genau der Abfolge der Leichen im Putzraum entsprach.

Drinnen begann Burgos mit einem Mal zu keuchen, obschon er weiterhin wie angewurzelt verharrte. Im Observationsraum waren bei Burgos' heftiger Reaktion sofort einige Männer aufgesprungen, aber Riley hob die Hand. Joel Lightner, ganz der Profi, zeigte sich nicht im Mindesten beeindruckt von Burgos' kleinem Ausbruch, auch wenn er seine Pistole vor der Tür gelassen hatte.

Er wusste, dass auf den kleinsten Wink hin ein Dutzend Beamte hereinstürzen würden.

Immer noch aufrecht vor seinem Stuhl stehend deutete Burgos auf das erste Foto der Sequenz, vermutlich das zweite Opfer, da Paul Ellie Danzigers Foto herausgenommen hatte. Es war das Mädchen, dessen Kehle aufgeschlitzt worden war.

»*Columbian necklace*«, sagte Burgos.

»Kolumbianische was?«, flüsterte Chief Clark.

Columbian necklace. Kolumbinanische Halskette. Paul zog sich den Finger quer über die Kehle. Slang. Eine Redewendung unter Drogendealern. Die Kolumbianer schlitzen ihren Konkurrenten die Kehle auf.

Burgos wandte sich dem nächsten Foto zu, vermutlich das dritte Opfer. »*Assault with a battery.*«

Assault and battery war im Englischen der juristische Fachausdruck für einen tätlichen Angriff. Darum schien es Burgos aber nicht zu gehen. Er hatte nicht gesagt *assault and battery.* Er hatte gesagt *assault with a battery,* Anschlag mit einer Batterie. Das dritte Opfer war mit Säure verbrannt worden.

»Batteriesäure«, murmelte Riley. »Nehmt euch seine Bücher vor«, rief er in den Raum hinein. »Und seine Musik. Es könnte auch ein englischer Song sein, den er da zitiert. Sofort.« Riley hörte, wie hinter ihm Befehle erteilt wurden und jemand den Raum verließ.

Burgos zeigte auf das nächste Opfer, vermutlich das Mädchen, dessen Gliedmaßen abgetrennt und dessen Augen herausgerissen worden waren. *»Eye for eye, limb for limb.«*

Auge um Auge, Glied um Glied. Eine Anspielung auf die Bibel, die dem entsprach, was Riley in Burgos' Keller gesehen hatte.

Burgos wies auf das nächste Mädchen, das ertränkt worden war. *»Someone taught her to sleep underwater.«*

»Jemand hat sie gelehrt, unter Wasser zu schlafen? Dieser verfluchte Dreckskerl«, murmelte einer der Beamten hinter Pauls Rücken.

Burgos zeigte auf das nächste und letzte Opfer, Cassie Bentley. Cassies Gesicht war durch Schläge bis zur Unkenntlichkeit entstellt worden – oder bis fast zur Unkenntlichkeit. Paul dachte an seine eigene Tochter und daran, wie es sich anfühlen mochte, sie so zerschmettert und blutig aufzufinden. Joel Lightner hatte Riley erklärt, es werde Jahre dauern, bis er wieder Lasagne essen könne.

»Now it's time to say goodbye to someone's family«, fuhr Burgos fort.

Paul lief es eiskalt den Rücken runter. Burgos sprach die Worte zur Titelmelodie des *Mickey Mouse Club. »Stick it right between her teeth and fire so happily.«*

Jetzt muss sich jemand von seiner Familie verabschieden. Schieb's zwischen die Zähne und drück fröhlich ab. In beiden Räumen – im Observationsraum wie im Verhörzimmer – herrschte schlagartig Stille. Riley konnte das kollektive Entsetzen seiner Kollegen spüren. Der Verdächtige beschrieb die grausamen Details seiner Morde zur Melodie eines Kinderliedchens, und eines ziemlich dämlichen noch dazu.

Schieb's zwischen die Zähne, hatte Burgos gesagt. Genau. Obwohl Cassies Gesicht zertrümmert worden war, hatten die Gerichtsmediziner an ihrem Hinterkopf den Austrittskanal einer Kugel und in ihrem Mund Pulverspuren entdeckt.

Detective Lightner schien Burgos nicht in seinem Vortrag stören zu wollen, doch als er nach gut einer Minute immer noch vor seinem Stuhl stand und stumm auf die Fotos starrte, war klar, dass er eines Anstoßes bedurfte. Riley, der seine Gefühle nur mühsam beherrschen konnte, war beeindruckt, dass Lightner dazu noch imstande war.

»Sie haben von *der Ersten* gesprochen, Terry.« Lightners Stimme zitterte leicht. »Haben Sie da auch einen Namen erwähnt?«

»Ellie.« Der Verdächtige – der Mörder, daran konnte jetzt kein Zweifel mehr bestehen – zeigte auf einen unbestimmten Punkt. *»He openend a heart once so cruel.«*

Er öffnete ein Herz. Ellie Danzingers Herz war herausgerissen worden.

Paul bemerkte erst jetzt, dass er stockend atmete und heftig schwitzte. Er blickte hinüber zum Chief, dessen Mimik Pauls eigenen Ausdruck widerspiegelte – unsicher, was er von diesem Spektakel halten sollte. Es war entsetzlich, bizarr – und faszinierend.

Und sie hatten den Täter gefasst, in weniger als einem halben Tag.

»Sie meinen Ellie?«, fragte Lightner.

Burgos schien einen Moment lang in Gedanken versunken.

Natürlich wusste Riley, dass Burgos Ellie Danzinger gemeint hatte. *Er öffnete ein Herz.* Er hatte ihr den Brustkorb aufgeschnitten, den ersten Untersuchungen zufolge nach Eintritt des Todes. Beamte bemühten sich bereits, Kontakt zu den Danzingers in Südafrika herzustellen. Das hier war der Mann, der ihre Tochter verfolgt und belästigt hatte und gegen den sie eine Schutzanordnung erwirkt hatte. Paul fragte sich, wie stark die Familie wohl auf Ellie eingewirkt hatte, Mansbury zu verlassen, um Abstand von Burgos zu gewinnen. Eines wusste er jetzt schon: Der Gedanke, sie hätten die Tragödie unter Umständen noch verhindern können, würde ihre Familie nie mehr loslassen.

»Sie war ein Geschenk«, murmelte Burgos.

Lightner reckte den Kopf vor. »Können Sie das bitte wiederholen, Terry?«

»Ellie.« Burgos hob eine Hand und führte sie langsam zur Stirn. »Sie war ein Geschenk Gottes.«

»Ellie war ein Geschenk Gottes. Okay.« Lightner war sich nicht sicher, was er damit anfangen sollte. Er hielt kurz den Atem an, warf sogar einen Blick in Richtung Riley und der anderen, obwohl er sie durch den Spiegel nicht ausmachen konnte.

»Was haben Sie vorhin über Ellie gesagt?«, fragte er. »Ihr Herz wurde geöffnet?«

Burgos hatte die Arme um sich geschlungen. Sein Kopf hing nach vorn, als wäre er tief in Gedanken versunken. Einen schier endlosen Moment verharrte er so. Lightner blieb vollkommen ruhig und beobachtete Burgos.

Dann legte Burgos den Zeigefinger an die Lippen. Sein Mund öffnete sich, und alle im Nebenraum beugten sich unwillkürlich vor.

Es war kaum mehr als ein Flüstern. *»A girl who is cool to someone at school until he opens her heart once so cruel.«*

Soweit Paul verstehen konnte, ging es um ein Mädchen, das in der Schule jemanden abblitzen lässt. Er musste an die Schutzanordnung denken, die Ellie Danzinger gegen Burgos erwirkt hatte.

»Hm.« Im Verhörzimmer bemühte sich Joel, ungezwungen und beiläufig interessiert zu klingen. Er zuckte mit den Achseln. »Hört sich fast an wie ein englisches Gedicht oder ein Lied oder so was.«

Auf der anderen Seite der Glasscheibe wandte sich Chief Clark an Paul. »Wir werden seine Bücher durchforsten.«

»Ich bin mir ziemlich sicher, dass es ein Song ist.« Paul wies auf die Kopfhörer und den Walkman neben Burgos. »Fangen Sie am besten gleich mit dem Ding da an«, sagte er.

Irgendjemand hinter Pauls Rücken meldete sich zu Wort. »Was soll dieser Scheiß mit dem Geschenk Gottes?«

»Erzählen Sie mir von Cassie Bentley«, forderte drinnen Lightner Burgos auf. »War sie auch ein Geschenk Gottes?«

»Cassie.« Burgos schüttelte langsam den Kopf, und legte sich eine Hand auf's Herz. »Cassie hat mich gerettet.«

»Wie das?« Lightner kratzte sich an der Wange, bemüht, so lässig wie möglich zu wirken. »Wie hat Cassie Sie gerettet, Terry?«

Burgos rieb sich heftig die Augen, dann verschränkte er die Arme über seiner Baseballkappe. Es schien, als hätte er Lightner nicht gehört.

»Sie haben von einem Mädchen gesprochen, das in der Schule jemanden abblitzen ließ, Terry.« Lightner versuchte es jetzt auf einem anderen Weg. »Dieser Jemand, sind Sie das, Terry? Hat eine Person in Mansbury Sie nicht gut behandelt? Hatte sie eine Strafe verdient? Sie meinen Ellie, stimmt's?«

Paul bewegte sich unruhig hinter seiner Scheibe. Lightner gab sich alle Mühe, Burgos wieder ins Gespräch zu ziehen. Versuchte es mit allen Tricks – im Moment sogar mit Einfühlung. Aber vielleicht bemühte er sich etwas zu sehr.

»Waren Sie wütend auf Ellie? Hatte sie eine Lektion verdient?«

Terry Burgos' Blicke huschten durch den Raum, er stützte die Hände in die Hüften. Seine Augen zuckten in alle Richtungen außer in die von Detective Joel Lightner.

»Ich glaub, ich will jetzt nach Hause«, erklärte er.

5. Kapitel

18.45 Uhr

Zeit spielte keine Rolle mehr. Befehle wurden erteilt, Fakten recherchiert. Neue Erkenntnisse kamen im Minutentakt herein. Das Team der Rechtsmedizinischen Abteilung hatte sofort die Arbeit aufgenommen und bereits erste Zwischenergebnisse zu jeder Toten geliefert. Langsam begannen auch Hintergrundinformationen über die Opfer einzutreffen – und über Burgos. Der Löwenanteil der Informationen musste vorläufig warten. Es würde Tage in Anspruch nehmen, alles zu verarbeiten und zu kategorisieren.

Riley blickte auf seine Uhr und stellte erstaunt fest, dass es schon Abend war. Es hatte einen Schichtwechsel gegeben, aber keiner der diensthabenden Cops war gegangen, und alle, die heute eigentlich ihren freien Tag hatten, hatten sich ins Revier aufgemacht, um freiwillig zu helfen. Die Polizeiwache quoll über von Strafverfolgern, die bereit waren, alles Erforderliche zu tun, um Terry Burgos hinter Gitter zu bringen.

Marion Park lag in der Nähe der City und war doch etwas anderes. Zwar schlug man sich auch in Marion Park mit einem gewissen Maß an Kriminalität herum, doch dieses Verbrechen spielte in einer anderen Liga. Obendrein hatte sich das Ganze am Mansbury College ereignet, einer der renommiertesten liberalen Kunsthochschulen im Land und in gewissem Sinn die Lebensader dieser kleinen Vorstadtsiedlung, die vom Ruhm des Colleges zehrte. Die Stadt war nicht nur schockiert. Sie war zutiefst empört.

Terry Burgos hatte jede weitere Befragung abgelehnt. Detective Lightner hatte die Miranda-Rechte verlesen und gezielt

Fragen zu jedem der inzwischen namentlich bekannten Opfer gestellt – Elisha Danzinger, Angela Mornakowski, Jaqueline Davis, Sarah Romanski, Maureen Hollis und Cassandra Bentley. Burgos hatte sich geweigert, zu antworten oder Ligthner auch nur anzusehen, hatte stumm in einer Ecke gesessen und leise mit dem Fuß gegen die Wand geklopft. Also hatte Lightner ihn abführen lassen, und die Ermittlungen hatten sich auf andere Aspekte verlagert, um die Beweisführung hieb- und stichfest zu machen.

Riley suchte gerade in der Bibel nach den Stellen auf dem Zettel aus Burgos' Keller, als das hektische Stimmengewirr in der Polizeiwache schlagartig verstummte. Riley hob den Kopf und entdeckte Bezirksstaatsanwalt Edward Mullaney in Begleitung zweier Leute, beide elegant gekleidet und makellos frisiert. Er war den Bentleys noch nie persönlich begegnet, trotzdem erkannte er sie sofort. Mullaney warf Riley einen Blick zu, und er folgte ihnen ins Büro des Chiefs.

Chief Clark schüttelte gerade Harland Bentley die Hand, als Riley eintrat. Natalia Lake Bentley saß teilnahmslos auf einem Stuhl, das Gesicht rot und geschwollen. Mullaney fasste Riley am Arm und flüsterte ihm ins Ohr: »Mrs. Bentley hat gerade Cassie identifiziert.«

Riley nickte und stellte sich vor. Harland Bentley trat betont geschäftsmäßig auf und nannte forsch seinen Namen, während er Rileys Hand schüttelte. Er bediente sich der verbindlichen Floskeln eines Geschäftsmeetings, ein ihm vertrautes Terrain. Doch sein Gebaren war bloß aufgesetzt, ein Abwehrmechanismus. Riley konnte die Qualen in Mr. Bentleys Gesicht lesen, das verzweifelte Bemühen, seine Gefühle zu unterdrücken.

Mrs. Bentley schaute kurz zu Riley auf. Sie war wohlerzogen und wahrte nach außen hin die Haltung, auch wenn ihr Gesicht gezeichnet war und die Augen tief in den Höhlen lagen –

die Augen einer Mutter, die gerade den entstellten Leichnam ihres einzigen Kindes identifiziert hatte.

»Mrs. Bentley«, sagte Riley. »Mein tief empfundenes Beileid. Wir haben den Mann gefasst, der das getan hat.«

»Ich will genau wissen, was er getan hat«, forderte Harland Bentley mit rauer Stimme. »Sagen Sie mir, was passiert ist.«

Riley zögerte und nickte mit dem Kopf in Richtung von Mrs. Bentley.

»Ich habe gerade meine Tochter identifiziert – oder das, was noch von ihr übrig ist«, sagte sie, ohne ihn anzusehen. »Glauben Sie ernsthaft, irgendwas, das Sie zu sagen haben, könnte mich jetzt noch schockieren?«

Der Gerichtsmediziner hatte bereits erste Ergebnisse geliefert. Riley stellte sich das Ganze lieber in klinischen Termini vor – Frakturen der Mandibulla, der Maxilla, des Os lacrimale, Os nasale und hyoides, also Frakturen nahezu jedes Gesichtsknochens und der allermeisten Schädelknochen –, aber in schlichten Worten lief es darauf hinaus, dass die Vorder- und die Oberseite von Cassies Schädel mit zahlreichen Schlägen zertrümmert worden waren. Knochensplitter waren bis tief in ihr Gehirn gedrungen. Die meisten ihrer Zähne hatte man im Hals gefunden. Sie würden zahnärztliche Unterlagen heranziehen müssen für eine offizielle Identifikation, auch wenn Riley nur in Mrs. Bentleys Gesicht zu schauen brauchte, um zweifelsfrei zu wissen, dass es sich um ihre Tochter handelte.

Die Bentleys wussten, was Burgos mit Cassies Gesicht angestellt hatte. Das war es demnach nicht, wonach Mr. Bentley gefragt hatte.

Riley atmete tief durch. »Nach Eintritt des Todes«, erklärte er, »hat er ihr eine Kugel Kaliber .38 durch den Hals geschossen.«

Mr. Bentley starrte ihn unverwandt an. Auch das war ihm längst bekannt.

»Es kam zum Geschlechtsverkehr«, erklärte Riley behutsam. »Nach Eintritt des Todes.«

Harland Bentley schloss die Augen, seine Kiefermuskeln mahlten. Eine Weile sagte er gar nichts. Er schien leicht zu schwanken.

»Bei Ellie auch?«, wollte Mrs. Bentley wissen.

»Ja, Ma'am.«

Natalia Bentley legte sich eine Hand auf die Brust und kämpfte einen Moment mit sich. In den nächsten Tagen wäre sicher noch ausreichend Zeit, sie zu befragen, aber Riley erledigte die Dinge gerne ohne Verzögerung.

»Mrs. Bentley, es tut mir leid, dass ich Sie das fragen muss, aber es kursiert das Gerücht, Cassie hätte Probleme gehabt. Disziplinarischer Natur.«

»Disziplinarische Probleme haben meine Tochter nicht umgebracht«, sagte Mr. Bentley.

Riley ignorierte den Einwand. Selbst in ihrem Schmerz mussten die Bentleys den Grund für seine Frage verstehen.

»Ich würde eher sagen, *emotionale* Probleme.« Mrs. Bentleys Augen wurden feucht, als Erinnerungen in ihr aufstiegen. »Sie hat nach ihrem Platz im Leben gesucht. Sie hatte ihn noch nicht gefunden.«

»Wie jedes Mädchen in ihrem Alter«, ergänzte Harland.

»Nein, nicht wie *jedes* Mädchen.« Mrs. Bentley schwenkte den Kopf in seine Richtung, vermied es aber, ihn unmittelbar anzusehen. »Nicht jedes Mädchen wird in eine Welt des Reichtums und der Privilegien hineingeboren. Das bedeutet eine Bürde, an die man sich erst gewöhnen muss. Es ist nicht leicht, funktionierende Beziehungen aufzubauen, wenn alle immer nur daran denken, wie viel Geld man hat, und wie sie davon profitieren könnten.«

Das mochte stimmen. Allerdings fragte sich Riley, ob Natalia über ihre Tochter sprach oder über sich selbst. Zwischen den beiden Ehepartnern schien eine gewisse Distanz zu herrschen. Ihm war aufgefallen, dass Mrs. Bentley ihren Mann bisher nicht ein einziges Mal angesehen hatte.

»Für mich war es mehr ein Ausloten von Grenzen«, fügte sie hinzu. »Sie hatte dramatische Gefühlsausbrüche. Aber sie hat nie jemandem wehgetan außer sich selbst.« Sie blickte zu Riley auf, der ihr durch seine Miene zu verstehen gab, dass er gerne etwas spezifischere Informationen gehabt hätte. »Sie hat sich abgekapselt. Sie ging nicht mehr zum Unterricht, rührte kein Essen mehr an, weigerte sich, mit irgendwem zu sprechen. Aber sie hat nie jemand beschuldigt oder angegriffen. Und in ihrem Inneren war sie ein reizender und großherziger Mensch.«

»Genug davon«, sagte Mr. Bentley. Er wandte sich an den Bezirksstaatsanwalt. »Ich will, dass dieser Mann stirbt.«

Mullaney nickte. »Wir werden selbstverständlich die Todesstrafe beantragen, Harland.«

Bentley schoss einen Blick auf Riley ab. »Können Sie beweisen, dass er es war?«

»Zweifelsfrei, Sir.«

»Keine Deals mit dem Anwalt, keine Absprachen. Ich will diesen Mann tot sehen.« Seine Augen wanderten wieder hinüber zu Ed Mullaney, dann langte er nach dem Arm seiner Frau. Sie entzog sich seinem Griff. Sie wollte sich nicht trösten lassen.

Nach weiteren Beileidsbekundungen seitens des Bezirksstaatsanwalts schüttelte Harland Bentley ihm und Riley die Hand und verschwand mit seiner Frau. Mullaneys förmliche Haltung fiel in sich zusammen, sobald sie das Büro verlassen hatten. »Jesus, du hättest dabei sein müssen, als Nat aus dem Leichenschauhaus kam«, murmelte er. »Ich dachte, wir bräuchten auch gleich noch einen Leichensack für sie.«

Riley nickte. Als U.S.-Bundesanwalt hatten zerrüttete Familien nicht zu seiner Klientel gehört. Er bewegte sich auf neuem Terrain. Und es sagte ihm nicht sonderlich zu.

Mullaney trat auf Riley zu. Der Mann wusste genau, welches Gesicht er bei Pressekonferenzen zu Mordfällen aufsetzen musste; Riley hatte schon öfter miterlebt, wie er dann betroffen seine buschigen irischen Augenbrauen runzelte. Aber das hier war nicht sein gewöhnlicher Ausdruck. Es war auch kein gewöhnlicher Mord. Es war ein Massaker. Und die Tochter seines wichtigsten Wahlkampfspenders befand sich unter den Opfern.

»Ich war öfter bei ihnen zu Hause«, sagte Mullaney. »Ich hab Cassie kennengelernt. Ein wunderhübsches und absolut reizendes Mädchen.« Er packte Pauls Arm. Eine Ader schwoll auf seiner Stirn.

»Unnötig zu betonen, Paul«, sagte er, »aber wir können uns hier keine Fehler erlauben.«

6. Kapitel

19.45 Uhr

Als Riley sich Ellie Danzingers außerhalb des Campus gelegenes Apartment vornahm, hatten die Kriminaltechniker ihre Arbeit bereits erledigt. Er verschaffte sich gerne selbst einen Eindruck aller relevanten Schauplätze, zumal alles dafür sprach, dass Terry Burgos in diesem Apartment seine erste Tat verübt hatte.

Das Apartment war luxuriös ausgestattet, allerdings hatte Ellie es Rileys Informationen zufolge bereits fertig möbliert übernommen, was für eine nur semesterweise hier lebende Studentin sicher sinnvoll war. Der kleine Komplex bestand aus insgesamt vier zweistöckigen Apartments, die auf einen rechteckigen Innenhof führten.

Es gab keinerlei Hinweise auf ein gewaltsames Eindringen. Das Fenster zur Straße hin war verschlossen. Natürlich war nicht vollständig auszuschließen, dass Burgos im Schutz der Abenddämmerung durch das Fenster eingestiegen war, doch schien es eher unwahrscheinlich – auf den Fenstergriffen und Bänken ruhte eine dichte, unberührte Staubschicht. Das Erdgeschoss bestand aus Wohnzimmer, Schlafzimmer, einer Toilette und der Küche. Alles unauffällig. Keine Spuren von Blut.

»Er hat sich oben mit ihr vergnügt«, informierte ihn Lightner. Sie stiegen die mit Teppich verkleideten Treppenstufen hinauf zu einem großen Wohnraum und dem Hauptschlafzimmer. Das Obergeschoss wirkte bewohnter, es gab eine Stereoanlage und einen Fernseher sowie eine kleine Küchenzeile, die aber wohl eher als Bar genutzt worden war. Lightner zeigte auf die Geschirrspülmaschine. »Die war voll. Das Geschirr darin war sauber.«

Also keine Fingerabdrücke auf den Gläsern. Aber das hätte wahrscheinlich ohnehin zu nichts geführt. Kaum anzunehmen, dass Ellie Danzinger Terry Burgos auf einen Drink zu sich hereingebeten hatte.

Riley ging langsam hinüber ins Schlafzimmer. Das Bett war zerwühlt. Die Tagesdecke ballte sich als Haufen am Fußende. An der Wand und auf dem Bettzeug waren Blutspritzer, aber nicht viele. Links vom Bett jedoch war eine beachtliche Blutlache tief in die Teppichfasern eingesickert.

»Der Gerichtsmediziner geht davon aus, dass sie auf dem Bett gestorben ist«, erklärte Lightner. »Er hat sie auf den Kopf geschlagen, und dann ist sie hier verblutet.«

Er zeigte auf den Blutfleck. »Über anderthalb Liter Blut hat sie verloren.«

Lightner trat vorsichtig näher ans Bett. »Ellie muss auf dem Bett gelegen haben, das Gesicht nach oben, meint der Rechtsmediziner. Ihr Kopf ragte dabei seitlich aus dem Bett. Das ist die einzige Erklärung.«

»Warum ist das die einzige Erklärung?«

»Die Menge von Blut«, erwiderte Lightner. »Außer dem rausgerissenen Herz – und das hat er, wie wir wissen, erst bei sich zu Hause gemacht – hat sie nur einen einzigen Schlag auf den Kopf erhalten. Das war zwar ein heftiger Schlag, aber trotzdem würde eine Platzwunde normalerweise nie so stark bluten. Die Schwerkraft hat also eine Rolle gespielt. Ihr Kopf hing tiefer als der Rest des Körpers.«

Okay. Das leuchtete Riley ein. »Und hat das eine Bedeutung für den Fall?«

Lightner zuckte mit den Achseln. »Um so viel Blut zu verlieren, muss Ellie mindestens für eine Stunde dort gelegen haben. Der Gerichtsmediziner sagt, so lange dauert es mindestens, bis diese Menge an Blut ausgetreten ist.«

Riley dachte nach. »Also hat er sie nicht gleich weggeschafft. Er hat wenigstens eine Stunde gewartet. Worauf?«

»Vielleicht auf die Dunkelheit«, mutmaßte Lightner.

»Aber sie war schon im Bett.« Riley schüttelte den Kopf. »Also war es offensichtlich Nacht.«

»Kann sein. Keine Ahnung.« Lightner wirkte müde. Es war für sie alle ein langer Tag gewesen.

»Vielleicht hatte er in der Zeit Geschlechtsverkehr mit ihr«, schlug Riley vor. »Immerhin ist es ein Bett.« Das würde auch passen. Der Geschlechtverkehr wurde dem Obduktionsbericht zufolge eindeutig post mortem vollzogen.

Durchaus eine Möglichkeit. Doch Lightner konnte das nicht definitiv bestätigen. Niemand konnte im Moment etwas Definitives sagen.

»Hat man diesen Professor schon aufgespürt?«, fragte Riley. »Der Kerl, der Burgos beschäftigt hat?«

»Albany«, sagte Lightner. »Wir suchen noch nach ihm.« Er klopfte Riley auf die Schulter. Es war Zeit, ins Revier zurückzukehren. Keiner von ihnen rechnete damit, allzu bald nach Hause zu kommen.

7. Kapitel

23.45 Uhr

Es war kurz vor Mitternacht. In der Polizeiwache hatte jemand den Fernseher eingeschaltet. Die Lokalsender berichteten schon den ganzen Tag über den Fall, zwischen Soapoperas und Gameshows, später unterbrachen sie selbst ihr Hauptprogramm für die neuesten Meldungen über das »Mansbury Massaker«, wie sie es getauft hatten.

Im Revier hatten sie zwei Schreibtische zu einem improvisierten Konferenztisch zusammengeschoben. Riley spielte mit einer Tasse voll lauwarmem Kaffee und blickte nachdenklich in die Runde. Weder er noch Chief Clark oder Detective Lightner hatten etwas gegessen. Clark hatte sich mit Zigaretten und Kaffee über Wasser gehalten; Lightner nur mit Kaffee. Rileys

Magen schrie nach etwas Essbarem, aber er wusste, dass er keinen Bissen hinunterbrachte. Im Revier roch es mittlerweile wie in einer Sportumkleide. Der hohe Adrenalinpegel – erst hatten sie die brutalen Morde entdeckt und dann, noch am gleichen Tag, den Täter gefasst – begann langsam zu sinken. Alle schöpften Atem. Die notwendigsten Dinge waren veranlasst, alles Übrige konnte warten. Paul war sich sicher, dass sie über ausreichend Beweise verfügten, um Burgos dranzukriegen. Jetzt wollte er mehr über die abscheulichen Zeilen wissen, die Burgos beim Beschreiben seiner Morde zitiert hatte. Auch wenn es dabei schon nicht mehr um die Frage von Schuld oder Unschuld ging.

Sie stammten aus einem Song, wie er bereits vermutet hatte. Und sie hatten nicht lange danach suchen müssen. Burgos hatte ihn vor seiner Befragung auf dem Walkman gehört. Die Kassette war eine billige Kopie mit selbst gebasteltem Aufkleber, auf dem der Name der Gruppe – »Torcher« – mit fetten gotischen Lettern in blutroter Tinte gekritzelt war. Der Titel des Tapes – »Someone« – stand in derselben Schrift darunter.

Der Song mit den betreffenden Zeilen trug ebenfalls den Titel »Someone« und dauerte weniger als drei Minuten. Er begann mit einer akustischen Gitarre, auf der ein paar Noten gezupft wurden, dann brach die Hölle los, lärmende Gitarren, wummernder Bass, pausenloses Getrommel, während der Sänger den Text wie ein Maschinengewehr herausbrüllte. Selbst wenn man die Augen schloss und genau zuhörte, konnte man nicht das Geringste verstehen. Aber sie hatten eine Abschrift des Songtextes entdeckt, auf einem Zettel in Terry Burgos' Schlafzimmer.

Die erste Strophe von »Someone« beschrieb sechs Morde, genau in der Reihenfolge, in der Burgos sie begangen hatte:

A girl who is cool to someone at school until he opens a heart once so cruel
Thespian lesbian glamorous actress rejection so reckless Columbian necklace
His poetry flattery just didn't matter she told him to scatter assault with a battery
A senior so prim her figure now trim since she got rid of him eye for eye limb for limb
A neighbor's daughter nobody fought her until someone taught her to sleep underwater
Now it's time to say good-bye to someone's family stick it right between those teeth and fire happily

So albern die Reime teilweise auch waren, steckten die Zeilen doch voller Hass. Riley hatte sofort das Bild eines Außenseiters vor sich, von Frauen gemieden, wahrscheinlich von seiner ganzen Umgebung. Terry Burgos passte da genau ins Raster. Allerdings hatte Burgos den Text nicht verfasst. Und was Riley wirklich Sorgen bereitete, waren die Bibelverse auf dem Zettel in Burgos' Keller. Sechs voneinander unabhängige Stellen. Riley hatte sie alle nachgeschlagen, ein Cop hatte eine King James Bibel in seinem Spind. Alle Zitate, bis auf eines, stammten aus dem Alten Testament und konnten auf irgendeine Weise den Bluttaten zugeordnet werden.

Im Buch Hosea hieß es über Ungläubige, Gott »zerreiße ihnen die Brust und das Herz« – oder *öffnete ein Herz, das so grausam war,* wie es in der ersten Zeile des Songs hieß. Im Römerbrief wurden Lesbierinnen erwähnt, die den Tod verdienten, was mit der *»lesbian«* im Song korrespondierte. Im Buch Levitikus war die Rede von unzüchtigen Frauen, die im Feuer verbrannt werden sollten; was im weitesten Sinne auch als Verbrennen mit Säure gedeutet werden konnte. Im Buch Exodus, in der berühmten Passage Auge um Auge, Zahn um Zahn, Glied um Glied, ging es um den gewaltsam herbeigeführten Abbruch einer Schwangerschaft – und der Song erwähnte eine *»senior«*, eine College-Studentin im letzten Jahr, über die gesagt wurde, sie wäre *wieder rank und schlank, seit sie ihn losgeworden ist,* was möglicherweise auf ein abgetriebenes Kind anspielte. Und das Buch der Könige forderte den Tod für all diejenigen, die einen Propheten verspotteten. Zwar war im Zusammenhang dieser Bibelpassage nicht von Ertränken die Rede, aber vermutlich hatte sich die im Song erwähnte »Nachbarstochter« über den Autor dieser Zeilen mokiert, der sich für eine Art Prophet hielt.

Fehlte der letzte Mord, der folgendermaßen beschrieben wurde: *Jetzt muss sich jemand von seiner Familie verabschieden. Schieb's zwischen die Zähne, und drück fröhlich ab.* Der letzte Mord hatte im Song musikalisch eine andere Qualität; das Schlagzeug und der Bass setzten aus, und der Sänger trällerte den Text ohne Begleitung zur Titelmelodie des *Mickey Mouse Club.*

Burgos war dem Text gefolgt. Er hatte eine Pistole zwischen Cassie Bentleys Zähne geschoben und abgedrückt. Er hatte sie erschlagen und danach auf sie geschossen. Die dazugehörige Stelle aus dem Deuteronomium schilderte jedoch eine andere Form der Gewalt – die Steinigung einer Hure. Songtext und Bibelzitat wichen hier deutlich voneinander ab. Burgos war beiden gefolgt; er hatte Cassie gesteinigt *und* erschossen.

Ursprünglich hatte Burgos eine andere Stelle notiert, nicht aus dem Deuteronomium, sondern aus Levitikus; eine Passage, in der es um Ehebruch ging, und in der die Hinrichtung der Schuldigen gefordert wurde. Warum hatte Burgos die Stellen ausgetauscht?

Riley konnte sich das nicht erklären. Schließlich war heute

gerade der erste Tag einer langen Zeit ausgiebiger Recherchen. Die Stoßrichtung seiner Argumentation nahm in seinem Kopf jedoch bereits Gestalt an. Seine Aufgabe würde darin bestehen, Abweichungen zwischen Burgos' Taten und dem Songtext aufzuzeigen. Die Verteidigung würde unvermeidlich auf Unzurechnungsfähigkeit plädieren – Burgos hätte auf Befehl Gottes getötet –, und Riley würde im Gegenzug nachweisen müssen, dass er den Anweisungen nicht wirklich in allen Punkten gefolgt war.

Ein Cop klopfte an und teilte ihnen mit, Professor Albany sei jetzt da. Riley wollte den Professor unbedingt persönlich kennenlernen. Albany gehörte die Druckerei, in der Burgos nachts gearbeitet hatte. Und, beinahe noch wichtiger, Albany hatte ein Seminar abgehalten, das Cassie Bentley und auch Ellie Danzinger besucht hatten.

Frankfort Albany betrat den Raum, ein typischer College-Professor, in einem nicht mehr ganz weißen Hemd mit offenem Kragen, Tweedjackett und ungebügelten Leinenhosen. Das Haar trug er lang und zurückgekämmt. Fehlte nur noch die Pfeife. Sein bleicher, erschöpfter Gesichtsausdruck ähnelte dem vieler Menschen, denen Riley an diesem Tag begegnet war und die alle durch ein Wechselbad der Gefühle gegangen waren.

Riley, der Chief, Joel Lightner und Albany nahmen an dem improvisierten Konferenztisch Platz, das Aufnahmegerät in der Mitte. Der Professor blickte in die Runde, als ob er etwas vorbringen wollte, aber nicht genau wüsste, wie er beginnen sollte. Normalerweise hätte Paul die Situation mit ein paar einleitenden Worten aufgelockert, aber er wollte hören, was Albany zu sagen hatte.

»Ich – ich kann das alles gar nicht glauben.« Er griff in sein Jackett, zückte ein silbernes Etui und öffnete es. Zigaretten. »Stört es Sie, wenn ich rauche?«

»Nicht, wenn wir eine bei Ihnen schnorren können«, sagte der Chief.

Die Bewegungen des Professors fielen zögerlich aus. Er wirkte mitgenommen und schien Halt in vertrauten Ritualen zu suchen – dem Ausklopfen der Zigarette auf dem Etui, dem Aufklappen des Feuerzeugs, dem Blinzeln in die Flamme beim Anzünden. Er schob dem Chief das Etui zu, und dabei huschte sein Blick über die Unterlagen, die sich vor Paul stapelten.

»Erzählen Sie mir was über Terry Burgos«, forderte Riley ihn auf.

»Ich muss gestehen, ich mochte Terry«, sagte Albany mit entschuldigender Miene. »Er hat immer ohne Aufsicht gearbeitet und alles zur Zufriedenheit erledigt. Er hatte ein Händchen für Grafiken, war gründlich im Detail. Und er hat jeden Job zu Ende gebracht. Seinen Arbeitsplatz hat er immer sauber gehalten. Allerdings war er ein Einzelgänger, das stimmt. Selbst nachdem er seinen Tagesjob in Mansbury verloren hatte, wollte er weiter die Nachtschicht. Vermutlich hat er einfach lieber alleine gearbeitet. Und da er seinen Job gut erledigt hat, gab es für mich keinen Grund, ihm das abzuschlagen.«

Ein interessanter Punkt. Burgos hatte die Nachtschicht vorgezogen, obwohl er tagsüber nichts zu tun hatte. Paul ging davon aus, dass zumindest die Prostituierten in den Abendstunden entführt und ermordet worden waren, denn um diese Zeit nahmen die meisten Straßenmädchen ihre Arbeit auf.

»Von wann bis wann dauerte seine Schicht?«, wollte Lightner wissen. »Burgos meinte nur, *je nachdem, was anstand.«*

»Das trifft mehr oder weniger zu. Seine Arbeitszeiten waren flexibel.« Albany schlug ein Bein über das andere. »Wir haben immer Sachen, die während der Tagschicht nicht fertig werden, und die lassen wir dann für Terry übrig. Manchmal ist es Arbeit für zwei Stunden, manchmal auch für fünf.«

»Manchmal auch gar keine?«, fragte Lightner

Albany schüttelte den Kopf. »Wann wäre jemals nichts zu tun? Nein, wir haben immer was.«

»Sehr ungewöhnlich, so ein Job mit ungeregelten Arbeitszeiten«, bemerkte Riley.

»Es ist eben ein Job«, erwiderte Albany leicht gereizt, »bei dem man versucht, einem Menschen eine Chance zu geben. Er brauchte die Arbeit und kam mit dem Pensum klar. Wir haben beide davon profitiert. Dagegen ist doch nichts einzuwenden, oder?«

»Sie haben die Listen, auf denen er seine Arbeitszeiten notiert hat«, sagte Riley. »Die würden wir uns gerne anschauen.«

Albany nickte abwesend.

»Und sonst arbeitet niemand mit ihm in der Druckerei?«

»Nein. Nachts war nur Terry da.«

»Woher wussten Sie, dass er seine Arbeitsstunden korrekt eintrug?«

»Ich wusste es nicht«, räumte Albany ein. »Ich habe ihm vertraut.«

Paul bemerkte, dass Joel Lightner Albany intensiv musterte.

»Welches Ihrer Seminare haben Ellie und Cassie besucht?«, fragte Riley.

Albany ließ den Kopf sinken. Vermutlich hatte der Professor bereits erfahren, dass Cassie Bentley und Ellie Danzinger zu den Opfern gehörten. Inzwischen wusste es wohl jeder.

»Es hieß ›Gewalt gegen Frauen in der amerikanischen Kultur‹. Wir haben uns mit der Glorifizierung von Brutalität gegenüber Frauen in der populären Kultur beschäftigt. Filme, Fernsehen, Musik.«

Gewalt gegen Frauen in der Musik. Wie passend. Riley war plötzlich hellwach, genau wie Lightner.

»Einen Moment.« Riley schob das Blatt mit dem Songtext über den Tisch. »Kommt Ihnen dieses Lied bekannt vor?«

Albany warf nur einen kurzen Blick darauf. »Natürlich. Das ist Tyler Skyes Song ›Someone‹«.

»Um Himmels willen.« Der Chief lehnte sich vor. »Solches Zeug *unterrichten* Sie?«

Albany musterte den Chief, als hätte er einen Studenten vor sich. »Wir haben es *analysiert,* in der Tat. Können Sie sich einen Song vorstellen, der die Problematik treffender auf den Punkt bringt?«

»Und wer ist Tyler Skye?«, erkundigte sich Riley.

»Der Mann, oder besser gesagt, der Bursche, der diesen Text geschrieben hat. Zu dem Zeitpunkt war er noch auf der Highschool. Ich meine, das ist doch die Hymne des zurückgewiesenen, unbeachteten Jungen schlechthin, finden Sie nicht?« Als ihm niemand antwortete, räusperte sich Albany und fuhr fort. »Tyler Skye hat diesen Erguss als Schüler verfasst und eines Nachts überall an der Schule plakatiert. Sie fanden raus, wer der Urheber war, und warfen ihn von der Schule. Ein Jahr später war der ehemalige Schulabbrecher der Leadsänger einer Garagenband namens Torcher. Und er hatte aus diesem Gedicht einen Song gemacht. Torcher war eine Weile ziemlich angesagt in der studentischen Underground-Musikszene des Mittleren Westens. Der Text ist nicht besonders gut geschrieben, aber er ist provokant. Und das spricht Studenten an, das Kontroverse, das Rebellische. Das ist oft wichtiger als echte Substanz.«

Der Professor ließ seinen Blick über die abweisenden Gesichter am Tisch schweifen und zog nervös an seiner Zigarette. »Sehen Sie, das war doch gerade der Punkt bei diesem Seminar. Dieser Text hatte die Absicht, zu treffen, zu verletzen. Er steht in einem größeren Zusammenhang von Gewalt gegen Frauen in unserer Gesellschaft. Ich kann mir nicht vorstellen, dass Terry die Botschaft des Seminars missverstanden hat.«

»Terry hat das Seminar besucht?« Riley sprang auf.

Albany blickte zu Boden. »Ich habe ihm erlaubt, teilzunehmen. Terry hat nie eine richtige Ausbildung genossen, aber das bedeutet nicht, dass er dumm ist. Er war – *neugierig*, das ist wohl das treffende Wort. Das Seminar hat ihm viel Stoff zum Lesen und Nachdenken gegeben. Er hat niemanden gestört. Er saß bloß hinten im Seminarraum und hat kein Wort gesagt. Bis er dann … Aber Sie haben sicher von Ellie gehört.«

»Bis er dann eine Obsession für Ellie Danzinger entwickelte«, sagte Lightner. »Dort ist er Ellie begegnet, richtig? Und auch Cassie Bentley? In Ihrem Unterricht.«

Albany nickte. »Natürlich hatte ich nicht die leiseste Ahnung, dass sich *so etwas* …«

Er führte den Satz nicht zu Ende. Das war auch nicht nötig.

»Erzählen Sie mir was über Cassie Bentley«, sagte Riley.

Der Professor kniff sich in den Nasenrücken. »Ein nettes Mädchen. Sehr sensibel. Etwas launisch. Tat sich schwer damit, anderen zu vertrauen. Aber in ihrem Herzen ein lieber Mensch.« Er holte tief Luft. »Manchmal versäumte sie den Unterricht. Auch in meinem Seminar.«

»Zeichnen Sie mir ein Bild von ihrer Persönlichkeit«, bat Riley.

»Ihre Persönlichkeit.« Albany blickte bekümmert auf. »Still. In sich gekehrt. Immer sehr höflich und respektvoll. Etwas verloren vielleicht.« Er nickte. »Verloren ist das richtige Wort. Manche glauben, sie litt an Magersucht. Sie hatte immer wieder Phasen, wo sie nicht in der Klasse erschien, nichts aß, sich von allen abkapselte. Sogar von Ellie, ihrer Zimmergenossin.«

»In letzter Zeit auch?«

»In letzter Zeit?« Albany klopfte mit den Fingern auf die

Tischplatte. »Ja, ich hab was läuten hören, dass sie wieder so eine Phase hatte. Sie kam dieses Semester nicht in meinen Unterricht, aber kürzlich lief ich Ellie über den Weg, es war kurz vor Ende Semesters, und sie erzählte mir, Cassie hätte wieder *ihre Anwandlungen* – so hat sie sich ausgedrückt. Sie würde ihr Zimmer nicht verlassen, nicht mal mehr lernen. Ihr übliches Programm. Ihr Leben schien eine Achterbahnfahrt zu sein. Rauf, runter, rauf, runter. In letzter Zeit wohl eher runter.«

Joel Lightner fragte: »Haben Sie persönlich den Kontakt zu Cassie gehalten?«

Der Professor zuckte mit den Achseln. »Es ist ein kleiner Campus. Wir sind uns immer wieder mal über den Weg gelaufen. Aber sie war Cassie Bently, wenn Sie wissen, was ich meine. Jeder wusste über sie Bescheid. Und das erklärt vermutlich mehr als alles andere, warum sie sich so abgeschottet hat. Sie werden wohl keine fünf Menschen finden, die sie wirklich gut kannten.«

»Eine würde für's Erste reichen.«

»Eine? Ellie Danzinger«, erwiderte Albany ohne eine Spur von Ironie. »Außerdem hatte Cassie wohl eine Cousine, die ab und zu in der Stadt war. Sie rauschte mit dem Flugzeug an und flog bald darauf wieder nach Hause. Das Leben der Reichen und Berühmten eben. Darüber hinaus kann ich Ihnen leider nicht helfen.«

Lightner stieß vernehmlich die Luft aus. Aber Riley hielt das ohnehin für einen Holzweg. Harland Bentley hatte heute Morgen im Revier nicht ganz unrecht gehabt – Cassie Bentleys emotionale Probleme hatten sie nicht umgebracht.

Er wollte auf den eigentlichen Grund für Cassies Tod zurückkommen. »Möglicherweise haben diese Morde einen religiösen Hintergrund«, sagte er. »Vor allem die Bibel. War das auch ein Thema in Ihrem Seminar?«

Albany nickte schwach. »Doch, ja. Besonders in Zusammenhang mit dem Song. Tyler Skye hat ein Interview gegeben, in dem er seine Darstellung von Gewalt mit Verweisen auf die Bibel rechtfertigt. Wahrscheinlich war das seine Art, es seinen Kritikern heimzuzahlen.«

Riley reichte dem Professor die Liste mit den Bibelstellen. Albany warf einen Blick auf das Blatt. »Genau«, sagte er. »Das sind die Stellen. O Jesus.«

Er legte eine Hand über die Augen. »Hat Terry vielleicht geglaubt … o mein Gott.« Verzweifelt sah er zu ihnen auf. »Hören Sie, ich bringe doch niemandem bei, dass in der Bibel steht, man sollte Frauen auf solche Art töten. Ich habe nur aufgezeigt, dass eine bestimmte Haltung gegenüber Frauen ihre Wurzeln in der Geschichte hat. Tyler selbst hat diesen Bezug hergestellt. Ich meine, es war doch nur ein Seminar. O mein Gott.«

Er warf seine Zigarette in eine leere Coladose. »Ich nehme an, Terry hat die Mädchen auf diese Weise umgebracht? Wie es in dem Songtext beschrieben wird?«

Der Chief nickte Albany zu. »Woher wissen Sie das?«

»Also, Sie glauben doch hoffentlich nicht …« Ein ängstlicher Ausdruck machte sich auf seinem Gesicht breit. »Hören Sie, ich weiß das alles nur aus dem Fernsehen. Sie denken doch nicht ernsthaft, *ich* sei dafür verantwortlich?«

Riley schwieg. Der Professor sollte ruhig noch eine Weile zappeln.

Riley wies mit dem Kinn auf das Blatt mit den Bibelzitaten. »Der letzte Mord«, sagte er. »Burgos hat eine Stelle aus Levitikus aufgeschrieben, wieder durchgestrichen und etwas aus dem Deuteronomium notiert.«

Es dauerte einen Moment, bis Albany sich wieder gefangen hatte, dann studierte er die Liste und nickte langsam. »Tyler

Skye hat Levitikus als Rechtfertigung für diesen Mord zitiert. Tod all denen, die Ehebruch begehen.«

»Und was ist mit dem Deuteronomium?«

Albany schüttelte den Kopf. »Das ist mir ein Rätsel. Tyler Skye hat in diesem Zusammenhang nie vom Buch Deuteronomium gesprochen. Was genau steht in dieser Passage?«

Riley erzählte es ihm – es ging um die Steinigung einer Hure.

Albany kannte die Stelle nicht. »Tyler erwähnt das nirgendwo. Steinigung? Nein, davon ist bei ihm nicht die Rede.«

»Eben«, stimmte Riley zu. *»Schieb's zwischen die Zähne und drück fröhlich ab.* Kein Wort über Steinigung. Er spricht lediglich davon, jemand zu erschießen. Und bezog sich dabei wohl auf Levitikus?«

Albany nickte. »Bei Levitikus ist natürlich nicht von Erschießen die Rede. Nur vom Tod für alle Ehebrecher. Aber Skye hatte definitiv den Gebrauch einer Pistole im Auge. Das geht ganz klar daraus hervor, was er am Schluss getan hat.«

Riley starrte ihn an. Albany hatte jetzt die Aufmerksamkeit aller im Raum.

Der Professor räusperte sich. »Vor etwa einem Jahr hat Tyler Skye sich erschossen. Indem er sich selbst eine Kugel in den Mund feuerte.«

Schieb's zwischen die Zähne und drück fröhlich ab.

»Offensichtlich hatte seine Freundin ihn verlassen, weil er ihr untreu war.«

Die anderen im Raum reagierten mit angewiderten Gesichtern. Doch Riley blieb konzentriert. Tyler Skye, der sich in seinem Song auf die Levitikus-Stelle bezog, hatte Selbstmord begangen, und dabei seine eigenen Verse in die Tat umgesetzt. Er hatte wirklich jemandem die Pistole zwischen die Zähne geschoben – sich selbst.

Burgos dagegen war seinem Vorbild nicht gefolgt. Er hatte Cassie mit einem Stein oder einem anderen schweren Objekt erschlagen und eine neue Passage aus dem Deuteronomium eingeführt, um die Tat zu rechtfertigen. *Dann* erst hatte er *ihr* in den Mund geschossen – anstatt die Waffe gegen sich selbst zu richten, wie er es eigentlich hätte tun müssen.

Er hatte dem Songtext also nicht blind Folge geleistet. Für die Anklage eindeutig eine positive Entwicklung. Zugleich warf das allerdings eine neue Frage auf.

Warum? Warum hatte Burgos beschlossen, zu improvisieren und eine neue Bibelstelle einzuführen, die Tyler nie zitiert und die keinen Bezug zu seinem Songtext hatte?

»Ehrlich gesagt, kann ich kein allzu großes Bedauern über Mr. Skyes Abgang empfinden«, murmelte Chief Clark.

»Vielleicht sollten Sie das aber«, erwiderte Albany. »Torcher hat nach seinem Tod mehr als doppelt so viele Alben verkauft. Inzwischen«, fügte er düster hinzu, »hat er den Status einer Legende. Es wird ein regelrechter Kult um ihn betrieben.«

»Über wie viele Personen reden wir hier?«, fragte Chief Clark mit gesenktem Blick. »Wie viele kranke Hirne rennen da draußen herum und warten nur darauf, diese Zeilen in die Tat umzusetzen?«

»Ich würde sagen, Torcher hat wahrscheinlich Tausende von Fans. Aber sicher keine *zehn*tausend.«

Paul runzelte die Stirn. Nicht wegen Albanys Schätzung, sondern wegen der in der Frage des Chief enthaltenen Unterstellung. Er hatte das scheinbar Naheliegende ausgesprochen: Terry Burgos war dem Text eines Songs gefolgt – oder gab es zumindest vor. Und er war dabei noch durch entsprechende Bibelzitate bestärkt worden.

Terry Burgos hatte die Mädchen getötet, weil Gott es ihm befohlen hatte.

Er ahnte bereits, wie die Verteidigung die Sache anpacken würde. Burgos würde behaupten, für ihn sei der Songtext eine Verkündigung von Gottes Wort gewesen – junge Frauen wurden darin für ihre Sünden verbrannt, erschlagen und gefoltert. Und er hätte in diesen albernen Zeilen eine verschlüsselte Botschaft des Allmächtigen erkannt. Tyler Skye hatte auf seine verdrehte Art Bibelstellen parodiert, und Burgos hatte sie als Handlungsanweisungen verstanden.

Eine solche Argumentation erleichterte ihnen ihre Aufgabe nicht gerade. Es war eine hübsche griffige Geschichte, nachvollziehbar für die Jury, da brauchten keine schwierigen Fremdworte aufgefahren zu werden, wie *Psychose* und *Soziopathologie.* Der Kerl hatte einfach gedacht, der Song wäre eine direkte Aufforderung an ihn, und hatte dementsprechend gehandelt. Ganz klar, der musste verrückt sein. Würde denn irgendjemand, der *nicht* verrückt war, so etwas tun?

Sie quetschten Albany noch eine Weile aus. Aber Paul hörte nicht mehr zu. Es stand längst nicht mehr zur Debatte, ob Terry Burgos der Täter war. Nach einem Tag war die Last der Beweise gegen ihn erdrückend, und er hatte mehr oder weniger ein Geständnis abgelegt. Hier ging es nicht mehr um Schuld, nur um die Frage der Schuldfähigkeit. Falls in diesem Staat immer noch die modifizierte Schuldunfähigkeitsregelung galt, musste Burgos lediglich zwei Dinge nachweisen: dass er zur Tatzeit an irgendeiner Form von geistiger Störung litt, und dass er das Schuldhafte seines Handels nicht erkannt hatte.

Glücklicherweise war sich Paul sicher, dass er Abweichungen zwischen der Art der Verbrechen und den Vorgaben des Lieds finden würde. Das würde der Schlüssel sein, um zu zeigen, dass Burgos – sofern er tatsächlich dem Wort Gottes gefolgt war oder dem seines Propheten Tyler Skye – dieses sehr freizügig ausgelegt hatte. Paul hatte schon jetzt mehr als eine Diskrepanz entdeckt: Burgos hatte eine neue Bibelstelle eingeführt, und er hatte sich, im Gegensatz zu seinem Vorbild, nicht selbst getötet. Burgos hatte Sex mit den Frauen gehabt – mit den Prostituierten vor ihrem Tod, mit den Studentinnen danach –, und darüber stand nichts in der Bibel. Zudem hatte er die Taten während der Ferien begangen, noch vor den Sommerkursen, weil er wusste, die Leichen würden dann frühestens mit deren Beginn entdeckt. Mit anderen Worten, ihm war klar gewesen, dass er ein Verbrechen verübte, und er hatte rasch gehandelt, bevor jemand die Toten finden konnte. Zudem hatten die Beamten inzwischen ermittelt, dass die vier Prostituierten in unterschiedlichen Stadtvierteln gearbeitet hatten; Burgos war also offensichtlich clever genug gewesen, nicht zweimal am gleichen Ort zuzuschlagen. Auch das legte wieder nahe: Er war sich bewusst, dass er gegen das Gesetz verstieß, und hatte versucht, einer drohenden Verfolgung zu entgehen.

Und Paul begann gerade erst, Material zu sammeln. Zum Zeitpunkt der Verhandlung würde er die Theorie der Übereinstimmung von Burgos' Taten mit dem Songtext und der Bibel so durchlöchert haben, dass sie sang- und klanglos unterging. Außerdem würde er zahlreiche Beweise dafür liefern können, dass sich Burgos über den kriminellen Charakter seiner Taten sehr wohl im Klaren war.

Eine halbe Stunde später war Professor Albany in Tränen aufgelöst. Paul gab dem Mann keine Schuld, aber er hatte nicht die Zeit und die Energie, sich jetzt um ihn zu kümmern. Es gab nur eine Person, um die er sich kümmern musste, einen Menschen, dem er in den nächsten neun Monaten seine ganze Aufmerksamkeit widmen würde.

Terry Burgos, der in seinen Augen nicht mehr den Hauch einer Chance hatte.

5. Juni 1997

✝

Totenwache

Die Elternschaft war für uns die Erfüllung unseres Lebens. Cassie war der Mittelpunkt unseres Daseins. Sie war alles, was gut und wertvoll daran war. Dieser Mann – dieses Monster – hat uns unser Leben geraubt. Er hat uns unsere Tochter genommen, unsere Träume, alles, was Eltern besitzen.

– Harland Bentley in einem Gespräch mit der Daily Watch, 29. Juni 1989

Dieser Mann verdient das gleiche Schicksal wie seine Opfer. Dieser Mann verdient den Tod.

– Stellvertretender Bezirksstaatsanwalt Paul Riley in seinem Abschlussplädoyer während des Prozesses gegen Terrance Demetrius Burgos, 31. Mai 1990

Nach Ablehnung seiner Habeas-Corpus-Haftbeschwerde heute vor dem Circuit Court of Appeals ist Terry Burgos der zwölfte Straftäter, der seit der Wiedereinführung der Todesstrafe in diesem Staat hingerichtet werden wird.

– Daily Watch, 19. Oktober 1996

8. Kapitel

Strafanstalt Marymount, eine halbe Stunde vor Mitternacht. Das Zuchthaus steht isoliert inmitten der Landschaft. Ein fünf Hektar großes Gelände, umgeben von acht Meter hohen Stahlzäunen, oben bepackt mit Rollen von rasiermesserscharfem Stacheldraht. Vollzugsbeamte observieren die Strafanstalt rund um die Uhr von einer Zufahrtsstraße aus. Die gepflegten Rasenflächen sind mit gewichtsempfindlichen Bewegungssensoren gespickt und werden von Wachtürmen aus mit Scheinwerfern abgeschwenkt; es befindet sich je ein Turm auf jeder Seite des achteckigen Zellentrakts im Zentrum der Anlage. Letztes Jahr hat jemand einen Fluchtversuch gewagt, schaffte es aber nicht mal bis zum Zaun, bevor ihm ein Scharfschütze aus hundert Meter Entfernung das Knie zerschoss.

Einen Kilometer vor dem eigentlichen Anstaltsgebäude bremse ich vor dem mittelalterlich wirkenden Tor. Eine gewaltige Stahltür, in die mit gotischen Lettern der Name des Gefängnisses eingeätzt ist. Ich lasse das Fenster herunter und lasse die stickige, feuchte Luft herein, höre in der Ferne die Rufe der Demonstranten.

»In Ordnung, Mr. Riley.« Der Wachposten händigt mir die beiden Ausweise für Trakt J aus. Einen, um ihn an den Rückspiegel zu hängen, den anderen hefte ich mir ans Hemd. »Fahren Sie langsam«, fügt er hinzu, und zeigt auf die lange gepflasterte Straße vor mir. »Einer hat sich mal vor ein Auto geworfen.«

Ich befolge seinen Hinweis und folge gemächlich der schmalen Straße, die durch die vielen am Rand parkenden Medienfahrzeuge noch enger geworden ist. Weiter vorne, bei der gewaltigen Einfahrt des Gebäudes, liegen zwei Camps, durch die Straße und zwei Dutzend Bezirkssheriffs in Kampfmontur voneinander getrennt. Das östliche Areal bietet Raum für die Todesstrafengegner, etwa einhundert Menschen, die sich bei Kerzenlicht zu Kreisen formiert haben. Man sieht betende Priester unter ihnen, während andere im Kreis marschieren und Schilder über den Köpfen tragen wie Streikposten. Ein junger Mann mit Pferdeschwanz auf einem provisorischen Podium aus Holzkisten brüllt in ein Megaphon. »Warum töten wir Menschen, um zu zeigen, dass es Unrecht ist, Menschen zu töten?«, verkündet er unter dem begeisterten Applaus seiner Anhänger.

Ihnen gegenüber tummelt sich eine andere Gruppe: Die Befürworter der Todesstrafe – besonders im Fall von Terry Burgos. Auf einem zwischen zwei Stangen aufgespannten Transparent sind die Namen der sechs Opfer von Burgos' Blutorgie zu lesen. Die Befürwortergruppe ist wesentlich kleiner, was daran liegt, dass sie in der öffentlichen Diskussion ohnehin die Nase vorn haben – in der gesamten Nation und besonders hier. Wir exekutieren gerne Menschen in diesem Staat.

Ein Beamter wirft einen Blick auf den Ausweis hinter der Windschutzscheibe, dann lässt er mich das Fenster ganz herunterfahren und erneut meine Papiere vorzeigen. Jetzt ist der Demonstrationslärm ohrenbetäubend, ein Duell zwischen Megaphonen und Sprechchören. Der Wachmann sucht meinen Namen auf seiner Liste. »Okay, Mr. Riley«, sagt er. »Fahren Sie durch dieses Tor, dort wird man Sie dann weiterleiten.« Der

Posten macht jemand ein Zeichen, und langsam gleiten die Torflügel auseinander.

Eine Hand hämmert gegen die Wagentür. Ein paar Reporter versuchen, in meinen Wagen zu spähen und einen Blick auf einen der geladenen Zeugen zu erhaschen. Ich lasse den Cadillac sanft anrollen, während die Reporter neben mir herlaufen und mir Fragen zurufen. Ich verstehe nur Bruchstücke. Einer von ihnen fragt mich, was ich hier will, was mir zunächst albern erscheint, denn schließlich war ich der Staatsanwalt, der die Jury dazu bewogen hat, die Todesstrafe zu verhängen. Aber als ich mir die Frage noch einmal gründlicher durch den Kopf gehen lasse, weiß ich selbst keine rechte Antwort darauf.

Ich fahre durch die Toröffnung, und die Reporter bleiben zurück. Ein paar Gebäude weiter winkt man mich auf den Besucherparkplatz. Ich laufe durch die drückende Hitze auf eine von Wachposten flankierte Tür zu. Ein untersetzter Vollzugsbeamter hält sie für mich auf, und ich betrete den frostig klimatisierten Empfangsbereich. Eine Gruppe Uniformierter hängt in der Lobby herum, raucht und unterhält sich. Einer von ihnen erkennt mich und grüßt. Ich antworte mit dem üblichen *Schön, Sie zu sehen,* das für Leute reserviert ist, deren Namen ich vergessen habe. Ich tu das nicht gern, denn natürlich durchschauen sie mich ohne Ausnahme. Ich weiß das, weil früher die Leute das Gleiche mit mir gemacht haben.

Ich fahre runter ins Tiefgeschoss und treffe wie üblich als Letzter ein. Alle anderen bestellten Zeugen sind schon anwesend, und alle tragen sie ihre Namensschildchen. Unter ihnen sind auch drei oder vier Elternteile der von zu Hause abgehauenen Mädchen oder Prostituierten in steifen, schlecht sitzenden Anzügen und Kleidern. Ich habe mich ihnen gegenüber immer respektvoll verhalten, schließlich haben sie ihre Töchter verloren, aber in Wahrheit hatten sich die meisten von ihnen schon lange vorher von ihren Kindern verabschiedet. Ich unterdrücke das Bedürfnis, ihnen zu sagen, was ich schon damals gerne losgeworden wäre: Hätten Sie sich ein wenig mehr Zeit für Ihre heranwachsenden Töchter genommen, wären sie womöglich nicht auf der Straße geendet, als willkommene Beute eines Serienkillers. In ihren Gesichtern spiegelt sich ein gewisser Ernst, aber auch ein Gefühl von Wichtigkeit, das ihnen hier durch die allgemeinen Respektsbekundungen kurzzeitig zuteil wird. Immerhin sind sie amtlich bestellte Zeugen der Hinrichtung des berühmtesten Verbrechers der jüngeren Geschichte dieses Staates. Wie aufregend für sie.

Ich entdecke Maureen und David Danzinger, und mir wird flau. Nie werde ich ihre Gesichter vergessen, kurz nachdem sie ihre Tochter Ellie identifiziert hatten, die gerade ihr zweites Studienjahr in Mansbury absolvierte. Sie waren sofort aus Südafrika zurückgekehrt, als sie es erfuhren, konnten es aber nicht glauben, bis sie ihre Tochter tot auf der Bahre liegen sahen, mit einem riesigen klaffenden Loch dort, wo früher ihr Herz gewesen war. Sie hatten das ganze Jahr in der Stadt verbracht, auf den Prozess gewartet und dann keinen Tag der Verhandlungen versäumt.

Maureen Danzinger tritt auf mich zu und legt mir die Hand auf den Arm. Es ist jetzt mehr als sieben Jahre her. Sieben lange Jahre Warten auf diesen Tag, in der Hoffnung, dass er eine Art Abschluss bringt, obwohl sie in ihrem Herzen nie wirklich daran geglaubt hat. Ihr Haar ist ergraut, ihre Augen liegen tief in den Höhlen, und sie hat deutlich an Umfang zugelegt – aber vielleicht tröstet sie der Gedanke, dass der Mörder ihrer Tochter verurteilt wurde und in weniger als einer Stunde hingerichtet wird. Menschen denken so, wenn sie ein nicht enden wollender Schmerz peinigt. Sie brauchen Hoffnung. Niemand kann ihnen ihre Tochter zurückgeben, also konzentrieren sie sich auf erreichbare Ziele – wie die gerechte Strafe für den Mörder. Das wird den Knoten nicht lösen, aber vielleicht ein wenig lockern.

Ich begrüße ihren Ehemann David. Er trägt einen eleganten schwarzen Anzug, wie man ihn zu einer Beerdigung tragen würde, was ich interessant finde, da wohl niemand dem Hingerichteten wirklich nachtrauern wird, zumindest niemand in diesem Raum.

Joel Lightner nähert sich. Er grinst. Der Ex-Detective, der den Fall gelöst hat. Oder besser, dem der Fall samt Lösung in den Schoß gefallen ist, wie er selbst nach ein paar Drinks zu viel zugegeben hat.

»Bentley kommt nicht?«, fragt er eine Spur enttäuscht.

Er meint die Familie der zweiten Studentin, die ermordet wurde. Cassandra Bentley, Tochter von Harland und Natalia Lake Bentley. Ich schüttle den Kopf. Harland ist inzwischen Klient meiner privaten Anwaltskanzlei, wir sprechen mindestens einmal in der Woche miteinander, streifen dabei die Hinrichtung von Terry Burgos aber nur am Rande.

»Die Aasgeier hocken einen Raum weiter«, zischt mir Joel verächtlich zu. Das gilt den Reportern, die das große Los gezogen haben und sich hier auf dem Gelände befinden. Gleichzeitig ist es für ihn eine willkommene Gelegenheit, die Werbetrommel für sein neues Geschäft als exklusiver Privatermittler zu rühren. Bestimmt wird er den Medienleuten ein paar saftige Brocken hinwerfen.

Ich schiele nach rechts durch das Plexiglasfenster, hinter dem die Reporter an ihren Drinks nippen und Kekse kauen. Die Bestimmungen des Gefängnisdirektors sind eindeutig: Reporter haben Zutritt, dürfen aber nur mit Zeugen sprechen, die sich freiwillig dazu bereit erklären. Er hat sie bis zum Beginn der Vorstellung sogar in einen eigenen Raum verbannt. Im Moment halten sich keine Zeugen bei ihnen auf, was aber auch daran liegen kann, dass ich spät dran bin. Wahrscheinlich haben sie schon alles, was sie brauchen.

Joel knufft mich leicht in die Seite. »Weißt du, was seine Henkersmahlzeit war?«

Ich schüttle den Kopf, obwohl ich es weiß.

»Tacos«, verkündet er strahlend.

Um 11.45 Uhr werden wir in den Raum für bestellte Zeugen geführt. Er ist kaum größer als ein Wohnzimmer, ohne jeden Schmuck; grau gestrichene Wände, zwei Sitzreihen, die hintere Reihe eine Stufe erhöht. Erst weiß niemand so genau, wo er sich hinsetzen soll, dann stürzen sich alle auf die hintere Reihe, als könnte sie eine gewisse Distanz zum Geschehen gewährleisten. Ich lasse den Angehörigen der Opfer den Vortritt und erwische am Ende einen Platz in der ersten Reihe zwischen Joel und Carolyn Pendry, einer Fernsehreporterin von Newscenter 4. Von meinem Platz aus habe ich freie Sicht auf das vom Boden bis zur Decke reichende Fenster zum Nachbarraum, das im Moment noch von einem grünen Vorhang verhüllt ist.

Mich beschleicht das merkwürdige Gefühl, im Kino zu sitzen; als hätte ich mich gerade auf meinem Platz gemütlich eingerichtet und würde jetzt darauf warten, dass sich der Vorhang öffnet. Es gibt einen Tisch mit Wasserkrügen und Kaffee – wer braucht in dieser Situation noch Koffein? –, aber sonst keine Erfrischungen. Joel Lightner hat mich gestern tatsächlich gefragt, ob er Popcorn mitbringen soll.

»Haben Sie nachher schon was vor?«, flüstert mir Carolyn Pendry, die Reporterin, mit bebender Stimme ins Ohr. Sie ist eine der vielen hübschen Journalistinnen der Stadt, groß und blond, mit hohen Wangenknochen. Sie ist komplett geschminkt und frisiert, genau wie die anderen Reporter, die später ihren Kommentar in die Kamera sprechen werden. Sie will einen Witz machen, versucht cool zu wirken. Tatsächlich werden Joel und ich hinterher zusammen ein Steak essen gehen, aber das werde ich ihr nicht auf die Nase binden.

Carolyn beugt sich zu mir herüber. »Was hat er Ihnen gestern gesagt?«

»Kein Kommentar.« Als gute Journalistin weiß Carolyn, dass Burgos mich gestern zu sich gebeten hat. In diesem Staat wird der zum Tode Verurteilte in den letzten drei Tagen vor der Hinrichtung in einen Bereich verlegt, den sie »Deathwatch« nennen – vier direkt an die Todeskammer angrenzende Zellen, wo er rund um die Uhr unter der Beobachtung von Vollzugsbeamten steht, die in Zwölf-Stunden-Schichten arbeiten. Dort können die Verurteilten zwei Besucher pro Tag empfangen. Ich war sein einziger Besucher. Mein Aufenthalt dauerte nicht länger als fünf Minuten.

Die nächsten Augenblicke hier im Zuschauerraum sind etwas befremdend. Die Strafvollzugsbehörde hat zwar ein strenges Reglement für den Ablauf der Hinrichtungen aufgestellt – vom letzten Gespräch mit dem Geistlichen, der letzten Mahlzeit, dem »Todesmarsch« aus der »Deathwatch«-Zelle in den Trakt J bis zum offiziellen Anruf des Commissioners, wegen möglicher Gründe für einen Aufschub –, aber eine Handhabe dafür, wie man einem Mann beim Sterben zusieht, gibt es nicht. Wir rutschen unruhig auf unseren Stühlen herum. Besonders die Reporter, die über das Ganze berichten müssen, fühlen sich unwohl in ihrer Haut. Freilich springt bei der Sache garantierte Sendezeit für sie heraus und anschließend vielleicht noch eine Sondersendung über die verübten Verbrechen oder allgemein zum Thema Todesstrafe, aber dennoch bereitet ihnen das Ganze kein sonderliches Vergnügen.

Um zehn vor zwölf teilt sich der Vorhang vor dem Fenster, ein Vollzugsbeamter zieht ihn per Hand auf. Neben mir zuckt

Carolyn zusammen. Die Zeugen schnappen nach Luft, stöhnen, sogar ein kurzes Aufschluchzen ist zu vernehmen. Die Menschen in der hinteren Reihe blicken auf den Mann, der ihre Töchter ermordet hat.

Es ist ein großer Raum, in dessen Mitte eine kleine Kammer steht. Eine blassgrün gestrichene achteckige Box, etwa ein Meter achtzig breit und zwei Meter fünfzig hoch. Der Eingang besteht aus einer Stahltür mit Gummidichtungen, die mit einem großen Sperrrad verriegelt ist. An den übrigen sieben Seiten befinden sich Fenster, so dass alle im Beobachtungsraum den Verurteilten gut sehen können.

Terry Burgos trägt nichts außer weißen Boxershorts. Er sitzt auf einem Metallstuhl, mit Lederriemen über Ober- und Unterschenkeln, Armen, Hüften, Brust und Stirn. Ein Stethoskop mit einer Verlängerung nach draußen ist an seiner behaarten Brust befestigt, damit ein Arzt Burgos' Tod bestätigen kann, ohne die Gaskammer betreten zu müssen.

Das mit dem Stirnriemen ist neu. Sie haben ihn eingeführt, nachdem sich ein Typ während der Erstickungskrämpfe den Kopf an einer Stahlstange hinter dem Stuhl blutig geschlagen hat. Unser Staat trägt gewissenhaft Sorge dafür, dass ein Verurteilter sich nicht selbst bewusstlos schlägt, und wir ihn ordnungsgemäß exekutieren können.

Burgos, ein dicklicher Mann in Unterhosen, an einen Stuhl geschnallt, den Blicken der Zuschauer ausgesetzt, gibt ein klägliches Bild ab, doch offensichtlich scheint ihm das nichts auszumachen. Er zeigt so gut wie keine Regung. Lässt seinen Blick langsam von Zuschauer zu Zuschauer wandern, mit großen erstaunten Kinderaugen. Die letzten sieben Jahre hat er in vollständiger Isolation verbracht, und vielleicht hat dieser Moment sogar etwas Stimulierendes für ihn.

Unter Burgos' Stuhl befindet sich eine Schüssel, die eine

Mischung aus Schwefelsäure und destilliertem Wasser enthält. Darüber hängt in einem Gazesäckchen ein Pfund Zyankalikapseln. Sobald der Direktor das Signal gibt, betätigt der Vollzugsbeamte neben der Gaskammer einen Hebel, das Zyanid fällt in die Flüssigkeit, und eine chemische Reaktion setzt Zyanwasserstoffgas frei.

Tatsächlich sind es drei Hebel, die simultan von drei Wärtern betätigt werden. Zwei der Hebel bewirken überhaupt nichts, während der dritte die Kügelchen in die Säure senkt. Keiner der drei Wärter muss heute Nacht in dem Bewusstsein zu Bett gehen, derjenige gewesen zu sein, der den Mann getötet hat. Dem Staat mangelt es vielleicht an Mitleid mit seinen Mördern, aber nicht mit seinen Exekutionskommandos.

»Ich bete zu Gott, dass er nicht die Luft anhält«, murmelt Carolyn. Offenbar hat sie ihre Hausaufgaben gemacht. Wenn Burgos gleich einen tiefen Atemzug von dem Gas nimmt, wird er innerhalb von Sekunden ohnmächtig und kann friedlich sterben. Hält er dagegen die Luft an und wehrt sich, befallen ihn höchstwahrscheinlich Krämpfe, und das Ganze kann sich bis zu zwanzig Minuten hinziehen.

»Terrance Demetrius Burgos«, beginnt der Beamte, der sich das Clipbord in einem gewissen Abstand vors Gesicht hält. »Sie wurden von einem Gericht dieses Staates wegen fünf separater Verstöße gegen Artikel 4, Absatz 6-10(a) des Criminal Code verurteilt, als da sind: die Morde an Elisha Danzinger, Angela Mornakowiski, Jaqueline Davis …«

Carolyn Pendry gibt einen unterdrückten Laut von sich, beugt sich vor und erbricht sich mit einem kehligen Grunzen auf meine Schuhe. Ich ignoriere die gallige Flüssigkeit auf meinen Füßen, biete ihr ein Taschentuch an und nehme ihre Hand, so dass sich unsere Finger verschränken. Sie will sich entschuldigen, aber dazu besteht kein Anlass. Sie wird nicht die Einzige sein, die so reagiert. Es steht sogar ein eigener Arzt für die Zeugen bereit.

»... Sarah Romanski und Maureen Hollis.«

Terry Burgos hat seit seiner Verhaftung gut zwanzig Pfund zugelegt, sein Doppelkinn drückt ihm auf die Brust und seine Augen sind nur noch Schlitze. Sein Schädel ist fast kahl; nur ein paar wirre Strähnen ragen über das Lederband um seine Stirn. Ich schaue ihm in die Augen, auf der Suche nach einem Zeichen von Reue oder Mitgefühl. Oder Angst. Ich gebe zu, ich will ihn leiden sehen.

»... kam die Jury zu dem einstimmigen Beschluss, dass diese Morde vorsätzlich geschahen und unter Umständen, welche die Todesstrafe als angemessen ...«

Die allgemeine Anspannung hinter mir ist deutlich zu spüren. All die gemischten Gefühle der wütenden und zutiefst verletzten Menschen, die in den letzten Wochen diese Tragödie immer wieder neu durchleben mussten und denen nun endlich die Gerechtigkeit widerfährt, um die sie die Jury gebeten, ja, angefleht haben.

»Sie haben eine Erklärung unterzeichnet, die vom Notar beglaubigt und vom Gericht bestätigt wurde, der zufolge Sie tödliches Gas als Todesart wählen.«

Das, oder den elektrischen Stuhl. Ich hätte mich anders entschieden. Ich kann mir nichts Schlimmeres vorstellen, als qualvoll zu ersticken.

Ich mustere die zwei Telefone an der Wand, eines schwarz, das andere rot; Letzteres der heiße Draht zum Amtssitz des Gouverneurs. Ich spähe auf die Uhr. Punkt zwölf.

Als ich wieder Burgos betrachte, bemerke ich, dass sein Blick auf mir ruht. Jetzt, da wir Augenkontakt haben, wird er mich ohne Zweifel so lange ansehen wie möglich. Ich frage mich, ob ich mich abwenden und ihm damit meine Verachtung demonstrieren soll, die er wahrscheinlich verdient hat; aber ich starre unverwandt zurück. Vielleicht schulde ich ihm das. Möglicherweise sollte jeder Strafverfolger dem Menschen in die Augen schauen müssen, den er verurteilt hat. Vielleicht bin ich ja deshalb hier und vielleicht habe ich deshalb gestern auch eingewilligt, ihn zu besuchen. Seine Zunge quillt zwischen den dünnen Lippen hervor. Er blinzelt, wohl unfreiwillig. Kein menschliches Wesen, wie psychotisch auch immer, kann angesichts einer solchen Strafe ungerührt bleiben. Seine Finger trommeln auf die Armlehnen. Seine Zehen zucken. Seine Brust hebt und senkt sich. Er schwitzt heftig, was bei einem halb nackten Mann kein schöner Anblick ist.

»... und Sie haben nun das Recht, Ihre letzten Worte zu sprechen.«

Absolute Stille. Terry Burgos hat sich nie entschuldigt, kein Wort der Reue ist je über seine Lippen gekommen. Doch genau darauf warten die Familien, nehme ich an. Irgendetwas, irgendein Zeichen, das ihren Schmerz lindern könnte.

Seine Lippen öffnen sich, aber er bleibt stumm. Unverwandt starren wir einander in die Augen. Es scheint, als bekämen die Familien nicht das, worauf sie warten. Was immer er zu sagen hat, er wird es nur mir sagen.

Der Vollzugsbeamte ist unsicher, wie er weiter verfahren soll. Er will Burgos zumindest das noch zugestehen, eine letzte Gelegenheit, etwas gutzumachen oder seinen Frieden zu finden. Vielleicht mag er den Kerl sogar, auf irgendeine verquere Art. Immerhin hat er hier im Todestrakt die letzten sieben Jahre mit ihm verbracht. Die meisten Typen in Isolationshaft wenden sich irgendwann Gott zu, oder sie verlieren einfach den Kampfgeist, so dass sie recht umgängliche Gefangene abgeben.

Der Beamte späht schließlich zum Gefängnisdirektor hinüber, der einen Finger reckt, und alle warten gespannt.

Terry Burgos räuspert sich mühsam. Irgendwo drüben im Westen soll ein Kerl bei seinen letzten Worten fast zwanzig Minuten lang herumgestottert haben.

Eine weitere lähmende Minute verstreicht, in der Burgos und ich uns anstieren. Ich suche in seinen Augen nach einem hämischen Triumphieren, nach Hass, nach Angst. Stattdessen entdecke ich nichts als kindliches Erstaunen, einen fast hypnotischen Ausdruck.

Der Wachmann tritt näher an die Glaszelle. »Terry, haben Sie noch irgendwas zu sagen?«

Burgos schüttelt langsam den Kopf, so gut er das in seinen Fesseln vermag. Die Augen immer noch auf mich geheftet, öffnet er erneut den Mund. Stumm spricht er zu mir, seine Lippen bewegen sich, ebenso wie seine Zunge und die Zähne. Ich bin nicht gut im Lippenlesen, aber ich weiß, was er sagt.

Der Direktor, der Burgos von seinem Platz aus nicht sehen kann, versteht sein Schweigen als Nein, und er gibt dem Vollzugsbeamten das Zeichen, der wiederum den Wärtern signalisieren wird, mit der Exekution zu beginnen.

»Der Gefangene verzichtet darauf, letzte Worte zu sprechen«, verkündet der Vollzugsbeamte.

Hinter mir ein Aufschluchzen. Einige Angehörige hätten gerne noch Worte der Reue gehört. Andere dagegen hatten offenbar eine Art Selbstrechtfertigung befürchtet und sind über deren Ausbleiben erleichtert. Auf jeden Fall täuscht sich der Vollzugsbeamte. Terry Burgos hat nicht auf eine letzte Äußerung verzichtet. Er hat sie lautlos in meine Richtung gemurmelt, an die Adresse des Mannes, der ihn auf diesen Stuhl gebracht hat.

Dieselben Worte, die er mir gestern in seiner Zelle anvertraut hat.

Ich bin nicht der Einzige.

Sonntag, 5. Juni 2005

Der zweite Vers

9. Kapitel

Die Qualität der Bilder auf dem Fernsehschirm ist deutlich schlechter, immerhin sind sie auch schon acht Jahre alt. Oben rechts ist das Datum eingeblendet: *1. Juni 1997.*

Carolyn Pendry, in einem blauen Kostüm und mit cremefarbener Seidenbluse, hat professionell die Beine übereinandergeschlagen und einen Notizblock im Schoß. »Danke für Ihre Bereitschaft, mit mir zu sprechen, Mr. Burgos«, beginnt sie.

Schnitt auf ihn. Der verurteilte Mörder Terry Burgos hockt zusammengesunken da, in einem orangefarbenen Overall. Sein schütteres Haar ist ordentlich gescheitelt, sein Gesicht rund und aufgedunsen, von der übermäßigen und ungesunden Gefängniskost. Seine Augen liegen tief in den Höhlen und sind von durchdringendem Schwarz; ansonsten ist seine Miene ausdruckslos.

»Mr. Burgos, in vier Tagen sollen Sie hingerichtet werden. Das Büro des Revisionsanwalts hat gegen Ihren Willen erneut Berufung beim Bundesgericht eingelegt. Was sagen Sie dazu?«

Burgos blinzelt und blickt beiseite. Er leckt sich über die Lippen.

»Sind Sie bereit zu sterben, Mr. Burgos?«

Sein Körper reagiert, er zuckt ein wenig, und eine Art Lächeln umspielt seine Lippen, als belustige ihn eine lange zurückliegende Erinnerung. Seine Augen sind immer noch in die Ferne gerichtet. »Woher wissen Sie, dass ich sterbe?«

»Wollen Sie damit sagen, Sie können nicht sterben?«

Sein Ausdruck wird ernst, die Augen weiten sich. Als träume er im Wachzustand.

»Mr. Burgos?«

»Einen Körper kann man töten. Aber nicht die Wahrheit.«

Eine Pause. Vielleicht erwägt sie einen Themenwechsel. Ihr Gegenüber macht ihr die Sache nicht gerade leicht. Es ist, als spräche man mit einem Kind.

»Hatten diese Frauen den Tod verdient?«

Burgos lehnt sich im Stuhl zurück. Ein zufriedener Ausdruck erscheint in seinem Gesicht. Als wäre die Reporterin gar nicht anwesend. »Das hab ich nicht zu entscheiden.«

»Wer hat das zu entscheiden?«

»Na, wer schon.« Burgos fängt an, mit dem Oberkörper zu schaukeln, der Stuhl bleibt dabei fest am Boden verankert. Vor und zurück, das erste Anzeichen körperlicher Aktivität.

»Gott entscheidet«, sagt Carolyn Pendry. »Hat Gott Ihnen befohlen, diese Frauen zu töten?«

»Klar hat Er das.« Burgos unterstreicht seine Antwort durch ein Rucken mit dem Kopf.

»Sie haben gesagt, Ellie Danzinger sei ein Geschenk des Himmels, Mr. Burgos. Was …?«

»Gott hat sie mir gegeben.« Das Schaukeln seines Körpers wird schneller.

»Wie hat Gott das getan?«

Burgos hebt die Arme, um seine Worte zu untermalen. Seine Hände schneiden durch die Luft, die Kette tanzt zwischen den Handgelenken. »Ihr denkt alle, ich bin verrückt, weil ich Dinge sehe, die ihr nicht seht. Aber deswegen bin ich noch lange nicht verrückt. Ihr glaubt an den Schöpfer und die

Wiedergeburt Christi, aber wenn Jesus wirklich wiederkäme, würdet Ihr Ihm nicht glauben.«

Schnitt auf die Reporterin Pendry. Sie macht ein nachdenkliches Gesicht.

»Ihr würdet Ihn für verrückt erklären.« Burgos schaukelt unaufhörlich.

»Hat Tyler Skye Ihnen befohlen, diese Frauen zu ermorden?« Jetzt zieht Burgos die Knie an die Brust und stellt die Füße auf die Kante des Stuhls. Die Arme um die Beine geschlungen, wippt er wie ein Ball vor und zurück.

»Hat …?«

»Gott hat das getan.« Er nickt emphatisch.

»Tyler Skyes Song hat Sie nicht dazu veranlasst, diese Frauen zu töten?«

»Tyler war bloß ein Bote. Genau wie ich.«

»Mr. Burgos, dem Song nach hätten Sie sich am Ende *selbst* töten müssen. Das hat Tyler Skye doch in der letzten Zeile gefordert, oder?«

Burgos atmet tief ein. Blinzelt träge. Schaukelt und schaukelt.

»Warum haben Sie sich nicht selbst getötet, Mr. Burgos? Warum haben Sie stattdessen Cassie Bentley umgebracht?«

Als wäre er von einem undurchdringlichen Nebel umgeben, antwortet er nicht.

»Sie haben berichtet, Cassie Bentley hätte Sie gerettet, Mr. Burgos. Was wollten Sie damit …?«

»Cassie hat mich gerettet. Gott hat mir gesagt, dass ich noch nicht fertig bin. Und dann hat er mir Cassie geschenkt.«

Den Blick an die Decke gerichtet, beginnt er, vor sich hin zu summen.

»Mr. Burgos, hatte Ihr Anwalt unrecht, als er Sie als psychisch gestört bezeichnete?«

»Psychisch gestört. Psychisch gestört.« Burgos bricht in ein Kichern aus.

»Mister …«

»Was soll das sein? Psychisch gestört?« Plötzlich runzelt er die Stirn, fixiert einen Punkt, konzentriert sich. »Was ist das?«

»Psychisch gestört«, erklärt die Reporterin ruhig, »bedeutet, dass Sie nicht in der Lage sind, die Vorgänge in Ihrem Kopf zu steuern.«

»Das ist doch bei jedem so.«

»Es bedeutet, Sie können nicht zwischen Recht und Unrecht unterscheiden.«

»Ist bei jedem so.«

»Mr. Burgos, würden Sie die Morde an den Mädchen noch einmal begehen, wenn Sie die Gelegenheit dazu hätten?«

»Sie noch mal töten.« Mitten in der Bewegung hält er inne. Die Augen bilden schmale Schlitze, starren ins Leere, die Schultern hat er schützend hochgezogen. Die Kamera zoomt nah auf sein Gesicht.

»Ich werd jetzt schlafen gehen.«

»Wollen Sie meine Frage nicht beantworten?«

Burgos erwidert nichts, und schließlich friert sein abwesendes Starren auf dem Bildschirm ein.

Das Bild schrumpft und wandert an den Rand der Mattscheibe. Die Moderatorin Carolyn Pendry, acht Jahre älter, blickt mit kritischem, professionellem Blick in die Kamera.

»Auf den Tag genau vor fünfzehn Jahren wurde Terrance Demetrius Burgos zum Tode verurteilt. Die Jury wies einen Antrag seines Anwalts, ihn nur für bedingt schuldfähig zu erklären, zurück und verhängte in fünf Fällen die Höchststrafe. Mein kurzes Gespräch mit Mr. Burgos vor acht Jahren war das einzige und letzte Interview, das er je gab.«

Der Kamerawinkel wechselt, und Carolyn Pendry nimmt

eine neue Position ein. »Hat Terry Burgos die gewalttätigen Zeilen von Tyler Skyes Song wirklich als Gottes Auftrag verstanden? Hat er den Tod für seine Taten verdient? Die Debatte dauert bis heute an. Meine Meinung in diesem Punkt jedoch ist eindeutig. Ein Mensch, der provozierende, spätpubertäre Gedichte als Botschaft des Allmächtigen auffasst, lebt nicht in unserer Welt. Terry Burgos wollte töten, der gleichgültigen Gesellschaft eins auswischen, und sein Gehirn hat nach einer Rechtfertigung dafür gesucht.«

Eine dramatische Pause. Die Kameraperspektive wechselt erneut. »Die gängige juristische Definition von Schuldunfähigkeit passte nicht auf Terry Burgos, denn ihm war bewusst, dass er mit seinen Taten gegen das Gesetz verstieß. Das bedeutet aber noch lange nicht, dass er wirklich schuldfähig war. Terry Burgos litt unter einer massiven paranoid-schizophrenen Störung und hat deswegen getötet. Sein Wissen, dass diese Handlungen gegen das Gesetz verstießen, ändert nichts an dieser Tatsache.

Terry Burgos hatte es verdient, eingesperrt und therapiert zu werden. Den Tod hat er nicht verdient.« Sie nickt. »Das war das *Sunday Night Spotlight* mit Carolyn …«

In dem düsteren Raum, zusammengekauert in einer Ecke, die vom einzigen Fenster aus uneinsehbar ist, legt Leo die Fernbedienung beiseite und starrt auf das verglimmende Fernsehbild, das einem schwarz-weißen Flimmern weicht. Verglimmen und Flimmern, Flimmern und Verglimmen. Er zieht die Beine an die Brust und hält den Atem an. Mit zusammengepressten Augenlidern lauscht er auf jedes noch so leise Geräusch, lauscht und lauscht.

Die Stille des Hauses dröhnt in seinen Ohren.

Ich bin nicht wie er.

Er springt auf, als das Telefon klingelt. Sein Blick zuckt

durch den Raum, während das Klingen sich wiederholt. Der Anrufbeantworter springt an. Leo hört seine eigene monotone Stimme, die den Anrufer bittet, eine Nachricht zu hinterlassen, gefolgt von einem langen, quälenden Piepton.

»Leo, hier ist Dr. Pollard. Sie haben jetzt schon zwei Sitzungen versäumt und unsere Anrufe nicht beantwortet. Nehmen Sie regelmäßig Ihre Medikamente, Leo? Wir haben doch darüber gesprochen, wie wichtig das ist.«

Ich vertrau dir nicht. Ich vertrau dir nicht mehr.

»Ich werde Ihnen meine Privatnummer geben, Leo. Es ist wirklich unerlässlich, dass Sie mich anrufen.«

Leo vergräbt den Kopf zwischen den Beinen. Er wartet darauf, dass der Arzt endlich zu reden aufhört und die Maschine sich abschaltet. Als endlich wieder Stille einkehrt, hebt er den Kopf.

Ich bin nicht wie er.

Er holt tief Luft. Denkt darüber nach.

Ich bin besser.

Sonntag

19. Juni 2005

10. Kapitel

Leo kriecht das dunkle Treppenhaus hinauf, sein Körper streckt sich über vier Stufen, die Gliedmaßen ausgefahren wie eine Spinne. Sein Körpergewicht ist gleichmäßig verteilt. Die Stufen knarren nicht unter seiner Last. Und er kann nicht ausrutschen oder stolpern. Kein Knarren, kein Ausrutschen, kein Stolpern.

Du hörst mich nicht kommen.

Als er das Ende der Treppe erreicht, kann er ins Schlafzimmer spähen. Die Dunkelheit wird ausgedünnt vom Licht der Straßenlaterne draußen vorm Fenster. Im Raum herrscht absolute Stille bis auf das unregelmäßige Schnarchen Fred Ciancios, das sich anhört, als lägen Nase und Rachen miteinander im Clinch.

Langsam richtet sich Leo auf. Sein eines Knie knackt, und er erstarrt für einen Moment. Von Fred Ciancio keine Bewegung. Nur laute, unrhythmische, schmatzende Schnarchgeräusche mit seitlich ins Kissen gedrücktem Kopf.

Waffen. Halt Ausschau nach Waffen. Allmählich gewöhnen sich seine Augen an die Lichtverhältnisse.

Keine Waffen. Nichts.

Er hat Leo nicht erwartet.

Leo zieht es mit der rechten Hand aus der hinteren Hosentasche.

Ciancio wälzt sich herum. Eine Reaktion auf Leos Körperwärme, die das Klima im Raum verändert.

Aber Leo ist nicht heiß.

»Was …?« Ciancios Kopf fährt ruckartig hoch.

Zwei große Sätze, und er ist beim Bett. Er landet auf Ciancio Brust, drückt mit der Linken seinen Kopf zurück ins Kissen, presst ihm die Hand auf den Mund.

Er zeigt es ihm, hält die Spitze seiner Waffe zwischen Ciancio Augen. Dann beugt er sich vor, damit der Alte sein Gesicht erkennen kann. Die scharfe Spitze fährt über Ciancios Nasenrücken, wandert über Freds Pyjamaoberteil, seine Brust hinab und tastet den Brustkasten ab. Dann findet die Waffe die Stelle zwischen den Rippen.

Du hättest nicht anrufen sollen, Fred.

Er stirbt langsam und unter Qualen.

Montag

20. Juni 2005

11. Kapitel

»Haltung, Hector«, erinnere ich ihn, als die Fahrstuhltür aufgleitet. Die Reporter lauern in der Lobby des Gerichtsgebäudes und springen sofort auf, als ich aus dem Aufzug trete, in Begleitung von Senator Hector Almundo, der sich gerade in elf Fällen von Betrug, Erpressung, Bestechung und Unterschlagung für nicht schuldig erklärt hat. Der Senator, dezent in einen grauen Anzug mit schwarzer Krawatte gekleidet, befolgt meinen Rat und drängt sich mit stoischer Miene durch die Reporter, die ihn mit ihren Fragen wie mit Schlägen in den Magen bombardieren. Nicht einfach, das zu ertragen.

Kurz vor der Drehtür bleiben wir stehen und drehen uns um. Die Reporter umzingeln uns und schieben dem Senator ihre Mikrofone ins Gesicht, bis ihnen klar wird, dass ich hier das Wort führe. Ich gebe den üblichen Kommentar ab – sämtliche Anschuldigungen seien völlig haltlos, und wir könnten es kaum erwarten, unsere Unschuld vor Gericht zu beweisen. Wobei ich unerwähnt lasse, dass Senator Almundo nur eine Stunde zuvor schluchzend in meinem Büro saß und sich verzweifelt fragte, wie viele Leute er bestechen müsste, um eine Gefängnisstrafe abzuwenden.

Nach dieser überflüssigen Zeremonie schieben wir uns nach draußen, und ich verfrachte Hector in den wartenden Wagen. Während er mit seiner Frau und seinem Bruder davonrast, wimmle ich eine Handvoll Reporter ab. Dutch Reynolds und Andy Karras wollen Informationen für eine Hintergrundstory, aber ich bin nicht in Stimmung dafür. »Danke allerseits. Das war's für heute«, sage ich bestimmt.

Eine der Journalistinnen weckt mein Interesse. Ich habe sie hier noch nie gesehen, und im Gegensatz zu ihren Kollegen ist sie eine wahre Augenweide. Sie sieht aus, als gehöre sie eigentlich vor eine Kamera, groß, mit hellem Teint, auf telegene Art schlank, mit einem ovalen Gesicht, einer perfekten Nase und ausdrucksvollen blauen Augen. Außerdem trägt sie ein verdammt hübsches himmelblaues Kostüm. Ich ergreife galant die Hand, die sie mir entgegenstreckt, doch wie immer bei attraktiven Frauen verknotet sich meine Zunge. Wenn es so was wie den Krieg der Geschlechter tatsächlich gibt, dann ist es der aussichtsloseste, in dem ich je gefochten habe.

»Paul Riley? Evelyn Pendry von der *Watch.*«

Wie schon vermutet, ist sie von der schreibenden Zunft. Aber der Name lässt es in meinem Hinterkopf klingeln.

»Kein Kommentar, Evelyn.«

»Ich möchte Ihnen nur zum Jahrestag gratulieren«, lächelt sie und studiert meine Reaktion. »Sechzehn Jahre.«

»Sechzehn – so lange ist das schon her? Stimmt.« Ich habe es ganz vergessen. Heute vor sechzehn Jahren haben wir die Leichen gefunden. Ich schüttle immer noch ihre Hand und muss mir innerlich befehlen, sie loszulassen. Wenigstens für die nächsten paar Sekunden unterdrücke ich meine männlichen Instinkte – immerhin sie ist Journalistin, und da sollte man immer auf der Hut sein. »Ich muss dringend weg«, erkläre ich.

»Um Hectors Verteidigung auf die Beine zu stellen?«, fragt sie ironisch. »In spätestens drei Monaten wird er ohnehin auspacken.«

Wenn sie weniger attraktiv wäre und ihre Prognose nicht dermaßen ins Schwarze träfe, wäre ich sicher wesentlich ungehaltener. So deute ich bloß entschuldigend auf meine Uhr.

»Ich wollte nur wissen, ob Sie vielleicht ein wenig Zeit für mich haben«, sagt sie.

Die suggestive Art ihrer Fragestellung hat was. Aber vielleicht spielen auch nur meine Hormone verrückt. Vermutlich fände ich es genauso charmant, wenn sie mich nach einer Hämorridencreme fragen würde.

»Für Sie oder für Ihr Blatt?«, will ich wissen.

Ein reizendes Lächeln malt sich auf ihr Gesicht. Sie lässt mich nicht aus den Augen. »Das überlasse ich Ihnen.«

Fast habe ich das Gefühl, diese umwerfende Frau flirtet mit mir. Ein Zyniker würde vielleicht das Wort *manipulieren* verwenden, aber wer will schon ewig als Zyniker durchs Leben gehen?

»Stört Sie das?« Sie hält mir ein kleines Aufnahmegerät vor die Brust. Ohne mein Einverständnis abzuwarten – das tun Reporter nie – schaltet sie es ein und beginnt die Fakten zu nennen, Name und Datum.

»Sie sind jetzt fünfzehn Jahre selbstständiger Anwalt«, sagt sie zu mir. »Kurz nach der Verurteilung von Terry Burgos haben Sie Ihre eigene Anwaltsfirma gegründet?«

Ich erwidere nichts, lasse aber das berühmte Riley-Lächeln aufblitzen, das schon Frauen rund um den Globus schwach gemacht hat.

»Und wann hat Harland Bentley Sie als Anwalt für alle seine geschäftlichen Angelegenheiten eingesetzt?« Sie neigt den Kopf ein wenig zur Seite und schiebt mir den Rekorder unters Kinn. Als sie keine Antwort bekommt, fügt sie hinzu: »Nur ein paar Hintergrundinfos, Paul. Wir bringen eine Story über die Anklage gegen Almundo. Das ist kostenlose Werbung für Sie.«

Ich nicke freundlich und starre auf das Aufnahmegerät. Und dann fällt es mir ein. »Sie sind Carolyn Pendrys Tochter, richtig?«

Sie runzelt die Stirn angesichts dieser Bemerkung, die ihr in jeder Hinsicht unpassend erscheinen muss. Ganz offensichtlich ist sie eine Frau, die es allein schaffen will, ohne die Protektion ihrer berühmten Mutter, der Nachrichtenmoderatorin. Allerdings steht zu vermuten, dass überirdische Schönheit bei ihnen in den Genen liegt, auch wenn ich mir das letzte Mal, als ich mich in unmittelbarer Nähe einer Pendry befand, anschließend ihr Mittagessen von den Schuhen wischen musste.

»Ich muss los«, sage ich und reiche ihr meine Karte.

Hartnäckig versperrt sie mir den Weg. »Nur ein paar kurze Fragen, Paul. Ich lade Sie auch auf einen Drink ein. Seien Sie doch nicht so, ein harmloser Drink nach Feierabend.«

Sie versucht, einen Fuß in die Tür zu kriegen und verfällt prompt wieder aufs Flirten. Bei ihrem Äußeren hat sie damit vermutlich in den meisten Fällen Erfolg. Warum auch nicht? Würde ich so aussehen, würde ich auch mit meinen Pfunden wuchern. Aber einem Kerl wie mir bleibt eben nur sein einnehmendes Wesen.

»Ich könnte in meinem Artikel Burgos erwähnen«, bietet sie an, während sie neben mir hertrabt. Solange ich sie nicht mit dem Ellbogen wegstoße oder in ein Taxi springe und die Tür hinter mir zuschlage, wird sie sich kaum abschütteln lassen. »Kann nie schaden, die Öffentlichkeit mal wieder daran zu erinnern, dass Sie für die Verurteilung des berühmtesten Serienkillers unserer Stadt zuständig waren.«

Mag sein. Fast jeder meiner potentiellen Klienten fragt mich irgendwann danach. Und jedes Mal ertappe ich mich dabei, wie ich die Geschichte mit all ihren Details wieder hervorkrame, den grausigen Tatort, das furiose Verteidigerteam und den Triumph, als die Jury schließlich verkündete, die erschwerenden Umstände der Tat überwögen die mildernden. Wobei ich jedoch regelmäßig versäume zu erwähnen, dass dieser Fall, obwohl langwierig und vielbeachtet, einer meiner einfacheren war.

»Da wir gerade davon sprechen – haben Sie Kontakt zur Bentley-Familie?«, fragt sie mich. »Haben Sie je mit Natalia gesprochen? Oder mit Gwendolyn Lake?«

Sie muss noch an ihren Überleitungen feilen. Warum gibt sie vor, etwas über Hector Almundo schreiben zu wollen, wenn sie in Wahrheit über Burgos und die Bentleys sprechen will?

»Würden Sie Cassie Bentley als ein schwieriges Mädchen beschreiben? Mit emotionalen Problemen?«

Wir haben das Ende der Plaza vor dem Gerichtsgebäude erreicht. Ich bleibe abrupt stehen und sehe Evelyn direkt ins Gesicht. Das weckt sofort neue Hoffnungen bei ihr, der Kassettenrekorder landet wieder unter meiner Nase, und sie beißt sich vor Aufregung auf die Unterlippe.

Offensichtlich heckt sie bereits die nächste Frage aus, während mich eigentlich viel mehr interessiert, was sie da mit ihrem Mund anstellt. Tja, Freud hatte wohl doch nicht so unrecht.

Harland Bentley hatte Natalia Lake geheiratet, die Erbin des Vermögens der Lake'schen Minengesellschaft. Natalias Schwester Mia Lake hatte mit ihrer Tochter Gwendolyn in Natalias und Harlands Nähe gelebt, auf der anderen Seite von Highland Woods – zwei riesige Villen, die den wohlhabenden Vorort flankierten, eine für jede Lake-Schwester. Mia war schon vor langer Zeit gestorben, irgendwann in den frühen Achtzigern, und Natalia hatte sich ihrer Nichte Gwendolyn Lake angenommen. Da die Familie grob geschätzt mehrere Milliarden besaß, hatte trotzdem niemand wirklich darben müssen.

Als sich Natalia und Harland kurz nach der Ermordung ihrer Tochter Cassie scheiden ließen, zog Natalia hinüber in die Villa, in der früher ihre Schwester gelebt hatte, und in der ihre Nichte vermutlich immer noch wohnte. Ich hatte nie das Vergnügen gehabt, Gwendolyn persönlich kennenzulernen. Und es war wohl auch kein echtes Vergnügen, nach allem, was so durchsickerte.

Ich habe keinen Schimmer, warum Evelyn mich danach fragt. Aber ich spiele nicht gerne Katz und Maus, es sei denn, ich bin die Katze. (Oder war es doch die Maus?) »Cassie Bentley war ein vielversprechendes junges Mädchen, und ihr Tod ist eine echte Tragödie«, sage ich. »Natalia Lake hat diesen Schicksalsschlag mit unglaublicher Haltung und Würde gemeistert. Ich wünsche ihr und ihrer Nichte Gwendolyn alles Gute.«

Evelyn schweigt. Das war definitiv nicht das, was sie hören wollte. Aber was hat sie sich erwartet? Schließlich bin ich Anwalt. Ich bin den ganzen Tag mit verbalen Manipulationen beschäftigt.

Ich schenke Evelyn ein breites Lächeln. »Und Senator Almundo ist unschuldig«, füge ich hinzu.

Mit einem lauten Seufzen atmet sie aus. Sanft packe ich ihren Rekorder und drücke die Stopptaste. »Evelyn«, sage ich, »wenn ich einen Zeugen ins Kreuzverhör nehme, stelle ich ihm gern scheinbar unzusammenhängende Fragen, damit er meine Absicht nicht durchschaut. An einem bestimmten Punkt bündle ich dann sämtliche Informationen und lege sie in meinem Sinne aus, bevor er die Chance hat, den Schaden zu reparieren. Aber wir sind hier nicht vor Gericht, ich stehe nicht unter Eid und muss Ihre Spielchen nicht mitspielen. Also tun Sie mir einen Gefallen: Grüßen Sie Ihre Mutter von mir und machen Sie sich noch einen schönen Tag. Falls Sie irgendwann offen und ehrlich mit mir reden wollen, dann haben Sie ja meine Nummer.«

Ich verabschiede mich und lasse sie an der Ecke der Plaza stehen. Sie ruft mir hinterher: »Okay, dann reden wir meinetwegen offen und ehrlich.« Aber jetzt kassiert sie Strafpunkte wegen Unhöflichkeit. Irgendwann in den nächsten Tagen werde ich einen ihrer Anrufe beantworten, aber sicher nicht diese Woche.

Kurz vor drei bin ich zurück im Büro. Ich nehme mir einen Moment Zeit, um unten am Lift den eingravierten Schriftzug SHAKER,RILEY & PARTNER auf mich wirken zu lassen, und genieße den Anblick gleich noch mal – in Goldbuchstaben auf Marmor über dem Kopf der Empfangsdame –, als ich aus dem Aufzug in unsere Etage trete. Der Empfangsbereich ist gepflegt, mit gemütlichen Sofas und dem Wandbild eines Gerichtssaals, das die Klienten immer daran erinnert, dass wir in erster Linie Strafverteidiger sind. Dieses Bild war eine clevere Idee, als wir hier einzogen. Die Klienten stehen drauf. Heutzutage endet zwar fast alles mit einer außergerichtlichen Einigung, aber für den Fall der Fälle wissen die Mandanten gerne einen echten Krieger an ihrer Seite.

Ich begrüße die Empfangsdame, deren Namen ich vergessen habe. Früher war das anders, als Richter Shaker und ich die Firma gerade frisch gegründet hatten, mit nur einem festen Klienten, Harland Bentley, und sechs hungrigen jungen Anwälten, auf der Jagd nach jedem Fall, den wir kriegen konnten. Jeden Mittwoch aßen wir gemeinsam Pizza, während wir unsere Bilanzen durchsprachen, über neue Klienten und anstehende Prozesse diskutierten und darüber, an welchem Wochenende wir alle gemeinsam der Kanzlei einen neuen Farbanstrich verpassen würden. Freitags tranken wir immer Scotch bevor wir heimgingen. Wir hatten sogar ein eigenes Basketball-Team, mit dem wir gegen andere Mannschaften aus der Anwaltskammer antraten.

Inzwischen arbeiten über hundert Anwälte in diesen wundervollen Räumlichkeiten, wir ködern die Abgänger der besten Jura-Unis mit stattlichen Gehältern als Juniorpartner und betrauen die talentiertesten darunter mit unseren Fällen. Erst gestern bin ich an einem der Konferenzräume vorbeimarschiert, und mir wurde bewusst, dass ich nicht einen der jungen Anwälte darin mit Namen kannte.

Ich grüße zwei Juniorpartner, beide weiblich, jung und attraktiv. Sie erkundigen sich, wie es mir geht, und ich antworte, harmlos genug: »Unermüdlich im Einsatz für die Gerechtigkeit.« Beide lachen, und ich schlendere weiter. Kurze Quizfrage: Attraktive junge Frauen lachen über deine Witze, weil sie dich (a) ebenfalls attraktiv finden, (b) für scharfsinnig und brillant halten, oder weil du (c) ihre Gehaltschecks unterschreibst?

»Sie haben die Personalversammlung versäumt. Schon wieder.«

Das ist es, was ich an meiner Assistentin Betty so schätze. Sie nimmt mir gegenüber nie ein Blatt vor den Mund, und sie blickt nie auf, wenn ich an ihrem Schreibtisch vorbeirausche. Entweder erkennt sich mich schon am Gang, oder sie hat irgendwo eine geheime Kamera installiert – jedenfalls weiß sie immer, wann ich mich nähere.

»Ich war bei einer Anhörung«, erkläre ich.

»Um vier haben Sie einen Termin mit Mr. Otis.«

Richtig. Er ist Finanzmanager eines Top-500-Unternehmens, das Steuerbehörden und U.S.-Staatsanwaltschaft im Visier haben, weil Bücher frisiert und falsche Umsatzzahlen für 2003 veröffentlicht wurden. Das Treffen ist eine heikle Angelegenheit wegen des sogenannten Sarbanne-Oxley-Gesetzes, das einen Anwalt von der Schweigepflicht entbindet, sobald er einen wichtigen Wirtschaftsführer vertritt. Lässt ein Manager oder ein Vorstandsmitglied eines Konzerns gegenüber einem Anwalt was von gefälschten Bilanzen verlauten, ist dieser dazu verpflichtet, den Vorgang beim FBI anzuzeigen, andernfalls macht er sich selbst strafbar. Und diese Kommunisten – ich meine, die amerikanische Anwaltskammer – befürworten diese Idee auch noch, weswegen ich die Mitgliedschaft gekündigt habe.

Vor dem Meeting muss ich noch einigen Papierkram erledigen. Auf meinem Schreibtisch stapeln sich die Akten, unter anderem Unterlagen, die morgen an eine von Harland Bentleys Firmen rausmüssen. Ein blinkendes Licht an meinem Telefon signalisiert mehrere eingegangene Nachrichten. Fest entschlossen, sie vorläufig zu ignorieren, nehme ich mir zunächst die Post vor. Das meiste sind Rechnungen oder Bitten um Geld verschiedenster Herkunft. Nur eines der Schreiben, in einem schlichten weißen Umschlag, per Hand adressiert, scheint ein persönlicher Brief zu sein. Als ich ihn schüttle, fällt ein gefaltetes Stück Papier heraus, auf dem in großen, handgeschriebenen Druckbuchstaben steht:

Böses ersteht neu. Öffentliche Teilnahme ist gewiss. Erkennt Euer Rätseln Nähe einstiger unvergessener Taten? Ihr Heiden, reuevoll erwartet bald Erhellung. Inzwischen Herr, ingrimmig lasst Fackelträger erscheinen.

»Offenbar ein weiterer zufriedener Kunde«, seufze ich. Ich falte das Blatt zusammen und lasse es in der Schreibtischschublade verschwinden. Als ehemaliger Strafverfolger – erst im Staatsdienst und dann bei einer lokalen Behörde – erhalte ich regelmäßig Fanpost von Inhaftierten, die sich bei mir für ihren Umzug in die neue Umgebung bedanken. Normalerweise drohen sie mir damit, ein ganz bestimmtes Teil meiner Anatomie zu entfernen. Gelegentlich – und das betrifft vor allem Mitglieder von Gangs, die ich als Bundesanwalt hinter Gitter schickte – haben sie auch zurück zu Gott gefunden und wollen wissen, ob es mir genauso geht. Einmal hab ich sogar geantwortet und geschrieben, ich hätte ihn gar nicht erst verloren.

Ich hole den Umschlag wieder aus dem Papierkorb. Lokaler Poststempel. Irgendwo in der City abgeschickt. Das Ganze erinnert mich an die Post, die wir während des Burgos-Prozesses bekamen – lauter verdrehtes Zeug, in dem mit sämtlichen Höllenstrafen gedroht wurde, und das uns zum Lachen brachte, uns gelegentlich aber auch kalte Schauer den Rücken runterjagte.

Meine Sekretärin Betty kommt herein. »Führen Sie etwa Selbstgespräche?«

»Sind Sie das Böse, das neu ersteht?«, frage ich zurück.

Sie mustert mich, eher missbilligend als fragend.

»Erwarten Sie bald Erhellung«, teile ich ihr mit. Sie nimmt meine Kaffeetasse, schnüffelt misstrauisch daran, verdreht die Augen und verlässt das Büro.

Leo steht vor dem Gebäude von Paul Rileys Kanzlei. Er benutzt ein Erfrischungstuch, das er aus einem Fried-Chicken-Lokal mitgenommen hat, um den Umschlag ein letztes Mal gründlich abzuwischen. Dann lässt er ihn in den Briefkasten gleiten und entfernt sich.

12. Kapitel

Paul Riley, sage ich zu dem Mann hinter der langen Theke vor dem Empfangssaal. Er findet mich auf seiner Liste, zieht mein Namensschildchen hervor und reicht es mir. Es ist recht hübsch gemacht, zumindest im Vergleich zu den üblichen nervigen Ansteckern. Mein Name ist in einer ausgefallenen Schrift gedruckt, und darunter ist der Schriftzug meiner Anwaltsfirma zu lesen. Wenn man mit dem Gouverneur anstößt und der Champagner nicht unter fünfhundert die Flasche kostet, dann dürfen ruhig auch die Namensschildchen etwas origineller sein.

Joel Lightner neben mir nennt seinen Namen und buchstabiert ihn dann erneut, weil er nicht zu den geladenen Gästen gehört. Er ist für den heutigen Abend mein Begleiter, später wollen wir zusammen ein Steak essen gehen und dazu den einen oder anderen Martini trinken. Für Joel war der Burgos-Fall das Sprungbrett zu einer florierenden privaten Ermittlungsfirma, deren bester Kunde ich bin. Joel wollte eigentlich nicht mitkommen, da er, anders als ich und viele der Geladenen hier, keinen Smoking besitzt, aber ich habe ihn dazu überredet, ein wenig seiner Zeit zu opfern.

»Zwanzig Minuten«, erinnert er mich an mein Versprechen, als wir den Ballsaal im Zwischengeschoss des Maritime Club betreten. Der Raum ist ganz in Weiß gehalten, mit schwarzer Eichentäfelung und einer zehn Meter hohen Decke, unter der eine Wolke aus Zigarrendunst hängt. Ich winke jemandem, den ich kenne, und Joel zeigt auf die Bar an der Seitenwand. »Zwanzig Minuten«, mahnt er erneut. »Und sie ist sowieso nicht hier.«

»Ich bin auch nicht wegen ihr gekommen«, sage ich, aber er

winkt ironisch ab. Jeder weitere Richtigstellungsversuch würde nur noch mehr Sticheleien provozieren, also stürze ich mich ins Getümmel der Smokingträger, ins angeregte und unaufrichtige Partygeschwätz, mitten ins Treiben der Mächtigen und Machthungrigen. Ich stelle mich zu ein paar bekannten Gesichtern – Firmenanwälte aus der Stadt und einige Vorstandsvorsitzende. Eine gute Gelegenheit, sich mal wieder in Erinnerung zu bringen und die Leute wissen zu lassen, dass sie einen anrufen können, wenn sie was brauchen. Am liebsten würde ich ihnen sagen: *Rufen Sie mich an, wenn ein Prozess ansteht,* denn das ist immer noch mein bevorzugtes Arbeitsfeld – Strafprozesse –, auch wenn ich mich im Grunde fast nur noch mit privatrechtlichen Angelegenheiten herumschlage, mit Bergen von Papierkram, Eingaben und Vorverhandlungsanträgen, die lukrativ sind, aber langweilig wie die Hölle.

Ich nippe gerade an meinem ersten Martini, den ich mir vom Tablett einer Kellnerin geschnappt habe, als ich in einer Gruppe Harland Bentley entdecke, der soeben Gouverneur Langdon Trotter die Hand schüttelt.

Ein mächtiges Duo. Ein Gouverneur in seiner zweiten Amtszeit, mit Aussichten auf den Posten im Weißen Haus, im Verein mit dem reichsten Mann der Stadt und einem der finanzstärksten der ganzen Nation. Harland Bentleys persönliches Vermögen wird auf knapp eineinhalb Milliarden Dollar geschätzt, mit Anteilen an Hotelketten, Immobilien, Industriebetrieben und Finanzdienstleistungsunternehmen, die alle seinen Namen tragen. Jeder Anwalt würde über Leichen gehen, um einen solchen Klienten an Land zu ziehen.

An Harlands Arm hängt sein neuestes Schmuckstück, groß, endlos lange Beine, ein Gesicht wie gemeißelt und eine blonde Mähne, die über ihr tief ausgeschnittenes Abendkleid fällt. Man könnte sie als »Flamme des Monats« bezeichnen, aber vermutlich würde man damit die Halbwertszeit von Harlands Beziehungen schon überschätzen. In seinem Bett herrscht momentan fliegender Wechsel.

Während ich auf die Gruppe zusteuere, legt Harland Bentley dem Gouverneur die Hand auf den Rücken und dreht ihn sanft in meine Richtung. »Gouverneur«, sagt er, »Sie wissen sicher, dass ich den besten Anwalt des Landes habe.«

Lächelnd schüttle ich die Hand des Gouverneurs. Trotter ist ein großer, kräftiger Kerl, sehr fotogen, mit stets sonnengebräunter Haut, die seine blauen Augen und das weiße Haar vorteilhaft zur Geltung bringt, und mit einem Händedruck, der einem Bären das Wasser in die Augen treiben könnte. »Schön, Sie zu sehen, Paul«, sagt er warmherzig. Der direkte persönliche Kontakt war immer schon eine seiner Stärken, er vermittelt jedem das Gefühl, der einzige Mensch im Raum zu sein. Dann sagt er zu Harland, mit einer Stimme vom Umfang der Basspfeife einer Orgel: »Eines Tages werde ich ihn dir wegschnappen, Harland.« Die kleine Gruppe um den Gouverneur lacht höflich, auch wenn sie sich nicht ganz sicher sind, ob sie den Witz verstanden haben.

Harland Bentley ist eine ebenso eindrucksvolle Erscheinung, wenn auch nicht im physischen Sinn. Er ist von kleiner Statur, vielleicht ein Meter sechzig, schlank, durchtrainiert, mit kurz geschnittenen Haaren und Ansätzen typisch männlicher Glatzenbildung. Aber der Mann strahlt Macht aus – angefangen bei seinem Zehntausend-Dollar-Maßanzug über den durchdringenden Blick bis hin zu der umsichtigen und präzisen Art, mit der er spricht, was nicht sehr oft geschieht. Daher ist die Gruppe auch mehr mit ihm beschäftigt als mit dem Gouverneur. Harland stellt mich seiner Begleiterin vor, Jennifer, die mir ihre manikürte Hand reicht und erklärt, sie arbeite im PR-Bereich. Ja, darauf möchte ich wetten.

Während ich die anderen in der Runde begrüße – einige Politiker und ein wichtiger Wahlkampfspender –, beobachte ich aus den Augenwinkeln, wie der Gouverneur Harland etwas zuflüstert. Daraufhin klopft Harland einem der Politiker auf den Rücken. »Lassen wir die beiden hier kurz allein miteinander reden.«

Plötzlich stehen der Gouverneur und ich alleine da, und ich wünschte, ich hätte noch einen Martini.

»Wie läuft's denn so, Lang?«, frage ich ihn.

»Immer der gleiche Zirkus, Paul. Immer der gleiche Zirkus.« Er legt mir seine Hand auf die Schulter. »Und bei Ihnen, mein Freund?«

»Sie kennen mich ja, Gouverneur. Immer hart am Limit unterwegs.«

Ein breites Lächeln erscheint auf seinem gebräunten Gesicht. Dieser Kerl wird eines Tages Präsident, da bin ich mir sicher. »Ich hab davon erfahren. Tut mir wirklich leid«, sagt er, und sein Ausdruck wird ein Spur ernster.

»War wahrscheinlich für alle Beteiligten am besten so.« Ich versuche, überzeugend zu klingen, und frage mich gleichzeitig, ob ich nicht zu rasch geantwortet habe. Aber es hat keinen Sinn, um den heißen Brei herumzureden. Irgendwann wäre ohnehin die Sprache darauf gekommen.

»In meinen Augen war es das nicht. Aber wer hört schon auf mich? Ich bin ja nur der Gouverneur.« Erneut setzt er sein breites Grinsen auf. »Ich glaube übrigens nicht, dass sie heute Abend auftaucht.«

»Immer dabei, die Welt zu retten.« Hoffentlich ist meine reflexartige Antwort nicht zu bitter ausgefallen. Jetzt glauben schon zwei Leute, Lightner und der Gouverneur, dass ich wegen ihr hier bin.

»Ja, so ist sie, unsere Shelly«, pflichtet er mir bei.

Nein, rutscht es mir beinahe heraus. *Deine* Shelly. Meine nicht mehr.

»Wissen Sie, das vorhin war kein Scherz.« Er beugt sich etwas vor, als wollte er mich in einer vertraulichen Angelegenheit konsultieren. Seine Augen mustern verstohlen die nähere Umgebung, dann heften sie sich wieder auf mich. »Sie müssen nur zustimmen. Sie haben eine beachtliche Karriere als Strafverfolger hinter sich. Sie haben Terry Burgos vor Gericht gebracht. Sie haben Ihr Geld als privater Anwalt verdient – Harland gibt niemandem auch nur Feuer, ohne vorher Sie um Rat zu fragen – und jetzt ist es an der Zeit, Ihre Karriere mit der Richterrobe zu krönen.«

Er erwähnt das nicht zum ersten Mal, aber in diesem Zusammenhang erscheint es mir eher wie eine Geste des Mitleids. Sorry, dass meine Tochter Sie hat sitzen lassen – wollen Sie stattdessen vielleicht Bundesrichter werden?

»Passt nicht zu mir«, sage ich.

»Denken Sie noch mal darüber nach.« Die typische Antwort eines Machtmenschen. Ein Nein bedeutet für ihn: vielleicht später. Er selbst kann niemanden direkt als Bundesrichter berufen, nur der Präsident kann das. Aber der Präsident ist Republikaner, genau wie Trotter, und die ungeschriebenen Regeln besagen, dass der Gouverneur die Bundesrichter in seinem Staat ernennen darf. »Ich hab die Nase voll davon, Leute in dieses Amt zu hieven, denen ich was schulde. Wäre schön, zur Abwechslung mal jemand zum Richter zu machen, der dafür wirklich qualifiziert ist.«

Ich lächele ihn an, als würde ich mich für das mir entgegengebrachte Vertrauen bedanken, aber die Antwort ist immer noch nein.

»Passt nicht zu Ihnen«, sagt er.

»Ich will fair sein, Gouverneur.«

Das gefällt ihm, und er schlägt mir auf die Schultern, so dass ich fast das Gleichgewicht verliere. »Ja, das wäre in dem Job das Berufsrisiko. Sie müssten *fair* sein.« Er lacht und ergreift meine Hand. »Danke fürs Kommen, Paul. Lassen Sie es mich wissen, wenn Sie Ihre Meinung ändern.«

»War schön, Sie zu treffen, Gouverneur«, sage ich, während er bereits der nächsten, ihn anhimmelnden Gruppe ein herzliches Hallo zuruft.

Ich hole mir einen frischen Martini an der Bar und muss mich bremsen, ihn nicht auf einen Sitz hinunterzustürzen. Ich begrüße einen Anwalt, dessen Namen ich eigentlich kennen müsste. Er beginnt auf mich einzureden, und gerade, als mir sein Name wieder einfällt, entdecke ich sie.

Also ist sie doch hier.

Sie ist in eine Unterhaltung mit zwei Männern und einer Frau vertieft. Der Frau gehört eine Unternehmensberatungsfirma. Die beiden Männer sind Anwälte, und sie glotzen Shelly offen an, während sie mit ihnen redet. Smalltalk ist eigentlich nicht ihr Ding. Außerdem habe ich sie noch nie in einem schwarzen Abendkleid gesehen, mit tiefem Rückenausschnitt, der ihren langen Hals und die schmalen Schultern betont.

Ich hole tief Luft und habe das Gefühl, ein Rasiermesser schneidet durch meine Brust.

Sie will ihnen Geld für ihr wohltätiges juristisches Projekt aus den Rippen leiern. Der perfekte Ort für so was, zumal sie die Tochter des Ehrengastes ist. Sie macht einen Scherz, legt einem der Kerle die Hand auf den Arm, und mir ist, als schlüge eine Faust gegen meine Kehle. Sie wendet den Kopf, unsere Blicke treffen sich, und schlagartig wird mir bewusst, dass ich hier ganz allein herumstehe und sie anstarre.

Ich hebe mein Glas und verziehe meinen Mund zu etwas,

das hoffentlich einem Lächeln ähnelt. Sie blinzelt mir zu und bemüht sich um einen freundlichen Ausdruck, während sie weiter mit ihren Begleitern spricht. Sie ist geistesgegenwärtig genug, ihre Reaktionen zu beherrschen, aber ich weiß, was sie denkt. Für sie bin ich das Haar in der Suppe.

Es ist einfach nicht der richtige Zeitpunkt für mich, hat sie gesagt. So, als ob es nichts Persönliches wäre. Als wäre einfach nur ihr Terminkalender schon zu voll.

Mit einem miesen Gefühl im Bauch drehe ich mich zum Barkeeper um und ordere verärgert den nächsten Drink, obwohl meine Zunge bereits schwer wird. Ich sollte mein Tempo drosseln.

»Hi Paul.«

Ich fahre herum, und da steht sie. Mühsam unterdrücke ich den Impuls, sie zu berühren. Es fühlt sich so natürlich an. Es war leichter, als sie noch zehn Meter entfernt stand.

»Unterwegs, um Kontakte zu knüpfen?«, frage ich.

»Wie alle anderen auch.« In der Hand hat sie ein Glas, das vermutlich nichts anderes enthält als das, wonach es aussieht: Orangensaft. Shelly ist ein Fitnessfreak: Kickboxerin, Marathonläuferin, Selbstverteidigungslehrerin. Sie ist fast dreißig Zentimeter kleiner als ich, könnte mich aber in zwei Sekunden zu Boden schicken.

Sie wirkt irgendwie verändert, mit dem ganzen Make-up, der Frisur, den Perlen und dem Abendkleid, und ich fühle mich tief gekränkt. Sie hat kein Recht, sich so zu verändern.

»Wie geht's dir so?«, erkundigt sie sich.

Ich suche nach einer unverfänglichen Antwort – *ging mir nie besser,* so in der Art –, aber irgendwas an Shelly hat immer das rohe Gefühl in mir hervorgelockt. Außerdem habe ich schon zu viel intus, um noch diplomatisch zu sein.

Sie nickt, als verstünde sie mein Dilemma. »Ich habe gehört, du vertrittst Senator Almundo in dieser Public-Trust-Angelegenheit.«

»Ja, und warum plaudern wir nicht noch ein bisschen über's Wetter?« Ich stelle meinen Drink auf der Bar ab. Smalltalk. Genauso gut könnte sie mich mit Nadeln spicken wie eine Voodoo-Puppe.

Sie mustert mich, und ich bin nicht stolz auf das, was sie dabei zu Gesicht bekommt. Keine Ahnung, welche Reaktion ich gerne von ihr hätte. Auf alle Fälle nicht das. Kein Mitleid. Ich will sie aufrütteln, sie kämpfen sehen.

Aber das ist nicht Shellys Art. Sie ist der herzlichste und großzügigste Mensch, den ich kenne, sie widmet sich voll und ganz diesen Kindern, die mit dem Gesetz in Konflikt geraten sind, doch ihre eigenen Wunden hat sie immer geschickt verborgen, und sie ist Expertin im Aufsetzen von Masken. Bloß nichts zeigen, bloß nichts preisgeben.

»Die Situation beginnt langsam peinlich zu werden«, informiert sie mich.

»Du hast recht. Ich wollte, ich könnte sagen, dass ich mich freue, dich zu treffen.« Ich trete näher an sie heran. »Aber ich hab nun mal keine Lust auf diese Art von Gespräch. Wenn du wirklich mit mir reden willst – jederzeit. Du hast meine Nummer.«

Sie lächelt, zumindest ein bisschen, und ich ziehe los, um Lightner aufzustöbern. Er unterhält sich gerade mit einem Typen, der für die Polizei arbeitet, aber auch er ist sofort bereit, von hier zu verschwinden.

»Hast du sie gefunden?«, fragt er.

»Ich hab nicht nach ihr gesucht.«

Lightner boxt mir gegen den Arm. »Wie du meinst, Riley. Können wir jetzt endlich unser Steak essen gehen?«

13. Kapitel

Detective Michael McDermott biegt mit seinem Chevy in den Carnival Drive ein, wo an diesem lauen Abend die ganze Nachbarschaft auf den Beinen ist und sich in Grüppchen vor den Häusern versammelt hat. Ein blauer Lieferwagen mit der Aufschrift COUNTY ATTORNEY TECHNICAL UNIT parkt in der Auffahrt.

Der Anruf kam zwei Minuten vor fünf – zwei Minuten, bevor McDermott und seine Partnerin Stoletti Dienstschluss gehabt hätten. Der Carnival Drive liegt in der North Side, die an die Vorstädte angrenzt, und nur einen Häuserblock weiter beginnt schon der nächste Polizeibezirk.

Zwei Minuten später, einen Häuserblock weiter, und er säße jetzt zu Hause und könnte mit seiner Tochter Grace zu Abend essen.

»Hier oben werd ich immer ganz wehmütig.« Detective Ricki Stoletti schiebt sich einen Streifen Kaugummi in den Mund, als sie am Bordstein bremsen. Stoletti ist jetzt seit drei Jahren seine Partnerin – seit man sie von der bezirksübergreifend operierenden Major Crimes Unit in den nördlichen Vorstädten hierher versetzt hat.

Sie hätte den Hörer nicht abheben müssen, sie hätte den Auftrag an jemand anders weitergeben können. Einen Mordfall zu übernehmen, bedeutet mindestens drei Stunden Arbeit. Mr. Frederick Ciancio hatte ihnen beiden den Abend versaut.

Ein Streifenpolizist, ein stämmiger Ire namens Brady, unterbricht die Befragung eines Nachbarn und marschiert zu ihnen herüber. »Hey, Chief. Hey, Ricki.«

McDermott verkneift sich die entsprechende Antwort, er zieht lediglich die Augenbrauen nach oben.

»Frederick Ciancio«, sagt Brady und blättert dabei in seinem Notizbuch. »Zweiundsechzig. Pensionierter Wachmann, Bristol Security. Hat mal als Vollzugsbeamter im Ensign Correctional gearbeitet.«

»Ensign. Aha.« Stoletti kaut energisch auf ihrem Kaugummi herum. Ensign ist ein Hochsicherheitsgefängnis im Westen des Bezirks. »Wie lange war er da?«

Brady starrt sie an. Viele Männer mögen keine Frauen, die größer sind als sie, und Stoletti mit ihren durchtrainierten einsfünfundsiebzig passt da genau ins Bild. Für sie spricht, dass sie ein robustes Auftreten hat. Sie streift sich den Pony aus dem Gesicht. Das ist ein weiterer Pluspunkt: Sie ist keine von denen, die sich aufdonnern und die Haare färben, sie sind von einem schlichten Hellbraun, durchsetzt mit natürlichen grauen Strähnen.

»Der Nachbar meint, bis in die späten Siebziger«, erwidert Brady. »Danach war er fünfundzwanzig Jahre im Sicherheitsdienst.«

McDermott speichert die Information ab. Gefängniswärter machen sich unter Gefangenen sowohl Freunde wie auch Feinde. Aber fünfundzwanzig Jahre außer Dienst sind eine lange Zeit. »Mehrere Stichwunden?«, fragt er.

»Mehrere ist leicht untertrieben. Ich schätze, bei der Waffe handelt es sich um einen Kreuzschlitzschraubenzieher.« Brady nickt in Richtung der Schaulustigen. »Ein Nachbar hat vorbeigeschaut, weil Ciancio nicht beim Pokern auftauchte. Sein Auto stand immer noch in der Garage, und da der Nachbar einen Zweitschlüssel besitzt, ist er rein und hat sich umgesehen. Er hat ihn im Schlafzimmer gefunden.«

McDermott lässt den Blick über die umliegenden Häuser schweifen, die an diesem Juniabend um sechs in helles Sonnenlicht gebadet sind. Hier im Viertel leben auch ein paar

Cops, die nicht außerhalb der Stadtgrenzen, gleichzeitig aber tunlichst vorstädtisch wohnen wollen, sprich, mit so wenig Kriminalität wie möglich. Es ist eine bescheidene Straße, viele Bungalows mit ein paar Quadratmetern Grün und Einzelgaragen, aber sie hätte genauso gut in eine Vorstadt gepasst. Ein ruhiger, netter Ort.

»Ist der Gerichtsmediziner schon da?«, will Stoletti wissen.

Brady schüttelt den Kopf. »Wir vermuten aber, er ist letzte Nacht gestorben. Das Ganze ist keine vierundzwanzig Stunden her, würd ich sagen.«

McDermott funkelt Brady an, lässt die Sache dann aber auf sich beruhen. Einfache Streifenbeamte wollen sich immer gern ein bisschen wichtig machen.

»Gut gemacht, Brady«, sagt er. Er duckt sich unter dem Absperrband durch, Stoletti folgt ihm, und sie betreten das Haus.

Im Flur liegt eine breite Alarm-Fußmatte gegen Einbrecher, nicht ungewöhnlich für jemanden, der als Wachmann gearbeitet hat. »Wir sollten überprüfen, ob beim Sicherheitsdienst eine Meldung eingegangen ist«, sagt er zu Stoletti. Gelegentlich zwangen Einbrecher den Hausbesitzer, ihnen den Code für die Alarmanlage zu geben, um sie abzuschalten. In so einem Fall konnte man dann die Tatzeit genauer eingrenzen.

Ein weiterer uniformierter Beamter steht in der Küche, ein Kerl namens Abrams, der sich mit einem Mitarbeiter der Spurensicherung von der Bezirksstaatsanwaltschaft unterhält. Er informiert McDermott, dass das Schloss an der Hintertür beschädigt ist. »Und die Sicherheitsfirma hat seit einem Jahr keine Alarmmeldung mehr aus diesem Haus erhalten.«

»Danke, Ronnie.« Das ersparte ihm einen Anruf. Bleiben drei Möglichkeiten. Erstens, Ciancio hat seine Alarmanlage nicht eingeschaltet – unwahrscheinlich für jemanden, der sein

Leben lang im Sicherheitsdienst war. Zweitens, der Eindringling kannte den Code der Alarmanlage. Drittens, der Täter ist eingedrungen, als die Alarmanlage noch abgeschaltet war – irgendwann im Lauf des Tages, als Ciancio im Haus war, aber keinen Verdacht schöpfte –, und hat ihn dann später in der Nacht überrascht; so umging er den Alarm, weil er bereits im Haus war. Allerdings hätte der Täter auch in diesem Fall Ciancio den Code abnötigen müssen, bevor er ihn umbrachte, um später ungehindert verschwinden zu können.

Die Leute der technischen Einheit der Staatsanwaltschaft bepinseln das Treppenhaus auf der Suche nach Fingerabdrücken, als McDermott und Stoletti die Stufen hinaufsteigen. McDermott erinnert die Techniker daran, auch die Alarmmatte auf Abdrücke hin zu untersuchen. Die Stufen sind mit flauschigem weißem Teppichboden ausgelegt. Auf verschiedenen Stufen sind kleine Teppichproben entnommen worden.

Wie üblich flattert McDermotts Herz, als er sich dem Tatort nähert, und das, obwohl er sich selbst versichert: Das Opfer ist ein älterer Mann, gestorben an zahlreichen Stichwunden und einem gebrochenen Genick. Es ist nicht McDermotts vierunddreißigjährige Frau, die Liebe seines Lebens; es ist nicht Joyce, alle viere von sich gestreckt am Boden liegend, getötet von einer einzigen Kugel.

Das Schlafzimmer befindet sich am oberen Ende der Treppe. Das eigentliche Geschehen scheint sich auf das Bett beschränkt zu haben. Fred Ciancio liegt auf dem Rücken, Mund und Augen weit aufgerissen. Er trägt ein Pyjamaoberteil, dessen strahlendes Weiß von dunklen Flecken übersät ist – überall dort, wo der Körper durchbohrt wurde. Der vermutlich tiefste Einstich ist direkt unterhalb des Adamsapfels. Sein Kopf ruht auf dem Kissen. Die Decke ist auf die Fußgelenke herabgerutscht. Der durchdringende Geruch seiner Körperausscheidungen, darunter Urin und Fäkalien, wird noch verstärkt durch die schwüle Luft, die durchs geöffnete Fenster hereindringt. Vermutlich wollte jemand lüften, aber die hohe Luftfeuchtigkeit macht alles nur noch schlimmer.

»Ich habe zweiundzwanzig gefunden«, sagt ein Kriminaltechniker namens Soporro und tritt aus dem Bad. »Zweiundzwanzig Wunden. Die tödliche im Hals.«

Anscheinend sind ihm die übrigen Verletzungen vor dem Tod beigebracht worden. Zu viel Blut, aus zu vielen Wunden. Wären die Einstiche erst post mortem erfolgt, hätte das Herz kein Blut mehr gepumpt, und es wäre wesentlich weniger davon ausgetreten, selbst durch die Schwerkraft. McDermott nähert sich der Leiche und wirft einen Blick auf die Wunden im Schulter- und im Brustbereich, die nicht vom Pyjama bedeckt sind. Kleine, kreisrunde Löcher.

Ein Kreuzschlitzschraubenzieher, hat der Streifenbeamte gesagt.

Diese Einstiche sind nicht sonderlich tief, haben gerade mal die oberste Hautschicht durchbohrt.

»Er wurde gefoltert«, murmelt McDermott.

»Mike«, ruft ein Beamter von unten aus dem Flur. »Wir haben die Waffe gefunden.«

Urplötzlich sind die Magenschmerzen wieder da. Die Säure ätzt die Magenwände an, und die Schleimhäute brennen wie die Hölle, als schleife man mit Sandpapier über eine offene Wunde.

Schluss damit. Schluss. Er beißt sich auf die Lippen und zählt, eins-zwei, eins-zwei, eins-zwei. Schon wieder vorbei. Wie ein Blitzschlag. Die Frage ist, wann sie zurückkehren.

Leo betrachtet sich im Rückspiegel. Er fährt mit dem Finger über die Narbe unterhalb seines einen Auges, ein Halbmond, der einzige bedrohliche Zug in einem ansonsten weichen, pockennarbigen Gesicht.

Weich. Alle halten mich für weich. Weich wie Flaum. Weich wie ein kuscheliges Kätzchen.

Er zuckt zusammen, als ein Polizist die Fahrertür streift. Leo duckt sich und tut so, als würde er irgendwas im Handschuhfach suchen – so kann er unauffällig nach rechts schielen, ob auch auf der anderen Wagenseite jemand steht. Sein Fuß tastet sich vorsichtig über die Matte im Fußraum, berührt die Pistole, zieht sie heran, damit er sie im Notfall rasch packen kann.

Rechts scheint die Luft rein zu sein. Er atmet tief durch und zählt von zwanzig an rückwärts.

Neunzehn – achtzehn –

Zwei Autos weiter klemmt der Uniformierte einen Strafzettel unter den Scheibenwischer. Hat er zu Leo zurückgeblickt? Hat er einem Kollegen hinter Leo ein Zeichen gegeben?

Leo rutscht langsam auf dem Sitz herum und dreht den Hals nach hinten. Ein dichtes Gewühl von Passanten und Verkehr.

Sonst nichts.

Gerade als Leo sich wieder zurückwendet, verlässt Paul Riley das Gebäude, keine fünfundzwanzig Minuten nachdem er es betreten hat. Er trägt einen Smoking. Und er ist in Begleitung eines Mannes.

Ist das – ist er das wirklich? Kann das sein?

Der Cop? Lightner?

Tatsächlich. Joel Lightner.

Riley wirkt missmutig, er diskutiert mit Lightner und winkt ein Taxi herbei.

Joel Lightner. Lightner Joel.

Leo späht rasch durch das Rückfenster. Er muss höllisch aufpassen, das könnte eine Art Ablenkungsmanöver sein. Sie warten, bis er seine ganze Aufmerksamkeit auf Riley richtet, dann schlagen sie zu, schnappen ihn sich – verdammt, schau nach links, schau nach rechts –, niemand, kein Mensch, vielleicht haben sie ihn doch noch nicht entdeckt, noch nicht.

Riley und Lightner.

Leo startet den Wagen. Er versucht, ein Lächeln aufzusetzen, aber es klappt nicht, es fällt einfach wieder in sich zusammen. Er legt den Gang ein, als Riley und Lightner in ein Taxi steigen.

Nach einer Stunde tritt McDermott wieder aus dem Haus. Er saugt die warme, reine Luft ein und vermeidet den Augenkontakt mit ein paar Reportern, die sich in der Nähe des Absperrbands herumdrücken.

Der Rechtsmediziner hat ihnen einen vorläufigen Bericht über die Todesursache geliefert. Wie bereits erwartet, war der mit voller Wucht ausgeführte Stoß in Ciancios Kehle die Todesursache und nicht die zahlreichen Fleischwunden. Der Täter wollte sich bloß ein bisschen mit ihm vergnügen, ehe er ihn erstach. Während er und Stoletti auf den Wagen zugehen, bemerkt er, wie eine Reporterin ihnen folgt, deren Gesicht ihm irgendwie bekannt vorkommt. Sie hat weder ein Mikrophon noch eine Kamera bei sich.

»Detective McDermott? Evelyn Pendry von der *Watch.*«

Die *Watch.* Richtig. Sie ist Kriminalreporterin. Von der Presse, nicht vom Fernsehen, obwohl sie mit diesem Gesicht eigentlich vor eine Kamera gehört. Ihr Körper ist in jeder Hinsicht perfekt, ihr glänzendes, blondes Haar streng zurückgekämmt, das taubenblaue Kostüm sitzt wie angegossen.

»Kein Kommentar«, knurrt er.

»Wurde Mr. Ciancio mit einem Kreuzschlitzschraubenzieher getötet?«

McDermott wirft einen Blick zu Stoletti hinüber, die auf

ihrem Weg zur Beifahrertür kurz innehält. Dieser verdammte Brady. Was hat Evelyn Pendry ihm dafür versprochen? Eine Erwähnung in ihrem Artikel? Einen romantischen Abend zu zweit?

»Er hat doch gesagt, kein Kommentar«, faucht Stoletti. »Und wenn Sie einen Funken Journalistenehre im Leib haben, werden Sie diese Information auch nicht drucken.«

»Ich muss mit Ihnen sprechen.« So, wie sie es sagt, klingt es eher wie eine dringende persönliche Bitte.

McDermott, schon halb im Wagen, lehnt sich wieder hinaus. »Haben *Sie* mir was zu sagen?«

Sie blinzelt. Dann bemerkt sie, dass drei weitere Reporter sie eingeholt haben und ihre Kameras auf die Cops richten.

Evelyn Pendry schüttelt kurz den Kopf. Nein. McDermott mustert sie noch einen Moment, doch sie wendet sich resigniert ab. Er schließt die Tür und fährt los.

14. Kapitel

»Das Problem mit einem perfekten Martini ist«, erläutere ich Lightner, »dass er einfach perfekt ist.« Ich hebe ein leeres Glas. Vor drei Stunden sind Lightner und ich vom Speisesaal an die Bar des Sax gewechselt. Ich habe schon ein paar intus, gut ein halbes Dutzend, also bestelle ich mit der üblichen Geste die Rechung, kritzele etwas in die Luft, bloß dass meine Handschrift zu dem Zeitpunkt längst nicht mehr leserlich wäre. »Ich muss jetzt sofort mit Trinken aufhören, bevor ich vollkommen verblöde.«

»Zu spät.« Lightner hat einen Zahnstocher im Mund. Er lässt sich ins Polster der Sitzecke zurücksinken, einen Arm über der Rücklehne, und sein Blick schweift durchs Lokal. Es ist das Ende einer langen Nacht. Die Luft ist schwer von Parfum, Rauch und Alkohol. Überall noch angeregte Unterhaltungen, aber die Reihen haben sich bereits gelichtet. Mein Magen ist voll, und durch meine Blutbahnen kreist zu viel Wodka. Wie immer ist Lightner härter im Nehmen, aber auch seine Augen sind blutunterlaufen und seine Wangen eine Spur rosiger als gewöhnlich. Er glaubt noch immer, mich damit aufziehen zu müssen, dass ich ihn zum Empfang beim Gouverneur mitgeschleppt habe, und ich bin es leid, ihm zu versichern, dass mein Besuch dort rein gar nichts mit meiner Ex zu tun hatte.

Er nickt in Richtung Bar, nimmt den Zahnstocher aus dem Mund und will gerade etwas sagen, als die Bedienung mit der Rechnung kommt. Lightner starrt auf den Beleg, als wäre er radioaktiv. Ich bin schon Schaufensterpuppen begegnet, die lebendiger wirkten.

»Nein, lass nur«, murmele ich und schnappe mir die Rechnung. »Ich hab schon das Dinner bezahlt. Da kann ich das hier auch noch übernehmen.«

»Gehört schließlich zur Kundenpflege.«

»Ja. Nur leider bin ich dein Kunde. Eigentlich müsstest du mich einladen.«

»Nächstes Mal.« Lightner zeigt mit dem Zahnstochter in Richtung Bar. »Du wirst es nicht glauben, Riley, aber diese Lady dort schaut die ganze Zeit zu dir her.«

Was ich an Lightner schätze, ist, dass er sich in den sechzehn Jahren, seit wir uns kennen, kein bisschen verändert hat. Seine Brieftasche ist dicker, seine Kleidung eleganter und sein Haar ein bisschen grauer, aber er verbreitet immer noch den gleichen jugendlichen Enthusiasmus.

»Ihr Hintern ist zum Anbeißen.«

Das ist es, was ich mit jugendlichem Enthusiasmus meinte. Ich werfe meine Kreditkarte auf den Tisch. »Großartig. Schick ihr eine Nachricht. Frag sie, ob sie mich mag.«

»Bitte vermassel es nicht wieder«, zischt er aus dem Mundwinkel, als die Frau auf unseren Tisch zusteuert. »Hallo, junge Frau. Mein Name ist Joel.«

»Hallo zusammen«, sagt die junge Frau mit so viel Begeisterung, wie ich sie in meinem ganzen Leben noch für nichts aufgebracht habe, nicht mal, als ich in Harvard angenommen wurde, oder als ich auf der Saint Mary High den alles entscheidenden Wurf in einem fast verloren geglaubten Basketballspiel erzielte, indem ich den Typen vor mir mit einem Wurf aus vollem Lauf austrickste, erst mit einem Head-fake und dann mit einem angedeuteten Sprungwurf nach hinten. Kein nahtloser Wurf, aber er war drin. Nicht dass ich mich an jedes Detail erinnern würde. Den Namen des Verteidigers zum Beispiel hab ich vergessen.

»Darf ich mich nach Ihrem Namen erkundigen?«, sagte Lightner.

Ach ja – Ricky Haden. So hieß der Bursche. Ein langer schlaksiger Typ. Hatte meinem Angriff nichts entgegenzusetzen.

»Ich heiße Molly.«

Molly trägt hautenge Jeans, hochhackige Schuhe und ein weites weißes Oberteil, das ihr über die eine Schulter gerutscht ist. Sie kann sich unmöglich für mich interessieren. Sie muss eine Professionelle sein. Manchmal klappern sie solche Lokale ab, auf der Suche nach Typen mit dicken Brieftaschen, die ein paar über den Durst getrunken haben und sich einsam fühlen.

Mit anderen Worten: Kerlen wie mir.

»Also, Molly, mir gegenüber sitzt der große Paul Riley. Vielleicht haben Sie schon von ihm gehört. Aber im Moment, Molly«, Paul macht ihr Platz, und sie setzt sich zu uns, »im Moment ist Paul traurig.«

»Und warum ist Paul traurig, Joel?«

Eigentlich war der Ball gar nicht für mich bestimmt, aber alle anderen hatten sich auf unseren Center Joey Schramek gestürzt, also hatte ich freie Bahn. Haden stand nicht gut, daher fiel er auf mein Manöver herein, und dann weiß ich nur noch, wie der Ball durch die Luft segelte und die Punktanzeige summte.

»Paul ist traurig, Molly, weil ihm das Herz gebrochen wurde.«

Zisch. In meiner Erinnerung zischt der Ball nur so durch die Luft.

»Eiskalt versenkt«, sage ich.

»Ich weiß, wer Paul Riley ist«, sagt die Frau – Molly war ihr Name, glaube ich. »Vor ein paar Wochen haben sie im Fernsehen eine Sondersendung über Terry Burgos gebracht.«

»Hast du das gehört, Paul? Sie hat dich im Fernsehen gesehen.«

Okay, also keine Professionelle. Soweit ich das beurteilen kann, ist Molly Mitte dreißig, nicht allzu stark geschminkt und eigentlich ganz nett frisiert. Ihr Gesicht ist oval, und auch der Rest von ihr wäre sicher recht ansehnlich, wenn ich noch einen klaren Blick hätte. Wenn ich noch einen klaren Blick hätte, wüsste ich außerdem, dass diese Frau für mich unerreichbar ist. Aber leider ist es nun mal so: Männer fliegen aufs Aussehen. Zielstrebig wählen sie die attraktivste Frau im Raum aus und hecheln ihr dann hinterher. Kann gut sein, dass Frauen es ähnlich machen; das würde zumindest erklären, weshalb ich die meiste Zeit mit sympathischen, aber eher unscheinbaren weiblichen Wesen verbringe. Trotzdem, die meisten Frauen suchen wohl immer noch nach substantielleren Dingen …

»Er schien mir sehr selbstbewusst«, sagt sie zu Lightner.

Genau. Frauen schätzen an einem Mann Hirn, Humor, Erfolg und Selbstbewusstsein. Und das bringt Typen wie mich wieder ins Rennen. Mir fehlt zwar das strahlende Äußere, aber ich bin clever, schlagfertig und kann ein echter Charmebolzen sein, wenn man mich erst mal näher kennenlernt.

»Gewinnen Sie eigentlich alle Ihre Fälle?«, will sie wissen.

Joel lehnt sich zurück. Ihm gefällt die Frage.

»Klar«, sage ich.

»Oh, wie *bescheiden.«* Molly lächelt mir zu und lässt ihren Blick auf mir ruhen.

Ich recke zwei Finger in die Luft. »Die zweite Regel bei Rechtsstreitigkeiten lautet: Lass die Finger von aussichtslosen Fällen, prozessiere nur in aussichtsreichen.«

Sie breitet fragend die Hände aus und starrt mich weiterhin an. Als von mir nichts mehr kommt, erwidert sie: »Aber wenn jeder diese Regel beherzigen würde, käme es nie zu irgendeinem Prozess.«

»Doch, denn die erste Regel lautet: Erkenne den Unterschied.« Ich winke der Kellnerin. »Darf ich Sie auf einen Drink einladen, Molly?«

»Ursprünglich wollte ich Sie einladen.«

»Umso besser.«

Joel Lightner wirkt äußerst zufrieden mit dem Verlauf des Gesprächs. Sein gönnerhaftes Getue ärgert mich ein wenig. »Ich habe leider noch das eine oder andere zu erledigen«, sagt er. »Molly, ich muss mich verabschieden. War mir eine Freude, Sie kennenzulernen.«

Molly protestiert nicht, sondern steht auf, damit er aus der Nische rutschen kann. Ich werde wieder ein wenig wacher.

»Sie erinnern sich nicht an mich, oder?«, fragt sie, als sie erneut Platz nimmt.

Nein. Ich überlege kurz, ob ich schwindeln soll, aber damit stellt man sich meist nur selbst ein Bein. Und ich bin zu betrunken, um noch sonderlich einfallsreich zu sein.

»Ist schon okay. Ich war letzte Woche hier. Und Sie waren in Begleitung von jemand, der auf mich wie ein Klient gewirkt hat. Ihr Freund war es jedenfalls nicht. Sie haben an der Bar einen Drink bestellt und einen Witz gemacht. Sie haben mich zum Lachen gebracht. Sie waren sehr nett.«

»Und nüchtern«, sage ich.

»Das ist allerdings richtig, Sie *waren* nüchtern. Möchten Sie vielleicht einen Kaffee?«

»Keine schlechte Idee.« Ich richte mich auf. »Normalerweise hinterlasse ich einen guten ersten Eindruck. Das müssen Sie mir glauben.«

»Auf mich haben Sie einen guten ersten Eindruck gemacht.«

Ach ja, das hat sie schon gesagt. Ich fühle mich nicht so übel wie erwartet, höchstwahrscheinlich wegen des Adrenalins, das jetzt durch meine Blutbahnen pumpt und das Gift darin bekämpft. Trotzdem ist so was nicht mein Ding. Ich habe acht oder zehn Jahre keusch wie ein Priester gelebt, bevor ich Shelly begegnet bin. Frauen in Bars aufzugabeln war mir immer fremd. Und ich habe keine Lust, jetzt damit anzufangen.

»Ich denke, das Beste wäre, wenn ich Sie jetzt in ein Taxi setze, Molly.«

Sie lächelt mich an, ein wenig skeptisch. »Entweder sind Sie ein echter Gentleman – oder nicht interessiert.«

»Weder noch. Aber im nüchternen Zustand bin ich definitiv eher ein Gentleman.«

Tatsächlich aber hat sie zur Hälfte recht. Ich bin nicht interessiert. Mein Herz schlägt für eine, die nichts mehr von mir wissen will, die andere Wege geht.

Sie deutet in Richtung Ausgang. »Ich wohne nur drei Blocks von hier. Bringen Sie mich noch nach Hause?«

Drei Blocks weiter bedeutet, sie lebt in der Nähe von Lilly. Das Sax liegt in der West Side, also wohnt sie vielleicht in einem der kürzlich ausgebauten Lofts. Vielleicht ist sie Künstlerin, Tänzerin oder Musikerin. Tänzerin wäre gut.

Ich mag diesen Teil der Stadt, weil ihn die Reichen und Schönen noch nicht für sich mit Beschlag belegt haben. In der West Side gibt es immer noch Fabriken, und nur einige wenige exzellente Bars mischen sich unter die Industriebetriebe und Lagerhallen. Aber selbst diese zaghaften Ansätze von Modernisierung stoßen auf Widerstand bei den Bürgern. Als vor ein paar Monaten die Straße runter ein Starbucks eröffnete, protestierte das halbe Viertel dagegen – die andere Hälfte orderte Mocca Lattes.

Die Gegend wird allmählich immer weißer und trendiger. Die heranschwappende Welle des Forschritts wird in absehbarer Zeit auch das händeringende Häufchen Widerspenstiger wegschwemmen.

Es hat geregnet, und in den Straßen hängt dieser feuchte Geruch, den ich so liebe. In den Schlaglöchern haben sich kleine Seen gebildet; hier draußen fehlt das Geld für Instandsetzungsarbeiten, und die Stadträte haben keinen Einfluss auf den Bürgermeister.

»Vertreten Sie immer noch Leute in Kriminalprozessen?«, fragt sie.

»Wenn Gelegenheit dazu ist.« Aufregende Kriminalprozesse gehören bei Anwälten meines Schlages zur Ausnahme. Mein Honorar ist astronomisch, und die einzigen Angeklagten, die es sich leisten können, sind Schreibtischtäter, deren Verbrechen nicht von Cops, sondern von Finanzbuchhaltern aufgeklärt werden.

»Sprechen wir doch mal über Sie«, schlage ich vor.

Wir biegen in eine Straße ein, die wegen der hohen Gebäude zu beiden Seiten eher den Eindruck einer Gasse vermittelt. Wir spazieren über längst stillgelegte, im Asphalt eingelassene Eisenbahngleise, und ich frage mich allmählich, wo sie wohl wohnt. Einige dieser alten Lagerhallen sind inzwischen sicher zu Wohnhäusern umgebaut worden, aber von außen ist davon nichts zu bemerken. Der Deal ist: Die Lofts hier sind zwar traumhaft groß und billig, dafür geht man in dieser Gegend aber nur ungern zu Fuß, und man hat Glück, wenn man aus dem Fenster etwas anderes sieht als die Fabrikfassade gegenüber.

»Also?«, frage ich.

Molly bleibt stehen, sieht zu mir auf und errötet. Zumindest halte ich es für ein Erröten. Im Zwielicht wirkt ihr Gesicht verändert. Die Straße ist relativ dunkel. Eine einzelne Straßenlaterne wirft aus einiger Entfernung einen schwachen Schein auf ihr Gesicht, unterstreicht die Zartheit ihrer Haut und die wunderschönen Augen, die zu mir aufblicken.

»Ich möchte Ihnen meine Karte geben«, sagt sie.

»Oh, danke«, bringe ich hervor, aber als sie in ihre Handtasche greift, rutscht der Schulterriemen herunter, landet hart auf ihrem Unterarm, und durch den Aufprall fällt ihr das Portemonnaie aus der Hand. Der gesamte Inhalt ihrer Tasche verteilt sich über das Pflaster.

Ich bücke mich, um ihr zu helfen, und wir kauern beide am Boden. Jetzt käme eigentlich der Teil, wo wir einander tief in die Augen schauen und der sexuellen Spannung freien Lauf lassen. Aber dazu bin ich im Moment nicht in der Lage, weder körperlich noch geistig, und außerdem gehört mein Herz nun mal leider einer anderen. Also konzentriere ich mich auf die Kreditkarten, den Lippenstift, den Geldclip und die Puderdose auf dem Gehsteig, obwohl ich mich womöglich besser auf die Schritte hinter mir konzentriert hätte.

Als sie über meine Schultern späht und ihre Lippen sich erwartungsvoll öffnen, spüre ich ein merkwürdiges Prickeln am Hinterkopf. Sie ist doch eine Professionelle. Aber von anderer Art als vermutet.

Einen Sekundenbruchteil später trifft mich ein Schlag, hammerhart und metallisch, auf den Hinterkopf.

15. Kapitel

Dein Körper ist warm, Paul. Dein Körper bewegt sich, rappelt sich auf, fällt zu Boden. Du bist zwar ohnmächtig, aber noch am Leben.

Sie läuft weg, versucht zu fliehen, aber sie trägt hohe Absätze, ist nicht so schnell wie Leo, der die Gasse hinunterschießt, schneller als sie; sie rennt, aber er kommt rasch näher, holt sie ein, *hier komme ich,* sie versucht zu schreien, bringt keinen Ton heraus, die Angst schnürt ihr die Kehle zu, nur ihr gequältes Keuchen ist zu hören und ihre rasenden Absätze, *klack-klack-klack,* auf dem Pflaster, aber nicht mehr lange.

Er hält sich seitlich von ihr, senkt dann die Schulter und rammt sie, schleudert sie gegen die Hauswand, *klatsch,* gegen die Wand, und *wumms,* fällt sie auf einen Müllsack und rollt dann auf die nasse Straße.

Jetzt herrscht Ruhe. Nur noch ein dumpfes Murmeln und

Krabbeln, keine Schreie mehr, sie kann ja nicht mehr schreien, sie schleift ihren Körper übers Pflaster, matt schluchzend.

Er hebt das Brecheisen, macht einen Schritt auf sie zu, dann ist es vorbei.

Stille. Endlich Stille.

Das Volk gegen Terrance Demetrius Burgos
Fall Nr. 89-CR-31003
Juli 1989

Riley erteilte dem jungen Staatsanwalt, der ihn auf dem Weg zum Büro des Bezirksstaatsanwalts begleitete, Instruktionen. »Sagen Sie dem Zuständigen im Fingerabdrucklabor, dass *ich* Sie schicke und dass es um den Fall Burgos geht, der oberste Priorität hat.« Der junge Mann schrieb eifrig mit. »Und wenn er uns nicht gleich als Erste drannimmt, verlange ich zur Begründung ein ausführliches fünfseitiges Memo.« Er blickte dem davoneilenden jungen Staatsanwalt hinterher und schmunzelte. Erst hatte er überlegt, dem Kerl im Labor mit der Kündigung zu drohen, aber ein fünfseitiges Memo war ohne Zweifel noch beängstigender. Langsam fand er Geschmack an seiner Arbeit hier im Bezirksgericht.

Er atmete tief durch, straffte sich und betrat das Büro seines Bosses.

»Kommen Sie rein, Paul, nur herein.«

Bezirksstaatsanwalt Ed Mullaney war ein großer Mann in den Fünfzigern, dessen Gesicht von unzähligen Sommersprossen übersät war. Sein Doppelkinn hatte über die Jahre an Umfang zugelegt und quoll ihm über den Hemdkragen. Er wirkte wie der typische altmodische Big-City-Boss, stämmig und auf seiner Zigarre herumkauend; jemand, der sich am wohlsten fühlte, wenn er in einem ledernen Chefsessel thronte und über

Politik und Strafverfolgung schwadronierte. Nach allem, was man hörte, war er früher ein starker Trinker gewesen, aber Magenprobleme zwangen ihn seit Kurzem zur Abstinenz, was nicht gerade zu seiner Laune beitrug.

Riley ließ sich in den Stuhl vor dem Schreibtisch fallen.

»Sie sehen aus wie ein Ire, der einen Schluck vertragen kann«, sagte Mullaney.

»Gibt es denn noch andere Arten von Iren?« Riley versuchte zu lächeln. Es war erst sechs Uhr abends. Mullaneys Arbeitstag näherte sich dem Ende, aber für Riley ging es gerade erst richtig los. Sechs Wochen war es her, dass sie die Leichen gefunden und Terry Burgos verhaftet hatten. Und seitdem war Riley nie vor Mitternacht nach Hause gekommen, was seiner Frau Georgia nicht verborgen geblieben war. Die Ermittlungsarbeiten hatten ihn überrollt wie eine Sturmflut. Er hatte ein Team aus Anwälten, Ermittlern und Kriminalbeamten zusammengestellt, die unter seiner Aufsicht arbeiteten. Aber beim Delegieren galt es für Riley noch einiges zu lernen. Bisher gehörte es nicht zu seinen Stärken.

Alle Opfer waren inzwischen zweifelsfrei identifiziert worden: die Prostituierten durch Analyse der Fingerabdrücke und durch optische Identifikation; Ellie Danzinger durch ihre Eltern und mit Hilfe eines Satzes von Fingerabdrücken, den die südafrikanische Regierung eigens rübergeschickt hatte; Cassie Bentley durch ihre Mutter, Natalia Lake Bentley, und durch zahnärztliche Unterlagen.

Sie hatten die Mordwaffen: das Messer, mit dem Ellie Danzingers Brust aufgeschnitten und Angie Mornakowskis Kehle durchtrennt worden waren, inklusive Blutspuren von beiden Opfern und von Burgos selbst; außerdem Burgos' Fingerabdrücke überall auf ihren Körpern. Auch der Glasbehälter mit der Batteriesäure, mit der Jackie Davis verätzt worden war, wies Burgos' Fingerabdrücke auf; ebenso wie Lauf und Griff der Pistole, mit der er die Hinterseite von Cassies Schädel weggeschossen hatte.

In den Vaginaltrakten sämtlicher Opfer hatten sie Sperma entdeckt, das zu Burgos' Blutgruppe passte. Sie hatten die Kleider und Ausweise der Opfer in Burgos' Haus gefunden, ganz zu schweigen von ihrem Blut und ihren Haaren. In seinem Keller hatten sie zwei große Leichensäcke sichergestellt, in jedem davon Spuren der Opfer. Es gab Zeugen, die Angela Mornakowski und Sarah Romanski am Abend ihres Verschwindens in einem blauen Chevy Suburban gesehen hatten – das gleiche Modell, das Burgos fuhr. Und es existierte ein Abdruck von Jackie Davis' Daumen am Rückspiegel des Wagens und einer von Maureen Hollis' rechter Hand auf dem Armaturenbrett. Alle vier Prostituierten konnten so eindeutig mit Burgos' Wagen in Verbindung gebracht werden.

Die Beweislast war erdrückend.

»Sieht doch glänzend aus«, sagte der Bezirksstaatsanwalt. »Jetzt lächeln Sie mal.«

Tatsächlich hätten die Dinge kaum besser laufen können. Letzte Woche hatte Burgos' Pflichtverteidiger Jeremy Larrabee – ein wild dreinblickender Typ, der bunte Anzüge und einen Pferdeschwanz trug und sich den Bill of Rights in die Brust hatte implantieren lassen – einen großen Schlag landen wollen und war damit böse gescheitert. Larrabee hatte beim Richter beantragt, Terry Burgos' Aussage, in der er alle Opfer namentlich erwähnte und fast so was wie ein Geständnis ablieferte, vor Gericht nicht zuzulassen. Der Anwalt hatte argumentiert, Burgos wären die Miranda-Rechte nicht verlesen worden. Doch Richter Albert Donaghue hatte entschieden, die Miranda-Rechte wären nicht erforderlich gewesen, da Burgos sich zu dem Zeitpunkt nicht in Gewahrsam befand – in der Tonbandaufzeichnung war deutlich zu hören, wie Detective Joel Lightner Burgos darauf hinwies, er hätte das Recht, jederzeit zu gehen. Larrabee hielt dagegen, man hätte Burgos absichtlich über die Mittagszeit dort behalten und ihn dann mit seinem Lieblingsessen – Tacos – geködert.

Richter Donaghue bemerkte daraufhin unwirsch, er kenne die Verfassung in- und auswendig, und dort stünde nirgendwo ein Passus, der das Offerieren von mexikanischem Essen untersage.

Nachdem das Berufungsgericht des Staates und der Supreme Court den Antrag abgelehnt hatten, stand der Zulassung von Burgos' belastender Aussage nichts mehr im Wege. Gestern dann, einen Tag nach dem abschlägigen Urteil des Supreme Court, hatte Terry Burgos einen Antrag auf Schuldunfähigkeit in sechs Mordfällen eingereicht.

Es ging also nun nicht länger darum, zu beweisen, dass Burgos die Taten begangen hatte. Vielmehr drehte sich alles um die Frage seiner Schuldfähigkeit zum Zeitpunkt der Tat.

»Ich habe gehört, die Ermittlungen bei den Prostituierten sind abgeschlossen«, sagte Mullaney.

Riley nickte. Nicht nur konnten sie beweisen, dass jedes der Mädchen in Terrys Truck gesessen hatte; darüber hinaus wussten sie auch, dass Burgos bereits längere Zeit vorher in Kontakt mit ihnen gestanden hatte. Andere Prostituierte hatten Terry auf Fotos als Stammkunden von Angie, Jackie, Sarah und Maureen identifiziert, auch wenn ihn keine unter dem Namen »Terry Burgos« kannte.

Burgos hatte sich immer als »Tyler Skye« ausgegeben.

Auch der Zeitrahmen passte. Die Polizei war zu dem Schluss gelangt, dass die Frauen in der Reihenfolge ermordet worden waren, wie man sie im Keller entdeckt hatte. Der Gerichtsmediziner hatte diese Annahme so ziemlich bestätigt; außerdem stimmten ihre Todesarten mit der im Song geschilderten Abfolge überein.

Auch alle übrigen Indizien untermauerten die Theorie einer Chronologie der Taten. Ellie Danzinger, die erste Tote, hatte sich am Sonntag, den 18. Juni um 17.35 Uhr noch Essen in ihr Apartment liefern lassen, war also zu diesem Zeitpunkt noch am Leben. Auf ihrem Anrufbeantworter hatten sich fünf Nachrichten befunden, die erste davon war um 22.15 in dieser Nacht eingegangen, aber nie abgehört, geschweige denn beantwortet worden. Vermutlich war Burgos in diesem Zeitraum in ihre Wohnung eingedrungen, hatte sie erschlagen und anschließend missbraucht.

Mittlerweile war es ihnen auch gelungen, die letzten Lebensstunden der vier Prostituierten zu rekonstruieren. Alles sprach dafür, dass Burgos die Frauen an aufeinanderfolgenden Tagen getötet hatte: Angie Mornakowski am Montag, den 19. Juni, zwischen 21.00 Uhr und 21.30 Uhr; Jackie Davis am Dienstag, circa um 22.30 Uhr; Sarah Romanski Mittwochnacht um 22.00 Uhr; und Maureen Hollis am Donnerstag, ebenfalls so gegen 22.00 Uhr.

»Nur bei Cassie Bentley liegt die Sache etwas verzwickter«, sagte Riley. In seinen Augen entbehrte es nicht einer gewissen Ironie, dass sie über die letzten Lebensstunden der Prostituierten mehr in Erfahrung bringen konnten als über die der Studentinnen Ellie Danzinger und Cassie Bentley. Straßenmädchen gingen schließlich einer Beschäftigung nach, die es sehr erleichterte, sie von heute auf morgen verschwinden zu lassen. Aber College-Studentinnen?

»In den Sommerferien sind Studenten keine Studenten mehr«, bemerkte Mullaney.

Und das war das erste große Problem. Die Uni hatte geschlossen, der Sommerbetrieb noch nicht begonnen, und die beiden reichen Mädchen hatten keine Ferienjobs annehmen müssen. Das zweite Problem im Fall der beiden Freundinnen war, dass die Person, die am zuverlässigsten über die jeweils andere hätte Auskunft geben können, ebenfalls tot war.

Cassie hatte am Dienstag, den 20. Juni mit ihrer Mutter zu Hause zu Abend gegessen, bevor sie zurück auf den Campus gefahren war, um sich dort auf die Sommerkurse vorzubereiten, die am folgenden Montag beginnen sollten. Sie hatten nie wieder etwas von ihr gehört. Die Tatsache, dass von Mittwoch bis Samstag kein Lebenszeichen von Cassie gekommen war, hatte Harland schließlich dazu veranlasst, den Bezirksstaatsanwalt anzurufen, einen Tag bevor die Leichen gefunden wurden.

»Besonders Cassie«, fügte Riley hinzu. »Sie ist für uns ein echtes Fragezeichen.«

»Sie meinen den Zeitpunkt der Tat.« Mullaney interessierte sich normalerweise nicht für Details, aber in Cassies Fall hielt er sich konsequent auf dem Laufenden. Kürzlich hatte er Riley gegenüber erwähnt, dass Harland Bentley ihn zweimal täglich anrief.

Irritierend war, dass Burgos die Mädchen an jeweils aufeinanderfolgenden Tagen ermordet hatte, angefangen mit Ellie am Sonntag bis hin zu Maureen am Donnerstag. Wäre er bei seinem Muster geblieben, hätte Cassie eigentlich am Freitag, den 23. Juni sterben müssen, einen Tag nach Maureen Hollis. Doch die Ergebnisse der Obduktion besagten etwas anderes. Laut Aussagen der Gerichtsmedizin konnte man ihren Todestag mit ziemlicher Sicherheit auf Sonntag, den 25. Juni, festlegen – der Tag, bevor die Mädchen entdeckt worden waren.

Burgos hatte also zwei Tage verstreichen lassen, bevor er Cassie ermordete.

»Serienkiller erhöhen normalerweise ihr Tempo«, sagte Riley. »Sie verringern es nicht.«

Mullaney nickte nachdenklich.

Außerdem war da noch die Bemerkung, die Burgos während der Vernehmung durch Lightner hatte fallen lassen: »Cassie hat mich gerettet.« Was hatte er damit gemeint? Inwiefern hatte Cassie Burgos *gerettet?* Spielte er darauf an, dass er durch ihr Auftauchen seinen blutigen Plan hatte vollenden können?

Mullaney nickte ein wenig zu enthusiastisch. Er reckte den Zeigefinger in die Luft. »Cassie ist in der Tat ein Problem«, sagte er. »Sie kann uns die ganze Geschichte vermasseln.«

Riley lockerte mit ein paar Kopfbewegungen seinen Nacken. Plötzlich überfiel ihn tiefe Müdigkeit. Er musste hier weg, zurück in sein Büro. »Wir finden das schon noch raus, Boss. Wir sind noch nicht ganz am Ziel, aber bald.«

»Ich weiß nicht, Paul. Ich bin sehr beunruhigt deswegen.«

»Jetzt, wo er auf Schuldunfähigkeit plädiert«, erwiderte Riley, »kommt das einem Eingeständnis der Taten gleich. Wir kriegen ihn.«

Mullaney schüttelte den Kopf und wuchtete seinen massigen Körper aus dem Sessel. »Nein. Wir brauchen definitv noch mehr Informationen über jedes dieser Mädchen. Und wer weiß, was Larrabee aus der Frage der zeitlichen Abfolge konstruiert. Ich sehe da ein ernsthaftes Problem.«

Riley musterte seinen Boss. Mullaney war normalerweise nicht derjenige, der sich unnötig den Kopf zerbrach. Nicht über solche Dinge. Er hatte Leute wie Riley, die das für ihn übernahmen.

Als Mullaney ihn vorhin zu sich zitiert hatte, war Riley noch davon ausgegangen, dass er einfach nur den neusten Stand erfahren wollte – wie so ziemlich jeden Tag seit den Morden. Jetzt war er sich da nicht mehr so sicher.

»Machen Sie sich wegen irgendwas Sorgen?«, fragte Riley.

Es sah ganz danach aus. Mullaney zog sich die Hosen nach

oben, stieß einen tiefen Seufzer aus und trat ans Fenster. »Paul«, sagte er, »ich habe Harland mein Wort gegeben, dass das Andenken seiner Tochter nicht in den Schmutz gezogen wird.«

Das langsame zustimmende Nicken Pauls verwandelte sich in ein Kopfschütteln. »Das Privatleben der Opfer wird auf alle Fälle im Mittelpunkt der Verhandlung stehen, Boss. Burgos hatte für jeden Mord ein bestimmtes Motiv. Alle hatten in seinen Augen eine Sünde begangen – zumindest wird er das behaupten. Ich weiß nicht, wie gut er Cassie von diesem Seminar her kannte, aber er wird sich mit seinen Aussagen über sie nicht zurückhalten. Dass sie eine Hure gewesen sei, eine Lesbierin …«

»Richtig, ja.« Mullaney winkte ab. »Ich habe Harland schon darauf angesprochen. Ich musste einen trauernden Vater fragen, ob seine Tochter eine Lesbe war! Keine Ahnung, ob er es verkraftet, wenn das auch noch in aller Öffentlichkeit breitgetreten wird.«

Riley nickte wie ein treuer Soldat und suchte gleichzeitig nach der versteckten Botschaft in Mullaneys Worten.

»Die Bentleys sind nicht irgendeine Familie. Jedes noch so alberne Gerücht über sie findet sich sofort in allen Zeitungen wieder. Wenn durchsickert, Cassie sei vom anderen Ufer gewesen oder diese anderen Geschichten – sie hätte den Unterricht geschwänzt, nichts gegessen, ihre Freunde vergrault, dann wird das sofort ins Unermessliche aufgeblasen. Die Medien werden Cassie als durchgedrehtes, todessehnsüchtiges Wrack hinstellen.«

Riley schwieg.

»Verdammt, Paul, denken Sie nur an die Artikel letzte Woche über die Trennung von Harland und Natalia.«

Auch Riley hatte sie gelesen. Demzufolge wollten sich die Bentleys scheiden lassen. Glaubte man den Gerüchten, war

Cassie das Einzige, das ihre Ehe noch zusammengehalten hatte.

Mullaney drehte sich zu Paul um und lehnte sich mit dem Rücken gegen das Fensterbrett. »Außerdem beunruhigt es mich, Paul, dass Sie alles auf eine Karte setzen.«

Riley musterte seinen Boss schweigend. Der Gedanke war ihm auch schon gekommen. Es gab die ungeschriebene Regel, dass man bei einem Fall mit mehreren Morden ein Opfer in der Hinterhand behielt. Für den unwahrscheinlichen Fall, dass etwas schiefging und der Angeklagte freigesprochen wurde, konnte man ihn immer noch wegen des verbleibenden Opfers drankriegen.

»Was wollen Sie mir damit sagen, Boss?«, fragte Riley.

Mullaney spreizte die Hände. »Das Ganze wird ohnehin ein Riesenzirkus. Lassen Sie die Bentleys außen vor.«

»Es wird trotzdem ein Riesenzirkus.«

Der Bezirksstaatsanwalt lächelte, aber seine Augen hatten einen kalten Ausdruck angenommen. Nach einer angemessenen Pause fügte er leise hinzu: »Die Familie eines Opfers befürchtet, dass das Andenken ihrer Tochter in den Schmutz gezogen wird, und da fünf weitere Morde zur Verhandlung kommen, bittet sie uns, diesen einen Mordfall vorläufig zurückzustellen. Wir würden natürlich niemals einwilligen, sähen wir darin nicht auch eine geschickte juristische Strategie. In diesem besonderen Fall ist es *ganz sicher* eine gute Strategie.«

Riley unterdrückte ein säuerliches Lächeln. Mullaney klang, als ob er aus einer Presseverlautbarung zitierte. In seiner Brust schien etwas zu Eis zu gefrieren.

Der Bezirksstaatsanwalt erteilte Riley indirekt den Befehl, den Mord an Cassie nicht vor Gericht zu bringen.

»Sie haben es selbst gesagt, Cassies Fall ist der heikelste, Paul.«

»Das ist richtig.«

»Beantworten Sie mir folgende Frage«, fuhr Mullaney fort. »Wenn wir Cassies Fall ausklammern, schmälert das Ihre Chancen, diese Bestie zu verurteilen, auch nur im Geringsten?«

»Nein«, gab Riley zu.

»Und haben wir dadurch nicht eine zweite Chance, falls er bei den anderen fünf Mädchen wegen Schuldunfähigkeit davonkommen sollte?«

»Auch das ist richtig.«

»Also, dann ist ja alles klar.« Mullaney nickte, als wäre es eine abgemachte Sache. »Und kann ich mich darauf verlassen, dass dieser Ausdruck von Ihrem Gesicht verschwindet, sobald Sie dieses Büro verlassen?«

Riley hatte sich bisher immer zugutegehalten, dass er mit offenen Karten spielte. Und an sich hatte er kein großes Problem mit diesem strategischen Manöver. Es hatte durchaus seine Berechtigung. Aber es gefiel ihm ganz und gar nicht, dass ein reicher Unternehmer und Wahlkampfspender der Staatsanwaltschaft plötzlich ganz bestimmte Entscheidungen aufnötigte.

»Die Sache behagt mir nicht«, sagte Riley.

»Ich habe Sie auch nicht gefragt, ob sie Ihnen behagt.« Mullaney wandte ihm erneut den Rücken zu. »Ich will nur wissen, ob man sich auf Sie als Teamspieler verlassen kann.«

Paul fühlte, wie der Raum um ihn herum schrumpfte. Er war neu in diesem politischen Amt, aber er war nicht dumm. Soeben hatte der Trainer ihm mitgeteilt, dass er die Auswechslung seines wichtigsten Spielers in Erwägung zog. Und das bei laufendem Spiel. Er würde ihn, ohne mit der Wimper zu zucken, auf die Reservebank schicken, wenn er nicht nach seiner Pfeife tanzte.

»Ich habe Sie zu meinem Stellvertreter gemacht und Sie einer Reihe verdienter Mitarbeiter vorgezogen«, sagte Mullaney leise, »weil Sie der beste Prozessanwalt der Stadt sind. Und ich will, dass der beste Prozessanwalt der Stadt diese Bestie zur Strecke bringt.«

Riley schwieg. Mullaney versuchte, ihm Honig ums Maul zu schmieren. Riley hatte den Job genau deswegen bekommen, weil er ein Außenseiter war – ein Bundesstaatsanwalt, der über dem Filz der Lokalpolitik stand. Vor wenigen Monaten erst hatte es in diesem Büro einen Skandal gegeben, weil bestechliche Staatsanwälte mit korrupten Strafverteidigern und Cops gemeinsame Sache gemacht hatten – und Mullaney hatte mit Absicht jemanden von außerhalb ins Amt gehievt, um der Öffentlichkeit seinen Willen zum Durchgreifen zu demonstrieren. Ein schlichter politischer Schachzug – und Mullaney log, wenn er was anderes behauptete.

»Ich brauche Ihre Antwort jetzt sofort«, sagte Mullaney.

Riley räusperte sich und sah den Bezirksstaatsanwalt an.

»Werden Sie erwachsen, Paul«, sagte dieser ernst. »Sie selbst haben erklärt, es sei eine gute Prozessstrategie. Wenn sich ein Opfer weigert, Anzeige zu erstatten, bringen wir den Fall schließlich auch nicht vor Gericht, oder? Im Prinzip ist es hier das Gleiche, nur dass das Opfer nicht mehr dazu in der Lage ist. Aber die Familie kann es. Sie wollen nicht, dass das Andenken ihrer Tochter noch weiter beschädigt wird. Lassen Sie sich von Ihrem Ehrgeiz – oder Ihrem Stolz – nicht auf den Holzweg führen.«

Riley erhob sich, schob die Hände in die Taschen und biss sich auf die Lippen. Er konnte nicht glauben, dass ihm hier offen gedroht wurde. Er wusste genau, auf was Ed Mullaney spekulierte – das hier war ein Fall, von dem jeder Staatsanwalt nur träumen konnte. Und er war Paul Riley in den Schoß gefallen.

Riley blickte über Mullaneys Schulter hinweg hinaus auf

die Plaza. Es war ein warmer sonniger Tag. Riley malte sich aus, wie er dieses Büro verließ, den Platz überquerte, drüben bei der Bundesbehörde anklopfte und wieder nach seinem alten Job fragte.

Mullaney stand jetzt neben ihm, einen versöhnlichen Ausdruck im Gesicht.

In diesem Moment wurde Riley schlagartig klar, dass es für ihn im Büro der Bezirkstaatsanwaltschaft keine Zukunft gab. Trotzdem wollte er diesen Fall. Er wollte diese Bestie zur Strecke bringen. Die Vorstellung, dass Terry Burgos seiner gerechten Strafe entging, war unerträglich. Burgos war bei seinen Bluttaten berechnend und mit klarem Verstand vorgegangen. Nichts an seinem Verhalten sprach für verminderte Schuldfähigkeit.

Hinzu kam, dass Burgos die Frauen während Rileys Amtszeit ermordet hatte, auch wenn er den Job gerade erst angetreten hatte.

Riley rechnete nach. Der Prozess würde sich sechs bis neun Monate hinziehen. Er würde Terry Burgos verurteilen und dann den Job an den Nagel hängen.

»Aber von jetzt an«, sagte Riley, »habe ich in allen wichtigen Punkten Entscheidungsfreiheit.«

»Ohne Ausnahme.« Der Bezirksstaatsanwalt legte Riley die Hand auf die Schulter. »Und jetzt kaufen Sie sich dieses Schwein.«

Dienstag

21. Juni 2005

16. Kapitel

»Warte, Shelly, warte kurz«, murmele ich und öffne die Augen. Ein kurzer Moment der Panik, der Verwirrung, dann hebe ich den Kopf und erkenne die Straße wieder. Dillard Street. Und ich erinnere mich dumpf daran, gestern eine junge Dame hierher begleitet zu haben, die sich Molly nannte. Ich spähe auf meine Uhr, vielmehr auf das, was von ihr zurückgeblieben ist, ein weißer Streifen Haut auf meinem Arm. Dann begehe ich den Fehler, meinen Hinterkopf zu betasten, der sich nass und schrecklich wund anfühlt. Irgendwie rappele ich mich schwankend auf und wische unwillkürlich über meinen Anzug, der feucht vom Liegen im regendurchweichten Müll ist. Aus dem, was ich da von meinem Smoking streife, könnte man einen halbwegs ordentlichen Salat zaubern.

Ich stehe in einer kleinen Seitengasse der Dillard Street, wo mir in den letzten Stunden ein paar Müllsäcke als Bett gedient haben. Zwar trage ich noch alle Kleider am Leib, aber das ist auch schon alles. Kein Geld, keine Schlüssel. Meine Brieftasche, die Kreditkarten und die Ausweise sind noch da, doch das Bargeld fehlt. Sie haben vermutlich befürchtet, nicht bis zum Limit gehen zu können, bevor ich die Karten sperren lasse. Sie: diese »Molly« und wer auch immer mir den Vorschlaghammer über den Schädel gezogen hat.

Mein Kopf dröhnt, aber ich werde es überleben. Ich atme

tief durch, und der Müllgestank meiner Kleider dringt mir in die Nase.

Ich bin auf den ältesten Trick der Welt reingefallen. Jesus, wie kann man so dämlich sein? Ich lasse mich von dieser Frau in eine einsame Gasse locken, ein Mann mittleren Alters, abgefüllt bis zum Kragen. Ihr Partner hätte Clownsschuhe tragen können, und ich hätte ihn nicht kommen hören. Jedes zehnjährige Kind hätte mich ausrauben können.

Zumindest habe jetzt auch ich eine *»Ich wurde in der City überfallen«*-Story zum Besten zu geben.

Die gute Nachricht ist, ich bin nur knapp zwei Meilen von zu Hause entfernt. Normalerweise halte ich es nicht für sehr gefährlich, nachts hier herumzuspazieren; und wenn ich die Wahrscheinlichkeit bedenke, zweimal in der gleichen Nacht überfallen zu werden, fühle ich mich fast schon immun gegen jeden Angriff. Außerdem habe ich kein Bargeld und damit keine große Wahl.

Also mache ich mich zu Fuß auf den Weg, in der Hoffnung, dabei wieder nüchtern und etwas klarer im Kopf zu werden, doch die Schwerkraft zerrt bei jedem Schritt an mir. Eine Gehirnerschütterung oder ein Kater – oder beides. Die kühle Luft hilft gegen die Übelkeit, trotzdem ist es, als müsste ich gegen eine starke Strömung ankämpfen. Eigentlich möchte ich nach jeder hinter mich gebrachten Straße feiern, dass ich meinem Zuhause wieder ein Stück näher bin, doch ich bin viel zu sehr damit beschäftigt, die Schmerzen, meine grenzenlose Dummheit und meinen gekränkten Stolz zu verdrängen – und dass ich beim Aufwachen von meiner Ex-Freundin geträumt habe.

Mir gehört ein Ziegelhaus an einer Straßenecke. Ein Einfamilienhaus, das ich vor sechs Monaten gekauft habe. Viel zu groß für mich allein – *ein Zuhause für eine ganze Familie,* hatte Shelly bei der Besichtigung argwöhnisch bemerkt. Aber mir hatte es gefallen, und es schien mir auch nicht unpassend, dass es vor der Jahrhundertwende einmal einem U.S.-Senator gehörte – vor der Wende zum 20. Jahrhundert, nicht zum 21., versteht sich.

Bevor ich dort einzog, residierte ich in einem Apartmenthochhaus in der Stadt, direkt am See. Von dort war es nicht weit bis zur Arbeit, und ich musste kaum Instandhaltungskosten zahlen, aber es fühlte sich für mich nie wie ein echtes Zuhause an. Es behagte mir nicht, dass der Türsteher jederzeit wusste, wann ich kam und ging. Nicht dass ich ein sonderlich aufregendes Leben geführt hätte. Aber mir fehlte einfach die Privatsphäre.

Jetzt habe ich ausreichend davon, mehr als ausreichend. Eintausendfünfhundert Quadratmeter, ganz für mich allein. Momentan bin ich zwar noch aus meinem eigenen Haus ausgesperrt, habe aber, in einem Moment seltener Hellsicht, beim Einzug einen Zweitschlüssel versteckt. Ich hatte panische Angst davor, meine Schlüssel zu verlieren, wenn auch nicht unbedingt auf diese Art.

Ich biege in die kleine Gasse neben meiner Garage ein, wo der Schlüssel unter der Regenrinne klemmt. Ich öffne das Gartentor und stolpere über mein Grundstück, das gemessen an Vorstadtgärten bescheiden, für innerstädtische Verhältnisse aber ganz ordentlich ist. Es ist überall von dichten Büschen umgeben, die glücklicherweise von allein wachsen, denn ich habe keine Ahnung von Gartenpflege. Auf der Rückseite der Garage hängt ein Basketballkorb, und ein kleiner gepflasterter Bereich dient als Mini-Spielfeld. Außerdem gibt es einen Kinderspielplatz mit Schaukel und Sandkasten, der Shelly vermutlich einen Riesenschrecken eingejagt hat. Ebenso gut hätte ich ihr auf der Stelle einen Heiratsantrag machen können.

Einfach nicht der richtige Zeitpunkt, so hat sie es formuliert.

Ein paar Stufen führen hinunter zu Kellertür. Und erst jetzt fällt mir siedendheiß ein, dass ich den Schlüssel nie ausprobiert habe. Ich habe nicht die geringste Ahnung, ob er überhaupt zu diesem Schloss passt. Tatsache ist, ich habe diese Tür überhaupt noch nie geöffnet, seit ich letzten Januar eingezogen bin. Ich hoffe wirklich dringend, dass es der richtige Schlüssel ist, ansonsten sehe ich ziemlich alt aus. Es gibt zwar Methoden, Schlösser zu knacken, aber das gehört nicht zu meinem Metier. Die einzigen Raubzüge, die ich begehe, sind die Rechnungen an meine Klienten.

Ich schiebe den Schlüssel ins Schloss und schicke ein leises Stoßgebet gen Himmel. Leider ohne Erfolg. Mrs. Riley, Ihr Sohn ist in praktischen Dingen immer noch so unbegabt wie eh und je. In Rechtsfragen mag er ein absolutes Ass sein, aber bitte, verschonen Sie ihn mit häuslichen Aufgaben. »Gottverdammt«, fluche ich leise.

Ich beschließe, dass es dieser Tür noch leidtun wird, dass sie mich aussperrt. Im Garten suche ich mir einen passenden Stein. Natürlich gäbe es zuverlässigere und viel effizientere Methoden, aber mein Kopf verlangt dringend nach einem weichen Kissen, also erinnere ich mich an meine bestenfalls durchschnittlichen Baseball-Künste und schmettere den Stein gegen die kleine Glasscheibe direkt neben dem Schloss.

»Verdammt«, schreie ich. »Mist.« Ich halte das rote Fleischstück, das mal meine Hand war, in die Höhe. Glassplitter stecken zwischen den Knöcheln, Blut rinnt in meinen Ärmel.

Tolle Nacht.

Ich greife durch das Loch und schiebe den Riegel zur Seite. Ich versuche mich auf das erleichternde Gefühl zu konzentrieren, endlich zu Hause zu sein, und nicht auf die neue lästige Aufgabe, die ich mir selbst geschaffen habe; ich werde eine neue Glasscheibe in die Tür einsetzen müssen. Es zählt immer als Verkaufsargument, wie stabil diese alten Häuser gebaut sind. Das ist auch wirklich prima, etwa wenn es darum geht, einen Hurrikan zu überstehen; aber versuchen Sie mal, in solchen Häusern eine verstopfte Toilette zu reparieren oder das ausgefallene Heizsystem wieder in Gang zu bringen oder mitten in der Nacht den Sicherungskasten zu finden. Außerdem habe ich nicht Jura studiert, um Handwerker zu werden. Ich habe studiert, damit ich einen bezahlen kann.

Der Keller ist riesig. In Kürze wird hier ein Freizeitparadies entstehen – mit Billardtisch, Dartscheibe, Saunalandschaft und einem großen Plasma-TV –, sobald ich die Zeit dazu finde; also schätzungsweise dann, wenn im Nahen Osten endgültig Frieden einkehrt. Über ein Dutzend ungeöffneter Kartons stapeln sich hier. Das Einzige, was ich bisher im Keller aufgebaut habe, ist mein sogenannter »Burgos-Schrein«. Eine Vitrine mit Trophäen, nur dass darin keine Pokale und Plaketten ausgestellt sind, sondern Tatwaffen, gekritzelte Notizen, grausige Fotos und Skizzen aus dem Gerichtssaal.

Das City-Magazin hat vor zwei Monaten eine Story über meinen Kauf dieses Hauses gebracht, in der der Burgos-Vitrine mehr Raum gewidmet war als dem gesamten Rest des Hauses. Ursprünglich sollte es eigentlich bloß ein bisschen Klatsch und Tratsch über jemanden werden, der das alte Anwesen von Senator Roche erworben hat, aber letztendlich geriet der Artikel zu einer Reportage über den Mann, der Terry Burgos zur Strecke gebracht hatte.

Nach Burgos Hinrichtung teilten die maßgeblichen Ermittler die Beweisstücke untereinander auf. In der Asservatenkammer lagerten noch alle möglichen Fotos und Erinnerungstücke, und wir stürzten uns darauf wie die Geier. Jeder der etwa ein Dutzend Mitglieder des Teams erhielt zumindest ein Beweisstück. Ich glaube, ein paar sind inzwischen sogar schon auf eBay zu ersteigern.

Die meisten davon habe allerdings ich eingesackt, vermutlich weil ich so was wie der Chef des Burgos-Teams war. Zu meiner Sammlung gehört der gekritzelte Originalzettel mit dem albernen Songtext, der Burgos als Vorlage für seine Taten diente. Dann gibt es da zwei Fotos, auf denen er in den Gerichtssaal hinein- und wieder hinausgeführt wird. Einen Artikel des *Time Magazine,* mit einem großen Foto von mir. Eine Aufnahme der Badewanne, in der Burgos Maureen Hollis ertränkt hat. Ein Protokoll der Befragung durch Detective Lightner, in der Burgos die Taten eingestanden hatte. Und, als Prunkstücke der Kollektion, zwei Waffen aus Terry Burgos' Arsenal: das Messer, mit dem er Ellie Danzinger das Herz herausgeschnitten und die Kehle von Angie Mornakowski durchtrennt hat – ein gewöhnliches Küchenmesser mit einer etwa zwanzig Zentimeter langen Klinge. Und dann eine Machete, die Burgos nie zum Einsatz gebracht hat. Sie ist mein persönliches Lieblingsstück. Eine stabile, sechzig Zentimeter lange Machete mit einer Klinge aus gehärtetem Karbonstahl.

Ich stoße einen tiefen Seufzer aus. Das waren noch Zeiten. Verbrecher jagen, lauter kleine Puzzleteilchen zusammenfügen, um den Täter zu überführen, und anschließend mit den Cops ein Bierchen trinken gehen. Jetzt bin ich so reich, wie ich es mir nie hätte träumen lassen, der Gouverneur will mich unbedingt zum Bundesrichter ernennen, und was tue ich – ich sitze hier und trauere der Vergangenheit nach. Manchmal starrt man so angestrengt auf das große Ziel, dass man ganz übersieht, wie viel Spaß man unterwegs eigentlich haben könnte.

Ich reiße ein Stück Karton von einer der ungeöffneten Kisten ab, finde eine Rolle Klebeband und versuche, das Loch in der Kellertür so gut wie möglich abzudichten. Es löst das Problem zwar nicht, verschafft mir aber das Gefühl einer zumindest provisorischen Versorgung. Dasselbe benötigen jetzt auch dringend mein Kopf und meine Hand. Ich entscheide mich für ein belebendes Schmerzmittel in einer konischen Flasche, ungeachtet dessen, dass es schon drei Uhr morgens ist, und mache mich auf den Weg nach oben.

17. Kapitel

Leo sitzt im Café, mit dem Rücken zur Wand – dreh ihnen nie den Rücken zu –, und behält die Fensterfront samt der Eingangstür im Auge. Er tut so, als lese er Zeitung, späht aber über ihren Rand hinweg auf die Straße. Seine Augenlider sind wie Blei, seine Bewegungen schleppend. Es war spät gestern Nacht – heute früh, um genau zu sein – in der Gasse mit Riley und dieser Frau.

Er mustert jeden, der hereinkommt. Keiner beachtet ihn. Aber genau das wollen sie ihn glauben machen. Sie wollen seine Wachsamkeit einschläfern.

Natürlich unterschätzen sie ihn. Er weiß genau, sie sind überall, jeder hier kann einer von ihnen sein.

Er streicht sich vorsichtig über den Magen, bittet die Säure, ihn zu verschonen, denn er weiß, je mehr er sich aufregt, desto grausamer schlägt sie zu.

Eine dünne Frau im Tanktop, die Sonnenbrille ins blonde Haar gesteckt, mit einer Hand einen Kinderwagen schiebend, in der anderen eine Flasche grünen Tee, lässt sich in einem Sessel keine zwei Schritt neben ihm nieder. Sie kümmert sich demonstrativ um ihr Baby, aber dann wendet sie den Kopf, ganz zufällig, ganz beiläufig, schaut in seine Richtung, so als wäre das keine Absicht.

Sprich mit der Frau. Teste sie.

Er versucht es. Aber mit Worten hat er es nicht so. Er spricht sie nicht richtig aus. *Ich mag ihr Baby,* will er sagen.

Die Frau wendet sich ihm zu, lächelt. »Danke.« Ihr Blick hat etwas Mitleidiges. »Meine hier hat mich die ganze Nacht lang wach gehalten.«

Er versucht zu lächeln. Lange Nacht.

Nachts habe ich düstere Gedanken.

Versuch es noch mal. *Wie alt ist es?* Klappt schon besser.

Die Frau antwortet – »Zehn Monate« – und Leo bricht den Blickkontakt ab, trotzdem bekommt er genau mit, wie sie eilig ihr Kind hochnimmt und es fest an sich drückt.

Leo krümmt sich zusammen, Dolchstiche durchbohren seinen Magen. Die Frau erhebt sich rasch und tritt an die Theke. Gerade noch rechtzeitig sieht er aus dem Fenster und entdeckt Paul Rileys Wagen, der rückwärts aus der Gasse hinter seinem Haus stößt.

Die Frau starrt in seine Richtung, und er tut so, als bemerke er es nicht. Er hat ihr was voraus. Er kann sie beobachten, ohne dass sie es mitkriegt.

Ich weiß genau, dass du mich anstarrst, du kleine Schlampe. Ich könnte dir die Augen rausreißen, einfach so.

Leo setzt seine Baseballkappe auf und verlässt das Café. Kurz wendet er sich um. Die Frau späht ihm durchs Schaufenster hinterher und streichelt dabei den Kopf ihres Babys. Schlechtes Baby. Billige Attrappe.

Leo läuft zu seinem Auto. Eine Weile lang fährt er durch die Gegend, dann kehrt er zu Rileys Straße zurück, nähert sich diesmal von der anderen Seite. Er bleibt nördlich von Rileys Haus, steht lange am Straßenrand und beobachtet die Rück- und Seitenspiegel. Kein Verkehr. Nichts. Niemand.

Er fährt einen Block weiter und parkt. Die Straße gleicht der vor Rileys Haus, teure Villen, hohe Zäune, hübsche Gärten, gepflegter Rasen – perfekte Häuser, perfekte Menschen, strahlend und glücklich. Er holt seine Sporttasche aus dem Kofferraum, läuft zur Straßenecke und biegt in Richtung Rileys Haus ein. In der Mitte des Blocks verharrt er kurz, dann betritt er die kleine Gasse.

Als er vor Rileys Garage und der kleinen Gartenpforte steht, benutzt er Rileys Schlüssel von gestern Abend. Der erste passt nicht, der zweite auch nicht, beim dritten Versuch ist er drin.

Das Haus besitzt eine Schiebetür zum Garten, aber keiner der Schlüssel passt. Pech. Eine Treppe führt hinab zu einer verschlossenen Kellertür. Wenn man auf der untersten Stufe der Treppe steht, liegt die Rasenfläche genau auf Höhe der Augen. Eines der Glasfenster der Kellertür ist eingeschlagen und durch ein Stück Pappe ersetzt worden.

Leo probiert einen anderen Schlüssel, weil der erste nicht ins Schloss passt, beim zweiten klappt es, und er schlüpft mit seiner Tasche hinein. Gut. Sehr gut.

Zwanzig Minuten später verlässt er das Haus durch die Kellertür, schließt hinter sich ab, geht die Stufen hinauf und blinzelt in die warme Sonne. Stimmt schon, fühlt sich gut an, echt gut, aber andererseits ist es eine Waffe, die sie einsetzen, das gute Wetter soll sie alle in heitere, hirnlose Menschen verwandeln. Fröhlich grinsende, naive Roboter.

Ich kann in eurer Welt leben. Ich lebe in eurer Welt und in meiner gleichzeitig. Das ist der Unterschied zwischen mir und euch. Und das ist auch der Unterschied zwischen mir und Terry.

Langsam läuft er zurück zur Gartenpforte. Draußen auf der Gasse beschleunigt er seine Schritte, seine Augen mustern nervös die Umgebung, denn das ist genau so ein Moment – es ist warm und schön, man macht sich keine großen Gedanken, ist völlig unbekümmert, ja, völlig sorglos, und während man noch so vor sich hinpfeift, schlagen sie zu, gerade wenn man es am wenigsten erwartet.

Aber schon ist er wieder zurück auf der breiten Straße, bei seinem Auto, in Sicherheit. Er lässt den Motor an. Ruhig jetzt, sein Herzschlag normalisiert sich, ein paar Atemübungen, die Klimaanlage voll aufdrehen, einatmen, ausatmen, kalte Luft auf seinem durchschwitzten T-Shirt, versuch's mit einem Lächeln. Er fährt an dem Café vorbei, die Kappe tief in die Stirn gezogen, und späht durchs Schaufenster zu dem Platz, wo er vor einer halben Stunde gesessen hat.

Die Frau mit dem Baby ist weg.

Im Rückspiegel betrachtet er die nachfolgenden Wagen. Schnell fährt er an den Straßenrand, zwingt die anderen Wagen zum Überholen, wirft einen Blick auf die Fahrer, es ist keine dünne blonde Frau mit Baby darunter, andererseits, so primitiv würden sie auch nie vorgehen. Er wartet ab, eins-zwei, eins-zwei-drei, eine Lücke im Verkehr, er reißt das Steuer herum, wendet den Wagen mitten auf der Straße. An der nächsten Ecke biegt er scharf links, dann wieder links, und noch einmal, fährt im Kreis, immer den Rückspiegel im Auge. Die Luft scheint rein. Um ganz sicher zu gehen, wiederholt er die Prozedur noch zweimal. Er hat es bis zu diesem Punkt geschafft. Kein Grund, jetzt nachlässig zu werden.

Heute Nacht wird er Gewissheit haben.

18. Kapitel

Nachdem er Richter Landis kurz seine Sicht des Falls skizziert hat, lehnt sich Jeremy Larrabee zurück und überkreuzt die Beine. Seine Klientin, Josefina Enriques, ist Verwaltungsangestellte in einer der in den Vororten gelegenen Fabriken von Bentley Bearings. Die zweiundfünfzigjährige Latino-Frau hat vor einem Jahr eine Entschädigungsklage wegen eines Karpaltunnel-Syndroms eingereicht. Drei Monate darauf wurde sie von meinem Klienten Bentley Bearings gefeuert. Die Klage, die Jeremy Larrabee in ihrem Fall eingereicht hat, beinhaltet den Vorwurf der Diskriminierung aufgrund von Rasse, Geschlecht und Alter sowie eine Entschädigungsklage wegen Verdienstausfalls. Er hat das Gericht wissen lassen, dass er gegebenenfalls eine Sammelklage aller Betroffenen in Erwägung zieht.

Richter Landis richtet seine müden Augen auf mich. »Mr. Riley?«

Ich bin aus zwei Gründen sauer. Erstens schmerzt mein Schädel wie die Hölle. Und zweitens sollte ich eigentlich gar nicht hier sein. Ich bin zwar der Letztverantwortliche für alle Rechtsangelegenheiten von Harland Bentleys Firmen, aber mit dem Tagesgeschäft habe ich normalerweise wenig zu tun. Das ist Aufgabe der angestellten Partner in der Firma. Wenn jedoch ein Richter zu einer Schlichtungsverhandlung aufruft, so wie Richter Landis heute, muss der Prozessanwalt anwesend sein, also der hauptverantwortliche Rechtsbeistand beider Parteien. Aus diesem Grund bin ich hier.

Eigentlich gibt es sogar drei Gründe, warum ich sauer bin. Denn nicht nur mein Hinterkopf ist von dem Überfall in Mitleidenschaft gezogen, sondern auch mein Stolz. Ich kann es immer noch nicht fassen, dass ich dieser Frau gestern auf den Leim gegangen bin. Sie musste nur ein bisschen mit den Wimpern klimpern, und schon habe ich jede Vorsicht sausen lassen.

»Oh, ich bin schon neugierig, wie Mr. Riley die Sache diesmal hindrehen wird«, bemerkt Jeremy Larrabee. Jeremy und ich haben eine gemeinsame Vorgeschichte, zwar keine besonders freundschaftliche, aber ich habe immer wieder meinen Spaß mit ihm. Er ist leicht reizbar, trägt einen Pferdeschwanz wie in den Sechzigern, hat pockennarbige Haut, tief liegende Augen, und seine Anzüge schillern in den kühnsten Farben. Heute hat er ein zitronengelbes Hemd gewählt, dazu eine wild gemusterte lila Krawatte und ein schokoladenbraunes Sakko.

»Ihre Klientin wurde gefeuert, weil sie die Mittagspausen zwei Stunden überzogen hat«, sage ich. »Und weil sie nur einmal in der Woche unter die Dusche ging. Wir bieten nicht einen Cent.«

Larrabees Kiefermuskeln ballen sich. Oberhalb seiner buschigen Augenbrauen schwillt eine Ader. Er ist jetzt über sechzig, und wie man munkelt, hat er den Job als Strafverteidiger an den Nagel gehängt – angeblich schon kurze Zeit nach dem Burgos-Prozess. Mittlerweile hat er sich aufs Privatrecht verlegt und vertritt ihm interessant erscheinende Mandanten. So verwendet er einen Großteil seiner Zeit darauf, Bentley Bearings, eine Tochterfirma der Harland Bentley Holding Company, kurz BentleyCo, mit Anzeigen zu überschütten. Aktuell hat er nicht weniger als elf Klagen gegen uns laufen. Bisher haben wir allerdings in keinem einzigen Fall ein Angebot gemacht. Währenddessen häufen sich bei ihm Unmengen von Kosten und Gebühren, und er versucht gerade verzweifelt, seine Kriegskasse wieder zu füllen – erzielt er nur einen einzigen erfolgreichen Vergleich, kann er alle anderen Fälle mitfinanzieren.

»Ich würde gerne mit jedem von Ihnen einzeln sprechen«, sagt der Richter. »Fangen wir mit Mr. Riley an.«

Eine übliche Taktik bei Vorverhandlungen – der Richter redet mit beiden Parteien gesondert und erklärt ihnen, ihr Fall sei völlig aussichtslos und sie täten gut daran, sich schnellstmöglich auf einen Vergleich einzulassen. Richter bevorzugen immer einen Vergleich, denn er entlastet ihren übervollen Terminkalender. Und das Allerletzte, was Richter Landis will, ist eine Sammelklage in einem läppischen Fall wie diesem.

Jeremy erhebt sich zögernd und blickt auf mich herab. »Mr. Riley«, sagt er und marschiert dann hinaus.

Sobald sich die Tür schließt, lasse ich meinen Kopf auf die Hände sinken. Jetzt sind wir unter uns.

»Ich bemerke da eine Schwellung an deinem Hinterkopf«, sagt der Richter. »Und deine Hand war auch schon mal präsentabler.«

»Du hättest erst den anderen Burschen sehen sollen.«

»Und wie geht's der Tochter des Gouverneurs?«

Er meint Shelly. Stumm schaue ich zu ihm auf, meine Miene spricht Bände.

»Wirklich schade.« Er lehnt sich in seinem Ledersessel zurück. »Ich konnte sie gut leiden. Sie hat echten Kampfgeist.«

»Das hat sie ganz sicher.«

»Ich denke, sie hat da einen Riesenfehler gemacht. Nun ja. Nach allem, was man hört, vertrittst du Senator Almundo in der Public-Trust Anklage. Er steht wohl ziemlich unter Druck?«

»Noch ein bisschen mehr Druck«, sage ich, »und er explodiert.«

»Tja, aber wenn es jemand gibt, der in so einem Fall noch ein Kaninchen aus dem Hut zaubern kann, dann …« Der Richter nickt in Richtung Tür. »Interessant, dass Larrabee sich auf

Harland Bentleys Firmen eingeschossen hat. Bei dieser Vorgeschichte.« Er schüttelt den Kopf, als wisse er nicht, was er davon halten soll. »Hegt er da irgendeinen alten Groll?«

Ich zucke mit den Achseln. »Sein Mandant hat Harlands Tochter ermordet. Warum sollte ausgerechnet er was gegen Harland haben?«

Richter Landis trommelt mit den Fingern auf den Schreibtisch. Ganz offensichtlich ist das auch ihm ein Rätsel. Kein normaler Mensch wird wohl je die Launen Jeremy Larrabees verstehen. »Gut, Paul, kommen wir zu unserem Fall hier ...«

»Keinen Cent, Danny«, sage ich. »Larrabee ist wie Ungeziefer. Wirfst du ihm einen Krümel hin, hast du bald eine Invasion.«

Der Richter lässt die Hände auf seinen massiven Schreibtisch fallen. Sein Zimmer ist im Jagdhausstil eingerichtet. Auf dem Boden liegen Bärenfelle, die Wände zieren abgeschlagene und ausgestopfte Tierköpfe. Ich bin kein Jäger, aber ich habe schon ein paar Runden Golf mit dem ehrenwerten Richter Daniel Landis gespielt. Und meines Wissens nach ist er in seinem Leben nie was anderem hinterhergejagt als einem verschlagenen Golfball.

Er massiert sich die eindrucksvolle Stirn und wackelt dann mit dem Zeigfinger. »Du wirst ein bisschen Geld springen lassen müssen, damit er endlich Ruhe gibt.«

»Alles, was wir springen lassen, ist ein Jahr Gratisseife für seine Klientin.«

Die Schultern des Richters beben, als er losprustet.

»Und einen Futtersack, den sie sich vors Gesicht schnallen kann.«

»Aufhören.« Sein Gesicht ist rot wie eine Tomate und zu einem breiten Grinsen verzerrt. Er ringt nach Atem. »Zehntausend«, sagt er. »Dein milliardenschwerer Klient verjubelt das bei einem einzigen Dinner. Und die Frau wird wieder eingestellt.«

»Zehntausend *was?«*, frage ich. »Zehntausend Nasenstöpsel für die Leute, die in ihrer Umgebung arbeiten müssen?«

Der gefällt Danny sogar noch besser. Sein Lachen geht in einen keuchenden Husten über, und er winkt mir, ich soll gehen. Sein Gesicht ist leuchtend rot, und er hält zehn Finger hoch, als ich die Tür zur Richterkammer hinter mir schließe.

Jeremy Larrabee sitzt im leeren Gerichtssaal und spricht in sein Handy.

Er scheint überrascht. »Schon fertig?«, fragt er und schaltet sein Handy aus. An seinem Pokerface muss er noch arbeiten. Er hat wohl auf irgendein Einlenken meinerseits gehofft, aber die Tatsache, dass ich nur sechzig Sekunden drin war, spricht für sich. Ich schnappe mir meine Jacke und meinen Aktenkoffer.

»Gehen Sie schon?«, fragt er.

»Sieht so aus.« Normalerweise versuche ich Kollegen gegenüber immer höflich zu sein, aber dieser Typ will eine von Harlands Firmen auspressen, und die Anklagepunkte sind absoluter Humbug. Soll er ruhig spüren, wie gleichgültig er mir ist.

»Geben Sie dem Richter eine Minute«, sage ich. »Er vergießt immer noch Tränen über das Schicksal Ihrer Klientin.«

»Ich werde eine Sammelklage anstrengen«, erwidert er und reckt das Kinn. »Dann werden die Karten neu gemischt.«

Danny Landis wird in diesem Fall niemals eine Sammelklage zulassen. Jeremy müsste das eigentlich wissen. Ein guter Anwalt kennt das Gesetz. Aber ein wirklich exzellenter Anwalt kennt seinen Richter.

»Jeremy.« Ich trete einen Schritt näher. »Tun Sie sich selbst einen Gefallen, und suchen Sie sich eine andere Firma aus. Wir werden in keinem dieser Fälle einem Vergleich zustimmen. Es sind elf Prozesse, und Sie werden alle verlieren. Das verspreche ich Ihnen. Denken Sie auch mal ans Geschäft.«

Kurz schießt mir die Frage des Richters durch den Kopf, warum Jeremy es auf Harlands Unternehmen abgesehen hat. Will er irgendeine alte Rechnung begleichen? Eine Frage, die mich beschäftigt, seit er die erste Klage eingereicht hat. Ich habe nie mit ihm darüber gesprochen. Er würde mir wohl auch kaum die Wahrheit sagen.

Als ich mich entferne, ruft er mir hinterher: »Prozesskosten.«

Das ist das Mantra des verzweifelten Anwalts. *Der Prozess kostet dich hundertausend, also gib mir achtzigtausend, und wir stehen beide als Gewinner da.* Darauf spekulieren diese Parasiten. Sie bauen darauf, dass den Unternehmen die Klärung der Rechtsfrage gleichgültig ist und dass sie zahlen, einfach nur um Anwalts- und Prozesskosten zu sparen. Aber da haben sie die Rechnung ohne Harland Bentley gemacht. Und ohne mich.

»Fünftausend«, sage ich, indem ich die Forderung des Richters aufgreife und den Betrag halbiere.

»Fünftausend sind zu wenig«, sagt Larrabee. »Allein der Verdienstausfall …«

»Ich meine für alle elf Fälle zusammen.« Mit diesen Worten stoße ich die Tür auf und marschiere aus dem Gerichtssaal.

McDermott kommt zwanzig Minuten zu spät zum Dienst, hält das aber für vertretbar, da er bis tief in die Nacht hinein mit dem Ciancio-Mord zu tun hatte. Der wachhabende Sergeant begrüßt ihn mit »Hey, Chief«, als er an ihm vorbeitrottet. McDermott verzieht die Lippen und blinzelt dem Mann müde zu. Der Kaffee in dem Styroporbecher in seiner Hand – eine dunkel geröstete Mischung von Dunkin Donuts – ist heiß, aber vermutlich wird er nicht dazu kommen, auch nur einen Schluck davon zu trinken, bevor er kalt wird.

»Morgen, Chief.« Kopecky, ein weiterer Detective, klopft ihm auf die Schulter.

»Schluss jetzt mit dem *Chief*-Quatsch«, sagt McDermott laut und vernehmlich, was vermutlich ein Fehler ist, denn sein Ärger wird sie nur noch mehr anstacheln. Er stellt den Kaffee auf seinem überladenen Schreibtisch ab, der zur Hälfte von einem brandneuen Dell-Computer mit Beschlag belegt wird, mit dem er nicht richtig zurechtkommt.

»Hey, Chief, Streets und San haben eine Leiche im Müll gefunden.« Diesmal ist es Collins, wie McDermott ein großer stämmiger Ire. »Ich nehme Kopecky mit.«

McDermots Blick schweift durch das betriebsame Revier und bleibt an der Tür des Lieutenants hängen. Offensichtlich hat der Lieutenant einen schlechten Tag, weswegen Collins seine Frage an McDermott richtet. »Sicher, Collins, tun Sie das.«

McDermott ist keineswegs der Chef des Reviers. Eigentlich sind die Detectives des Dritten Bezirks Lieutenant Coglianese unterstellt, der schon bessere – will sagen nüchternere – Tage gesehen hat. Vor vier Monaten ist seine Frau gestorben, und als er nach der Trauerzeit wieder auftauchte, konnten es die Cops im Dritten buchstäblich riechen. Er hatte auch früher öfter mal einen über den Durst getrunken, wie schon sein Vater, und unter den Detectives wurde debattiert, wie man sich verhalten sollte. Sie hatten sich an den dienstältesten Detective gewandt, McDermott, der die Devise ausgab, man werde den Chef die nächsten sechs Monate mit durchschleifen, dann hätte er die dreißig Dienstjahre voll und könnte bei voller Pension abtreten.

An sich eine noble Tat, die aber leider zur Folge hatte, dass McDermott nun nicht nur seinen eigenen Papierkram, sondern auch noch den seines Chefs erledigen musste. Und zwischenrein sollte er, so ganz nebenbei, auch noch ein paar Fälle aufklären.

Er blickt auf das Schwarze Brett und die Zahl der ungeklärten Mordfälle. Heute würden sicher noch einige dazukommen, angefangen mit dem Mädchen aus dem Müll. Die Geschäfte im Dritten Revier brummen. Besonders in den Sommermonaten. Die Zahl der Vergewaltigungen und Raubüberfälle verdoppelt sich zwischen Mai und September. Schießereien zwischen Gangs verdreifachen sich sogar. Einige meinen, es sei wegen der Hitze und ihren Auswirkungen auf den Gefühlhaushalt der Leute. McDermott macht allerdings eher die längeren Tage dafür verantwortlich. Mehr Zeit für die Gangster, sich gegenseitig abschätzige Blicke zuzuwerfen.

»Collins«, sagt er und öffnet den Deckel seines Kaffeebechers, um wenigstens das starke Aroma zu genießen. »Wo liegt die Leiche?«

Das interessiert ihn deshalb, weil letzte Woche auf der Venice Avenue ein Scharfschütze das Feuer auf eine Gruppe von Polizisten eröffnet hat, die gerade einen Tatort untersuchten. Das Ganze hatte eine Großfahndung im Andujar-Wohnprojekt ausgelöst. Inzwischen trugen die meisten Detectives dort kugelsichere Westen, genau wie die Streifenbeamten.

Am Ende hatte sich der Heckenschütze als ein elfjähriger Junge erwiesen, bewaffnet mit einer alten Jagdflinte.

»East Side.« Collins hängt sich die Weste um. »Zwischen LeBaron und Cape.«

LeBaron und Cape. Keine schlechte Gegend, also keine Verstärkung notwendig. »Das ist meine Nachbarschaft«, sagt McDermott. »Sorgt mir dort für Ordnung.«

19. Kapitel

Bei meiner Rückkehr in die Kanzlei bin ich mir endgültig sicher – eine Horde winziger Zwerge hat sich in meinem Schädel eingenistet und durchwühlt mein Hirn auf der Suche nach Gold mit kleinen Spitzhacken. Um zehn Uhr – in achtzehn kostbaren Minuten – erwarten mich zwölf Mitarbeiter und Senior-Partner in einem der Konferenzräume, um mit mir den aktuellen Stand der ausufernden Rechtsangelegenheiten von BentleyCo und ihrer Tochtergesellschaften durchzugehen. Nach meinen letzten Informationen handelt es sich um nicht weniger als neunundsechzig offene Fälle. Es wird also ein langes Meeting. Gestern hab ich alle um ein Kurzresümee gebeten, damit ich halbwegs vorbereitet bei dem Treffen auftauche. Vermutlich sollte ich vorher mal einen Blick in diese Unterlagen werfen.

Ich komme an einer Gruppe Juniorpartnerinnen vorbei, die plaudernd vor einem Büro stehen. Sie nennen mich »Mr. Riley«, was darauf hindeutet, dass es sich um sogenannte »Sommer-Partner« handelt – Jurastudentinnen von Elite-Unis, die hier im zweiten Semester ein Praktikum absolvieren. Wobei »Praktikum« in erster Linie bedeutet, dass sie jeden Mittag zu teuren zweistündigen Lunches ausgeführt werden, abends Baseballspielen, Cocktailpartys oder Bootsfahrten beiwohnen, und das alles auf Kosten der Firma. Denn schließlich wirbt die Firma ja um sie, und nicht umgekehrt. Allen zehn Teilnehmern des Sommerpraktikums bei Shaker, Riley & Fleming wird man anschließend eine vollwertige Partnerschaft anbieten, es sei denn, sie lassen sich was ausgesprochen Dämliches zu Schulden kommen, wie etwa nach Feierabend Sex mit einem Rechtsreferendar auf dem Büroschreibtisch zu haben. Ich erwähne dieses Beispiel, weil sich eine Spitzenstudentin der Columbia-Universität letztes Jahr nach einer Party im Museum genau dazu hinreißen ließ.

Ich marschiere am Arbeitsplatz meiner Assistentin Betty vorbei, die an ihrem Computer sitzt und tippt. Betty ist die Königin der Kanzlei, die rechte Hand des Senior-Partners. Sie arbeitet schon seit meiner Zeit als Bezirksstaatsanwalt mit mir zusammen. Meine Beziehung zu Betty ist dauerhafter als jede andere in meinem Leben, außer vielleicht die zu meiner Tochter – sofern man das eine Beziehung nennen will.

»Morgen, Bettina«, sage ich.

Gemeinsam haben wir Bettys Scheidung durchgestanden und dann meine, ihre zweite Ehe und meine Junggesellenzeit, die Gründungzeit in unserem ersten Büro am River Drive mit nur acht Mitarbeitern, bis hierher in unsere neuen Räumlichkeiten, einem Palast, dem es, wie Betty sagt, *an Charme fehlt.* Betty hält mit ihrer Meinung nie hinterm Berg. Wenn es drauf ankommt, ist sie hart und durchsetzungsfähig, und sie besitzt eine gute Portion gesundes Misstrauen, was uns zu einem ziemlich guten Gespann macht.

»Paulina«, erwidert sie leise, ohne auch nur eine Sekunde im Tippen innezuhalten. Sie mag es nicht, wenn man sie bei ihrem vollen Namen nennt, und rächt sich, indem sie mich mit der weiblichen Form meines Vornamens tituliert. Allerdings nie vor anderen, denn das hieße, den Boss respektlos behandeln. Und sie fordert von jedem hier absoluten Respekt vor sich und dem Boss. Wir sind ein Team, und ein Team bildet nach außen hin eine verschworene Gemeinschaft. Auch Vito Corleone hätte es niemals toleriert, wenn seine Familie vor Uneingeweihten Streitigkeiten ausgetragen hätte. Ein recht treffender Vergleich, wobei ich mich allerdings manchmal frage, wer von uns beiden hier eigentlich der Pate ist.

Sie folgt mir ins Büro. »Du hast die Karte für Richter Benson noch nicht unterschrieben«, informiert sie mich. »Jetzt kommt sein Geschenk zu spät an. Und sag nicht, ich hätte dich nicht rechtzeitig dran erinnert, das habe ich nämlich.«

»Okay, ich werd's mir verkneifen.« Ich hänge mein Jackett hinter der Tür auf und fange an, nach dem Geschenk zu suchen. Betty führt Buch über die Geburtstage von Richtern, Politikern und natürlich von Klienten, und sie kauft kleine Geschenke mit Glückwunschkarten für sie, die ich dann unterschreibe. Klienten kleine Aufmerksamkeiten zukommen zu lassen, ist eine ausgezeichnete Methode, sich mal wieder in Erinnerung zu bringen. Geburtstags- und Festtagsgrüße, kurze briefliche Mitteilungen über den aktuellen Stand laufender Fälle – Klienten schätzen diese Art der Zuwendung. Und Betty sorgt dafür, dass ich sie ihnen zuteil werden lasse.

Mein Schreibtisch ist ein Musterbeispiel für organisiertes Chaos. *Chaos,* weil ich die typische Junggesellenangewohnheit habe, mein Zeug überall rumliegen zu lassen, und *organisiert,* weil Betty jeden Morgen als Erstes hier hereinkommt und alles zu Stapeln ordnet. Es ist nicht wirklich aufgeräumt, aber auch kein heilloses Durcheinander.

Ich merke, dass Betty immer noch vor meinem Schreibtisch steht, die Hände in die Hüften gestemmt. Wenn man sie nicht kennt, wirkt sie eher unscheinbar, eine kleine Frau mit breiten Hüften, etwas derben Gesichtszügen, die Haare straff nach hinten gebunden zu einem Dutt, oder wie immer man heutzutage einen Dutt nennt. Betty ist vier Jahre älter als ich, also fünfundfünzig, aber sie redet mit mir, als wäre ich ihr Sohn.

»Ich warte immer noch auf das Geschenk.«

Und zwar ein sehr unfolgsamer Sohn. Ich beginne überall nach dem zu fahnden, was ich Gordy Benson schenken wollte, in der Hängeregistratur an der Wand, den Schubladen meines alten Schreibtischs. Obwohl ich keine Ahnung habe, wonach ich eigentlich suche, was das Ganze nicht gerade einfacher macht, traue ich mich nicht, Betty das zu beichten. Die Einzigen, die noch mehr Angst vor Betty haben als ich, sind – na ja, alle übrigen in der Kanzlei.

»Du hast ein Meeting«, erinnert mich Betty, während sie meinen Kalender überfliegt.

»Weiß ich. Aber bis dahin sind es noch ein paar Minuten.« Vorsichtig fasse ich an meinen Hinterkopf, wo mich der Schlag getroffen hat. Wahrscheinlich hätte ich das besser nähen lassen sollen, aber ich hasse diese Art von Prozedur. Wie ich mich kenne, werde ich so lange warten, bis sich die Wunde so richtig infiziert, und dann erst in Betracht ziehen, irgendwas zu unternehmen.

»Du siehst nicht gerade gut aus«, teilt sie mir mit.

»Mit Schmeicheleien brauchst du mir gar nicht zu kommen.« Ich lüfte einen Stapel Umschläge. »War die Post schon da?«

»Das ist die Post von gestern.«

»O Himmel.« Ich lege den Stapel wieder ab und massiere mir die Schläfen, wobei mir ihr abschätziger Blick nicht entgeht. »Aspirin, Betty. Dein Boss braucht dringend Aspirin.« Als ich bemerke, dass mein Bitten keinerlei Reaktion bei ihr auslöst, schaue ich zu ihr auf. Die Arme vor der Brust verschränkt, klopft sie ungeduldig mit einem Fuß auf den Teppich.

»Was ist denn?«

»Das Geschenk«, sagt sie. »Und die Karte.«

»Okay, in Ordnung.«

»Du weiß nicht mehr, was es ist, richtig?«

»Natürlich weiß ich das«, sage ich und lasse mich in meinen Sessel zurückfallen. »Es war ein Basketball, von den 84er Celtics signiert, nachdem sie über die Lakers triumphiert hatten. Bird, Parrish, McHale, Johnson, Maxwell, Ainge, Henderson …«

Betty runzelt die Stirn. »Es war eine Flasche Pinot Noir von Willamette Valley.«

»Darauf hätte ich als Nächstes getippt.«

Sie zieht die Augenbrauen hoch. »Und wo ist der Pinot?«

»Lightner und ich haben ihn vorgestern Abend geleert.«

Sie schüttelt den Kopf und winkt ab. Sie ist fast schon aus der Tür, da hält sie inne, überlegt einen Augenblick, dreht sich auf dem Absatz um und starrt mich an. »Ich möchte dich was fragen. Und ich verlange eine ehrliche Antwort.«

»Danke für die aufmunternden Worte.« Ich durchwühle meine Schreibtischschubladen nach einem Schmerzmittel. Wieder entsteht eine bedeutungsschwangere Pause, die meine ungeteilte Aufmerksamkeit einfordert. »Die Frage, Betty, die Frage. Ich platze vor Spannung.«

»Du solltest nach Hause und dich ausschlafen.«

»Das ist keine Frage. Das ist eine persönliche Meinungsbekundung.« Endlich. Ein Fläschchen Exedrin. Ich schüttle vier Tabletten auf die Hand und würge sie trocken hinunter, bevor mir einfällt, dass in meinem privaten Kühlschrank, kaum eine Armlänge entfernt, eine Flasche mit Wasser steht.

Betty fragt mich: »Vor wie vielen Tagen habt ihr euch getrennt, Shelly und du?«

Ich zucke mit den Achseln. »Vor ein paar Monaten, keine Ahnung.«

Sie runzelt ungläubig die Stirn.

»Dreiundsechzig Tage«, gebe ich zu.

»Und warst du auch nur an einem einzigen dieser Tage nicht betrunken?«

»Du hast die eine dir zugestandene Frage bereits aufgebraucht.« Ich stürze die halbe Wasserflasche in einem Zug hinunter und presse dann das kalte feuchte Plastik an meine Wange. »Du bist nicht meine Mutter, Bettina, du bist meine Assistentin. Also walte bitte deines Amtes und assistiere mir.«

Jerry Lazarus, einer der Junior-Partner der Firma, steckt seinen Kopf durch die Tür. »Darf ich kurz unterbrechen?«

»O ja, ich bitte darum, Laz. Tun Sie das.«

Betty marschiert aus dem Büro und wirft mir dabei einen Blick zu, der die Sonne gefrieren lassen könnte.

»Im Fall Lysinger stehen wir in den Startlöchern. Die Staatsanwaltschaft ist bereit, einen Richter auszuwählen.« Lazarus nickt in Richtung meines Schreibtischs. »Haben Sie mein Resümee gelesen?«

»Äh, nein«, gebe ich zu und blättere durch einen kleinen Stapel mit Papieren. Eine der vielen Tochterfirmen von BentleyCo mit Namen Bentley Manufacturing stellt Gerätschaften für Fast-Food-Restaurants her. Eine Restaurantkette in Texas will den Vertrag kündigen, also kommen wir ihnen zuvor, machen ihnen die Hölle heiß und versuchen, eine richterliche Verfügung zu erwirken, die ihnen das untersagt – und so weiter und so fort. Privatrecht raubt einem den letzten Nerv.

Ich finde das Resümee und wedele damit in der Luft herum. »Wie sehr unterscheidet es sich von der vorigen Fassung?«

»Nicht sehr«, sagt Jerry. »Wir haben zusätzlich eine Anklage wegen schädigenden Eingriffs in bestehende und zukünftige Geschäftserwartungen erhoben.«

»Wer hat das gemacht?«

»Lance.« Jerry nickt. »Aber ich hab es noch mal gecheckt. Die Sache hat Hand und Fuß.«

Einer unserer Partner fertigt immer den Rohentwurf an und recherchiert dafür, wenn nötig, die ganze Nacht. Dann überprüft mein junger Partner Jerry das Ganze aufs Gründlichste. Und zum Schluss gebe ich als Hauptverantwortlicher noch meinen Segen dazu, bevor wir es rausschicken. Harland Bentley zahlt die stattlichen Honorare für all die Extraarbeit und die Überstunden, ohne mit der Wimper zu zucken. Privatrecht ist schon eine tolle Sache.

»Basketball morgen?«, frage ich Jerry. Unser wöchentliches Spiel, immer mittwochs in der Mittagspause.

Er zuckt mit den Achseln. »Weiß nicht, Boss. Ich mach mir ein bisschen Sorgen deswegen.«

»Worüber machen Sie sich Sorgen? Dass Sie von Ihrer Frau keine Erlaubnis kriegen?«

»Ich mache mir Sorgen um meine Zukunft in dieser Firma, wenn ich Sie noch mal so alt aussehen lassen, wie bei dem Spiel letzte Woche.«

»Lazarus.« Ich leere mein Wasser und schnalze zufrieden mit der Zunge. »Wenn Sie nur halb so gut werfen könnten wie Sprüche klopfen, würden Sie vielleicht ab und zu auch mal einen Ball in den Korb kriegen.« Ich bedeute ihm, den Raum zu verlassen. »Und jetzt arbeiten Sie bitte wieder an Ihren Akten oder meinetwegen an Ihrer Wurftechnik, auf jeden Fall an irgendwas außerhalb meines Büros.«

»Wir treffen uns – in fünf Minuten«, sagt er.

Ach ja, verdammt, dieses Meeting. An diesem Punkt meiner Karriere besteht meine Arbeit zu fünfundneunzig Prozent daraus, die Arbeit anderer zu überwachen. Meine Anwälte sind mehr als kompetent. Ich lenke sie nach genauen strategischen Vorgaben, und dazu muss man kein Genie sein. Im Grunde habe ich nur eine mehr oder weniger repräsentative Funktion – ich gehe zu den großen Hearings und bin bei den seltenen Fällen präsent, wenn wir vor Gericht ziehen, doch das Einzige, was nach wie vor echtes persönliches Interesse bei mir weckt, sind die Kriminalprozesse.

Rasch überfliege ich meine Post. Das meiste davon sind Werbebriefe oder Bitten um Spenden von gemeinnützigen Organisationen. Die Spendenbitten landen auf einem gesonderten Stapel, denn wir haben hier in der Kanzlei ein eigenes Komitee, das über die Geldervergabe entscheidet. Wir haben hier Komitees für alles.

Aber dann entdecke ich erneut einen Brief mit handgeschriebener Adresse – die Schrift ähnelt der des ersten Briefs, derselbe breite Tintenfüller. Und es ist ein hiesiger Poststempel darauf. Ich öffne den Umschlag, und der Brief fällt heraus. Aus irgendeinem Grund entfalte ich ihn behutsam und halte das Blatt nur mit den Fingerspitzen am äußersten Rand.

Werde erleiden rächend das Ende. Zuletzt werden Echos innigster Trauer erschüttert nachhallen. Vernehmlich ertönen. Rührige Sendboten beständig ertragen neue unaufhörliche Torturen zu einem neuen Zweck. Eine innige Teilnahme zeitigt unerschrockene, offenherzige Parteinahme; fordert eine rührige Neugier, auch liebevollen Betrug an niedergelegten Ideen.

Mein Lachen klingt selbst in meinen eigenen Ohren bemüht. Die Handschrift ist ohne Zweifel die gleiche wie beim letzten Brief. Unheimlich, dieser Kerl. Vielleicht hat Burgos Geburtstag. Geht es darum? *Zuletzt werden Echos innigster Trauer erschüttert nachhallen.* Wer zum Teufel ist dieser Typ?

Zum Vergleich ziehe ich den ersten Brief heraus.

Böses ersteht neu. Öffentliche Teilnahme ist gewiss. Erkennt Euer Rätseln Nähe einstiger unvergessener Taten? Ihr Heiden, reuevoll erwartet bald Erhellung. Inzwischen Herr, ingrimmig lasst Fackelträger erscheinen.

Eindeutig dieselbe Handschrift. Dasselbe finstere, pseudoreligiöse Kauderwelsch. Irgendwas daran klingt vertraut, aber ich weiß nicht genau was.

Die Gegensprechanlage summt. »Ja, Betty?«

»Mr. Bentley für dich.«

»In Ordnung.« Sie stellt den Anruf durch, und ich nehme ab. Es ist Harlands Assistent – einer seiner drei Assistenten –, der anfragt, ob ich mich heute Abend mit Harland treffen kann. Ich bejahe und notiere mir wann und wo, ohne nachzufragen, warum Harland mich nicht selber anruft.

Als ich auflege, bemerke ich, dass der Knopf für gespeicherte Anrufe blinkt.

Die erste Nachricht stammt von dieser Journalistin, Evelyn Pendry, die erneut ihr Interesse an einem Gespräch mit mir bekundet. Als ich den zweiten Anruf abhöre, stockt mir der Atem. Es ist die Stimme meines Augensterns, sie spricht mit gedämpfter Stimme, im Hintergrund höre ich Bürogeräusche.

»Ich denke, wir sollten dieses Gespräch tatsächlich führen«, sagt Shellys mit leiser, dem Arbeitsumfeld angepasster Stimme. *»Übliche Zeit, üblicher Ort?«*

Im Grunde ist es ganz einfach, man muss bloß mitmachen, im großen Strom mitschwimmen, in ihrer Welt leben, so tun, als würde man alles mit ihren Augen betrachten. Geh rüber zum Hotdog-Verkäufer, bestell dir was, genau wie alle anderen auch, Würstchen mit Kraut, eine Flasche Wasser, reck das Gesicht in die Sonne, als würdest du es genießen.

Da kommt er. Eilt durch die Drehtür, ohne Aktenkoffer, hüpft die Stufen runter, zielstrebig, der große Paul Riley, der Mann, der berühmt geworden ist, weil er Terry gestoppt hat.

Leo wirft den Hotdog in den Abfalleimer und nimmt einen

Schluck aus der Wasserflasche, bevor er sie dem Hotdog hinterherwirft.

Er folgt Riley zu Fuß, verlässt seinen warmen, sonnigen Platz, bewegt sich durch die Schatten der Hochhäuser. Immer wieder späht er hinauf zu den Dächern, aber natürlich zeigen sie sich nicht.

Es ist kein langer Weg. Riley geht vier Blocks, zwei in Richtung Norden, zwei nach Osten, dann betritt er überraschend das Dunstworth Hotel, eines dieser stuckverzierten alten Stadthotels. Leo bleibt abrupt stehen, sicherheitshalber marschiert er lieber nicht gleich rein.

Was hat Riley vor?

Leo hat keine Ahnung. Es wäre sinnlos, ihm nach drinnen zu folgen, was soll er da, hier draußen ist es sicherer, kein Grund zur Sorge, besser draußen warten, wird sicher nicht lange dauern.

Der Schmerz trifft ihn wie ein Blitzschlag. Er presst eine Hand auf den Bauch. Das Einzige, was er tun kann, um nicht vor Schmerzen zusammenzuklappen. Der Hotdog ist ihm nicht bekommen, aber wenn er müde ist, hat er eben mehr Hunger – und momentan ist er hundemüde. Voll unter Strom, aber total übermüdet.

Eine Minute später bremst ein Taxi vor dem Hotel. Leo reibt sich die Augen und schaut noch mal hin, ja, sie ist es tatsächlich. Die gleiche Frau wie auf den Fotos bei ihm zu Hause.

Ihr Name ist Shelly Trotter.

20. Kapitel

Shelly steht mir gegenüber im Aufzug. Ich lehne mit dem Rücken an einer Kabinenwand, sie an der anderen, zwischen uns ein älteres, gut gekleidetes Paar, typische verwöhnte Gäste des Dunstworth Hotels. Unsere Blicke begegnen sich, aber wir spielen ein Spielchen, wir tun so, als würden wir uns nicht kennen. Mein Körper befindet sich in hellem Aufruhr, Adrenalin befeuert meine Lebensgeister. Die Kopfschmerzen sind plötzlich wie weggeblasen.

Sie steigt vor mir aus, geht zur Suite und schiebt die Karte in den Schlitz. Sie öffnet die Tür, aber ich verharre draußen, während sie eintritt und sich mir zuwendet.

Ihre gespannten Kiefermuskeln könnten auf Verlangen hindeuten, auf mühsam gezügelte Begierde, aber ich spüre auch eine gewisse Unentschlossenheit, ja, eine innere Zerrissenheit, die mich zögern lässt.

Sie beginnt ihre Bluse aufzuknöpfen. Ich mache einen Schritt in den Raum hinein, dann scheinen meine Füße plötzlich am Boden festzufrieren. Mein Blick huscht über die luxuriöse Einrichtung, ich atme ihren Duft ein, der sich mit dem aseptischen Geruch des frisch gereinigten Zimmers mischt.

»Was tun wir hier?«, frage ich.

Sie schüttelt den Kopf, entkleidet sich weiter, ihre Bluse öffnet sich, gibt den Blick auf die bleiche, sommersprossige Haut und den lavendelfarbenen BH frei. Sie weiß es auch nicht.

Vielleicht ist es das, was ich sehen wollte, nur diesen winzigen Riss in ihrem Panzer. Ich bewege mich auf sie zu, während sie zurückweicht und ihre Pumps wegkickt. Ihre Hose gleitet zu Boden. Sie überlässt mir den Rest. Ich öffne ihren BH, und mein Mund berührt ihren Hals, als ich sie aufs Bett lege.

Ihre Haut schmeckt salzig und duftet nach Früchten. Ich lasse meine Zunge über ihre Rippen wandern und schiebe sie in ihren Nabel. Ich ignoriere die Qualen in meinem Herzen, das Wissen darum, dass mein Verlangen heftiger ist als ihres.

Wir sind beide zurückhaltend, tasten uns langsam an die Grenzen der Intimität heran. Es ist eine Achterbahnfahrt der Gefühle, bis sie mich schließlich in sich spürt und ein leises Stöhnen von sich gibt. Ich suche ihren Blick, aber sie wendet sich ab. Ihr Körper gibt sich mir unterdessen hin, sie überlässt mir die Führung. Ich fahre mit dem Finger über ihr Gesicht. Sie schließt die Augen, ich kann ihren Ausdruck nicht deuten. Als ich sie auf den Mund küsse, schmecke ich ihren Lippenstift, aber ihre Lippen bleiben geschlossen.

Ich weiß, es ist nicht richtig, ich offeriere etwas, und sie nimmt es nicht an – trotzdem mache ich weiter. Ich packe sie fest bei den Haaren und steigere das Tempo, wie sie schließe ich endlich die Augen und flüchte mich in etwas weit Entferntes, etwas Wütendes, und halte am Ende den Atem an.

Ich ziehe mich augenblicklich zurück, schlüpfe in meine Hose und trete an Shelly vorbei zum Fenster, das hinaus auf die Straße zeigt. Die Gehsteige sind voller Menschen, die ihre Mittagspause und das Wetter genießen.

»Das war schön«, sagt sie. »Ich …«

Ich knöpfe mein Hemd zu und starre mein unscharfes Spiegelbild in der Fensterscheibe an. Ich spüre, wie sie sich von hinten nähert, ihre Hand auf meiner Schulter, ihr Kinn, das sich sanft zwischen meine Schulterblätter gräbt.

Sie führt den Satz nicht zu Ende, und ich helfe ihr auch nicht dabei. Dieser unvollständige Satz bringt unsere Beziehung auf den Punkt.

»Es war nicht schön«, sage ich. »Es hat sich angefühlt wie eine Gefälligkeit.«

Ihre Finger streichen über meinen Rücken. »Ich möchte, dass es zwischen uns funktioniert.«

Ich schließe die Augen, lehne die Stirn ans Glas. Mein Herz hämmert gegen die Rippen, und meine Knie drohen nachzugeben. »Aber?«, sage ich.

»Aber wir müssen es langsam angehen.«

»Ich habe immer gesagt, langsam ist okay.«

»Nein, Paul.« Sie lacht leise. »Du bist aus deinem Apartment in ein stattliches Einfamilienhaus gezogen. Und dieser Spaziergang, der ganz zufällig vor einem Juwelierladen endete? Erinnerst du dich?«

Auch ich muss lachen, und plötzlich fallen zwei Monate quälender Spannung von mir ab. Sie schmiegt sich in meine Arme, als wäre sie nie fort gewesen. Ich nehme den vertrauten Geruch ihres Haares wahr, die Form ihres Kopfes, und fühle mich ihr erneut ausgeliefert – wund, verletzlich, fasziniert und überwältigt.

Paul Riley und Shelly Trotter verabschieden sich vor dem Dunstworth Hotel, lösen einfach ihre ineinander verflochtenen Hände, ohne Kuss.

Shelly Trotter steigt in ein Taxi, Riley blickt ihr nach, mit leuchtenden Augen. Ja, sie sind gut sichtbar, Rileys Gefühle für diese Frau.

Fein. Das könnte hilfreich sein.

Leo zieht die Baseballkappe tief ins Gesicht und läuft los. Es wird Zeit, sich auf den Abend vorzubereiten.

21. Kapitel

Rechtzeitig um halb sieben treffe ich vor dem Gala ein, einem Lokal, das vor einem Monat neu eröffnet hat. Vor dem Eingang bildet sich bereits eine Schlange, aber ich marschiere direkt auf den Türsteher zu, der aussieht, als habe man zwei Männer in die Haut eines einzigen gestopft, und nenne ihm meinen Namen. Und zur größten Verblüffung von zwanzig schick gekleideten, auf dem Gehsteig wartenden Menschen erhalte ich augenblicklich Zutritt.

Einfach weil ich die zwei magischen Worte kenne: »Harland Bentley«.

Ich trage Anzug und Krawatte, bin also für diesen Laden viel zu förmlich gekleidet. Im Erdgeschoss liegt das vollbesetzte Restaurant. Man serviert hier »Asian Fusion Cuisine«, was immer das sein mag. Das Personal trägt schwarze T-Shirts und Jeans. Aus den Lautsprechern dröhnt eine Mischung aus Pop und Disco – eine Pop-Disco-Fusion? –, obwohl diese Musik vermutlich seit zwanzig Jahren keiner mehr »Disco« nennt. Für mich gibt es ohnehin nur zwei Arten von Musik: Jazz – und das ganze übrige Zeug. Heutzutage kommt es mehr darauf an, sich sexy in einem Video zu präsentieren, als gut singen zu können. Keiner erfindet noch neue Musik, man begnügt sich mit fantasielosen Variationen alter Stilrichtungen und verpasst ihnen neue Namen.

Ich nenne meinen Namen einem weiteren Türsteher. Er ist noch breiter gebaut als der andere und bewacht die Treppe zur Bar im ersten Stock. Auf dem Weg nach oben verkündet ein Schild, dass mich dort die »Coming-out-Party« eines begnadeten neuen Szenekünstlers erwartet. Ich beschließe, nicht genauer nachzufragen, was in diesem Fall mit »Coming-out«

gemeint ist. Auf der Treppe kommen mir zwei Männer in Rollkragenpullovern entgegen, einer mit Pferdeschwanz, der andere kahl rasiert, und beide mit einem zutiefst blasierten Ausdruck im Gesicht. Die Musik da oben klingt, ich kann es leider nicht anders sagen, wie früher Disco. Alle möglichen Arten computergenerierter Sounds, ein mechanischer Beat, ein wummernder Bass. Keine Ahnung, warum Menschen sich solchen Mist anhören. Es ist nahezu stockfinster hier, aber ich kann erkennen, dass die Mehrzahl der Menschen sich in der Mitte des Raumes um einen Mann drängt, der – wie nicht anders zu erwarten – einen Rollkragenpullover trägt. Ich wage zu vermuten, dass es sich hierbei um den Künstler handelt. Vielleicht sollte ihm jemand sagen, dass es draußen über zwanzig Grad hat.

Mein Blick fällt auf die Bar, und ich spiele gerade mit dem Gedanken, mir einen Martini zu holen, als jemand meinen Name ruft. Es ist Harland, im Arm eine Asiatin, die fast so groß ist wie er und dünn wie eine Zaunlatte. Ich schätze sie auf höchstens dreiundzwanzig. »Lisa, das ist Paul Riley.«

Ich ergreife ihre manikürte Hand und bewundere einen Moment ihr aufreizendes Kleid. Jesus, der Mann konsumiert Frauen wie ich Wodka.

»Du musst unbedingt Raven kennenlernen«, sagt er.

»Ich kann es kaum erwarten«, erwidere ich, obwohl ich nicht den geringsten Schimmer habe, wen oder was er damit meint. Als er jemanden herbeiwinkt, wird jedoch rasch klar, dass »Raven« der Künstler sein muss. Ein Wink Harlands scheint hier Gewicht zu besitzen, denn Raven kommt augenblicklich angeschossen, legt die Hände zusammen und verbeugt sich vor Harland. Sein Haar trägt er in der Mitte exakt gescheitelt und zu beiden Seiten steil emporgekämmt. Er hat ein zartes spitzes Gesichtchen. Wenn dieser Typ in seiner Kindheit nicht tagtäglich von anderen Jungs verprügelt wurde, fresse ich einen Besen.

»Raven«, brüllt Harland über die Musik hinweg, »das ist ein Freund von mir, Paul. Paul, Raven hier ist einer der bedeutendsten postmodernen Künstler.«

Ich schüttle seine Hand und versuche im Dämmerlicht auszumachen, ob Raven Lidschatten trägt, oder ob ihm einfach jemand Schläge auf beide Augen verpasst hat. Sollte sein Name wirklich Raven sein, vermute ich eher Letzteres.

»Ich dachte, ein wichtiges Merkmal postmoderner Kunst sei gerade, dass sie das Konzept von Bedeutung ablehnt«, bemerke ich, beuge mich zu ihm vor und grinse zufrieden. Ich habe das mal irgendwo gelesen. Raven versteht mich entweder nicht oder tut zumindest so. Harland findet das Ganze offensichtlich amüsant und flüstert Lisa etwas zu, die sich für die Umstehenden in Pose wirft. Er küsst ihr die Hand und wendet sich dann wieder mir zu.

»Sollen wir?«, fragt er. Offensichtlich muss Lisa sich auf der Party alleine amüsieren, was allerdings kaum ein Problem sein dürfte. Es gibt hier sicher eine Menge Männer, die sich ihrer nur allzu gerne annehmen werden, und genügend Drogen, um einen südamerikanischen Diktator damit zu finanzieren.

Harland hätte sich ebenso gut gleich unten mit mir verabreden können, statt mich extra hoch in die Bar zu beordern. Vermutlich war das nicht in der Absicht, mich diesem zwitterhaften Künstler vorzustellen. Harland mag es einfach, wenn die Leute bei ihm antanzen, selbst wenn man sich auf neutralem Boden trifft.

Vielleicht will er mir auch demonstrieren, wie wichtig er ist, umschwärmt von der attraktiven Kunstelite, die meisten halb so alt wie er, und mir bei dieser Gelegenheit gleich das neueste Schmuckstück an seiner Seite vorführen. Dass er Geld hat, ist schließlich hinreichend bekannt. Ebenso seine Frauengeschichten. Jetzt muss er sich auch noch als Mäzen der Kunstwelt präsentieren, mit dem neuesten Supermodel im Arm. Der Mann ist ein wandelndes Klischee. Er ist fast schon bemitleidenswert.

Fast.

Im Erdgeschoss gerät das Personal bei seinem Anblick in Verzückung. Ich dagegen ernte lediglich gelangweilte Blicke, sobald sie mitkriegen, dass ich weder Filmstar noch Künstler bin, sondern nur irgendein Anwalt. Ich kann mich erinnern, in der vierten Klasse mal ein Haus gemalt zu haben. Ich hielt das Bild für ziemlich gelungen. Aber Schwester Virginia warf nur einen kurzen Blick darauf und meinte dann, ich sollte besser Anwalt werden.

Eine Hostess nimmt mir meinen Aktenkoffer ab, aber gleich drauf fällt mir siedendheiß ein, dass sich darin meine Notizen zu den Fällen befinden. Ich verfüge nämlich über eine Akte mit den Resümees sämtlicher Rechtsangelegenheiten, in denen meine Firma BentleyCo und ihre Tochterfirmen vertritt. Bei Harland sollte man nie unvorbereitet erscheinen. Wenn er sich einen Überblick verschaffen will, dann hat das nichts mit einem sokratischen Diskurs an der Uni zu tun, bei dem man in seinem Hirn mühsam nach Antworten kramt, während einen der Professor mit abstrakten Fragen bombardiert. Dieser Mann leitet die Geschicke dutzender Firmen weltweit und hält sich trotzdem auf dem Laufenden über jedes noch so kleine Detail seiner offenen Rechtsfälle.

Wir werden an einen für uns reservierten Tisch gelotst. Eine Stufe führt zu ihm hinauf, wodurch wir einen angemessenen Überblick über die anderen Speisenden haben. Ein Kellner kommt mit zwei Papierrollen an unseren Tisch geeilt, die in diesem Etablissement offensichtlich als Speisekarten dienen.

Allerdings weiß ich bereits, dass Harland nie von der Karte bestellt.

Das Wort, das Harland am treffendsten beschreibt, ist *entschlossen.* Bei ihm gibt es keine faulen Kompromisse. Sein Händedruck gleicht einem Schraubstock. Er trägt sein Haar fast militärisch kurz. Seine Augen sind klein, durchdringend und beweglich, als wären sie beständig auf der Suche nach neuen Herausforderungen. Seine Kiefermuskeln befinden sich in einer Art Dauerspannung. Er kleidet sich in gestärkte Hemden und in die elegantesten Anzüge, die ich kenne, und dabei trage ich selbst gerne edlen Zwirn. Der Mann war nie in der Armee, trotzdem ist sein Tagesablauf straff durchorganisiert. Er steht um fünf Uhr in der Früh auf, schwimmt tausend Meter in seinem Pool – im Sommer unter freiem Himmel –, isst dann ein gesundes Frühstück und schafft es, rechtzeitig um Viertel vor sieben im Büro zu sein. Bekäme ich einen Vierteldollar für jede Nachricht, die Harland vor meinem Eintreffen im Büro auf meiner Mailbox hinterlassen hat, wäre ich reich.

Ich meine: noch reicher.

»Schön, dass Sie kommen konnten, Paul.«

»Ist mir stets ein Vergnügen, Harland.«

»Henry«, sagt er zu dem Kellner, der erneut augenblicklich aus dem Nichts auftaucht. »Perrier mit Zitrone für mich. Paul?«

Keine Ahnung, warum Harland den Namen eines Kellners in einem Lokal kennt, das gerade mal ein paar Wochen geöffnet hat. Vermutlich hat ihn diese Detailbesessenheit zum Milliardär gemacht. Das, oder die zwanzig Millionen Startkapital, die er bei seiner Scheidung einsackte.

Ich habe Lust auf das Übliche. Harland mustert mich kurz, als missbillige er meine Bestellung. Er selbst trinkt nicht und raucht nicht. Sein einziges Laster ist, wie ich – und viele andere – schon am eigenen Leib erfahren haben, seine ungehobelte Ausdrucksweise. Dieser Mann pflegt die kultivierten Umgangformen der Superreichen, aber wenn ihm jemand quer kommt, kann er fluchen wie ein Taxifahrer.

Also vermeide ich es tunlichst, ihm quer zu kommen. Trotzdem bestelle ich mir einen Martini, schön schmutzig, mit anständig Wodka und schwarzen, käsegefüllten Oliven.

Ach ja, ein zweites Laster habe ich vergessen: die Frauen. Jedes Mal, wenn er in den Klatschspalten bei einem gesellschaftlichen Ereignis auftaucht, ist es eine andere. Blond, brünett, rothaarig, kurvenreich, zierlich, langbeinig – der Mann lässt sich auf keine spezifischen Vorlieben festlegen, vorausgesetzt, man betrachtet Jugend und umwerfendes Aussehen nicht als solche.

Eine Frau mit kunstvoll frisiertem Haar und Perlen um den Hals, die gerade frisch vom Laufsteg heruntergestiegen scheint, begrüßt Harland. Küsschen hier, Küsschen da, kurzes Nicken in meine Richtung.

Harland lehnt sich einen Moment zurück und sonnt sich in seinem Glanz. Der Mann ist ein Rockstar. Immer noch die Spur eines selbstzufriedenen Lächelns auf den Lippen wendet er sich mir zu.

»Sagt Ihnen der Name Evelyn Pendry etwas?«, fragt er.

Er fühlt sich wohl in der Dunkelheit, warm und geborgen, nachts sind alle Katzen grau, du kannst mich nicht sehen, trotz des schmalen Lichtstrahls, der durch den Spalt zwischen den beiden Türen fällt, hier drin ist es dunkel, sehr dunkel im Kleiderschrank … Plötzlich das Schnappen des Schlosses an der Eingangstür.

Leo zückt sein Messer und erhebt sich aus der Hocke.

Bumm, irgendwas ist neben der Eingangstür zu Boden gefallen. Der Türriegel wird wieder vorgeschoben. Schnelle Schritte auf dem Teppich. Der Fernseher geht an, Stimmen erfüllen den Raum.

»Und nun wichtige Kurznachrichten vom Tage«, sagt Evelyn Pendry und imitiert dabei den präzisen Tonfall ihrer Mutter, die im Hintergrund die Nachrichten verliest. Sie tritt ins Schlafzimmer, streift ihre Ohrringe ab, wiederholt, was ihre Mutter im Fernsehen sagt. Sie knöpft ihre Bluse auf, kickt die Pumps weg, windet sich aus dem Rock.

Der Duft von Beeren schwebt durch den Raum. Leo atmet ihn tief ein. Es ist lange her, seit er so was gerochen hat –

»Senator Almundo«, spricht Evelyn ihrer Mutter nach, »hat alle Anschuldigungen zurückgewiesen.«

Sie steht vor dem Spiegel, in ihrer cremefarbenen Seidenunterwäsche, akzentuiert ihre Worte mit entschlossenen Kopfbewegungen. »Senator Almundo … hat sämtliche *Vor*würfe zu*rück*gewiesen.«

Leo starrt durch den Spalt zwischen den Schranktüren, während Evelyn den Satz wiederholt und dabei an der Betonung feilt. Ihr Körper ist fest und hübsch geformt, aber statt zu Fantasien regt er ihn nur zu der Überlegung an, wie heftig sie sich wehren wird, denn sie wirkt kräftig, jung und athletisch, nicht wie Freddie, der alte Knacker in seinem Bett, nicht wie das Mädchen in der Gasse mit Riley. Nein, die hier wird kämpfen.

Er packt das Messer fester, schluckt mühsam.

Nachdem er tief durchgeatmet hat, entspannt er sich wie immer sofort.

Sie ist unerwartet früh nach Hause gekommen. Er wird bis zum Einbruch der Dunkelheit warten, bis sie im Bett liegt.

Er schließt die Augen und hält den Atem an.

Als er sie wieder öffnet, starrt Evelyn Pendry direkt auf den Schrank.

Harland Bentley verschränkt die Hände. »Sie hat also behauptet, sie will Informationen für eine Hintergrundstory.«

»Damit hat sie versucht, mich zu ködern«, erkläre ich. »Angeblich wollte sie einen Artikel über den Public Trust, Senator Almundo und mich schreiben. Aber dann fing sie an, mir Fragen über *meine* Vergangenheit zu stellen. Und irgendwann wollte sie dann wissen, ob ich in Kontakt mit Nat und Ihrer Nichte Gwendolyn stehe.«

»Gwendolyn. Ja, Gwendolyn.« Offensichtlich hat Evelyn sich auch bei Harland nach den beiden Frauen erkundigt. Er neigt den Kopf. »Ich hab schon seit Jahren nichts mehr von Gwendolyn gehört. Und ich hätte auch nichts dagegen, wenn es so bleibt. Ein bösartiges Geschöpf.«

»Sie beide kamen nicht gut miteinander aus«, schlussfolgere ich messerscharf.

Harland wirft mir einen finsteren Blick zu, befeuchtet die Lippen und sagt dann gelassen: »Sie war Cassies einzige Cousine. Ihre nächste Verwandte. Und sie …« Kurz verzerrt sich sein Gesicht, ein Aufflackern von Wut, bevor sich seine Züge wieder verhärten. »Sie war nicht mal bei Cassies Beerdigung. Offensichtlich hielt dieses Mädchen es nicht für nötig, ihr wildes Treiben rund um den Globus auch nur für einen Tag zu unterbrechen, um Cassandra die letzte Ehre zu erweisen. Das werde ich ihr nie verzeihen.«

Harland hatte Natalia Lake geheiratet, als sie neunzehn war und gerade – rein zufällig, da bin ich sicher – eine Milliarde Dollar von ihrem Vater Conrad Lake geerbt hatte. Die beiden ließen sich nach knapp zwanzig Ehejahren wieder scheiden, kurz nach der Ermordung ihre Tochter Cassie. Harland nahm die zwanzig Millionen und ging seiner eigenen Wege, investierte erst in Hotels – Bentley Suites – und baute dann eine Reihe weiterer Firmen auf, die alle seinen Namen trugen, darunter Bentley Manufacturing, Bentley Bearings, Bentley International und Bentley Financial.

Es kursierte das Gerücht, Harlands Vorliebe für junge Frauen habe sich nicht erst nach der Scheidung entwickelt, sondern schon viel früher. Die Beziehung der Ehepartner war längst erkaltet, sie verband nur noch eines – ihre Tochter. Kaum war Cassie tot, so heißt es, zögerten sie keinen Moment und kehrten einander auf Nimmerwiedersehen den Rücken. Anstatt zu prozessieren – es gab wohl einen Ehevertrag, auch wenn mir dessen Details nicht bekannt waren – nahm Natalia einen Teil ihres Vermögens und warf es Harland als Abschiedsgeschenk hinterher. Ein Zyniker könnte behaupten, in den letzten fünfzehn Jahren sei es Harlands größter Ehrgeiz gewesen, seine Ex-Frau an Reichtum noch zu überflügeln, und ich wage sogar die Vermutung, dass er erfolgreich damit war. Jedenfalls hat meine Firma dabei entsprechend mitkassiert.

»Wo steckt Gwendolyn im Augenblick?«, will ich wissen.

Er breitet fragend die Hände aus. »Angeblich hat sie sich oben im Norden bei Lake Coursey ein Grundstück gekauft. Außerdem besitzt sie wohl immer noch ihr Haus in Frankreich. Aber Genaueres weiß ich nicht. Und es ist mir auch egal.« Er fixiert mich mit durchdringendem Blick. »Hat Ihnen diese Reporterin verraten, weshalb sie das alles wissen will?«

Ich schüttle den Kopf. »Dazu ist es nie gekommen. Ich hab sie mir vom Hals gehalten.«

Der Kellner bringt die Getränke und fragt, ob er uns die Spezialität des Tages empfehlen darf. Harland verneint, ich ebenfalls. Wie immer wird er irgendwas bestellen, das im Wasser lebt. Normalerweise tue ich das auch, aber heute steht mir der Sinn mehr nach etwas, das auf dem Land grast.

»Sie hatten neulich dieses *Karioka,* Henry«, sagt er zum Kellner. »Mit Rohrzucker.«

»Ja, Sir, Mr. Bentley.«

»Das wäre doch was für den Anfang. Danke. Und sagen Sie bitte Homaro, er soll mal kurz vorbeischauen, wenn er Zeit hat.«

Ich bin eigentlich nicht hier, um dieses Zeugs zu essen, dieses *Karioka.* Ich weiß nicht mal, was *Karioka* ist, aber ich bin sicher, dass es nicht auf der Speisekarte zu finden ist. Jemand wie Harland ordert einfach, worauf er Lust hat, und weiß, dass sie es für ihn machen werden, einfach weil er danach fragt. Ebenso wie er weiß, dass sie ihm ihre Bemühungen entsprechend in Rechnung stellen werden.

»Also.« Harland faltet die Hände und wendet sich wieder mir zu. »Diese Reporterin hat mich angerufen, und ich habe den Fehler begangen, mit ihr zu sprechen. Sie war ziemlich aufdringlich, fast aggressiv. Ich habe in dieser Hinsicht ein ziemlich dickes Fell, Paul. Jemand in meiner Position ist permanent Zielscheibe der Medien.«

»Das stimmt.«

»Aber Cassandra geht die Öffentlichkeit nicht das Geringste an.«

»Richtig.« Das war meines Wissens nach auch der Grund dafür, warum er damals Cassies Mord nicht vor Gericht verhandeln lassen wollte. Burgos' Schuldunfähigkeits-Antrag basierte auf dessen Überzeugung, er handle in Gottes Auftrag und bestrafe die Sünder. Daher war es während des Prozesses unumgänglich, den wenig mustergültigen Lebenswandel seiner Opfer öffentlich auszubreiten.

»Und was wollte Evelyn von Ihnen wissen, Harland?«

Er schiebt sich einen Fingernagel zwischen die Zähne und wirkt einen Moment in Gedanken versunken. »Ich will dem Ganzen einen Riegel vorschieben«, sagt er. »Darüber möchte ich mit Ihnen reden.«

Typisch Harland, nie beantwortet er eine Frage. Ich weise ihn auf einen simplen Fakt hin. »Sie ist Reporterin.« Seine Reaktion zeigt mir, dass er die Pressefreiheit für kein sonderlich hochrangiges Gut hält. »Was haben Sie im Auge – eine Klage, um sie einzuschüchtern?«

»Oder ein Gespräch mit Lyman.«

Lyman Kruger ist Herausgeber der *Watch.* Ein zweischneidiges Schwert. Lässt man den Herausgeber einer Zeitung wissen, dass man einen diffamierenden Artikel befürchtet, kann das durchaus dazu führen, dass er den Reporter dazu bringt, entweder anständig zu recherchieren oder die Sache sein zu lassen. Andererseits kann es aber auch nach hinten losgehen und die Neugier der Zeitung erst so richtig wecken.

Ich teile Harland meine Bedenken mit. »Es könnte die ganze Geschichte noch schlimmer machen«, sage ich.

Harland wischt meinen Einwand beiseite. Männer in seiner Position mögen es nicht, wenn man ihnen die Grenzen ihrer Handlungsfreiheit aufzeigt. »Ich will, dass das aufhört, Paul. Homaro!«, ruft er einem ganz in Weiß gekleideten Mann zu, vermutlich der Chefkoch, der sich soeben mit der Vorspeise nähert – ein paar köstlich duftenden, frittierten Fleischbällchen. Sie tauschen Nettigkeiten auf Japanisch aus, dann lässt uns der Koch wieder allein.

»Ich will, dass es aufhört«, wiederholt er, während er sich mit der Vorspeise bedient, und die kleine Gabel landet etwas zu vehement im nächsten Fleischbällchen.

Sofort nachdem Evelyn Pendrys Schultern heftig zu zucken begonnen haben, stürmt Leo aus dem Schrank. Kein guter Moment, nicht der richtige Zeitpunkt –

Du kannst mich sehen.

– aber er hat keine andere Wahl, und das Überraschungsmoment ist immer noch auf seiner Seite. Er stürzt auf sie zu, aber sie bemerkt ihn aus dem Augenwinkel und flüchtet ins Wohnzimmer. Er kommt von unten und packt sie am Fußgelenk. Sie knallt auf den Teppich.

Stopf. Ihr. Das. Maul.

Leo verdreht ihr das Gelenk mit einem heftigen Ruck und hört es krachen. Ihr Ausdruck wechselt von Angst zu Schmerz, ihr Schrei ist nur ein Reflex, dient nicht dazu, jemanden zu alarmieren.

Er wirft sich auf sie, presst das Messer gegen ihr Gesicht. Sie erstarrt, atmet schwer, gibt aber keinen Mucks von sich. Sie rechnet sich ihre Chancen aus, überlegt, welche Möglichkeiten ihr noch bleiben, sie weiß, das Messer ist nahe genug, alles auf einen Schlag zu beenden. Wenn sie schreit – wenn sie versucht, Hilfe zu rufen –, ist es vorbei.

Er packt ihr seidiges blondes Haar, atmet kurz dessen Duft ein, dann reißt er daran. Sie versteht. Er dreht sie auf den Rücken, Gesicht nach oben. Er hockt sich mit den Knien auf ihre Arme und drückt das Messer gegen ihre Kehle.

Sie riecht nach Erdbeeren.

22. Kapitel

Mike McDermott lehnt an der Wohnzimmerwand und schaut Grace zu, die ihrer Großmutter vorliest. Das tut er häufig in letzter Zeit, er betrachtet einfach nur still seine siebenjährige Tochter und fragt sich, wie es kommt, dass sich ein Mann, der es tagtäglich mit brutalen Kriminellen und blutigen Tatorten zu tun hat, angesichts dieses zarten kleinen Kindes so verletzlich und eingeschüchtert fühlt.

Sie liest *ausgezeichnet* vor, hatte ihr Lehrer gesagt. Sie hat die Intelligenz ihrer Mutter, ihren kritischen Verstand, die sprachliche Gewandtheit. Und ihr Verhalten ist dieses Jahr viel ausgeglichener. Weniger Ausbrüche. Mehr soziale Kontakte.

Jahr vier, denkt er. Er berechnet ihr Alter nicht vom Tag ihrer Geburt an, sondern von Joyces Todestag. Sie hat immer noch diese Träume, stellt Fragen, auf die es keine Antworten gibt. Aber Dr. Sutton sagt, es gäbe keine Hinweise auf Störungen in ihrer kindlichen Psyche. Ihm zufolge erben etwa ein Drittel der Kinder die Disposition ihrer Eltern für manisch-depressive Störungen – also bleiben fast siebzig Prozent verschont. McDermott hat den Arzt auf die Fachliteratur hingewiesen – *frühe psychische Störungen können sich unter anderem in leichten Depressionen äußern, die sich später zu einer massiven manisch-depressiven Störung auswachsen* –, aber der Arzt meinte, sie sei ein gesundes kleines Mädchen, das die ganze Sache gut verarbeitet.

Sie fühlt sich schuldig, fügte er hinzu, und in McDermotts Hals bildete sich ein dicker Kloß. *Das ist nichts Ungewöhnliches. Schließlich war es ihre Mutter.*

McDermott erinnert sich, wie er auf seine Schuhe starrte, unfähig etwas zu erwidern.

Und so beobachtet er Grace jeden Tag aufmerksam, in ihren guten und schlechten Phasen, sucht nach Vorboten, Warnsignalen.

Immer wenn sie trotzt oder weint oder wütend wird oder vor Freude herumhüpft, macht er sich innerlich eine Notiz. Eine Zeit lang hat er sogar eine Art Tagebuch geführt. *Heute hat sie über einen Witz gelacht. Hat sich über ihren morgendlichen Haferbrei beschwert.*

»Matt«, liest Grace mit ihrer Erzählerstimme vor, *»der über die Jahre hinweg viele Gäste hatte kommen und gehen sehen, wusste, dass es zwei Sorten gab …«*

Mikes Mutter Audrey McDermott hockt mit Grace auf dem Boden, hält ihr Enkelkind mit den Armen umschlungen und liest über Graces Schulter hinweg mit. Der Anblick rührt McDermott fast zu Tränen.

Das Telefon klingelt.

Die beiden blicken auf, aber McDermott hebt die Hand. Beim zweiten Klingeln nimmt er den Hörer ab, und nachdem er kurz gelauscht hat, formen seine Lippen lautlos das Wort *Scheiße.*

Kurz nach neun trifft McDermott bei dem Apartmenthaus ein und hält hinter einem der sechs Streifenwagen, die mit blinkenden Lichtern am Straßenrand parken. Überall drängen sich Übertragungswagen und Kamerateams und für ihren Auftritt geschminkte Reporter, die einen geeigneten Hintergrund suchen, sich irgendwas notieren und Scheinwerfer auf sich dirigieren. Eine der Journalistinnen pflanzt sich direkt vor dem Apartmenthaus auf und bittet den Kameramann um eine Einschätzung ihrer Position.

Das Gebäude liegt in der North Side, besitzt vier Etagen und einen kleinen Innenhof. Vermutlich alles Eigentumswohnungen, die wegen der Nachbarschaft erschwinglich sind, aber auch nicht sehr groß. Evelyn Pendry hat bei der *Watch* sicher kein allzu üppiges Gehalt bezogen.

Er betritt das breite innere Treppenhaus aus Beton. Auf den Stufen tummeln sich die Leute von der Spurentechnik und bepinseln das Geländer auf der Suche nach Fingerabdrücken, und das, obwohl es sich um einen Gemeinschaftsaufgang mit abertausenden von unbrauchbaren Fingerabdrücken und Fußspuren handelt. Kaum anzunehmen, dass der Killer so dumm war, sich am Geländer hochzuhangeln.

Auch auf der dritten Etage sind Spurentechniker am Werk, fahnden nach Fingerabdrücken und auf dem Flurboden nach anderen Beweisstücken, aber offensichtlich nur noch um der Vollständigkeit willen, denn wie es scheint, stehen die Untersuchungen kurz vor Abschluss.

McDermott starrt hinunter in den Hof, wo sich einige Nachbarn versammelt haben, nach oben gaffen und über die Ermordete tratschen. Einige von ihnen haben Evelyn Pendry vermutlich gekannt.

Ricki Stoletti kommt aus dem Apartment, in Jeans und dunklem Jackett.

Sie erteilt den uniformierten Beamten Instruktionen und späht dann den Gang hinunter. Sie nickt McDermott zu, gerade als eine weitere Frau das Apartment verlässt, die ihm bekannt vorkommt. Perfekt frisiertes blondes Haar, teures Kostüm.

Oh, natürlich. Die Mutter des Opfers, Carolyn Pendry. Die Nachrichtensprecherin.

Stoletti stellt sie einander vor. »Detective Mike McDermott, Carolyn Pendry.«

»Mrs. Pendry, mein Beileid.«

Carolyn Pendry ist der eigentliche Anlass für McDermotts Anwesenheit. Der Commander selbst hat ihn herzitiert. Sie ist eine der prominentesten Persönlichkeit der Stadt, und wenn ihr Kind ermordet wird, gebührt ihr der ranghöchste Detective im Dritten Bezirk.

Schnell bringt er das Vorgeplänkel hinter sich, denn er will in die Wohnung.

»Ich komme mit rein«, teilt sie ihm mit.

»Mrs. Pendry, ich glaube nicht …«

Samthandschuhe, hatte der Commander gesagt. Sie kriegt, was sie verlangt.

»Es wäre besser, wenn Sie …«

»Ich hab sie schon gesehen. Ich will nur wissen, was Sie darüber denken.«

McDermott blickt fragend zu Stoletti, deren Blick zu besagen scheint, *was schaust du mich so an, du bist hier der Boss.*

»Okay«, willigt er schließlich ein. »Gehen wir rein.«

Nach diesem Essen mit Harland müsste ich eigentlich mies gelaunt sein. Er hat von mir verlangt, einen »diplomatischen« Weg zu finden, um Evelyn Pendry am Fragenstellen zu hindern. Eine schier unlösbare Aufgabe. Dennoch ist meine Stimmung gar nicht so übel. Im Gegenteil. Ich *schwebe* geradezu nach meinem Rendezvous mit Shelly heute Nachmittag. Zwar ärgere ich mich auch darüber, dass ich so schnell nachgegeben und es ihr so einfach gemacht habe, aber anderseits – was habe ich schon zu verlieren?

Auf dem Nachhauseweg hole ich sie ab. Unser Gespräch plätschert harmlos dahin – Wie war dein Tag? Gut, und deiner? –, obwohl ich innerlich vor Erregung platze.

Kaum dass sie das Haus betreten hat, streife ich ihr die Kleider vom Leib. Kurz ziehe ich die Treppe in Betracht, aber die Stufen sind ohne Teppich, also trage ich sie ins nächste Zimmer und lege los. In meinem Herzen bin ich immer noch der wilde Basketballspieler von damals. Was mir an Talent fehlte, machte ich durch Einsatz wett, jagte jedem Ball hinterher, stürzte mich in die Zweikämpfe. Und den gleichen Ehrgeiz entfalte ich auch im Schlafzimmer, oder in diesem Fall im Wohnzimmer oder Salon, oder wie auch immer dieser Raum heißt. Womöglich erziele ich bei den Korbtreffern keinen zweistelligen Topscore, aber sie weiß, sie kriegt den vollen Riley-Einsatz.

Es fühlt sich anders an als heute Nachmittag. Sie hält sich nicht zurück, schiebt mir gierig die Zunge in den Mund, packt mich im Nacken, umschlingt meine Hüften mit ihren Beinen.

Wir sollten uns öfters trennen.

»Also das«, stöhne ich, »das war jetzt wirklich nett.«

Ich breche über ihr zusammen, spüre ihr Herz klopfen, ihren Atem an meinem Hals. Ich sauge den wunderbar fruchtigen Geruch ihres Haares ein, was mich keine größere Anstrengung kostet, da meine Nase ohnehin tief darin vergraben ist. Einen solchen Moment *nett* zu nennen, ist etwa so, als würde man einen Fallschirmsprung als *recht interessant* bezeichnen.

»Ich hatte Angst«, flüstert sie. »Ich hab Zeit gebraucht.«

Ich blicke ihr direkt ins Gesicht, schiebe meine Arme unter ihren Rücken und drücke sie fest an mich.

»Ich liebe dich«, sagt sie.

Ich atme ein paarmal tief ein und gebe mir Mühe, meine Gesichtszüge nicht allzu sehr entgleisen zu lassen. Entzündet das Feuerwerk, Leute. Das hat sie noch nie zu mir gesagt.

McDermott verlässt Evelyn Pendrys Apartment und pumpt die frische Luft tief in seine Lungen. Keine Antworten, nur weitere ungeklärte Fragen.

»Wir waren zum Dinner verabredet, und sie ist nicht aufgetaucht«, erklärt Carolyn Pendry, lehnt sich gegen das Geländer und starrt hinunter in den Hof. »Ich habe sie in der Arbeit angerufen, zu Hause, auf dem Handy. Normalerweise geht sie immer an ihr Handy.«

»Irgendeine Ahnung, Miss Pendry, wer so was tun könnte?«

Evelyn Pendry wurde gefoltert. Ihre Leiche ist übersät mit Einstichen, die ihr alle vor dem letzten tödlichen Stich in die

Schläfe beigebracht wurden. Die Waffe, ein gewöhnliches Schnappmesser, lag im Abfalleimer der kleinen Küche.

Das gleiche brutale Vorgehen wie bei Fred Ciancio letzte Nacht. Aber eine andere Waffe.

»Sie ist Kriminalreporterin.« Carolyn fährt sich über die Augen.

»Ich weiß«, sagt McDermott. »Wir sind uns gestern begegnet.«

Carolyn schaut ihn an, versucht seinen Ausdruck zu deuten.

»Sagt Ihnen zufällig der Name Fred Ciancio etwas?«

Sie erstarrt, als wäre irgendwo eine Sirene losgegangen, und schnappt nach Luft. Beim Zurückweichen prallt sie gegen Stoletti und schlägt sich die Hand vor den Mund.

»Also kennen Sie ihn«, schlussfolgert McDermott.

»Rufen Sie Paul Riley an«, stammelt sie.

»Paul ...«

»Paul Riley.« Sie macht einen Schritt auf ihn zu, packt ihn am Arm. »Der Mann, der Terry Burgos vor Gericht gebracht hat.«

23. Kapitel

Ich dränge mich durch die versammelte Reporterschar und steige hinauf in den dritten Stock des Apartmenthauses, flankiert von zwei uniformierten Beamten, die unten auf mich gewartet haben. Am Telefon hielten sie sich ziemlich bedeckt, erst redete ein Cop namens McDermott mit mir und dann Carolyn Pendry, die ihm offenbar das Telefon entrissen hatte und ein paar mehr Details preisgab.

Oben entdecke ich als Erstes Carolyn. Sie redet mit einem stämmigen Typen, der mir bekannt vorkommt. Er gestikuliert mit den Händen, offenbar in dem Versuch, sie zu beruhigen. Sie nickt fortwährend. Ihr prachtvolles Haar, das elegante Kostüm und ihr perfekt geschnittenes Gesicht stehen in scharfem Kontrast zu dem erschöpften, mitgenommenen Ausdruck, ihrer zusammengesunkenen Haltung.

Als sie mich entdeckt, ruft sie »Paul« und zerrt den Mann mit sich. »Das hier ist Commander Briggs. Paul Riley.«

Wir reichen uns die Hand. Die hohen Tiere haben sich also eigens herbemüht. Der Commander persönlich an einem Tatort – und das nach zehn Uhr abends? Nun, immerhin geht es um die Tochter von Carolyn Pendry.

Ihr Gesicht verzieht sich gequält. Sie berührt meinen Arm. »Danke … ich danke Ihnen …«

»Carolyn, mein Gott. Das ist doch selbstverständlich. Es tut mir so leid.«

Sie zieht mich mit sich, und im gleichen Moment verlässt eine Frau das Apartment, das vermutlich Evelyn gehört. Sie ist groß, Mitte vierzig, und ihr Dienstausweis baumelt von ihren Hals.

»Das ist Detective Stoletti.«

»Paul Riley.«

»Ich weiß, wer Sie sind.« Sie deutet in die Wohnung.

Danke, freut mich ebenfalls, Ihre Bekanntschaft zu machen.

»Nichts anfassen«, knurrt sie.

Ich erwidere nichts, halte mich aber an die Empfehlung. Ein Mann mit rötlichem Gesicht, fast so groß wie ich, wenn auch etwas breiter um die Hüften, stellt sich als Michael McDermott vor. Nach außen hin etwas freundlicher als seine Kollegin, wirkt auch er wenig erfreut über meine Anwesenheit.

Kurz erwäge ich, sie daran zu erinnern, dass es keineswegs meine Idee war, hier aufzutauchen. Vor knapp dreißig Minuten lag ich noch mit einer wunderschönen nackten Frau im Bett, ohne die geringste Absicht, mich in nächster Zeit von dort fortzubewegen.

Auch er ermahnt mich, nicht mit Beweismitteln herumzuspielen. Als ich allerdings über McDermotts Schulter spähe, sehe ich, dass sie ohnehin bereits alles abgesucht und die Spuren gesichert haben. Das Innere des Apartments entspricht dem, was ich erwartet habe; es ist winzig, mit einer Küche, in der man sich kaum umdrehen kann, und einem Wohnzimmer, unmöbliert bis auf eine L-förmige Couch. Aus dem Teppichboden haben sie kleine Proben entnommen. Absperrband verwehrt den Zutritt zur Küche, wo die Küchenzeile auf Fingerabdrücke hin untersucht wurde.

Ich betrete das intakt erscheinende Wohnzimmer. Das Ganze hat sich vermutlich im Schlafzimmer abgespielt, dem einzigen weiteren Raum in der kleinen Wohnung. Ich fühle, wie das Adrenalin durch meine Adern pumpt. Früher war das mal mein Job. Verbrecher jagen. Rätsel lösen.

Während ich mich dem Durchgang zum Schlafzimmer nähere, verlangsamen sich meine Bewegungen. Ein Abwehrmechanismus. Ich blicke nach unten, und ein dumpfer Laut dringt aus meiner Kehle. Natürlich wusste ich, dass es sich bei der Toten um Evelyn Pendry handelt. Doch das mildert kaum den Schock, jemanden, der mich gestern noch mit Fragen gelöchert hat, in diesem Zustand zu vorzufinden.

Sie liegt auf dem Teppich, nackt bis auf die Unterwäsche, alle viere von sich gestreckt, den Kopf nach rechts gedreht. In ihrer linken Schläfe klafft ein hässlicher blutiger Spalt, offensichtlich eine tiefe Stichwunde. Ihr Mund steht offen. Die Haut zeigt bereits erste Anflüge von Leichenblässe. Es wirkt, als hätte sie gerade etwas sagen wollen, und irgendetwas hätte sie dabei unterbrochen, etwas sehr Wichtiges.

Die Beleuchtung im Raum wirkt brutal unter diesen Umständen, sie badet die Ermordete in schonungslosem Scheinwerferlicht. Am liebsten würde ich eine Decke über sie breiten und ihr die Lider zudrücken. Ich betrachte ihre leeren Augen, warte unwillkürlich darauf, dass sie blinzeln.

Ich trete bis auf ein paar Schritte an sie heran und beuge mich über sie. Der faulige Geruch, der von der jungen Frau aufsteigt, rührt vom Urin und den Fäkalien her; ihr sympathisches Nervensystem ist kollabiert, während sie sich gegen den Mörder gewehrt hat. Oder gegen den Schmerz kämpfte.

Von der Wunde am Schädel einmal abgesehen, ist Evelyn Pendrys Körper von unzähligen Schnitten übersät. Einige sind nur oberflächlich, andere gehen tiefer. Aus sämtlichen Wunden ist Blut ausgetreten, also wurden sie ihr zugefügt, bevor ihr Herz zu schlagen aufhörte.

Man hat sie gefoltert, bevor man sie mit einem einzigen Stich ins Gehirn getötet hat.

Als ich einen Blick über die Schulter in Richtung der beiden Detectives werfe, bemerke ich, dass Carolyn nicht mit uns im Raum ist. Das beruhigt mich, obwohl sie ihre Tochter bereits vorher gesehen haben muss.

»Er hat sich vorher mit ihr vergnügt«, sage ich und werfe einen zweiten, gründlicheren Blick auf sie. Nirgendwo in der Umgebung sind Blutspuren zu entdecken. »Er hat sie hier überwältigt und sich dann über sie hergemacht.«

Ich schaue erneut zu den Detectives auf, die beide nicht sonderlich beeindruckt scheinen. Ich weiß nicht, was sie von mir erwarten. Nach wie vor habe ich keine Ahnung, warum ich eigentlich hier bin.

»Wie ist er reingekommen?«, frage ich.

Niemand hält es für nötig, mir zu antworten. Okay, sie mögen mich nicht, doch das ist mir im Moment völlig gleichgültig.

»Wie ist er hier reingekommen?«, wiederhole ich.

McDermott zuckt mit den Achseln. »Keine Einbruchsspuren. Entweder hat er das Schloss geknackt, oder sie hat ihn reingelassen.«

»Hat er sich sexuell an ihr vergangen?« Ich vermeide den Blickkontakt mit Carolyn, die sich jetzt wieder zu uns gesellt hat.

McDermott schüttelt den Kopf. »Er wollte ihr nur wehtun.«

Ich erhebe mich und mustere die beiden Detectives. »Sie gehen aber wohl nicht ernsthaft davon aus, dass sie ihn reingelassen hat«, sage ich.

»Das Bad«, erwidert er. »Achten Sie auf Ihre Schritte.«

Ich drehe mich um und betrete vorsichtig das Bad. Jemand hat bereits das Licht eingeschaltet. Zunächst halte ich meine Augen auf den Boden gerichtet. Dann bemerke ich es aus den Augenwinkeln. Ich blicke zum Spiegel auf, erkenne mein eigenes Spiegelbild, und dann, mit rotem Lippenstift auf das Glas geschrieben, die Worte:

Ich bin nicht der Einzige.

Ich taumele einen Schritt zurück und verliere fast das Gleichgewicht. Ich fahre zu den Cops herum, die offensichtlich ihre Schlussfolgerungen aus meiner Reaktion ziehen.

»Sagt Ihnen das was?«, fragt Stoletti.

Ich kann nichts dagegen tun – ich muss zulassen, dass es mich innerlich in Stücke reißt, mich bei den Innereien packt und sie zu unzähligen Knoten verdreht.

»Sind Sie okay?«, fragt mich McDermott.

Ich stolpere an ihnen vorbei und gehe vorsichtig neben Evelyn in die Hocke, um die Wunde in ihrer Schläfe zu betrachten. Sie war so jung. Obwohl schon sehr reif für ihr Alter, hatte sie noch so viel vor sich. Klug und ehrgeizig. Ich muss an die Worte denken, mit denen ich sie das letzte Mal, als wir miteinander sprachen, abgespeist habe. Es bleibt immer ein unangenehmer Nachgeschmack, wenn man jemanden so schlecht behandelt, wie ich es getan habe. Doch inzwischen gibt es mehr als nur einen Grund, warum ich es bereue, ihr nicht zugehört zu haben.

»Ein Schnappmesser, richtig?« Ich schaue die beiden an. »Damit wurde sie getötet?«

»Richtig«, bestätigt McDermott, und Stoletti fragt: »Woher wissen Sie das?«

»Und vermutlich war sie nicht das erste Opfer.«

Niemand antwortet, zumindest nicht mit Worten. Allerdings sprechen ihre Mienen Bände. Die Detectives werfen sich einen Blick zu.

»Sie ist das zweite Opfer«, sage ich. »Es hat bereits eines gegeben. Richtig?«

»Richtig.« McDermott nickt. »Und welche Mordwaffe?«

»Ein Eispickel«, sage ich.

Sein Gesichtsausdruck bestätigt mir, dass ich recht habe. »Woher, zum Teufel …«, murmelt er.

Carolyn drängt sich zwischen die beiden Detectives. »Ist das ein weiterer Song, Paul?«

Ich erhebe mich und blicke zurück ins Bad. Mein Herz hämmert wie wild gegen meinen Brustkasten.

»Der gleiche Song«, antworte ich. »Aber die zweite Strophe.«

Das Volk gegen Terrance Demetrius Burgos

Fall Nr. 89-CR-31003

August 1989

Der Stellvertretende Bezirksstaatsanwalt Paul Riley schob die Kassette in das Abspielgerät, drückte den Startknopf und las den Songtext mit, der in großen Buchstaben auf einer Tafel stand, die in einem der Räume des Burgos-Sonderkommandos zurückgeblieben war. Tyler Skye, der Sänger von Torcher, plärrte über wütende Gitarrenakkorde hinweg etwas, das er selbst als zweite Strophe des Songs »Someone« bezeichnete.

A second verse a wretched curse a fate no worse a hate perverse

Eine zweite Strophe, ein elender Fluch, ein kaum minder schreckliches Schicksal und abartiger Hass. Nach dieser Einleitung wurden Gitarre und Schlagzeug noch lauter, während Tyler Skyes Stimme förmlich explodierte und eine Litanei brutaler Textzeilen herausbrüllte, die kein menschliches Ohr mehr verstehen konnte.

An ice pick a nice trick praying that he dies quick
A switchblade oughta be great for lobotomy insane a call to me
Precision blade incisions made a closer shave a bloody spray
Trim-Meter chain saw cheerleader's brain's all paint on the stained wall
Machete in the head he isn't ready to be dead I can't explain why I'm in pain, why I'm unable to refrain from getting somebody's brain
Ditchin' life kitchen knife no more itch and no more strife no more hate I passed the test
And on seventh day I rest

Der Text der zweiten Strophe stand der ersten an Grausamkeit in nichts nach. *Ein Eispickel, ein netter Trick, er fleht darum, dass er schnell stirbt. Ein Schnappmesser, denn nichts ist besser für eine Lobotomie, wie verrückt muss man sein, mich um Rettung anzuflehn. Eine rasiermesserscharfe Klinge verwandelt eine gründliche Rasur in ein Blutbad. Eine Trim-Meter-Kettensäge verteilt das Hirn des Cheerleadergirls wie Farbe auf besudelte Wände. Eine Machete im Kopf, obwohl er zum Sterben nicht bereit ist, keine Ahnung, warum es mir wehtut, warum ich's nicht lassen kann, anderen Leuten den Schädel zu spalten. Setz dem Leben ein Ende, mit einem Küchenmesser, kein Schmerz mehr, keine Sorgen und kein Hass. Ich hab den Test bestanden. Und ruhe am siebten Tag.*

Und ebenso wie die erste Strophe endete auch die zweite mit einem Selbstmord. Kein Schmerz und keine Sorgen mehr, weil er sich selbst getötet hat. Das unterstützte zusätzlich die Deutung, dass es sich bei dem letzten Mord in der ersten Strophe – *schieb's zwischen die Zähne und drück fröhlich ab* – um einen Selbstmord handelte. Allerdings hatte Burgos sich nicht selbst getötet. An seiner Stelle hatte Cassie sterben müssen, und als sie ihn verhaftet hatten, war er vermutlich gerade dabei, sich an die Umsetzung der zweiten Strophe machen. Schließlich hatten sie sämtliche darin beschriebenen Waffen in Burgos' Keller gefunden – den Eispickel, das Springmesser, die Kettensäge, die Machete und das Küchenmesser. Alle neu und unbenutzt. Es war keine Spur von Blut oder etwas anderem darauf zu entdecken gewesen.

Sie hatten ihn gefasst, bevor er den Text der zweiten Strophe in die Tat umsetzen konnte.

Joel Lightner betrat den Raum, während Riley noch an dem langen Tisch hockte, auf die Tafel mit dem Text starrte und der Musik lauschte. Lightner zog die Augenbrauen hoch, um seine

Meinung zu dem Text zu bekunden. Er unterschied sich nicht sonderlich von dem der ersten Strophe. Gemeinsam hörten sie sich den dazugehörigen Refrain an, eine leicht variierte Version des Refrains zur ersten Strophe.

That someone is me / you still haven't caught me / I tried to warn you / but you never sought me / you don't understand / I'll never be done / it won't ever stop

Dieser Jemand bin ich, ihr habt mich immer noch nicht geschnappt, ich hab versucht, euch zu warnen, aber ihr habt mich nicht ernst genommen, ihr kapiert nichts, ich werde ewig so weitermachen, es wird nie zu Ende sein.

Die Musik, ohnehin schon laut und brutal, kulminierte jetzt in ohrenbetäubendem Getrommel und rückkoppelnden Gitarren, während Tyler Skye die letzte Zeile herausbrüllte:

I'm not the only one.

Riley drosch auf die Austaste. Lange Zeit sagten sie nichts. *Ich bin nicht der Einzige* war wahrscheinlich die bedrohlichste Zeile des Songtextes. Diese Musik war überall frei erhältlich, und jeder Gestörte durfte sich berufen fühlen, danach zu handeln.

»Wir wissen definitiv, dass nirgendwo weitere Leichen begraben liegen«, sagte Riley.

Lightner grunzte zustimmend. Sie hatten den gesamten Mansbury Campus mit Polizeihunden abgesucht. Burgos' Haus war komplett auf den Kopf gestellt, der Boden unter seiner Garage ausgehoben, der Garten umgegraben worden. Sie hatten überall gesucht und nichts gefunden. »Jedenfalls spricht nichts dafür«, sagte Lightner. »Die Mordwaffen waren unbenutzt. Die Machete noch in der Verpackung. Und der gute Terry würde es uns sicher verraten, hätte er irgendwo noch ein paar Leichen gebunkert. Was das betrifft, ist er nicht gerade verschwiegen.«

Burgos hatte sich gegenüber dem Psychiater, der ihm nach seinem Schuldunfähigkeits-Antrag auf den Zahn gefühlt hatte, freimütig geäußert. Er hatte zahlreiche Details preisgegeben – zwar nicht darüber, wie er die Morde begangen hatte, aber zumindest warum. Er hatte Bibelverse und Tyler Skyes Texte zitiert, und er hatte die Sünden seiner Opfer angeprangert, die sie seinem gerechten Zorn ausgeliefert hatten.

»Also«, erklärte Lightner, »haben wir es jetzt ganz offiziell nur noch mit fünf Morden zu tun.«

Letzten Freitag, am 11. August, hatte Riley das Gericht darüber informiert, dass im Fall Cassandra Bentley sämtliche Anklagepunkte fallen gelassen wurden. Unmittelbar nachdem Riley das verkündet hatte, waren vonseiten der Bezirksstaatsanwaltschaft und der Bentley-Familie simultan Pressebulletins veröffentlicht worden. Es war der ausdrückliche Wunsch der Bentleys, dass ihre Tochter nicht Gegenstand von Beschuldigungen wurde, die mit der Diskussion um Burgos' Schuldunfähigkeit einhergingen; etwa wenn der »verzweifelte Angeklagte« versuchte, ihr Promiskuität und dergleichen mehr zu unterstellen. Es sei völlig ausreichend, so hieß es weiter im Pressetext der Bentleys, dass Burgos inzwischen den Mord an Cassie gestanden hatte, und dass ihm wegen fünf weiterer Morde der Prozess gemacht wurde.

Riley hatte die ganze Angelegenheit beiseite geschoben, kaum dass er das Gerichtsgebäude verlassen hatte. Es war nicht mehr von Bedeutung. Jetzt drehte sich alles nur noch um die Frage der Schuldfähigkeit. Burgos würde argumentieren, er hätte unter einer schweren psychischen Störung gelitten und wäre unfähig gewesen, das Unrecht seiner Tat zu erkennen. Somit war es die Aufgabe der Anklage, ihm das Gegenteil nachzuweisen – dass er nicht psychisch krank und ihm sehr wohl klar gewesen war, was für Verbrechen er beging.

Das Argument, er sei psychisch krank, war natürlich nicht ganz von der Hand zu weisen. Schon vor Jahren hatte man eine paranoide Schizophrenie bei ihm diagnostiziert. Und auch der gesunde Menschenverstand sprach auf den ersten Blick dafür. Wie konnte jemand, der so etwas tat, *nicht* verrückt sein?

Doch der zweite Aspekt des Tests auf Schuldunfähigkeit stand auf einem anderen Blatt. Burgos würde beweisen müssen, dass er sich des Unrechts seiner Taten nicht bewusst gewesen war. Und bei der Einschätzung des Unrechtsbewusstseins ging es weniger um Psychologie als um Fakten. Daher bemühten sich die Ermittlungsbeamten, entsprechende Beweise zu besorgen, und ihre Ergebnisse gaben bereits zu Hoffnungen Anlass. Burgos hatte die Mädchen in der kurzen Ferienzeit zwischen dem Ende des Frühjahrssemesters und dem Anfang der Sommerkurse ermordet, weil er wusste, dass in dieser Zeit das Bramhall Auditorium leer stand. Und er hatte Prostituierte aus verschiedenen Stadtvierteln ausgewählt, um von niemandem aus ihrem Umfeld wiedererkannt zu werden und seine Mordserie ungehindert zu Ende bringen zu können. Diese Handlungsweise deutete auf einen Täter hin, dem sehr wohl bewusst war, dass er gegen das Gesetz verstieß, und der daher einer Verfolgung entgehen wollte – ein Mann, der, juristisch gesehen, voll schuldfähig war.

Lightner trat näher, um sich Riley genauer zu betrachten. »Hast du heute schon was gegessen, Schätzchen?«

Riley winkte ab, die gleiche Frage hatte er heute schon von seiner Frau zu hören bekommen. In den letzten Wochen hatte er gut drei Kilo an Gewicht verloren. Essen war wirklich das

Letzte, was ihn im Moment interessierte. Dieser Fall würde voraussichtlich der wichtigste in seiner Karriere als Anwalt werden, zudem hatte er alle Hände voll damit zu tun, die Oberaufsicht über eine der größten Strafverfolgungsbehörden des Landes zu führen.

»Lass uns einen fetten Cheeseburger bei Baby's essen gehen«, schlug Lightner vor.

Riley schaute auf die Uhr. Es war kurz nach eins. Er war seit sieben Uhr im Büro und hatte noch keinen Bissen zu sich genommen. Gemeinsam mit Lightner marschierte er zurück in sein Büro, um seine Jacke zu holen, und stieß dort auf seine Sekretärin Betty, die ihm gerade einen Brief auf seinen Platz legte.

»Noch mehr Fanpost«, erklärte sie, als er eintrat.

Seit sie im Fall Burgos ermittelten, schneiten bei den zuständigen Cops und Staatsanwälten alle möglichen verrückten Schreiben herein, in denen es um das Alte Testament und den Zorn Gottes ging. Zwar mochte kaum jemand Burgos' Taten gutheißen, doch warnten viele Schreiber potentielle »Sünder« vor den Folgen ihrer Taten.

»Den hier fand ich besonders merkwürdig«, bemerkte Betty.

Riley nahm den Brief und las ihn gemeinsam mit Lightner.

Gerechtigkeit unentwegt triumphiert, ebenso aber regiert Böses ewig. Ich tadle bitter Euer neues öffentliches Treiben, Ihr gebildeten Eliten. Eigennutz verdrängt Ethos: Nächstenliebe, Treue und Ethik leugnet lästerlich Euer Regieren. Nur einige Unerschrockene tadeln Heuchelei. Ihr lasterhaften Frevler, erwartet Antwort. Lernend, bereut auch neuerlichen Irrglauben.

Er starrte Betty an, die mit den Achseln zuckte. »Der ist tatsächlich merkwürdig«, pflichtete er ihr bei. Die meisten Briefe, die eintrafen, zitierten einfach Stellen aus dem Alten Testament oder prophezeiten Menschen, die Gottes Wort lästerten, drastische Strafen. Aber so schräg sie auch waren, nie bedienten sie sich irgendwelcher rätselhafter Anspielungen. »Hast du das Original noch?«

Sie nickte. »Abgeheftet und archiviert.«

Als Vorsichtsmaßnahme bewahrte die Bezirksstaatsanwaltschaft alle Originalbriefe auf, datiert und in Plastik verschweißt.

»Ich habe keine Ahnung, was das bedeuten soll«, sagte Riley.

»Der Wunsch nach Gerechtigkeit ist ein unausrottbares menschliches Phänomen, ebenso wie das Böse«, spekulierte Betty, die über seine Schultern spähte. »Und die Menschen von heute sind gierig und unmoralisch.«

»Was soll das sein? Stammtischphilosophie?«, fragte Lightner. »Die Menschen von heute sind gierig und umoralisch? Der Cop von heute hat Hunger auf einen Cheeseburger.« Er nickte Riley zu. »Können wir?«

Riley studierte den Brief erneut. »Der ist wirklich sehr seltsam«, wiederholte er.

»Staatsanwälte.« Lightner seufzte. »Mach die Dinge nicht unnötig kompliziert. Ich bin am Verhungern.«

»Schon gut.« Riley dachte einen Moment nach. *Mach die Dinge nicht unnötig kompliziert.* Er ließ den Brief in den Papierkorb fallen und ging zum Mittagessen.

Mittwoch

22. Juni 2005

24. Kapitel

Der Besprechungsraum des Reviers im Dritten Bezirk ist bis auf den letzten Platz vollgestopft mit Detectives und uniformierten Beamten. Vorne am Pult stehen die beiden Detectives Ricki Stoletti und Mike McDermott. Es ist neun Uhr morgens. Alle sind hellwach, der Energiepegel im Raum ist hoch.

Die Anwesenden studieren das vor ihnen liegende Blatt, eine am Rand durchnummerierte Version der zweiten Strophe von Tyler Skyes Song »Someone«.

(1) An ice pick a nice trick praying that he dies quick
(2) A switchblade oughta be great for lobotomy insane a call to me
(3) Precision blade incisions made a closer shave a bloody spray
(4) Trim-Meter chain saw cheerleader's brain's all paint on the stained wall
(5) Machete in the head he isn't ready to be dead I can't explain why I'm in pain, why I'm unable to refrain from getting somebody's brain
(6) Ditchin' life kitchen knife no more itch and no more strife no more hate I passed the test
And on seventh day I rest

Ricki Stoletti ergreift das Wort. »Die erste Zeile – *ein Eispickel, ein netter Trick, er fleht darum, dass er schnell stirbt.* Das ist Ciancio. *Ein Schnappmesser, denn nichts ist besser für eine Lobotomie.* Das ist Evelyn Pendry.«

»Als Nächstes kommt also das Rasiermesser an die Reihe«, bemerkt jemand hinten im Raum.

Ein weiterer Beamter am Konferenztisch wirft ein: »Da müssen wir ja nur noch ermitteln, wer in den letzten zehn Jahren ein Rasiermesser gekauft hat.« Er erntet ein paar Lacher, trotzdem lässt die Spannung im Raum nicht nach, besonders nicht bei McDermott. Ein weiterer Polizist hebt die Hand und nickt in meine Richtung. »Hier steht: *Und ruhe am siebten Tag.*«

Ich nicke. »Der sechste Mord ist ein Selbstmord. Er tötet sich selbst. Keine Schmerzen mehr. Keine Sorgen. Kein Hass. Er hat es hinter sich. Am sechsten Tag tötet er sich selbst mit einem Küchenmesser. Am siebten Tag ruht er sich aus. Offensichtlich vergleicht er seine Taten mit denen Gottes bei der Erschaffung der Welt.«

Eine Frau in den hinteren Reihen meldet sich. »Also wird uns der Täter einen Gefallen tun und sich selbst aus dem Verkehr ziehen?«

»Burgos hat das nicht getan.« Ich zucke mit den Achseln. »Auch in der ersten Strophe wird am Ende ein Selbstmord gefordert, aber er hat sich nicht daran gehalten.«

»Und deshalb haben Sie ihn trotz seines Antrags auf Schuldunfähigkeit drangekriegt«, wirft ein älterer Beamter ein. »Weil er den Text nicht buchstabengetreu umgesetzt hat.«

Zehn Punkte für den Veteranen aus dem Hintergrund.

»Und wenn er mit diesem Song durch ist«, witzelt ein hünenhafter Cop an der Wand, »dann macht er vielleicht mit diesem alten Randy-Newmann-Song weiter und fängt an, ›Short People‹ um die Ecke zu bringen.«

»Ja, vermutlich«, knurrt McDermott. »Wirklich verdammt komisch.«

Der kleine Heiterkeitsausbruch im Raum verebbt augenblicklich. Wenn McDermott das Wort ergreift, lauschen alle aufmerksam.

McDermott blinzelt in den Raum. »Fangen wir mit dem an, was wir wissen. Fakt ist, dass der Täter einen absolut spurenfreien Tatort hinterlässt. Zwei Morde, aber keine Fingerabdrücke oder sonstigen Indizien. Er überwältigt seine Opfer und foltert sie. Er kontrolliert sie. Sein ganzes Vorgehen ist perfekt geplant. Er dringt praktisch unsichtbar ein und verschwindet genauso unbemerkt. Und seine Waffen lässt er am Tatort zurück.«

Er lässt die Waffen zurück. Ein wichtiger Punkt. Alles, was er tut, tut er mit Absicht.

Er will, dass wir im Bilde sind.

»Und dann Punkt vier in dem Paper vor euch«, fährt McDermott fort. »Wir nehmen an, es handelt sich um denselben Kerl, der Riley diese Briefe hier geschickt hat.«

Alle blättern zur letzten Seite um.

»Den ersten – *Böses ertsteht neu* - hat Riley am Montag erhalten, vor zwei Tagen also.«

Böses ersteht neu. Öffentliche Teilnahme ist gewiss. Erkennt Euer Rätseln Nähe einstiger unvergessener Taten? Ihr Heiden, reuevoll erwartet bald Erhellung. Inzwischen Herr, ingrimmig lasst Fackelträger erscheinen.

»Der zweite kam dann gestern.«

Werde erleiden rächend das Ende. Zuletzt werden Echos innigster Trauer erschüttert nachhallen. Vernehmlich

erschallen. Rührige Sendboten beständig ertragen neue unaufhörliche Torturen zu einem neuen Zweck. Eine innige Teilnahme zeitigt unerschrockene, offenherzige Parteinahme; fordert eine rührige Neugier, auch liebevollen Betrug an niedergelegten Ideen.

»Im ersten Brief«, schalte ich mich ein, »fragt er, ob wir die neuen Morde mit Burgos in Verbindung bringen werden – also mit einstigen, unvergessenen Taten. Und offensichtlich werden wir bald eine Antwort von ihm erhalten.«

»Okay, und was ist mit dem zweiten?«, fragt Stoletti.

Wir sind diese Zeilen bereits gemeinsam durchgegangen. Ich bin letzte Nacht extra in mein Büro gefahren und habe sie Stoletti und McDermott gezeigt.

»Ich habe keine Ahnung«, gebe ich zu und lese die Nachricht selbst noch einmal durch. »Er wird bei seinen Verbrechen das Leben lassen? Er wird uns eine Menge Ärger bereiten, aber irgendwann wird auch er bezwungen?« Ich blicke zu McDermott hinüber.

»Er redet von Verstehen, von Teilnahme«, sagt er. »Es geht darum, die wahre Botschaft zu begreifen – was immer das in seinen Augen auch sein mag. Richtig?«

»Man muss bereit sein, gegen Konventionen zu verstoßen«, spekuliere ich. »Man muss über den Tellerrand schauen. Echtes Verstehen erfordert neugieriges Infragestellen und einen liebevollen Betrug, also eine freizügige Interpretion von scheinbar festgeschriebenen Dingen.«

Keiner kommentiert meine Ausführungen. Falls irgendjemand eine bessere Idee hat, rückt er zumindest nicht damit heraus.

»Er verwendet mehrmals gleichbedeutende Worte wie nachhallen und erschallen«, sagt Stoletti. »Das wirkt wie eine unnötige Verdopplung. *Echos werden nachhallen. Vernehmlich erschallen.*«

»Das wird ja eine richtige Grammatiklektion hier«, bemerkt der Cop neben ihr.

Doch Stoletti ist nicht in der Stimmung für Späße. »Ich will damit nur sagen, dass er seine Worte sehr sorgfältig wählt. Seine Handschrift ist wie gestochen. Er hat das nicht eben mal so hingeschmiert. Er hat sich Zeit gelassen. Hat jedes Wort bewusst gesetzt. *Rührige Sendboten beständig ertragen neue unaufhörliche Torturen zu einem neuen Zweck.* Das erscheint auf den ersten Blick wie gedankenloses Gefasel. Eigentlich braucht er das Wort *unaufhörlich* nicht, da am Anfang bereits *beständig* steht. Und auch die Dopplung von *neu* wirkt stilistisch nicht sehr gekonnt. Ich weiß nicht, was es bedeutet, aber es klingt merkwürdig.«

Sie hat recht. Das ist mir bisher gar nicht aufgefallen. Die Handschrift ist makellos. Aber die Wortwahl und der Satzbau wirken seltsam künstlich.

»Jeder von uns sollte sich ein paar Gedanken darüber machen«, sagt McDermott. »Die Originale sind im Moment im Labor. Abdrücke, Aminosäuren-Nachweis, das ganze Programm. Lasst uns jetzt noch über Fred Ciancio reden.«

Letzte Nacht hat uns Carolyn mit Folgendem überrascht: Als sie 1989 im Fernsehen über Terry Burgos berichtete, erhielt sie den Anruf eines Mannes, der behauptete, Informationen über Burgos zu besitzen. Der Mann wirkte verängstigt. Er behauptete, es sei wichtig, schien sich aber unsicher, ob er es ihr überhaupt mitteilen sollte. Schließlich legte er auf. Als professionelle Reporterin verfolgte Carolyn den Anruf zurück zu einem Haus. Es gehörte einem Mann namens Fred Ciancio.

Sie besuchte ihn dort, aber er weigerte sich, mit ihr zu reden. Sie versuchte noch mehrfach, ihn zum Sprechen zu bewegen, aber ohne Erfolg. Sie ließ seinen Hintergrund überprüfen, auch das ohne Ergebnis. Und dann begann der Prozess, und die Sache verlief im Sand.

»Wir haben also keine Ahnung, was Ciancio Carolyn Pendry mitteilen wollte«, führt McDermott aus. »Wir wissen bloß, dass er in den Sechzigern und Siebzigern Gefängniswärter war und danach Wachmann, bis er vor zwei Jahren pensioniert wurde.«

»Außerdem wissen wir«, fügt Stoletti hinzu, »dass er zwei Tage vor seinem Tod bei der *Daily Watch* anrief.«

Vermutlich galt Ciancios Anruf bei der *Watch* Carolyns Tochter Evelyn. Was immer Fred Ciancio Carolyn 1989 mitteilen wollte, jetzt hat er es womöglich ihrer Tochter Evelyn anvertraut. Das würde auch erklären, warum Evelyn mich zum Burgos-Fall befragen wollte. Außerdem würde es ihr großes Interesse am Tatort des Ciancio-Mordes rechtfertigen, das McDermott aufgefallen war.

Ich werfe einen Blick in die Papiere, die McDermott ausgeteilt hat. Darunter befindet sich ein Blatt mit dem Songtext und mehrere Blätter mit Informationen über die beiden Opfer Fred Ciancio und Evelyn Pendry. Etwas an Ciancios Lebenslauf springt mir ins Auge. »Wachmann bei Bristol Security Services, 1978-2003.«

Ich wusste bereits von McDermott, dass Ciancio Wachmann gewesen war, aber nicht wo.

»Bristol«, sage ich. »Ciancio hat für Bristol Security gearbeitet?«

»Ja.« Stoletti nickt. »Er war als Wachmann in einem Einkaufszentrum in Wilshire tätig. Warum?«

Ich gehe ein weiteres Mal die Daten durch. Ciancio hat bis 1978 im Ensign Correctional gearbeitet, einem Hochsicherheitsgefängnis im Südwesten des Bezirks. Anschließend war er fünfundzwanzig Jahre für Bristol tätig. »Bristol Security hatte damals auch einen Vertrag mit dem Mansbury College«, sage ich.

McDermott mustert mich kurz. »Hat das irgendeine Rolle gespielt?«

Bristol Security half uns damals, den Campus nach weiteren Leichen abzusuchen. Offensichtlich war die Sicherheitsfirma ziemlich betroffen, weil die Morde quasi vor den Augen ihrer Leute geschehen waren. Ich glaube, Mansbury kündigte ihren Vertrag unmittelbar nach dem Leichenfund. Als wäre es *ihr* Fehler gewesen. Ich sehe keinen echten Zusammenhang und schüttele den Kopf.

»Bristol Security ist eine Riesenfirma«, füge ich hinzu. »Vermutlich haben sie hunderte von Verträgen im ganzen Land. Könnte nur ein Zufall gewesen sein.«

McDermott nickt knapp. »Glauben Sie das wirklich? Bloßer Zufall?«

Ich zucke mit den Achseln. »Wally Monk war damals der zuständige Sicherheitschef in Mansbury«, erkläre ich ihm. »Rufen Sie ihn an. Fragen Sie ihn, ob er Ciancio kennt. Ich nehme an, er ist pensioniert, aber sie werden ihn sicher irgendwo auftreiben.«

Stoletti macht sich eine Notiz und lässt sich den Namen von mir buchstabieren.

»Also«, fragt sie, »haben wir es hier mit einem Nachahmungstäter zu tun?«

Sofort löst sich die allgemeine Spannung im Raum. Sie hat ausgesprochen, was jeder vermutet.

Ich war nie ein großer Fan der Nachahmungstäter-Theorie. Entweder trachten Serienkiller nach Berühmtheit – und warum sollten sie dann als bloßer Nachahmer eines anderen Mörders in die Geschichte eingehen wollen – oder sie sind massiv gestört und haben ihre ganz eigenen Probleme und Vorgehensweisen.

Dennoch haben wir es hier mit zwei Morden zu tun, die sich eindeutig an der zweiten Strophe orientieren. Und dann ist da noch der Schriftzug auf dem Badezimmerspiegel – *Ich bin nicht der Einzige.*

»Warum ausgerechnet jetzt?«, frage ich. »Warum sechzehn Jahre später?«

Natürlich weiß niemand darauf eine Antwort. Zum Teufel, sie schauen mich an, als müsste *ich* gleich damit rausrücken.

»Und warum«, fügt Stoletti hinzu, »sterben ausgerechnet jetzt weitere Menschen, die auf irgendeine Weise mit den Morden in Verbindung stehen?«

Auch das kann niemand beantworten.

Eine Beamtin, die auf einem Tisch hockt, die Füße auf ihrem Stuhl, wendet sich an mich. »Waren Burgos' Opfer zufällig ausgewählt?«

Ich erkläre ihr, dass Burgos immer darauf bestanden hat, sie wären es nicht. Jeder der Ermordeten konnte er eine ganz bestimmte Sünde zuweisen. »Und ich glaube auch nicht, dass die Opfer hier und heute zufällig sind.«

McDermott schüttelt den Kopf, was in dem Fall aber bedeutet, dass er mir recht gibt. Gestern Nacht sind wir beide zu dem gleichen Schluss gekommen – die Verbindungen sind zu offensichtlich, um rein zufällig zu sein. Evelyn Pendry tauchte am Ciancio-Tatort auf, unverkennbar äußerst besorgt. Aus den Unterlagen der Telefongesellschaft wissen wir, dass Ciancio kurz vor seinem Tod bei Evelyn anrief. Dann war da mein Gespräch mit ihr, bei dem sie vorgab, einen Artikel über Senator Almundo schreiben zu wollen, während sie in Wahrheit am Fall Burgos arbeitete.

Wenn ich mich recht erinnere, war sie besonders an der

Frage interessiert, warum mich Harland Bentley gleich nach der Verurteilung des Mörders seiner Tochter eingestellt hatte.

»Erinnern Sie die aktuellen Morde nicht ganz konkret an den Burgos-Fall?«, fragt ein Cop. Ein kräftiger Ire. Ich glaube, es sind so ziemlich alles Iren hier. Muss im Gewerkschaftsvertrag stehen.

Ich verziehe das Gesicht. Die Antwort ist: nicht wirklich. »Burgos war sehr unvorsichtig. Er brachte seine Opfer mit in sein Haus. Er hatte ungeschützten Sex mit ihnen, ließ seine Körperflüssigkeiten in ihnen zurück. Überall in seinem Haus waren Spuren der Frauen verstreut. Und im Keller des Auditoriums hinterließ er jede Menge Fingerabdrücke. Unser momentaner Mörder hingegen hat zwei perfekte Verbrechen begangen. Ohne auch nur die geringsten Spuren zu hinterlassen, kam und verschwand er wieder; er hatte jederzeit die absolute Kontrolle über seine Opfer wie auch über die Umstände der Tat. Auf mich macht er den Eindruck eines Profis. Burgos hingegen war ganz sicher kein Profi. So viel dazu. Ansonsten kann ich Ihnen wenig über den neuen Täter sagen.«

»Und das, obwohl Sie unser Experte für Serienkiller sind«, sagt Stoletti.

Ich schüttle den Kopf. »Ich bitte alle hier, eines zu verstehen. Ich bin kein Experte. Ich habe nie einen Serienmord aufgeklärt. Zumindest nicht so, wie Sie sich das vielleicht vorstellen. Wir fanden damals sechs Tote und hatten innerhalb einer Stunde unseren Täter geschnappt. Das meine ich damit, wenn ich sage, er hat schlampig gearbeitet. Wir fanden Ellie Danzingers Leiche und nahmen uns gleich als Erstes den Typen vor, der sie belästigt hatte, bis sie eine Schutzanordnung gegen ihn erwirken konnte. Zufälligerweise war der Typ in den letzten Jahren auch noch Aushilfshausmeister in dem Auditorium, in dem wir die Leichen fanden. Wir fuhren zu ihm nach Hause und – bingo.

Wir fanden alles vor, was wir brauchten, um ihn zu verklagen. Also verwechseln Sie mich bitte nicht mit jemandem, der weiß, wie man einen Serienkiller jagt. Burgos hinterließ einen breiten Trampelpfad, der uns direkt zu seiner Haustür führte. Unser jetziger Täter hinterlässt uns rein gar nichts.«

»Außer Nachrichten«, wirft jemand ein.

»Und die Mordwaffen. Aber das macht er mit Absicht«, erwidere ich. »Wir sollen eine Verbindung herstellen. Bloß bedeutet das noch lange nicht, dass er sich auch von uns schnappen lässt.«

McDermott fährt sich durchs Haar und knurrt: »Ich soll Sie fragen, ob Sie mit uns zusammenarbeiten wollen.«

Ich verkneife mir ein Grinsen. Seine Begeisterung hält sich definitiv in Grenzen. Er tut das nicht aus eigenem Antrieb. Dahinter steckt Carolyn Pendry. Der Commander ist nicht dumm, er weiß um die Vorteile einer starken Verbündeten beim Fernsehen. Also kriegt Carolyn, was sie verlangt.

»Wenn ich von Ihnen klare Antworten auf meine Fragen kriege«, sage ich.

Sein Lächeln wirkt gezwungen. »Was immer Sie wünschen, Herr Anwalt.« Er postiert sich in der Mitte des Raums. Das hier sind offensichtlich seine Detectives, obwohl ich nicht mitbekommen habe, dass er einen höheren Rang hat als sie. Er liest von einem Klemmbrett ab. »Kopecky, Collins. Ihr nehmt euch jeden Zeitungsartikel vor, an dem Evelyn Pendry in den letzten Jahren gearbeitet hat. Besonders die Strafsachen, aber auch sonst alles. Und sprecht mit ihren Kollegen bei der *Watch*. Versucht, rauszufinden, ob sie irgendjemand was von ihren Nachforschungen erzählt hat. Pittacora, Sie machen eine Liste sämtlicher Songs, die Torcher je rausgebracht hat. Besorgen Sie sich auch die Texte. Vielleicht finden Sie sie irgendwo im Internet.

Und da wir gerade beim Internet sind. Sloan und Koessl,

ihr beiden schaut euch alle Websites über Terry Burgos an. Besonders die Chatrooms. Wenn euch irgendwas verdächtig vorkommt, holt ihr euch einen Durchsuchungsbefehl von Richter Ahlfors und besorgt euch die URLs. Wenn dieser Typ eine Schwäche für Burgos hat, hat er das hier und da vielleicht schon mal kundgetan.«

Einer der beiden, Koessl oder Sloan, der seinen Haaren offenbar sehr viel Aufmerksamkeit widmet, fragt mich: »Über wie viele Websites reden wir hier in etwa?«

»Schwer zu sagen. Dutzende möglicherweise.« Mir fällt etwas ein, und ich schnippe mit den Fingern. »Und es wäre vielleicht nicht schlecht, wenn Sie sich auch gleich die Seiten vorknöpfen, die Tyler Skye und Torcher gewidmet sind. Immerhin hat er den Songtext geschrieben.«

»Gut.« McDermott nickt. »Achtet besonders auf sämtliche Querverweise zwischen Torcher und Burgos. Nehmt euch dafür so viele Leute wie nötig. Wir brauchen das schnell. Okay.« Er geht seine Liste durch. »Das betrifft auch euch beide, Ashley und Knape. Ihr geht zur Gefängnisverwaltung. Ich will, dass ihr jeden Brief lest, den Burgos im Knast gekriegt hat. Dazu braucht ihr definitiv ein paar Streifenbeamte. Stimmt euch mit Koessl und Sloan ab. Auch hier sind vor allem Querverbindungen von Interesse.«

»Die Heiratsanträge brauchen Sie nicht zu lesen«, füge ich hinzu und ernte einen Lacher. Nicht weniger als drei Frauen haben Burgos noch in der Todeszelle einen Antrag gemacht. Ich verstehe die Menschen einfach nicht. Oder vielleicht verstehe ich sie im Gegenteil nur zu gut.

»Saltzmann, Bax«, sagt McDermott. »Wir brauchen mehr Informationen über Fred Ciancio. Setzt euch mit diesem Wally Monk in Verbindung, von dem Riley gesprochen hat. Der Kerl von dem Sicherheitsunternehmen. Ich will wissen, wo Fred

Ciancio damals gearbeitet hat. Treibt mir außerdem Ciancios Kollegen bei Bristol auf. Alle, die mal mit ihm gearbeitet, ein Bier getrunken oder auch nur einen seiner Fürze gerochen haben. Und knöpft euch besonders die vor, die zu der Zeit am Mansbury College Dienst hatten.

Williams und Covatta, ihr widmet euch ebenfalls Ciancio. Treibt seine Tochter auf. Redet mit den Nachbarn. Findet sein Schließfach. Alles, was einen Hinweis auf sein Geheimnis liefern könnte. Und kriegt raus, wer der Schlägertyp auf diesem Foto hier ist.« McDermott händigt einem der Cops ein Foto aus, das ich von hier aus nicht erkennen kann. »Ich will wissen, warum Ciancio eine Kopie dieses Fotos besaß.«

Ich recke den Hals, kann aber immer noch nichts sehen.

»Powers und Peterson, Ciancio hat im Ensign Correctional gearbeitet. Ich will alles darüber wissen. Ob er ein guter Wärter war oder ein schlechter. Und nehmt einen Abzug von dem Foto mit.« Er reicht dem Beamten neben sich einen weiteren Abzug, der ihn weitergibt, ohne dass ich einen Blick darauf werfen kann. »Stellt fest, ob der Schlägertyp dort gesessen hat. Kinzler«, fügt er hinzu und legt das Klemmbrett beiseite. »Sie nehmen sich alle Entlassungen vor, besonders von Gewaltverbrechern.«

Kürzlich aus dem Gefängnis Entlassene zu überprüfen, ist ein guter Gedanke. Das könnte die sechzehnjährige Pause zwischen den Morden erklären.

»Und denken Sie auch an die psychiatrischen Kliniken«, ergänze ich.

McDermott zeigt auf Detectiv Kinzler, der sich daraufhin eine Notiz macht.

»Ja, könnte gut sein, dass er irgend so ein verdammter Psycho ist«, sagt Kinzler.

McDermott zuckt zusammen, als hätte ihm jemand ins Gesicht geschlagen. Im Raum herrscht für einen Moment Totenstille. Ich habe keine Ahnung, warum.

»Jann, Abrams und Beatty.« McDermott, dessen Gesicht eine rötliche Färbung angenommen hat, ist jetzt bei einer zweiten Liste. »Ihr geht noch mal an die Tatorte. Womöglich hat Evelyn Pendry mit Ciancios Nachbarn gesprochen. Wenn ja, will ich wissen, was sie gefragt hat.«

»Und lasst vorläufig nichts von all dem nach außen dringen«, sagt Stoletti. »Unsere Nachrichtenfrau«, sie deutet in die Richtung, wo sie Carolyn vermutet, »ist bereit, eine Zeit lang den Deckel draufzuhalten. Lange wird sie uns nicht geben. Aber so lange wie irgend möglich arbeiten wir unauffällig.«

»An die Arbeit«, sagt McDermott. »Wir treffen uns wieder um 17.00 Uhr. Und bringt mir Antworten.«

Die Gruppe erhebt sich, alle wirken hoch motiviert. Einer der Detectives, Kinzler, nähert sich McDermott, aber der winkt ab und klopft ihm auf die Schulter. Offenbar entschuldigt er sich wegen der »Psycho«-Bemerkung.

Während sich der Raum leert, berührt mich McDermott am Arm. »Wo würden Sie anfangen? Was rät Ihnen Ihr Instinkt?«

Ich denke kurz nach, und die Antwort stellt sich erstaunlich schnell ein.

»Der verrückte Professor«, sage ich. »Frankfort Albany. Cassies und Ellies Lehrer in dem Seminar über Gewalt und Frauen. Burgos' ehemaliger Arbeitgeber.«

»Den übernehme ich«, sagt Stoletti.

»Ich würde gerne mitkommen«, schlage ich vor.

Stoletti schaut McDermott an, der das letzte Wort hat. An ihrem Blick kann ich ablesen, dass ihr als Beifahrer selbst ein dauerfurzender Kinderschänder lieber wäre.

»Keine schlechte Idee«, sagt McDermott. Obwohl auch er alles andere als begeistert scheint.

»Und was werden Sie tun?«, frage ich.

Er zupft an seinem Ohrläppchen und zieht dabei einen Mundwinkel hoch. »Ich werde mir Ihre Akte über Terry Burgos zu Gemüte führen«, sagt er.

25. Kapitel

Kopf tief gesenkt halten. Baseballkappe, Sonnenbrille. Schnurrbart, Koteletten, Augenbrauen, alles nicht echt, merkt man auch beim näheren Hinsehen, ist aber okay, weil dir der Typ ohnehin nicht ins Gesicht glotzen wird, nur auf's Geld.

Nicht der perfekte Weg, aber die Zeit ist knapp, muss mich beeilen, da ist er schon, parkt sein Rad vor dem Gebäude, leuchtfarbene Weste, setzt seinen Fahrradhelm ab, sperrt sein Rad ab, jetzt, jetzt –

Leo nähert sich dem Kurier, der eine Tasche mit Päckchen umhängen hat, Leo räuspert sich, streckt ihm das Päckchen hin, schau auf das Paket, nicht in mein Gesicht –

Er gibt sein Bestes, zeigt dem Mann das Päckchen, murmelt den Namen: Shaker, Riley & Fleming. Zeigt ihm auch den Fünfzig-Dollar-Schein.

»Ja, die sind da oben. Soll ich … wollen Sie, dass ich das Päckchen dort abliefere?« Seine Augen sind auf die fünfzig Dollar geheftet, nicht auf das Päckchen, nicht auf Leos Gesicht.

Leo nickt.

»Ist das …«, der Junge schüttelt den Umschlag, »… ist das ein Brief?«

Leo nickt. Klar, ein Brief.

»Warum geben Sie ihn nicht selbst ab? Ist das 'ne Überraschung oder so was?«

Eine Überraschung. Das gefällt ihm. Er versucht, zu lächeln. Wie so häufig gelingt es ihm nicht.

Der Junge starrt auf den Fünfziger und zuckt mit den Achseln. »Okay, Mann.«

Leo sieht zu, wie der Bursche durch die Drehtür verschwindet.

»Alles«, sage ich am Telefon zu meiner Assistentin Betty. »Zeugenlisten mit persönlichem Hintergrund, Auflistung der Beweismittel, Protokolle – was immer wir haben. Ich brauche von allem ein paar Kopien. Ja, von allem. Und Betty, falls irgendwer fragt, ich bereite eine Rede vor … oder so was. Der wahre Grund bleibt jedenfalls unter uns. Setz dich mit Detective McDermott in Verbindung, sobald du alles hast.«

Ich schalte das Handy aus. Ich hocke im Wagen neben Ricki Stoletti und genieße das große Privileg, mit ihr zusammen Professor Frankfort Albany besuchen zu dürfen. Stoletti wirkt müde, und vermutlich trifft das auch auf mich zu. Sie trägt eine Bluse unter einem karierten Jackett und dazu Bluejeans. Kleidungsstücke, die sie sicher nicht erst kürzlich erworben hat.

Sie erzählt mir, dass sie seit zwei Jahren McDermotts Partnerin ist. Vor vier Jahren kam sie zur City Police, nachdem sie fünfzehn Jahre bei der Major Crimes Unit in den Vororten gewesen war. Major Crimes ist ein Zusammenschluss verschiedener Police Departments in den nördlichen Vorstädten, eine bezirksübergreifend arbeitende Einsatzgruppe von Detectives. Ich weiß deshalb so gut darüber Bescheid, weil ich bei einem ihrer Mordfälle als Verteidiger fungiert habe. Wahrscheinlich erklärt das auch Stolettis Feindseligkeit. Ich vertrat einen Typen, der wegen vorsätzlichen Mordes angeklagt war, und ließ die Cops während des Prozesses nicht gut aussehen.

»Warum zuerst Albany?«, will sie wissen und biegt mit dem Camry auf den Zubringer zum Expressway und in Richtung Mansbury College ein. »Weil er mit dem Song so vertraut ist?«

»Weil ich davon ausgehe, dass Evelyn ihn bei ihrer Recherche ebenfalls kontaktiert hat. Und weil er alle wichtigen Personen des Falls kennt. Er hat Ellie Danzinger und Cassie Bentley unterrichtet. Er war Burgos' Boss. Und er hat alle drei mit dem Songtext bekannt gemacht.«

»Und vielleicht weil er krank im Kopf ist?« Sie blinzelt mich von der Seite an.

»Sie fahren gleich auf den Lexus auf«, teile ich ihr mit. Sie steigt auf die Bremsen. »Irgendwie schon, ja, ich hab diesem Kerl nie wirklich über den Weg getraut.«

»Warum?«, fragt sie. »Spezielle Gründe?«

Keine speziellen Gründe. Nur ein merkwürdiges Gefühl. Irgendwas an diesem Professor hat mich seit jeher irritiert.

»Er war einer Ihrer wichtigsten Zeugen, oder?«

»Könnte man so sagen. Er bezeugte vor Gericht, dass Burgos versucht hatte, sich ein Alibi zu verschaffen. Burgos fälschte die Listen mit seinen Arbeitszeiten, damit es so aussah, als wäre er in der Druckerei gewesen, während er in Wahrheit unterwegs war, um seine Opfer zu verschleppen. Laut diesen Listen hat er immer von sechs bis Mitternacht gearbeitet, aber wir wissen, dass er die Mädchen zwischen neun und zehn Uhr abends entführt hat. Die Listen mit den Arbeitszeiten waren also gefälscht.«

Ich blicke Stoletti an, die den Sinn des Ganzen nicht zu begreifen scheint.

»Sein Versuch, sich ein Alibi zu verschaffen«, erkläre ich, »weist darauf hin, dass er sehr wohl ein Unrechtsbewusstsein hatte. Er versuchte, die drohenden Konsequenzen abzuwenden …«

»Ja, ja, schon klar.« Sie wendet sich kurz zu mir, scheint etwas sagen zu wollen, verkneift es sich dann aber.

»Burgos hatte flexible Arbeitszeiten«, sage ich. »Er konnte arbeiten, wann und wie viel er wollte, solange er das Minimum von sechs Stunden nicht unterschritt. Vorsätzlich schrieb er sechs bis Mitternacht auf. Was ist daran unklar?«

»Nichts, gar nichts.« Sie gibt ein Geräusch von sich, eine Art nervöses Kichern. »Andersherum betrachtet, hatte Burgos somit tatsächlich ein Alibi.« Sie schaut mich an. »Oder etwa nicht? Er war bei der Arbeit, also konnte er die Mädchen nicht ermordet haben.«

Jetzt lache ich, allerdings deutlich entspannter als sie. »Aber es war ein gefälschtes Alibi. Stoletti, wenn er einräumt, dass er diese Mädchen getötet hat – was er getan hat – und anschließend auf Schuldunfähigkeit plädiert – was er ebenfalls getan hat –, dann beweist das Alibi nicht mehr seine Unschuld, sondern das genaue Gegenteil.«

Resigniert hebt sie die Hand.

»Und genau deshalb haben wir den Professor gebraucht. Burgos wollte nicht aussagen, also konnten wir ihn nur mit Hilfe von Albanys Aussage über die gefälschten Arbeitzeitlisten festnageln.«

Stoletti nimmt die Auffahrt des Expressways, und schon sind wir in Richtung Süden unterwegs. Es erweist sich, dass sie noch schneller fährt als ich, was einem vermutlich besonders reizvoll erscheint, wenn man eine Polizeimarke besitzt. Wir entgehen haarscharf einem tödlichen Unfall, als sie einen Lastwagen überholt und wir uns plötzlich einem dieser kleinen Saabs direkt gegenübersehen. Macht richtig Spaß, mit dieser Frau unterwegs zu sein.

»Also war Albany Ihr Hauptzeuge«, folgert sie.

»Einer der Hauptzeugen, sicher. Das gefälschte Alibi schwächte die Verteidigungsstrategie erheblich. Sie konnten zwar nachweisen, dass er unter einer psychischen Störung litt, aber in Sachen Unrechtsbewusstsein hatten sie keine Chance. Nicht nach Albanys Aussage. Ich hatte eigentlich gehofft, lebend anzukommen«, füge ich hinzu, als sie einen Augenblick später waghalsig zwischen einem Camry und einem Porsche einschert.

»Stellen Sie sich nicht so an. Und du auch nicht«, faucht sie in den Rückspiegel, als der Porschefahrer hinter ihr hupt. Würde sie ihm jetzt noch den Finger zeigen, wäre ich wirklich beeindruckt.

»Wir treten nicht als Partner auf«, belehrt sie mich. »Sie kennen Albany, und das schüchtert ihn womöglich ein, also halten Sie sich zurück.«

»In Ordnung. Es sei denn, ich will eine ganz bestimmte Information. Sie haben Anweisung, mit mir zu kooperieren.«

Stoletti kennt die Regeln. Ich habe vollen Zugang zu allen Informationen. Aber Regeln sind nun mal dazu da, um gebrochen zu werden. Und sie scheint nicht damit einverstanden, wie ich sie auslege.

»Ich übernehme das Reden, wenn wir dort sind«, teilt sie mir mit.

»Fragen Sie ihn, was immer Sie fragen wollen«, sage ich. »Ich werde das Gleiche tun.«

»Ich führe das Gespräch. Verstanden?«

»Nein«, sage ich. »Nicht einverstanden. Fahren Sie hier raus. Ich kenne eine Abkürzung.«

Mit quietschenden Reifen lenkt sie den Wagen auf die Ausfahrt und zeigt dabei auf ihre Tasche zwischen meinen Beinen.

»Da drin ist ein brauner Umschlag«, sagt sie. »Ihre Kopie.«

Ich öffne ihn, obwohl ich es hasse, im Auto zu lesen. Davon kriege ich immer Kopfweh. Aber ich muss auch kaum was lesen, denn der Umschlag enthält Fotos vom Ciancio-Tatort. Bilder des Toten, der mit gespreizten Gliedern auf dem Bett liegt, mit Stichwunden übersät, vor allem in Beinen und Bauch, und der einen tödlichen im Auge.

Es gibt mehrere Aufnahmen des Eispickels, ein Stück Stahl, mit nadelfeiner Spitze und einem Holzgriff, bedeckt mit Ciancios Blut. Als ich umblättere, stoße ich auf die Kopie eines ausgerissenen alten Zeitungsfotos. Eine grobkörnige Schwarzweiß-Aufnahme, und die Kopie ist auch nicht gerade die beste, trotzdem entdecke ich darauf ein bekanntes Gesicht.

Harland Bentley.

Das Bild muss etwa aus der Zeit der Morde stammen. Zumindest sah Harland damals so aus, das Haar ein bisschen voller, sein Gesicht etwas schmaler. Er trägt einen Mantel und hat die Augen gesenkt, während er sich durch eine Gruppe von Reportern drängt, die ihm ihre Mikros entgegenstrecken. Ich kann nicht erkennen, wo die Aufnahme gemacht wurde. Vielleicht irgendwo in der Nähe des Gerichtsgebäudes. Ein anderer Mann steht in einiger Entfernung, er trägt einen breitkrempigen Hut und hat Kopf und Augen in Harlands Richtung gedreht. Er scheint Harland intensiv zu mustern, auch wenn Fotografien immer diesen Effekt haben; die Leute sehen oft aus, als starrten sie wie gebannt auf etwas ganz Bestimmtes. Der Mann wirkt jung, obwohl seine Augen tief in den Höhlen liegen und sich unter dem einem so etwas wie eine Narbe abzeichnet. Ich kenne ihn nicht, würde mir aber sicher nicht wünschen, dass mich jemand so bedrohlich anstarrt.

Ich blicke auf. »Fahren Sie geradeaus bis zur nächsten Ampel und biegen Sie dann rechts ab. Ist das im Hintergrund der Schlägertyp? Ist das das Foto, das McDermott verteilt hat?«

Sie wirft einen kurzen Blick auf das Bild. »Ja. Wir kennen Harland Bentley, und wir wissen, dass das um ihn rum Reporter sind. Aber wer ist der finstere Typ?«

»Den Kerl hab ich noch nie zuvor gesehen. Wo haben Sie das gefunden?«

»Haben wir heute Morgen erst reinbekommen. Es war in einer Schuhschachtel in Ciancios Schlafzimmer.«

»Zusammen mit anderen Fotos?«

»Nein, es lag unter einem Paar Schuhen«, sagt sie. »Er hatte es versteckt.«

Wir brettern an anderen Wagen vorbei, aber ich beschließe, das Tempo-Thema vorläufig nicht mehr anzuschneiden. Gerade überlege ich: *Warum und vor wem versteckte Fred Ciancio wohl ein Foto von Harland Bentley?,* als Stoletti mir exakt die gleiche Frage stellt. Ich antworte ihr, ich hätte nicht die geringste Ahnung.

»Dort muss ich auch noch einen Zwischenstopp einlegen«, sagt sie.

»Wo – bei Harland Bentley?«

»Ja.« Sie späht zu mir herüber. »Gibt's ein Problem damit?«

»Nein, ich … haben Sie ihn vorher angerufen?«

»Ich habe jemand überprüfen lassen, ob er in der Stadt ist. Heute ist er in seinem Büro. Ich schau nur kurz rein.«

»Ohne ihn vorher anzurufen?«

Sie legt den Kopf schief. »Ich nehme mir diese Typen lieber vor, wenn sie einen nicht erwarten. Bevor sie sich ihren Rechtsbeistand besorgen können und alles nur noch komplizierter machen. Unser Täter wird bald wieder zuschlagen. Wir müssen uns also beeilen. Ich hab keine Lust, Zeit mit teuren Anwälten zu verschwenden.«

Sie nickt. »Das Gleiche gilt für den Professor. Er ist nicht auf uns gefasst. Sein Unterricht endet um elf, und wir werden auf ihn warten. Glauben Sie mir, man erfährt mehr, wenn man sie unvorbereitet erwischt.«

»Das wusste ich nicht«, sage ich leise.

»Muss es mich kümmern, was Sie wissen oder nicht?«

»In dem Fall schon.« Ich blicke sie an. »Weil ich Harland Bentleys teurer Anwalt bin.«

»Das soll ja wohl ein …« Sie hebt die Hand, als wolle sie sich selbst Einhalt gebieten. »Seit wann denn das?«

»Seit etwa fünfzehn Jahren. Ich vertrete all seine Firmen. Das ist nicht gerade ein Geheimnis.«

»Mir jedenfalls ist es neu. Haben Sie mit ihm schon über das Ganze hier gesprochen? Über unsere Ermittlungen?«

»Sie rechnen doch jetzt nicht ernsthaft mit einer Antwort?«

Sie fährt an den Bordstein und bremst scharf ab. Ich bin überrascht, dass der Airbag nicht herausplatzt. Sie fährt zu mir herum und ist plötzlich nur noch wenige Zentimeter von mir entfernt. »Einen Moment mal. Sie vertreten Harland Bentley in diesem Fall?«

»Das habe ich nicht gesagt.«

»Ja oder nein?«

»Harland Bentley hat nichts zu verbergen. Entspannen Sie sich, Ricki. Werden Sie nicht hysterisch.«

Ihre Kiefer mahlen, während sie mich wütend anfunkelt. Aus Erfahrung weiß ich, dass Frauen es überhaupt nicht leiden können, wenn man sie der Hysterie bezichtigt.

»Ich mag Sie nicht, Riley«, sagt sie. »Nur damit Sie Bescheid wissen.«

»Den Eindruck habe ich langsam auch.«

»Und Sie werden auch bald einen Eindruck von meinen Handschellen an Ihren Armen haben, wenn Sie glauben, Sie könnten hier ein doppeltes Spiel spielen.«

»Detective Stoletti«, sage ich ruhig. »Legen Sie den Gang wieder ein und fahren Sie zum Campus. Es ist kurz vor elf. Ich werden Ihnen helfen, rauszufinden, wer das getan hat, weil ich es Evelyn Pendry schulde und weil es mich ärgert, dass mir dieser Idiot Briefe schreibt. Und weil Sie, wenn Sie eine ebenso schlechte Polizistin sind wie Ihre sämtlichen Ex-Kollegen von Major Crime, nicht mal einen Katholiken im Vatikan finden würden.«

Sie beißt sich auf die Zunge, während sie knallrot anläuft, dann drischt sie den Gang rein. »Wenn ich dahinterkommen sollte, dass Sie diese Ermittlungen sabotieren, dann werden Sie selbst einen teuren Anwalt brauchen.« Sie gibt Gas und jagt über eine rote Ampel. Ich umklammere die Armlehne und schließe die Augen.

26. Kapitel

McDermott verliert fast eine ganze kostbare Stunde im Büro des Lieutenants beim Gespräch mit Commander Briggs, einigen hohen Tieren der Bezirksstaatsanwaltschaft und dem Pressesprecher des Departments. Eine Versammlung von Politikern, die ständig den Abstieg fürchten und nach Aufstiegschancen schielen. Die meiste Zeit verwendet er nicht etwa darauf, sie über den aktuellen Stand der Ermittlungen zu informieren, sondern ihnen beim Formulieren einer Pressemeldung zu helfen, die sie irgendwann werden herausgeben müssen. Diese Typen haben es zu einer regelrechten Kunst entwickelt, auf hundert verschiedene Weisen nichts zu sagen.

Als er endlich zu seinem Schreibtisch zurückkehrt, wartet dort Carolyn Pendry auf ihn, tigert auf und ab und spricht in ihr Handy. Ihr Schmerz hat sich in stählerne Entschlossenheit gewandelt, was ihm den Umgang mit ihr etwas erleichtert. McDermott mag keine Gefühlsausbrüche bei Opfern oder deren Angehörigen, und im Moment ist das einzige Anzeichen von Trauer ihre leicht verschmierte Wimperntusche. Er hat keine Ahnung, mit wem sie redet, aber es scheint kein sonderlich erfreuliches Gespräch zu sein.

»Ich weiß das zu schätzen«, sagt sie. »Und ja, ich habe Ihre Handynummer.«

Er wirft einen kurzen Blick auf seinen Schreibtisch, der inzwischen überquillt von Unterlagen zu den Mordfällen Fred Ciancio und Evelyn Pendry. Inventarlisten, vorläufige Obduktionsberichte, Fotos, Laboruntersuchungen von Spuren am Tatort beziehungsweise dem Fehlen von solchen.

Schwer zu sagen, ob es sich um einen Nachahmungstäter handelt oder nicht. Aber sein Instinkt verrät ihm, dass der Täter, wer auch immer es ist, lustig so weitermachen wird. Als Nächstes steht ihnen ein Mord mit einem verdammten Rasiermesser ins Haus. Das bietet keinerlei verwertbaren Hinweis. Aber der vierte Mord soll mit einer »Trim-Meter-Kettensäge« verübt werden. Da sieht die Sache schon anders aus. Sie haben nicht nur die Art der Waffe, sondern sogar das Modell. Er braucht unbedingt die Adressen sämtlicher Händler in der Gegend, die diese Marke verkaufen.

»Ich versichere Ihnen, Sie sind der Erste, der einen Kommentar von mir kriegt, sobald ich einen habe.« Carolyn Pendry klappt mit trotziger Miene das Handy zu. Unter anderen Umständen würde diese Frau einen starken erotischen Reiz auf McDermott ausüben. Sie hat wirklich Mumm. Das kurze Gefühl der Erregung lässt ihn an Joyce denken. Man vermisst alles an einer Frau, wenn sie erst mal weg ist. Bevor sie Grace bekamen, und bevor alles den Bach runterging, mein Gott, da waren sie wie hungrige Tiere.

»Meine Kollegen lassen mir keine ruhige Minute«, erklärt sie. »Jeder ruft mich an, um mir sein Beileid auszusprechen, aber irgendwann taucht unvermeidlich die Frage nach einem Kommentar auf. Alle wollen die Insiderstory. Sie sind mir permanent auf den Fersen.« Sie bemerkt den Ausdruck auf McDermotts Gesicht. »Und nein, Detective, die Ironie daran entgeht mir nicht.«

»Ich hatte nicht vor, mich dazu zu äußern.«

»Es gibt einen Grund, warum ich hier bin.« Sie räuspert sich mehrfach. »Vor zwei Wochen habe ich eine Sondersendung über Terry Burgos gemacht. Am Jahrestag seiner Hinrichtung. Am fünften Juni.«

»Okay.«

Sie senkt den Kopf, kämpft mit sich. Der Job dieser Frau erfordert extreme Selbstbeherrschung, und sie meistert die Herausforderung mit Brillanz. »Ich sagte in dieser Sendung, er sei geisteskrank gewesen.« Sie zwingt sich, das Wort auszusprechen. »Und dass man ihn nicht hätte verurteilen dürfen. Man hätte ihn einsperren und behandeln müssen, anstatt ihn hinzurichten.«

Ihm drängen sich ein paar Fragen dazu auf, aber sie bleiben unausgesprochen.

»Ich nehme an, ich habe damit jemand von der Leine gelassen.« Sie schüttelt langsam den Kopf. »In der Sendung habe ich auch gesagt, dass jeder, der solche Texte in die Tat umsetzt und sie als Wort Gottes betrachtet, einfach geisteskrank sein muss. Gleichgültig, wie man Geisteskrankheit juristisch definiert.«

Okay. Sie befürchtet also, dass sich jemand mit ähnlichen Fantasien wie Burgos darüber aufgeregt hat, als durchgeknallt bezeichnet worden zu sein, und nun etwas dagegen unternehmen will.

»Aber warum Ihre Tochter?«, fragt er.

»Weil es keine …« Sie stockt und legt sich eine Hand auf die Brust, um ihre Gefühle im Zaum zu halten. Flüsternd bringt sie den Satz zu Ende. »Weil es keine grausamere Art gibt, mich zu treffen.« Sie wendet McDermott den Rücken zu und beginnt leise zu weinen.

»Ich verstehe Ihre Befürchtungen«, sagt McDermott sanft. »Aber da ist noch Fred Ciancio, der Sie damals wegen angeblicher Informationen angerufen hat und es jetzt erneut bei Evelyn probiert hat. Wir haben den Eindruck, als wäre Evelyn dem nachgegangen. Und jetzt sind beide tot. Wenn hier jemand von der Leine gelassen wurde, dann nicht unbedingt aufgrund Ihres Fernsehkommentars.«

Sie dreht sich um. McDermotts Ausführungen scheinen sie ein wenig zu trösten, trotzdem kann sie das Gefühl der Schuld anscheinend nicht abschütteln. »Ich hätte damals an Fred Ciancio dranbleiben müssen«, erklärt sie mit erstickter Stimme. »Er klang so verängstigt am Telefon. Und als ich ihn dann besuchte und ihm klar wurde, dass ich seinen Anruf bis zu seinem Haus zurückverfolgt hatte, wurde er regelrecht panisch. Ich hatte wirklich den Eindruck, es ging um etwas sehr Schwerwiegendes. Aber er weigerte sich, auch nur ein Wort mit mir zu wechseln. Er hatte kalte Füße gekriegt. Und kurz darauf fing ja der Prozess an.«

»Jeder hätte die Sache an dieser Stelle auf sich beruhen lassen«, beschwichtigt er sie. »Sie haben es mehrfach versucht, Sie haben Informationen über ihn eingeholt, er war Wachmann in einem Einkaufszentrum, aber er weigerte sich, mit Ihnen zu sprechen. Mehr hätten Sie nicht tun können.«

Sie schüttelt den Kopf. »Lass nie locker, hab ich immer zu Ev gesagt. Versuch es auf allen denkbaren Wegen. Hol dir deine Story.«

Was sie im Fall von Fred Ciancio ganz offensichtlich auch getan hatte.

»Haben Sie Ciancio Ihrer Tochter gegenüber je erwähnt?«, fragt er.

Sie nickt. »Das muss schon eine ganze Weile her sein.« Ihre Augen richten sich auf einen unbestimmten Punkt im Raum. »Einige Jahre, nehme ich an. Viele Jahre. Ich hab ihr immer von meiner Arbeit erzählt. Sie hat sich alles gemerkt. Deshalb ist sie so eine …«, es schnürt ihr die Kehle zu, »… ich meine, war sie … Entschuldigung, tut mir leid.« Sie beißt auf ihre Faust und schließt die Augen.

»Kein Problem, Miss Pendry.« Er kann sich gut vorstellen, wie Evelyn Pendry reagiert hat – vor so langer Zeit hatte sie von ihrer Mutter die Geschichte über Fred Ciancio gehört, eine Spur, die ins Leere verlief, ein nagender Zweifel –, und dann meldete sich plötzlich eben dieser Mr. Ciancio bei ihr, um mit ihr zu sprechen.

McDermotts Handy klingelt.

»Haben Sie schon ihren Computer gefunden?«, fragt Carolyn.

»Nein.« Evelyn hat einen Laptop besessen, aber er ist weder in ihrer Wohnung noch in ihrem Büro. Die Vermutung liegt nahe, dass der Mörder ihn mitgenommen hat.

McDermott wirft einen Blick auf das Display und entschuldigt sich für einen Moment.

»Kopecky, was gibt's?«

»Mike, diese weibliche Leiche im Müll, die in deiner Nachbarschaft.«

»Die Leiche im Müll? Kopecky, was zum Teufel soll das? Du müsstest eigentlich längst …«

»Wir haben gerade einen Anruf aus dem Labor erhalten«, unterbricht ihn Kopecky. »Du wirst nicht glauben, was die rausgefunden haben.«

27. Kapitel

Stoletti und ich warten auf dem Campus des Mansbury College vor dem sogenannten grünen Gebäude. Es steht inmitten einer großen quadratischen Rasenfläche, auf der die Studenten in kleinen Grüppchen herumhängen, Frisbee spielen und vielleicht ein wenig Gras rauchen, wenn gerade niemand hinschaut.

»Den Weg hier runter, zwischen den beiden Gebäuden durch«, sage ich, »da liegt das Bramhall Auditorium.«

Die Sonne ist rausgekommen, sie wärmt mein Gesicht, und ich schwitze in meinem Anzug. Es ist ein wunderschöner Tag, aber womöglich sehen die Teilnehmer der Sommerkurse das anders. Während meiner Highschool-Zeit habe ich nur einmal an so was teilgenommen. In jenem Sommer absolvierte ich einen Schreibmaschinenkurs. Damals durften wir keine Shorts tragen, denn selbst im Hochsommer galt die an katholischen Schulen übliche Kleiderordnung, und wir schmorten im durch die Fenster hereinströmenden Sonnenlicht. Einmal bemerkte ich gegenüber einer Nonne, dass sich nirgendwo in der Bibel ein Einwand gegen Klimaanlagen finden ließe. Sie nahm es weniger humorvoll, als es gemeint war.

»Keine Fingerabdrücke in Ciancios Haus?«, frage ich.

»Nein.«

»Und in Evelyns Wohnung?«

»Nichts.« Stoletti schiebt sich einen Streifen Kaugummi in den Mund. »Der Typ hat kein Fitzelchen für die Spurensicherung hinterlassen. An keinem der Tatorte. Hey, ärgert es Sie eigentlich, dass der Kerl sich die zweite Strophe vorknöpft?«

»Um die erste hat sich Burgos ja bereits gekümmert«, erwidere ich.

»Genau das meine ich. Sollte er tatsächlich ein Nachahmungstäter sein, dann gibt er sich nicht mit simplem Kopieren zufrieden.«

»Fragen wir doch einfach ihn«, sage ich und deute auf das grüne Gebäude, das Professor Albany in diesem Moment verlässt, eine Tasche über der Schulter und angeregt mit einer Studentin plaudernd. Wir treten in sein Blickfeld und warten darauf, dass er die Unterhaltung mit der ihn anhimmelnden Studentin beendet.

Sein Blick streift uns kurz, während er sich mit großen Schritten auf dem Gehweg entfernt. Dann stockt sein Schritt, er sieht zu mir zurück, und in seinen Augen blitzt Wiedererkennen auf.

»Vermeiden Sie es möglichst, auf den Fall Burgos zu sprechen zu kommen, verstanden?«, murmelt Stoletti.

Ich nicke Albany zu, dann schlendern Stoletti und ich auf den Professor zu, der nur mäßig erfreut über unseren Anblick scheint. Zwar trägt Stoletti ihre Dienstmarke in der Jackentasche verborgen, aber sie hat diesen typischen großspurigen Gang. Vermutlich hat er sie längst als Cop identifiziert.

»Mr. Riley«, sagt er, als sei es ein Schimpfwort. Selbst aus der Nähe betrachtet, hat ihm die Zeit nicht viel anhaben können. Der gleiche wilde Blick, ein Kinnbart mit mehr Pfeffer als Salz, passend zum langen wirren Haar. Er scheint seinen Job ziemlich locker zu nehmen und sich nicht allzu viel Stress damit zu machen. Ich frage mich, warum sie den Kerl hier immer noch beschäftigen.

Kleidungsmäßig ist er jedenfalls eine Klasse aufgestiegen, wie mir auffällt. Er trägt ein karamellfarbenes Sakko, dazu ein hellgelbes maßgeschneidertes Hemd und eine Krawatte, die die Farben von Jackett und Hemd wieder aufgreift. Ich habe ein Faible für gute Klamotten und schätze Qualität, aber man sollte es nicht übertreiben. Elegant, aber unaufdringlich ist meine Devise. Unser Mann hier wirkt ein bisschen herausgeputzt. Aber, Hut ab, feinster Zwirn. Was zahlen die einem Professor heutzutage?

Was mich erneut zu der Frage bringt, wie er es je zu einer Anstellung auf Lebenszeit gebracht hat.

Ich stelle ihm Stoletti vor, und er führt uns schweigend zu seinem Büro. Dabei passieren wir das Mahnmal, das Harland Bentley für seine Tochter und Ellie Danzinger hat errichten lassen. Wo sich früher ein kleiner Park befand, steht jetzt ein Tempelchen mit vier Säulen, hinter dem sich weitläufige, gepflegte Rasenflächen erstrecken, mit einem marmornen Brunnen und diversen Betonwänden, auf denen Zitate von Gandhi, Bob Dylan, Mutter Teresa und ähnlichen Leuten über Liebe, Friede und Verzeihen verewigt sind.

Albanys Büro ist nicht übermäßig groß, kriegt aber ordentlich Sonnenlicht ab. In puncto Ordnung allerdings erhält der Mann die Note ungenügend. Überall fliegen Bücher herum, Papiere sind wahllos zu Haufen gestapelt. Klassische Musik dringt aus der Anlage im Regal hinter seinem Schreibtisch.

Das Genie bei der Arbeit, so in der Art.

»Heute Morgen habe ich den Artikel gelesen«, sagt er und lässt sich hinter dem großen Eichenschreibtisch nieder. »Bitte.« Er zeigt auf die beiden Ledersessel.

»Welchen Artikel meinen Sie?«, fragt Stoletti. Ich bin kurz

davor, genervt die Augen zu verdrehen, aber ich verkneife es mir. Solche Routinefragen für Doofe sind ein schlechter Einstieg. So was macht man, wenn man jemanden reinreiten will. Man stellt sich ahnungslos und wartet darauf, dass derjenige sich selbst eine Grube gräbt. Aber der Typ hier weiß genau, warum wir hier sind. Ich bin mir sicher, dass Evelyn Pendry ihn aufgesucht hat, und man muss nicht länger als eine Nanosekunde in die *Watch* von heute Morgen gesehen haben, um zu wissen, dass eine ihrer Reporterinnen gestern ermordet wurde.

»Haben Sie nach seiner Verurteilung noch mal mit Terry gesprochen?«, frage ich.

»Nein.« Er verzieht das Gesicht, als hätte ich ihn gefragt, ob er Läuse hat. »Nie wieder.«

»Professor«, sagt Stoletti, offensichtlich kurz davor, mir ihren Ellbogen ins Gesicht zu rammen. »Kennen Sie eine Frau namens Evelyn Pendry?«

»Das Mordopfer«, sagt er. »Die Reporterin. Ja, sie hat mich kontaktiert.«

»Wann?«

»Letzten Freitag hat sie mich besucht.«

»Erzählen Sie mir davon.«

Er zupft an seinem Ohrläppchen. »Sie wollte hauptsächlich Hintergrundinformationen. Welche Rolle ich damals gespielt habe, solche Dinge.« Er nickt sachte mit dem Kopf und spielt mit dem teuren Füllfederhalter auf seinem Tisch. Ich studiere das Regal hinter ihm, kann aber kein Bild von einer Ehegattin entdecken. Er trägt auch keinen Ring am Finger.

»Welche Rolle Sie gespielt haben«, wiederholt Stoletti.

»Ich war einer der Zeugen, Detective. Aber das wissen Sie sicher bereits. Und Mr. Riley wird Sie wohl auch ausführlich über seine brillanten Leistungen ins Bild gesetzt haben. Jeder hat dem triumphierenden Ankläger zugejubelt! Und alle verachteten den Professor, der das Pech hatte, einen Massenmörder zu beschäftigen.«

Ja, das bestätigt meinen Eindruck von damals. So muss er es wahrgenommen haben. Nach Burgos' Verhaftung haben wir ihn gründlich in die Zange genommen. Überprüften seine Alibis, durchsuchten sogar mit seiner Zustimmung sein Haus. Am Ende erwies er sich als wertvoller Zeuge der Anklage, auch wenn er nicht sehr erfreut über die ihm unterstellte Mitschuld war und nicht gerade zimperlich mit ihm umgesprungen wurde.

»Bleiben wir beim Thema, Professor«, fordert Stoletti. »Ich will genau wissen, was Evelyn Sie gefragt hat, und was Sie darauf erwidert haben.«

»Wie gesagt, ging es nur um Hintergrundgeschichten von damals. Und die kennen Sie ja bereits.« Er winkt ab, hält den Blick aber weiter auf den Schreibtisch gesenkt. »Sie wollte bestimmte Daten wissen. Sie fragte mich nach Terry, was für ein Mensch er war. Und sie ließ sich von mir bestätigen, dass Cassie Bentley und Ellie Danzinger beide an meinem Seminar über Gewalt gegen Frauen teilgenommen hatten. Es ging eigentlich nur um die genaue Abfolge der Ereignisse und die Verifizierung von Fakten.«

»Sonst nichts.« Stoletti wippt mit dem Fuß, wirkt aber davon abgesehen absolut ruhig.

»Das Ganze hat nicht lange gedauert.« Er seufzt und blickt dann zu Stoletti auf. »Oh, und sie hat mich nach diesem Mann gefragt. Sein Name war Fred, an den Nachnamen kann ich mich nicht mehr erinnern.«

»Ciancio.«

»Ja, genau.« Er scheint überrascht, dass ihr der Name etwas sagt. »Sie hat mich gefragt, ob ich ihn kenne oder seinen Namen schon mal gehört hätte. Ich habe ihr erklärt, er sei mir völlig unbekannt.«

»Und entsprach das der Wahrheit?«

Er schweigt kurz, dann schmunzelt er. »Natürlich. Ich hatte den Namen des Mannes vorher noch nie gehört.«

Stoletti nickt und seufzt.

»Wie wurde sie ermordet?«, fragt Albany.

Stoletti lässt sich das einen Augenblick durch den Kopf gehen. Ich beschließe, mich nicht einzumischen. Vielleicht hat Stoletti ja eine weitere clevere Antwort parat. »Wir sind uns noch nicht ganz sicher. Haben Sie eine Vermutung?«

»Ich bin nur neugierig.«

»Warum?«

Albany blinzelt mir zu, was Stoletti nicht verborgen bleibt. »Ich denke, es könnte ein Eispickel gewesen sein«, sagt er.

»Wie kommen Sie darauf?«, fragt Stoletti. »Ein Eispickel?«

Albany lächelt sie an wie eine Studentin, die im Unterricht nicht mitkommt. »Sollen wir es im Chor sagen, Mr. Riley?« Er schließt die Augen und zitiert aus dem Gedächtnis. »An ice pick, a nice trick, praying that he dies quick.«

Er öffnet die Augen und mustert sie mit zufriedener Miene.

Ich hebe die Hände und deute einen stummen Applaus an. Albany kann nicht wissen, dass Ciancio der Erste war und daher den Eispickel abgekriegt hat. Evelyn war das Schnappmesser vorbehalten.

»Sie glauben, der Mord steht in Verbindung mit dem Song?«, fragt Stoletti.

»Wer weiß?« Er nickt in meine Richtung. »Aber ich nehme an, das ist der Grund für Mr. Rileys Anwesenheit. Soweit ich gehört habe, ist er in letzter Zeit eher im privatrechtlichen Sektor erfolgreich. Evelyn Pendry sucht mich auf, erkundigt sich nach Terry Burgos, kurz darauf wird sie ermordet, und kurz darauf sitzt Mr. Riley persönlich vor meinem Schreibtisch.«

»Haben Sie eine bestimmte Vermutung in dieser Angelegenheit?«, will sie wissen.

»Nein, ich bin nur Lehrer«, antwortet er. »Terry studierte die Worte eines verwirrten Highschool-Schülers und entdeckte darin göttliche Handlungsanweisungen. Wiederholt sich jetzt was Ähnliches? Ich weiß es nicht. Ich weiß nur, dass Terry eine ganze Menge Websites gewidmet sind.«

»Die durchkämmen wir bereits«, sagt sie. »Und Sie? Werfen Sie ab und zu einen Blick darauf? Auf die Websites, meine ich?«

»Ich habe sie mir tatsächlich angeschaut. Wenn dort Terrys Morde an Frauen glorifiziert werden, gehört das in meinen Unterricht.«

»Sie setzen den Kurs immer noch fort?«, frage ich.

Er lächelt mich an. »Und er ist populärer und wichtiger als je zuvor. Haben Sie kürzlich mal in Hip-Hop-Texte reingehört? Dort wird mehr denn je das Prügeln und Vergewaltigen von Frauen gefeiert. Teilweise ist davon die Rede, so brutalen Verkehr mit Frauen zu haben, dass das Innere ihrer Vagina zerstört wird.«

Stoletti nickt ihm zu. »Und was halten Sie persönlich davon?«

»Ich finde es abstoßend. Aber als Kulturphänomen zugegebenermaßen auch faszinierend. Wir beschränken uns in meinem Unterricht übrigens immer auf die erste Strophe des Songs«, fügt er hinzu. »Sie benennt die Opfer – natürlich nicht mit Namen, aber was sie Tyler Skye angeblich angetan haben. Mädchen, die ihn zurückwiesen, die sich über ihn lustig gemacht haben. In der zweiten Strophe ist das anders – dort richtet sich die Zeile mit dem Eispickel auch gegen einen Mann. Einige zielen speziell auf Frauen. Wieder andere auf kein bestimmtes Geschlecht. Und an keiner einzigen Stelle wird erklärt, warum er sie tötet. Nichts darüber, dass er zurückgestoßen oder verraten oder beleidigt worden wäre. Die zweite Strophe beschreibt nur, wie die Morde ausgeführt werden.«

Eine zutreffende Beobachtung. Die zweite Strophe ist weniger persönlich.

»Wir brauchen Kopien von den Arbeitsunterlagen Ihres Kurses.« Stoletti überlegt einen Moment. »Und eine Liste der Studenten, die ihn in den letzten Jahren besucht haben.«

»Die Kursunterlagen sind kein Problem.« Der Professor zuckt mit den Achseln. »Aber das mit den Namen der Studenten könnte schwierig werden. Da müssen Sie mit der Verwaltung reden. Es gibt schließlich Datenschutzgesetze, oder?«

Keiner von uns antwortet. Albany dreht sich auf seinem Stuhl, greift in einen Schrank hinter sich und zieht drei Aktenordner mit Kursmaterialien heraus. Stoletti mustert mich mit hochgezogenen Augenbrauen. Albany schiebt ihr das Paket über den Tisch zu und fragt: »Brauchen Sie sonst noch etwas?«

Ich kann sehen, dass sich seine anfängliche Nervosität gelegt hat und er jetzt wieder das alte arrogante Arschloch ist. Gut. Dann wollen wir mal.

»Ja, da ist noch eine Sache«, sage ich. »Sie dürfen uns alles erzählen, was Sie und Evelyn Pendry besprochen haben.«

Er blickt mich an, als hätte er das bereits getan.

Ich starre ihm direkt in die Augen. Er ist zwar nicht gerade ein Fan von mir, aber ich kriege ihn schon noch dazu, dass er sich mir anvertraut. »Professor, wir besitzen Notizen von Evelyn über das Gespräch mit Ihnen. Wir wissen genau, worüber Sie mit ihr gesprochen haben. Also schießen Sie los.«

Albany blinzelt in die Ferne, lehnt sich in seinem Sessel zurück und schlägt die Beine übereinander. Dann verschränkt er die Arme vor der Brust. Eine typische Abwehrhaltung. »Wenn Sie ihre Notizen haben, was wollen Sie dann noch von mir?«

»Sie sind am Zug, Professor. Entweder Sie sagen uns jetzt die Wahrheit oder Sie fahren fort, uns zu belügen.«

Aus Albanys Gesicht weicht alle Farbe. Er hat schon einmal meine Verhöre und Anschuldigungen über sich ergehen lassen müssen. Und es hat ihm gar nicht geschmeckt.

»Möglicherweise …« Albanys Kehle ist offenbar plötzlich wie zugeschnürt, was jeden Versuch, Gelassenheit auszustrahlen, zunichte macht. Sein smartes Grinsen hat sich längst verflüchtigt. »Möglicherweise sollte ich einen Anwalt hinzubitten?«

»Ich bin Anwalt«, sage ich.

»Hey, Professor«, schaltet sich Stoletti ein. »Das ist Ihr Büro. Sie können uns jederzeit rausschmeißen. Dann kommen wir eben später wieder. Platzen vielleicht mitten in Ihren Unterricht. Und ich werde meine Handschellen mitbringen.«

»Hören Sie zu«, sage ich. »Sie haben gegenüber einem Polizeibeamten falsch ausgesagt. Das ist eine Straftat. Aber wenn Sie jetzt mit uns zusammenarbeiten – und ich meine jetzt gleich auf der Stelle –, dann haben Sie damit Ihre Aussagen berichtigt. Also keine Straftat. Sollten Sie uns allerdings bitten, jetzt zu gehen, bleibt Ihre Aussage so bestehen. Und ist damit falsch.«

Der Professor lächelt bitter und stößt ein trockenes Lachen aus, bevor er sich erhebt und hinter seinem Schreibtisch auf und ab zu tigern beginnt. »Sie machen mir zum Vorwurf, was mit diesen Mädchen passiert ist.« Er schaut mich an. »Ich weiß es. Das tun alle. Ich habe Studenten darüber aufgeklärt, wie erniedrigend Frauen heutzutage in den Medien dargestellt werden, und plötzlich bin ich der Sündenbock für alle Gewalttaten gegen Frauen. Der Einzige, der sich bemüht hat, dagegen etwas zu unternehmen, ist jetzt im ganzen Land, in sämtlichen akademischen Kreisen dafür berüchtigt, es *befördert* zu haben.«

Er winkt wütend ab. Seine Augen werden feucht. »Und jetzt schlägt erneut jemand zu, und wieder gibt man mir die Schuld dafür.«

Da ich schon einige Zeit als Verteidiger arbeite, bringe ich mehr Verständnis für seine Argumente auf als damals als Staatsanwalt. Er hat recht. In gewisser Weise habe ich ihm die Schuld gegeben. Wie alle. Er hat diesen Wahnsinnigen mit Material gefüttert, das ihn dazu brachte, sechs Frauen zu töten.

»Wir warten«, sage ich.

Er lässt sich Zeit, seufzt einige Male tief auf, fährt sich mit der Hand übers Gesicht und schüttelt dann ausgiebig den Kopf. »Ich habe der Reporterin gesagt, dass ich keine Ahnung von dem habe, was sie wissen will«, sagt er ruhig. »Cassie hat gegen eine ganze Reihe innerer Dämonen gekämpft. Welche, weiß ich nicht genau. Von außen betrachtet, hatte sie alles. Aber da gab es irgendein Problem, mit dem sie nicht fertig wurde. Sie hätte das beliebteste Mädchen auf dem Campus sein können, aber Ellie war ihre einzige Freundin. Ja, ich kannte sie etwas näher. Und, ja, ich traf mich gelegentlich auch privat mit Studenten. Aber solche Details waren mir nicht bekannt.«

Stoletti ist klug genug, ihn nicht zu unterbrechen, und wir schweigen, bis uns klar wird, dass er fertig ist. Zumindest für den Moment. Denn ich bin mir sicher, da ist noch mehr, auch wenn ich keine Ahnung habe, was. Natürlich habe ich vorhin geblufft. Wir besitzen weder Notizen von Evelyns Gespräch mit Albany noch mit sonst irgendjemand. Wir tappen völlig im Dunklen. Mir fiel nur ein bestimmter Ausdruck in seinen Augen auf, und darauf habe ich reagiert.

»Sprechen wir über die Details«, versuche ich es.

»Aber ich habe doch gerade gesagt, ich weiß nichts über die Details.« Er hebt flehend die Hände. »Weder weiß ich, ob sie schwanger war, und noch viel weniger, ob sie eine Abtreibung hatte.«

»Fahren Sie fort«, sage ich instinktiv. In meinem Job lernt man, seine Gefühle zu kontrollieren. Ich will, dass *er* im Mittelpunkt der Aufmerksamkeit steht, nicht Stoletti oder ich. Stoletti hat ihren Notizblock gezückt und kritzelt beiläufig etwas hinein.

Schwangerschaft? Abtreibung?

Cassie Bentley?

Ich spüre ein Brennen in meiner Brust. All das ist absolut neu für mich.

Der Professor, völlig in sich zusammengesunken, schüttelt nur den Kopf. Er hat uns nichts mehr zu sagen. Und diesmal glaube ich ihm.

»Wer hat Evelyn von diesen Dingen erzählt?«, will ich wissen. »Wie kam sie darauf, Ihnen diese Fragen zu stellen?«

»Keine Ahnung. Sie ist Reporterin. Wahrscheinlich hätte sie es mir selbst dann nicht gesagt, wenn ich danach gefragt hätte.«

Damit hat er vermutlich recht. Jesus, Evelyn hat mir gegenüber nichts von diesen Dingen erwähnt. Andererseits – habe ich sie auch nie wirklich zu Wort kommen lassen.

»Hatte Cassie je einen Freund?«, frage ich, und mir wird dabei leicht flau im Magen. Von allen Anwesenden müsste ich diese Frage eigentlich am besten beantworten können.

Damals kursierte das Gerücht, sie wäre lesbisch. Außerdem spielten die näheren Umstände ihres Privatlebens ohnehin keine große Rolle, da wir in ihrem Fall keine Anklage erhoben.

»Ich habe nicht die geringste Ahnung«, erwidert Albany.

Stoletti wirft mir einen Blick zu, und ich zucke mit den Achseln. Sie holt tief Luft, dann schnippt sie dem Professor ihre Karte hin und sagt das Standardsprüchlein auf: *Falls Ihnen noch was einfallen sollte, rufen Sie mich bitte an.* Ich verlasse den Raum als Erster, laufe den Gang entlang, eine Treppe hinunter und aus der Tür, ohne genau zu wissen, wo ich bin.

Allerdings habe ich eine ziemlich klare Vorstellung davon, wo ich als Nächstes hinmuss. Auf meinem Handy wähle ich Shellys Nummer.

»Hast du heute Nachmittag schon was vor?«, frage ich sie.

28. Kapitel

Stoletti und ich fahren schweigend zurück. Ihr Benehmen mir gegenüber war nie wirklich herzlich, aber seit sie weiß, dass ich Harland Bentleys Anwalt bin, ist unsere Beziehung noch um ein paar Grad abgekühlt. Es fühlt sich merkwürdig an, dieses Schweigen, denn immerhin hat uns die Information, Cassie könnte schwanger gewesen sein und abgetrieben haben, beide gleichermaßen getroffen. Ein echter Knaller – aber Stoletti behandelt mich, als sei ich ein Fahrgast in ihrem Taxi. Die verabredete Politik des offenen Informationsaustauschs scheint mir immer mehr zu einer Einbahnstraße zu verkommen.

Vor dem Revier steige ich in meinen Wagen um. Von meinem Handy aus rufe ich die Auskunft an und frage nach einer bestimmten Nummer in Lake Coursey, wo Harlands Vermutung nach seine Nichte immer noch lebt.

Man teilt mir mit, es gäbe zwei Nummern. »Eine Gwendolyn Lake in der Spring Harbour Road, und ein Gwendolyn's Lake Diner in der County Road 29.«

Das reiche Party-Girl Gwendolyn besitzt ein Lokal?

Ich lasse mir Adresse und Telefonnummer geben, und zwar gleich für beide Einträge. Anschließend beauftrage ich meine Assistentin Betty damit, auf MapQuest für mich die Routen zu beiden Adressen zu ermitteln.

Ich fahre bei der Juristischen Fakultät vorbei, wo Shelly arbeitet. Sie wartet draußen auf mich. Heute hat sie keinen Gerichtstermin, und es ist Sommer, daher trägt sie eine Bluse und Bluejeans. Ungeachtet des ernüchternden Treffens mit Professor Albany steigt meine Laune sofort beträchtlich.

Sie springt in den Wagen, und ich atme ihren Duft ein. Kurz erwäge ich, mich rüberzubeugen und sie zu küssen, aber dann denke ich – *langsam.* Ich habe es versprochen.

Als sie dann aber mein Gesicht zu sich rüberdreht und mir selbst einen dicken Kuss aufdrückt, widerstehe ich nicht länger.

»So führst du also Frauen aus?«, fragt sie. »Du nimmst sie mit zu einer Zeugenvernehmung?«

Ich starte den Wagen. »Wir fahren Richtung Norden«, erkläre ich. »Deine Lieblingsgegend.«

Shelly wuchs im Norden des Staates auf, wo ihr Vater Staatsanwalt war, bevor er für das Amt des Bezirksstaatsanwalts und später für das des Gouverneurs kandidierte. Sie war inzwischen ein waschechtes Großstadtmädchen, trotzdem beschwerte sie sich immer mal wieder, dass sie nachts nicht die Sterne sehen konnte und ihr die klare, reine Luft fehlte.

»Und wenn wir schon mal da oben sind«, füge ich hinzu, »können wir uns gleich nach einem Zweitwohnsitz umschauen. Ein Haus am See mit eigenem Boot.«

Sie schluckt den Köder nicht, also stichle ich weiter.

»Aber lass uns nichts überstürzen. Erst müssen wir mal dafür sorgen, dass du schwanger wirst. Und dann die Hochzeit, natürlich in der Gouverneursvilla. Ich hab schon mal eine vorläufige Gästeliste erstellt. Findest du zweitausend Leute zu viel?«

Mein Gesicht bleibt todernst, und ich halte die Augen stur nach vorne gerichtet.

»Wollen Sie mich veräppeln, Mr. Riley?«

Ich ergreife ihre Hand, die sie mir gnädig überlässt, und küsse sie.

»Ms. Trotter – die wahre Bedeutung des Wortes *langsam* werde ich Ihnen erst eröffnen.«

»Vergiss nicht, Paul, ich hab dich schon mal beim Joggen beobachtet.«

Das Leben ist großartig. Ich fühle mich wie ein Teenager nach dem ersten Kuss.

»Erzähl mir von gestern Nacht«, bittet sie.

Ich musste Shelly letzte Nacht verlassen, als sie mich wegen Evelyn anriefen. Jetzt kriegt sie von mir die ausführliche Version, und da wir noch über hundert Meilen vor uns haben, berichte ich ihr gleich auch von Professor Albany.

Als ich schließlich schweige, sagt sie: »Wer immer der Täter ist, er verfolgt eine klare Absicht.«

Da der Interstate um die Mittagszeit relativ leer ist, beschleunige ich auf fast siebzig Meilen, während wir durch den nördlichen Teil des Staates fahren, zumeist flaches, dünn besiedeltes Farmland.

»Er hat seine Opfer gezielt ausgewählt«, führt sie weiter aus. »Evelyn hat Fred Ciancio angerufen, und jetzt sind beide tot. Er hinterlässt für euch am Tatort die Waffen aus dem Song. Und die Nachricht: *Ich bin nicht der Einzige.* Er tut nichts, um seine Taten zu verbergen. Die Frage ist nur, warum?«

Was die Opfer betrifft, hat sie sicher recht. Ciancio steht

unzweifelhaft in Verbindung mit dem Fall Burgos, das belegt sein Anruf bei Carolyn Pendry. Und dann meldet er sich kürzlich auch noch bei Carolyns Tochter Evelyn. Das kann kein Zufall sein.

»Die andere Frage ist«, fährt sie fort, »wie Cassie Bentley ins Bild passt. Die Geschichte mit ihrer angeblichen Schwangerschaft und der Abtreibung. Hast du davon gewusst?«

Ich schüttle den Kopf. »Damals hieß es immer nur, Cassie sei ein *schwieriges* Mädchen gewesen. Das kriegten wir am laufenden Band zu hören.

Außerdem soll sie sehr zurückgezogen gelebt haben. Höchstens ein oder zwei Freunde. Und ihre beste Freundin war Ellie, ein weiteres Opfer, schon allein deshalb bekamen wir nie viel über sie heraus.«

»Inwiefern schwierig?«

»Sie sperrte sich in ihrem Zimmer ein. Versäumte den Unterricht. Hielt sich von anderen fern. Aß kaum was.« Ich zucke mit den Achseln. »Ein reiches Mädchen, dem nichts gut genug ist.«

Ich bemerke Shellys Blick.

»Du brauchst dich gar nicht aufs hohe Ross zu schwingen. Es ist nicht leicht, aus einer berühmten Familie zu kommen.«

Shelly spricht aus eigener Erfahrung. Auch sie hatte kein sonderlich inniges Verhältnis zu ihren Eltern, nachdem ihr Vater zum höchsten Beamten im Staat aufgestiegen war.

»Offensichtlich verschlimmerte sich die Situation noch, kurz bevor sie starb. Sie muss sich völlig abgekapselt haben.«

Shelly antwortet nicht, aber vermutlich liegen ihr dieselben Worte auf der Zunge wie mir. *Schwangerschaft. Abtreibung.* Genug, um ein labiles Mädchen endgültig aus der Bahn zu werfen.

»Kannte Terry Burgos Cassie näher?«

»Nicht soweit wir wissen. Zumindest hat er es nie erwähnt.«

»Könnten diese Ereignisse in Cassies Leben ein Grund dafür sein, dass Burgos sie getötet hat?«

»Nein«, sage ich. »Vermutlich hat er Cassie umgebracht, weil sie Ellies Freundin war. Er brauchte ein weiteres Opfer, und da kam sie ihm gelegen.«

»Was für eine Sünde hatte Cassie angeblich begangen? Jedem Opfer war doch eine bestimmte Sünde zugeordnet, oder?«

»Das macht die ganze Sache ja so merkwürdig. Der letzte Mord der ersten Strophe ist eigentlich ein Selbstmord. *Jetzt muss sich jemand von seiner Familie verabschieden. Schieb's zwischen die Zähne und drück fröhlich ab.* Er spricht davon, sich selbst zu erschießen. Burgos war vermutlich klar, dass er mit dem Sterben an der Reihe war, ignorierte das aber. Er stieß auf Cassie und tötete stattdessen lieber sie. Auf diese Weise hat sie ihn *gerettet.*«

»Wie *stieß* er auf Cassie?«

Wir wissen es nicht. Burgos legte nie ein ausführliches Geständnis ab, und mit den Psychiatern redete er immer nur über Gott und die Sünder. Bei keinem der Mädchen ging er je ins Detail.

»Ihr habt also keine Ahnung, wie er Cassie verschleppt hat.«

Ich fühle mich wie im Zeugenstand. Ich habe Shelly schon Zeugen ins Kreuzverhör nehmen sehen und wollte noch nie in ihrer Haut stecken.

»Und macht dir das zu schaffen?«, fragt sie mich.

»Nein.«

»Warum fahren wir dann nach Lake Coursey, Paul?«

»Gwendolyn Lake war Cassies Cousine.« Abgesehen von Ellie Danzinger und einem jungen Typen, dessen Namen ich vergessen habe, ist Gwendolyn die einzige, Cassie nahe stehende Person, die mir einfällt. Sie war zwar irgendwo in der Weltgeschichte unterwegs, als Cassie ermordet wurde, kreuzte aber immer wieder in der Stadt auf und traf sich dann mit Cassie.

»Nein«, sagt Shelly. »Ich will wissen, warum *du* hinfährst.«

Ein Lächeln schleicht sich auf meine Lippen. Shelly kann man nicht täuschen.

»Du kannst es nicht ertragen, dass sich bei diesem Fall irgendwas deinem Wissen entzieht.«

Vielleicht. Aber statt zu antworten, wähle ich auf meinem Handy die eingespeicherte Nummer von Joel Lighter. Dann drücke ich die Freisprechtaste und lege es zwischen uns.

»Hey«, meldet er sich, da er meinen Namen auf seinem Display erkannt hat.

»Joel, ich bin hier im Wagen mit Shelly.«

»Mit … oh, großartig. Shelly!«

»Hi, Joel.«

Ich liefere ihm eine Kurzzusammenfassung der jüngsten Ereignisse. Lightner ist der einzige Mensch auf der Welt, der ebenso viel über Burgos weiß wie ich.

»Cassie war schwanger?«, sagt er. »Ich dachte, sie war 'ne Lesbe. Ich meine natürlich – sie hatte homoerotische Neigungen, Shelly.«

»Du nimmst eben nie ein Blatt vor den Mund, Joel«, gibt sie zurück.

»Joel, ich habe gestern Abend mit Harland gesprochen. Evelyn Pendry hat auch ihn kontaktiert. Sie hat ihm alle möglichen Fragen über Cassie gestellt.«

»Was für Fragen? Über Schwangerschaft und Abtreibung?«

»Ich schätze schon, obwohl er nicht näher darauf eingestiegen ist. Er war jedenfalls sehr besorgt, dass irgendwas davon an die Öffentlichkeit dringen könnte. Die übliche Leier. *Cassie hat schon genug durchgemacht,* und so weiter. Er wollte, dass ich bei Evelyn den Deckel drauf halte.«

»Das ist jetzt wohl nicht mehr nötig.«

Ja, so viel ist sicher. Ich nehme den Fuß vom Gas, als ich hinter einer Hügelkuppe etwas entdecke, das verdächtig einem Streifenwagen ähnelt.

»Joel, was fällt dir zu Gwendolyn Lake ein?«

»Gwendolyn«, sinniert er. »Cassies Cousine. Die Party-Königin? Dazu fällt mir gar nichts ein. Fehlanzeige. Nur dass sie ein bösartiges Miststück war, wenn ich mich recht erinnere – aber sie hielt sich während der Morde in Europa auf, also war sie nicht wichtig.«

»Richtig.« Ich seufze. »Und wie hieß noch mal Cassies Freund? Der Typ, der immer mit ihr und Ellie abhing?«

»Oh, der Schönling.«

»Ja, so ein gut aussehender Typ.«

»Die Heulsuse«, sagt Lightner.

Richtig. Er war eher der emotionale Typ. Während ich ihn auf seine Aussage in der Schlussphase des Prozesses vorbereitete, riss er sich noch zusammen, aber im Zeugenstand brach er dann zusammen. Schluchzte wie ein Kind.

»Attraktiv *und* sensibel«, bemerkt Shelly. »Ist er noch zu haben?«

»Mitchum«, erinnert sich Lightner.

»Brandon Mitchum. Genau. Treib ihn bitte für mich auf, Joel, okay?«

»Warum?«

»Warum? Weil ich dich dafür bezahle, meine Aufträge auszuführen – und nicht, um mir Fragen zu stellen.«

»Versuchst du, in Gegenwart deiner Freundin den harten Mann zu markieren?«

Ich schiele rüber zu Shelly, die rot wird.

»Ich meine, ihr beiden seid doch wieder ein Paar, oder?«

Sie lacht. Und auch ich spüre jetzt ein Glühen auf meinen Wangen.

»Na, dem Himmel sei Dank«, sagt er. »Also, Brandon Mitchum. Jetzt mal im Ernst, Riley – warum?«

Dasselbe hat mich Shelly auch gefragt. Vielleicht eine alte Narbe, die noch immer juckt, oder so was in der Art.

»Hey«, sagt er. »Mit welchen Cops arbeitest du zusammen?«

»Mike McDermott«, sage ich. »Und Ricki Stoletti.«

»Stoletti kenne ich nicht.«

»Sie wurde vor ein paar Jahren aus den Vororten hierher versetzt. Major Crimes.«

»McDermott ist ein guter Mann«, sagt Lightner. »Bin ihm ab und zu über den Weg gelaufen. Ein fähiger Polizist. Hat harte Zeiten durchgemacht wegen seiner Frau.«

»Warum das?«

»Vor ein paar Jahren hat sie sich eine Pistole in den Hals geschoben.«

Shelly zuckt zusammen. McDermotts Frau hat Selbstmord begangen? »O Jesus.«

»Sie war – wie heißt das gleich – manisch-depressiv. Extreme Höhen und Tiefen. Eines Tages kommt er nach Hause, und sie liegt im Badezimmer. Seine fünfjährige Tochter kauert daneben in der Badewanne und lutscht am Daumen.«

»Heilige Scheiße.« Ich fahre mir mit der Hand übers Gesicht. »Eine fünfjährige Tochter?«

Das erklärt McDermotts Reaktion auf den »verdammten Psycho« beim Meeting des Sonderkommandos. Kaum zu ermessen, wie tief ihn in das getroffen haben muss.

»Wenigstens hat sie nicht dabei zugeschaut. Aber trotzdem.

Die eigene Mutter ohne Hinterkopf und mit weggeblasenem Hirn zu finden? Und das mit fünf Jahren?«

Ich schüttle den Kopf. »Okay, jedenfalls bin ich unterwegs. Um mehr über Cassie Bentley rauszufinden.«

Lightner antwortet nicht gleich. Normalerweise ist er nie um einen Spruch verlegen. »Du scheinst auf einmal ein persönliches Interesse an der Sache zu haben.«

»Vielleicht hab ich das«, erwidere ich. »Treib bitte diesen Brandon Mitchum für mich auf.« Ich schalte das Handy aus.

Ein weiterer Tag, ein weiteres Hotel. Diesmal in einem Vorort, Mittelklasse, die Filiale einer Hotelkette.

Leo umrundet den Laden dreimal mit dem Wagen, späht in die Lobby, hält im Rückspiegel Ausschau nach Autos, die nach ihm auf den Parkplatz einbiegen, denn sie wahren immer einen großen Abstand, so leicht machen sie es einem nicht.

Mit geschärften Sinnen steuert er auf die Lobby zu, mustert unauffällig das Dach, die Stellen, hinter denen Heckenschützen lauern könnten, und beobachtet beiläufig, ob sich plötzlich Autos auf dem Parkplatz bewegen. Er wird gut vorbereitet sein, wenn sie kommen, aber sie werden nicht auf ihn vorbereitet sein.

Die Lobby ist menschenleer, als er eintritt, trotzdem schlüpft er im Eingangsbereich gleich hinter die Tür und wartet, ob ihm jemand folgt; das Gesicht verbirgt er hinter einer geöffneten Zeitung, falls sich jemand wundern sollte, was er da tut – er liest einfach nur die Zeitung, sonst nichts, aber seine Augen sind nach draußen gerichtet, immer noch wachsam. Er ist sich ziemlich sicher, dass ihm niemand auf den Fersen ist, aber er überlässt nichts dem Zufall.

Fünf Minuten, zehn Minuten, dann geht er zur Rezeption, nennt einen falschen Namen und zahlt bar für eine Nacht, schnappt sich die Gratis-Zeitung, steigt in den Aufzug, fährt eine Etage höher und tritt hinaus auf die Galerie, von der man die Lobby überblickt. Vergewissert sich erneut, dass ihm niemand folgt.

Er wartet und schlägt dabei die Ausgabe der *Watch* auf. Die Neuigkeit prangt fett auf der Titelseite, Mord, brutaler Mord, schockierender Mord, ein Mitglied der Redaktion, Tochter der Nachrichtenmoderatorin Carolyn Pendry, eine junge Reporterin, Kriminalreporterin, aber nirgendwo steht, wie flink sie sich bewegen konnte. Leo weiß es, die gerissene Sehne in seinem Knie ist der Beweis, ein übler Riss, ein lahmes Bein.

Ein starker Wille, das spiegelte sich in Evelyns Gesicht, da war dieser Trotz, selbst als er die totale Kontrolle über sie ausübte. Wie Kat, genau wie Kat, die Art, wie sich ihre Kiefermuskeln wütend ballten, als sie dem Tod ins Gesicht sah, nicht wie die anderen – die meisten von ihnen, ob Männer oder Frauen, sind einfach erstarrt, haben das Ende akzeptiert, wenn es kam, haben es erduldet, auch wenn sie es nicht fassen konnten –

Erneut betritt er den Aufzug und zieht die Karte durch den Schlitz. Das Zimmer hat zwei getrennte Betten. Er hat die ganze Nacht damit verbracht, mögliche Verfolger abzuschütteln, jetzt braucht er dringend Schlaf. Ein großes Bett wäre ihm lieber gewesen, aber er ist weit Schlimmeres gewöhnt. In Lefortovo waren die Metallstangen unter der dünnen Matratze so weit voneinander entfernt, dass die Matratze ständig durchrutschte. Mit der Zeit fand er heraus, dass man Zeitungen oder Magazine – oder was immer sie ihm zu lesen gaben – über die Stangen breiten musste, um mehr Auflagefläche zu schaffen. Trotzdem wurde er das Gefühl nie los, auf Gitterstäben zu schlafen. Er wusste, sie machten das mit Absicht. Sie wollten nicht, dass die Gefangenen ruhig schliefen. Zumindest nicht Gefangene wie er.

Er lässt sich aufs Bett fallen und denkt an Kat. Sie hat alle getäuscht. Alle sahen in ihr nur das süße Mädchen, das nie etwas Böses im Schilde führen konnte. Er erinnert sich an Tränen – seine eigenen Tränen –, die ihr aufs Gesicht tropften, als sie zu ihm hochblickte. Beinahe hätte sie es geschafft, auch ihn einzuwickeln.

Zwei Jahre dauerte es – genau dreiundzwanzig Monate und sieben Tage –, er hatte an der Wand eine Strichliste geführt. Zwei Jahre, in denen er auf eine schwarze Tür starrte, sich mit anderen Häftlingen durch die Toilettenschüssel unterhielt, deren Abflussröhre mit denen aus den Nachbarzellen verbunden war. Zwei Jahre, in denen er unablässig grübelte, wie er an die Glühbirne in der Decke herankommen konnte, um seine Zigarettenstummel anzuzünden. Zwei Jahre, bis sie endlich kapierten, dass er richtig gehandelt hatte, und die blau uniformierten Männer ihn rausholten.

Er schließt die Augen, spürt, wie die Müdigkeit ihn übermannt, seine Augen sinken unter die Schatten seiner Lider.

Aber dann schlägt der Blitz ein, sein Magen, die brennende Säure.

Er krümmt sich, auch die gerissene Sehne schmerzt wieder, er kann sich nicht entspannen, kann nicht schlafen, nicht, bis sein Werk vollendet ist, nicht nach Evelyn, und dabei weiß er nicht mal, wo Brandon Mitchum lebt, es liegt noch viel Arbeit vor ihm, denn heute Nacht muss es passieren –

Leo erhebt sich vom Bett und geht zur Tür.

Nachdem wir den Interstate verlassen haben, beginnt Shelly mir Bettys ausgedruckte Wegbeschreibung vorzulesen. Ich kurve über ein paar Landstraßen, bis wir den Punkt erreichen, an dem sich die Wege zu Gwendolyns Haus und Gwendolyns Diner gabeln. Da es bereits halb drei ist, rufe ich im Diner an.

Die Frau am anderen Ende erklärt mir, Gwendolyn sei nicht da, also beschließe ich, zu ihrem Haus zu fahren.

Man muss sie unvorbereitet erwischen, erinnere ich mich an Stolettis Credo in puncto Zeugenvernehmungen. Ohne Vorankündigung. Gar keine schlechte Idee. Also werde ich Gwendolyn jetzt überfallartig heimsuchen und schauen, was ich dabei zu Tage fördere.

Die Straßen sind breit und schlecht beschildert. Ich fahre an Bäumen und etlichen Seen vorbei – Wischer von dunklem Braun, Grün und Blau. Der Himmel bewölkt sich zunehmend, trotzdem wirkt alles immer noch hell und strahlend. Da ich zwischen Hochhäusern lebe und arbeite, kriege ich normalerweise von diesen Dingen nicht allzu viel mit. Aber Shelly, die auf dem Land aufgewachsen ist, hat mir wieder und wieder davon erzählt – wie viel lichter und sauberer es außerhalb der Stadt ist. Es ist nicht so, dass ich nie aus der Stadt rausgekommen wäre, aber trotz meines Geldes habe ich mir nie einen Zweitwohnsitz auf dem Land zugelegt oder länger dort Ferien gemacht.

Bald ist die Straße nicht mehr asphaltiert, und die Beschilderung wird noch spärlicher. Nachdem wir dem kurvenreichen Verlauf des Schotterwegs eine Weile gefolgt sind, erreichen wir etwas, das Stadtmenschen wohl als eine Siedlung bezeichnen würden, ein großes Gelände, auf dem weit verstreut Holzhäuser und Hütten stehen und kleine Kinder in Badeanzügen umherrennen, verfolgt von kläffenden Hunden.

In der Hoffnung, dass wir am richtigen Ort gelandet sind, lenke ich in eine Auffahrt, bremse den Cadillac ab, und die Räder rutschen über knirschenden Kies. Das Anwesen ist bescheiden, nicht mehr als eine rustikale Blockhütte, von dichten Bäumen beschattet. Der Geruch von frisch gemähtem Gras mischt sich mit der sanften Seebrise. Ich strecke meine Beine, bevor ich auf die Hütte zumarschiere. Shelly blickt sich mit einem geradezu entrückten Ausdruck um. Ich schaue den Hang hinunter zum See, wo eine Frau auf einem Steg steht, mit einer Hand ihre Augen beschattet und zu mir heraufstarrt.

Natalia und Mia Lakes Mutter war eine russische Ballerina, eine wunderschöne Frau namens Nikita Kiri-irgendwas. Irgendwann lernte Nikita Conrad Lake kennen, den Erben der Lake'schen Minenbaugesellschaft, der sich in den Vierzigern im Mittleren Westen niedergelassen hatte. Die Legende besagt, dass Conrad die damals achtzehnjährige Nikita in Russland tanzen sah, um sie warb, sie kurz darauf heiratete und mit sich zurück in die Vereinigten Staaten nahm – natürlich nachdem er das sowjetische Politbüro ordentlich geschmiert hatte, um sie außer Landes bringen zu dürfen. Ihre Töchter Mia und Natalia erbten nicht nur ihr ganzes Geld, sondern auch viel von ihrer Schönheit – und gaben ihre fein gemeißelten Züge wiederum an ihre Töchter Gwendolyn und Cassandra weiter. Eine Beobachtung, die ich im Falle Cassies persönlich bestätigen kann, da mir im Lauf der Zeit diverse Fotos von ihr vor die Augen gekommen sind; von Gwendolyn allerdings kenne ich nur ein einziges Foto, das aus ihrer Teenagerzeit stammen muss, und an das ich mich nur düster erinnern kann. Sie wirkte darauf wie eine echte Lake, so viel weiß ich noch, sie ähnelte Cassie, Natalia und vermutlich auch Mia, eine zarte Brünette mit einem glamourösen Touch, deren russische Abstammung sich noch in den hohen Wangenknochen und der langen Nase andeutete. Jetzt, sechzehn Jahre später muss sie zu einer echten Schönheit herangereift sein, der die besten Friseure und der kostbarste Schmuck vermutlich noch den letzten Schliff geben.

Die Frau jedoch, die sich nun vom Steg her nähert, passt da nicht so recht ins Bild. Sie hat ein leicht rundliches, sympathisches Gesicht und üppiges rötliches Haar, das ihr offen über die Schultern fällt. Sie ist einfach gekleidet, in ein langes Hemd, abgeschnittene Jeans und Sandalen. Aber selbst durch ihre Hornbrille hindurch verrät das Glitzern ihrer hellgrünen, ovalen Augen noch das wunderhübsche Partygirl von damals; auch wenn aller Glamour zwanzig zusätzlichen Pfunden gewichen ist. Ihre Schönheit strahlt etwas Ruhiges, Friedliches aus, das genaue Gegenteil des ehemaligen Glitzer- und Luxuswesens. Damit ist sie durchaus eher mein Fall.

Ich stelle mich und Shelly als Staatsanwälte aus der Stadt vor, und nach einem besorgten Blick – »Ist mit Nat alles in Ordnung?«, erkundigt sie sich nach ihrer Tante – nimmt ihr Gesicht wieder den alten Ausdruck an, der mir sagt, dass sie das aufregende Stadtleben hinter sich gelassen hat und froh darüber ist.

»Wie haben Sie mich eigentlich gefunden?«, wundert sie sich.

Warum?, würde ich am liebsten zurückfragen. *Wollten Sie etwa nicht gefunden werden?*

»Es war leider keine Zeit, Sie anzurufen und einen Termin zu vereinbaren, sonst hätte ich das selbstverständlich getan. Entschuldigen Sie den Überfall. Aber es ist sehr wichtig, und wir werden sicher nicht viel von Ihrer Zeit beanspruchen.«

Sie scheint unentschlossen, und ich bete, dass wir den Weg nicht umsonst gemacht haben. Andererseits – selbst wenn sie sich weigern sollte, kann ich daraus meine Schlüsse ziehen.

»Wir vermuten«, sage ich schließlich, »dass erneut jemand nach den Zeilen des Songs mordet. Einige Menschen mussten bereits sterben.«

Das gibt den Ausschlag. Ihre Augen werden groß, ihr Ausdruck wird weich. Sie zeigt hinter sich auf den Steg. »Ich wollte gerade ein kleine Runde drehen«, sagt sie.

29. Kapitel

McDermott genügt ein kurzer Blick auf die Hochglanzfotos vom Opfer. Die Details kennt er bereits – die Wunde an der rechten Schläfe, das zertrümmerte Schädeldach –, ein Hagel von Schlägen muss auf die Frau niedergegangen sein. Wer auch immer der Täter war, er hat sich ohne Mitleid und ohne Hemmungen ausgetobt.

Mehr braucht er nicht zu sehen, mehr will er auch nicht sehen.

Stoletti angelt sich die Fotos von seinem Schreibtisch und blättert sie durch. Sie ist inzwischen lange genug seine Partnerin; sie weiß, dass er ein Problem mit weiblichen Mordopfern hat. Und sie ist clever genug, zu verstehen, wo das herrührt, auch wenn sie nie darüber gesprochen haben.

Es ist kein bisschen leichter geworden. Er dachte, er bräuchte nur etwas Zeit nach Joyces Tod, um irgendwann wieder problemlos einer Leiche gegenübertreten zu können. Aber inzwischen sind vier verdammte Jahre vergangen, und noch immer zieht sich ihm alles zusammen – bei Frauen besonders. Bei Mordopfern beträgt das Verhältnis Frauen zu Männern üblicherweise vierzig zu sechzig. Das sind eine Menge Tatorte, die man lieber nicht besichtigen möchte; ein Haufen Fotos, deren Anblick man sich lieber ersparen würde.

Nachts kann er die Bilder verdrängen. Auch bei hellem Tageslicht oder in der Hektik eines arbeitsreichen Tages gelingt es ihm, sie beiseite zu schieben. Aber irgendwas an den Tatorten selbst, der Geruch, die unabweisbare Präsenz des Todes, ruft ihm alles wieder nur allzu deutlich in Erinnerung: das leere Starren ihrer Augen, die verrenkte Haltung – ihre Beine in Totenstarre überkreuzt, ihr Körper ausgestreckt auf der rechten

Seite liegend, wie eine umgestürzte Statue – und dann die Blutlache, die sich bis zur Badewanne erstreckte, in der die kleine Gracie hockte, die Augen fest geschlossen, die Händchen auf die Ohren gepresst, sanft mit dem Oberkörper schaukelnd.

Er betrachtet irgendwelche Opfer, so wie die Frau hier auf den Hochglanzfotos, und malt sich die Reaktion der nächsten Angehörigen aus, die seiner eigenen ähneln muss: Nichts, absolut nichts kann schrecklicher sein.

Manchmal weist er jegliche Schuld von sich. Es gibt tatsächlich Zeiten, da packt ihn die Wut auf Joyce, und er wirft seiner Frau einen Mangel an Verantwortungsgefühl und Selbstkontrolle vor; aber im Grunde seines Herzens weiß er sehr genau, dass sie beides schon lange nicht mehr besaß.

Meistens treffen seine Vorwürfe jedoch den Richtigen. Viel früher schon hätte er die negative Entwicklung in ihrer Psyche erkennen müssen. Er hätte auf einer intensiveren Behandlung und Betreuung bestehen müssen.

Und was die Nacht vor ihrem Tod und den nächsten Morgen betraf – das konnte er definitiv niemand anders als sich selbst zuschreiben.

Komisch, dass er in der ganzen Zeit nie daran gedacht hat, seinen Job an den Nagel zu hängen. Es gäbe eine Menge guter Gründe dafür. Ein Detective der Mordkommission, der den Anblick von Tatorten nicht verkraftet, ist wie ein Artist mit Höhenangst. Aber er ist nun mal der Sohn und der Enkel eines Cops. Von diesem Job hat er immer geträumt. Für ihn hat es nie was anderes gegeben. Und er erledigt seinen Job nach wie vor zuverlässig. Da ist er sich sicher. Er ist immer noch ein guter Cop.

Genau, ein guter Polizist, aufgeschlossen und mit viel Intuition, der dummerweise nicht mitbekam, wie seine eigene Frau langsam den Verstand verlor.

»Diese ganze Geschichte«, sagt Stoletti, »ergibt einfach keinen Sinn.«

McDermott schreckt aus seinen Gedanken auf. »Was?«

»Ich kann mir einfach keinen Reim drauf machen, Mike. Es ist zu merkwürdig.«

Er holt tief Luft und lässt sich in einen Stuhl fallen. Okay. Fallbesprechung. Vertrautes Terrain.

»Wie lief das Gespräch mit Albany?«, fragt McDermott.

»Gut. Erstaunlich gut«, gibt sie zu. »Riley ist es besser als mir gelungen, den Professor zum Reden zu bringen. Es ist sein Verdienst, dass Albany mit der Geschichte über die Schwangerschaft und die Abtreibung rausrückte.«

McDermott überlegt kurz. »Ich schätze, die neuen Informationen verändern deine Sichtweise ein wenig.«

Detective Koessl kommt in den Konferenzraum und schlägt seinen Notizblock auf. »Mike, wir haben acht Händler, die Trim-Meter-Kettensägen verkaufen. Zwei davon hier in der Stadt, sechs in der Umgebung.«

»Nur acht?«

»Trim-Meter hat schon vor zehn Jahre die Produktion von Kettensägen eingestellt. Nur ein paar Läden verkaufen noch gebrauchte Modelle. In den letzten drei Monaten ist allerdings keine einzige über den Ladentisch gegangen.«

»Okay, Tom.« McDermott seufzt. »Und alle Läden haben Anweisung, uns zu verständigen, falls jemand eine kaufen will?«

»Versteht sich.«

Nachdem der Detective verschwunden ist, nehmen sie den Faden wieder auf.

»Lass also in Zukunft deine persönlichen Gefühle aus dem Spiel«, sagt er zu ihr.

Sie funkelt ihn an. Das hat sie nicht verdient. Egal wie sie über Riley denken mag, Stoletti hat McDermott immer als fähige und verlässliche Polizistin zur Seite gestanden. Er arbeitet zum ersten Mal mit einer Frau zusammen, und obwohl ihn diese Aussicht anfänglich wenig begeistert hat, schätzt er sie inzwischen als seinen bisher besten Partner. Vielleicht hängt es mit dem Mangel an überschüssigem Testosteron zusammen oder mit dem weniger aufgeblasenen Ego, jedenfalls bewahrt sie immer einen kühlen Kopf. Und auf ihren Instinkt kann er sich verlassen wie auf seinen eigenen.

»Die Frage ist«, sagt sie, »ob diese neue Geschichte eine Einzeltat ist. Ohne jeden Zusammenhang.«

Er nickt. »Schwer vorstellbar, dass da kein Zusammenhang besteht.«

»Aber das würde bedeuten, Paul Riley ist ein Mörder«, sagt sie.

Ein weiterer Detective, Bax, steckt den Kopf durch die Tür. »Chief, Neuigkeiten über Fred Ciancio. Kommen Sie mal schnell und werfen einen Blick drauf.«

Stoletti wirft McDermott einen Blick zu. »Fortsetzung folgt«, sagt sie, während sie sich erheben.

Auf dem Weg nach draußen hält McDermott sie am Arm zurück. »Im Labor müssten sie eigentlich immer noch die Blut- und Spermaproben von Burgos haben, oder?«

Sie bestätigt das. Die Abteilung für Spurentechnik der Bezirksstaatsanwaltschaft drüben in der West Side verfügt über ein riesiges Archiv.

»Heute haben wir was, das die 1989 noch nicht hatten«, sagt er.

Sie starrt ihn kurz an, dann versteht sie und nickt langsam. »Du willst einen DNS-Test für Burgos und die Opfer?«

»Richtig. Und wir wollen nicht zwei Monate darauf warten, Ricki. Erzähl ihnen, was du willst. Erwähne meinetwegen den Commander. Hauptsache, die Angelegenheit hat absolute Priorität.«

Unten im Bootshaus betätigt Gwendolyn eine große Kurbel, die auf dem Boot befestigt ist. Ich biete ihr meine Hilfe an, aber sie lehnt dankend ab. Sie scheint diese Art von Anstrengung gewohnt zu sein. Als das Boot endlich zu Wasser gelassen ist, schaut sie mich an, als gebe sie mir eine letzte Chance, einen Rückzieher zu machen. Vermutlich hat sie meinen Gesichtsausdruck bemerkt. »Sie mögen kein Wasser?«

Auch Shelly mustert mich neugierig und verkneift sich dabei ein Lächeln. Sie weiß ziemlich genau, dass ich ein kleineres Problem mit Wasser habe. Das *kleinere Problem* besteht darin, dass ich nicht schwimmen kann. Meine Arme und Beine bewegen sich zwar wie vorgeschrieben, trotzdem versinke ich jedes Mal wie ein Stein. Aber nötigenfalls würde ich sogar mit dem Gleitschirm über die Anden fliegen, wenn ich dadurch Gwendolyns Zunge lockern könnte.

Sie startet den Motor, während wir ins Boot steigen. Eigentlich ist es weniger ein Boot, als vielmehr ein langes, flaches Sonnendeck, das ringsum von einer Reling aus weißem Leder umgeben und mit lederbezogenen Sitzbänken sowie einer Steuerungseinheit ausgestattet ist. Dieses Deck ruht auf etwas, das mich an zwei riesige Skier erinnert. Das Ganze wirkt wie ein gigantischer Wasserschlitten.

»Ein Ponton«, erklärt sie, während sie das Ding rückwärts aus dem Bootshäuschen manövriert. »Sie sind also der Mann, der Burgos angeklagt hat«, sagt sie. »Und jetzt sind Sie Harlands Anwalt.«

Dass sie das so direkt miteinander in Verbindung bringt, bereitet mir ein gewisses Unbehagen. Ganz ähnlich hat es auch Evelyn Pendry formuliert. »Ja, das bin ich. Es geht ihm übrigens gut«, füge ich hinzu, obwohl sie nicht danach gefragt hat.

»Daran habe ich keine Zweifel«, murmelt sie. Sie lässt den Ponton über den See schießen, was durchaus angenehm ist, da der Fahrtwind die stechende Hitze abmildert. Wir fahren hinaus auf den riesigen See, bis sie das Boot stoppt. Ich befürchte, dass nun der Wellengang stärker spürbar wird, aber offensichtlich ist einer der Vorteile eines Pontons eine stabile Wasserlage. Ringsum an den Ufern stehen Hütten und kleine Bootshäuser, Kinder hüpfen von den Stegen und spielen auf großen Wasserrutschen. Man hört die Rufe von Wasserskifahrern und Windsurfern und das Brummen von Motorbooten von weither über den See hallen.

Gwendolyns Reaktion bestätigt so ziemlich Harlands Bild von ihr. Als wir im Fall Burgos ermittelten, fiel ein- oder zweimal Gwendolyns Name, weil so wenig andere Menschen Näheres über Cassie wussten. Nach allem, was wir über sie erfuhren, schien Gwendolyn das krasse Gegenteil von Cassie – Gwen war das verwöhnte, zickige Partygirl, Cassie unschuldig und scheu. Allerdings bin ich ihr nie persönlich begegnet, da sie sich immer außer Landes aufhielt.

Ungeachtet dessen kann ich bisher nichts Bösartiges oder Verdorbenes an dieser Frau wahrnehmen. Die Zeit hat offenbar Wunder gewirkt.

»Sie besitzen ein Lokal?«, frage ich.

Sie lächelt sanft. »Viele kleinere Läden und Lokale hier in der Gegend müssen schließen. Es liegt mir sehr am Herzen, dass es einen Ort gibt, wo sich die Leute aus der Umgebung treffen können.« Sie nickt und hängt einen Moment lang ihren Gedanken nach.

Ich beschließe, es langsam anzugehen. Gwendolyns Gesicht nimmt einen friedlichen Ausdruck an, während die Sonne ihr das Gesicht wärmt. Das hier ist ganz offensichtlich ihr persönlicher Zufluchtsort.

Sie bietet mir einen Drink aus der Kühlbox an, den ich dankend ablehne. Dann lässt sie sich mir gegenüber auf der Sitzbank nieder. Shelly sitzt neben mir und schweigt. Sie rollt sich die Ärmel und Hosenbeine hoch und schließt die Augen vor der Sonne. Sie macht es genau richtig. Es soll eine entspannte Unterhaltung werden, und eine Situation zwei-gegen-einen macht Menschen immer leicht nervös. Also wird sie einfach nur zuhören.

Die Brise weht den Duft von Gwendolyns Kokosnuss-Sonnenmilch zu mir herüber. Sie hat einen hellen russischen Teint und macht offensichtlich häufig von der Lotion Gebrauch, denn ihre Haut ist dunkelrosa.

Ohne den geringsten Schatten steigt die Temperatur fast ins Unerträgliche. Ich ziehe mein Jackett aus, rolle die Ärmel hoch und erwäge, ob ich auf das Angebot mit dem Drink zurückkommen soll.

»Mir gefällt es hier«, erklärt sie. »Die Menschen sind ungekünstelt und nehmen kein Blatt vor den Mund.«

Ich werfe einen Blick in meinen Aktenkoffer und stelle fest, dass ich weder Stift noch Papier dabei habe. Meine Mitarbeiter notieren normalerweise alles für mich, und im Gericht hält ein Protokollant jedes Wort fest. Aber Notizblöcke und Tonbandgeräte lähmen ohnehin die Gesprächsbereitschaft. Also lege ich stattdessen meine Arme auf die Rückenpolster, lehne meinen Kopf gegen die Reling und schließe die Augen. Hier draußen könnte ich sofort einschlafen. Stundenlang könnte ich schlafen.

»Wenn man Geld hat«, sagt sie, »muss man sich über nichts groß Gedanken machen. Alles erscheint verfügbar. Nichts liegt außer Reichweite. Also fordert man immer mehr und mehr und hofft, damit irgendwann an eine Grenze zu stoßen. Aber es gibt keine – und so geht man weiter und weiter –, bis einem irgendwann alles über den Kopf wächst.«

»Und Ihnen ist es über den Kopf gewachsen«, sage ich. Eine Welle bringt das Boot leicht zum Schwanken.

»Richtig. Ich habe getrunken, Drogen genommen und völlig wahllos Sex gehabt.«

Höflich lausche ich der Lebensbeichte eines reichen Mädchens, das von Party zu Party jettete, kreuz und quer durch Europa, und im Grunde doch nur einsam war und geliebt sein wollte.

»Was ist mit Cassie?«, frage ich schließlich und überlege kurz, ob es richtig war, sie zu unterbrechen.

»Cassie.« Gwendolin lässt sich in die Polster zurücksinken und starrt auf die Mineralwasserflasche in ihrer Hand. »Cassie hatte ein großes Herz. Sie war ein großzügiger Mensch. Aber sie hatte keine Ahnung, was sie mit ihrem Leben anstellen sollte. Sie wusste nicht, ob sie bei allen beliebt sein wollte oder ehrlich und aufrecht, oder was auch immer.« Gwendolyn beißt sich auf die Unterlippe, und ihr Gesicht wird dunkelrot. »Sie hatte Todesangst.«

»Ich versuche rauszufinden, was damals in Cassies Leben vor sich ging, Gwendolyn. Dazu brauche ich Ihre Hilfe.«

Sie schüttelt langsam den Kopf. »Eigentlich dachte ich, Sie kennen sich mit Cassies Leben besser aus als jeder andere.«

»Wie Sie sich erinnern werden, wurde Cassies Fall nicht vor Gericht verhandelt. Daher haben wir nie gründlich …« Ich halte inne, als ich Gwendolyns Ausdruck bemerke. »Sie wissen doch sicher, dass Cassies Fall nicht zur Verhandlung kam, oder?«

Sie zuckt mit den Achseln.

Wusste sie tatsächlich nicht davon?

»Warum wurde der Mord an Cassie nicht verhandelt? Das verstehe ich nicht.«

Ich erläutere ihr in wenigen Worten unsere Strategie, einen Mord gewissermaßen in der Hinterhand zu behalten, falls Burgos' Verteidigung erfolgreich war, und wir ihn ein zweites Mal vor Gericht bringen mussten. Die juristischen Details scheinen sie allerdings herzlich wenig zu interessieren, und mir ist immer noch unbegreiflich, wie wenig sie damals von der ganzen Sache mitbekommen hat.

»Wo waren Sie, während all das geschah?«, frage ich. »Wir haben versucht, Sie zu erreichen.«

Erneutes Achselzucken. »Davon habe ich nichts gemerkt.«

»Wo waren Sie?«

»Ich könnte so ziemlich überall gewesen sein. Zu der Zeit war es mir ziemlich gleichgültig, wo ich mich herumtrieb. Für mich sah alles gleich aus.«

Ich seufze. Es ist, als versuchte man, Sonnenstrahlen mit den Händen zu greifen. Am liebsten würde ich diese Frau auf die Couch eines Psychiaters zerren und anschließend in den Zeugenstand. Aber ich habe keinerlei Handhabe. Sie könnte mir den Vogel zeigen. Oder sie könne mich vom Boot stoßen, und ich würde ertrinken.

»Vielleicht an der Riviera«, sagt sie. »Oder in der Karibik.«

»Anders herum gefragt – vor Cassies Mord, wann waren Sie da das letzte Mal in der Stadt?«

Sie hebt ratlos die Hände. »Vielleicht einen Monat vorher. Aber wenn Sie sagen würden, es waren drei Monate, würde ich Ihnen sofort glauben. Und falls Sie sagen, es waren drei Tage, würde ich Ihnen das ebenfalls glauben.«

»Drei Tage?« Die Skepsis in meiner Stimme ist nicht zu überhören. »Haben Sie denn überhaupt kein Gefühl dafür, wie viel Zeit zwischen Ihrer letzten Begegnung mit Cassie und der Nachricht von ihrem Tod vergangen ist?«

»Oh, das ist eine ganz andere Frage.« Sie schiebt sich eine

Locke aus der Stirn, die ihr der Wind sofort wieder vor die Augen bläst. »Davon habe ich erst viel später erfahren. Monate später. Sie werden das vielleicht nicht verstehen«, fügt sie angesichts meiner Miene hinzu. »Meine Mutter war tot. Ich hatte nie einen Vater. Vermutlich hat Tante Natalia versucht, mich zu erreichen, aber sie wusste nie, wo ich steckte. Auf Briefe habe ich nicht geantwortet. Und damals gab es noch keine Handys, Mr. Riley. Außerdem habe ich nie eine Nachsendeadresse hinterlassen.«

Ich versuche, das Ganze aus ihrer Perspektive zu sehen. Womöglich ist mein erstes Urteil über sie tatsächlich etwas hart ausgefallen. Ihre Mutter starb bei einem Autounfall unter Alkoholeinfluss, und offensichtlich wusste Gwendolyn nicht, wer ihr Vater war. Ich nehme an, alles Geld der Welt kann so was nicht wiedergutmachen.

»Hört sich nach einer sehr einsamen Kindheit an«, sagt Shelly.

Gwendolyn lächelt sie an. Dann wendet sie sich wieder mir zu. »Stellen Sie Ihre Fragen, Mr. Riley.«

»War Cassie lesbisch?«

»Nicht dass ich wüsste.« Sie lächelt ein wenig vorwurfsvoll. »Man muss nur auf eine reine Mädchen-Uni gehen, und schon denkt jeder, man wäre lesbisch.«

Okay, berechtigter Einwand. Erst kurz vor Cassies Tod hatte man angefangen, in Mansbury auch männliche Studenten aufzunehmen.

»Glauben Sie, Sie hätten etwas davon mitgekriegt, wenn es so gewesen wäre?«

Das scheint sie zu amüsieren. »Vielleicht. Vielleicht auch nicht.«

»Hatte Cassie damals eine Beziehung?«

»Meines Wissens nach nicht«, erwidert sie. »Aber das will

nichts heißen. Ich kann mich nur nicht daran erinnern, dass Cassie groß mit Jungs ausgegangen wäre. Was das betraf, war sie ausgesprochen gehemmt. Das war das Merkwürdige an ihr. Sie konnte ziemlich kontaktfreudig sein – sich die ganze Nacht rumtreiben, auf Partys gehen –, trotzdem hatte sie meines Wissens nach nie was mit einem Mann.«

Der Songtext fällt mir ein – die Stelle aus dem Deuteronomium, in der es um die Steinigung einer Frau mit häufig wechselnden Partnern ging.

»Könnte sie noch Jungfrau gewesen sein?«, frage ich.

»Ich habe keine Ahnung.«

»Dann wissen Sie vermutlich auch nicht, ob sie schwanger war?«

»Schwanger?« Sie weicht zurück. »Wie kommen Sie denn darauf?«

Es gibt keinen Grund, es ihr zu verschweigen. Verdammt, schließlich habe ich deswegen den ganzen Weg hier heraus gemacht. »Unter den kürzlich Ermordeten war auch eine Journalistin. Sie hat diese Frage in Zusammenhang mit Cassie aufgebracht.«

Sie nickt langsam, dann schüttelt sie den Kopf. »Ich weiß es nicht«, sagt sie. »Ehrlich gesagt, bin ich mir gar nicht sicher, ob Cassie mir so was anvertraut hätte.«

Na wunderbar. Der Ausflug erweist sich immer mehr als reine Zeitverschwendung.

»Was können Sie mir über Brandon Mitchum erzählen?« Er war Student im ersten Semester in Mansbury und war häufig mit Cassie und Ellie zusammen. Lightner hatte mich daran erinnert.

Ihr Gesicht hellt sich auf. Der Name sagt ihr was. »Brandon Mitchum«, sagt sie erfreut. »Wie geht es Brandon?«

»Sie kennen ihn?«

»Klar doch.« Sie nickt, mit einem stillen Lächeln auf den Lippen. »Natürlich habe ich Brandon gekannt. Gott.« Einen Augenblick lang hängt sie alten Erinnerungen nach. »Er war ein netter Kerl. Oh …«, sie runzelt die Stirn, »… das muss ihn hart getroffen haben. Cassie *und* Ellie.«

»Erzählen Sie mir ein bisschen was über Ellie.«

»Ellie.« Sie zieht ein Gesicht. »Also, Ellie war mehr wie ich. Eine Partygängerin. Und sie hatte Angst vor ihm.« Sie hebt den Zeigefinger. »Sie hatte eine Heidenangst vor ihm.«

»Vor Brandon?«

»Nein, doch nicht vor Brandon.«

Ich betrachte sie mit versteinerter Miene.

»Sie meinen Terry Burgos«, wirft Shelly ein.

»Sie hat befürchtet, er würde ihr was antun«, fährt Gwendolyn fort. »Sie war der Überzeugung, eine Schutzanordnung könnte so einen kranken Typen nicht aufhalten.« Sie nickt bekräftigend. »Nein, sie hatte wirklich Panik wegen diesem Kerl.«

Eine milde Brise bringt etwas Abkühlung. Eine absolut merkwürdige Situation. Ich vernehme eine Zeugin auf einem Boot. Heimvorteil, nehme ich an – für Gwendolyn.

»Kannten Sie Burgos?«, frage ich.

Sie zieht die Stirn kraus und schüttelt dann den Kopf. »Gott, nein. Aber Ellie hat oft über ihn gesprochen. Sie hat sich wirklich schrecklich vor ihm gegruselt.«

»Was wissen Sie sonst noch über Brandon?«

»Also, wie schon gesagt, er war ein netter Kerl.«

»Und ein gut aussehender noch dazu, soweit ich mich erinnere«, sage ich. »Lief irgendwas zwischen ihm und Ellie?«

Sie breitet die Hände aus. »Ich glaube, eher nicht, aber so genau kann ich das nicht sagen. Ich hing zwar immer mit ihnen ab, wenn ich in die Stadt kam, aber allzu oft kam ich nun mal nicht in die Stadt. Die meiste Zeit war ich in Europa unterwegs oder in L.A. – oder weiß Gott wo.«

Ich schweige kurz und gehe innerlich meine Liste mit Fragen durch. »Cassie und Ellie waren mit einem ihrer Lehrer befreundet. Der Kerl, der auch Terry Burgos in seinen Kurs holte. Ein gewisser Professor Albany.«

Unsicher neigt sie den Kopf. »Ein Professor, sagen Sie?«

»Genau. Klingelt da was bei Ihnen?«

Sie blickt in die Ferne. »Ich weiß nicht – vielleicht.«

Vielleicht. Vielleicht ist dieser ganze Ausflug ein verdammter Schlag ins Wasser.

»Wie sieht's mit Drogen aus, Gwendolyn?«, frage ich. »Cassie. Oder Ellie. Haben die welche genommen?«

Sie senkt den Blick. Sie nickt kaum merklich.

»Kokain?«, frage ich. »Marihuana?«

»Koks.« Sie zieht die Stirn kraus. »Oder wahrscheinlich beides. Studentenzeit eben.«

»Waren Sie je dabei? Haben Sie sie mal dabei beobachtet?«

Sie beißt sich auf die Lippen. »Ich glaube, wir haben sogar gemeinsam Drogen genommen.«

»Sie glauben.«

Ihre Augen blitzen mich wütend an. Sie mag diese bohrenden Fragen nicht. »Haben Sie nie in Ihrem Leben versucht, etwas zu vergessen? Haben Sie nie Erinnerungen so lange beiseite geschoben, bis sie irgendwann nicht mehr existent für Sie waren? Sie in eine geheime Kammer Ihres Hirns gestopft, die Tür verschlossen und den Schlüssel weggeworfen?«

Ich breite versöhnlich die Hände aus. »Gwendolyn …«

»Ja«, zischt sie. »Ich bin mir sicher, dass ich zusammen mit ihnen was geschnupft habe.«

»Mit *ihnen* heißt –«

»Cassie und Ellie – und gelegentlich Brandon, und manchmal Frank, und manchmal irgendwelche anderen Leute. Wer eben den verdammten Stoff mit zur Party gebracht hat. Okay?«

Sie erhebt sich, aber selbst diese plötzliche Bewegung bringt das schwere Boot kein bisschen ins Schwanken. Sie beschirmt ihr rotes Gesicht mit der Hand.

»Ich hatte auch eine harte Kindheit«, sagt Shelly. »Ich weiß, was Sie meinen. Man blättert nicht einfach locker um zum nächsten Kapitel. Man schlägt das ganze Buch zu und schmeißt es weg.«

Gwendolyn lässt sich einen Moment Zeit, dann nickt sie. »Genau.«

»Es war nicht unsere Absicht, Sie zu belästigen«, fügt Shelly hinzu. »Aber wir haben keine andere Wahl. Menschen werden ermordet.«

»Also …« Gwendolyn hebt die Hand, als wollte sie uns um Ruhe bitten, während sie hinaus über den See blickt. »Das tut mir aufrichtig leid. Wirklich. Aber das alles hat nichts mit mir zu tun.« Sie stellt sich hinter das Steuerrad und bedient ein paar Hebel. »Ich fahre jetzt zurück zu meinem Restaurant«, sagt sie. »Zurück in mein jetziges Leben.«

Gwendolyn beschleunigt den Ponton in Richtung Ufer. Sie manövriert das Boot in den Bootsschuppen und schaltet den Motor aus. Dann dreht sie die schwere Kurbel, diesmal in die andere Richtung, um den Ponton wieder an Land zu ziehen.

Höflich gibt sie uns beiden zum Abschied die Hand und schenkt mir ein überraschend sanftes Lächeln. Offensichtlich bereut sie ihren Ausbruch bereits. Aber man hat mich schon schlechter behandelt.

Shelly und ich schlendern schweigend zum Wagen zurück. Ich lasse den Motor an und fahre ein Stück, bis wir außer Sichtweite sind, dann erst frage ich sie nach ihrer Meinung.

»Sie hat Angst«, sagt Shelly.

Das mag sein. Behutsam formuliert, ist sie unaufrichtig gewesen. Erst behauptet sie, Professor Albany nicht zu kennen, nur um ihn dann im Lauf des Gesprächs *Frank* zu nennen.

»Ich glaube, sie ist ein guter Mensch«, fügt Shelly hinzu. »Aber sie war sich unsicher, was sie dir verraten darf und was nicht.«

»Und vermutlich sollte ich genau daraus meine Schlüsse ziehen. Aber welche? Deckt sie irgendjemanden?«

»Du wirst es noch früh genug herausfinden.« Shelly kurbelt das Fenster herunter und legt das Gesicht in den Wind. »Sie wird sich bei dir melden, sobald sie so weit ist.«

»Ach wirklich?«

»Vertrau einer Frau.« Spielerisch tätschelt sie meine Hand.

Schweigend fahren wir weiter, bis wir den Interstate erreichen. Ich setze großes Vertrauen in Shellys Menschenkenntnis, und vermutlich hat sie auch diesmal recht. Gwendolyn wirkt wie ein aufrichtiger Mensch, der nur ungern Fragen ausweicht, es sei denn, er sieht sich dazu gezwungen. Ich wünschte nur, ich wüsste, was sie am Sprechen hindert.

Ich spüre Shellys Blick auf mir ruhen und sehe zu ihr hinüber.

»Irgendwas Merkwürdiges muss sich damals in Cassies Leben abgespielt haben«, sagt sie. »Glaubst du nicht auch?«

Ich erwidere nichts. Stattdessen gehe ich die in meinem Handy gespeicherten Rufnummern durch. Als U.S.-Staatsanwalt arbeitete ich oft mit einem gewissen Pete Storino vom Dezernat für Alkohol, Tabak und Schusswaffen zusammen. Später ging er dann zum Zoll, und inzwischen ist er ein hohes Tier bei der Zoll- und Immigrationsbehörde am Flughafen.

Ich erreiche ihn auf seinem Handy, und die nächsten zehn Minuten verbringen wir mit dem Austausch von Belanglosigkeiten. Als unser kleiner Smalltalk endlich vorbei ist, komme ich zum Punkt.

»Du musst mir einen Gefallen tun, Pete«, bitte ich ihn. »Der Name des Fluggasts ist Gwendolyn Lake.«

30. Kapitel

»Er geht nicht an sein Handy«, sagt Stoletti. »Und seine Sekretärin meint, er ist nicht in seinem Büro.«

»Okay. Wir erwischen ihn schon noch.«

Während er auf das sicher sehr interessante Gespräch mit Paul Riley wartet, beschäftigt sich McDermott mit den eingegangenen Berichten über Fred Ciancio und Evelyn Pendry. Bei Ciancio haben sie immer noch keine Spur. Die Inventarliste vom Tatort ist nutzlos. Die einzigen Beweisstücke sind die Mordwaffe und die Spuren am Körper des Toten. Er überfliegt den vorläufigen Autopsiebericht, der ihm wenig mehr verrät, als dass Ciancios Leiche mit zahllosen Einstichen übersät ist.

»Was ist denn das?«, sagt er und zieht das Blatt näher heran. Er liest die Stelle erneut, aber der Begriff sagt ihm nichts. »Was, zum Teufel, ist eine *tarsale Phalanx?*«

Stoletti stellt sich neben ihn. »Was?«

McDermott zeigt auf eine Stelle des Berichts, der die Verletzungen Fred Ciancios auflistet.

Post mortem erfolgter Einstich zwischen der vierten und fünften tarsalen Phalanx.

»Was ist eine tarsale Phalanx?«, fragt Stoletti.

»Das hab ich *dich* eben gefragt«, seufzt McDermott. »Hört sich an wie eine Art Panzer. Glaubst du, Fred Ciancio ist ein Panzer gewachsen?«

»Möglich, Mike. Vielleicht war er ein Außerirdischer.«

McDermott blickt auf und entdeckt Tony Rezko von der Spurentechnik der Staatsanwaltschaft. »Sag mal, Tony, irgendeinen Schimmer, was eine tarsale Phalanx ist?«

Rezko zögert. »Nein.«

»Gibt's was Neues über die Briefe?«

»Auf dem zweiten Brief haben wir was entdeckt«, sagt er.

»Ausgezeichnet.« McDermott wirft den Autopsiebericht auf den Stapel mit den Ermittlungsunterlagen. »Lass hören.«

Nachdem ich Shelly abgesetzt habe, treffe ich gegen vier Uhr wieder in meinem Büro ein. Ich ignoriere das Blinken der Mail-Box und nehme mir gleich die reguläre Post vor. Einen weiteren Brief finde ich nicht – bis mein Blick auf den braunen Umschlag ganz unten im Stapel fällt. Mein Name ist mit Filzstift darauf geschrieben, ohne Adresse. Kein Absender. Vorsichtig öffne ich den Umschlag. Im Inneren befindet sich ein einfaches weißes Briefkuvert, darauf steht mein Name in der gleichen Handschrift. Ganz offensichtlich ein weiterer geheimnisvoller Brief. Ich öffne den kleinen Umschlag ebenso vorsichtig wie den ersten. Auf dem einzelnen Blatt, das herausfällt, ist zu lesen:

Aufs Neue den erzürnten Rächer ehrt. Wehe, Ihr Sünder, sehet Euer nachwirkendes Unrecht. Mit unserem neuerlichen Strafgericht ersteht Recht. Gerechtes, empörtes Handeln entlarvt in moralischen Niederungen irrende Sittenlose.

»Das soll verstehen, wer will«, sage ich in den leeren Raum hinein. »Betty!«

Betty rauscht herein. »Oh, du bist schon zurück. Detective McDermott hat nach dir gefragt.«

»Das hier wurde wahrscheinlich von einem Kurier gebracht«, sage ich und zeige ihr das braune Kuvert. »Oder doch von der Post zugestellt?«

»Per Kurier.«

»Gutes Timing«, sage ich. »Er weiß genau, wann die Kuriersendungen hier angeliefert werden.«

»Was?«

»Nichts, Betty. Hol Detective McDermott für mich ans Telefon. Und stell fest, wer diesen Umschlag abgegeben hat.«

Aufs Neue den erzürnten Rächer ehrt. Das ist Burgos. *Mit unserem neuerlichen Strafgericht ersteht Recht.* Und davon habt ihr uns wohl schon zwei Kostproben gegeben?

Betty meldet sich auf der Gegensprechanlage. »Heute Morgen haben drei Kuriere die Briefe gebracht«, informiert sie mich. »Ich werde die Sendung zurückverfolgen lassen.«

Vermutlich ohnehin eine Sackgasse. Dieser Kerl geht viel zu geschickt vor.

Unwahrscheinlich, dass er einen Vertrag mit einem Kurierservice hat und dort seine Kreditkartennummer oder seine Adresse hinterlegt sind.

Nach einer weiteren Minute stellt Betty McDermott durch. Ich teile ihm mit, dass ich einen weiteren Brief erhalten habe und er jemanden vorbeischicken soll, der ihn abholt.

»Ich habe eine bessere Idee«, sagt McDermott. »Warum kommen Sie nicht gleich selbst vorbei?«

Rezko, der Spurentechniker, gleicht einer Comicfigur, mit seiner Glatze und der riesigen viereckigen Brille. Spräche er jetzt auch noch mit hoher quietschender Stimme, wäre die Illusion perfekt.

McDermott beendet sein Telefongespräch mit Paul Riley und schickt ein leises Stoßgebet gen Himmel. »Bitte sag mir, dass du Fingerabdrücke auf dem Brief gefunden hast, Tony.«

»Nein, das nicht. Wir mussten ihn zuerst gründlich untersuchen. Der Aminosäurentest war negativ ...«

»Dann irgendwelche anderen Abdrücke«, fleht er.

»Das ja. Und zwar sind es eher Vertiefungen.« Rezko ist in seinem Element. Dieser ganze Technikkram ist sein Leben. »Offensichtlich wurde beim zweiten Brief etwas auf ein darüber liegendes Blatt geschrieben. Dabei haben sich flache Rillen gebildet.«

Rezko platziert den Brief auf dem Tisch.

Werde erleiden rächend das Ende. Zuletzt werden Echos innigster Trauer erschüttert nachhallen. Vernehmlich erschallen. Rührige Sendboten beständig ertragen neue unaufhörliche Torturen zu einem neuen Zweck. Eine innige Teilnahme zeitigt unerschrockene, offenherzige Parteinahme; fordert eine rührige Neugier, auch liebevollen Betrug an niedergelegten Ideen.

»Verstehe«, sagt McDermott und drängt ihn fortzufahren.

»Wir hatten nicht genug Zeit, das Blatt im Staatlichen Labor für Elektrostatische Aufnahmen untersuchen zu lassen, daher haben wir es bei seitlich einfallendem Licht fotografiert. Man presst das Papier flach auf eine Glasfläche, schaltet dann eine Lichtquelle ein, die parallel zu dem Dokument einstrahlt ...«

Diese Technikfreaks können über so was völlig aus dem Häuschen geraten. Jedes Mal, wenn du sie was fragst, halten sie dir gleich einen Vortrag. McDermott überlegt, ob er Rezko bei seinem mageren Hals packen und schütteln soll, damit er zum Wesentlichen kommt, aber was soll's, das ist nun mal sein Job, dafür lebt er, und er ist gut darin. Er sollte dem Jungen seine dreißig Sekunden gönnen.

»… einen Grafitpuder, um den Vertiefungen mehr Kontrast zu geben, denn sie waren ziemlich schwach …«

McDermott kann der Versuchung nicht widerstehen. »Etwa so, wie wenn man ein Blatt umdreht und flach mit einem Bleistift darüber schraffiert, richtig? Dann kann man lesen, was auf der anderen Seite steht? So wie wir das in der zweiten Klasse immer gemacht haben?«

Rezko hält inne und lächelt nachsichtig. Er kennt Mike schon lange, er weiß, dass er es nicht böse meint. Hinter seinem Rücken zückt er jetzt ein Foto, das eine Reihe hingekritzelter Worte zeigt, deren strahlend weiße Vertiefungen sich perfekt von dem graphitgrauen Hintergrund abheben.

Tätlichkeit	***Teilnahme***	***Terror***
Tatendrang	***Tortur***	***Negieren***
Nähren	***Neugebären***	***Neutralisieren***

McDermott sieht zu dem Spurentechniker auf. »Diese Begriffe wurden also auf ein Blatt geschrieben, das über dem Brief lag.«

»Richtig. Ganz genau. Er hat offensichtlich eine echte Vorliebe für Wörter, die mit T und N beginnen.«

Als er den Brief überfliegt, entdeckt McDermott einen Satz, der Worte mit beiden Anfangsbuchstaben enthält. *Rührige Sendboten beständig ertragen neue unaufhörliche Torturen zu einem neuen Zweck.* Stoletti hat diesen Satz kommentiert. Das Wort *unaufhörlich* ist in diesem Satz eigentlich nicht nötig, da am Anfang bereits *beständig* steht. Und auch die Dopplung von *neu* ist nicht sehr geschickt. Die Wortwahl wirkt absichtsvoll und zugleich ausgesprochen befremdlich.

Aber mit einem hat sie zweifellos recht: Hier wurde nichts dem Zufall überlassen.

»Danke, Tom«, sagt er. »Gute Arbeit.«

Nur, was, zum Teufel, sollte das alles bedeuten?

Der Mann in der orangefarbenen Schürze legt seine Hand auf Leos Schulter und winkt einen zweiten Mann herbei. »Der Herr hier braucht deine Beratung«, sagt er zu seinem Kollegen.

Nicht anfassen. Leo krümmt sich unter der Hand des Mannes. Fass mich nicht an.

»Entschuldigung«, sagt der Mann.

Wenn du mich noch einmal anfasst, ramm ich dir meinen Daumen ins Hirn.

Leo bückt sich, tut so, als binde er sich die Schuhe, dreht sich dabei einmal um hundertachtzig Grad und fummelt an den Schnürsenkeln herum, während er seine Umgebung genau studiert – der muskulöse Typ im Unterhemd, der einen orangefarbenen Einkaufswagen mit Holzlatten vor sich herschiebt, nein, nein, der war schon vorher da, überprüf den Eingang –

Eine Frau kommt rein, hübsch, dunkelblondes Haar, dünn, rosa Seidenhemd, enge schwarze Hose, hohe Absätze, professionell, aber stilvoll gekleidet, sie blickt in seine Richtung – nicht direkt zu ihm, aber er weiß Bescheid, sie beobachtet ihn, er ist ja nicht blöd, aber er kann nicht weg, kann nicht davonrennen, noch nicht.

Sie wendet sich ab, geht zu den Regalen mit den Glühbirnen und den Verlängerungskabeln, bleibt stehen.

Ich sehe dich.

Der Baumarkt ist riesig. Die meisten Gänge verlaufen in Nord-Süd-Richtung, und Leo befindet sich in einem von ihnen, während die Frau in einen der kürzeren Ost-West-Gänge getreten ist.

Von dort hat sie den perfekten Blick auf die Kassen und den Ausgang. Das ist ihr Plan. Warten, bis Leo geht, und ihm dann folgen.

»Kann ich Ihnen helfen, Sir?«

Leo blickt auf. Ein alter Sack, vielleicht fünfzig, übergewichtig, kurzsichtig, wabbliges Fett am Oberkörper, wo sich mal Muskeln befunden haben, lange orangefarbene Schürze.

Er murmelt das Wort: *Kettensäge.*

»Kein Problem. Einfach hier runter. Gang elf.«

Leo bindet sich die Schuhe fertig und späht durch den Laden. Wer noch? Nur eine?

Pause. Leo wendet sich wieder an den Mann.

»Für was genau brauchen Sie die Säge?«, will der wissen.

Leo erhebt sich und zieht sich die Baseballkappe tief ins Gesicht. Die Frau steht immer noch im Gang. Sie wirft einen schnellen Blick nach links, in Leos Richtung.

»Zum Sägen«, erwidert er.

Der Mann glotzt ihn an. Eine Menge Leute glotzen ihn so an. Als hätten sie Mitleid mit ihm. Als hielten sie ihn nicht für sonderlich helle im Kopf. »Wenn Sie wollen, kommen Sie gleich in die Abteilung mit den Sägen, dort kann ich Ihnen weiterhelfen, einverstanden?«

Leo nickt. Der Mann macht sich von diesem Gang – Nummer vier – auf den Weg zu Gang elf.

Weiße Frau, pinkfarbene Bluse, schwarze Röhrenhose, bewacht den Ausgang. Sie erinnert ihn an Cassies Cousine Gwendolyn.

Gwendolyn. Gwendolyn Lake. Er hatte schon von ihr gehört, ja. Es war ihr Haus, aber er hatte sie noch nie getroffen. Sie war nie da gewesen, bis heute. Sie ist nett, *sagte Cassie,* aber sie wirkt am Anfang immer etwas unnahbar. Nimm es nicht persönlich, wenn sie ein bisschen ruppig zu dir ist. Okay?

Okay, *sagte er. Die Art, wie Cassie mit ihm sprach, die Güte in ihren Augen, die Wärme ihrer Hand auf seinen Schultern – das alles ließ ihn seine Ängste vor ihrer Cousine Gwendolyn augenblicklich vergessen. Er hatte schon Schlimmeres erlebt.*

Cassie und Mrs. Bentley waren da. Sie wirkten nicht allzu glücklich über Gwendolyns Besuch. Mrs. Bentley rauchte in einem fort und tigerte vor dem Haus auf und ab. Wie lange wird sie bleiben?, *fragte Mrs. Bentley.* Wie lange?

Mutter, zum letzten Mal, ich weiß es nicht. Es wird schon alles gut laufen.

Nach ein paar Minuten fuhr die Limousine vor. Die Frau, für die der Fahrer die Tür öffnete, schien auch nicht sehr glücklich. Sie war gekleidet wie für eine Party. Enge Hose und eine leuchtend rote Bluse. Eine Zigarette im Mundwinkel und einen Drink in der Hand. Cassie rannte zum Wagen und umarmte sie. Mrs. Bentley wartete beim Eingang und umarmte sie ebenfalls, aber weniger herzlich.

Dann fiel Gwendolyns Blick auf Leo.

Das ist also der Immigrant.

Das ist Leo, *sagte Cassie.* Sei bitte nett zu ihm, Gwen.

Oh, richtig. *Gwendolyn ließ den Zeigefinger neben ihrem Kopf kreisen.* Na, Leo, wie geht's denn so?

Er streckte ihr die Hand hin, aber sie ergriff sie nicht. Beugte sich stattdessen zu ihm vor.

Du und Cassie, ich weiß schon, warum ihr beide so gut miteinander könnt, *sagte sie.*

Leo antwortete nicht. Er lief zum Kofferraum ihrer Limousine und trug ihre Taschen ins Haus. Dann kehrte er an die Arbeit zurück und beschnitt weiter die Hecken.

Die Frau mit dem pinkfarbenen Top und der schwarzen Hose wendet sich Leo zu, aber sie ist immer noch ein paar Gänge entfernt, dann blickt sie auf und tut ganz überrascht, als sie einen Mann entdeckt, einen Schwarzen, den sie begrüßt und kurz umarmt.

Der Schwarze plaudert jetzt mit ihr, und sie machen das wirklich gut, als wären sie tatsächlich überrascht, sich hier zu treffen, aber was immer sie miteinander reden, Leo weiß, was sie in Wirklichkeit sagen: *Wir haben ihn. Wenn er abzuhauen versucht, nimmst du den Hinterausgang und ich den Vordereingang.*

Mich täuscht ihr nicht.

Leo marschiert direkt auf sie zu, aber sie trennen sich, sie berührt den Schwarzen am Arm und sagt Auf Wiedersehen – jedenfalls sieht es nach außen hin so aus – und der Mann verschwindet aus Leos Blickfeld.

Sie trennen sich, um ihn in die Zange zu nehmen. Zu wie vielen sind sie?

»Kann ich Ihnen helfen, Sir?«

Leo zuckt zusammen. Ein weiterer Mann mit langer orangefarbener Schürze. Er schüttelt den Kopf und hält den Blick weiter auf die Frau gerichtet.

Eins nach dem anderen, er hat keine Wahl, er muss es rasch erledigen, jetzt gleich; mit gesenktem Kopf geht er rüber zu Gang elf, ganz langsam, sein Kopf pendelt in alle Richtungen, aber er sorgt dafür, dass es ganz natürlich aussieht, ihr habt mich aufgespürt, aber ihr wisst nicht, dass ich euch auch entdeckt habe, hier drin werden sie nichts unternehmen, sie wollen mich einfach nur beobachten, sie sollen berichten, was ich hier wollte.

In Gang elf trifft er den alten Kerl wieder, zwischen langen Regalen und Kartons mit Kettensägen.

»Setzen Sie die Säge zu Hause ein oder beruflich?«, fragt der Mann. »Was wollen Sie damit sägen?«

Er braucht eine Trim-Meter-Kettensäge. Er sieht keine.

»Trim-Meter?« Der Mann schüttelt den Kopf. »Trim-Meter stellt schon lange keine Kettensägen mehr her.«

Leo wippt auf den Ballen und beißt sich auf die Lippen.

Der Mann tätschelt Leo den Arm. »Ich kenne das. Man gewöhnt sich an ein Modell. Das ist die Säge, mit der Sie immer gearbeitet haben, richtig?«

Leo mustert ihn, versucht seine Körperkräfte abzuschätzen.

»Ich persönlich hatte immer eine Husky. Die kann ich Ihnen wärmstens empfehlen. Ein leichtes Modell, wie die 137er hier, das Ihnen gute Dienste leisten wird.« Er zieht die Säge aus dem Regal, eine lange Sicherheitsleine ist an ihrem Griff befestigt.

Leo starrt den Mann an, die Arme an die Seiten gepresst.

Der Mann seufzt. »Okay, also – kennen Sie einen Laden namens Varten's? Drüben in der Pickamee? Der Typ dort hat eine Menge alter, gebrauchter Sägen im Angebot. Wenn Sie auf einer Trim-Meter bestehen, werden Sie dort vielleicht fündig.«

Der Mann beschreibt Leo den Weg zu Varten's, als habe er es mit einem geistig Behinderten zu tun. Als wäre Leo fünf Jahre alt.

Ich bin cleverer, als ich aussehe.

Leo läuft quer durch den Laden. Den Schwarzen hat er aus den Augen verloren. Er hat sie beide aus den Augen verloren.

Moment.

Die Frau wartet in der Schlange. Okay, eine neue Situation, sie ist nicht mehr nur Beobachterin, sie versucht, den Laden vor ihm zu verlassen, sie will ihm draußen auflauern, oder sie wird die anderen informieren.

Ihre Blicke begegnen sich, und sie schaut sofort wieder

weg; sie steht an einer Express-Kasse, sie ist als Nächste dran, zückt ihre Kreditkarte, nimmt die beiden Tüten mit Glühbirnen, Glühbirnen, na klar doch, Glühbirnen, als wäre er bescheuert.

Folg ihr nach draußen, pass auf, wo sie hingeht, bleib ihr auf den Fersen, aber komm ihr nicht zu nah, erst, wenn es so weit ist, schau dich auf dem Parkplatz um, eine Menge Autos, aber kaum Leute, schwer zu sagen, wo der Rest ihres Teams steckt, halte nach Heckenschützen Ausschau, die können hinter jedem dieser Wagen hervorspringen; jetzt dreht sich sein Kopf wieder – links-rechts, links-rechts –, schneller Blick über die Schulter, sie könnten überall sein, aber sie ist diejenige, die auf ihn angesetzt wurde.

Sie ist diejenige, die Bericht erstatten, die ihnen von der Trim-Meter erzählen wird.

Ein Kassenzettel, vom Wind herangeweht, er hebt ihn auf, ein Ablenkungsmanöver, ja, so wird es funktionieren, zieh unauffällig das Messer, nimm's in die Rechte, an die Seite gepresst, verkürz den Abstand zwischen dir und der Frau …

Sie stoppt, dreht sich um, neben einem Geländewagen, niemand in ihrer Nähe, scheint zumindest so, andere Wagen links und rechts neben ihr, ganz schön schlau, gute Deckung, kaum noch zu sehen, kaum zu …

Jetzt hat er sie kaum noch im Blick, wegen der Lieferwagen auf beiden Seiten.

Er holt tief Luft und wird ganz ruhig.

Er tritt nach links, um sie im richtigen Winkel zu erwischen, beschleunigt seine Schritte. Sie hat die hintere Wagentür geöffnet, wirft die Tüten mit den Glühbirnen auf den Rücksitz.

Noch zehn Schritte. Fünf. Leo hat den Kassenzettel in der Hand. Zeigt ihn ihr.

»Oh.« So, als wäre ihr sein Gesicht völlig fremd. Sie ist gut trainiert. Sie streckt die Hand aus und nimmt den Zettel. Es geht blitzschnell. Sie will Danke sagen, aber in dem Moment, da sie zu ihm aufblickt, packt er auch schon ihren Arm, stößt sie auf den Rücksitz und zieht ihr das Messer über die Kehle. Er muss das Messer kaum bewegen, ihr Hals streift von ganz allein daran entlang und erledigt die Arbeit für ihn.

Kein Geräusch. Ihr lebloser Körper fällt in den Fußraum, der sich sofort mit Blut füllt. Er schubst ihre Beine in den Wagen und schließt die Tür.

Er schaut sich um. Niemand da. Erneut macht er die Tür auf, langt hinein und verpasst ihr seine Signatur.

Noch ein Blick in die Runde. Kein Mensch.

Heb die Schlüssel vom Boden auf, öffne die Heckklappe damit, eine Decke, ein Handtuch, das reicht, um sie zu bedecken. Keiner wird was bemerken, solange er nicht genau hinsieht.

Als er fertig ist, hat er Durst auf einen Schluck Wasser.

Drück die automatische Türverriegelung, das klackende Geräusch der Schlösser antwortet, noch mal, der Wagen piept zweimal, und noch mal, er mag das Geräusch, *piep-piep,* aber jetzt ist keine Zeit für so was, weg hier, als ob nichts wäre, rüber zum Mietwagen.

Steig ein und warte. Niemand kommt. Aber sie werden nicht lange brauchen. Er muss sich beeilen.

Fahr einmal um den Block, halte nach Verfolgern Ausschau, in allen Richtungen.

Dann such den Laden mit den Kettensägen.

Kurz vor fünf komme ich beim Polizeirevier an. Ich nenne dem Beamten an der Pforte meinen Namen, und er schickt mich nach oben. Der typische Geruch nach verbranntem Kaffee, billigem Rasierwasser und Schweiß schlägt mir entgegen, noch bevor Ricki Stoletti mich in Empfang nimmt. Hinter ihr herrscht hektische Betriebsamkeit. Ein Beamter tippt eine Anzeige in den Computer, während ihm eine aufgelöste Frau die Details schildert. Ein weiterer Cop, ein Captain oder ein Lieutenant, führt in seinem Büro ein lautstarkes Telefongespräch. Andere laufen durch den Flur, reichen sich gegenseitig Dokumente oder rufen sich Informationen zu. Verschiedene Gesichter, die ich von heute Morgen kenne. Das Sonderkommando bei der Arbeit.

Detective Stoletti begrüßt mich mit ihrer üblichen Herzlichkeit. Ich reiche ihr die Papiertüte mit dem Brief des Täters. Sie gibt sie an einen uniformierten Beamten weiter und weist mit ausgestrecktem Arm auf die geöffnete Tür eines Vernehmungsraums. Ich folge ihr hinein und nehme Platz. Sie lässt mich alleine zurück, was sich seltsam anfühlt. Aber bevor meine Fantasie so richtig auf Touren kommt, tritt McDermott herein, mit Stoletti im Schlepptau. Beide legen offensichtlich Wert darauf, mir gegenüberzusitzen. Stoletti spielt mit dem Ordner auf dem Tisch.

»Ich gestehe alles«, sage ich, um die Situation etwas aufzulockern. Ohne Erfolg.

McDermott starrt mich mit seinem Pokerface an.

»Sie sollten feststellen lassen, welcher Kurierdienst den Brief gebracht hat«, füge ich hinzu. »Wie der Umschlag in mein Büro gelangt ist.«

»Das werden wir«, sagt er. Er reibt sich über das Gesicht. »Riley, ich bin verdammt müde. Und ich hab es eilig, weil es der Täter offensichtlich auch eilig hat. Also helfen Sie mir, ein paar Sachen auf die Reihe zu kriegen.«

»Schießen Sie los.«

»Sie müssen nicht – es steht Ihnen frei, ob Sie antworten oder nicht.«

Ich starre ihn an und dann Stoletti. »Das klingt, als wollten

Sie mich über meine Miranda-Rechte belehren, ohne es wirklich zu tun.«

Gegen Ende des Satzes verschwindet das Lächeln aus meinem Gesicht. Mein Ausdruck entspricht jetzt dem der beiden Cops mir gegenüber.

»Sie sind hier aus freiem Willen«, sagt Stoletti.

Genau das erklärt man den Leuten, wenn man das Verlesen der Miranda-Rechte umgehen will.

Ich verändere meine Sitzposition. »Warum, zum Teufel, sagen Sie mir nicht einfach, was los ist?«

»Warum hat es dieser Kerl auf Sie abgesehen?«, will McDermott wissen.

»Weil ich das Aushängeschild bin. Der Mann, der Terry in die Todeszelle gebracht hat.«

»Und deshalb schickt er Ihnen mysteriöse Briefe?«

Ich habe keine Ahnung, was im Kopf von diesem Arschloch vorgeht, und das sage ich ihnen auch genau so.

»Haben Sie je vom Sherwood Executive Center gehört?«, fragt er. Ich schüttle den Kopf. Es ist mir ein Rätsel, von was er spricht.

»Fred Ciancio«, sagt er. »Er hat eine Zeit lang in diesem Einkaufscenter als Wachmann gearbeitet, richtig?«

»Richtig«, bestätige ich.

»Und im Juni 1989 – etwa eine Woche vor den Morden – beantragt er eine befristete Wiedereinstellung. Er will versetzt werden.«

»Ins Sherwood Executive Center?«, mutmaße ich.

»Man sollte Ihnen einen Preis verleihen.« Ein Witz, ohne die Spur eines Lächelns.

»Was ist daran so wichtig?«

McDermott verzieht das Gesicht, antwortet aber nicht. Er will die Antwort von mir hören.

»Na, *ich* weiß es jedenfalls nicht«, sage ich.

»Cassie Bentleys Ärzte hatten im Sherwood Executive Center ihre Praxen«, erklärt er mir. »Sherwood Hights liegt ganz in der Nähe ihres Wohnorts in Highland Woods.«

»Und?« Keine Ahnung, was ich daraus schlussfolgern soll.

»Halten Sie das für einen Zufall?«, fragt er mich.

Ich antworte nicht. Weil ich einfach nicht weiß, was.

»Fred Ciancio gab auch einen Grund für seinen Versetzungswunsch an«, fährt er fort. »Er sagte, seine Mutter unterzöge sich in dem Gebäude einer Chemotherapie und er wolle in ihrer Nähe sein. Er bat um einen dreiwöchigen Einsatz in dem Gebäude, für die Dauer ihrer Behandlung.«

Schweigend denke ich darüber nach. Fred Ciancio ließ sich von Bristol Security weg versetzen – in ein Gebäude, in dem Cassies Ärzte praktizierten. Normalerweise glaube ich nicht an Zufall als Erklärung, aber das Leben geht verschlungene Wege, und was soll's, diese Übereinstimmung ist nicht gerade sensationell.

»Das Merkwürdige dabei ist nur«, fährt McDermott fort, »Ciancios Mutter war zu diesem Zeitpunkt bereits zehn Jahre tot. Daher verstehe ich nicht ganz, wie eine Chemo ihr noch hätte helfen sollen.«

Das kommt einer Sensation schon näher. Ich kriege ein flaues Gefühl im Magen.

»Ciancio hat unter einem Vorwand im gleichen Gebäude gearbeitet wie Cassies Ärzte, etwa um die Zeit, als die Morde geschahen.« Stoletti schaltet sich ein. Offenbar nehmen sie mich in die Zange. Eigentlich wäre sie prädestiniert für die Rolle des bösen Bullen, doch keiner der beiden verhält sich mir gegenüber allzu freundlich. »Und dann meldet sich Ciancio bei Carolyn Pendry und will mit ihr über den Burgos-Fall reden. Kurz darauf kriegt er kalte Füße.«

Warum könnte ein Wachmann unter einem Vorwand in einem bestimmten Gebäude arbeiten wollen? Ich kann mir nur einen Grund denken.

»Er hat jemand geholfen, dort einzubrechen«, vermute ich. »Man hat ihn geschmiert, um in eines der Büros zu gelangen.«

McDermott hebt die Augenbrauen. Offensichtlich ist er auch schon auf diese Idee gekommen.

»Und Sie glauben, es besteht ein Zusammenhang mit Cassies Schwangerschaft«, füge ich hinzu. »Oder mit ihrer Abtreibung.«

»Was glauben *Sie?«*, fragt mich Stoletti.

Ich zucke mit den Achseln. Für den Moment sind mir die Antworten ausgegangen. Aber das Ganze klingt plausibel.

»Haben Sie damals je davon gehört, dass Cassie schwanger war oder abgetrieben hat?«

Sie kennt die Antwort. Ich habe sie ihr bereits nach dem Besuch bei Professor Albany gegeben.

»Sie müssen nicht antworten, wenn Sie nicht wollen.« Jetzt will sie mich provozieren. Sie genießt die Situation.

»Sollte ich einen Anwalt hinzuziehen?«, frage ich.

Stoletti sieht ihren Partner an. »Er will nicht antworten, Detective. Das ist sein gutes Recht.«

»Ich habe weder mitgekriegt, dass Cassie schwanger war, noch dass sie eine Abtreibung hatte«, sage ich und mache keinen Hehl aus meinem Ärger. »Wollen Sie mir nicht endlich sage, was zum Teufel hier eigentlich gespielt wird?«

McDermott ergreift das Wort. »Normalerweise werden bei einem Fall die genauen Lebensumstände eines Opfers recherchiert. Wie kann es also sein, dass Sie nichts von Cassies Schwangerschaft kurz vor ihrem Tod wissen?«

Ein kaltes Grinsen macht sich auf meinem Gesicht breit.

»Erstens wissen wir überhaupt nicht, ob sie schwanger war oder abgetrieben hat. Wir vermuten es nur. Wahrscheinlich hat man Ihnen auf der Polizeischule doch den Unterschied zwischen Vermutungen und Fakten beigebracht. Und zweitens – wir haben damals Cassies Hintergrund nicht ausgiebig recherchiert, weil …«

Ich stocke. An den Mienen der beiden Cops kann ich ablesen, dass sie genau darauf hinauswollen.

»Weil Sie in Cassies Fall keine Anklage erhoben haben«, führt Stoletti aus. »Auf das Drängen von Harland Bentley hin, stimmt's?« Sie schiebt mir das Foto zu, auf dem Harland mit den Reportern abgelichtet ist und der unheimliche Typ mit der Narbe im Hintergrund. »Derselbe Harland Bentley, dessen Foto wir in einer Schuhschachtel in Fred Ciancios Schrank gefunden haben?«

»Derselbe Harland Bentley«, fällt McDermott ein, »der Sie kaum ein Jahr später einstellt und Ihnen seine sämtlichen Rechtsangelegenheiten überträgt?«

»Und obwohl Sie nie etwas anders als Strafrecht praktiziert haben«, setzt Stoletti nach, »tragen Sie plötzlich die Verantwortung für sämtliche Rechtsangelegenheiten von BentleyCo.«

Ich lehne mich in meinem Stuhl zurück und lasse mir einen Augenblick Zeit. Meine Eingeweide brennen wie die Hölle. Ich spüre Schweiß auf der Stirn, und mein Herz pocht gegen mein Hemd.

In meiner Kanzlei berate ich häufig Menschen, die zum Gegenstand polizeilicher Ermittlungen werden. Ich erteile ihnen allen den gleichen Rat: Reden Sie mit niemandem über den Fall. Man weiß nie, wer ein verstecktes Mikro bei sich trägt. Und wenn sich Kriminalbeamte bei ihnen melden, dann sagen Sie kein Sterbenswort, ohne dass ich zugegen bin oder irgendein anderer Anwalt.

Es ist ein natürlicher Instinkt, zu sprechen und einen ungerechtfertigten Verdacht abzustreiten. Und da ist der Impuls, zu lügen, oder wenn schon nicht zu lügen, so doch wenigstens die Wahrheit zu verdrehen. Cops und Strafverfolger bauen darauf, dass die Mehrheit der Menschen diesen beiden elementaren Bedürfnissen nachgibt. Bundesanwälte verdienen damit ihren Lebensunterhalt. Wenn sie dir das unterstellte Verbrechen nicht nachweisen können, und du hast die Wahrheit nur ein klein wenig verdreht, dann kriegen sie dich trotzdem dran, erpressen ein Geständnis oder schicken dich in den Knast, allein deswegen.

Widerstehen Sie unbedingt dem Impuls, rate ich meinen Klienten immer wieder. Sollen die Behörden Sie ruhig weiter verdächtigen. Das ist allemal besser, als sich in Lügen zu verstricken. Reden können Sie später immer noch.

Die Sache ist die, ich habe nichts zu verbergen.

Stoletti scheint das Ganze in vollen Zügen zu genießen. McDermott versucht mich einzuschätzen.

»Das ist doch alles Quatsch«, erkläre ich.

»Ein weiterer Name, der bei unseren Ermittlungen aufgetaucht ist«, sagt McDermott, »ist Amalia Calderone. Lässt der Name was bei Ihnen klingeln?«

Ich schüttle den Kopf.

»Sie sind ihr nie begegnet?«, fragt Stoletti.

»Der Name sagt mir nichts«, erwidere ich.

»Vor zwei Nächten wurde sie zu Tode geprügelt. Sagt Ihnen das was?«

Zu Tode geprügelt. *Zu Tode geprügelt.* Das passt nicht zur zweiten Strophe.

Als Nächstes müsste ein Rasiermesser kommen, dann die Kettensäge, dann die Machete.

»Nein, allerdings nicht«, sage ich. »Sollte es?«

Stoletti nimmt McDermott die Akte aus der Hand und zieht drei große Farbabzüge heraus, die sie über den Tisch schiebt.

Ich nehme eins der Fotos, und ein dumpfes Stöhnen dringt aus meiner Kehle. Es ist die Nahaufnahme ihres Gesichts, das zur rechten Seite gedreht ist. Eine Wunde an der Schläfe und massive Verletzungen der oberen Schädeldecke. Ein gewaltsamer Tod. Sie wurde brutal erschlagen. Wer immer das getan hat, hat ein perverses Vergnügen dabei empfunden.

»Molly«, sage ich. Die Frau, die mich aus dem Sax gelockt hat, wo ich dann überfallen und ausgeraubt wurde. Ich blicke zu den Cops auf. »Sie glauben doch nicht etwa, dass ich sie getötet habe?«

»Dann erklären Sie uns bitte, Herr Anwalt«, sagt McDermott, »warum sich überall auf der Mordwaffe Ihre Fingerabdrücke befinden.«

31. Kapitel

Auf dem Schild über der Ladentür steht VARTEN'S WERKZEUGE UND BAUMATERIALIEN, ein heruntergekommener Schuppen auf dem Gelände eines großen Holzlagers. Als Leo eintritt, läutet eine Glocke. Der Laden ist leer bis auf den Verkäufer, ein alter Mann, der hinter der Theke telefoniert. Leo tritt an den Ladentisch und wirft dabei einen Blick auf die drüben an der Wand hängenden Kettensägen.

Leo wendet sich zum Verkäufer, der einen Zeigefinger in seine Richtung hebt, während er sein Gespräch beendet. Leo trommelt auf die Theke und schaut sich im Laden um, ganz beiläufig, wie jemand, der gerade zufällig in der Gegend ist und sich denkt, hier gibt es vielleicht Kettensägen. Dann lässt er die Augen wieder über den Alten und die Theke wandern, hinter der er hockt.

Im selben Moment entdeckt er einen Zettel, mit Klebeband auf der Theke befestigt, auf dem nur ein Wort steht: Trim-Meter.

Er schnappt nach Luft. Trim-Meter. Tu so, als würdest du husten, du musst Zeit gewinnen.

»Kann ich helfen, Sir?«

Leo nickt in Richtung Wand. Erneut spricht er es aus: *Kettensäge.* Obwohl er den Verkäufer nicht ansieht, bemerkt er die Pause, die entsteht, einen Moment zu lang, eine lange Pause …

»Äh, irgendein bestimmtes Model?«

Mit den Achseln zucken, locker bleiben. Als wäre dir alles egal.

Schau dir den Mann an, ein ältlicher Typ, mit fleckiger Stirn und magerem Hals; er scheint erleichtert, ihm gefällt die Antwort.

Leo nennt die Marke, die der andere Typ erwähnt hat: *Husky.*

»Sicher, kein Problem.« Das macht den Alten noch glücklicher, er klopft auf die Theke, kommt hervorgeschlurft, jetzt viel aufgeräumter, glücklich, strahlend und glücklich. »Natürlich ist die Husky nicht gerade die billigste.«

Folg ihm zur Wand, gut, er ist weg von der Theke, bleib dicht hinter ihm, und weil er gesagt hat, *Husky ist nicht die billigste,* frag ihn, welche die billigste ist.

»Die billigste? Das ist, um ehrlich zu sein, auch die älteste.« Der Mann nickt in Richtung Wand. »Ich hab hier eine Burly 380, die ist gut für Gebüsch und kleinere Bäume. Hat etwa zehn Jahre auf dem Buckel.« Er legt die Hand auf eine weitere Säge. »Das hier ist eine Trim-Meter 220. Hat schon ein paar Schrammen. So um die fünfzehn Jahre alt. Das sind meine beiden ältesten. Wozu brauchen Sie die Säge?«

Das Gleiche hat ihn der andere Typ auch gefragt.

»Ich meine, was wollen Sie damit sägen? Büsche, Äste, solches Zeug?«

Einfach nicken.

»Die beiden hier kann ich Ihnen jeweils für fünfzig geben«, sagt der Mann.

Zuck mit den Achseln, frag ihn was, sag irgendwas –

Welche empfehlen Sie? Welche empfehlen Sie?

Aber die Worte kommen nicht richtig raus.

Der Mann legt Leo die Hand auf den Arm, als wolle er einem Behinderten helfen.

Leo zuckt zurück und dreht sich abrupt nach rechts.

Der Mann zieht die Hand zurück. Seine Lippen öffnen sich, und sein Blick huscht davon. Langsam beginnt er zurückzuweichen. »Okay, Sir, also … ich sag Ihnen was, ich … ich hab hinten was im Lager, das noch billiger ist.«

Leo schüttelt den Kopf.

Der Mann erstarrt, sieht Leo kurz in die Augen, dann rüber zur Theke.

»Nehmen Sie sich, was immer Sie möchten«, sagt er. »Bitte.«

Leo läuft es kalt den Rücken runter. Er öffnet und schließt die Hände. Betrachtet den ältlichen Mann.

»Ich will«, versucht es Leo. »Ich will … es nicht tun.«

Erledige es schnell, benutz die Hände, kein Blut, *knacks-knacks.*

Such den Laden nach Kameras ab. Hat jemand zugeschaut? Keine Zeit. Zerr ihn durch die Tür mit der Aufschrift NUR

FÜR PERSONAL und schieb ein paar Kisten vor den Körper, hinten in der Ecke. Geh zur Eingangstür, dreh das Schild auf GESCHLOSSEN, geh zurück zum Personalraum und gib dem Kerl den Rest.

Schnapp dir die Trim-Meter von der Wand, öffne die Tür, die Glocke bimmelt *Auf Wiedersehen.* Er schafft es gerade noch zu seinem Wagen, bevor die Magenschmerzen ihn überwältigen.

McDermott hebt das Kinn aus der Handfläche, als Paul Riley mit seiner Geschichte fertig ist. Stoletti, neben ihm, hat sich gelegentlich was notiert, aber McDermott beobachtet lieber. Wenn man schreibt, entgehen einem wichtige Dinge.

Stoletti hat die Gesprächsführung übernommen, obwohl es im Moment eher den Eindruck macht, als hätte Riley sie an sich gerissen. Stoletti hat darauf gedrängt, die Befragung zu leiten. Sie hatte mit Riley noch eine Rechnung offen.

So wie sie es McDermott heute Morgen geschildert hat, hat Riley vor ein paar Jahren einen Mordverdächtigen verteidigt, der unter die Zuständigkeit der Major Crimes Unit fiel, für die Stoletti damals arbeitete. Offensichtlich hatte Riley den ermittelnden Kriminalbeamten, einen Mann namens Cummings, vor Gericht gründlich demontiert. *Er hat ihn in Stücke zerlegt wie ein billiges Modellflugzeug,* waren Stolettis Worte. Cummings wurde degradiert, als Rileys Mandant freigesprochen und ein Verantwortlicher dafür gesucht wurde. Offensichtlich war Cummings eine Art Mentor für Stoletti, und daher hegt sie bis zum heutigen Tage keine allzu freundschaftlichen Gefühle für den verehrten Mr. Riley.

McDermott selbst fand ihre Feindseligkeit gegenüber Riley bisher eher amüsant, doch jetzt könnte sie zu einem echten Problem werden. Denn inzwischen hat man Paul Rileys Fingerabdrücke auf der Brechstange gefunden, mit der Amalia Calderons Schädel zertrümmert wurde.

Riley, mit seiner Story am Ende, blickt die beiden Cops an. Stoletti notiert etwas auf ihrem Block. McDermott braucht einen Moment, um die Sache in Ruhe zu durchdenken.

»Ersparen wir uns das Herumreden um den heißen Brei«, sagt Riley. »Wer auch nur eine Sekunde glaubt, ich hätte das Mädchen getötet, möge jetzt die Hand heben.«

Eines muss man dem Kerl lassen, er ist nicht leicht einzuschüchtern.

Aber McDermott hat schon andere lautstark ihre Verbrechen abstreiten hören. Und erlebt, wie vermeintliche Unschuld sich binnen eines Lidschlags in eine Maske des Schreckens verwandelt hat.

»Also, Joel Lightner lässt Sie alleine zurück«, greift McDermott den Faden wieder auf. »Er nimmt an, Sie sind in guten Händen, und will Ihnen nicht im Weg stehen. Sie verlassen die Bar zusammen mit dieser Frau. Sie begleiten sie nach Hause. Unterwegs biegen Sie in eine Gasse ein und kriegen von irgendwoher eins über den Schädel. Ein wenig später wachen Sie wieder auf, ohne Molly, ohne Geld.«

Riley nickt.

»Sie erstatten keine Anzeige. Sie erzählen nicht mal Ihrem Kumpel Lightner davon, weil Ihnen die ganze Sache so peinlich ist.«

»Ich hab mich wie ein Idiot gefühlt.«

»Und Sie behaupten, der Täter hat Ihre Hand um die Mordwaffe gewickelt, um Ihnen die Tat in die Schuhe schieben zu können.«

Die Polizei hatte die Brechstange – ein L-förmiges Eisenstück mit scharfkantigem Ende – im Müll gefunden, direkt neben Amalia Calderone.

»Entweder das«, sagt Riley, »oder ich bin ein Mörder. Was meinen Sie?« Er schmettert den Ball zurück auf ihr Feld. Der Mann ist gut.

»Sie geben zu, unter Alkoholeinfluss gestanden zu haben«, wirft Stoletti ein.

Ein guter Punkt. Menschen tun die verrücktesten Dinge, wenn sie betrunken sind.

»Ich konnte kaum noch grade stehen«, antwortet Riley. »Und außerdem bin ich kein gewalttätiger Mensch. Wenn man betrunken ist, zeigt sich die wahre Persönlichkeit. Wie bei Ihnen, Ricki. Ich nehme an, Sie sind eine noch gehässigere Furie, wenn Sie ein paar intus haben.«

»Nur weiter so, Riley«, knurrt sie.

McDermott verkneift sich ein Lächeln. Er wird den Gerichtsmediziner einen Blick auf Rileys Wunde werfen lassen – die Tiefe, den Winkel –, um ausschließen zu können, dass er sie sich selbst beigebracht hat. »Was ist mit der Hand?«, fragt er und späht auf den Verband an Rileys Knöcheln.

Riley seufzt. »Ich musste in mein Haus einbrechen. Er hat meine Schlüssel mitgenommen. Ich hab mich am Glas geschnitten.«

»Sie haben die Scheibe mit der Hand eingeschlagen?«

»Ich hätte natürlich das Brecheisen benutzen können«, antwortet er. »Aber das hab ich ja am Tatort zurückgelassen.«

Stoletti gefällt sein Ton nicht, aber McDermott ist mehr mit dem beschäftigt, was hinter der ganzen Sache stecken könnte. Das Ganze ergibt einfach keinen Sinn. Sie haben ein Überwachungsvideo aus dem Sax. Riley war so betrunken, dass er kaum aufrecht stehen konnte. Er trug einen Smoking. Er hatte keine Waffe bei sich. Jedenfalls ganz sicher kein Brecheisen. Könnte sein, dass das Ding zufällig irgendwo in der Gasse lag, trotzdem ist es schwer vorstellbar, dass er in diesem Zustand zu so was in der Lage war. Obendrein hatte die Frau ihn angesprochen, nicht umgekehrt. Und das Video sprach dafür, dass sie sich tatsächlich zum ersten Mal begegnet waren.

»Die Frau war eine Prostituierte, richtig?«, fragt Riley.

Stoletti legt den Kopf schief. »Warum fragen Sie?«

Amalia Calderone war in der Tat eine Prostituierte, allerdings gehobene Klasse, Begleitservice. Nicht ungewöhnlich für diese Mädchen, sich in Bars wie dem Sax herumzutreiben.

»Irgendwie hatte ich den Eindruck, rückblickend betrachtet«, erklärt er.

»Wo ist Ihr Smoking?«, fragt Stoletti.

»Reinigung.« Riley schaut die beiden an. »Ich bin in einem Müllhaufen aufgewacht, Herrgott noch mal. Fragen Sie in meiner Reinigung nach, ob Blutflecken drauf waren. Ich meine, außer meinen eigenen.«

»Werden wir tun.«

»Gut, Ricki. Tun Sie das.« Riley erhebt sich. »Und wo Sie schon dabei sind, warum nehmen Sie nicht gleich das Brecheisen und schieben es sich in den Hintern? Ich helfe Ihnen auch gerne dabei und hinterlasse ein paar taufrische Fingerabdrücke darauf.«

McDermott hebt die Hand. »Setzen Sie sich, Riley. Sie reißen Ihre Klappe verdammt weit auf für jemanden, dessen Fingerabdrücke sich auf einer Mordwaffe befinden und der als Letzter mit dem Opfer gesehen wurde. Sie wissen verdammt gut, dass das ausreicht, um Sie auf der Stelle zu verhaften. Setzen«, wiederholt er und zeigt mit dem Finger nach unten.

Riley lässt sich einen Moment Zeit, dann legt er die Hände flach auf den Tisch und beugt sich zu den beiden Detectives vor. »Der gleiche Täter«, sagt er. »Es muss so sein. Das ist kein Zufall. Das ist die Spur, der Sie folgen müssen. Jede Sekunde, die Sie darauf verschwenden, mich als Mörder dieser armen

Frau aufzubauen, nützt nur dem wahren Täter, der irgendwo rumläuft – mit einem Rasiermesser, der Kettensäge, oder was immer in diesem Song benutzt wird.«

McDermott und Stoletti wechseln rasche Blicke. »Nehmen wir an, Sie hätten recht«, sagt er zu Riley. »Sie haben es eben selbst erwähnt. Kein Rasiermesser. Keine Kettensäge. Keine Machete. Kein Küchenmesser.« Er zuckt mit den Achseln. »Wenn das tatsächlich unser Täter ist, warum weicht er dann vom Songtext ab?«

Riley schüttelt den Kopf. »Ich kann mir nur vorstellen«, sagt er, »dass es sich um eine Art Rache handelt. Dieser Typ will mir etwas heimzahlen. Ich war das verdammte Aushängeschild der Anklage im Burgos-Prozess.«

»Ja«, bestätigt McDermott, »aber Sie leben noch.«

Darauf hat Riley auch keine Antwort. Obwohl das zweifellos die Schlüsselfrage ist. Wenn es sich tatsächlich um denselben Mörder handelt, warum verschont er dann den ehemaligen Ankläger Riley und tötet die Frau? Und warum macht er sich anschließend die Mühe, Rileys Abdrücke überall auf der Tatwaffe zu platzieren?

Er muss an Carolyn Pendry denken und ihre Erklärung für den Mord an ihrer Tochter: *Etwas Schlimmeres konnte er mir nicht antun.* Das leuchtet McDermott ein. Verdammt, nichts träfe ihn tiefer, als wenn sich so ein Schwein seine Tochter Grace schnappen würde. Vielleicht hielt der Täter Amalia Calderone für Rileys Freundin und versuchte, ihm eine ähnliche Wunde zu schlagen wie Carolyn Pendry, indem er einen ihm nahe stehenden Menschen tötete?

»Er will mich mit reinziehen«, sagt Riley. »Er schickt mir Briefe. Er tötet jemand, der neben mir geht. Er platziert meine Fingerabdrücke auf der Waffe. Er will, dass ich ein Teil des Spiels werde.«

Aber warum? Warum sollte der Täter Riley da mit reinziehen wollen?

McDermott nickt Riley zu. »Wir lassen den Rechtsmediziner einen Blick auf Ihren Kopf werfen«, sagt er. »Und auf Ihre Hand. Wir haben oben ein Labor.«

Riley streckt sich und streicht seinen Anzug glatt. »Sie wollen ausschließen, dass ich mir selbst eins übergebraten habe.« Er lacht. »Okay. Warum nicht. Und wenn Sie sich dann genug mit mir amüsiert haben, sollten Sie vielleicht auch mal daran denken, das eine oder andere Verbrechen aufzuklären.«

McDermott bringt Riley nach oben ins gerichtsmedizinische Labor. Als er zurückkommt, sitzt Stoletti noch im Verhörraum. »Irgendwas stimmt da nicht«, sagt sie.

McDermott lässt sich auf einem Stuhl nieder. »Du hast gesagt, Riley hätte bei deiner Befragung des Professors gut kooperiert.«

Sie bestätigt das. »Albany hat uns Informationen verschwiegen. Ich hab das nicht bemerkt. Riley schon. Warum wohl?«, fragt sie und spinnt den Gedanken weiter aus. »Glaubst du, die beiden haben mir was vorgespielt?«

McDermott weiß es nicht, aber das ist immerhin eine Möglichkeit. »Riley wollte unbedingt mit von der Partie sein. Außerdem ist er derjenige, der den Namen des Professors ins Spiel gebracht hat.«

»Indem er uns den Professor liefert, lässt er es so aussehen, als wäre er ernsthaft an der Aufklärung der Sache interessiert.« Stoletti scheint sich immer mehr für die Idee zu erwärmen. »Er ist ziemlich clever, so viel ist sicher. Aber wie passt Amalia Calderone ins Bild?«

McDermott seufzt. »Vielleicht ein weiteres Täuschungsmanöver. So ist er das Opfer eines Überfalls.«

»Ich bin keine Medizinerin«, sagt sie. »Aber die Wunde an seinem Kopf macht nicht den Eindruck, als hätte er sie sich selbst zugefügt.«

»Das meine ich auch nicht.« McDermott schüttelt den Kopf. »Ich behaupte nicht, dass Paul Riley diese Leute getötet hat. Und in einem Punkt hat er recht. Dieser Kerl will ihn mit im Boot haben. Er weicht von seinem Plan ab, nur um Paul Riley als Privatperson in die ganze Sache zu verwickeln. Warum?«

Stoletti denkt darüber nach. Keiner von ihnen hat eine schlüssige Lösung.

»Vielleicht«, rätselt McDermott, »braucht er irgendwie Rileys Hilfe.«

Der Gedanke scheint Stoletti zu beunruhigen. Sie springt von ihrem Stuhl auf und fängt an, im Raum auf und ab zu laufen. McDermotts Augen folgen ihr. Den kräftigen Knochenbau verdankt sie laut eigener Aussage ihrer deutschen Mutter. Und vermutlich halten ihre Jungs – beide im Teenageralter – sie tüchtig auf Trab. Obendrein zwingt ihr Single-Dasein sie wahrscheinlich dazu, auf ihre Figur zu achten. Sie reden nicht viel über solche Dinge. Seit Stoletti von McDermotts Geschichte erfahren hatte, kurz nachdem sie zur Abteilung gestoßen war, hatte sie geschickterweise jedes Gespräch über Beziehungen vermieden. Eine Schutzmauer, wie ihm jetzt klar wird, die er bereits seit drei Jahren aufrechterhält.

»Ich bin alles andere als ein Fan von Riley«, sagt sie. »Trotzdem, Mike. Lass uns die Sache noch mal genau überdenken. Wir gehen davon aus, dass jemand anders Cassie Bentley ermordet hat und dass er davon wusste. Dass er ihren Mord nicht zur Anklage gebracht hat, um weitere Nachforschungen zu unterbinden. Dafür hat er eine hübsche Belohnung kassiert – Harland Bentley machte ihn zu seinem juristischen Alleinvertreter. Und jetzt öffnet jemand eine Tür, die eigentlich verschlossen bleiben sollte.«

»Der Fall hat ihn reich gemacht.« Auch McDermott erhebt sich. »Er ist von Burgos' Ankläger zu Harlands Anwalt aufgestiegen, der mehrere Millionen Umsatz im Jahr macht. Kein schlechtes Motiv.«

»Ich will nur so viel sagen«, fügt sie hinzu. »Für den Moment kann ich mir nicht vorstellen, dass wir eng mit ihm zusammenarbeiten.«

»Wir halten ihn außen vor«, beschließt McDermott. »Wir beobachten ihn und setzen ihn nur ein, wenn wir ihn brauchen. Und es ist mir völlig egal, was Carolyn Pendry dazu meint.«

In Wahrheit sind es nicht so sehr die Ereignisse während des Burgos-Falls, die McDermott Kopfzerbrechen bereiten. Dafür ist später noch genug Zeit. Er will vor allem das Blutvergießen stoppen. Sollten Professor Albany oder Riley etwas damit zu tun haben, hat er ihnen hoffentlich einen gehörigen Schrecken eingejagt. Und momentan bleibt nur eine weitere Person übrig.

»Statten wir Harland Bentley einen Besuch ab«, sagt er. »Und schnapp dir Susan Dobbs von der Rechtsmedizin. Ich will wissen, was zum Teufel eine tarsale Phalanx ist.«

Nachdem man mich im Labor der Staatsanwaltschaft untersucht hat, trete ich hinaus in die feuchte Abendluft und rufe Joel Lightner an. Bevor ich irgendwas sagen kann, verkündet er: »Ich hab Brandon Mitchum gefunden. Er lebt hier in der Stadt.«

»Ausgezeichnet.«

»Gib das an die Cops weiter«, empfiehlt er.

Ich stoße ein Lachen aus, obwohl ich in keiner sonderlich

heiteren Stimmung bin. »Die verdächtigen gerade wahllos jeden, der ihnen in die Quere kommt«, sage ich. »Ich bin jetzt auf mich allein gestellt. Gib mir seine Adresse.«

Ecke McRae und Richmond. Er parkt am Straßenrand, holt das Fernglas heraus und richtet es auf den dritten Stock. Eine breite Leinwand steht auf einer Staffelei in der Nähe des großen Fensters, wilde Wischer von Lila und Rot sind darauf verteilt. Wie gigantische Blutspritzer.

Er taucht am Fenster auf, fährt mit dem Pinsel über die Leinwand, die tief stehende Abendsonne ergießt sich in den Raum, er trägt ein ausgefranstes Hemd und eine alte Jogginghose, das lange strähnige Haar fällt ihm in sein hübsches Gesicht.

Du hast dich kein bisschen verändert, Brandon.

32. Kapitel

Behalte den Rückspiegel im Auge: Eine Frau führt ihren Hund spazieren, eine andere Frau joggt vorbei, es ist halb sieben, und die Sonne verschwindet gerade hinter den Häusern. Niemand beachtet Leo, wie üblich, aber das ist okay so, es macht ihn nur noch besser bei dem, was er tut.

Okay, die Straße ist leer, die Frau mit dem Hund biegt um die Ecke, keine Leute mehr, ein guter Moment. Ein letzter Blick in den Rückspiegel, dann raus aus dem Wagen, vergiss die gezerrte Sehne, kontrollier die Straße und arbeite noch mal an deinem Sprüchlein. Evelyn Pendry. Polizei. Evelyn Pendry. Polizei.

Nicht optimal, das ist nicht der perfekte Weg, aber er hat keine andere Wahl.

Er riecht den Currygeruch vom Inder die Straße runter. Er schluckt, blickt in beide Richtungen, humpelt quer über die Straße. Der kurze Gang scheint die kaputte Sehne etwas zu lockern. Er erreicht den Ziegelbau und findet Mitchum auf dem Klingelschild. Er drückt den Knopf, ein hässliches Brummen.

Ich bin cleverer als er, er wird es schlucken, ganz bestimmt.

Polizei. Evenlyn Pendry. Polizei. Evelyn Pendry.

Eine Sekunde verstreicht, dann plärrt es durch die Gegensprechanlage: »Hallo?«

Evelyn Pendry. Polizei. Evelyn Pendry. Polizei, Polizei, Polizei.

Alles, was er herausbringt, ist *Polizei.*

Eine Pause. Wieder Plärren. »Um was geht's?«

»Evelyn Pendry.« Er öffnet und schließt die Hände, rollt den Kopf.

Wieder kracht der Lautsprecher. »Was ist mit Evelyn?«

»Wir müssen reden.«

Sehr gut. Perfekt. Wir müssen reden.

»Okay, in Ordnung, im dritten Stock.«

»Lassen Sie mich …«

»Das Schloss ist kaputt. Einfach fest drücken.«

Leo schnauft. Er betrachtet sich die Tür genauer, sie steht einen Spalt offen.

Er beißt sich auf die Lippen. Er hätte einfach reinspazieren können. Er hätte heimlich hineinschlüpfen können.

Egal jetzt. Nimm das erste Treppenhaus, kurzer Zwischenstopp auf dem Treppenabsatz, das Sakko richten, die Brieftasche mit der gefälschten Dienstmarke überprüfen, die Brille zurechtrücken, tief Luft holen, du bist ein Cop, du bist ein Cop –

Ich bin ein Cop, Brandon.

Polizei, Mr. Mitchum. Wir müssen reden.

Wirst du mich wiedererkennen, Brandon?

Sie hatten ihn aufgeweckt. Das war nicht schwer. Er hatte nicht gut geschlafen. Ein Traum, in dem dunkles Wasser in seine Lungen drang, ihn erstickte.

Aber jetzt war er wach. Die Stimmen. Gwendolyn, Gwendolyn Lake, war wieder zu Hause, das zweite Mal, seit Leo nach Amerika gekommen war, um hier zu leben.

Sein Zimmer lag hinter dem Haupthaus. Er trat zu einem der Fenster und spähte hinaus. Er beobachtete sie dabei, wie sie laut Musik hörten, tranken und rauchten, Cassie und ihre Freundin Ellie, Gwendolyn und ein Junge. Das Fenster stand offen, und ihr Lachen drang herein.

Oh, hey. *Cassie winkte ihm zu.* Haben wir dich geweckt?

Er schüttelte den Kopf und lächelte.

Das ist mein Freund Brandon. *Sie zeigte auf den Jungen. Leo winkte und wandte sich schnell ab.*

Aber er hörte sie. Ellies Stimme, er konnte sie inzwischen genau unterscheiden.

Das war Leo, wir beide gehen miteinander, *sagte sie. Alle lachten. Sogar Cassie.*

Er ließ sich wieder aufs Bett fallen. Aber er konnte nicht schlafen. Er lag still da und lauschte.

Nein, Brandon, du wirst dich nicht an mich erinnern. Niemand erinnert sich an mich. Beug die Hüften, um die Sehne zu lockern, dann weiter, bis zum Treppenabsatz im dritten Stock.

Die Tür rechts klafft einen Spalt weit auf. Ein Gesicht lugt hervor.

»Um was geht's denn, Officer?«

Officer. Gut.

»Ist Evelyn was zugestoßen?«

Tot. Ein Wort, das er gut beherrscht.

Streck ihm die Brieftasche hin, lenk seine Aufmerksamkeit auf die Brieftasche …

Mitchum wirft einen kurzen Blick auf die Dienstmarke und dann einen längeren auf Leo.

Erinnerst du dich an mich, Brandon?

Ich jedenfalls erinnere mich an dich.

Mitchum öffnet die Tür, blockiert aber den Durchgang. »Was ist passiert?«

Jetzt kann er nicht mehr zurück. Er weiß, so darf man einen Job nicht erledigen, aber hier ist er nun mal, eine zweite Chance gibt es nicht.

Ermordet. Noch so ein Wort, das ihm leicht über die Lippen geht.

Mitchum mustert Leo gründlich, dann späht er erneut auf die Brieftasche, die inzwischen wieder geschlossen ist. »Wie, sagten Sie gleich, war Ihr Name?«

Ich hab ihn dir nicht gesagt, Brandon.

Leo reicht ihm die Brieftasche, es ist ein Ablenkungsmanöver, so wie bei der Frau auf dem Parkplatz, Brandon, und während du die Brieftasche öffnest und die Marke betrachtest, zieh ich das Rasiermesser, klappe es auf, trete dir auf den Fuß, damit du nicht weg kannst, dann hoch mit der Klinge unters Kinn, und wenn du nur einen Laut von dir gibst, nur einen Laut, Brandon …

Mitchums Augen sind starr vor Angst. Er hat es kapiert.

Pack seine Haare mit der freien Hand, um ihn dirigieren zu können, dräng ihn rückwärts, ein unbeholfener Tanz, bis du drin bist, schließ die Tür, werf sie mit dem Fuß hinter dir zu, dieser Geruch, Marihuana, ja, genau wie in Lefortovo, reingeschmuggelt, sollte helfen, die Zeit zu vertreiben, aber alles schien nur noch langsamer abzulaufen, langsam, ganz langsam, wie die letzte Stunde deines Lebens, Brandon, ganz langsam.

Wieder erinnere ich mich an Stolettis Bemerkung, sie überrasche Zeugen gerne unangemeldet, unvorbereitet. Da die Haustür unten offen steht, verzichte ich darauf, zu klingeln und mein Kommen anzukündigen. Als ich den letzten Treppenabsatz erreiche, dringen Stimmen aus Brandon Mitchums Apartment. Ich klopfe an die Tür, höre kurz ein unterdrücktes Flüstern, dann Stille.

Mein Atem stockt. Meine Brust beginnt zu brennen.

»Brandon Mitchum?«, rufe ich laut. Rasch trete ich neben die Tür und klopfe erneut. Wieder bewegt sich drinnen etwas. Ein lautes Krachen, dann poltern Schritte über den Holzboden.

Ich hole tief Luft und gebe meiner Stimme einen harten Klang, damit die aufsteigende Angst darin nicht zu hören ist.

»Polizei!«, brülle ich.

Energisch drehe ich am Griff. Die Tür ist unverschlossen. Ich spähe in das Loft mit seinen vier Meter hohen Wänden, bemerke eine Couch und ein großes Fenster zur Straße hin. Ein Mann liegt auf dem Teppich in der Nähe der Couch, Blut spritzt aus seinem Gesicht.

Jemand rennt zum Hinterausgang, mit flatterndem Mantel. Ohne lange zu überlegen, jage ich ihm hinterher. Der Mann ist kleiner als ich, etwas kräftiger gebaut, aber er kann sich nicht schnell bewegen, schleift ein Bein nach, und Adrenalin pumpt durch meine Adern, als mir klar wird, dass mich nur noch ein, zwei Sekunden von ihm trennen.

Während er versucht, die Hintertür aufzureißen, werfe ich

mich mit einem Klammergriff auf ihn und presse seine Arme an die Seiten, in der Hoffnung, ihn bewegungsunfähig zu machen. Er wirft sich nach rechts und versucht mich abzuschütteln. Ich umfasse ihn mit aller Kraft, trotzdem schafft er es, den rechten Arm hochzureißen und mir den Ellbogen ins Gesicht zu rammen, ein Schlag mitten auf die Stirn, der mich beinahe umhaut. Sternchen tanzen vor meinen Augen, trotzdem schlingt sich mein linker Arm um seinen Hals. Er versucht es erneut mit dem rechten Ellbogen, aber jetzt bin ich schon zu weit links. Mein Schlag trifft ihn von unten am Schädel. Ich weiche ein Stück zurück, und er wirbelt blitzschnell herum, steht mir jetzt frontal gegenüber, schließt seine Hände um meine Kehle und stößt mich zurück.

Plötzlich muss ich an Shelly denken. An das erste Mal, als ich sie im Gericht sah, als Anwältin der Gegenpartei: ihre kämpferische Einstellung, ihre Überzeugungskraft. Ich war schon in sie verliebt, bevor ich sie überhaupt näher kennenlernte.

Mein Kopf donnert gegen die Wand. Ich sacke zu Boden. Mit verschwommenem Blick schiele ich zu dem Mann hoch, es ist derselbe Mann wie auf diesem Foto, hinter Harland Bentley und den Reportern. Seine Augen wirken leblos, tot, aber dann legt er den Kopf schief und blinzelt.

»Du«, sagt er.

Instinktiv nehme ich eine Verteidigungshaltung ein, aber er hinkt bereits zur Tür und die Feuertreppe hinunter. Ich kämpfe darum, bei Bewusstsein zu bleiben, konzentriere mich auf den Gedanken an das Telefon und suche danach vom Küchenboden aus, während ich die Schritte des Mannes die Metallstufen hinuntertrampeln höre. Aus dem Nebenraum dringen die Schreie von Brandon Mitchum.

Ich bin mir nicht sicher, ob ich mich auf den Beinen halten kann, und probiere es erst gar nicht mit Aufstehen. Krieche einfach über den Küchenboden, taste mit der Hand die Küchentheke ab, verliere dabei schon fast die Balance. Ein Stift, ein Block und das Telefon stürzen zu Boden. Die Rückseite des Telefons platzt ab, der Akku ist zu sehen, es scheint aber noch intakt. Ich reiße es an mich und lasse mich dabei rücklings zu Boden fallen. Ich drücke die drei Ziffern, ringe um die wenigen Sekunden, die ich dafür noch brauche. Die Worte quellen hervor, in ungeordneter Reihenfolge – *Eindringling, Angreifer, jemand ist verletzt, Rettungswagen, Polizei* –, dann wird alles schwarz.

Leo biegt in die Gasse ein und bleibt stehen, die Hände um sein Knie geklammert. Dann dreht er um und humpelt so schnell wie möglich zurück zu Mitchums Haus. Sie könnten hier überall sein, aber er hat keine Wahl.

Verräter. Verfluchter Verräter.

Er bleibt dicht an der Hauswand, damit man ihn von Brandons Wohnung aus nicht sehen kann. Aber nein, sie haben ihn ja schon gesehen, sie haben ihn gesehen.

Ich versteh nicht. Ich *versteh* das nicht.

Er lässt den Wagen an und fährt los, hält sich genau an das Tempolimit.

Hände. Er weiß es. Abdrücke. Keine Zeit, sie abzuwischen. Er hat seine Fingerabdrücke hinterlassen. An der Tür. Jetzt wissen sie es. Wissen, dass ich es bin.

Na gut, Paul Riley, du hast dich für die andere Seite entschieden.

Aber ich weiß, wie ich dich treffen kann.

»Brandon«, sage ich und bemühe mich verzweifelt, mir die Dunkelheit aus den Augen zu reiben. Schwer hieve ich mich hoch und stolpere in Richtung der Schreie, die aus dem

Hauptraum der Wohnung kommen. Er liegt dort zusammengekrümmt wie ein Fötus, Blut quillt durch die Finger, die sein Gesicht bedecken.

»Wo hat er Sie erwischt?«, frage ich.

»Die Wange«, stöhnt er mit erstickter Stimme. »Helfen Sie mir!«

»Der Rettungswagen ist unterwegs. Halten Sie durch, Brandon, Sie schaffen das.« Ich wanke zurück in die Küche und finde im Waschbecken ein feuchtes Handtuch. Ich schleppe mich zurück zu Brandon und presse es auf sein Gesicht. Er versucht sich aufzusetzen, das Handtuch gegen die Wunde gepresst. Überall ist Blut, auf seinem Hemd und dem Teppich. Ich hocke mich neben ihn, inspiziere seine Wunden. Sieht so aus, als wäre es nur die Wange. Keine lebensgefährliche Verletzung, aber durch das Gesicht verlaufen eine Menge Adern und er verliert höllisch viel Blut. »Drücken Sie weiter fest drauf.«

»O mein Gott«, murmelt Brandon und packt mich mit seiner freien Hand am Arm. »O mein Gott, danke, ich danke Ihnen.«

»Kennen Sie ihn?« Ich setze mich auf die Couch neben ihn.

»Ein … Cop«, bringt er keuchend hervor, unfähig, seinen Atem zu kontrollieren.

Ich lege ihm eine Hand auf die Schulter. »Er ist weg, Brandon, okay? Sie sind in Sicherheit. Der Kerl war ein Cop? Hat er das behauptet?«

Brandon nickt, sein ganzer Körper zittert, er drückt jetzt beide Hände auf das Handtuch in seinem Gesicht. Der Typ muss sich als Cop ausgegeben haben. Ich spähe zurück zur Tür, dann schaue ich mich im Apartment um.

»Er trug keine Handschuhe«, sage ich.

»Er wusste, er wusste Bescheid über den Va … den …«

Draußen donnern Schritte das Treppenhaus hoch.

»Über was wusste er Bescheid, Brandon?«, frage ich, mein Gesicht dicht bei seinem. Er wird wohl nicht sterben, aber vermutlich ist das meine letzte Chance, allein mit ihm zu sprechen. »Brandon, das ist wichtig. Er wusste etwas über …«

»Den Vater«, sagt er, und im gleichen Moment stürmen zwei Polizeibeamte durch die Tür.

33. Kapitel

»Man platzt nicht einfach unangemeldet in das Büro von Harland Bentley«, sagt der Commander. »Nicht auf einen vagen Verdacht hin.«

McDermott umklammert das Telefon, den Blick auf Stoletti gerichtet, und schüttelt den Kopf. Es war ihre Idee – eine ziemlich clevere, wie er zugeben muss –, sich von oben grünes Licht geben zu lassen, bevor sie einen der reichsten Männer der Welt überfielen. Wenn irgendwas schiefging, würde es der Gouverneur erfahren, der Bürgermeister, der Commander, und am Ende würde McDermott seinen Kopf dafür hinhalten müssen.

»Sir, es handelt sich um seine Tochter …«

»Ich habe das durchaus verstanden. Sie können gerne mit ihm sprechen, und meinetwegen auch sofort. Aber vereinbaren Sie einen Termin. Platzen Sie da nicht einfach rein. Sagen Sie ihm, es sei dringend, aber wahren Sie die Anstandsregeln.«

McDermott schweigt. Er weiß nicht, was ihm sonst womöglich herausrutscht.

»Hören Sie, Mike – wenn er für Sie ein dringend Tatverdächtiger ist, dann ist das was anderes. Kann ja gut sein, dass Sie da auf der richtigen Fährte sind. Aber ebenso gut könnten Sie völlig danebenliegen. Vielleicht ist es einfach nur irgendein Psychopath, der Burgos' Kreuzzug wiederbeleben möchte.«

»Ja, Sir.«

»Machen Sie einen Termin mit Bentley, Detective. Ziehen Sie das ordnungsgemäß durch.«

Dann ist die Leitung tot.

»Mist.« McDermott legt auf. »Himmelherrgott. Er will, dass ich einen Serienkiller stoppe, aber dabei auf die Etikette achte! Einen Termin machen«, sagt er zu Stoletti. »Wir sollen uns mit ihm verabreden.«

Das Display seines Handys blinkt. Ein Anruf aus der Pathologie. Susan Dobbs hat ihn zurückgerufen.

»So spät noch bei der Arbeit, Susan?«, fragt er, als sie sich meldet.

»Ich bin beim Abendessen, Mike. Du hast mich auf dem Handy angerufen. Sag nicht, dass das ein Versehen war.«

»Okay, werd ich nicht.«

»Keine Ahnung, warum ich so blöd war, dir die Nummer zu geben.«

»Weil du eine aufopferungsvolle Dienerin des Gemeinwohls bist.«

»Du hast wegen der Obduktion von Ciancio angerufen?«

»Ja, da heißt es nämlich, er hat einen Einstich zwischen – warte einen Moment.« Er schnappt sich den Autopsiebericht. »Ein post mortem erfolgter Einstich zwischen der vierten und fünften tarsalen Phalanx.«

»Richtig. Der vierte und fünfte Zeh. Dazwischen befindet sich eine Hautfalte. Er hat sie durchtrennt. Nachdem der Typ tot war.«

»Warum, glaubst du, hat er das getan?«

»Du bist hier der Polizist. Aber es geschah mit Absicht, so viel kann ich sagen. Man muss einen gewissen Aufwand betreiben, um die beiden Zehen zu spreizen und den Schnitt anzusetzen. So was passiert nicht zufällig.«

Damit hat sie vermutlich recht. Ciancio trug Socken, als er gefunden wurde. Der Täter hat sich nach allem, was er Ciancio angetan hatte, auch noch der Mühe unterzogen, diesen Schnitt zu machen und den Socken wieder überzustreifen.

Dieser Täter überlässt nichts dem Zufall. Er tut genau das, was er tun möchte. Und er ist sehr gut darin.

So was ist Teil des Jobs. Es läuft nie so wie geplant. Man muss improvisieren. Das zeichnet den echten Könner aus.

Der Porno-Video-Laden ist mit Brettern vernagelt und scheinbar geschlossen, aber Leo weiß, dass er aufhat. Er tritt durch die Tür und läuft zwischen den Regalen mit Magazinen und Videos direkt auf die Theke zu.

Der Mann hinterm Ladentisch hat massige Schultern und einen Stiernacken. Er liest eine Zeitung und murmelt dabei kaum verständlich vor sich hin.

»Menja zovut Leonid«, stellt Leo sich vor.

Der Mann lugt mit gelangweiltem Blick über den Zeitungsrand. *»Leonid?«*

»Da.«

Der Mann spricht durch die Zeitung, die immer noch einen Großteil seines Gesichts verdeckt. *»Kogda?«*

»Sejchas«, antwortet Leo. *Jetzt.*

Der Mann weist ihm den Weg die Straße runter, aber Leo kennt ihn bereits. Das Lagerhaus hat kein Firmenschild, nur eine einzige unbeschriftete Eingangstür in einer schmalen Gasse. Leo klopft an. Nachdem mehrere Schlösser entriegelt wurden, öffnet ihm ein weiterer Koloss, dessen Bauch unter einem schmutzigen weißen Hemd hervorquillt. Der Fleischberg späht aus tief liegenden Augen über Leos Schulter und lässt ihn dann ein.

Er stinkt erbärmlich. Nach Fett und Schnaps. Schnaps und Fett.

Drinnen werden aus gestohlenen Autos verwertbare Teile ausgebaut. Der Lärm hallt von der hohen Decke wieder. Selbst in der großen Halle ist der Gestank nach Schweiß und Tabak überwältigend. Noch etwas, das ihn an Lefortovo erinnert. Die Männer rauchten unaufhörlich, um die Zeit totzuschlagen. Zeit war bedeutungslos, aber gleichzeitig das Einzige, was sie besaßen.

Der Mann führt ihn in einen kleinen Raum mit einem runden Tisch in der Mitte.

»*Skol'ko?*«, fragt Leo.

»*Dvesti.*«

Leo nickt, kehrt dem Mann den Rücken zu, pellt zweihundert Dollar von der Rolle mit Scheinen und klatscht sie auf den Tisch. Der Mann nimmt das Geld und begleitet ihn durch das Lagerhaus. Leo beachtet die Männer nicht, die sich an den Wagen zu schaffen machen. Er hört nur auf sein Herzklopfen. Er hört auf das Blut, das durch seinen Kopf rauscht.

Der Mann sperrt eine große Tür auf. Drinnen werfen sich über ein Dutzend Frauen auf Sofas und Stühlen eilfertig in Positur. Der Raum ist warm. Die Frauen – einige von ihnen sind noch Mädchen – sind aufreizend gekleidet, in Strapsgürtel, Hotpants oder Miniröcke. Billiges Parfum und Zigarettenqualm hängen in der Luft. Popmusik dudelt aus einer tragbaren Stereoanlage.

Er lässt seinen Blick über sie schweifen. Einige dieser Mädchen sind noch Teenager. Die meisten haben eine kaputte

Haut, in einem Fall sogar regelrechte Schürfwunden. Ihre Augen blicken gelangweilt. Der überwiegende Teil von ihnen ist mager, zäh, aber nicht muskulös. Er findet, was er will, und nickt ihr zu.

»Skol'ko vam let?« Er erwartet nicht wirklich, dass sie ihm ihr wahres Alter verrät.

»Dvadcat odin«, erwidert sie. *Einundzwanzig.* Unsinn, sie ist eher schon dreißig, verdammte Lügnerin. Er fragt sie nach ihrem Namen, damit sie ihn noch mal belügen kann, denn das ist alles, was sie können, lügen …

»Dodya«, antwortet sie. Er zeigt auf sie. Sie muss reichen.

Der Raum oben ist klein, düster und schmutzig. Auch das weckt Erinnerungen. In Lefortovo waren sie zu acht in einer Zelle, und die Decke war viel höher, aber es ist das gleiche beengende Gefühl.

Er denkt an Kat, stellt sich sogar ihr Gesicht vor. Er schließt die Augen, wie um sie damit auszulöschen. Als er sie wieder öffnet, sieht er die andere vor sich, *»Dodya«.*

Er kannte mal eine *Dodya* in Leningrad, ein dickes, trauriges Mädchen mit orange-blondem Haar, die immer gehänselt wurde, was Leo traurig machte, weil er wusste, wie sich das anfühlte, aber er tat nichts dagegen, ließ die anderen das Mädchen quälen, bis sie weinte …

Dodya schlüpft aus ihren Shorts und streift ihr Oberteil ab. Ihr Körper wirkt unterentwickelt; ihre Brüste sind flach und ihre Rippen stechen hervor. Sie wartet auf seine Anweisungen, aber er sagt nichts, tut nichts. Sie nähert sich, um seine Hose aufzuknöpfen.

»Njet«, sagt er. Schüttelt langsam den Kopf.

Sie weicht zurück. *»Ja ne ponimaju.«*

Aber in Wahrheit versteht sie ihn genau. Er benutzt die Außenseite der Hand, um blaue Flecken und auffällige Verletzungen zu vermeiden. Sie stürzt zu Boden. Berührt ihre Wangen. Wartet auf seine Anweisungen.

Er öffnet selbst den Reißverschluss seiner Hose. Sie schielt ihn an, unsicher, ob er will, dass sie zusieht oder nicht. Bald versteht sie: Sie soll zuschauen.

Als er befriedigt ist, schließt er die Hose wieder und geht auf sie zu. Er bemerkt, dass sie zusammenzuckt. Außerdem fällt ihm auf, dass sie nicht versucht wegzurutschen.

Auf dem Weg nach draußen betritt er erneut den Raum, in dem er vorhin das Geschäft ausgehandelt hat. Der Fettkloß hat die Füße auf dem Tisch und liest ein Automagazin.

»Ja hotel by kupit Dodya«, sagt er.

Der Mann starrt ihn einen Augenblick lang an, die dichten Augenbrauen fragend zusammengezogen. Dann bricht er in schallendes Gelächter aus. Nachdem er sich ausreichend amüsiert hat, blickt er Leo wieder an und merkt, dass er sein Gegenüber besser ernst nehmen sollte.

»Skol'ko?«, fragt Leo. *»Odna tysjacha?«*

Der Mann ist jetzt ganz bei der Sache. Er überlegt einen Moment.

Sie einigen sich auf achttausend.

Ich spaziere durch das Krankenhaus und drücke mir dabei vorsichtig einen Eisbeutel gegen den Hinterkopf. Sie haben gemeint, es würde eine Weile dauern, bis Brandon verarztet ist. Ein plastischer Chirurg wurde gerufen, um die eine Seite seines Gesichts zusammenzuflicken. Er hat ein paar weitere leichte Verletzungen am Oberkörper, aber nichts Lebensbedrohliches.

Die Cops haben mir befohlen, in der Nähe zu bleiben. Ich habe ihnen McDermotts Namen gegeben, und er ist vermutlich schon unterwegs. Aber sie lassen mich frei herumlaufen.

Mitchum konnte zu dem Zeitpunkt, als die Kavallerie eintraf, nicht mehr viel sagen – der Schock machte sich bemerkbar –, aber immerhin schaffte er es noch, mich als den Guten und nicht als den Bösewicht in der ganzen Angelegenheit darzustellen.

Also schlendere ich nach draußen, genieße die frische Luft und nutze die Gelegenheit, um zu telefonieren. Mein erster Anruf gilt Shelly. Wir hatten uns eigentlich für heute Abend verabredet. Ich versichere ihr, dass alles halb so wild ist, und, nein, sie soll nicht zu mir ins Krankenhaus kommen, denn ich werde mich ohnehin nur mit ein paar Cops herumschlagen müssen, die – den Teil lasse ich aus – mich in einem nicht allzu guten Licht sehen.

»Schließ die Türen ab«, rate ich ihr. »Ohne Scherz.«

»Und was ist mit *dir?«,* fragt sie mich.

Ihre Antwort bringt mich ins Grübeln. Dieser Kerl scheint ein Faible für mich zu haben. Kein Zweifel, er hätte mich töten können. Aber er ließ mich am Leben. Rechnet man noch Amalia Calderone am Montag in der Gasse hinzu, hatte er mich schon zum zweiten Mal verschont.

Du, hat er zu mir gesagt, als wäre er überrascht, ausgerechnet mich hier zu sehen.

Diese Briefe, die er mir schickt. Ich muss mir die Briefe unbedingt noch mal anschauen.

»Ich liebe dich, Shelly«, sage ich. Mein Herz macht einen Sprung, trotz der Umstände.

Als Nächstes rufe ich Harland Bentley auf dem Handy an. Er ist in irgendeinem Restaurant, vermutlich mit einem neuen Supermodel. Ich weise ihn auf die Dringlichkeit der Angelegenheit hin, und er verspricht, mich gleich zurückzurufen.

Als er sich kurz darauf meldet, höre ich an den Verkehrsgeräuschen im Hintergrund, dass er das Lokal verlassen hat. Ich schildere ihm rasch, was passiert ist. Er lässt mich ausreden und sagt dann: »Die Polizei will mich morgen befragen.«

»Harland, haben Sie gehört, was ich Ihnen gerade erzählt habe?«

Schweigen. Im Hintergrund ertönt wütendes Gehupe. Irgendwie passt das Geräusch zur Situation.

»Ja, habe ich«, erwidert er.

»Brandon erwähnte *den Vater.* Der Typ auf dem Foto hat mich fast umgebracht. Schon zum zweiten Mal. Haben Sie nichts dazu zu sagen?« Die Erfahrung, knapp dem Tod entronnen zu sein, rührt sicher vieles in einem auf, aber befördert definitiv nicht die diplomatischen Fähigkeiten, nicht mal gegenüber einem milliardenschweren Klienten. Außerdem kriege ich langsam das Gefühl, dass man mich in Bezug auf eines der Mordopfer damals bewusst im Dunkeln tappen ließ.

»Nicht am Telefon«, sagt er. »Rufen Sie mich an, wenn Sie dort fertig sind.«

»Das könnte eine Weile dauern.«

»Wenn Sie dort fertig sind«, sagt er mit Bestimmtheit, »rufen Sie mich an.«

McDermott und Stoletti treffen etwa fünf Minuten später ein. Die Streifenbeamten, die als Erste am Tatort waren, haben auf sie gewartet, ein Mann namens Wilson und eine Frau namens Esteban. Riley sitzt auf einem Stuhl im Gang und drückt sich einen Eisbeutel gegen den Kopf.

Esteban gibt ihnen eine Kurzzusammenfassung: der Anruf in der Zentrale, die Fahrt zum Einsatzort, Riley mit Brandon Mitchum im Arm, und dann die Ergebnisse der anschließenden Befragungen.

»Sieht so aus, als hätte Riley diesem Mitchum das Leben gerettet«, sagt Esteban und nickt in seine Richtung.

McDermott späht rüber zu Riley, der sie bemerkt hat, aber nicht herüberkommt. »Glauben Sie das wirklich?«

»Ja, Sir. Das Opfer, Mr. Mitchum, klammerte sich förmlich an Mr. Riley. Dankte ihm immer wieder.«

»Riley meint, der Angreifer sei der Kerl von dem Foto«, erklärt der Cop mit Namen Wilson. »Der mit der Narbe. Sagt Ihnen das was?«

»Ja.« McDermott läuft ein kalter Schauer über den Rücken. Der Kerl auf dem Foto, hinter Harland und den Reportern.

»Wir haben die Spurentechniker bestellt«, sagt Esteban. »Dieser Riley hat immer wieder darauf gedrängt, nach Fingerabdrücken zu suchen.«

Ein guter Gedanke. Wenn der Angreifer sich als Cop ausgab, konnte er schlecht Handschuhe tragen. Und er hatte nicht genügend Zeit, den Tatort zu säubern. Das könnte der Durchbruch sein.

»Wie ausgesprochen hilfreich von Mr. Riley«, bemerkt Stoletti.

Wilson und Esteban kriegen die darin verborgene Häme natürlich nicht mit. McDermott schon. Er marschiert rüber zu Riley, der sich jetzt erhebt.

»Wie geht's Ihnen?«, erkundigt er sich.

»Ich werd's überleben.«

Ja, das wirst du sicher, denkt McDermott. *Ist ja nicht das erste Mal.* »Was wollten Sie dort?«

»Brandon Mitchum war damals in Mansbury mit Cassie und Ellie befreundet. Die drei kannten sich ziemlich gut. Wenn jemand was über Cassies Schwangerschaft weiß, dann er.«

»Und uns haben Sie das nicht verraten?«, wirft Stoletti ein. »Spielen Sie sich jetzt als Cop auf?«

»Tja, ich dachte, irgendwer muss den Job ja übernehmen.«

»Okay, mein Freund.« McDermott macht einen Schritt auf

Riley zu. Er ist zwar kein ausgesprochener Fan von Anwälten, aber hat er kein Problem mit Riley, persönlich gesehen. Allerdings häufen sich für seinen Geschmack die merkwürdigen Zufälle. »Erzählen Sie uns, was Sie zu erzählen haben. Und verkneifen Sie sich Ihre albernen Kommentare.«

Rileys Version der Geschichte unterscheidet sich nur unwesentlich vom Bericht der beiden Beamten. Interessant wird es erst, als er zu der Konfrontation mit dem Angreifer kommt.

»Du«, wiederholt McDermott. »Er war also überrascht, Sie dort zu sehen. Als würde er Sie kennen.«

»Oder als könnte er nicht verstehen, warum Sie ihn zu stoppen versuchen«, fügt Stoletti hinzu. »Warum sollte er das tun? Warum sollte er Sie für einen Verbündeten halten?«

Riley hat keine Ahnung. »Ich weiß nur so viel – ich war einen Kopf größer als dieser Kerl, aber er hat mich durch die Luft gewirbelt wie nichts.«

»Er war stark.«

»Ja, vermutlich war er stark, aber das meine ich nicht. Er wusste genau, was er tat. Ich hab mich bemüht, ihn von hinten in den Schwitzkasten zu nehmen, aber in weniger als zwei Sekunden hatte er sich befreit, er fuhr herum und schleuderte mich gegen die Wand.

Er muss verdammt gut trainiert sein.«

McDermott stößt einen Seufzer aus.

»Übrigens spricht er mit Akzent«, fügt Riley hinzu. »Osteuropäisch, schätze ich. Lassen Sie uns mit Brandon reden, vielleicht kann er mehr sagen, nachdem er ein Beruhigungsmittel bekommen hat.«

McDermott hebt die Hand.

»Oh«, sagt Riley. »Bin ich nicht eingeladen?«

»Nein, Sie sind nicht eingeladen. Sie können von Glück sagen, dass ich Sie nicht festnehmen lasse.«

Riley mustert die beiden einen Moment, dann streckt er die Hände aus, wie um sich Handschellen anlegen zu lassen.

»Oh, hören Sie mit diesem lächerlichen Theater auf.«

Riley lässt die Arme sinken. »Den Gefallen tu ich Ihnen gerne. Ich verschwinde jetzt nämlich.«

Und damit drängt er sich an ihnen vorbei. McDermott wechselt einen Blick mit Stoletti. Keiner von beiden weiß, was sie mit Riley anfangen sollen. Vielleicht einfach einsperren. Seine Fingerabdrücke auf dem Brecheisen würden das mehr als rechtfertigen. Andererseits ist Paul Riley niemand, den man ohne gute Gründe einsperren kann.

»Er hat schlampig gearbeitet, heute Abend.«

Sie wenden sich wieder Riley zu, der nachdenklich stehen geblieben ist.

»Denken Sie an die ersten beiden Morde«, erklärt Riley. »Perfekte Planung. Er kommt und geht, ohne Spuren zu hinterlassen. Saubere Morde. Den hier hat er vermasselt.«

»Warum das?«, erkundigt sich Stoletti.

»Die Eingangstür des Gebäudes«, sagt er. »Eine Sicherheitstür. Aber das Schloss ist kaputt. Ich bin einfach reinmarschiert. Der Kerl tat das nicht. Er hat geklingelt, damit Brandon ihm aufmacht.«

McDermott lässt sich das durch den Kopf gehen. »Wenn es gut geplant gewesen wäre, hätte er von dem kaputten Schloss gewusst.«

»Und er hätte Brandon aufgelauert. So, wie er es bei Ciancio und Evelyn Pendry getan hat.«

»Und warum ist er hier anders vorgegangen?«, fragt Stoletti.

»Keine Ahnung. Sie sind die Cops. Finden Sie es verdammt noch mal heraus.« Jetzt verschwindet er endgültig.

McDermott ruft ihm nach. »Bleiben Sie in der Stadt, falls wir Sie brauchen.«

»Ja, schon klar.«

Nervensäge. Das Problem mit Anwälten ist, sie kennen ihre Rechte. McDermott kann Riley an gar nichts hindern, solange er ihn nicht festnimmt, was Riley natürlich besser weiß als jeder andere.

Aber mit seinem Urteil über den Angriff auf Mitchum hat er ins Schwarze getroffen. Warum war es diesmal anders? Warum sah sich der exakt planende, kaltblütige Vollstrecker plötzlich genötigt, zu improvisieren?

»Lass uns mit Mitchum sprechen«, sagt er.

34. Kapitel

Das dreiundsechzigste Stockwerk des BentleyCo-Towers ist ausschließlich für den Firmenchef Harland Bentley reserviert. Die gesamte Südseite der Etage wird von Harlands persönlichem Büro eingenommen, einer palastartigen Anlage mit Konferenzraum, privatem Bad und Spa. Nach Norden, Osten und Westen hin liegen weitere Konferenzräume, außerdem der luxuriöse Freizeitbereich, den Harland sich gönnt; ein Medienraum mit einer Hi-Fi-Anlage, einem riesigen Flachbildschirm und Ledersesseln; ein Fitnessraum mit Stepmaster, Laufband, Ergometer und Hantelbänken; und im Norden dann die Schlafgemächer, die ich noch nie zu Gesicht bekommen habe, und in denen vermutlich auch eher wenig geschlafen wird.

Heute Abend werde ich jedoch in den sogenannten »Grünen Raum« gebracht, wo mein Klient auf einen Golfball zielt und ihn weit am Loch vorbeischlägt. Anstatt zu fluchen, zieht er mit dem Schläger einen weiteren orangefarbenen Golfball heran und sagt: »Sie kommen zu spät.«

Typisch Harland. Wie vereinbart, treffen wir uns erst, nachdem ich mein Gespräch mit der Polizei im Krankenhaus beendet habe, trotzdem drängt er mich sofort in die Defensive. Der Assistent, der mich in den Raum geleitet hat – ein Bodyguard mit Headset und starkem britischem Akzent – lässt uns allein.

Harland schlägt auch diesen Ball viel zu weit nach links, er knallt gegen die Holztäfelung, und diesmal stößt Harland einen Fluch aus. »Ich hasse es, zweimal den gleichen Fehler zu machen, Paul. Wissen Sie, was ich meine?«

Nein, ich habe keinen blassen Schimmer, und ich bin auch nicht in der Stimmung für Spielchen. Bereits das zweite Mal in dieser Woche bin ich um ein Haar ermordet worden, und die Cops kleben mir an den Fersen.

»Sie wollten mir etwas mitteilen?«, sage ich.

Harland, der gerade dabei ist, einen weiteren Putt zu berechnen, erstarrt. Das ist seine Art, Ärger zu zeigen. Er bestimmt, was wann besprochen wird. Er wendet seine Aufmerksamkeit wieder dem Ball zu und schlägt ihn direkt ins Loch, aus dem er allerdings gleich wieder herausspringt und nach rechts wegrollt. »Da, sehen Sie«, sagt er. »Ich halte mein Handgelenk nicht gerade.« Er unterbricht sein Spiel für einen Moment und schaut mich zum ersten Mal an, als wende er sich notgedrungen einem quengelnden Kind zu.

Er trägt ein strahlend blaues Hemd mit offenem Kragen, frisch gebügelte Hosen und auf Hochglanz polierte karamellfarbene Slipper. Das farblich auf die Schuhe abgestimmte Sakko hängt an der Tür.

»Während Sie mich hier warten ließen«, sagt er, »hatte ich die Gelegenheit, ein paar der jüngsten Zahlungsaufforderungen zu studieren. Ich habe daraus entnommen, dass ich Ihrer

Firma im Monat April 1,2 Millionen Dollar an Honoraren überwiesen habe.«

Das könnte hinkommen.

»Ich gehe davon aus«, sagt er, »dass Sie gerne mein Anwalt sind.«

Ich schweige.

»Und ich gehe weiterhin davon aus, dass Sie es bleiben wollen.«

Ich breite die Hände aus. »Harland.«

»Ich möchte nur wissen, mit wem ich es zu tun habe, Herr Anwalt.« Er stellt den Schläger in einen Ständer und schlüpft in sein Sakko. »Spreche ich mit jemand, der für die Polizei arbeitet, oder mit meinem Anwalt?«

Ich denke einen Moment darüber nach. Ein Mensch mit so viel Geld ist jederzeit in der Lage, einen unter Druck zu setzen. Bisher hat er es nur noch nie so deutlich ausgesprochen.

»Ich wusste nicht, dass ich da wählen muss«, sage ich.

»Und wenn Sie es müssten?«

»Ich bin Anwalt, kein Cop.« Ich bin zu stolz, um vollständig zu kapitulieren, aber er hat bekommen, was er wollte.

Sein überlegener Gesichtsausdruck kehrt zurück. »Dann können wir reden.« Er schiebt sich dicht an mir vorbei, und ich folge ihm in sein Büro am Ende des Flurs.

Ein Arzt tritt aus Brandon Mitchums Zimmer und teilt McDermott und Stoletti mit, dass der Patient bereit für ein kurzes Gespräch ist. McDermott telefoniert gerade, ein Anruf von der Spurentechnik.

»Sieht so aus, als hätten wir Abdrücke an der Tür, Mike«, informiert ihn das Labor.

McDermotts Herz macht einen Hüpfer. Der Durchbruch – unter Umständen. Jedenfalls das Beste, was sie bisher haben.

Genau wie Riley es vorausgesagt hat.

»Okay, keiner geht nach Hause, bevor wir sie nicht durch den Computer gejagt haben.« McDermott drückt auf die Austaste seines Handys, bevor das Stöhnen am anderen Ende zu ihm vordringen kann. Er verkündet Stoletti die Neuigkeiten.

»Endlich mal eine gute Nachricht.«

Brandon Mitchum liegt in einem Krankenbett, wach, wenn auch unter Beruhigungsmitteln. Sein Gesicht ist dick bandagiert, aber seine müde glänzenden Augen lugen über den Rand des Verbands und richten sich dann auf das Foto des Mannes hinter Harland Bentley.

Es dauert nur den Bruchteil einer Sekunde, dann saugt Mitchum scharf die Luft ein. Das reicht ihnen als Identifikation.

»Er hat behauptet, er wäre ein Cop«, sagt Brandon und gibt das Foto zurück. »Er hatte eine Dienstmarke. Er hat gesagt … er hat gesagt, er wollte über Evelyn sprechen …«

Das Beruhigungsmittel tut seine Wirkung. Gut für ihn, schlecht für McDermott. Er streckt den Arm aus und berührt Brandon an der Schulter. Er braucht den Jungen heute Nacht, nicht erst morgen.

»Ich wollte ihn nicht reinlassen«, fährt Mitchum stockend fort. »Er hat sich reingedrängt.«

Richtig. Hat die Hand gegen die Tür gestemmt. Daher die Fingerabdrücke.

Brandon fragt: »Ist Evelyn tot? Stimmt das?«

Stoletti antwortet. »Ja, sie wurde ermordet.«

»Oh.« Mitchum schließt die Augen. »Und war es der gleiche Kerl?«

»Davon gehen wir aus, ja.«

Die Augen immer noch geschlossen, schluckt Mitchum und nickt. »Ich war als Nächster an der Reihe. Das hab ich gespürt.«

»Wir müssen genau wissen, was passiert ist, Brandon. So schwer Ihnen das auch fallen mag.«

»Ich weiß.« Seine Augen öffnen sich, schweifen zum Fenster. »Der Typ war ein Freak.«

»Fangen Sie ganz vorne an«, fordert ihn McDermott auf. »Er behauptet, er sei ein Cop. Er kommt rauf. Sie lassen ihn rein …«

»Ja, und bevor ich kapiere, was los ist, drückt er mir die Klinge gegen die Kehle und schiebt sich in meine Wohnung. Er zwingt mich …«, kurz versagt Brandon die Stimme, »zu Boden. Er – o Gott, der Kerl war wie von Sinnen. Er brabbelte unverständliches Zeug. Und wiederholte pausenlos meinen Namen. *Brandon, Brandon, Brandon.* Und dann: *Sag mir, was du zu ihr gesagt hast, sag mir, was du zu ihr gesagt hast.* Er wusste, dass ich mit Evelyn gesprochen habe.«

Brandon schüttelt abwesend den Kopf. McDermott ist plötzlich froh über die Beruhigungsmittel. »Sie machen das großartig«, versichert er ihm.

»Dann fing er mit dem Messer an.« Seine Hand zeigt auf eine Stelle unter dem Krankenhausnachthemd, in der Gegend seines Brustkorbs. »Er hat ziemlich präzise geschnitten. Wissen Sie, es sollte mich nicht töten. Es tat einfach nur weh.«

»Richtig. Verstehe.«

»Ich hab ihm gesagt, dass Evelyn nach Cassie, Ellie und Gwendolyn gefragt hat.«

Gwendolyn. »Gwendolyn Lake? Cassies Cousine?«

Brandon antwortet nicht, der Alptraum hat ihn wieder im Griff. »Er hat gebrabbelt, *Gwendolyn, Gwendolyn, Gwendolyn,* plötzlich war er ganz aufgeregt. *Was ist mit Gwendolyn, was ist mit ihr?* Dann kam wieder das Messer.« Brandon zieht die Finger quer über seine Brust. »Ich hab geschrien, aber seine Hand war schon über meinem Mund. Ich weiß gar nicht, wie. Er hat mit der Hand meine Kehle umklammert, aber vor dem Schnitt hat er sie ganz schnell auf meinen Mund gepresst.«

McDermott muss daran denken, was Riley über seinen Kampf mit dem Angreifer berichtet hat – der Kerl wusste, was er tat. Und er hatte Routine darin. Es war ihm gelungen, sowohl Fred Ciancio wie auch Evelyn Pendry über lange Zeit hinweg zu foltern, ohne dass irgendjemand etwas davon mitkriegte. Keine leichte Übung.

»Dann hab ich ihm gesagt, was ich Evelyn über Gwen erzählt habe. Und von dem Streit.«

»Dem Streit.«

»Ja, damals während der Abschlussprüfungen zum Ende des Semesters – Sie wissen schon, Ende Mai, Anfang Juni –, ein paar Wochen vor den Morden. Gwendolyn war in der Stadt. Das tat sie öfter. Sie kam aus Europa, aus der Karibik, von wo auch immer angejettet, um mit Cassie und Ellie einen draufzumachen. Jedenfalls, Cassie und Gwen kamen nicht sonderlich gut miteinander klar. Sie waren sehr verschieden. Gwen war eher aggressiv, schätze ich. Ziemlich ruppig, wissen Sie. Jedenfalls, Cassie und Gwen hatten einen Riesenstreit, ein paar Tage vor den Examen. Ich meine, wir waren – also wir hatten – wir waren nicht gerade nüchtern …«

»Das ist mir egal, Brandon. Ihr habt also damals was geraucht oder geschnupft?«

Er nickt. »Wir haben Koks geschnupft. Und wir waren alle im Haus, Cassie, Ellie, Gwen und ich. Es war vielleicht drei Uhr früh, wir waren bisschen rumgezogen, und dann waren wir wieder im Haus …«

»In welchem Haus?«

»Oh. Gwendolyns Haus. Das Haus ihrer Mutter, das inzwischen ihr gehörte. Sie wissen ja, ihre Mutter war ein paar Jahre zuvor bei einem Autounfall gestorben. Ich glaube, Mrs. Bentley ist nach ihrer Scheidung dort eingezogen. Aber diese Sache spielte sich natürlich noch vor ihrem Einzug ab.«

»Fahren Sie fort, Brandon.«

»Jedenfalls, Ellie und ich hingen ziemlich bedröhnt unten auf der Couch, und plötzlich hörte man von oben wüstes Geschrei und Lärm wie von einer Schlägerei. Also, wir hatten alle ziemlich was eingefahren. Ich bin mir nicht mal sicher, ob Ellie aufgewacht ist. Aber egal, das war ein richtiger Kampf, und als ich mich endlich aufgerappelt habe und mitkriege, was da abläuft, stürmt Cassie schon die Treppe runter und aus dem Haus. Sie springt in ihr Auto und fährt davon.«

»Warum haben die beiden sich gestritten?«, fragt Stoletti.

Er zuckt mit den Achseln. »Weiß nicht. Cassie wollte nie darüber reden. Und, ehrlich gesagt, für mich hieß es am nächsten Tag wieder büffeln fürs Studium. Ich musste gute Noten schreiben. Für Ellie und Cassie spielte das nicht so eine Rolle. Sie hatten ohnehin Geld. Aber ich nicht. Ich musste mich echt ins Zeug legen, um die Prüfungen zu schaffen.«

»Sie haben also«, versucht McDermott die Sache zu beschleunigen, »über den Anlass tatsächlich nie was erfahren.«

»Genau. Und den ganzen Rest der Woche war Cassie noch schlechter drauf als sonst. Normalerweise war ich ziemlich oft mit ihr zusammen, brachte sie dazu, sich ein bisschen zu öffnen. Aber in dieser Woche ging das nicht. Ich hatte Angst, in Soziologie durchzufallen.«

»Und das haben Sie dem Eindringling erzählt.«

»Ja.« Brandon räuspert sich mühsam, das Gesicht schmerzvoll verzerrt. »Nicht so entspannt wie jetzt Ihnen, aber ja, ich hab ihm davon erzählt – von dem Streit, und dass ich nicht wusste, um was es ging. Dann fuhr er wieder auf mich los – *was weißt du noch über Gwendolyn, was weißt du über Gwendolyn, erzähl's mir, erzähl's mir* –, also, der Kerl war komplett abgedreht. Zwischenrein schnippelt er mit dem Messer an mir herum und drückt mir den Mund zu. Dieser Typ war total außer Kontrolle, und gleichzeitig hatte er die totale Kontrolle, wenn Sie verstehen, was ich meine. Jedenfalls über mich.«

McDermott signalisiert ihm, fortzufahren.

»Ich erzähle dem Kerl also, dass ich Gwendolyn danach nie wieder begegnet bin. Ein paar Wochen drauf waren ja schon die Morde, und ich nehme an, es gab keinen Grund, sich noch mal zu treffen. Sie war Cassies Cousine und Ellies Freundin. Ich habe gar nicht erwartet, dass sie sich noch mal bei mir meldet.«

»Verstehe.«

»Und dann macht er mit Cassie weiter, der gleiche Scheiß. *Erzähl's mir, erzähl's mir, erzähl's mir.* Mann, ich hatte echt keine Ahnung, was er eigentlich von mir wollte. Aber dann brabbelt er, *Scheißvater, Scheißvater, Scheißvater,* und plötzlich fiel es mir wie Schuppen von den Augen.«

McDermott wippt auf den Zehenballen.

»Er steigert sich wieder in seinen Sermon rein. Erst sagt er, *Scheißvater,* sicher achtmal, dann sagt er, *Evelyn, Evelyn, Evelyn, Evelyn,* und dann, *was hat sie gesagt, was hast du gesagt* – also echt, so ein Irrer. Ich dachte, jetzt ist es gleich so weit, und er stößt mir die Klinge ins Auge oder schlitzt mir die Kehle auf. Dann hat mir noch mal in die Brust geschnitten.«

»Was haben Sie ihm über diese Sache mit dem *Scheißvater* erzählt?«

»Die Wahrheit. In der Woche nach dem Streit war Cassie, wie gesagt, völlig durch den Wind. Schlimmer noch als sonst, und Cassie war sowieso ein schwieriges Mädchen. Süß und liebenswert, aber zutiefst unglücklich. Jedenfalls hab ich zufällig mitgekriegt, wie sie in ihrem Zimmer im Studentenwohnheim telefoniert hat. Ich kam zufällig vorbei und sie schreit ins

Telefon: *Du bist der Scheißvater!* Ich geh zu ihr und frage: *Was ist los?* Aber sie wollte nicht darüber reden.«

Du bist der Scheißvater. »Und der Eindringling wusste davon, Brandon?«

»Ja, er wusste es. Sehr wahrscheinlich von Evelyn. Denn ich hab es ihr erzählt.«

Das klang plausibel. Brandon erzählt es Evelyn, und Evelyn erzählt es ihrem Angreifer, vermutlich unter der Folter. Und jetzt hatte der Angreifer die vollständige Version von Brandon hören wollen.

»Okay«, schaltet sich Stoletti ein. »Sie haben also dem Eindringling die Geschichte mit dem *Scheißvater* erzählt. Was dann?«

»Der Kerl sagt zu mir: *Wer ist der Vater? Wer ist der Vater?* Aber dann erstarrt er, hält mir den Mund zu und schaut zur Tür. Ich konnte es auch hören. Schritte. Dann hämmerte Mr. Riley an die Tür, und ich glaube, er rief *Polizei,* was ziemlich clever von ihm war.«

»Und was dann?«

»Ich witterte meine Chance. Er holte mit dem Rasiermesser aus, und ich glaube, er wollte mich umbringen, aber ich drehte mich zur Seite. So erwischte er bloß mein Gesicht. Dann rannte er weg, und Mr. Riley stürmte rein und rannte hinter ihm her, und dann – ja, das war's wohl.«

McDermott nickt. »Was hat sich zwischen Riley und dem Eindringling abgespielt?«

Brandon schüttelt den Kopf. »Ich war so in Panik, ich habe echt keine Ahnung. Ich war kurz davor, in Ohnmacht zu fallen, als Mr. Riley wieder reinkam und die Polizei verständigt hat. Er hat mir ein feuchtes Handtuch aufs Gesicht gelegt und mit mir gesprochen.« Er stößt einen nervösen Seufzer aus. »Gott sei Dank war er da. Er hat mir das Leben gerettet.«

Die Tür schwingt auf, und ein Arzt tritt herein. Er bittet sie um eine Pause, damit er den Patienten untersuchen kann. McDermott nickt Stoletti zu. Sie sind noch nicht durch, aber es ist ein günstiger Moment für eine Unterbrechung.

Draußen auf dem Flur wandert Stoletti im Kreis, was sie immer tut, wenn sie intensiv nachdenkt. Normalerweise dreht sie zwei, drei Runden und produziert dann eine gute Idee.

»Vielleicht stimmt das mit Cassies Schwangerschaft doch«, sagt McDermott. »Hört sich ganz so an, als hätte sie sich am Telefon mit dem Vater des Kindes gestritten.«

Stoletti hält inne. »Der Täter hat Mitchum dasselbe angetan wie Ciancio und Evelyn Pendry. Die vielen kleinen Verletzungen. Aber dafür gibt es jetzt eine völlig neue Erklärung.«

McDermott stimmt zu. »Wir haben gedacht, er foltert sie zu seinem Vergnügen. Aber wir lagen falsch.«

Sie nickt. »Er hat sie befragt. Er wollte rausfinden, was sie wissen.«

»Das ist kein Nachahmungstäter, Ricki.« McDermott starrt hinauf zur Decke. »Diese Morde sollen etwas vertuschen.«

35. Kapitel

Mit zitternden Händen heftet Leo das Foto an den Spiegel des Hotelbadezimmers. Er entspannt sich, wendet eine Atemübung an, die er bei Dr. Pollard gelernt hat, strafft seinen Körper und versucht, das Foto anzulächeln. Er kann ihr nur helfen, wenn er ganz ruhig ist.

Es ist die Kopie eines Fotos aus dem Highschool-Jahrbuch.

Ihr Kopf ist etwas unnatürlich geneigt, und sie schaut nicht direkt in die Kamera. Sie trägt einen schlichten pinkfarbenen Pullover mit V-Ausschnitt und ein Kettchen mit einem Glücksbringer um den Hals. Ihr Haar ist frisch geschnitten, kaum schulterlang, ihr Lächeln das eines Engels.

Du siehst hübsch aus.

In seiner Vorstellung ist ihr Gespräch ganz locker und entspannt:

Quatsch, tu ich gar nicht.

Doch, das tust du. Ich schwör dir, du siehst wunderhübsch aus. Und ich will, dass du dir keine Sorgen machst. Ich werde mich um alles kümmern. Sie wollen gewisse Dinge über dich verbreiten, aber das werde ich nicht zulassen. Niemand wird etwas erfahren.

Aber Brandon ist noch am Leben.

Ich weiß, meine Liebste, mein Ein und Alles, aber ich habe schon einen Plan.

Mit dem Finger zeichnet er die Umrisse ihres Gesichts nach. So schön, so wunderschön.

Ich liebe dich, Leo.

Und ich liebe dich, Cassandra.

Wenn du mich liebst, dann verrate mir deinen Plan.

Pst … bitte, mach dir keine Sorgen.

Leo beugt sich dicht zum Foto und streift mit den Lippen ihre Stirn. Ich muss leider gehen, aber ich bin bald zurück.

Zweite Runde des Gesprächs mit Brandon Mitchum. Er macht einen entspannteren Eindruck, offensichtlich wirken die Beruhigungsmittel. Gedankenverloren kaut er auf seinen Lippen herum, als Stoletti und McDermott ihre Plätze wieder einnehmen.

McDermott weiß jetzt, dass Riley richtig liegt. Der Täter

hat diesmal tatsächlich schlampig gearbeitet. Er ist von seinem Plan abgewichen. Offensichtlich ist er im Besitz von Evelyn Pendrys verschwundenem Computer. Er hat ihre Aufzeichnungen gelesen, alles, was sie recherchiert hat. Dabei ist er auf Brandon Mitchums Namen gestoßen und hat ihm einen Besuch abgestattet. Aber er hat überstürzt gehandelt – gerade mal einen Tag nach dem Mord an Evelyn – und sich nicht damit abgegeben, die Umgebung vorher gründlich zu studieren. Daher hatte er keine Ahnung, dass das Schloss an der Eingangstür zu Brandons Wohnhaus defekt war. Diesmal hat er sich nicht die Zeit genommen, unbemerkt in das Apartment einzudringen und seinem Opfer dort aufzulauern.

Und das, obwohl er sein Handwerk verdammt gut beherrscht. Er ist trainiert darin, Schlösser zu knacken und Menschen in seine Gewalt zu bringen.

Evelyn war offensichtlich auf der richtigen Spur, und jetzt folgt der Täter dem von ihr skizzierten Weg und versucht dabei, alle Spuren zu verwischen. Evelyn hat mit Ciancio gesprochen, der jetzt tot ist. Evelyn hat mit Brandon geredet, also sollte der als Nächster dran glauben. Und weil Evelyn auch Professor Albany kontaktierte, hat McDermott gerade im Revier angerufen und einen Streifenwagen zu dessen Haus beordert.

Stoletti beginnt. »Hat Evelyn Pendry Ihnen verraten, was sie vorhatte?«

»Sie wollte über Terry Burgos schreiben, nehme ich an.« Brandons Stimme ist jetzt dünn und heiser. Langsam geht ihm die Kraft aus. »Eine Reportage oder so was.«

»Eine Reportage«, schaltet sich McDermott ein. »Also kein reiner Hintergrundsbericht.«

Brandon fasst sich mit der Hand an den Gesichtsverband. »Evelyn war Reporterin, wie Sie ja wissen, daher hat sie sich ziemlich bedeckt gehalten. Vermutlich wollte sie ihre Story schützen. Aber sie wirkte ziemlich besorgt. Offenbar glaubte sie, dass mehr hinter den Burgos-Morden steckte, als bisher angenommen wurde. Wie schon gesagt, sie hat sich vor allem für Cassie, Ellie und Gwen interessiert. Sie schien größtes Interesse daran zu haben, etwas über den Charakter der Mädchen rauszufinden.«

»Dann erzählen Sie uns davon.«

Brandons Augen wandern zur Decke. »Mansbury, wissen Sie, hat den Dünkel, eine liberale Elite-Kunsthochschule zu sein. Was vermutlich auch zutrifft. Aber wie an jeder Eliteschule tummeln sich auch dort die Sprösslinge der Finanzgrößen. Eine Menge Kids, die ihr Leben lang keinen Finger krumm machen mussten. Ich komme aus einfachen Verhältnissen, aber Cassie und Ellie – die hatten richtig Kohle. Bei Cassie lag das auf der Hand, aber auch Ellies Familie gehörte eine riesige Stahlfirma, irgendwo in Südafrika, glaube ich.«

»Und weiter?«, versucht McDermott das Ganze zu beschleunigen.

»Na ja, jedenfalls war Ellie eines von diesen reichen Partymädchen. Ein nettes Mädchen, verstehen Sie mich bitte nicht falsch, aber sie hatte nicht besonders viel – wie soll ich sagen – Tiefgang. Ja.«

Er kichert. »Nicht besonders viel Tiefgang. Schicke Klamotten, teure Frisuren, die richtigen Leute kennen. Sie war schon in Ordnung auf ihre Art. Aber der einzige Grund, warum ich überhaupt was mit ihr zu tun hatte, war Cassie.«

Er merkt, dass er jetzt die volle Aufmerksamkeit der beiden Detectives genießt, und fährt fort. »Und Cassie war ein echter Schatz. Ungelogen, das Mädchen war wirklich eine Seele von Mensch. Wissen Sie, was ich meine? Sie hatte mehr Geld als Gott persönlich, aber sie war total großzügig. Sie engagierte sich ehrenamtlich, studierte fleißig, war immer für einen da. Aber da war eine Sache …«

McDermott wippt schon wieder auf den Zehenballen.

»Cassie war einfach ziemlich durch den Wind. Schauen Sie, sie hatte diese ganze Kohle und alles, also muss man vielleicht nicht allzu viel Mitleid mit ihr haben. Das hätte sie selbst auch nicht gewollt. Aber es schien, als ob sie nicht genau wüsste, wer sie eigentlich war.« Er seufzt. »Sie war nie mit sich zufrieden, keine Ahnung, warum. Sie war nett, sie war intelligent, sie war schön, aber in ihrem Inneren herrschte das reinste Chaos. Und nach diesem Streit mit Gwendolyn bestand überhaupt keine Chance mehr, an sie ranzukommen. Sie war ein hoffnungsloser Fall. Wir alle büffelten wie die Irren für die Examen und waren ein bisschen komisch drauf. Aber Cassie? Sie aß nichts mehr. Sie redete nicht mehr. Und offensichtlich lernte sie nicht mal mehr für die Prüfungen. Nach den Abschlussexamen stürmten wir alle aufatmend aus den Hörsälen, um endlich die Sommerferien zu genießen, doch Cassie hockte in ihrem Zimmer hinter verschlossener Tür. Sogar Ellie zeigte sie die kalte Schulter, obwohl sie zusammen wohnten.«

McDermott wirft einen schnellen Blick auf Stoletti. Er kann sich vorstellen, was sie jetzt denkt. Das klingt ganz nach einem Mädchen, das gerade von einer unerwünschten Schwangerschaft erfahren hat.

»Und ich hab mich damals gefragt«, fügt Brandon hinzu, »wem Cassie sich mit ihren Sorgen überhaupt anvertrauen konnte. Sie hasste ihren Vater …«

Interessant.

»Und ihre Mutter, Nat … Ich bin der Frau nie begegnet, aber, mal ehrlich, in meinen Augen war sie tablettenabhängig. Und das ist milde ausgedrückt. Die Frau war ein richtiger Pillen-Junkie. So viel also zu Cassies engster Familie. Dann war da noch ihre Cousine Gwen, die nur selten da war und auch dann keine große Hilfe darstellte. Wenn jemand ein echter Freak war, dann dieses Mädchen. Sie ließ es noch heftiger angehen als Ellie. Die beiden waren vom gleichen Schlag. Cassie dagegen war ganz anders.« Plötzlich taucht Brandon aus seinen Erinnerungen auf und blickt zu McDermott hoch.

McDermott beobachtet ihn einen Moment, eine übliche Taktik – man muss jemanden nur anstarren, um ihn am Reden zu halten. Aber Brandon scheint wirklich am Ende, außerdem beginnen seine Augen sich langsam zu verschleiern, die Erschöpfung und das Beruhigungsmittel fordern ihren Tribut.

»Und all das haben Sie auch Evelyn erzählt«, folgert McDermott.

Brandon nickt.

»Und was hat sie daraufhin gesagt?«

»Sie hat mich das Gleiche gefragt, was Sie mich jetzt gleich fragen werden – ob Cassie schwanger war, und wenn ja, wer der *Scheißvater* war.«

McDermott lächelt schwach.

»Leider hab ich überhaupt keine Ahnung, ob sie schwanger war«, fährt Brandon fort. »Ich kann zwar verstehen, dass man auf so was kommt, aber, verdammt, die meisten Leute glaubten damals, sie sei lesbisch. Ich geb zu, ich habe es selbst manchmal vermutet. Bloß das ist irgendwie schon ein verdammt großer Sprung, vom Lesbischsein zu einer möglichen Schwangerschaft.«

»Egal«, sagt McDermott, »machen Sie den Sprung.«

»Hören Sie, ich weiß es einfach nicht.«

McDermott liegt ein Name auf der Zunge, aber er will nicht derjenige sein, der ihn ausspricht. Es wäre sicher nicht das erste Mal, dass ein Professor mit einer hübschen jungen Studentin schläft. Und besagter Professor wäre sicher auch nicht allzu glücklich darüber gewesen, von einer Schwangerschaft der betreffenden Studentin zu erfahren. Er konnte sich Professor Albany gut vorstellen, wie er die drohenden Risiken erwog: Wenn Cassie sich gegen ihn wandte und ihn beschuldigte, konnte er einfach alles abstreiten. Dann stünde ihre Aussage gegen seine. Doch im Fall einer Schwangerschaft war das eine ganz andere Geschichte. Vaterschaftstest. Unanfechtbare Beweise. Ende einer vielversprechenden Karriere.

»Cassie hatte nicht allzu viele Freunde – besonders keine männlichen«, sagt Brandon. »Ich war so ziemlich der einzige.«

Auch das ist eine Möglichkeit, aber McDermott hat Brandon bereits ausgeschlossen. Er vertraut seinem Instinkt, und der Bursche hier macht ihnen nichts vor; besonders jetzt nicht, nachdem er dem Tod ins Auge geblickt hat und unter starken Beruhigungsmitteln steht. Mitchum lügt nicht. Er ist nicht der Vater gewesen.

Weiter, Brandon.

»Tja, da war noch eine Sache, über die Evelyn und ich gesprochen haben. Es gab da einen Typen, einen Professor im Fachbereich Kulturwissenschaften. Oh, richtig, jetzt fällt's mir wieder ein.« Er schnippt mit den Fingern. »Er hat dieses eine Seminar gemacht, in dem auch Terry Burgos saß. Professor Albany hieß er. Frank Albany.«

Stoletti wirft ein: »Wie kamen Sie auf ihn?«

»Er war einer dieser …« Brandon verzieht das Gesicht. »Er war einer dieser Profs, die sich gerne mit Studenten umgeben. Für mich hatte der Kerl immer was Unheimliches, aber Cassie dachte wirklich, er sei der Knaller.«

»Der Knaller.«

»Cool, meine ich. Sie sah zu ihm auf.« Er überlegt einen Moment.

»Das haben Sie Evelyn erzählt?«

»Ja, und sie war ganz versessen darauf, zu erfahren, wie viel Zeit Cassie mit Albany verbracht hat.«

»Hat sie gesagt, warum?«

»Na ja, sie hat mich gefragt, ob Cassie schwanger war – ich meine, ich bin ja nicht blöd.«

»Nein, ganz sicher nicht«, versichert ihm McDermott. »Aber hat sie das Ganze in einen größeren Zusammenhang gerückt?«

Er schüttelt den Kopf. »Ich hab sie danach gefragt, aber sie wollte es mir nicht sagen.«

Sie versuchen, Brandon weitere Details, Namen, Ereignisse oder Orte zu entlocken, die Evelyn vielleicht erwähnt hatte. Doch es scheint die typische Unterhaltung mit einem Reporter gewesen zu sein, in der der Befragte die meiste Redezeit bestreitet. Evelyn Pendry hatte sich nicht in die Karten gucken lassen.

»Was ist mit Gwendolyn Lake?«, fragt Stoletti. »Irgendeine Ahnung, wo wir sie finden können?«

Nein, hat er nicht. »So wie sie es damals getrieben hat, wäre ich ziemlich überrascht, wenn sie überhaupt noch am Leben ist.«

»Sie sind ihr seit dieser Nacht vor den Examen, in der sich der Streit ereignete, nie wieder begegnet?«, versucht es McDermott. »Nie? Nicht mal bei Cassies Beerdigung?«

Brandons Augen wandern zur Decke. »Nein. Sie war nicht da.«

Merkwürdig. Gwendolyn kam nicht zur Beerdigung ihrer Cousine? Auf seinen Blick hin zuckt Stoletti mit den Achseln.

Dann stellt sie die nächste Frage. »Haben Sie das damals der Polizei erzählt? Die Sache mit dem Streit? Die Bemerkung über den *Scheißvater?*«

»Nein«, gibt Brandon zu. »Weil es keine Rolle mehr spielte. Sie hatten Burgos ja schon geschnappt, und er lieferte ein umfassendes Geständnis. Da dachte ich, es geht niemanden was an. Ich hatte das Gefühl, ich wäre es Cassie schuldig, ihr Geheimnis nicht auszuplaudern. Außerdem kam es in Cassies Fall nie zu einer Anklage, richtig? Darum haben sie wegen ihr auch nie richtig ermittelt. Das einzige Mal, als ich aussagen musste, war während des Prozesses – und auch nicht in Cassies Fall. Es ging um Ellie.« Sein Blick huscht zwischen den beiden Detectives hin und her. »Ehrlich, ich hab keinen Anlass gesehen, den Namen eines wunderbaren Menschen grundlos zu beschmutzen.«

Das klingt ein wenig so, als wolle Mitchum sich rechtfertigen. Vermutlich hat er so sein schlechtes Gewissen schon öfter beruhigt. Auch wenn er nicht ganz unrecht hat. McDermott kann ein Lied davon singen, was es bedeutet, im allgemeinen Interesse Geheimnisse zu wahren. Allerdings beschäftigt ihn im Moment mehr die Tatsache, dass Cassies Mord von den Ermittlungen ausgenommen wurde. Wieder einmal erweist sich, dass damit eine ganze Reihe bohrender Fragen geschickt vermieden wurden.

Doch McDermott lässt es vorläufig dabei bewenden. »Gibt es sonst noch was, Brandon? Irgendwas über den Täter oder Evelyn oder ganz allgemein von damals, worüber wir noch nicht gesprochen haben?«

Es kommt immer wieder vor, dass Zeugen so von den Fragen der Polizei in Anspruch genommen sind, dass sie darüber wichtige Dinge vergessen. McDermott hat schon zahlreiche Zweitbefragungen durchgeführt, bei denen überraschende neue Dinge ans Tageslicht gefördert wurden und die Zeugen ihn höflich informierten: *Danach hat man mich beim ersten Mal einfach nicht gefragt.*

Brandon Mitchums Mund formt ein kleines *o,* und seine Augen blinzeln kurz. Seine Miene erweckt weniger den Anschein, als wühle er in seinem Gedächtnis, sondern eher, als ringe er mit sich.

»Alles, was Ihnen einfällt«, sagt McDermott. »Der Kerl wird nicht aufhören, bevor wir ihn stoppen.«

»Ich bin mir nicht sicher«, sagt Brandon.

»Und ich bin mir nicht sicher, was diesen Beutel mit Gras in Ihrem Apartment betrifft«, erwidert McDermott. »Wir sind bisher sehr zufrieden mit dem Verlauf des Gesprächs, und ich wollte Sie eigentlich mit einer kleinen Verwarnung davonkommen lassen.«

Brandon hebt die Hand. »Okay, okay. Ich dachte – ich dachte nur nicht, dass es wichtig ist. Und ich weiß nicht mal, ob es stimmt.« Er schüttelt den Kopf. »Okay, ich sag's Ihnen. Aber Sie haben es nicht von mir.«

36. Kapitel

Wir betreten Harlands Büro, von dem aus man über den Südteil der Stadt schaut und weiter bis zum Fluss und dem neu errichteten Theater. Ihm gehören große Grundstücke im Süden, zu beiden Seiten des Expressways, und er plant dort Bauvorhaben in großem Maßstab.

Ich betrachte den roten Eichenboden und den riesigen Perserteppich, den Harland aus dem Nahen Osten mitgebracht hat, wobei er alle möglichen Ausfuhrbeschränkungen unterlief.

Harland steht am Fenster und massiert sich mit Zeigefinger und Daumen die Augenlider, vorsichtig, wie alles, was er tut. »Wissen Sie, warum ich Sie eingestellt habe, Paul?«

Ich glaube schon, aber mir gefällt die Frage nicht. Daher schweige ich.

»Nicht aus Dankbarkeit. Man hätte es vielleicht so sehen können. Aber das war es nicht. Wenn ich mich dafür hätte bedanken wollen, dass Sie den Killer meiner Tochter seiner Strafe zugeführt haben, hätte ich das nicht mit Geld getan. Denn das hätte Ihre Leistung herabgewürdigt. Als hätte man ein Preisschild darauf geklebt.«

»Da haben Sie recht.«

»Ich habe Sie angestellt, weil Sie für mich der fähigste Anwalt der Stadt waren. Und ich wollte den fähigsten Anwalt der Stadt. Hier, an meiner Seite.«

Ich habe keine Ahnung, was er jetzt von mir hören will. Zum Teufel, ja, er ist ein absoluter Traumklient, aber er hat auch viel von mir bekommen. Ich habe immer mein Bestes gegeben.

»Harland, das Sherwood Executive Center. Hatten Cassies Ärzte ihre Praxis dort?«

Er antwortet nicht gleich. Ich muss an meine eigene Tochter Elizabeth denken und daran, dass ich keinen blassen Schimmer habe, wo die Ärzte praktizierten, zu denen sie früher ging. Ich habe sie kein einziges Mal zum Arzt gebracht; das hat immer meine Ex-Frau Georgia übernommen. Und um ehrlich zu sein, habe ich die Bentleys auch nie für die klassische Familie gehalten. Schwer vorzustellen, dass Harland oder Natalia das Kind in den Kombi gepackt haben, um es in die Sprechstunde zu karren. Dazu fällt einem eher eine Limousine mit Chauffeur ein.

»Ich kann mich an das Gebäude erinnern«, erwidert er

schließlich zu meiner Überraschung. »Sie war damals acht oder so. Sie musste sich die Zähne reinigen lassen. Sie hatte panische Angst, sie könnte ein Loch haben. Sie …«, er holt kurz Luft, »sie bettelte mich an, mitzukommen. Sie hatte solche Angst, solche Angst vor den Schmerzen.«

Ich wende den Kopf ab. Es ist mir unangenehm, jemanden anzugaffen, der gerade eine quälende Erinnerung durchlebt.

»Ich ließ mir einen Stuhl bringen und setzte mich neben Cassie, während sie ihr die Zähne reinigten. Sie hat die ganze Zeit meine Hand umklammert. Sie drückte sie ganz fest. Sehr fest, für so ein kleines Mädchen.«

Ich räuspere mich. Mir wäre es lieber, wenn er wieder auf meine Frage zurückkäme.

»Ich glaube, all ihre – alles, was ihre Gesundheitsvorsorge betraf, spielte sich in diesem Gebäude ab«, fügt er hinzu. »So eine Art Rundum-Service.«

»Auch der Allgemeinarzt, der Frauenarzt, solche Dinge?«

Er wedelt mit der Hand. Er vermutet es, aber er weiß es nicht.

»War sie schwanger, Harland?«, frage ich in einem etwas sanfteren Ton.

Er lässt sich einen Moment Zeit, dann gibt er ein Geräusch von sich, irgendwas zwischen einen Räuspern und einem Lachen. »Als ob sie mir so was erzählt hätte«, sagt er dann ruhig. »Das kleine Mädchen, das sich beim Zahnarzt in meine Hand gekrallt hat? Als sie ins College ging, gab es dieses kleine Mädchen schon lange nicht mehr. Nein, ich habe es geschafft, alle Frauen in meiner Familie zu vergraulen.«

Er fährt mit der Hand über den Walnusstisch, als wollte er ihn auf Staub hin überprüfen. Aber vielleicht versucht er auch nur, meinem Blick auszuweichen, was normalerweise ebenfalls nicht seine Art ist.

»Warum haben Sie mich kommen lassen, Harland?«

Er studiert seine Fingernägel. »Sie wissen wahrscheinlich, dass mir in puncto Frauen ein gewisser Ruf vorauseilt.«

»Ich weiß, dass Sie einen ausgezeichneten Geschmack haben«, antworte ich. »Auch wenn er ein wenig unbeständig ist.«

Das gefällt ihm. »Ein wenig unbeständig. Allerdings.« Er starrt mich an. »Ein wenig unbeständig. Und vermutlich wissen Sie auch, dass ich mir diesen Ruf bereits vor dem Ende meiner Ehe erworben habe?«

»Ich höre nicht auf Gerüchte«, sage ich, was einem Ja entspricht. Man munkelte, dass Harland seine Frau Natalia schon seit Jahren betrogen hatte. Mein Herzschlag beschleunigt sich wieder.

Harland dreht sich zum Fenster. Er hat das Licht eingeschaltet, das meinen Sitzplatz an der Tür hell erleuchtet, ihn aber im Halbdunkel belässt, und außerdem einen eindrucksvollen Blick durch das Fenster gewährt, vor dem die Lichter der Großstadt blinken wie ein Flipperautomat.

»Es ist eine Schwäche von mir«, fährt er fort. »Jüngere Frauen. Nicht *so* jung natürlich. Wir reden hier nicht von Teenagern.«

»Harland«, sage ich.

»Okay, in Ordnung.« Er braucht einen Moment, blickt in meine Richtung und dann zum Fenster, bevor er es ausspuckt.

»Diese Schwäche«, sagt er, »dehnte sich auch auf Ellie Danzinger aus.«

Brandon Mitchum windet sich in seinem Bett. Was er den Detectives gerade anvertraut hat, bereitet ihm eindeutig Unbehagen.

McDermott starrt an die Wand über Mitchums Kopf und versucht zu begreifen, wie das alles zusammenpasst. »Wollen Sie damit sagen, Cassie hat geglaubt, ihr Vater hätte Sex mit Ellie Danzinger?«

Mitchum schweigt, aber McDermott hat ganz offensichtlich richtig gehört.

»Wann hat Cassie Ihnen das erzählt?«, will Stoletti wissen.

»Oh, etwa um dieselbe Zeit. Kurz vor den Prüfungen. Im Mai oder Juni. Ich weiß«, fügt er mit nervösem Lachen hinzu, »das ist ein ziemlicher Hammer.«

Ein ziemlicher Hammer, das war eine Art, es auszudrücken. Aber es deckte sich mit Harland Bentleys Ruf, ein reicher Playboy zu sein. Es schien, als hätte Cassie Bentley wirklich ein hartes Semester durchgemacht. Sie verdächtigte ihre beste Freundin, mit ihrem Vater zu vögeln, und sie war schwanger.

»Das war aber nur eine Vermutung«, hakt Stoletti nach. »Kein erwiesener Fakt.«

»Richtig. Cassie glaubte es, konnte es aber nicht beweisen. Sie wollte es rauskriegen.«

»Woher wissen Sie, dass ihr das nicht gelungen ist?«, fragt McDermott. »Es könnte doch sein, dass sie ihren Verdacht bestätigt fand.«

Mitchum schüttelt langsam den Kopf, was ihm anscheinend Schmerzen bereitet. Er berührt seinen Gesichtsverband. »Das hätte sie mir gesagt«, erklärt er bestimmt. »Sie hätte es mir erzählen müssen. Ich hatte ihr das Versprechen abverlangt.«

»Sie haben ihr ein Versprechen abverlangt?«

»Ja.« Mitchum befeuchtet seine trockenen Lippen mit der Zunge. »Ich hatte Sorge, wie sie darauf reagieren würde. Ich wollte in ihrer Nähe sein, damit sie ...« Seine Augen werden schmal, sie fixieren eine sechzehn Jahre zurückliegenden Erinnerung.

»Damit sie sich nicht das Leben nimmt?«

»Ja, ich hielt das immerhin für vorstellbar. Wer konnte schon wissen, wie sie reagiert?«

Mitchums Kopf fällt zurück ins Kissen. McDermott tauscht einen Blick mit Stoletti, während er sich fragt, ob auch sie darüber nachdenkt, wie Cassie Bentley reagiert hätte.

Ob sie vielleicht mit ihrem Wissen zu ihrem Vater gegangen war.

Lange Zeit schweigen Harland und ich. Schließlich wiederhole ich seine Worte, um sicherzugehen, dass ich richtig gehört habe.

»Sie und Ellie hatten eine Affäre?«

»Oh, eine Affäre nicht unbedingt. Aber von Zeit zu Zeit, das ja. Sie war so …«

In der schützenden Dunkelheit auf seiner Seite des Raums hebt er den Kopf. Dann seufzt er ironisch. Jesus, dieser Bursche hatte seinen Schwanz wirklich nicht im Griff. Konnte er nicht mal die Pfoten von der besten Freundin seiner Tochter lassen?

»Sie war so – was, Harland? Jung? Sexy? Verboten?«

»Lebensfroh.«

»Oh, sie war so lebensfroh. Das erklärt natürlich alles.«

»Das kann ich von meinem Anwalt am allerwenigsten gebrauchen«, sagt er ruhig. »Moralische Urteile. Was ich bei meinem Anwalt suche, ist Schutz. Ich will nicht, dass das an die Öffentlichkeit gelangt, Paul. Das geht niemand etwas an.«

In gewissem Sinn hat er sogar recht, trotzdem dreht sich mir der Magen um. Ich mag es überhaupt nicht, über Dinge im Unklaren gelassen zu werden, wenn ich mit einem Fall vor Gericht ziehe. Er hätte es mir damals schon sagen müssen. Wir hätten es ohnehin als Nebensächlichkeit betrachtet, als einen zu vernachlässigenden Umweg. Wir hatten Burgos quasi mit blutigen Händen verhaftet, und es dauerte nur wenige Stunden, bis er den Mord an allen Frauen zugab. Ellie Danzingers Aktivitäten außerhalb der Universität hätten an seiner Schuld nicht das Geringste geändert.

»Wer wusste davon?«

Er räuspert sich. »Ellie«, sagt er, »und ich.«

»Sind Sie sicher?«

»Wir haben beide größten Wert auf Diskretion gelegt.«

»Ich glaube es einfach nicht«, murmele ich.

»Es ist mir gleichgültig, was Sie glauben oder nicht.« Harland tritt aus den Schatten hervor. »Sie haben Mörder verteidigt. Sie haben Manager verteidigt, die ihre Aktionäre betrogen haben. Sie haben uns bei diesem Umweltskandal in Florida vertreten. Hier handelt es sich um eine weit geringere Schuld. Also verteidigen Sie mich, Paul. Halten Sie das alles unter Verschluss.« Er steht mir jetzt direkt gegenüber. »Oder ich werde jemand anders finden, der es tut.«

Ich starre ihn an. Wieder erpresst er mich mit seinem Geld. Er weiß, dass ohne seine Aufträge ein Dutzend Anwälte meiner Firma auf der Straße säßen.

»Dann finden Sie jemand anders«, sage ich.

Er wirkt verblüfft, jedenfalls für seine Verhältnisse. Seine Augen forschen in meinem Gesicht nach einem plötzlichen Umschwung.

»Sie haben Angst.« Er nickt langsam. »So kenne ich Sie gar nicht.«

Er spricht dabei nicht von unserer Beziehung. Er spricht nicht von den Millionengeschäften, die er mir jedes Jahr überträgt.

Und er hat recht.

»Wer hat meine Tochter ermordet?«, fragt er mich.

Ich sage rasch: »Terry Burgos«, aber die Antwort überrascht uns beide – weil sie zu überhastet kommt, und weil ich damit der Frage überhaupt eine gewisse Berechtigung einräume. Vor drei Tagen wäre das noch undenkbar gewesen.

Sein Ausdruck wird ein wenig freundlicher, er wirkt fast amüsiert, zumindest will er, dass ich das glaube. Als hätte er vor nichts Angst.

»Ich werde rausfinden, was da vorgeht«, erkläre ich ihm.

»Selbst wenn sich Ihr Verdacht als unbegründet erweist.«

»Sogar dann.«

Ich wende mich zur Tür. Mit zittrigen Beinen steuere ich durch das Stockwerk. Der britische Leibwächter mustert mich misstrauisch, als ich die Ausgangstür aufstoße und in Richtung Aufzug eile.

»Es war ohnehin nicht von Belang«, sagt Brandon. »Warum also das Leben dieser Menschen grundlos in den Schmutz ziehen?«

»Ich habe Sie nicht gefragt, warum Sie es damals nicht der Polizei erzählt haben«, sagt McDermott. »Sondern warum Sie es uns *heute* nicht erzählen wollten. Fürchten Sie sich vor jemand, Brandon?«

Brandon winkt ab, als wäre McDermott auf einem ganz falschen Dampfer. Aber das ist er nicht. Mitchums ganze Haltung verrät es ihm.

»Harland Bentley«, tippt er.

Brandons Augen funkeln McDermott wütend an, dann schaut er wieder zur Seite. Ebenso gut hätte er nicken können.

»Erzählen Sie mir von Ihrem Verhältnis zu Harland Bentley, Brandon.«

»Hören Sie, ich bin nicht der Einzige.« Das allein klingt

schon wie ein Schuldeingeständnis, egal was da noch folgt. »Mr. Bentley ist einer der wichtigsten Mäzene dieser Stadt. Er spendet eine Menge Geld für Künstler.«

Oh. Richtig. Mitchum ist ja Künstler.

»Er hat mir durch die City Arts Foundation ein Stipendium zukommen lassen«, gibt er zu. »Okay?«

McDermott senkt den Kopf und blinzelt rüber zu Stoletti.

»Wann war das?«, fragt Stoletti.

»Nach meinem Abschluss in Mansbury. Etwa 92.«

»Er hat Ihnen 1992 ein Stipendium gewährt?«

»Ja. Okay – es ist ein Stipendium, das noch läuft. Es wird jedes Jahr erhöht.«

»Um wie viel?«, fragt McDermott.

»Oh.« Brandon wedelt mit der Hand. »Es fing bei fünfundzwanzigtausend an. Inzwischen sind es fünfundsiebzigtausend im Jahr.«

»Fünfundsiebzigtausend?« McDermott runzelt die Stirn. »Und was tun Sie dafür, Brandon? Warum ausgerechnet Sie?«

Das Gesicht des jungen Künstlers verfärbt sich ins Rötliche. Augenscheinlich kein Thema, über das er gerne spricht. »Er meinte, Cassie hätte gewollt, dass er mich unterstützt. Es sei ein Zeichen der Dankbarkeit, weil ich immer für sie da war.«

Ein Arzt kommt herein und will wissen, wann sie fertig sind. McDermott sagt, sie bräuchten noch fünf Minuten. Mitchum hat offenbar bereits auf ein Ende des Gesprächs gehofft. Der Arzt stellt sich neben McDermott, um zu unterstreichen, dass die Uhr tickt.

»Es war nichts falsch daran, dieses Stipendium zu akzeptieren«, sagt Mitchum.

McDermott nickt. »War zwischen Ihnen und Mr. Bentley je die Rede von den Dingen, die wir gerade besprochen haben?«

Brandon schüttelt den Kopf. »Nie.«

Stoletti fragt: »Hat er geahnt, dass Sie über ihn und Ellie Bescheid wussten?«

»Nein«, beharrt Brandon. »Es ist ja nicht mal sicher, ob es da überhaupt was zu wissen gab. Es war schließlich nur ein Verdacht, den Cassie hatte.« Er seufzt. »Ich wusste, dass mich das in Ihren Augen verdächtig machen würde. Aber Mr. Bentley spendet jährlich Millionen für die Kunst. Ich bin nur einer unter vielen. Ich hab nichts verbrochen.«

Der Arzt schiebt sich zwischen die Detectives und den Patienten. »So, das reicht für heute. Er braucht jetzt wirklich Ruhe.«

»Wir werden eine Wache vor der Tür aufstellen«, sagt McDermott zu Brandon. »Wenn Ihnen noch was einfällt, möchte ich, dass Sie mich anrufen.«

Sie treten hinaus auf den Flur. Stoletti verarbeitet noch das Gespräch, während McDermott das Display seines Handys überprüft. Keine Nachrichten.

Also, Cassie ist schwanger und führt ein unerfreuliches Gespräch mit dem jede Verantwortung ablehnenden Vater. Dann wird Cassie ermordet. Und kurz darauf bringt jemand Fred Ciancio dazu, ihm beim Einbruch in das Gebäude zu helfen, in dem Cassies Krankenakten lagern. Nichts davon ist eine bewiesene Tatsache, bis auf Cassies Tod. Aber es scheint durchaus logisch.

Ebenso unsicher ist, ob Cassies Vater wirklich was mit ihrer besten Freundin Ellie hatte. Entspricht das allerdings den Fakten, musste Cassie vor ihrer Ermordung eine ziemlich harte Zeit durchgemacht haben.

»Glaubst du, Cassie hat ihren Vater darauf angesprochen?«, fragt Stoletti. »Immerhin hat er eine Milliarde Dollar geheiratet und befürchtet dann vielleicht, seine Frau könnte rausfinden, dass er mit der besten Freundin seiner Tochter vögelt.«

»Wir hätten da noch jemand, der nicht wollen würde, dass Cassies Schwangerschaft publik wird. Professor Albany macht sich recht gut in der Rolle des *Scheißvaters.«*

»Und gerade zu diesem Zeitpunkt«, antwortet sie, »werden Cassie und Ellie zufällig tot aufgefunden.«

Richtig. Nur haben sie weder Belege dafür, dass Cassie schwanger war, noch dass Harland Bentley etwas mit Ellie Danzinger hatte.

Es gibt nur einen Weg, sich Klarheit zu verschaffen. McDermott muss sich mit Natalia Bentley Lake treffen, die morgen früh aus dem Urlaub zurückkehrt. Und gleich danach um zehn werden sie sich Harland Bentley vorknöpfen.

»Und den Professor setzen wir auch auf unseren morgigen Terminplan«, sagt er.

37. Kapitel

Vom Krankenhaus aus fährt McDermott gleich zurück zum Revier. Grace liegt schon im Bett, als er anruft. Seine Mutter berichtet, sie sei ohne Probleme eingeschlafen. Es ist erst die dritte Nacht seit Joyces Tod, in der er sie nicht selbst ins Bett gebracht und ihr vorgelesen hat. Es fehlt ihm. Es ist Teil des Paktes zwischen ihnen.

Was würde er bloß ohne seine Mutter anfangen? Ein Kindermädchen kann er sich bei seinem schmalen Polizistengehalt kaum leisten. Seine Mutter, die nächsten Monat vierundsiebzig wird, hält den Laden zusammen. Sie hat eine Rossnatur, aber in letzter Zeit fällt ihm auf, dass sie zunehmend langsamer wird. Es vergeht kein Tag, ohne dass er darüber nachdenkt. Was würde aus Grace, wenn sie nicht mehr wäre?

Er schiebt den Gedanken beiseite. Löscht das Bild von Joyce aus, die tot auf dem Badezimmerboden liegt, der Teppich mit ihrem Blut getränkt. Und das von Grace, wie sie in der Badewanne kauert, mit geschlossenen Augen, die Hände auf die Ohren gepresst.

Er versucht zu vergessen, was für schreckliche Dinge er am Abend vor ihrem Tod zu Joyce gesagt hat.

Joyce war krank, und alles war einfach zu viel für einen Ehemann, der zehn Stunden am Tag arbeitete. Noch mehr Sorgen hatte ihm Grace bereitet. Wenn ihr irgendetwas zustieß unter Joyces Aufsicht, hätte er sich das nie verziehen. Joyce liebte Grace mehr als alles in der Welt, aber darum ging es nicht. Krankheit war Krankheit. Man konnte seine Tochter von ganzem Herzen lieben, aber das half nichts, wenn man sich stundenlang oben in seinem Zimmer einschloss, während unten die dreijährige Tochter verzweifelt nach ihrer Mami schrie.

Das war der Punkt, an dem er seine Entscheidung traf. Er war abends nach Ermittlungen in einem Doppelmord zurückgekehrt, hatte seine hungrige, schmutzige Tochter aufgelesen und mit ihr im Arm das Haus nach seiner Frau abgesucht, wobei sein Herz vor Angst und Zorn so heftig pochte, dass er kaum nach ihr rufen konnte.

Schließlich fand er sie im Gästezimmer, zusammengerollt in einer Ecke, leise schluchzend. Sie hatte jedes Zeitgefühl verloren, wusste nicht mehr, ob Grace was zu Abend gegessen oder ihr Schläfchen gemacht hatte. Sie begann ernsthaft, die Kontrolle zu verlieren.

Die Zeit war reif – mehr als reif –, sie in einer Institution unterzubringen. *Damit du wieder etwas Ruhe findest,* wie er es später am Abend formulierte.

Eine Woche später traf er sich mit einem Anwalt. Zwangsweise Einlieferung war die eine Option. Aber es war ihm wichtig, dass er Joyce in seine Entscheidung mit einbezog. Er wollte, dass sie sich selbst als Teil der Lösung fühlte, nicht als Gefangene. *Versuch es doch einfach mal,* bat er. *Es ist ja nicht für lange.* Es ging einfach nur darum, betonte er, sie rund um die Uhr gut betreut zu wissen, damit sie wieder gesund wurde.

Wir schaffen das gemeinsam, versprach er ihr.

Das war an einem Dienstagabend. Sie fassten das Wochenende ins Auge. Widerstrebend hatte sie zugestimmt. An diesem Wochenende würden sie es in Angriff nehmen.

Warum hatte er es ihr bloß vorher angekündigt?

Warum war er Freitag zur Arbeit gegangen?

Natürlich hatte er auch dafür Rechtfertigungen parat: Zum einen duldete der Doppelmord keinen Aufschub, und zum anderen sah Joyce an diesem Freitagmorgen wirklich großartig aus – frisch, munter und positiv. Sie schien einen ihrer guten Tage zu haben; sie waren nicht alle schlecht. Es war ein ständiges Auf und Ab. An diesem Morgen, da war er sich ganz sicher, ging die Tendenz nach oben.

Er war sich so sicher gewesen.

Mir geht's gut, hatte sie gesagt, eine Hand sanft auf seiner Brust. *Du hast recht – lass uns an die Zukunft denken. Das ist der richtige Schritt für uns.*

Ab aufs Revier, hatte sie gesagt. *Du kannst mir packen helfen, wenn du wieder zurück bist.*

In acht bis zehn Stunden würde er wieder zu Hause sein, Joyce beim Packen ihrer Tasche helfen, für den hoffentlich nur kurzen Aufenthalt im Pearlwood Center. Abends dann war er doch schon um sieben zu Hause. Er hatte sich früher von der Arbeit loseisen können.

Sieben Stunden, in denen eine Welt zusammenbrach.

»Heute Nacht schaffen wir's«, teilt ihm Stoletti mit, während sie an ihrem Computer herumspielt.

»Wie? Oh.« McDermott seufzt. Sie bezieht sich auf die Fingerabdrücke, die an der Tür von Brandon Mitchums Apartment gefunden wurden. Bis sie Nachricht aus dem Labor kriegen, haben sie nichts weiter zu tun, und es ist nicht der Augenblick, in der eigenen Vergangenheit zu wühlen, also nimmt er sich die Burgos-Akten vor.

Burgos ist nicht sein Fall und obendrein längst aufgeklärt. McDermotts Job ist es, den gegenwärtigen Täter zu fassen. Dennoch ist der Zusammenhang unbestreitbar. Irgendwas wurde damals übersehen. Er weiß es. Und er muss möglichst schnell aufdecken, was, denn auch der Täter verschwendet keine Zeit. Sonntag hat er bei Ciancio zugeschlagen. Montag bei Amalia Calderone. Am Dienstag bei Evelyn Pendry. Heute hat er es bei Brandon Mitchum versucht.

McDermott reibt sich die Augen, leert die zweite Tasse Kaffee und geht sich eine neue holen, mit schweren Lidern, aber aufgeputscht vom Koffein. Gott, was für eine Energie hat er als junger Cop gehabt, während der Nachtschichten, die prickelnde Spannung, als er in den gefährlichsten Vierteln auf Streife ging. Damals waren für ihn die Grenzen klarer gezogen. Jetzt hechelt er nur noch hinterher, klärt Verbrechen auf, die bereits begangen wurden, statt sie zu verhindern. Sicher, er mag es, Rätsel zu lösen, das schon. Aber in Wahrheit sind die meisten Fälle nicht sonderlich schwer zu knacken. Für gewöhnlich liegen die Motive auf der Hand. Man muss lediglich die Nachbarn vernehmen, den Hintergrund des Opfers recherchieren, die Arbeit der Spurentechniker abwarten – und neun von zehn Fällen sind aufgeklärt. Am Ende ist das Opfer nicht wieder lebendig, aber wenigstens der Täter hinter Gittern.

Vielleicht ist das der Grund, warum er diesen Fall so genießt, trotz des ganzen Drucks, der auf ihm lastet. Er hat die Chance, den Täter zu stoppen, bevor er weitere Morde begeht.

Dieser Täter versucht irgendwas zu vertuschen. Und was immer es ist, es muss irgendwo hier in diesen Akten verborgen sein.

Er überfliegt seine Notizen zum Fall Burgos. Er hat sich die genauen Zeiten und Orte notiert und ist auf ein klares Muster gestoßen. Da waren zum einen die Prostituierten, dann zum anderen Ellie und natürlich Cassie. Bei den Huren wirkte alles hübsch eindeutig und überschaubar. Sie besaßen jedoch nur wenig Informationen über Ellie und so gut wie gar nichts über Cassie.

Punkt eins: Das Verschwinden der Prostituierten konnte auf bestimmte Nächte und Zeitabschnitte eingegrenzt werden und auch auf bestimmte Viertel. Zwei der Huren waren beobachtet worden, wie sie in einen blauen Chevy Suburban stiegen, und die anderen beiden hatten Fingerabdrücke in eben diesem Auto hinterlassen, dessen Besitzer Terry Burgos war. Ellie Danzingers Wohnung war aufgebrochen worden, und die Tat hatte sich in ihrem Schlafzimmer ereignet, auf ihrem Bett. Der Tatzeitpunkt konnte aufgrund der Umstände auf Sonntagnacht eingegrenzt werden.

Ganz anders lag der Fall bei Cassie. Sie wussten weder wann noch wo Cassie verschwunden war. Sie wussten lediglich, dass sie als Letzte starb. Und sie wussten, dass zwei Tage zwischen dem Tod der letzten Prostituierten und Cassies Ermordung vergangen waren.

Zweitens: Die Huren wurden vergewaltigt, bevor Burgos sie ermordete. An Ellie und Cassie hatte man sich erst nach ihrem Tod vergangen.

Drittens: Professor Frank Albany kannte beide Mädchen. Zu den Prostituierten hatte er keinen Kontakt.

Der zweite Punkt, der Sex, spielt vermutlich keine allzu große Rolle. Mit Huren kann man jederzeit problemlos Sex haben. Nette College-Mädchen dagegen, wie Cassie und Ellie – sie hätten einen Typ wie Burgos vermutlich nie in ihre Nähe gelassen. Er hätte sie zuerst ermorden müssen.

McDermott lehnt sich in seinem Stuhl zurück und lässt sein Gehirn selbsttätig die Verbindungen herstellen. Lässt einfach alles zu, was kommt. Normalerweise führt das zu den besten Ergebnissen.

Burgos hinterließ einen breiten Trampelpfad, hat Riley gesagt. Sie erwischten ihn, bevor sie überhaupt richtig zu ermitteln begannen. Sicher, das kam häufiger vor. Gleich der erste Hinweis führt zum Täter. Und wer will sich schon unnötig Arbeit machen? Sie haben den Kerl. Er gesteht. Sein Keller wirkt, als würde er ein Seminar über Foltermorde veranstalten. Also machen wir uns die ganze Sache nicht unnötig schwer.

Ihm fällt ein, was er über Ellie Danzinger gelesen hat. Sie wurde in ihrem Bett erschlagen, aber dann ließ man sie dort liegen, der Kopf hing auf einer Seite herunter. Der Rechtsmediziner folgerte aufgrund des ausgetretenen Blutes, dass sie mindestens sechzig Minuten dort lag, bevor sie in Burgos' Garage geschafft wurde, wo er ihr das Herz aus dem Leib schnitt.

Was geschah eigentlich während dieser sechzig Minuten?

Er blickt wieder auf seine Notizen. Hilfreich ist immer die Frage: Wer hat einen Nutzen davon? Wenn man den Gerüchten Glauben schenkt, waren es sowohl der Vater von Cassies Kind wie auch Harland Bentley, die vom Tod der beiden Mädchen profitierten.

Aber Burgos gestand alle sechs Morde. McDermott hatte das Verhörprotokoll gelesen. Keiner hatte Druck auf ihn ausgeübt. Burgos wusste verdammt genau, dass Ellie das erste Opfer gewesen war, bevor irgendjemand ihm gegenüber ihren Namen erwähnte oder ihm das Foto zeigte. Im Gegenteil, er wurde fuchsteufelswild, weil Detective Lightner ihr Foto nicht in die Sammlung integriert hatte. Außerdem gibt es wohl keine andere Möglichkeit, wie die Spuren der sechs toten Frauen in seinen Keller gelangt sein können.

Oder doch?

Und was, wenn Professor Albany tatsächlich der Vater von Cassies Kind war? Wäre das publik geworden, hätte er ohne Zweifel seinen Job verloren. Außerdem kannte er Burgos – er hatte ihn angestellt und ihn unter seine Fittiche genommen.

Hatte er als Professor Zugang zum Kellerschlüssel des Bramhall Auditoriums?

So viele unbewiesene Vermutungen. Aber wenn Harland Bentley es wirklich mit Ellie Danzinger getrieben hatte, drohte ihm der Verlust eines Vermögens, wenn es aufflog. Er und Albany hatten beide eine Menge zu verlieren.

Also wer von beiden war es? Bentley oder Albany?

»Hey, Mike.«

McDermott späht zu Stoletti hinüber, die auf die Tastatur ihres Computers einhämmert.

»Wir überlegen doch die ganze Zeit – wer von beiden kommt eher in Frage? Harland Bentley oder Professor Albany?«

»Richtig.« Als er sich neben sie stellt, zeigt sie auf ihren Bildschirm und die Ergebnisse einer Google-Recherche. »Wir haben uns Albany und Harland Bentley bisher immer einzeln vorgeknöpft«, sagt sie. »Ich dachte, warum sollten wir nicht mal nach einer Verbindung zwischen den beiden Namen suchen?«

»Sie waren beide Zeugen in einem spektakulären Mordfall, Ricki. So überraschend wäre es nicht, wenn sie zusammen in einem Artikel auftauchen.«

»Ach wirklich?« Sie klickt einen Link an. »Das hier finde ich schon überraschend.«

Der Link führt auf eine biografische Seite des Mansbury College. Oben rechts ein Foto von Professor Albany in nachdenklicher Pose.

Dann überfliegt McDermott den kurzen Abriss darunter.

Professor Frankfort J. Albany hat die Harland-Bentley-Professur für vergleichende Kulturwissenschaften am Mansbury College inne. Im Jahr 1990 eingerichtet, würdigt dieser Lehrstuhl die herausragenden Leistungen von Professor Albany …

»Die Harland-Bentley-*Was?*«

Harland Bentley hat am Mansbury College eigens einen Lehrstuhl für Albany eingerichtet?

»Womöglich müssen wir uns gar nicht zwischen Harland Bentley und Professor Albany entscheiden«, bemerkt er. »Vielleicht waren es beide.«

»Das würde zumindest erklären, warum er in einer Stellung auf Lebenszeit sitzt, obwohl er mit seinem Seminar indirekt für die Ermordung von sechs Frauen gesorgt hat. Ein Milliardär im Hintergrund kann nie schaden.«

»Unmittelbar nach dem Prozess gegen Burgos stellt dieser Milliardär Riley ein und macht ihn zum mehrfachen Millionär«, sagt McDermott. »Zum gleichen Zeitpunkt versorgt er Brandon mit einem Stipendium, als kleines Dankeschön dafür, dass er über sein Verhältnis zu Ellie Danzinger schweigt. Und ebenfalls direkt nach dem Prozess verschafft er Albany einen Lehrstuhl, der ihm ein lebenslanges Auskommen garantiert.«

»Irgendwas hat sich Harland Bentley da erkauft«, pflichtet sie ihm bei.

Sein Handy klingelt. Auf dem Display erscheint eine unbekannte Nummer.

»Mike, hier ist Susan Dobbs.«

»Susan.« Er schielt auf seine Uhr. Was macht eine junge Pathologin nachts um diese Zeit im Leichenschauhaus?

»Du hast meine Neugier geweckt«, sagt sie. »Und ich weiß, es ist wichtig.«

»Nett von dir, aber …«

»Ich hab mir gerade noch mal alle drei Opfer vorgenommen – Ciancio, Evelyn Pendry und Amalia Calderone.«

»Und?«

»Bei allen drei finden sich Einstiche zwischen der vierten und fünften tarsalen Phalanx.«

Vernehmlich stößt McDermott den Atem aus.

»Dieser Typ ist clever«, sagt sie. »Oder dämlich, je nachdem, wie man es betrachtet.«

Er markiert sie. Er hinterlässt eine Signatur.

»Aber warum steht darüber nichts in den anderen Autopsieberichten? Nur in dem Ciancios?«

Sie seufzt. »Mike, ihr schleppt uns hier Leichen an, die übersät sind mit Verletzungen – Blutergüsse, Abschürfungen, Messerstiche. Da schaut man nicht zwangsläufig an solchen Stellen nach. Es gibt keine Hinweise auf eine Vergiftung, also sucht man nicht nach irgendwelchen kleinen Einstichen. Wer denkt schon dran, die vierte und fünfte Zehe zu spreizen?«

»Aber *du* hast die Stelle bei Ciancio entdeckt«, sagt er. »Du hast was gut bei mir.«

»Ich hab mehr als *eine* Sache gut bei dir.«

Er klappt das Handy zu. »Alle drei Opfer«, teilt er Stoletti mit.

»War das die Rechtsmedizin?« Stoletti blickt auf. »Also wissen wir jetzt, dass zwischen allen ein Zusammenhang exisitiert. Falls das überhaupt noch fraglich war.« Ihre Augen werden schmal. »Warum unterzieht er sich, nachdem er diese Leute verstümmelt hat, auch noch der Mühe, den Platz zwischen der vierten und fünften Zehe zu finden und dort einen kleinen Einschnitt zu machen?«

McDermott lockert seinen Nacken. »Er will, dass wir es wissen.«

»Aber warum markiert er dann nicht gleich ihr Gesicht? Ich weiß nicht, das ist die geheimste Signatur, von der ich je gehört habe.« Sie nickt ihm zu. »Ist dir so ein Einschnitt auch in den Autopsieberichten der Mansbury-Morde aufgefallen?«

»Nein.« McDermott hat sämtliche Autopsieberichte des Burgos-Falls durchforstet. »Aber sie hätten es ebenso gut übersehen können, wie wir es bei zwei Opfern übersehen haben, bis ich Susan gezielt nachschauen ließ.«

Stoletti gefällt das Ganze nicht. McDermott geht es ähnlich. Dieser Typ hinterlässt als Zeichen einen winzigen Einstich in der Hautfalte zwischen dem vierten und dem fünften Zeh, der einem nur allzu leicht entgehen kann, da die Körper alle in übelstem Zustand sind.

Warum sollte er eine Signatur hinterlassen wollen, die niemandem auffällt?

»Er tut es für jemand Bestimmten«, murmelt McDermott. Aber für wen?

In dem 24-Stunden-Diner kaut Shelly mir gegenüber auf einem Eiswürfel aus ihrer Limonade herum. Ich berge eine Kaffeetasse zwischen beiden Händen, und meine diversen Wunden schmerzen wie die Hölle. Ich berichte ihr ausführlich, was sich seit unserem Besuch bei Gwendolyn heute Morgen ereignet hat.

Ich war so lange alleine, dass es sich ganz ungewohnt anfühlt, bei einem anderen Menschen Rat und Trost zu suchen. Das Leben eines Junggesellen ist unkompliziert, besonders wenn er genügend Geld besitzt, was bei mir eindeutig der Fall ist. Meine Arbeit erledige ich beim gegenwärtigen Stand meiner Karriere mit links. Die meisten Rechtstreitigkeiten legt man bei, indem man einfach ausreichend schwere Geschütze auffährt und die andere Seite zu Kompromissen zwingt, und wenn es doch mal zu einer Verhandlung kommt, ist das ohnehin mehr eine Farce. Und mein Privatleben? Die wichtigste Entscheidung, die ich treffen muss, ist, ob ich abends den Sportkanal einschalte oder mir alte Spielfilme auf A&E anschaue. Man wird bequem, und irgendwann ist man damit zufrieden.

Mein Leben wurde durch die Beziehung zu Shelly gründlich auf den Kopf gestellt. Ich begegnete ihr, wo ich den meisten Menschen in meinem Leben begegne – im Gerichtssaal. Ich gewann den Prozess und hörte nichts mehr von ihr, bis sie mich Jahre später bat, jemanden zu vertreten, der wegen Mordes angeklagt war. Neben der hitzigen Erregung des Zweikampfs vor Gericht spürte ich bei ihr sofort etwas Besonderes, ihren kämpferischen Geist, ihre tiefe Überzeugung.

Und als sie die Beziehung beendete, konnte ich nicht mehr zurück in mein altes Leben. Die gewohnte Bequemlichkeit wollte sich nicht mehr einstellen. Meine Assistentin Betty hat recht. Ich habe schon immer gerne einen über den Durst getrunken, aber seit jener Nacht ist das zur olympischen Disziplin bei mir geworden. Die letzten Monate war ich ein ziemliches Wrack. In der Arbeit habe ich auf Autopilot geschaltet und mich in Selbstmitleid gehüllt.

Jetzt ist Shelly zurück, unter dem Vorbehalt, dass ich keinen Druck auf sie ausübe, und sofort bombardiere ich sie mit all diesen Problemen. Ich wollte sie eigentlich gar nicht anrufen und hierher bitten, und ich hatte kein gutes Gefühl, als ich ihre Nummer in mein Handy tippte. Aber ich brauche sie, ob es mir gefällt oder nicht.

Bisher hat sie noch kein einziges Wort gesagt. Sie ist eine großartige Zuhörerin.

Als ich fertig bin, bemerkt sie: »Was bereitet dir an der ganzen Sache am meisten Sorgen?«

Ich lache. Nach allem, was ich ihr erzählt habe, weiß ich nicht, wo ich anfangen soll.

»Harland ist es nicht«, sagt sie.

Ich schiebe meine Tasse in Richtung Kellnerin, und sie schenkt mir nach. »Scheiß auf Harland.«

Shelly unterdrückt ein Grinsen. Vermutlich ist sie überrascht, das aus meinem Mund zu hören. Sie selbst hält nicht allzu viel davon, große Konzerne juristisch zu beraten. Ich habe einmal versucht, sie in meine Firma zu locken, indem ich ihr eine Partnerschaft anbot, aber ich konnte sie nicht von ihrer juristischen Arbeit für Kinder abbringen. Für sie geht es vor allem um den Einsatz, nicht um die Höhe der Entlohnung.

So war ich auch mal.

»Du glaubst, du hast damals was übersehen.«

Bei diesen Worten zucke ich zusammen. »Was ich mir einfach nicht erklären kann, ist, warum sich das bis in die Gegenwart auswirkt. Cassies Schwangerschaft, das war vielleicht damals, vor fünfzehn, sechzehn Jahren, ein Problem für jemand. Aber jetzt doch nicht mehr. Harland hatte Sex mit Ellie Danzinger? Okay, vor sechzehn Jahren hätte das sicher einen Skandal ausgelöst. Aber wen juckt das heute noch? Ich kann in all dem keinen Sinn erkennen.«

Sie langt über den Tisch und greift nach meiner Hand. »Aber du kannst auch dich nicht damit abfinden, dass sich *nichts* dahinter verbirgt.«

Menschen sterben nicht ohne Grund, will sie damit sagen. Es handelt sich nicht um die zufälligen Opfer eines wahnsinnigen Amokläufers. Es *gibt* eine Verbindung.

Die Kellnerin bringt einen Bagel mit Frischkäse für mich und für Shelly einen Salat. Ich habe das Abendessen versäumt und muss irgendwas zu mir nehmen, egal, wie sehr mein Magen rebelliert. Wir spielen eine Weile schweigend mit unserem Essen.

»Er hat ein Geständnis abgelegt, Shelly. Ich war selbst dabei, als Burgos damit rausrückte.«

Sie betrachtet ihren Salat, gruppiert die Gurken und die Tomaten mit ihrer Gabel um. Sie denkt gründlich nach, bevor sie mich fragt: »Bist du ganz sicher, dass Burgos diese Mädchen getötet hat?«

»Hundert Prozent.« Ich reiße ein Stück von meinem Bagel ab und starre es an.

Eine Gruppe von College-Studenten strömt ins Diner, nach Zigaretten und Alkohol stinkend und in eine lautstarke Unterhaltung vertieft. So war das damals. Man scherte sich um nichts. Wie beneidenswert.

Noch haben sie keine Ruinen in ihrem Leben hinterlassen. Keine unwiderruflichen Entscheidungen getroffen. Reue ist ihnen noch kein Begriff. Für sie ist das Leben ein einziges gigantisches Musikvideo.

Ich verfolge, wie sie auf eine Sitzecke zusteuern, während ihre angeregte Diskussion langsam leiser wird, dann wende ich mich wieder Shelly zu, die mich neugierig mustert.

»Zu fünfundneunzig Prozent«, sage ich. »Nein. Zu einhundert Prozent.« Ich schlage mit der Faust auf den Tisch. »Gottverdammt – einhundert Prozent. Er kannte alle Opfer mit Namen. Er wusste, in welcher Reihenfolge sie im Keller angeordnet waren. Er hat Ellie nachgestellt, um Himmels willen. Er ermordete sie in seinem eigenen Haus. Leute haben beobachtet, wie die Prostituierten in seinen Wagen stiegen.«

Sie wartet ab, bis ich mich wieder beruhigt habe. Ihre Miene drückt Besorgnis aus, was mich aus irgendeinem Grund sauer macht.

»Schau mich nicht so an«, sage ich. »Das Ganze ist nicht mein Problem, verstehst du? Wenn es da irgendein Geheimnis gibt, dann ist das nicht mein Problem. Ich bin schon seit fünfzehn Jahren kein Staatsanwalt mehr. Ich hab meinen Fall gelöst. Sollen sich andere darum kümmern.«

Shelly beißt sich auf die Lippen, ihre Augen zucken nervös.

»Nun sag doch was, Shelly, um Himmels willen.«

Sie legt ihre Gabel ab und bettet die Hände in den Schoß. »Wenn es nicht dein Problem ist, dann vergiss die Sache doch einfach.«

»Es vergessen?« Empört reiße ich einen Arm hoch. »Das ist dein Rat?«

»Du hast gesagt …«

»Ich weiß, was ich gesagt habe. Vergiss es.« Ich drehe mich zum Fenster, atme ein paarmal tief durch und starre mein Spiegelbild an: ein Anwalt, der sich wie ein hochkarätiges Arschloch aufführt. Aus dem Augenwinkel bemerke ich, wie Shelly der Kellnerin winkt. An ihrer Stelle würde ich genauso handeln. Rechnung bitte, und das war's.

»Du brauchst meinen Rat nicht«, sagt sie. »Du weißt selbst, was du tun musst.«

Die Rechnung flattert auf den Tisch. Shelly zückt ihre Börse.

»Es wird wehtun«, sage ich.

»Natürlich. Wenn du dich gegen Harland wendest, werden die Anwälte deiner Firma darunter leiden. Vielleicht wird deine Firma pleitegehen. Und falls du damals wirklich was übersehen hast, könnte das ziemlich unangenehm für dich werden – als Mensch und vielleicht auch beruflich. Was die fünfprozentige

Möglichkeit betrifft, dass du den falschen Mann in die Todeszelle geschickt hast – damit wirst du leben müssen.«

Ich fahre mir übers Gesicht. Sie hat recht. Kein Zweifel. Ich musste es nur von jemand anderem hören.

»Du kannst die Sache auch einfach vergessen«, fügt sie hinzu. »Das ist dein gutes Recht. Du bist kein Staatsanwalt mehr. Jeder hätte Verständnis dafür.«

Ich verberge mein Lächeln. Sie versteht mich besser, als ich mir eingestehen will. Sie eröffnet mir einen Ausweg, damit ich mich gut fühlen kann, wenn ich ihn nicht beschreite.

Als ich sie zu ihrem Wagen begleite, hakt sie sich bei mir unter. Eine an sich harmlose Geste, die mir jedoch sehr viel bedeutet. Ich will mehr davon. Ich will sie heute Nacht in meinen Armen halten, ihr Haar riechen, meine Finger über ihren weichen Bauch gleiten lassen.

Stattdessen küsst sie mich sanft, und ihre Hand entzieht sich der meinen. Ich schließe die Wagentür hinter ihr. Sie winkt mir zum Abschied, und ich weiß die Tatsache zu schätzen, dass unsere Trennung diesmal nicht für lange sein wird.

Don Regis von der Technischen Abteilung der Bezirksstaatsanwaltschaft kommt in den Besprechungsraum gestürmt. Nach seinem Anruf vor etwa zehn Minuten haben McDermott und Stoletti ihn bereits mit Spannung erwartet.

Ein Fingerabdruck an der Tür von Brandon Mitchums Apartment hatte einen Treffer in ihrer Datei erzielt.

»Die Abdrücke stammen von einem gewissen Leonid Koslenko. Ein russischer Immigrant.« Don Regis lässt die Akte auf McDermotts Schreibtisch fallen. »Verhaftungen wegen Körperverletzung und Mordverdacht. In beiden Fällen wurde die Anklage fallen gelassen.«

McDermott schlägt die Festnahmeprotokolle auf und wirft

als Erstes einen Blick auf die Fotos – Schwarzweiß-Aufnahmen des Mannes mit dem kantigen Gesicht und der halbmondförmigen Narbe unterm Auge. Seine Hand ballt sich zur Faust. Eine Woge der Erleichterung durchströmt ihn und ein gehöriger Schuss Adrenalin. Es ist derselbe Mann wie auf dem Foto aus Ciancios Apartment. Der Mann, der heute in Brandon Mitchums Wohnung war.

Er überfliegt die Protokolle. Vor fünf Jahren wurde Leonid Koslenko wegen tätlichen Angriffs auf eine Frau in der West Side verhaftet. Vor zwei Jahren war er wegen des dringenden Verdachts eingebuchtet worden, eine Frau ermordet zu haben, keine drei Blocks vom ersten Tatort entfernt.

Bei beiden Fällen stößt McDermott auf den Ausdruck *nolle prosequi,* den juristischen Terminus für die Einstellung des Verfahrens.

Und in beiden Fällen waren die Opfer Prostituierte.

Das erste Festnahmeprotokoll war umfangreich. Er blättert durch die Zusammenfassungen. »Er musste sich einem Psychotest unterziehen«, sagt er. Auf Anweisung des Gerichts hin wurde ein psychiatrisches Gutachten von Koslenko erstellt.

»Es kam nie zu einer gerichtlichen Einschätzung seiner Schuldfähigkeit«, sagt Regis, der die Berichte bereits gelesen hatte. »Das Opfer hat seine Anzeige vorher zurückgezogen.«

Mag sein, aber McDermott bereitet weit mehr Sorge, was der Psychiater in seinem Bericht schreibt:

Der Patient zeigt affektive Störungen, Denk- und Konzentrationsschwächen. Ein akuter Verfolgungswahn und akustische Halluzination sind eindeutig nachweisbar.

»Akustische Halluzinationen«, murmelt McDermott. Der Mann hört also Stimmen?

Der Patient leidet unter einer paranoiden Schizophrenie.

McDermott blickt auf die Uhr. Es ist kurz vor Mitternacht. Er greift zum Telefon, um den Sergeant vom Nachtdienst zu verständigen. »Ich brauche ein Einsatzkommando, Dennis. Jetzt sofort.«

Er legt auf und deutet auf Stoletti. »Wer auch immer Rufbereitschaft hat«, sagt er, »ruf sie alle an. Wir nehmen uns noch heute Nacht seine Wohnung vor.«

Leo sitzt in seinem Mietwagen. Die Gegend ist ruhig und friedlich, bald ist Mitternacht. Er war schon einmal hier, hat das Ziegelhaus genau studiert, drei übereinanderliegende Eigentumswohnungen, unten eine Sicherheitstür, die kein Problem für ihn darstellt.

Im dritten Stock ist alles dunkel.

Es muss heute noch passieren.

Sie wissen jetzt, wer ich bin, mein Fehler, aber das macht nichts, ich bin zu clever für sie, auch wenn sie wissen, wer ich bin, wissen sie noch lange nicht, wo ich bin, und sie wissen nicht, warum ich es tue, das ist der Unterschied zwischen mir und Terry, Terry war mutig, aber er war nicht clever.

Von hier aus hat er einen guten Blick auf das Ziegelgebäude und den kleinen Parkplatz dahinter. Er kann warten. Für ihn ist das kein Problem.

Jetzt wartet er schon fast eine Stunde. Gleich ist es Mitternacht. Er wird schon *wieder* improvisieren müssen.

Er zuckt zusammen, als ein Paar Scheinwerfer von der Straße

auf den Parkplatz schwenken. Er sieht nicht, wer aussteigt, es ist zu dunkel.

Aber es ist definitiv eine einzelne Person.

Er späht hinauf zum dritten Stock, seine Finger trommeln auf das Lenkrad. Ja. Endlich. Die Lichter gehen an. Im dritten Stock.

Er wartet. Fünf Minuten. Zehn. Fünfzehn.

Zwanzig Minuten später verlöschen die Lichter wieder.

Shelly Trotter ist ins Bett gegangen.

Das Volk gegen Terrance Demetrius Burgos
Fall Nr. 89-CR-31003
Juli 1989

Es war erst Rileys dritter Besuch in einem Leichenschauhaus. Als Bundesstaatsanwalt hatte er es selten mit Leichen zu tun gehabt, und wenn, dann war die Todesursache meistens eindeutig. Gewöhnlich waren die Körper von Maschinengewehrkugeln konkurrierender Drogenhändler durchsiebt.

Er war sich nicht sicher, warum er hier war. Was gab es für einen Grund, noch in Cassies Fall herumzustöbern, wo doch ihre Ermordung gar nicht vor Gericht verhandelt würde?

Er begrüßte Mitra Agarwal, eine junge Rechtsmedizinerin. Mitra war eine zierliche Frau mit Sinn für Humor und einem weichen indischen Akzent. Sie war unter den diensthabenden Ärzten gewesen, als die Leichen eingeliefert wurden. Sie war diejenige, die Natalia Bentley Lake die Leiche ihrer Tochter gezeigt hatte.

Dr. Agarwal führte Riley in einen großen gekachelten Raum. Auf den Bahren ruhten die Leichen von vier der Frauen, die Terry Burgos ermordet hatte.

Riley schlug den Autopsiebericht von Cassie Bentley auf.

»Okay«, sagte er und las aus dem Bericht vor. *»Ein post mortem ausgeführter Einschnitt zwischen der vierten und fünften tarsalen Phalanx.* Sind das die Zehen?«

»Könnte man so sagen.«

»Warum schreiben Sie dann nicht einfach Zehen?«

»Und warum sagen Sie nicht einfach, *das Verfahren wird eingestellt,* statt *nolle prosequi?«*

Riley grinste. »Touché, Doktor.«

»Keine der Prostituierten wurde bisher abgeholt«, erklärte die Medizinerin und drehte sich zu den drei anderen Leichen um. »Sie haben Glück, dass sie noch da sind.«

Familien hatten einhundertzwanzig Tage Zeit, um die Leichen ihrer Angehörigen abzuholen, also bestand theoretisch noch die Möglichkeit dazu. Aber diese Mädchen waren vermutlich auch deshalb Prostituierte geworden, weil sie so was wie eine funktionierende Familie nie gekannt hatten. Ihre letzte Ruhestätte würden sie in namenlosen Gräbern des Bezirksfriedhofs finden.

»Spannen Sie mich nicht länger auf die Folter, Mitra.«

Sie führte ihn zu Angie Mornakowskis kalter weißer Leiche und spreizte die vierte und die kleine Zehe ihres linken Fußes. Riley entdeckte einen winzigen unblutigen Einschnitt in der kleinen Hautfalte.

»Sie haben ihn alle«, sagte sie. »Die vier, die hier liegen, und Cassie.«

»Wow«, seufzte Riley. »Und kein Wort darüber in den Autopsieberichten.«

Sie schüttelte den Kopf. »Außer in dem von Cassie. Und ich bin ehrlich gesagt überrascht, dass er bei ihr entdeckt wurde. So was entgeht einem leicht. Wenn man es mit schweren Verletzungen an Kopf und Körper zu tun hat, ist es nicht weiter verwunderlich, dass man einen merkwürdigen kleinen Schnitt zwischen den äußeren Zehen nicht bemerkt. Das ist nicht wie bei einem Drogen- oder Vergiftungsfall. Man sucht nicht nach winzigen Verletzungen wie diesen.«

»Ich weiß schon. Ich wollte auch niemanden kritisieren.« Er atmete tief durch. »Der Schnitt erfolgte also post mortem. Als eine Art Nachtrag.«

»Eine Signatur«, ergänzte sie.

Riley stimmte ihrer Vermutung zu. »Er hinterlässt seine Duftmarke.«

»Betrachten Sie es doch mal von der positiven Seite«, erwiderte die Ärztin. »Wenn Sie noch Zweifel daran gehabt hätten, dass alle von der gleichen Person ermordet wurden, dann wären sie jetzt ausgeräumt.«

Riley lächelte sie an. »Ich hatte aber keine Zweifel.«

»Okay«, sagte sie. »Was soll ich Ihrer Meinung nach tun? Die anderen Leichen exhumieren lassen? Die Autopsieberichte widerrufen?«

Er wusste nicht, was das an den Ermittlungen ändern sollte. Burgos hatte die Morde gestanden, während der Vernehmung durch Lightner und seinen Psychiatern gegenüber. Es diente auch nicht zu seiner Entlastung – in dem Falle hätte es Riley dem Verteidiger von Terry Burgos nicht vorenthalten dürfen. Wenn überhaupt, dann schadete es Burgos eher noch. Denn damit war eindeutig bewiesen, dass alle Frauen von der gleichen Person getötet worden waren.

Vielmehr konnte die Sache nach hinten losgehen. Die Verteidigung konnte die Angelegenheit aufbauschen, die obduzierenden Ärzte als inkompetent brandmarken und einen unwillkommenen Nebenschauplatz eröffnen. Jeremy Larrabee wäre nur zu dankbar für alles, was die Aufmerksamkeit von seinem Mandanten ablenkte.

Hinzu kam, dass Riley die Danzingers um die Exhumierung

ihrer Tochter würde bitten müssen, nur wenige Monate nach ihrer Beerdigung. Und warum? Nur, um etwas zu beweisen, das sie bereits wussten?

Cassie Bentleys Obduktionsbericht war nicht öffentlich zugänglich. Er war nicht mehr Teil des Falls und ging daher niemanden etwas an.

»Vergessen wir das Ganze«, sagte Riley zu der wartenden Ärztin. »Aber danke, dass Sie meine Neugier befriedigt haben.«

»Oh.« Mitra Agarwal stieß ihm den Ellbogen in die Seite. »Wie aufregend. Ein Geheimnis. Sie und ich sind die einzigen lebenden Menschen, die von den Einschnitten wissen.«

»Sie, ich und Terry Burgos.« Riley dankte ihr und marschierte zurück in sein Büro.

Dienstag

23. Juni 2005

38. Kapitel

Leonid Koslenko bewohnt einen kleinen Bungalow im Nordwesten der Stadt, das vierte Haus in der Straße, von Süden her gesehen. Detective McDermott, der auf der gegenüberliegenden Straßenseite positioniert ist, wirft einen letzten Blick durch sein Fernglas auf das Haus. Dann späht er auf die Uhr. Es ist genau 2 Uhr 30, Dienstagmorgen.

McDermott schnappt sich das Funkgerät. »Code Gelb. An alle Gruppenführer, ich wiederhole, Gelb.«

Aus nördlicher und südlicher Richtung beginnen Beamte der Spezialeinheit RAID zu dem zweistöckigen Haus vorzurücken, tief geduckt im Schatten der Nachbarhäuser, unsichtbar von Koslenkos Haus aus. Zwei Teams zu je acht Männern umstellen langsam den Bungalow, in dunkelblaue, feuerfeste Uniformen gekleidet, ausgerüstet mit Kevlar-Helmen, kugelsicheren Westen, Nachtsichtgeräten und hochmodernen automatischen Gewehren.

Die Hälfte jedes Teams schleicht sich zur Rückseite des Hauses. Die Übrigen pirschen sich geduckt bis auf wenige Schritte an die Vorderseite heran, immer unterhalb der Fensterlinie.

McDermott hört das leise Knacken der in die Westen eingebauten Mikros und dann ihre Stimmen.

»Team A in Position.«

»Team B in Position.«

McDermott atmet tief durch, dann gibt er über Funk bekannt: »Code Grün. Ich wiederhole, Grün.«

Die Teams vereinen sich wieder vor der Eingangstür, wo sie einen Rammbock einsetzen, um ins Haus einzudringen. Einsatzwagen jagen von beiden Richtungen heran, stoppen mit quietschenden Reifen, richten ihre Scheinwerfer auf das Haus und tauchen das gesamte Grundstück in gleißendes Licht. Polizisten strömen aus den Mannschaftswagen und riegeln die Umgebung ab.

Jetzt springt McDermott mit gezogener Waffe aus dem Gebüsch. Im Inneren des Hauses leuchtet ein Licht nach dem anderen auf. McDermott verharrt auf dem Gehsteig, die Pistole in der einen Hand, das Funkgerät in der anderen. Er hebt eine Hand, um Stoletti zurückzuhalten, die neben ihm steht.

»Erstes Schlafzimmer – klar.«

»Erstes Badezimmer – klar.«

»Küche ist klar.«

»Wohnzimmer – klar.«

McDermott vergisst zu atmen, wappnet sich für den plötzlichen Lärm von Schüssen.

»Zweites Schlafzimmer – klar.«

»Zweites Bad – klar.«

»Drittes Schlafzimmer – klar.«

Er hat das Gefühl, die Luft schon seit Ewigkeiten anzuhalten, sein Puls hämmert.

»Keller ist klar.«

»Alle Räume sind klar. Alles klar hier.«

McDermott rennt die Einfahrt hoch ins Haus. Ein fauliger Gestank verpestet die Luft im Erdgeschoss, eine Mischung aus Schweiß und dreckigen Socken. Die Wohnung ist komplett verrottet. Farbe blättert von den Wänden. Die Küche wirkt, als wäre sie zuletzt in den Siebzigern renoviert worden. Im Wohnzimmer stehen nur wenige Möbel, wenn man die unzähligen Pizzakartons nicht dazuzählt, die überall herumliegen, die vielen öldurchtränkten Essenstüten und die mit Ketchup und Speiseresten überkrusteten Teller, an denen sich Fliegen und andere Insekten gütlich tun.

»Verdammt«, sagt er, als Stoletti neben ihn tritt. »Er ist ausgeflogen. Und zwar schon eine ganze Weile.«

McDermott nimmt die Treppe nach unten. Der Kellerraum ist leer bis auf eine Hantelbank, ein paar Gewichte und ein paar verschlossene Kartons.

Nicht so die Wände. Sie sind vom Boden bis zur Decke rundherum mit Korkplatten beklebt. Unzählige Dokumente und Fotos hängen daran.

Stoletti ist hinter ihm die Stufen hinuntergestiegen. »Was, zum Teufel, ist das?«

McDermott betrachtet die Objekte an der Wand. Ein Zeitungsartikel aus der *Watch,* ein Bericht über die Scheidung von Harland und Natalia Bentley. Eine Mahnung der Finanzbehörde wegen nicht gezahlter Steuern. Ein Artikel über Paul Riley, der den Dienst im Büro des Bezirksstaatsanwalts quittiert, um eine Anwaltsfirma zu gründen. Der Ausdruck einer Internetseite mit dem Titel »Russische Massenmörder«, die detailliert über die Taten von Nikolai Kruschenko berichtet, der über zwei Dutzend Prostituierte ermordete, bevor man ihn 1988 in Leningrad fasste. Ein Magazinartikel von Anfang des Jahres über Paul Rileys Kauf einer Villa, die früher Senator Roche gehörte. Unzählige aus dem Internet heruntergeladene Webseiten über Terry Burgos, seine Morde und seine Opfer. Das Schwarzweiß-Foto eines Mädchens, das neben einem Baum steht.

Und so weiter und so weiter. Es sind hunderte von Dokumenten.

»Das«, sagt McDermott, »ist sein Büro.«

39. Kapitel

Probier erst die Tür.

Das hat er aus seinem Debakel bei Brandon Mitchum gelernt. Aber wie zu erwarten, ist die Eingangstür verschlossen, also zieht er den Spanner und den kurzen Haken heraus und knackt das Schloss, dann schiebt er die Tür vorsichtig auf und ebenso leise wieder hinter sich zu. Jetzt, hinter der Eingangstür, schlüpft er aus seinen Schuhen und schleicht die Treppen hinauf.

Er zählt ein Apartment pro Stockwerk, während er langsam nach oben steigt. Er erreicht die oberste Etage und inspiziert die Tür – Standardschloss, vielleicht innen zusätzlich durch einen Riegel gesichert –, dann begibt er sich wieder hinunter zum Treppenabsatz zwischen dem zweiten und dritten Stock, damit Shelly Trotter nichts von ihm sieht, falls sie zufällig aus ihrem Guckloch spähen sollte, *ätsch, ich sehe was, das du nicht siehst.*

Er schaut auf die Uhr, es ist kurz nach vier, sie schläft und wird vermutlich weitere zwei, drei Stunden schlafen, also hockt er sich auf den Treppenabsatz und wartet.

Das Warten fällt ihm nicht schwer. Er ist gut darin. Er hat sechzehn Jahre lang gewartet.

Ich hieve mich aus dem Bett, obwohl ich keine Sekunde geschlafen habe. Gegen sieben sitze ich in meinem Wagen. Der Verkehr wird bereits zähflüssig. Ich überlege mir gerade ein fantasievolles Schimpfwort, um den Fahrstil der Frau im Auto vor mir zu beschreiben, da klingelt mein Handy. Die Anruferkennung verrät mir, dass Pete Storino von der Zoll- und Immigrationsbehörde dran ist, den ich um einen Gefallen gebeten habe.

»Pete, du bist früh auf für einen Staatsbeamten.«

»Allerdings. Also sag mir bitte nie, ich hätte mich nicht mächtig für dich ins Zeug gelegt, Riley.«

»Werd ich nicht tun, Pete. Versprochen.«

Er kichert. »Und du hast das nicht von mir, verstanden?«

»Geht in Ordnung. Ich schweige wie ein Grab.«

»Okay. Also Gwendolyn Lake, ja? Du wolltest wissen, wann sie die Staaten verlassen hat?«

»Richtig.«

»Gwendolyn ist am Mittwoch, den 21. Juni 1989, außer Landes geflogen.«

21. Juni. Das war die Woche der Morde. Mittwoch. Zu diesem Zeitpunkt waren drei Frauen tot. Cassie wurde am darauf folgenden Sonntag getötet.

Gestern am See hat Gwendolyn gesagt, es hätten ebenso gut drei Monate wie drei Tage gewesen sein können.

»Wo flog sie hin?«, frage ich.

»Direktflug, Flughafen De Gaulle«, erklärt er.

Paris. Das ergibt Sinn. Als ich Gwendolyn gefragt habe, wo sie sich damals herumgetrieben hat, tippte sie zuerst auf die Riviera. Reich wie sie war, hatte sie dort womöglich ein Haus.

»Weißt du, wie lange sie dort geblieben ist?«, frage ich ins Blaue hinein.

»Da kann ich dir leider nicht weiterhelfen, mein Freund. Bei Flügen von hier aus kann ich alte Quellen anzapfen. Aber wenn ich bei den Franzosen anrufe, läuft das über zu viele Ecken.«

»Klar, schon gut.«

»Vermutlich hat sie dort bei ihrer Familie gewohnt«, fügt er hinzu.

»Familie? In Frankreich?«

»Gwendolyn Lake ist französische Staatsbürgerin«, sagt er. »Wusstest du das nicht?«

Nein, das ist mir neu. Gwendolyn Lake ist in Frankreich geboren? Eigentlich nicht weiter verwunderlich. Diese Superreichen jetten um den Globus, besitzen Villen auf jedem Kontinent und können sich überall die beste medizinische Versorgung leisten.

Storino fährt fort. »Hier steht, geboren in – ich spreche das sicher falsch aus – Saint Jean Cap Ferrat. Am 8. September 1969. Jedenfalls könnte das die Länge ihres Aufenthalts erklären.«

»Wieso?«, frage ich. »Wann ist sie in die Staaten zurückgekehrt?«

»Lass mich nachschauen – 20. August 1992.«

»1992? Sie war *drei* Jahre weg?«

»Sieht so aus, *oui.*«

Ich bedanke mich bei Pete, schalte das Handy aus und versuche diese Information zu verdauen, während ich einen Typen abwimmle, der mir an der Kreuzung eine Zeitung andrehen will.

Gwendolyn Lake hat das Land in der gleichen Woche verlassen, in der Cassie und Ellie ermordet wurden, und ist *drei Jahre* nicht zurückgekehrt?

Haben wir unser Augenmerk auf die falsche schwierige junge Erbin gerichtet?

McDermott ruft zu Hause an, spricht mit seiner Mutter und mit Grace, erklärt ihnen die Lage. Nachdem er das hinter sich hat, streckt er die Arme und schüttelt die Spinnweben aus seinem müden Hirn. Techniker der Spurensicherung sind dabei, die Wände des Kellers zu fotografieren.

»Verdammt«, flucht er leise, nicht zum ersten Mal an diesem Morgen. Kaum haben sie den Täter, geht er ihnen prompt durch die Lappen. Und er ist sicher nicht nur eben mal kurz raus, irgendwelche Einkäufe erledigen. Sie haben das Haus schließlich mitten in der Nacht umstellt.

Er ist ausgeflogen.

Der Staub im Keller ist Gift für McDermotts Allergie. Er wischt sich pausenlos die Nase und fährt sich mit der Zunge über den Gaumen. Inzwischen hat er jedes Dokument an Koslenkos Kellerwand flüchtig studiert. Die Informationen sind säuberlich in Kategorien unterteilt. Die meisten Dokumente betreffen den Fall Terry Burgos oder Personen, die darin verwickelt waren. Harland Bentley. Seine Ex-Frau Natalia. Ihre Tochter Cassie. Terry Burgos. Paul Riley. Es gibt sogar ein paar Klatschspaltenfotos, die Riley mit seiner Freundin Shelly zeigen, der Tochter des Gouverneurs.

Eine weitere Abteilung an der Wand ist für Fotos von Frauen reserviert, die in ihrer aufreizenden Aufmachung wie Prostituierte wirken. Unter viele Fotos hat Koslenko Namen gekritzelt – oder zumindest die Namen, die sich diese Frauen während der Ausübung ihres Gewerbes gegeben haben. Roxy. Honey. Candy. Delilah.

»Jesus, das müssen über hundert Fotos sein«, murmelt er.

»Knapp daneben. Achtundneunzig«, sagt Stoletti. »Der Kerl steht auf Nutten.«

»Mike.« Powers, einer der Detectives, die zu ihrer Verstärkung eingetroffen sind, springt die Treppen herunter. In der Hand hält er einen Zettel. »Hab ich im Schlafzimmer gefunden.«

McDermott, der wie Powers Latex-Handschuhe trägt, nimmt ihn entgegen. Es ist die Fotokopie einer kleineren, getippten Notiz:

Ich weiß, dass Sie von meiner Beziehung zu Ellie wissen. Und ich weiß von Ihrer Beziehung zu meiner Tochter. Wenn Sie etwas ausplaudern, werde ich das auch

tun. Aber wenn Sie schweigen, richte ich auf Ihren Namen einen Lehrstuhl am Mansbury College ein. Ich benötige Ihre Antwort sofort.

McDermott liest die Notiz erneut, dann holt er tief Luft. Er kann förmlich spüren, wie sich eine Reihe krakeliger Linien in seinem Kopf zu glatten Kreisen fügen.

»Bentley hat Albany tatsächlich gekauft«, sagt Stoletti. »Und er hat mit Ellie geschlafen.«

»Und Albany hatte tatsächlich ein Verhältnis mit Cassie«, fügt er hinzu. »Jesus im Himmel.«

»Koslenko war Bentleys Kurier.« Auch Stoletti atmet tief durch. »Er hat für Bentley die Schmutzarbeit erledigt.«

McDermott denkt nach. Irgendwas daran wirkt nicht ganz schlüssig. Das Handy an seinem Gürtel klingelt. Ein Anruf vom Revier. »McDermott«, meldet er sich, aber der Empfang ist schwach, die Stimme des Detectives am anderen Ende ertrinkt im Rauschen. »Ich ruf dich zurück«, brüllt er. Er trabt die Stufen hinauf und verlässt das Haus.

Im Reden war er nicht gut. Aber er konnte gut zuhören. Zum Beispiel Gwendolyn und Mrs. Bentley in der Küche.

Das ist mein verdammtes Haus, *sagte Gwendolyn.*

Nein, es ist mein Haus. Alles gehört mir, bis ich es dir übereigne. Willst du den Vormundschaftsvertrag sehen?

Das ist nicht fair. *Gwendolyn schlug auf den Küchentisch.* Ich bin nicht mehr minderjährig. Ich will, was mir zusteht.

Mrs. Bentley sagte: Du bekommst es, wenn du mir bewiesen hast, dass du damit umgehen kannst.

Ihr verfluchten Bentleys. Ihr haltet euch immer für was Besseres. Aber weißt du eigentlich, Tante Nat, wo dein geliebter Gatte sich gerade rumtreibt? Und deine Tochter? Die entzückende kleine Cassie, dieses Wrack? *Gwendolyn stieß ein hämisches Lachen aus.*

Jetzt stolperten sie in sein Blickfeld, Mrs. Bentley hatte Gwendolyn am Arm gepackt. Gwendolyn versuchte sich loszureißen, aber Mrs. Bentley packte auch noch den anderen Arm.

Meine Familie geht dich überhaupt nichts an. *Dann wandte sie sich plötzlich um und sah ihn da stehen. Sie ließ Gwendolyn los und trat auf ihn zu. Sie schwieg einen Moment. Leo wusste nicht, was er tun sollte.*

Gefällt es dir hier, Leo?

Er nickte, ja.

Willst du ausgewiesen werden? Willst du zurück in die Sowjetunion? Zurück in dieses Heim?

Zurück in … War das eine Frage, oder hatte sie es schon beschlossen? Was meinte sie?

Dann kümmere dich um deine eigenen Angelegenheiten. Mach dich wieder an deine Arbeit.

Leo senkte den Blick. Er hatte Mrs. Bentley enttäuscht. Er drehte sich um und trottete zurück in den Hof, Scham brannte in seiner Brust.

Leo zuckt zusammen, als er Schritte aus dem Apartment im dritten Stock hört. Es ist halb acht. Sein Zeitplan geht auf. Er erhebt sich, streckt Arme und Beine, immer noch auf dem Treppenabsatz zwischen zweiter und dritter Etage.

Aus dem Apartment dringen vier schnelle Piepser, der Einbrecheralarm ist ausgeschaltet worden. Okay. Vermutlich ist im Flur ein Bewegungsmelder installiert, und man kann nicht mit seinem Kaffee oder einem Glas Orangensaft herumspazieren, ohne ihn auszulösen. Warum soll man ihn auch am Morgen anlassen? Man hat ja die Nacht heil überstanden.

So denkt ihr alle. Sobald die Sonne aufgeht, fühlt ihr euch sicher.

Leo, immer noch in Socken, stiehlt sich die Stufen hinauf. Er legt ein Ohr an Shelly Trotters Apartmenttür und lauscht. Irgendwo wird Wasser aufgedreht, dann ein leises Rauschen.

Sie nimmt eine Dusche.

Er schlüpft wieder in seine Schuhe. Dann holt er den Spanner aus seiner Tasche und macht sich an die Arbeit. Ein zusätzlicher Riegel ist an der Tür angebracht, einer mit Zylinderschloss. Er ist selbst erstaunt, wie gekonnt er mit dem Haken die winzigen Stifte des Schlosses auf Linie bringt und die Tür öffnet.

Das Wasser rauscht noch immer. Sie ist also noch unter der Dusche. Jetzt ist ein guter Zeitpunkt, solange sie nackt ist und auf rutschigem Boden steht, unfähig, sich zu verteidigen. Er stellt die Tasche mit der schweren Motorsäge neben der Couch ab, wo sie von den anderen Räumen aus nicht zu entdecken ist. Nur für den Fall.

Er weiß, wie er vorgehen muss – sich rasch in Richtung Bad bewegen, auf das Geräusch des strömenden Wassers zu, an der Tür lauschen, auf die verschiedenen Geräusche.

Das Wasser prasselt dumpf gegen irendetwas, vermutlich Plastik, die Tür einer Duschkabine oder ein Vorhang, keine Glastür …

Duck dich, wirf einen schnellen Blick rein, um ganz sicher zu sein, ein roter Vorhang, man kann nicht durchsehen, du kannst mich nicht sehen, Shelly, ich komme, Shelly, ich komme …

Schlüpf ins Bad, direkt zum Vorhang, reiß ihn auf, ihre Hände sind in ihrem seifigen Haar begraben, sie will reagieren, rutscht aus.

Sie gibt keinen Laut von sich.

40. Kapitel

Ich hänge mein Jackett an der Tür auf und werfe einen Blick auf meinen Terminkalender. Betty trägt all meine Termine in einen Desktop-Kalender ein, was für mich besser ist als ein kleiner Pocket-Organizer, weil man einen großen Rechner nicht verlieren kann. Ich muss heute nicht ins Gericht, und es gibt nur zwei Termine, die Betty für mich absagen muss. Der größte Teil meiner Arbeit besteht mittlerweile ohnehin darin, Heerscharen von anderen Anwälten zu beaufsichtigen.

Gwendolyn Lake hat das Land in der Woche verlassen, in der die Morde geschahen. Sie fuhr in ihr Haus nach Frankreich und kehrte erst drei Jahre später in die USA zurück. Das passt durchaus zu dem Bild, das sie von sich selbst gezeichnet hat – das ziellos um den Globus jettende Partygirl. Mit ihrem Geld konnte sie sich überall einrichten und schnell Freunde gewinnen. Jedenfalls hat sie es mir gegenüber so dargestellt.

Ich wende mich den Akten des Falles Burgos zu, die Betty freundlicherweise auf dem Boden hat liegen lassen, fein säuberlich in Stapeln an der Wand aufgereiht. Aber dann halte ich inne. Darin werde ich so gut wie nichts über Gwendolyn Lake finden. Sie war damals nicht im Land. Wir haben sie uns nicht vorgeknöpft, weil wir es nicht konnten. Weil kein echter Grund dafür vorhanden schien.

»Verdammt.« Ich fege ein paar Papiere vom Tisch.

War vielleicht Gwendolyn Lake diejenige, die damals schwanger war? Die eine Abtreibung hatte? Sie war eine Waise, die zumindest zum Teil unter der Vormundschaft von Harland und Natalia lebte. Ging sie zum gleichen Arzt wie die übrige Familie? In dieses Sherwood Executive Center?

Ich weiß es nicht. Ich weiß nur, dass ich von ihr nicht die erhofften Antworten bekommen habe. Und Harland hat den Kontakt zu mir abgebrochen – oder vielmehr ich habe das getan.

Die Briefe. Ich besitze immer noch die Kopien. Sie sind im Moment mein einziger Anhaltspunkt. Ich breite sie vor mir aus und konzentriere mich zunächst auf den zweiten, den Stoletti kommentiert hat.

Werde erleiden rächend das Ende. Zuletzt werden Echos innigster Trauer erschüttert nachhallen. Vernehmlich erschallen. Rührige Sendboten beständig ertragen neue unaufhörliche Torturen zu einem neuen Zweck. Eine innige Teilnahme zeitigt unerschrockene, offenherzige Parteinahme; fordert eine rührige Neugier, auch liebevollen Betrug an niedergelegten Ideen.

Wie hat Stoletti es ausgedrückt? Die Worte wirken gekünstelt. Aber die Handschrift ist wie gestochen, da hat sie völlig recht. Er hat sich Zeit genommen. Er hat gründlich überlegt. Trotzdem –

Echos hallen nach. Ertönen vernehmlich. Schallen ruhelos. Der Briefeschreiber verwendet mehrmals gleichbedeutende Worte wie nachhallen und schallen. Das ist redundant. Schlechter Stil. *Boten ertragen neuerlich ungerechtfertigte Torturen zu einem neuen Zweck.* Der gleiche Fehler. Eigentlich braucht er das Wort *neuen* nicht, da am Anfang bereits *neuerlich* steht.

Vielleicht ist das wirklich nur schlechter Stil. Versuche ich hier in die wirren Ergüsse eines Verrückten einen nicht vorhandenen Sinn hineinzulesen?

»Mist.« Irgendwas stimmt hier nicht.

Mein Telefon klingelt, ein interner Anruf, aber niemand aus der Kanzlei – die Anruferkennung würde im Display erscheinen. Er stammt auch nicht von Betty, denn sie ist nicht im

Büro. Es ist ein Anruf von draußen, der durch die Vermittlung zu mir durchgestellt wurde.

»Paul Riley«, melde ich mich.

»Mr. Riley, hier ist Gwendolyn Lake.«

Wenn man vom Teufel spricht. Ich schweige. Wenn sie mir was zu sagen hat, dann soll sie es tun.

Für einen Moment herrscht Stille in der Leitung. Im Hintergrund gibt jemand laut eine Bestellung auf, man hört Stimmengewirr. Vermutlich telefoniert sie in einem Lokal.

»Ich war gestern nicht ganz ehrlich zu Ihnen«, sagt sie.

»Ich –« Ich beschließe, das nicht weiter zu kommentieren.

»Sie haben sich das bereits gedacht.«

»Ich hatte zumindest den Verdacht.«

»Ich habe gestern gesagt, ich will nicht helfen. Aber ich will es doch. Können wir reden?«

»Zufällig habe ich gerade Zeit.« Ich lehne mich in meinem Stuhl zurück. »Gut«, sagt sie. »Ich bin direkt gegenüber, auf der anderen Straßenseite.«

McDermott tritt hinaus in die frische Luft. Das zweite Mal in den letzten sechs Stunden. Die Nachbarn und die Presse drängen sich um das Absperrband. Ein Beamter, der die Anwohner befragt, spricht ihn an.

»Dieser Kerl ist ein verdammtes Phantom, Mike. Die Nachbarn meinen, er hätte sein Haus kaum verlassen. Höchstens mal mitten in der Nacht. Er hat sich jeden Abend Pizza bestellt oder chinesisches Essen, und wenn er das Zeug entgegennahm, war das die einzige Gelegenheit, wo man ihn zu Gesicht bekam. Er hat sogar jemand bezahlt, der ihm den Rasen mähte. Die Nachbarn sagen, sie hätten ihren Kindern verboten, sich seinem Grundstück zu nähern. Sieht so aus, als hätte er allen hier gehörige Angst eingejagt.«

»Red weiter mit ihnen«, sagt McDermott. Er wendet sich an Powers, einen der Detectives. »Hol mir Professor Albany aufs Revier«, sagt er. »Ist mir egal, was er gerade macht. Und schnapp dir den Stellvertretenden Bezirksstaatsanwalt wegen des Durchsuchungsbefehls. Wir nehmen uns sein Haus noch heute Morgen vor.«

»Verstanden, Mike.«

Er packt ihn am Arm. »Und das Gleiche gilt für Harland Bentley.«

McDermott zieht sein Handy heraus, um Detective Sloan zurückzurufen, der es vor ein paar Minuten bei ihm probiert hat.

»Eine Sekunde, Mike.« Am anderen Ende erteilt Sloan jemandem Anweisungen. »Okay. Das haben wir bisher vorliegen. Das Opfer ist eine gewisse Brenda Stoller. Hat einen Collegeabschluss und arbeitete gelegentlich als Model. Sie wurde im Fond ihres Geländewagens gefunden, auf dem Parkplatz vor dem E-Z-Days-Baumarkt. Ihre Kehle war aufgeschlitzt.«

»Und?«

»Und, ja, ein Typ war gestern in dem Laden und hat nach einer Trim-Meter-Kettensäge gefragt. Wir haben die Überwachungsvideos und eine Identifikation des Verkäufers. Es ist unser Mann. Warum diese Frau, Mike? Sie geht da rein, will ein paar Glühbirnen kaufen, und dann passiert das?«

»Keine Ahnung. Sie muss ihm irgendwie in die Quere gekommen sein.« Er überlegt einen Moment. »Beschreib sie mir, Jimmy.«

»Jung, hübsch, scharfe Klamotten.«

»Beschreib mir ihr Outfit.«

»Oh, knappes pinkfarbenes Hemdchen, knallenge schwarze Hosen, hochhackige Schuhe. Gute Figur. Ich meine, sie war ziemlich attraktiv.«

»Hätte man sie für eine Prostituierte halten können?«

»Eine Prostituierte? Na ja, verdammt – irgendwie schon. Nettes, sexy Outfit, aber wiederum nicht so – okay, doch, ich schätze schon. Warum fragst du?«

»Ich bin mir nicht sicher.« Er wischt sich den Schweiß von der Stirn. Der Keller hat sich in eine Sauna verwandelt, seit alle dort unten arbeiten. »Irgendwas hat dieser Kerl mit Prostituierten. Schau einfach mal nach, ob was über die Frau vorliegt. Habt ihr schon was auf den Überwachungsvideos vom Parkplatz entdeckt?«

»Bisher nicht, aber wir arbeiten dran.«

»Ich will wissen, welchen Wagen er fuhr, Jimmy. Sein eigener steht nämlich in der Garage. Er benutzt einen Mietwagen. Besorg mir die Kennzeichen. Er ist uns entwischt.«

»Verstanden.«

McDermott seufzt. Sie waren so verdammt knapp davor gewesen, den Kerl zu schnappen. »Erzähl mir von dem anderen.«

»Das männliche Opfer ist ein gewisser Ray Barnacke, der Besitzer von Varten's Werkzeuge und Baumaterialien. Sein Genick war gebrochen. Und du hattest recht, Vartens war einer der Läden, die Trim-Meter-Kettensägen verkauften. Einer der Angestellten sagt, eine fehlt.«

»Mist.« McDermott schüttelt den Kopf. »Er sollte uns doch anrufen.«

»Es gibt auch keine Videos. Der Laden hat keine Kameras.«

»Großartig. Und sein Genick war gebrochen? Das ist alles?«

»Richtig. Keine Spuren von Folter. Bisher spricht nichts dafür, dass andere Waffen aus dem Song verwendet wurden. Aber ganz offensichtlich hat er jetzt die Säge.«

»Jesus im Himmel. Hör zu, Jimmy – sie sollen beim linken

Fuß des Opfers genau überprüfen, ob zwischen dem vierten und dem kleinen Zeh ein kleiner Einschnitt ist.«

»Hä?«

»Sag's ihnen einfach, Jim.«

»Okay. Linker Fuß. Habt ihr schon was über die Motive von dem Kerl rausgefunden? Irgendwas, das uns weiterbringt?«

McDermott blinzelt ins Sonnenlicht. »Ich frage mich langsam, ob es überhaupt ein Motiv gibt. Das würde nämlich bedeuten, dass wir dem Kerl irgendeine Form von rationalem Denken zuschreiben.«

»Okay. Ich melde mich, sobald ich was Neues habe. Wie geht's bei dir jetzt weiter?«

»Ich werde den Commander informieren«, erklärt McDermott, »und dann Harland Bentleys Ex-Frau besuchen.«

Ich treffe Gwendolyn Lake in dem Diner gegenüber von meinem Büro. Sie hockt in einer Nische, die Hände um eine Tasse Kaffee gelegt.

»Ich bin nicht gerne hier«, sagt sie und schüttelt langsam den Kopf. »Es ist kein gutes Gefühl.«

Wie ein Alkoholiker, der nach langer Trockenphase wieder eine Bar betritt, soll das vermutlich heißen. In dieser Stadt hat sie gelebt, als sie auf ihrem Selbstzerstörungstrip war. Heute passt sie schon rein optisch nicht mehr hierher, zumindest nicht ins Banken- und Geschäftsviertel, in ihrem weiten blauen T-Shirt, den Shorts und den Sandalen. Ihr Haar fällt wie schon beim letzten Mal ungebändigt über ihre Schultern. Ihre strahlenden grünen Augen spähen mich traurig durch die Brille an.

»Ich hab so lange gebraucht, diesen ganzen Schmutz hinter mir zu lassen. Verstehen Sie?«

Ich bestelle bei der Kellnerin einen Kaffee, den Energieschub kann ich dringend brauchen. »Ich bin nicht Ihr Psychiater, Gwendolyn.«

Sie lächelt und wird rot. Dann holt sie tief Luft. »Gestern habe ich behauptet, ich würde Frank Albany nicht kennen. Das stimmt nicht.«

Das hatte ich bereits vermutet, als sie sich während unseres Gesprächs verplapperte und ihn *Frank* nannte. Also, ein Punkt für sie.

»War echt ein merkwürdiger Kerl.« Sie beißt sich auf die Lippen. »Er hat sich mit College-Mädchen rumgetrieben. Mädchen aus *seinem* Seminar.«

»Erzählen Sie mir davon.«

»Mit absoluter Sicherheit kann ich es nicht sagen, aber ich glaube – ich denke, dass die beiden …«

Ich nehme einen Schluck Kaffee und verbrenne mir den Mund.

»Professor Albany und Cassie hatten eine Affäre, ist es das, was Sie mir sagen wollen?«

»Ich nehme es an, ja.« Sie blickt zu mir auf. »Und Ellie glaubte das auch.« Sie studiert meine Reaktion, bevor sie fortfährt. »Aber ich dachte, wenn jemand das weiß, dann Sie.«

»Und woher, zum Teufel, hätte ich das wissen sollen?«, frage ich verärgert. »Ellie war tot, Sie waren verschwunden, und Professor Albany hatte absolut kein Interesse, es an die große Glocke zu hängen.«

Gwendolyn streicht mit ihren Händen über die Kaffeetasse, als würde sie töpfern.

»Okay.« Ich beruhige mich wieder. Es wäre schade, wenn sie sich wieder in ihr Schweigen zurückzieht. »Was noch, Gwendolyn?«

Sie kann ihre nervösen Hände nicht stillhalten. »Ellie hat mir gesagt, Cassie wäre schwanger.«

Ich schließe die Augen. Der Verdacht hat sich also bestätigt. Der Anwalt in mir denkt an die gerichtliche Verwertbarkeit dieser Aussage, an die Hörensagen-Regelung. *Cassie erzählte es Ellie, die es Gwendolyn weitererzählte.* »Wann?«, frage ich.

Sie zuckt mit den Achseln, starrt weiter auf den Tisch. »Irgendwann während des Semesters, mehr kann ich Ihnen nicht sagen. Jedenfalls war es warm. Im Mai oder Juni.«

»Die Morde wurden Mitte Juni verübt«, erinnere ich sie. »Können Sie es dazu in Beziehung setzen?«

»Nein.« Sie blickt zu mir auf. »Ich kann mich nicht mal erinnern, wann ich weg bin.«

»Versuchen Sie es.«

Ich muss daran denken, was mir Pete Storino mitgeteilt hat. Gwendolyn verließ die Staaten am Mittwoch, 21. Juni 1989. Nur wenige Tage, bevor Cassie ermordet wurde.

»Mr. Riley.« Ihre Hände formen ein Rechteck auf dem Tisch. »Menschen messen die Zeit nach Wochentagen, wenn sie arbeiten. Sie unterteilen sie in Semester oder Trimester, wenn sie studieren. Ich habe meine Zeit nicht auf diese Art gemessen. Ich habe weder gearbeitet, noch habe ich studiert. Für mich war jeder Tag ein Ferientag, weil …«

»Gwendolyn, können Sie mir helfen oder nicht?«

»Juni, glaube ich«, erklärt sie überraschenderweise. »Ich habe ständig darüber nachgedacht, seit Sie mich gestern danach gefragt haben. Wahrscheinlich bin ich irgendwann im Juni zurück nach Europa geflogen.«

Okay, das kommt der Wahrheit ziemlich nahe. Ich beschließe, ihr noch ein paar Testfragen zu stellen.

»Erinnern Sie sich, wo Sie hinflogen, als Sie die Staaten verließen?«

Sie schüttelt den Kopf. »Ich nehme an, an die Riviera. Ich besitze ein Haus in Cap Ferrat.«

Okay. Storino meinte, sie sei in Saint Jean Cap Ferrat geboren.

Vielleicht meint sie es doch ehrlich.

»Also, irgendwann im Mai oder Juni hat Ellie Ihnen erzählt, Cassie sei schwanger.«

Sie nickt. »Cassie hat es ihr eines Nachts erzählt und war dabei wohl ziemlich aufgeregt.«

»Was noch?«

»Sonst nichts. Das war alles.«

»Haben Sie Cassie darauf angesprochen?«

Sie schüttelt lächelnd den Kopf. »Cassie und ich waren nicht unbedingt, na ja, sie mochte meinen Lebensstil nicht. Ellie stand ich näher.«

»Sie vermuteten also, Cassie hatte eine Affäre mit Professor Albany und war schwanger. Aber mit Bestimmtheit können Sie das nicht sagen.«

Sie schaut mir in die Augen. »Glauben Sie, ich lüge?«

»Vermutlich können Sie mir auch nicht mit Bestimmtheit sagen, ob Albany der Vater des Kindes war.«

Sie denkt eine Weile darüber nach. »Nein, kann ich nicht.«

»Wer käme Ihrer Ansicht nach sonst noch dafür in Frage?«

Sie nippt an ihrem Kaffee, zieht ein Gesicht und schüttelt langsam den Kopf.

»Wie steht's mit Brandon Mitchum?«, frage ich.

»Oh, nein. Brandon auf keinen Fall.«

»Wer dann, Gwendolyn? Spekulieren Sie einfach ein bisschen drauflos.«

Sie malt mit dem Finger Kreise auf die Tischplatte. Ihr liegt ein Name auf der Zunge. Ich spüre es.

»Da war dieser eine Typ«, setzt sie an. »Eigentlich ein ganz netter Kerl. Er hat damals bei ihnen im Haus gearbeitet. Wissen Sie, Nat hatte das eine Haus, und meine Mutter hatte ihres, auf der anderen Seite der Stadt. Ein paar Leute vom Personal wechselten zwischen den Häusern hin und her.« Sie seufzt. »Er hat Gartenarbeiten und Botengänge erledigt, und ich glaube, er war auch Fahrer. Ich hatte immer das Gefühl, dass er Cassie sehr mochte. Sie hätten sehen sollen, wie er sie angeschaut hat. Ich hab sie immer damit aufgezogen. Die meiste Zeit schien er ziemlich harmlos. Aber manchmal – konnte er auch ein wenig beängstigend sein.«

Am liebsten würde ich sie packen und schütteln, aber ich versuche, ruhig zu bleiben. Sie wirkt aufgewühlt, und ich ahne etwas jenseits dieser Erregung.

Angst.

»Leo«, sagt sie. »Sein Name war Leo.«

Aus meinem Jackett hole ich die Kopie der Aufnahme von Harland Bentley mit den Reportern und dem Mann mit der Narbe im Hintergrund. Derselbe Mann, der Brandon Mitchum angegriffen hat. Derselbe Mann, der vermutlich auch Fred Ciancio, Amalia Calderone und Evelyn Pendry auf dem Gewissen hat.

»O Gott.« Gwendolyn greift nach dem Foto und starrt mich dann an. »Das ist er.«

Leo späht durch die Glasschiebetür in Shelly Trotters Apartment auf den Parkplatz hinunter. Es ist kurz vor neun, die Leute sind in der Arbeit. Er hört Schritte ein Stockwerk tiefer, das Geräusch klappernder Absätze, als jemand durch die Tür tritt und die Treppe hinunterläuft. Einen Moment später fährt ein Auto davon, und Shelly Trotters Wagen bleibt allein auf dem Parkplatz zurück.

Leo entriegelt die Glastür, öffnet sie aber nicht. Er wirft noch einen raschen Blick ins Bad, auf Shelly Trotters Körper, dann verlässt er das Apartment und läuft die Treppe hinunter.

Er marschiert zu seinem Wagen und lenkt ihn durch die Gasse auf den kleinen Parkplatz hinter dem Ziegelgebäude.

Bald werden wir wissen, auf wessen Seite Sie stehen, Mr. Riley.

41. Kapitel

»Ja, verdammt. Ich will, dass eine Fahndungsmeldung an alle Reviere rausgeht. Und sorg dafür, dass sein Bild und sein Name in sämtlichen Medien erscheinen. Presse, Fernsehen, Radio, Internet.« McDermott hämmert auf die Austaste seines Handys und starrt durch das Beifahrerfenster auf die Hausnummern der protzigen Villen. Als er die gesuchte entdeckt, steuert er auf das Stahltor zu. McDermott zeigt dem Mann an der Pforte seine Dienstmarke. »Mrs. Bentley erwartet mich.«

»Mrs. *Lake«,* berichtigt ihn der Mann, nimmt den Hörer und wählt. »Folgen Sie einfach dieser Straße, Detective.«

Wie die meisten Häuser von Megareichen liegt auch diese Villa irgendwo auf dem Grundstück verborgen. McDermott rollt an Fontänen und gepflegten Gärten vorbei, bis ihn die Straße in weitem Bogen zu einer Eingangstür des Gebäudes führt.

Niemand braucht so viel Geld. Dieses Gebäude hat doch tatsächlich drei Haupteingangstüren.

Eine ganz in Weiß gekleidete Frau wartet mit hinter dem Rücken verschränkten Armen unter dem Vordach zwischen zwei reich verzierten Säulen. Sie begrüßt ihn freundlich und scheint sich nicht sicher, wie sie mit den Akten verfahren soll, die er bei sich trägt. »Ich behalte Sie gern bei mir, danke«, teilt er ihr mit.

Die Eingangshalle entspricht dem, was er sich von einem solchen Palast erwartet hat, ein langer gewundener Treppenaufgang, Kronleuchter, antike Möbel. Seine Eskorte geleitet ihn in einen Salon mit noch mehr antikem Zeug. In McDermotts Familie ist seine Frau die Innenarchitektin gewesen. Alles, was er je gefordert hat, ist eine bequeme Couch.

Dankend lehnt er eine Erfrischung ab, und die Frau entfernt sich, nachdem sie ihn auf irgendeinem unbequemen Möbel hat Platz nehmen lassen, mit Blick auf ein kleines Piano. Sie hatten immer davon geträumt, dass Grace ein Instrument spielen lernt, und dabei auch über Klavierstunden gesprochen. Er wird sich in nächster Zeit darum kümmern und irgendwo ein gebrauchtes Klavier auftreiben müssen.

Und Geld, um es zu bezahlen

»Detective.«

McDermott erhebt sich. Natalia Lake ist schlank und sportlich und trägt einen ärmellosen Rollkragenpullover. Ihr graues Haar ist streng nach hinten gebunden, ihre Haut gebräunt und straff, auf eine künstliche Art. Ihre Augenlider jedoch sind noch eine ganze Schattierung dunkler.

»Verzeihen Sie, dass ich noch ein wenig derangiert bin«, sagt sie. »Bei Nachtflügen schlafe ich nicht allzu gut, und wir sind erst vor zwei Stunden gelandet. Ich hatte kaum Zeit für ein Bad.«

»Kein Problem«, sagt er. »Wie war der Flug?«

»Turbulent.«

»Welche Fluglinie?«

Sie blinzelt. »Fluglinie?«

»Oh.« Klar. Sie besitzt natürlich einen Privatjet.

»Es tut mir leid, dass ich erst jetzt zur Verfügung stehe«, sagt sie. »Ich habe meinen Aufenthalt abgekürzt.«

McDermott kratzt sich an der Nase. »Ja, ich weiß das zu schätzen. Italien, richtig?«

Sie lässt sich auf einer Couch gegenüber McDermott nieder. »Ich habe Freunde in der Toskana, die darauf bestehen, dass ich jeden Sommer zumindest ein paar Wochen bei ihnen verbringe.«

»Aber absolut.« McDermott greift in einen der Aktenorder und zieht das Foto von Harland Bentley und dem Mann im Hintergrund heraus, dessen Namen er inzwischen kennt.

»Mrs. Lake, kennen Sie den Mann im Hintergrund?«

»Bitte, nennen Sie mich Nat. Oh.« Sie zuckt zurück, Grund dafür ist offensichtlich der Anblick ihres Ehemanns. »Im Hintergrund?« Sie setzt ihre Lesebrille auf und wirft einen zweiten Blick darauf. »Ach ... ist das Leo? Das ist eine alte Fotografie.« Sie sieht McDermott an. »Leo – Leo Koslenko«, sagt sie.

»Wissen Sie, wo er sich zurzeit befindet, Mrs. Lake?«

»Nein, das weiß ich nicht.« Sie schüttelt den Kopf. »Ich bin Leo schon seit Jahren nicht mehr begegnet. Ich glaube, nicht mehr seit – seit Cassies Tod.«

»Haben Sie mal mit ihm gesprochen?«

Sie starrt ihn an. »O nein«, flüstert sie. »Hat Leo etwas verbrochen?«

McDermott atmet tief durch und winkt ab. »Ich brauche bloß ein paar Hintergrundinformationen«, sagt er. »Wer ist Leo Koslenko?«

»Damals in der Sowjetunion stand Leos Familie der unseren sehr nahe. Leo hatte Schwierigkeiten, und seine Familie dachte, hier, in den Staaten, wäre er besser aufgehoben.«

»Was für Schwierigkeiten?«

Sie schüttelt ratlos den Kopf. »Disziplinarischer Art, denke ich. Ich weiß es nicht. Seine Familie hat angefragt, ob ich ihn zu mir nehmen würde, und das tat ich.«

»Wann war das?«

Laut Koslenkos Akte war er 1986 nach Amerika emigriert. Aber McDermott will Mrs. Lakes Antwort hören.

»Mitte der Achtziger«, erwidert sie. »Während der Reagan-Ära.«

Er nickt. »Und er hat dann bei Ihnen gelebt?«

»Ja.« Sie schlägt die Beine übereinander. »Er hat für uns gearbeitet. Sein Wohnquartier war übrigens hier. Das war ja ursprünglich das Haus meiner Schwester Mia. Ich lebte auf der anderen Seite der Stadt.«

»Wo Mr. Bentley immer noch wohnt.«

Sie lächelt schwach. »Wir sind beide zu starrköpfig, um auszuziehen.«

»Leo, wie Sie ihn nennen – Leo wohnte hier?«

»Ja. Im alten Kutschenhaus.« Ihre Augen fixieren McDermott. Vermutlich hat sie schon viele Menschen auf diese Art gemustert und ist dabei in den seltensten Fällen zu einem erfreulichen Ergebnis gekommen. »Muss ich davon ausgehen, dass Leo unter Verdacht steht? Am Telefon haben Sie etwas von einem Mord erwähnt.«

»Nicht nur ein Mord.«

»Nicht nur – o mein Gott.« Sie berührt ihr Gesicht. Ihre Hand zittert. »Leo war so ein lieber Junge, aber – er war in Therapie. Ich dachte immer, er macht sich ganz gut.«

»Wann haben Sie ihn zum letzten Mal gesehen oder mit ihm gesprochen?«

»Das muss schon eine ganze Zeit her sein.« Sie senkt den Blick. »Cassie … Cassie starb im Juni 1989. Unmittelbar danach habe ich Harland verlassen. Es war – nun ja, es war alles ziemlich chaotisch damals, um es gelinde auszudrücken.« Abwesend zupft sie an einem Fingernagel und schüttelt langsam den Kopf.

McDermott beobachtet sie, schweigt aber. Seiner Erfahrung nach sind die besten Befragungen die mit den kurzen Fragen und den langen Antworten.

Sie räuspert sich mehrmals und fährt dann mit leiser Stimme fort. »Nach meinem Auszug war ich nie wieder dort. Ich zog hier bei Gwendolyn ein; ich wollte nicht, dass sich unser Personal noch mischte. Harland sollte seine Leute haben und wir unsere. Ich wollte eine endgültige und vollständige Trennung.«

Er nickt. »Und Leo?«

»Leo wäre vermutlich besser bei uns geblieben«, sagt sie. »Aber so war es nicht.«

»Leo blieb in Harlands Haus?«

Natalia schließt die Augen. Sie führt eine Hand zur Stirn und streicht ihr Haar zurück, das ohnehin straff zurückgebunden ist. »Sie denken sicher, ich müsste die Antwort darauf wissen. Man sollte denken, dass jemand, der die Verantwortung für Leo übernommen hat, bei ihm nach dem Rechten sieht.«

»Aber das taten Sie nicht.«

Sie lächelt zaghaft. »Nach dem Tod meiner Tochter ging es mir zwei Jahre nicht besonders gut. Ich hatte selbst lange Jahre Probleme mit Alkohol- und Tablettenmissbrauch, falls Sie das nicht wissen.«

Er schüttelt verneinend den Kopf.

»Meine Tochter war für mich immer das beste Gegenmittel gewesen.« Sie seufzt und fährt mit ausdrucksloser Stimme fort. »Nachdem sie Cassie gefunden hatten, war ich zwölf Monate lang keinen einzigen Tag nüchtern. Daher kann ich nur sagen, nein, Detective, ich hatte keinen Überblick, was aus Leo wurde.«

McDermott kritzelt etwas auf seinen Notizblock.

»Aber vielleicht können *Sie* mir sagen, was aus ihm geworden ist?«

»Ich wollte, ich könnte es. Darf ich Sie nach dem Grund für Ihre Scheidung fragen? So kurz nach Cassies Tod?«

»Sie dürfen.« Sie zückt ein goldenes Etui und zupft eine Zigarette heraus. »Ich hoffe, das stört Sie nicht. Es ist das einzige Laster, dass ich mir noch erlaube.« Sie zündet die Zigarette an und hält sie mit angehobenem Ellbogen nah an ihrem Gesicht.

McDermott breitet fragend die Hände aus.

»Ist das wirklich von Bedeutung für Ihre Nachforschungen?«

»Unter Umständen«, sagt er.

»Ich kann mir nicht vorstellen, warum.«

»Mrs. Lake, in meinem Beruf kann man erst sagen, was von Bedeutung ist, nachdem man es in Erfahrung gebracht hat.«

Der Rauch wogt um ihr Gesicht, und Natalia pickt sich mit einem ihrer langen Fingernägel einen Tabakkrümel von den Lippen. »Sie weichen meiner Frage aus.«

»Ich brauche eine Antwort, bitte. Ich habe nicht viel Zeit.«

Sie gönnt sich ein paar Züge von ihrer Zigarette, als überlege sie, ob sie antworten soll. McDermott vermutet, dass sie eher darüber nachdenkt, *wie* sie antworten soll.

»Mein Ehemann«, sagt sie, »hatte Probleme mit der ehelichen Treue.«

Ah, jetzt kommen wir weiter. McDermott denkt an den Brief aus Koslenkos Haus, die Anspielung auf Harlands Affäre mit Ellie Danzinger.

»Ging es dabei speziell um eine bestimmte Person?«

Mit ernstem Gesicht streifte sie ihre Zigarette in einem luxuriösen Aschenbecher ab. »Ich nehme an, sein Problem besteht eher darin, dass es um niemand Bestimmten geht.«

McDermott starrt auf seinen Notizblock. Oben auf das kleine Blatt hat er ein paar bedeutungslose Linien gekritzelt. Diese Stoßrichtung scheint ihn nicht weiterzubringen.

»Mrs. Lake, wie gut kannten Sie Cassies Freundin Ellie Danzinger?«

»O Herr im Himmel.« Sie bedeckt die Augen, als wolle sie sich vor allzu grellem Sonnenlicht schützen. »Mr. McDermott, wenn Sie es ohnehin wissen, dann hätten Sie es doch einfach sagen und mir die ganze Peinlichkeit ersparen können.«

»Sie sprechen jetzt von Ellie.«

Sie spreizt die Hände, und ihr Gesicht wird aschfahl. »Ist das nicht der Punkt, um den sich hier alles dreht? Ja, Detective, ja. Harland hat mit Cassies bester Freundin geschlafen. Sie war eine weitere wunderschöne Frau, der er nicht widerstehen konnte. Verzeihen Sie bitte«, fügt sie hinzu, wieder mit etwas leiserer Stimme.

McDermott schweigt einen Moment. Er kann nicht gut mit Gefühlen umgehen, besonders bei Frauen. Aber die Sache ist zu wichtig, um jetzt klein beizugeben.

»Es tut mir leid, Ihnen diese Fragen stellen zu müssen, Mrs. Lake. Ich versuche, eine Serie von Morden aufzuklären. Eine Serie, die nicht abreißt. Diese – Affäre – haben Sie darüber auch mit Harland gesprochen?«

»O Gott, nein, natürlich nicht.« Sie hat sich jetzt vollständig von McDermott abgewandt. »Harland hätte niemals gewollt, dass ich von seinen außerehelichen Aktivitäten erfahre.«

McDermott wartet einen Moment, aber sie führt den Gedanken nicht weiter aus. »Wie haben Sie dann …«

»Durch Cassie natürlich.«

Er macht sich eine weitere Notiz. Langsam wird es interessant. Cassie wusste also eindeutig, dass Harland etwas mit Ellie hatte.

»Ich brauche ein paar zeitliche Eckdaten, Mrs. Lake. Wann hat Cassie Ihnen von Mr. Bentley und Ellie erzählt? Wann genau lief diese Geschichte?«

Natalia ist ans Fenster getreten, den Ellbogen in die Hand gestützt, die Zigarette qualmt unmittelbar vor ihrer Nase. »Sie wollen wissen«, fragt sie, »ob es kurz vor Cassies Tod war?«

»Genau das will ich wissen.«

»Ja. Es war in diesem Semester. In dem Monat bevor sie – bevor sie starb.« Sie wendet sich McDermott zu und spricht sehr kontrolliert, mit wütendem Unterton, zwischen zusammengebissenen Zähnen. »Mit zu den letzten Dingen, die meine Tochter über ihren Vater erfuhr, gehörte, dass er eine intime Beziehung zu ihrer besten Freundin hatte. Begreifen Sie jetzt, warum ich nach ihrem Tod nicht mehr mit ihm zusammen sein konnte?« Ihre Augen funkeln, ihr Mund ist vor Wut verzerrt.

McDermott kritzelt in seinen Block. Ein schmerzerfüllter Laut dringt aus Natalias Kehle. Verzweifelt lässt sie den Kopf sinken.

»Ich möchte Sie ein paar Dinge über Cassie fragen, wenn ich darf«, sagt er.

Natalia weint leise. McDermott muss an seine Tochter Grace denken, und wie tief der Schmerz eines Kindes die Eltern trifft.

»Eine der Ermordeten hat Fragen über Cassie gestellt. Wir glauben, dass sie deshalb getötet wurde. Das ist der Grund, warum ich Sie damit belästigen muss.«

Sie bringt immer noch kein Wort heraus, signalisiert ihm aber fortzufahren.

»Hatten Cassies Ärzte ihre Praxen im Sherwood Executive Center? Das ist ein Gebäude in Sherwood Hights. In der …«

»Ja«, antwortet sie mit heiserer Stimme und schwer atmend. »Ja, dort praktizierten ihre Ärzte. Warum?«

Das Schwierige an dieser Art von Gesprächen ist, dass es keine echten Gespräche sind. Es ist nicht seine Aufgabe, zu antworten. »Ma'am, war Cassie schwanger?«

Der letzte Rest von Haltung, den Natalia aufgeboten hat, bricht in sich zusammen.

Sie begräbt ihr Gesicht in den Händen und beginnt hemmungslos zu schluchzen. McDermott, der den Blick abgewandt hat, fühlt sich wie ein Eindringling, aber sein Adrenalinspiegel steigt.

»Ma'am?« Die Frau in Weiß erscheint auf der Türschwelle, auf den Zehenballen wippend. Natalia hebt eine Hand und schüttelt den Kopf, während sie mühsam um Fassung ringt. »Mir geht es gut, Martha, danke.« Die Frau verschwindet.

»Es tut mir leid«, sagt Natalia.

»Kein Ursache, Ma'am. Ich habe auch eine Tochter. Und ich würde auch nicht wollen, dass jemand in ihrem Privatleben herumschnüffelt. Aber, Mrs. Lake – damals ist etwas wirklich Merkwürdiges passiert. Jemand arrangierte einen Einbruch in das Gebäude. Dieser Mann ist inzwischen tot. Die Frau, die in dieser Sache recherchierte, ist ebenfalls tot. Und wir wissen aus Cassies Autopsiebericht, dass sie zum Zeitpunkt ihres Todes nicht schwanger war.«

Im Raum herrscht Totenstille. Von draußen dringen Geräusche herein, vermutlich aus der Küche, das Klappern von Tellern und Töpfen, ein laufender Wasserhahn. Er beschließt, sie für den Augenblick nicht weiter zu bedrängen. Sie wird von alleine darauf zu sprechen kommen.

Natalia atmet tief durch. »In Ordnung, Detective.« Sie nickt. »Einverstanden. Aber ich will, dass diese Information absolut vertraulich bleibt, solange Sie nicht gezwungen sind, sie zu verwenden.« Sie sieht ihn an. »Habe ich Ihr Ehrenwort?«

»Natürlich. Als Polizist und als Vater, Mrs. Lake.«

Er hasst es, Versprechen zu geben, die er nicht wird halten können.

»Also gut.« Sie kämpft einen Moment mit sich, als kämen ihr

im letzten Moment doch noch Zweifel. Aber sie hat McDermott bereits die Antwort auf seine Frage gegeben.

»Ja«, sagt sie. »Cassie war schwanger in diesem Jahr. Und es trifft zu, dass sie es zum Zeitpunkt ihres Todes nicht mehr war. Sie hat diesen Eingriff über sich ergehen lassen«, fügt sie rasch hinzu, um einer möglichen Frage zuvorzukommen. »Aber ich habe erst davon erfahren, als alles vorüber war. Cassie hat mich erst hinterher eingeweiht. Sie wusste, dass ich versucht hätte, es ihr auszureden.«

»Und wer …«

»Ich habe keine Ahnung, wer der Vater war. Und es wäre untertrieben, zu sagen, ich hätte sie gedrängt, es mir zu verraten. Tatsache ist, ich habe mich viel zu sehr auf diese Angelegenheit konzentriert und viel zu wenig darum gekümmert, wie sich das Ganze auf meine Tochter ausgewirkt hat. Noch heute mache ich mir Vorwürfe deswegen.«

Er denkt an den Brief aus Koslenkos Haus und die Anspielung auf Professor Albany und Cassie. Diesmal wird er den Namen nicht von sich aus verraten, wie bei Ellie. »Können Sie mir irgendwelche Namen nennen? Freunde, irgendwas in der Art?«

»Sie wollte es mir nicht erzählen. Sie weigerte sich standhaft. Sie wollte diese Person unbedingt schützen.«

McDermott beobachtet ihren Gesichtsausdruck. »Aber?«

Sie starrt ihn an, und wieder kocht die Wut in ihr hoch. »Aber natürlich hatte ich einen Verdacht. Sie schien doch ein sehr inniges Verhältnis zu einem ihrer Professoren zu haben.«

McDermott nickt unwillkürlich. Und seine Reaktion bleibt Natalia nicht verborgen.

»Auch das wussten Sie bereits, nicht wahr?«, sagt sie und stößt ein bitteres Lachen aus. »Schon wieder fragen Sie mich etwas, das Ihnen längst bekannt ist. So springen Sie mit Menschen um. Sie tun so …«

»Hören Sie, Mrs. Lake.« Er hebt die Hand. »Es ist wichtig, dass ich die Informationen aus Ihrem Mund höre, und nicht umgekehrt. Sie werden das verstehen. Bitte, geben Sie mir einfach einen Namen.«

»Er war Zeuge bei dem Prozess«, sagt sie. »Mr. Albany.«

Als Gwendolyn sich kurz entschuldigt und in Richtung Damentoilette verschwindet, hole ich mein Handy heraus und rufe McDermott an. Seine Mailbox schaltet sich ein, und ich hinterlasse eine kurze Nachricht, dass ich ihn unbedingt sprechen muss.

Wir haben jetzt die Identität des Täters, des mysteriösen »Leo«. Der Verbindungen zur Bentley-Familie hat und gemeinsam mit Harland auf dem Foto mit den Reportern auftaucht.

Gwendolyn kehrt zurück und lässt sich mir gegenüber in den Sitz fallen.

»Ist er wirklich ein Mörder?«, will sie wissen. »Bitte sagen Sie es mir.«

»Leo? Mit ziemlicher Sicherheit«, gebe ich zu.

Sie stöhnt. »Er war nie ganz von dieser Welt. Geistig, meine ich.« Sie starrt auf den Tisch. »Ich hab nicht viel mit dem Personal zu tun gehabt. Aber er war immer – ein bisschen seltsam. Die Art, wie er einen so lange anstarrte oder irgendwas vor sich hin murmelte. Meine Mutter sagte mal, er hätte in Russland Schwierigkeiten gehabt.«

»Russland?«

»Oh ja. Er war ein Immigrant. Ich glaube, seine Familie war mit der meiner Mutter bekannt. Meine Großmutter war Tänzerin in Russland.«

»Ja, ich weiß.«

»Und ich glaube, seine Familie bat uns, ihn bei uns wohnen zu lassen. Als eine Art Gefallen.«

»Was für *Schwierigkeiten* hatte Leo in Russland?«

Sie schüttelt den Kopf. »Weiß nicht. Ich habe kaum mehr als zwei Worte mit ihm gewechselt. Cassie war da anders. Das Personal liebte sie.«

Rasch gehe ich im Kopf die nächsten Fragen durch. Mein letztes Gespräch mit Gwendolyn verlief nicht allzu erfolgreich. Mir wurde eine zweite Chance gewährt, und diesmal will ich alle wichtigen Punkte abdecken.

Eine Kellnerin trabt an uns vorbei, in den Händen ein Cholesterin-Special – Bratkartoffeln mit fetttriefenden Eiern und Speckscheiben. Beim Geruch des gebratenen Essens dreht sich mir der Magen um.

»Gwendolyn«, sage ich, »wo hatten Cassies Ärzte ihre Praxis?«

»Ihre Ärzte? Keine Ahnung – doch, warten Sie«, unterbricht sie sich. »Vermutlich ging sie zu denselben Ärzten wie ich. Ich hatte einen Arzt namens Sor – ich glaube, er hieß Sorenson? Ja, genau, Dr. Sorenson.« Sie nickt. »Dr. Sorenson war praktischer Arzt. Immer wenn ich in den Staaten war, ließ ich mich dort gründlich durchchecken.«

»Wo hatte Dr. Sorenson seine Praxis?«

»Oh.« Sie seufzt. »Das war ein Gebäude im Nachbarort.«

»Das Sherwood Executive Center?«

Sie zuckt mit den Achseln. »Der Name des Gebäudes? Daran kann ich mich nicht erinnern.«

»Auf der Lindsay Avenue in Sherwood Hights? Ein Ziegelbau?«

»Ja.« Ihre Augen wandern zur Decke. »Richtig. Lindsey. Das Gebäude gehört, glaube ich, zur Mercy Group. Es war so zehn oder zwölf Stockwerke hoch, denke ich mal.« Sie sieht mich wieder an. »Warum?«

»Die Polizei will vielleicht mit Cassies Ärzten sprechen.«

Die Kellnerin schenkt Kaffee nach. Gwendolyn lächelt sie

an. Ich habe meinen kaum angerührt, weil er ebenso dünn ist wie die Brühe im Büro.

Ich lehne mich zurück und versuche die Information zu verarbeiten. Schaut so aus, als hätten Cassie und Professor Albany etwas am Laufen gehabt. Cassie war schwanger. Vermutlich hatte sie eine Abtreibung. Ihre Ärzte saßen in diesem Gebäude in Sherwood Hights, in das Fred Ciancio sich drei Wochen vor der Mordserie versetzen ließ.

»Sie müssen mit der Polizei reden«, sage ich.

Sie nickt, obwohl diese Aussicht sie nicht gerade zu begeistern scheint.

»Wohnen Sie hier bei Nat?«

Sie wirkt überrascht. »Ich bin nur kurz in die Stadt gekommen. Ich wollte eigentlich gleich wieder rausfahren.«

»Sprechen Sie mit Detective McDermott.« Ich ziehe eine Visitenkarte heraus und kritzele seine und meine Handynummer auf die Rückseite. »Bleiben Sie in der Nähe, Gwendolyn«, sage ich zu ihr.

Mit zitternder Hand unterschreibt Natalia Lake ihre Einwilligungserklärung und reicht sie McDermott zurück.

»Danke, Mrs. Lake.«

»Sie werden mich wissen lassen, wie es in der Sache weitergeht, nehme ich an.« Ihre Augen erforschen sein Gesicht. McDermott kennt diesen Blick nur allzu gut. Angehörige von Opfern hoffen auf die Zusicherung, dass alles gut wird, dass sie nur die Augen schließen und beten müssen, und der geliebte Mensch kommt zu ihnen zurück.

»Natürlich werde ich das.« Er ergreift ihre kalte Hand und hält sie ein wenig länger als nötig.

Als er sich zur Tür wendet, packt sie ihn am Arm. Er dreht sich zu ihr um. Durch das Gespräch wirkt sie um Jahre gealtert.

Anstelle einer eleganten distinguierten Dame hat er jetzt eine von quälenden Erinnerungen gepeinigte Mutter vor sich.

»Hängen die aktuellen Vorkommnisse mit dieser Sache von damals zusammen? Mit Cassies Abtreibung? Versucht jemand, das zu vertuschen?«

McDermott tut sein Möglichstes, sieht sie verbindlich an und äußert aufrichtig gemeinte Trostworte. Aber er weiß keine Antwort auf ihre Fragen. Und in mehr als einer Hinsicht ist es ihm auch gleichgültig. Es ist nicht seine Aufgabe, einen sechzehn Jahre zurückliegenden Fall zu lösen.

Er ist hier, um Leo Koslenko zu finden.

Zurück in Shelly Trotters Apartment schiebt Leo die Glastür wieder zu und wischt sich den Schweiß von der Stirn. Er lässt sich einen Moment Zeit, bis sein Atem sich wieder beruhigt hat. Was folgt als Nächstes?

Er blickt zurück ins Wohnzimmer, wo die Kettensäge in der Sporttasche wartet. Dann schaut er auf die Uhr.

Bald. Bald ist es so weit.

42. Kapitel

McDermott kommt mit riesigen Schritten ins Revier gehastet. Powers tritt auf ihn zu. »Die Durchsuchungsbefehle liegen auf deinem Schreibtisch. Albany wird jede Minute eintreffen.«

McDermott wirft einen kurzen Blick auf das Display seines Handys und hört Rileys Nachricht ab.

»Harland Bentley werden wir auch noch auftreiben. Übrigens – kann es sein, dass da eine Dame von der Regierung auf dich wartet?« Er deutet auf McDermotts Schreibtisch. »Diese Frau hat ein echt loses Mundwerk.«

McDermott erlaubt sich ein kleines Lächeln. Eine zutreffende Beobachtung.

»Hey, Mickey.« Special Agent Jane McCoy erhebt sich aus ihrem Stuhl und zwinkert ihm zu.

»Mickey?«

»Ist mein neuer Spitzname für dich.«

»Ist dir *Blödmann* zu langweilig geworden? Wie läuft's denn so bei der Terrorabwehr?«

»Das Geschäft brummt. Können wir irgendwo in Ruhe sprechen?«

Normalerweise haben Cops und FBI nicht viel füreinander übrig. Aber vor ein paar Jahren, als McDermott frisch im Dienst war und McCoy für die Rauschgiftbehörde arbeitete, waren sie beide an der Verhaftung einer West-Side-Straßengang beteiligt.

Inzwischen ist McCoy bei der Terrorabwehr gelandet. Da McDermott sonst niemanden beim FBI kennt, und sie eng mit der Emigrationsbehörde zusammenarbeitet, hat er sie angerufen.

Sie gehen in den Konferenzraum, den McDermott für sich mit Beschlag belegt hat und der überquillt von Materialien über den Fall Burgos. McCoy, der so schnell nichts entgeht, verkneift sich ausnahmsweise einen Kommentar.

Sie wirft eine Akte auf den Tisch. »Das ist eine Geheimakte über Leonid Koslenko. Sie ist an sich nicht für deine Augen bestimmt. Kopier dir, was du brauchst, und gib mir alles zurück.«

McDermott langt nach dem braunen Umschlag und nickt. »Danke, Jane.«

»Der für Koslenko zuständige Mann in der Emigrationsbehörde wurde vor zehn Jahren pensioniert. Danach fiel der Bursche unter allgemeine Zuständigkeit.«

McDermott schüttelt fragend den Kopf. Er hatte keine Ahnung, wovon sie spricht.

»Das bedeutet«, erläutert McCoy, »er war über zehn Jahre im Land, ohne sich was zuschulden kommen zu lassen, und hat daher keinen speziellen Aufpasser mehr. Besteht irgendein Anlass, jetzt ein Auge auf ihn zu werfen?«

»Ich denke, ein solcher Anlass ist in der Tat gegeben.« Er lächelt sie an.

»Jetzt redest du wie einer vom FBI, Mickey. Du machst mir Angst.« Sie schiebt sich das lockige Haar hinter die Ohren und lässt ihren Blick einen Moment zu lange auf ihm ruhen. Dann blinzelt sie und wird wieder ernst. »Leonid Koslenko wurde 1967 geboren und wuchs in einer reichen Leningrader Familie auf. 1982, als er fünfzehn war, schickte man ihn in eine Anstalt in Lefortovo. So ziemlich genau zwei Jahre später wurde er wieder entlassen.«

»Eine Anstalt? Du meinst ein Irrenhaus?«

Sie zuckt mit den Achseln. »Irrenhaus, Zuchthaus – das war in der Sowjetunion nicht so genau zu unterscheiden. Aber in den Unterlagen ist von einer Geisteskrankheit die Rede.«

»Verstehe. Und nach zwei Jahren wurde er wieder entlassen?« Er richtet sich auf. »Etwa weil er geheilt war?«

Sie bemerkt die Ironie in seinen Worten und erwidert mit einem Grinsen in den Mundwinkeln: »Man hat bei ihm eine *schleichende paranoide Schizophrenie* diagnostiziert.«

»Und was bedeutet das?«

»Gar nichts. Damals haben die Sowjets alle weggesperrt, die sie von der übrigen Bevölkerung fernhalten wollten – politische Dissidenten, Christen, was auch immer. Aber sie haben sie nicht in Zuchthäuser gesteckt. Sondern in die Klapsmühle.«

Er zuckt zusammen. Früher hat er sich auch so ausgedrückt.

»Sie haben lächerliche Diagnosen wie *schleichende Schizophrenie* benutzt. Die Leute verschwanden für Jahre von der Bildfläche.«

Das mag durchaus sein. Allerdings haben auch die amerikanischen Ärzte bei Koslenko eine paranoide Schizophrenie diagnostiziert. Das teilt er McCoy mit.

Sie zuckt mit den Achseln. »Vielleicht gehörte er wirklich dorthin. Trotzdem floh er 1986 aus der Sowjetunion und stellte einen Einwanderungsantrag für die USA. Seine Eltern halfen ihm dabei. Und er hatte einen guten Vorwand. Er gab an, er sei wegen seiner politischen und religiösen Überzeugungen verfolgt worden und habe deshalb in Lefortovo eingesessen. Und seine teueren Anwälte überzeugten unsere Regierung davon, dass er die Wahrheit sagt. Aber jetzt kommt der eigentliche Knüller: Du errätst nicht, wer ihm in den Staaten half.«

Er braucht nicht zu raten. Doch warum sollte er ihr den Spaß verderben?

»Harland Bentley«, verkündet sie. »*Der* Harland Bentley. Und seine Frau Natalia.«

Er nickt.

»Offensichtlich keine große Neuigkeit für dich«, schlussfolgert sie.

»Der Teil nicht, nein. Also, Jane, er wurde 1982 in die Anstalt gesteckt. 1984 kam er wieder raus. Er verließ 1986 die Sowjetunion und reiste nach Amerika.«

Sie schweigt.

»Was ist in diesen beiden Jahren passiert? Zwischen 84 und 86?«

Sie lächelt, aber nur für einen kurzen Moment. »Das ist der Grund, warum sie dir so ein fettes Gehalt zahlen, Mike.«

Sie beugt sich vor und legt die Hand auf die Akte, die sie ihm gegeben hat. »Und der Grund, warum diese Akte eigentlich streng geheim ist.«

Nach dem Gespräch mit Gwendolyn kehre ich ins Büro zurück. McDermott hat sich immer noch nicht gemeldet. Also wende ich mich erneut den auf dem Schreibtisch ausgebreiteten Briefen zu. Über ein Dutzend Mal habe ich sie in den vergangenen Tagen gelesen, trotzdem bin ich mir sicher, irgendwas übersehen zu haben.

Der erste:

Böses ersteht neu. Öffentliche Teilnahme ist gewiss. Erkennt Euer Rätseln Nähe einstiger unvergessener Taten? Ihr Heiden, reuevoll erwartet bald Erhellung. Inzwischen Herr, ingrimmig lasst Fackelträger erscheinen.

Der zweite:

Werde erleiden rächend das Ende. Zuletzt werden Echos innigster Trauer erschüttert nachhallen. Vernehmlich erschallen. Rührige Sendboten beständig ertragen neue unaufhörliche Torturen zu einem neuen Zweck. Eine innige Teilnahme zeitigt unerschrockene, offenherzige Parteinahme; fordert eine rührige Neugier, auch liebevollen Betrug an niedergelegten Ideen.

Der dritte:

Aufs Neue den erzürnten Rächer ehrt. Wehe, Ihr Sünder, sehet Euer nachwirkendes Unrecht. Mit unserem

neuerlichen Strafgericht ersteht Recht. Gerechtes, empörtes Handeln entlarvt in moralischen Niederungen irrende Sittenlose.

Der erste Brief ergibt noch halbwegs einen Sinn. Es geht um die Verbindung zwischen seinen Verbrechen und den Morden von Terry Burgos. Auch der dritte wirkt nicht völlig abwegig. *Gerechtes, empörtes Handeln entlarvt in moralischen Niederungen irrende Sittenlose.* In moralischen Niederungen irrende Sittenlose? Das klingt gestelzt, unnatürlich.

Je länger ich darüber nachdenke, desto einleuchtender erscheint mir Stolettis Bemerkung zu der zweiten Nachricht. Die Wortwahl ist merkwürdig. Einiges davon erscheint wie blanker Unsinn.

Zuletzt werden Echos innigster Trauer erschüttert nachhallen. Vernehmlich erschallen.

Rührige Sendboten beständig ertragen neue unaufhörliche Torturen zu einem neuen Zweck.

Warum wiederholt er mehrfach gleichbedeutende Worte? Und warum fügt er in einen Satz die überflüssigen Worte *neu* und *unaufhörlich* ein?

Vielleicht sind diese Nachrichten gar nicht im wörtlichen Sinn zu verstehen. Wir sind die ganze Zeit davon ausgegangen, dass ein Nachahmer von Burgos' Taten ebenso geisteskrank sein muss wie er selbst, getrieben von einem krankhaften religiösen Eifer. Schließlich tragen diese Nachrichten allesamt Anzeichen davon.

Aber vielleicht steckt doch mehr dahinter. Womöglich verbirgt sich dahinter eine Art Code.

Ich schnappe mir ein leeres Blatt Papier und beginne mit den Worten zu spielen, auf der Suche nach irgendeinem verborgenen Sinn. Zunächst lese ich nur jedes zweite Wort, dann jedes dritte. Kein Muster zu entdecken. Ich richte meine Aufmerksamkeit auf eine mögliche Bedeutung der überflüssig wirkenden Worte. Ebenfalls Fehlanzeige. Trotzdem werde ich das Gefühl nicht los, als stünden einige dieser Worte am falschen Platz – und nicht nur einzelne Worte, sondern auch ganze Sätze wie *Gerechtes, empörtes Handeln entlarvt in moralischen Niederungen irrende Sittenlose.*

Warum verwendete er ausgerechnet diese Worte? Welche Aufgabe haben sie in seinem Code?

Moment. Einen Moment.

Ich beginne hektisch zu kritzeln, um meine Theorie zu überprüfen. Mein Herz beginnt zu pochen, als es sich immer mehr herauskristallisiert: Er hat diese Worte nur deshalb benutzt, weil er einen bestimmten Anfangsbuchstaben benötigte. *Neu* etwa hat er ausschließlich verwendet, weil er ein *n* brauchte.

Ich notiere den Anfangsbuchstaben jedes Wortes aus dem ersten Brief:

B-E-N-Ö-T-I-G-E-E-R-N-E-U-T-I-H-R-E-B-E-I-H-I-L-F-E

Jesus im Himmel.

Benötige erneut Ihre Beihilfe.

Der zweite Brief:

W-E-R-D-E-Z-W-E-I-T-E-N-V-E-R-S-B-E-N-U-T-Z-E-N-Z-E-I-T-Z-U-O-P-F-E-R-N-A-L-B-A-N-I

Werde zweiten Vers benutzen. Zeit zu opfern Albani.

Der dritte Brief:

A-N-D-E-R-E-W-I-S-S-E-N-U-M-U-N-S-E-R-G-E-H-E-I-M-N-I-S

Andere wissen um unser Geheimnis.

Diese Botschaften waren eindeutig für mich bestimmt. Er benötigt erneut meine Hilfe. Er hält die Zeit für gekommen, Albany zu opfern. Andere wissen um unser Geheimnis.

Unser Geheimnis? Er braucht *meine* Hilfe? *Erneut?*

Was, zum Teufel, soll das bedeuten?

Es ist Zeit. Zeit, sich an die Arbeit zu machen.

Leo tritt zu dem Fenster, von dem aus man die Straße überblickt. Drüben auf der anderen Straßenseite, ein paar Häuser weiter, zeigt eine Frau einigen Männern ein Grundstück; ein Stück die Straße runter parkt ein Fed-Ex-Laster; zwei Latino-Frauen spazieren mit ihren Kindern den Gehsteig entlang und essen frische, von Butter triefende Maiskolben.

Leo legt die Plastikschürze um und schließt die Schnallen in Nacken und Rücken. Dann läuft er rüber ins Wohnzimmer zur Stereoanlage. Auf dem Verstärker steht ein gerahmtes Foto: Shelly Trotter und Paul Riley im Park, in die Kamera winkend. Er winkt zurück.

Hallo, Paul. Ahnst du, was ich gleich tun werde?

In der Anlage liegt eine CD mit klassischer Klaviermusik. Er verharrt einen Moment, schließt die Augen, lauscht auf die zarten, wundervollen Klänge von Horowitz. Katrina hat auch Klavier gespielt, natürlich nicht so schön, ihre kleinen unbeholfenen Hände hämmerten plump auf die Tasten ein. Mutter brachte es ihr bei. Leo wollte sie ebenfalls unterrichten, aber Vater erlaubte es nicht. Männer von Welt haben keine Zeit für solchen Firlefanz, sagte er immer, aber Leo war eifersüchtig auf Kat, und er war sich sicher, dass sie in den folgenden Jahren nur deshalb weiterspielte, weil es eine weitere Möglichkeit war, ihren jüngeren Bruder zu ärgern und ihre Dominanz auszuspielen. Oh, keiner hat Kat durchschaut, auch später nicht, als sie die ganze Familie um den Finger wickelte und manipulierte, ihre Heimtücke, das Böse in ihrer Seele, bis eines Tages seine Stunde schlug und sie auf dem Eis ausrutschte und endlich einmal hilflos dalag, keinen Halt mehr mit ihren Kufen fand, und er sich auf sie stürzte, seine Daumen in ihre Kehle drückte, und, ja, er weinte und schrie, aber sie ließ ihm keine andere Möglichkeit, nur er hatte den Mut, es zu tun, obwohl es Vater und Mutter auch ahnten, ganz tief drinnen, dass er tapfer und weise und gerecht gehandelt hatte, auch wenn sie ihn dann nach Lefortovo schickten –

Er öffnet die Augen, regelt die Lautstärke so, dass Horowitz' Klavierspiel laut, aber nicht ohrenbetäubend durch die Räume hallt. Dann marschiert er rüber ins Bad.

Ihr nackter Körper liegt zusammengerollt in der Badewanne. Er überlegt noch eine Sekunde, dann packt er ihr Fußgelenk und zerrt das Bein über den Rand der Wanne. Jetzt liegt sie auf dem Rücken und starrt mit leeren Augen an die Decke. Ihre Nase ist gebrochen. Ebenso wie ihr Genick. Ansonsten ist sie immer noch sehr schön.

Leo wirft die Kettensäge an, und das wütende Dröhnen löscht die Musik aus.

McCoy schickt ein paar Erläuterungen voraus. Keiner wisse wirklich etwas Genaues. Die Regierung habe zwar einen Verdacht, dieser sei aber nie offiziell bestätigt worden.

»Nach dem Zusammenbruch der Sowjetunion«, erklärt sie, »erfuhren wir eine Menge über das Land. Vieles aus der Vergangenheit, aber auch manches, das noch nicht so lange her war. Koslenkos Name fiel einmal während einer Befragung. Das ist alles.«

McDermott nickt ungeduldig. »Was hat Koslenko zwischen 1984 und 1986 gemacht, Jane?«

McCoy räuspert sich. »Das ist nicht gerade mein Spezialgebiet, Mike. Aber du brauchst ja auch nur die groben Eckdaten.« Sie denkt kurz nach. »Es gibt etwas, das sich die *Dreizehnte Abteilung* nennt. Es handelt sich dabei um eine Unterabteilung des sowjetischen Geheimdienstes – des KGB – und wurde als dessen *ausführendes Organ* bezeichnet. 1993 erfuhren wir von einem ehemaligen Spion, dass Leonid Koslenko aus Levortofo rekrutiert und in die *Dreizehnte* eingegliedert wurde.«

McDermott starrt sie lange schweigend an.

»Es ist gut möglich«, fährt sie fort, »dass er deshalb nur zwei Jahre in Lefortovo absaß. Es war bei den Sowjets nicht unüblich, Leute aus den Anstalten und Gefängnissen zu rekrutieren, um gewisse Aufträge zu erledigen.«

McDermott zieht die Augenbrauen hoch. »Und um welche Art von Aufträgen handelte es sich dabei?«

»Schmutzarbeit. Entführungen, Einschüchterungen, Folter«, sagt McCoy. »Vielleicht auch Mord. Alles, was mit roher Gewalt zu tun hat. Hauptsächlich im eigenen Land. Die Sowjets brachten es durchaus fertig, jemand mit den entsprechenden Talenten aus einer Anstalt einzusetzen, um ihn gleich danach wieder wegzusperren. Sollte es so jemandem jemals einfallen, zu plaudern, musste man nur darauf verweisen, dass diese Leute *verrückt* waren. So waren ihre Aussagen im Nu diskreditiert. Wer glaubt schon jemandem mit einem Sprung in der Schüssel.«

McDermott blickt zur Seite, versucht die letzte Bemerkung zu ignorieren.

»Oh, Mist.« McCoy schlägt die Hände vor den Mund. »Mike, bitte entschuldige. Ich wollte nicht …«

»Vergiss es.« Er springt aus seinem Stuhl auf und wendet McCoy den Rücken zu.

»Ich bin eine Idiotin, Mike. Wie – wie geht es Grace?«

Er antwortet nicht. Es ist jetzt nicht der Zeitpunkt, an seine

Tochter zu denken. McCoy hat ein schlechtes Gewissen und versucht es erneut mit Entschuldigungen, während McDermott die neuen Informationen verarbeitet. Er denkt über die Funde in Koslenkos Keller nach. Die umfangreiche Dokumentation über die Bentleys und Paul Riley und Terry Burgos, die Fotos der Prostituierten.

»Du meinst also«, sagt er langsam, »dass Leo Koslenko ein sowjetischer Agent war.«

»Ich habe bewusst die Vergangenheitsform benutzt, Mike. Schließlich gibt es keine Sowjetunion mehr. Und ich habe gesagt, vielleicht. Schau mal«, sie breitet die Hände aus, »wir reden hier nicht über jemand, der seine Opfer mit einem Präzisionsschuss aus hundert Metern Entfernung exekutiert. Wir reden nicht über jemand, dem man Staatsgeheimnisse anvertraut. Eine Menge KGB-Aktivitäten waren alles andere als raffiniert. Sie wollten die Dissidenten in Schach halten. Man schleifte sie aufs Revier, um ihnen dort ein wenig Folter im Regierungsstil angedeihen zu lassen. Man rüttelte sie mitten in der Nacht in ihren Betten wach, um sie daran zu erinnern, dass man ihre Adresse kannte.«

McDermott lässt den Kopf sinken. »Ich rede hier von einem Kerl, für den verschlossene Türen kein Problem darstellen. Der kommt und geht, ohne eine Spur zu hinterlassen. Ein Kerl, der weiß, wie man durch Folter Leute zum Reden bringt.«

Sie nickt. »Das wäre der perfekte Kandidat. Er hatte eine mentale Störung, also konnte man jegliche Aussagen leicht dementieren. Man pflanzt einfach eine Idee in seinen Kopf, zieht ihn auf wie eine Feder und lässt los.«

Man pflanzt eine Idee in seinen Kopf, zieht ihn auf und lässt los.

»Dieses Gespräch hat nie stattgefunden«, erinnert sie ihn. »Und das meine ich ernst.«

Richtig. Die Regierung wollte nicht zugeben, dass sie einen Psychopathen ins Land gelassen hatte. McDermott wird diese Informationen nicht offiziell einsetzen können. Deshalb ist McCoy auch persönlich erschienen und braucht die Akte gleich wieder zurück. Niemand ist befugt, ihm solche Dinge mitzuteilen. Wenn das auffliegt, könnte sie es ihren Job kosten.

»Also haben die Sowjets diesem Kerl beigebracht, wie man foltert und tötet, und ihn dann hierhergeschickt.«

»Angeblich hatte Koslenkos Familie gute Verbindungen zur Regierung. Sie bekamen Wind von seiner neuen Aufgabe und holten ihn da raus. Sie stellten ihn als politischen Dissidenten hin, den man zu Unrecht einer Geisteskrankheit bezichtigt und mundtot gemacht hatte. Und wie du ja bereits weißt, hatte er auch hierzulande Hilfe.«

»Großartig. Da bin ich ja beruhigt.«

»Mike, das alles wurde erst Anfang der Neunziger bekannt, und selbst dann konnte man nichts davon beweisen. Außerdem – nach unseren Informationen hat sich dieser Typ, seit er hier ist, immer anständig aufgeführt.«

Anständig aufgeführt. Mag sein – bis jemand eine Idee in seinen Kopf pflanzte, ihn aufzog und losließ.

43. Kapitel

McDermott steht im Konferenzraum, den Kopf gegen die Wand gelehnt. »Ich denke einfach nur nach, das ist alles«, kommt er Stolettis Frage zuvor.

»Professor Albany ist hier. Was hat dir das FBI erzählt?«

McDermott gibt Stoletti die Kurzfassung. Sie setzt sich, während sie zuhört. Als er fertig ist, warnt er sie, dass niemand was davon wissen darf. »McCoy hat ihren Arsch riskiert, als sie mir davon erzählt hat.«

»Ein Handlanger des KGB«, sagt sie. »Herr im Himmel.«

McDermott stößt sich von der Wand ab. »Das erklärt sein routiniertes Vorgehen. Wir suchen einen zum Killer ausgebildeten paranoiden Schizophrenen.«

Einer der Detectives, Williams, steckt den Kopf durch die Tür. »Mike, Paul Riley ist am Apparat.«

»Okay. Sag ihm …«

»Er meint, es ist dringend«, sagt Williams. »Vielleicht besser, du redest mit ihm.«

»Der Kerl auf dem Foto heißt Leo Koslenko.« Riley zeigt ihnen das Foto und deutet auf den gefährlich wirkenden Mann im Hintergrund. »Ein Immigrant, der für die Bentleys gearbeitet hat.«

McDermott ist sich nicht sicher, wie er mit der Situation umgehen soll. Er ist nicht darauf vorbereitet, in keiner Hinsicht. Er hat letzte Nacht nicht geschlafen und spürt jetzt die Auswirkungen – das langsam arbeitende Hirn, die schmutzigen Klamotten, die schweren Augenlider. Vielleicht sollte er Überraschung vortäuschen, aber weder er noch Stoletti haben dazu noch die Energie.

Riley ist ohnehin kein Dummkopf. »Sie wissen das bereits«, folgert er aus ihren Mienen.

»Gerade rausgefunden. Vor ein paar Stunden haben wir sein Haus durchsucht.« Er nickt Riley anerkennend zu. »Er hat Fingerabdrücke an Brandons Tür hinterlassen, wie Sie es vermutet haben.«

»Er hat also eine Akte«, konstatiert Riley. Andernfalls wären seine Abdrücke wertlos gewesen. Er wartet auf weitere Ausführungen, doch die beiden Detectives hüllen sich in Schweigen. Stoletti holt tief Luft. »Erzählen Sie uns was über diese Gwendolyn Lake.«

Auch Brandon Mitchum hat sie gestern Nacht erwähnt.

Riley berichtet ihnen, was er weiß. Sie war Cassies Cousine, ein widerspenstiges Waisenkind, das um den Globus jettete, sich mit den Reichen und Berühmten herumtrieb. Gestern, sagt Riley, hat er sie oben im Norden besucht, und heute hat sie seinen Besuch erwidert. Sie hat ihm von Koslenko erzählt, der sich in Cassie verguckt hatte und offensichtlich unter psychischen Problemen litt. Gwendolyn hat ihm erzählt, dass Cassie eine Affäre mit Professor Albany hatte. Und dass sie schwanger war, kurz bevor sie ermordet wurde.

»Jemand ist in dieses Ärztehaus eingebrochen, um die Unterlagen über ihre Schwangerschaft zu stehlen«, schließt Riley. »Oder über die Abtreibung. Oder beides. Und das muss Albany gewesen sein, richtig?«

McDermott schweigt noch immer. Das alles weiß er inzwischen selbst und noch mehr. Etwa, dass Leo Koslenko die perverse Neigung hat, Prostituierte zu ermorden – oder Frauen, die so wirken wie die Frau im Baumarkt. Er weiß, dass Koslenko einen Brief für Professor Albany in seinem Schlafzimmer aufbewahrt hat, der vermutlich aus der Zeit der Morde stammte, und der Albany davor warnt, etwas über Harland Bentleys Affäre mit Ellie Danzinger verlauten zu lassen.

Weiß Riley davon, dass Harland Bentley mit Ellie Danzinger schlief?

Als Riley mit seinem Bericht am Ende ist, wirft McDermott seiner Partnerin einen raschen Blick zu. Sie sind sich beide unsicher, ob sie Riley einweihen sollen, ob er auf ihrer Seite steht.

Kaum vorstellbar, dass Riley diese Leute umgebracht hat. Alles spricht für Koslenko, egal von welcher Seite man es betrachtet. Aber irgendjemand hat ihn aufgezogen und losgelassen, wie McCoy es ausgedrückt hat, und die Identität dieser Person ist von höchstem Interesse. Harland Bentley käme da durchaus in Frage, und Riley arbeitet für Bentley.

Offenkundig hat Riley Brandon Mitchum das Leben gerettet, aber vielleicht wusste er ja auch Bescheid darüber, dass Koslenko dorthin unterwegs war.

Wäre immerhin eine Möglichkeit. Vielleicht ist Riley in alles eingeweiht, darf aber wegen des Anwaltsgeheimnisses nichts sagen. Vielleicht versucht er, das Morden zu stoppen, ohne dabei seinem Mandanten zu schaden.

»Glauben Sie, Albany hat Dreck am Stecken?«, fragt er Riley. »Kann es sein, dass er eine Reihe von Menschen getötet hat, um zu vertuschen, dass er Cassie Bentley geschwängert hat?«

Riley zuckt ratlos mit den Achseln. »Ich wüsste nicht, was sonst dahinterstecken könnte.«

McDermott stößt ein kurzes Lachen aus. »Sie können sich *kein* anderes Motiv vorstellen?«

»Nennen Sie mir doch eins«, kontert Riley.

McDermott lächelt ihn an. Von wegen. Jedenfalls jetzt noch nicht. »Dann erzählen Sie mir mal von diesen Briefen, diesem Code.«

Insgeheim macht McDermott sich Vorwürfe. Diese Briefe enthielten eine versteckte Nachricht? Er hat nicht mal versucht, eine zu entdecken. Er hat darin nichts als die wirren Ergüsse eines Verrückten gesehen.

»Er verwendet den ersten Buchstaben in jedem Wort.« Riley breitet seine Kopien der Nachrichten auf dem Konferenztisch aus. »Deshalb wirken die Briefe so unsinnig. Sie sind es ja auch.

Er hat einfach Worte gebraucht, die mit bestimmten Buchstaben beginnen. Stoletti hat bereits darauf hingewiesen.«

»Ah, Mist.« McDermott klatscht in die Hände. »Die Vertiefungen auf dem zweiten Brief. Er hat nach Worten gesucht, die mit T und N anfangen. Es kam ihm auf den ersten Buchstaben an. Jesus.« Er blickt auf Rileys Notizen.

BENÖTIGE ERNEUT IHRE BEIHILFE
WERDE ZWEITEN VERS BENUTZEN.
ZEIT ZU OPFERN ALBANI
ANDERE WISSEN UM UNSER GEHEIMNIS

»Wie kann man nur so blind sein.« McDermott schüttelt verärgert den Kopf und versucht, einen klaren Gedanken zu fassen. Er ist ein bisschen zu alt dafür, sich die Nächte um die Ohren zu schlagen. »Das ist ein ganz simpler Code – vorausgesetzt, man sucht überhaupt nach einem.«

Riley stimmt ihm zu. »Nachdem ich erst mal auf die Idee gekommen war, dass da ein Code verborgen sein könnte, habe ich lediglich zehn Minuten gebraucht. Und das ist vermutlich so beabsichtigt. Ich sollte ihn ohne allzu viel Schwierigkeiten knacken können.«

»Er benötigt erneut Ihre Hilfe«, sagt Stoletti. »Er wendet sich an Sie, Riley.«

»Ich weiß.« Riley schüttelt den Kopf. »Aber ich habe keine Ahnung, warum.«

»Andere kennen *unser* Geheimnis.« McDermott mustert Riley aus schmalen Augen. »Sie teilen ein Geheimnis mit diesem Typen?«

»Er setzt Sie über seine Pläne in Kenntnis«, sagt Stoletti. »Er teilt Ihnen mit, dass er Ihre Hilfe benötigt und das Geheimnis aufgeflogen ist. Er informiert Sie darüber, dass er die zweite Strophe benutzen wird und es an der Zeit ist, Albany zu opfern.«

McDermott versucht, sich einen Reim auf das Ganze zu machen. Diese Nachrichten sind eindeutig für Riley bestimmt. Mit welcher Absicht zeigt er sie ihnen dann?

»Zeit zu opfern Albani. Vermutlich will er, dass Sie den Professor belasten«, sagt Stoletti. »Was er sagt ist: Wahren wir unser Geheimnis, indem wir Albany alles in die Schuhe schieben.«

»Möglich«, stimmt Riley zu. »Aber vielleicht steht da auch ein Punkt hinter opfern.«

»Zeit zu opfern. Albani. Als würde er mit seinem Namen unterzeichen.« Ja, denkt McDermott, auch das wäre vorstellbar.

Ein Klopfen an der Tür zum Konferenzraum. Detective Sloan, der mit der Untersuchung des Mordes auf dem Baumarkt-Parkplatz betraut war, winkt McDermott zu sich.

»Setzen Sie sich doch«, sagt McDermott zu Riley. »Wir sind gleich wieder da.«

McDermott und Stoletti lassen Riley im Konferenzraum zurück und besprechen sich vor der Tür leise mit Detective Sloan.

»Wir haben den Wagen und das Kennzeichen«, verkündet Sloan stolz. »Chrysler Le Baron, Kennzeichen: J41258. Er hat es bei Car-N-Go in der Innenstadt ausgeliehen, unter Vorlage eines gefälschten Führerscheins. Er hat bar für zwei Wochen im Voraus bezahlt.«

»Gut gemacht, Jimmy. Schick das über Funk raus. Und zwar sofort.« Er späht hinüber zu Williams, der gerade ins Revier zurückkehrt.

»Albany ist da«, sagt Williams. »Er schreit jetzt schon nach einem Anwalt.«

»Was ist mit Harland Bentley?«

»Wir suchen noch nach ihm. In seinem Büro scheint keiner zu wissen, wo er ist.«

»Treib ihn auf, Barney. Mach dich auf die Socken.«

McDermott wendet sich an Stoletti, die die Augenbrauen nach oben zieht.

»Was, zum Teufel, sollen wir jetzt tun?«, murmelt sie.

»Die Frage ist eher«, erwidert er, »was sollen wir *als Erstes* tun?«

44. Kapitel

»Ich verlange einen Anwalt.«

Professor Frank Albany, gekleidet in ein helllila Hemd mit passender Krawatte und dunklem Sakko, verschränkt die Arme vor der Brust, als McDermott und Stoletti den Vernehmungsraum betreten.

»Das ist Freiheitsberaubung.«

Polizeibeamte haben Albany aus seinem Büro geholt, in ihren Wagen verfrachtet und ihm Handschellen angedroht. Keine spaßige Art, ins Revier zu gelangen. Also der beste Weg, einem Zeugen ordentlich Angst einzujagen.

»Sagen Sie mir, wo Leo Koslenko ist«, fordert McDermott, »und ich lasse Sie gehen.«

»Wer?« Albany neigt den Kopf zur Seite. Seine Lippen öffnen sich, aber er sagt nichts.

»Verscheißern Sie mich nicht, Professor.«

Albany springt aus seinem Stuhl auf, zeigt mit dem Finger auf McDermott. »Sie haben kein Recht …«

McDermott schnappt nach seinem Handgelenk, lässt eine Hälfte der Handschellen zuschnappen und befestigt die andere Hälfte an einem Ring in der Mitte des Tisches. Während Albany noch jammert und protestiert, streckt McDermott Stoletti die Hand entgegen, und sie reicht ihm ein Verbrecherfoto von einer von Leo Koslenkos Verhaftungen.

McDermott klatscht das Foto auf den Tisch und tritt zurück. Er bemerkt sofort den kurzen Moment des Wiedererkennens in Albanys Augen. Der Blick des Professors wandert von der Aufnahme zu McDermott. Er versucht nicht mal, es abzustreiten.

»Leo Koslenko«, wiederholt McDermott.

»Ich verlange einen Anwalt.«

McDermott zieht aus einem Aktenordner eine Kopie des Briefes, den sie in Leo Koslenkos Schlafzimmer gefunden haben, und schiebt sie über den Tisch.

Ich weiß, dass Sie von meiner Beziehung zu Ellie wissen. Und ich weiß von Ihrer Beziehung zu meiner Tochter. Wenn Sie etwas ausplaudern, werde ich das auch tun. Aber wenn Sie schweigen, richte ich auf Ihren Namen einen Lehrstuhl am Mansbury College ein. Ich benötige Ihre Antwort sofort.

Albany beginnt zu lesen, dann verfärbt sich sein Gesicht dunkelrot. Er schließt die Augen und wendet den Kopf ab.

Das ist so gut wie ein Geständnis. Er kann in der kurzen Zeit nicht mehr als eine Zeile gelesen haben. Und hätte er nicht gewusst, was in dem Brief steht, hätte er weitergelesen.

McDermott hockt sich Albany gegenüber auf einen Stuhl. Stoletti tut das Gleiche.

»Danke für Ihre Antwort«, sagt McDermott. »Sie lautet also

ja. Sie haben über seine Affäre geschwiegen, und er im Gegenzug über Ihre. Außerdem warf er noch einen gut besoldeten Lehrstuhl mit in den Topf.«

Der Professor fällt langsam in sich zusammen, seine Züge sind angstvoll verzerrt, die Haut glänzt vor Schweiß. Seine ganze Haltung ist merkwürdig verdreht, da er sich nun völlig vom Tisch abgewandt hat, aber mit einer Hand an seine Mitte gefesselt ist.

McDermott kann ihn jetzt buchstäblich riechen, den durchdringenden Geruch nackter Panik. Einige sind leichter zu knacken als andere. Der Professor hier ist ein Weichling.

»Harland Bentley hat bereits gegen Sie ausgesagt«, fügt er hinzu. McDermott tappt ziemlich im Dunkeln. Ein Täuschungsmanöver gehört zu den wenigen Möglichkeiten, die ihm bleiben; daher wendet er diese klassische Verhörtechnik gern bei Fällen mit mehreren Verdächtigen an – man behauptet einfach, der eine habe gegen den anderen ausgesagt. Der Letzte, der auspackt, ist der Verlierer.

»Ich will einen Anwalt«, stammelt Albany mit zittriger Stimme.

»Jetzt ist nur noch eine einzige Fragen offen«, fährt McDermott fort. »Wer von Ihnen beiden hat die Mädchen umgebracht?«

Albanys Kopf fährt herum, seine feuchten, blutunterlaufenen Augen zucken zwischen den beiden Detectives hin und her.

»Er hat gesagt, es sei Ihre Idee gewesen.« McDermott lässt sich in seinen Stuhl zurückfallen, jetzt hat er die Oberhand. »Möchten Sie uns vielleicht Ihre Sicht der Dinge erläutern?«

»Ich möchte einen Anwalt.«

»Ich will Ihnen sagen, warum das keine so gute Idee ist, Professor. Das Ganze hier ähnelt einem Rennen. Ich nehme an,

Sie beide tragen hier Mitschuld. Aber einer von Ihnen wandert in die Todeszelle. Mir ist egal wer. Aber Bentley hat diese ganzen teuren Anwälte, er wird irgendwas aushandeln und vielleicht nur kurze Zeit im Gefängnis abreißen. Fühlen Sie sich einem Schlagabtausch mit Harland gewachsen? Wer, glauben Sie, wird gewinnen?«

»Das ist doch –« Der Professor hat jetzt völlig die Fassung verloren und seine Spucke fliegt quer durch den Raum, während er brüllt. »Das ist doch alles gelogen! Wie soll das Ganze denn meine Idee gewesen sein? *Er* hat *mir* doch diesen Brief geschrieben!«

McDermott erwidert nichts, aber einen kleinen Treffer hat er schon erzielt. Albany hat zugegeben, die Nachricht von Bentley empfangen zu haben.

»Wer von Ihnen hat Cassie getötet?«, fragt er.

Albanys Arm fliegt in die Höhe. »Von was zum Teufel reden Sie da?«

»Wer von Ihnen hat Ellie umgebracht?«

»Was?«

»Bentley sagt, Sie waren es. Sie zogen einen Nutzen aus Cassies Tod. Wäre herausgekommen, dass Sie eine Studentin vögeln, hätten Sie Ihren Job verloren. Und in diesem speziellen Fall stand es nicht einfach Aussage gegen Aussage. Stimmt's?«

Albany schüttelt wütend den Kopf.

»Doch«, fährt McDermott fort. »Denn sie war schwanger. Und das ist ein ziemlich handfester Beweis, oder, Professor? Sie waren der *Scheißvater*. Selbst ohne DNS-Test hätte man damals die Vaterschaft nachweisen können. Sie wussten, Sie würden sich nicht rausreden können. Der Vaterschaftstest würde eindeutig auf Sie hinweisen.«

»Das ist doch alles gar nicht wahr«, beharrt Albany. »Sie täuschen sich.«

»Sie dachten, wenn Cassie erst mal beseitigt ist, dann gibt es keinen mehr, der etwas über Schwangerschaft, Vaterschaftstest oder Abtreibungen ausplaudern kann.«

»Nein ...«

»Aber Sie haben nicht damit gerechnet, dass sie auch noch anderen davon erzählen würde.«

»Nein!« Albany donnert mit der Faust auf den Tisch und wirft sich auf seinem Stuhl hin und her, unfähig, seinen Arm vom Tisch zu lösen.

»Sie haben eine Abmachung getroffen«, sagt McDermott. »Zwei tote Mädchen, die zwei Geheimnisse mit ins Grab nehmen.«

»Nein. Nein. Das stimmt nicht. Ich meine, was – was ist denn mit Terry?«

»Oh, die ganze Sache Terry in die Schuhe zu schieben, war die leichteste Übung bei der Geschichte. Sie waren schließlich so was wie sein Mentor, richtig? Sie hatten sein Hirn bereits völlig verwirrt, indem Sie ihm all diese Gedichte über das Verstümmeln von Frauen zu lesen gaben, und wie sehr die Bibel so etwas befürwortet. Und Sie wussten, dass er auf Ellie Danzinger stand.«

Albanys Augen, die wild durch den Raum huschen, richten sich jetzt auf McDermott.

»Er fuhr jede Nacht mit seinem Suburban zu Ihrer Druckerei, Professor. Es war überhaupt kein Problem, sich die Schlüssel zu schnappen. Sie haben seinen Pick-up benutzt und vermutlich auch seinen Keller. Mich interessiert nur, wie Sie es geschafft haben, sein Hirn so zu verwirren, dass er glaubte, *er* hätte die Mädchen getötet?«

»O Jesus. Gott im Himmel.« Albany bedeckt die Augen. »Schicken Sie mir einen Anwalt. Schicken Sie mir sofort einen verdammten Anwalt!«

»Bentley hat schon ziemlich vorgelegt«, bemerkt Stoletti. »Wenn Sie uns was zu sagen haben, tun Sie es besser gleich.«

»Wenn wir diesen Raum verlassen«, sagt McDermott, »dann ist die Sache für Sie gelaufen. Wir schicken Ihnen einen Anwalt, aber dann ist es zu spät.« Nach einem kurzen Schweigen nickt er Stoletti zu. »Gehen wir, Detective. Besorgen wir uns das unterschriebene Geständnis von Harland Bentley.«

Ein kurzes Luftschnappen, ein bitteres Lächeln, dann schüttelt Albany den Kopf.

McDermott und Stoletti, die sich schon aus ihren Stühlen erhoben haben, setzen sich wieder. Albany ist nicht dumm, vielleicht durchschaut er ihre Finte.

Zum Teufel, er hat bereits mehrmals einen Anwalt verlangt. Aber er ist bloßgestellt worden, mit Informationen, von denen er nie erwartet hätte, dass sie je ans Tageslicht gelangen. McDermott hat schon miterlebt, dass viel härtere Kandidaten weiche Knie dabei bekamen.

»Gottverdammter Harland Bentley«, murmelt er. »Das hätte ich mir denken können.«

»Schildern Sie uns Ihre Seite«, sagt McDermott.

Albany blickt zu den Detectives auf, ein Gesicht wie eine verrottete Frucht, nur noch eine lächerliche Karikatur des überheblichen Mannes, der diesen Raum betreten hat. »Wissen Sie, was noch schlimmer ist, als die beste Freundin der eigenen Tochter zu ficken?«, fragt er.

McDermott antwortet nicht.

Albany holt tief Luft. Sein Mund verzieht sich zu einem wütenden Grinsen. »Dann wissen Sie noch nicht alles.«

Während ich auf die Detectives warte, studiere ich noch einmal die Briefe.

BENÖTIGE ERNEUT IHRE BEIHILFE
WERDE ZWEITEN VERS BENUTZEN.
ZEIT ZU OPFERN. ALBANI
ANDERE WISSEN UM UNSER GEHEIMNIS

Was für ein Geheimnis ist hier gemeint? Welche Art von Hilfe hatte ich ihm gewährt?

Ich habe in diesem ganzen verfluchten Fall die Anklage vertreten. Ich habe Burgos vor Gericht gezerrt und ihn im Prozess geschlagen. Welche Art von Gefallen soll ich ihm da getan haben?

Ich lehne mich im Stuhl zurück, schließe die Augen und gehe die Geschichte des Falls noch einmal durch. Der erste Tag, an dem wir die Leichen fanden, Burgos festnahmen und das Geständnis erhielten. Dann der Kampf um die Zulassung des Geständnisses vor Gericht. Burgos plädierte auf Schuldunfähigkeit. Und am Ende drehte sich alles um den Nachweis, dass er bei klarem Verstand und im vollen Bewusstsein seiner Schuld gehandelt hatte.

Hat sich Koslenko mir je gezeigt? Hat er durch irgendetwas meine Aufmerksamkeit erregt? Hat er mir damals schon einen Brief geschickt –

Ich öffne die Augen, Adrenalin schießt durch meine Adern. Ich greife nach meinem Handy und rufe in der Kanzlei an.

»Betty«, sage ich, »damals beim Burgos-Prozess. Erinnerst du dich noch an die vielen Briefe, die bei uns eintrafen?«

»Klar doch«, sagt sie.

»Haben wir die aufgehoben?«

»Sicher. Für das Buch, das du schreiben wolltest.«

»Such sie schon mal raus«, sage ich. »Ich bin gleich da.«

45. Kapitel

Leo wartet auf der Straße gegenüber von Rileys Büro. Nirgendwo ist einer dieser Kuriere in Sicht, mit ihren leuchtfarbenen Jacken und Fahrradhelmen. Er denkt an seinen LeBaron, der auf einem Parkplatz um die Ecke steht. Er muss dorthin zurück. Ihm bleibt nicht viel Zeit.

Er rückt seine Brille zurecht – eine falsche mit ungeschliffenen Gläsern – und zieht sich die Baseballmütze tief in die Stirn. Die Art der Verkleidung spielt keine große Rolle, Hauptsache, man erkennt ihn nicht.

Sobald ich das Gebäude betrete, haben sie mich auf dem Überwachungsvideo. Aber ich bin in Eile.

Leo senkt den Kopf, sein Herz rast. Er überquert die Straße in einem Pulk von Fußgängern und verschwindet in dem Gebäude. Er beobachtet den Aufzug und den Wachmann oben auf der Galerie.

Sie suchen nach mir.

In dem Moment bemerkt Leo, wie einer dieser Kuriere den Aufzug nach unten besteigt. Er atmet erleichtert auf. Der Mann ist jung, seine Umhängetasche leer.

Leo winkt ihn heran, in der einen Hand den Umschlag, in der anderen die fünfzig Dollar.

McDermott kann spüren, dass Albany sich langsam wieder berappelt. Offensichtlich lässt er sich die ganze Sache durch den Kopf gehen. Er wägt seine Optionen ab und sieht mittlerweile keinen Grund mehr, warum er nicht erzählen soll, was er weiß.

»Also, was ist schlimmer, als die beste Freundin der eigenen Tochter zu vögeln?«, wiederholt McDermott.

Der Professor schiebt sich eine Zigarette zwischen die Lippen und zündet sie an. Er bläst den Rauch aus und starrt zur Decke.

»Die Schwester seiner eigenen Frau zu vögeln«, stößt er hervor.

Wessen Schwester – *was?*

»Meinen Sie Natalias Schwester?«

Die Spur eines Lächelns stiehlt sich auf Albanys Gesicht. »Mia Lake«, sagt er. »Gwendolyns Mutter.«

»Harland hatte was mit Mia Lake?«

Albany nickt. »Cassie hat über Vaterschaft geredet? Ich wette, es drehte sich um Gwendolyn.«

McDermott lässt sich in seinen Stuhl zurücksacken. »Harland ist Gwendolyns Vater?«

Albany wirkt befriedigt nach dieser Offenbarung. »Ich schätze, er hat sich während Natalias Schwangerschaft, als sie ihn nicht ranließ, der Schwester zugewandt.« Er zuckt mit den Achseln. »Wenn Sie mir nicht glauben, dann fragen Sie doch einfach Gwendolyn. Oder machen Sie am besten gleich Ihren dämlichen *Test,* zum Teufel.«

McDermott späht kurz zu Stoletti hinüber.

»Sie können sich vorstellen«, fährt Albany fort, »dass ein Mann, der eine Milliardenerbin geheiratet hat – mit einem knallharten Ehevertrag übrigens – wenig Wert darauf legt, dass so was publik wird. Cassie jedenfalls ging wohl kaum davon aus, dass ihr Vater das öffentlich breitgetreten haben wollte.«

Das musste der Anlass für den heftigen Streit gewesen sein, von dem Brandon gesprochen hatte, in Gwendolyns Villa kurz vor den Examen. Deshalb war Cassie aus dem Haus gerannt.

»Moment.« McDermott presst die Hände flach auf den Tisch. »Hat Cassie Ihnen das erzählt?«

»Sicher. Woher sollte ich es denn sonst wissen? Gwendolyn

hat es Cassie erzählt, Cassie erzählte es mir. Diese Gwendolyn war wirklich ein mieses Stück. Sie hasste Cassie. Sie wollte sie verletzen.«

»Und wer wusste noch davon? Ihnen hat Cassie es erzählt – und wem sonst noch?«

»Sie meinen, ob Ellie es gewusst hat?« Albany zieht genussvoll an seiner Zigarette. »Das ist anzunehmen, auch wenn ich da keinen Einblick habe.«

Nein, McDermott denkt dabei nicht an Ellie. Er denkt an Harland Bentley. Vielleicht hat Cassie Harland angerufen:

Du bist der Scheißvater.

Vielleicht hatte Cassie gar nicht über ihre eigene Schwangerschaft gesprochen, als Brandon sie belauschte. Sondern über Gwendolyn.

Du bist der Scheißvater.

Deshalb könnte sie so verwirrt gewesen sein. Ein dreifacher Tiefschlag – ihr Vater hatte eine uneheliche Tochter, die Cassie immer für ihre Cousine gehalten hatte; offensichtlich ging ihr Vater erneut fremd, diesmal mit ihrer besten Freundin; und dann noch ihre eigene Schwangerschaft.

Das reichte, um jemanden endgültig über die Kante zu schubsen. Zumal der größte Teil ihrer Qualen auf eine einzige Person zurückzuführen war – Harland Bentley.

Daraus ließ sich folgern, dass der Einbruch in die Praxis von Cassies Ärzten nichts mit Cassie zu tun hatte. Es ging dabei um Gwendolyn. Natürlich. Sie hatte vermutlich die gleichen Ärzte wie Cassie. Warum auch nicht? Vielleicht hatte sie einen Bluttest machen lassen, den ersten Schritt zu einem Vaterschaftstest?

»Cassie hat Ihnen also Dinge erzählt, die sie nicht mal Ellie anvertraute«, nimmt Stoletti den Faden wieder auf. »Demnach standen Sie sich sehr nahe.«

Albany lächelt bitter. »Sie stellen ausgesprochen trickreiche Fragen, Detective Stoletti. Wollen Sie mir damit etwa das Geständnis entlocken, ich hätte eine Affäre mit Cassie gehabt? Das ist nicht nötig. Sie war damals bereits neunzehn, wissen Sie. Ich habe gegen keinerlei Gesetz verstoßen. Sie war klug, voller Energie – sie war ein wunderbares Mädchen, das ich bis heute sehr vermisse. Aber sollte sie wirklich schwanger gewesen sein, hat sie mir nie ein Wort davon gesagt.«

McDermott deutet mit dem Kinn auf den Brief. »Wann haben Sie den gekriegt?«

Albany schwenkt die Hand mit der Zigarette ebenfalls Richtung Brief. »Diese Nachricht wurde mir von dem Mann auf dem Foto überbracht. Und das war das erste und letzte Mal, dass ich ihn zu Gesicht bekommen habe.«

»Leo Koslenko.«

»Keine Ahnung, wie er heißt«, sagt er. »Hab ich auch nie gewusst. Er ließ mich den Brief nicht mal anfassen. Er marschierte in mein Büro und hielt ihn mir zum Lesen vor die Nase. Ich musste ihm damals auf der Stelle eine Antwort geben.«

»Und wann war *damals?* Wann genau passierte das Ganze?«, drängt McDermott.

»Ich kann mich nicht mehr an den Wochentag erinnern, ich weiß nur noch, dass es ein Werktag war. Ein paar Tage nachdem die Leichen gefunden worden waren.« Er gestikuliert mit seiner freien Hand. »Dieser Mann platzt einfach so in mein Büro, schiebt mir den Zettel ins Gesicht und sagt, er braucht sofort eine Antwort. Ich hab ja gesagt.«

»Aber nie die Notwendigkeit gesehen, das der Polizei mitzuteilen?«, fragt McDermott in keinem sonderlich freundlichen Ton.

»Nein, in der Tat. Weil schließlich jeder davon ausging, dass Terry Burgos diese armen Mädchen ermordet hatte.« Er stippt seine Zigarette in dem schwarzen Aschenbecher aus. »Und natürlich wollte ich mich selbst schützen, zugegeben. Hätte ich auch nur den geringsten Zusammenhang zu Morden erkannt, hätte ich mich sofort gemeldet. Doch Terry hat die Morde gleich gestanden. Warum in aller Welt hätte ich also peinliche Geheimnisse über mich und andere offenbaren sollen, wo doch keinerlei Zusammenhang bestand?«

McDermott öffnet fragend die Hände.

»Ich habe nichts mit Cassies oder Ellies Ermordung zu tun.« Albany bohrt einen Finger in den Tisch. »Besonders an Cassie lag mir viel. Der Gedanke, ich hätte ihr was antun können – das ist das Schlimmste, was Sie mir unterstellen können.«

»Oh, womöglich können wir noch mit Schlimmerem aufwarten, Professor.« McDermott hievt sich aus seinem Stuhl. »Sie werden leider eine Weile hier ausharren müssen.«

Als ich ins Büro zurückkomme, hat Betty schon den Ordner mit den Briefen bereitgestellt, die während des Burgos-Falls an die Bezirksstaatsanwaltschaft geschickt wurden. Jedes einzelne Schreiben wurde damals datiert und archiviert. Eine reine Vorsichtsmaßnahme. Die Dinger fanden nie irgendeine Verwendung. Und als der Fall dann offiziell abgeschlossen war – nach Burgos' Hinrichtung – und alle scharf waren auf kleine Erinnerungsstücke, krallte ich mir die Briefe. Ich hatte die vage Idee, ein Buch über den Fall zu schreiben, und einige dieser Briefe schienen mir dabei durchaus verwendbar.

Aber ich erinnere mich jetzt daran, dass es damals einen Brief gab, der mir besonders auffiel. Es war keine der üblichen alttestamentarischen Tiraden über gerechten göttlichen Zorn. Es ging darin zwar auch um Moral, aber weniger im biblischen, als vielmehr in einem absurden, seltsam verdrehten Sinn. Wie die Botschaften, die ich seit einiger Zeit erhielt.

Ich blättere den Aktenordner durch, ein Brief auf jeder Seite, feinsäuberlich in Plastik gehüllt. »Irgendeine Idee, wann der Brief damals eintraf?«, frage ich Betty.

Aber sie hat keinen Schimmer, von was ich rede. Ich mache weiter, dann stockt meine Hand. Da ist er.

Gerechtigkeit unentwegt triumphiert, ebenso aber regiert Böses ewig. Ich tadle bitter Euer neues öffentliches Treiben, Ihr gebildeten Eliten. Eigennutz verdrängt Ethos: Nächstenliebe, Treue und Ethik leugnet lästerlich Euer Regieren. Nur einige Unerschrockene tadeln Heuchelei. Ihr lasterhaften Frevler, erwartet Antwort. Lernend, bereut auch neuerlichen Irrglauben.

Ich mache mich sofort an die Arbeit.

G-U-T-E-A-R-B-E-I-T-B-E-N-Ö-T-I-G-E-E-V-E-N-T-U-E-L-L-E-R-N-E-U-T-H-I-L-F-E-A-L-B-A-N-I

Gute Arbeit. Benötige eventuell erneut Hilfe. Albani.

Ich betrachte den Poststempel auf dem Umschlag. Der Brief war am Dienstag, den 15. August 1989, eingegangen.

Ich öffne die Metallringe des Ordners und zupfe den Brief in seiner Plastikhülle heraus. Dann lege ich ihn auf den Tisch und starre ihn an.

Wieder steht *Albani* am Ende der Nachricht. Diesmal jedoch regt sich kein Zweifel über die Zeichensetzung. Das Wort *Albani* steht allein. Vielleicht ist es auch ein Doppelpunkt. *»Ich benötige eventuell erneut Hilfe: Albani.«* Oder es ist eine Unterschrift. Oder vielleicht will er mir auch den Täter verraten – Albany.

Gute Arbeit? Im August 1989? Der Fall kam gerade erst in die Gänge. Es gab nichts, wozu man mir hätte gratulieren können.

»Betty«, rufe ich in die Gegensprechanlage. »Wo sind die Unterlagen des Burgos-Falles?«

»Müssten eigentlich schon in deinem Büro liegen.«

Ich finde sie in der Ecke, zusammen mit weiteren Ordnern. Die Anklageunterlagen umfassen mit ihren sieben dicken Bänden fast alle wichtigen Dokumente des Falls. Sie bieten eine komplette chronologische Ordnung, sind mit nummerierten Reitern versehen und am Rand gebunden. Ich blättere den ersten Band durch. Wenn der Brief am 15. August 1989 eintraf, dann musste sich die *gute Arbeit* auf etwas beziehen, das davor geschehen war.

Ich überfliege die Monate Juni und Juli. Der Hausdurchsuchungsbefehl, die Anklageschrift, eine Debatte über Kautionsstellung, der Schriftwechsel anlässlich von Burgos' Versuch, sein Geständnis als unzulässig erklären zu lassen, Burgos' Antrag auf Schuldunfähigkeit. Vielleicht spielt dieser Brief auf unseren Sieg an, als Burgos' Geständnis vor Gericht anerkannt wurde? Durchaus möglich.

Im August – insbesondere in der Zeit vor dem 15. August – wurde kaum etwas dokumentiert. Am Ersten des Monats hatte Burgos' Anwalt einen Antrag auf Bewilligung von mehr Geld für Burgos' Psychiater gestellt. Und dann war da noch ein Antrag der Staatsanwaltschaft vom 2. August.

Über diesen Antrag war am 11. August 1989 entschieden worden – an dem Freitag, bevor dieser Brief eintraf.

»O Jesus.«

Am 11. August 1989 hatten wir beantragt, die Anklage im Mordfall Cassie Bentley fallenzulassen, und kurz darauf die Zustimmung erhalten.

Gute Arbeit.

Betty kommt in mein Büro gestürmt. »Paul, du hast schon wieder einen Brief per Kurier gekriegt. Die Leute von der Rezeption haben den Boten gebeten, zu warten. Er sagt, ein Typ mit Bart und Brille hätte ihn in der Lobby angesprochen und ihm fünfzig Dollar fürs Zustellen gezahlt.«

»Bring mir den Brief«, sage ich. »Und schaff mir Detective McDermott ans Telefon.«

46. Kapitel

McDermott steht allein in dem Vernehmungsraum, in dem er vor dreißig Minuten Paul Riley zurückgelassen hat.

»Er wollte plötzlich ganz dringend in seine Kanzlei«, sagt ein Streifenbeamter. »Er meinte, Sie könnten ihn dort erreichen.«

»Ach, tatsächlich?« McDermott starrt den Beamten wütend an, aber Riley ist nicht in Verwahrung, also kann er gehen, wohin er will. Er marschiert zurück zu seinem Schreibtisch, und genau in dem Moment klingelt das Telefon. Er zuckt zusammen. Warum passiert ihm das andauernd?

»McDermott.«

»Mike, Bentley ist gerade von diesem angeblichen Meeting zurückgekommen.«

»Sag ihm, er soll seinen Arsch hierher in Bewegung setzen. Und zwar sofort, sonst hol ich ihn mir, und das wird nicht lustig.«

»Okay, Mike. Hör zu, er kommt nicht allein. Er hat einen Anwalt dabei.«

Einen Anwalt. »Paul Riley?«

»Nein, nicht Riley. Jemand anders. Hab ihn noch nie gesehen.«

Interessant. Bentley ließ sich nicht von Riley vertreten.

Er legt auf, und es klingelt sofort wieder. »Verdammt.« Er packt den Hörer. »McDermott.«

»Paul Riley hier.«

»Na, das ist ja eine Überraschung … »

»Er hat gerade einen weiteren Brief geschickt. Vor etwa zehn Minuten hat er ihn unten in der Lobby einem Kurier übergeben.«

»Bringen Sie mir den Brief«, sagt er zu Riley. »Und ich schicke ein paar Beamte rüber.«

»Er trägt eine Brille und eine blaue Baseballkappe. Ein Button-down-Hemd und eine lange Hose«, sagt Riley. »Aber inzwischen ist er vermutlich schon über alle Berge.«

»Okay, danke, Riley. Schauen Sie zu, dass Sie herkommen.« McDermott beordert telefonisch ein paar Streifenbeamte zu dem Gebäude, aber er hat wenig Hoffnung.

Er muss den Wagen wechseln, jetzt, nachdem er den Brief für Riley losgeworden ist. Er läuft zurück zur Parkgarage, fährt mit dem Lift in den Achten, steigt in den Chrysler LeBaron mit dem amtlichen Kennzeichen J41258, den sie gerade im Funk beschrieben haben, *Achtung, an alle Einheiten, Augen offen halten,* aber, Jungs, ratet mal, was jetzt passiert …

Fahr den Wagen rückwärts aus der Parklücke und eine Etage tiefer, zu dem beigefarbenen Toyota Camry, ein weiterer Mietwagen, von einer anderen Firma, er ist ja kein Idiot, andere Verleihfirma, anderer falscher Name, eine gute Tageszeit für den Wechsel, nicht gleich als Erstes am Morgen oder bei Büroschluss, eine gute Zeit, nicht zu viele Autos, nicht zu viele

Leute, ein Umladen der Fracht, schnelles Umladen, okay, gut, erledigt, fehlt nur noch eine Sache, die unterschätzen ihn immer, verrückter Leo, der muss doch blöd im Kopf sein, auf so was kommt der nie …

Geh zu einer dunklen Ecke, eine Nische abseits der Hauptparkfläche, such nach Autos, die an der Betonwand parken, ein Sedan, Schnauze zur Wand, aber noch genug Platz zwischen Stoßstange und Wagen, das reicht, um sich mit einem Schraubenzieher dazwischenzuklemmen, das Nummernschild abzuschrauben, sie werden nichts merken, werden sich die Vorderseite des Wagens nicht anschauen, wenn sie einsteigen, werden es erst registrieren, wenn es schon viel zu spät ist.

Tausch das Nummernschild mit dem des LeBaron, vielleicht schnüffeln sie gar nicht in der Parkgarage herum, aber falls doch, dann fahren sie vorbei, sehen einen Chrysler LeBaron, stellen fest, dass das Kennzeichen nicht übereinstimmt und fahren weiter, faule, dämliche Cops, es ist so einfach, euch zu überlisten.

Reih dich in den Verkehr ein, in Richtung Interstate. Jetzt hat er es fast geschafft.

Ich nehme ein Taxi zum Revier, mit dem braunen Umschlag in einer Tüte, die Betty mir gegeben hat. Außerdem habe ich den Brief vom 15. August 1989 dabei, immer noch in seiner Plastikhülle. Ich reiche dem Taxifahrer einen Zwanziger und warte nicht auf Wechselgeld. McDermott steht bereits auf der obersten Stufe und winkt mich am Pförtner vorbei.

»Sie glauben wohl, Sie können hier rein- und rausspazieren, wie es Ihnen gefällt?«

Ich händige ihm die Einkaufstüte aus und folge ihm zu seinem Schreibtisch. Ricki Stoletti erhebt sich von ihrem Arbeitsplatz und gesellt sich zu uns.

»Wo ist Gwendolyn Lake im Augenblick?«, fragt sie.

Woher soll ich das wissen? »Ich hab Ihnen doch ihre Handynummer gegeben.«

»Ja, und sie hat nicht zurückgerufen.«

»Ich habe ihr ausdrücklich gesagt, sie soll Sie anrufen«, erkläre ich ihr, aber mein eigentliches Interesse gilt McDermott, der Latexhandschuhe übergestreift hat und den braunen Umschlag mit einem Brieföffner aufschlitzt. Ein einfacher weißer Briefumschlag rutscht heraus.

Er nickt mir zu. »Was haben Sie noch in Ihrer Tüte?«

Ich zeige ihm den Brief vom 15. August 1989.

»Gute Arbeit«, liest er von dem Zettel ab, der auf der Plastikhülle klebt. »Irgendeine Idee, was das bedeuten soll?«

Ich räuspere mich und erkläre es ihm. Der Brief bezieht darauf, dass Cassies Fall aus dem Prozess ausgeklammert wurde.

»Oh.« Er hustet es heraus, wie ein Lachen. »Und verändert das Ihre Sichtweise des Burgos-Falles, Herr Anwalt?«

»Sie hatte ein Geheimnis«, erwidere ich. »Und wer immer diesen Brief geschrieben hat, war froh, dass es ein Geheimnis blieb.«

McDermott starrt mich an. »Wissen Sie, Riley, für einen Kerl, den alle für so clever halten …«

»Öffnen Sie den Brief, McDermott.«

Er schlitzt den weißen Umschlag auf und schüttelt ein einzelnes Blatt Papier heraus, das dreimal gefaltet ist. Behutsam streicht er es mit der behandschuhten Hand glatt.

Ich schnappe mir einen Notizblock und einen Stift von seinem Schreibtisch, und zu dritt lesen wir:

Wenn Eure Niedrigkeit neuerlich demütigt unsere Moral, Ihr Tugendhaftigkeit scheinheilig postuliert in Eurem lasterhaften, selbstgerechten Tun, wechseln Irrende

rasch die Seiten. Ich erlebe eine beständige, erhabene, namenlose Freude, auch Lachen, Liebe. Sollen Lasterhafte ewig büßen entlarvte Niedertracht.

Ich notiere, so schnell ich kann:

W-E-N-N-D-U-M-I-T-S-P-I-E-L-S-T-W-I-R-D-S-I-E-E-B-E-N-F-A-L-L-S-L-E-B-E-N
Wenn du mitspielst, wird sie ebenfalls leben.

McDermott sagt: »Wenn du …«

Ich dränge mich an ihm vorbei, schnappe mir sein Telefon, und wähle die Nummer so eilig, dass ich mich beim ersten Mal vertippe.

»Projekt Anwälte für Kinder.«

»Shelly Trotter, bitte.«

»Shelly ist nicht da. Kann ich …«

»War sie heute schon da?«

»Wer spricht da, bitte?«

»Paul Riley.«

Stimmen im Hintergrund. Ich erkenne Rena Schroeder, die Leitende Staatsanwältin. Shellys Chefin. Mein Name fällt, und das Telefon wird weitergereicht.

»Paul, hier ist Rena.«

»Rena, wo ist Shelly?«

»Das wollte ich dich auch gerade fragen. Sie ist heute noch nicht aufgetaucht. Sie hat einen wichtigen Gerichtstermin versäumt, und sie ist nicht zu unserem monatlichen …«

Ich lasse den Hörer fallen.

McDermott sagt: »Schreiben Sie ihre Adresse auf.« Stoletti läuft los, ihre Jacke holen. Ich kritzle die Adresse auf einen Notizblock, renne zum Eingang und höre gerade noch, wie

McDermott ins Telefon spricht: »Einsatzzentrale, an alle Einheiten. Wir haben möglicherweise einen Mord im Verzug.«

Drei Streifenwagen parken bereits in zweiter Reihe vor Shelly Trotters Haus, als McDermotts Sedan vorfährt. Zum dritten Mal weist er Riley an: »Wir gehen als Erste rein«, aber noch bevor der Wagen richtig steht, ist Riley schon rausgesprungen.

Die Streifenbeamten vor der Eingangstür werfen McDermott einen fragenden Blick zu. Er zeigt auf Riley und schüttelt den Kopf. Dann läuft er mit Stoletti in Richtung Tür.

»Sie ist die Tochter des Gouverneurs?«, fragt sie.

»Ja, verdammt.«

Die Polizisten versperren Riley den Weg, und er versucht sich an ihnen vorbeizudrängen. »Paul, Sie können in einer Minute hoch«, sagt McDermott. »Lassen Sie uns erst unsere Arbeit machen.«

»Shelly!«, schreit Riley, während McDermott die Stufen hochhastet. Auf dem zweiten Treppenabsatz empfängt sie ein weiterer Beamter, der matt den Kopf schüttelt.

»So was hab ich noch nie erlebt.«

McDermott und Stoletti springen die letzten Stufen hinauf und verlangsamen ihr Tempo erst, als sie das Apartment betreten. Drinnen steht ein weiterer Polizist neben einer blutigen Kettensäge.

Sie bewegen sich langsam auf das Bad zu, während sich in McDermotts Magengegend ein Gefühl nackter Panik breitmacht. Und obwohl er alles andere auf der Welt lieber täte – warum, zum Teufel, ausgerechnet im Badezimmer –, steckt er den Kopf durch die Tür, und der durchdringende Gestank ist nichts im Vergleich zu dem Anblick.

Blutspritzer weit über den Badewannenrand hinaus, bis zum

Waschbecken, die Wände hoch, sogar bis zur Tür. Im Inneren der Badewanne ein blutiges Chaos, wie in der Abfalltonne eines Metzgerladens.

»Heilige Mutter Gottes«, entfährt es McDermott. Vorsichtig setzt er einen Fuß ins Bad. Stoletti späht hinein und schnappt nach Luft.

Er hat sie unter der Dusche erwischt. Sie scheint nackt gewesen zu sein, zumindest sind keine Reste von Kleidung zu entdecken. Ansonsten lässt sich vom Körper der Toten wenig ablesen, denn von einem Körper im herkömmlichen Sinn – mit Rumpf, Gliedern, Hals und Kopf – kann hier nicht mehr die Rede sein.

»Er hat sich Zeit mit ihr gelassen«, murmelt er in dem Versuch, so etwas wie nüchterne Distanz zu wahren. Der Körper wurde in über hundert Stücke zersägt. Keine Arme, keine Beine, kein Hals, kein Kopf. Alles zerlegt. Nur noch winzige Stücke.

Eine Trim-Meter-Kettensäge verteilt das Hirn des Cheerleadergirls wie Farbe auf besudelte Wände.

Er hört Lärm aus dem Treppenhaus. Er verlässt das Bad und geht zur Eingangstür. Paul Riley stürmt heran wie ein Angreifer beim Footballspiel, der entschlossen ist, die gegnerischen Verteidigungslinien zu unterlaufen. Er hat es fast bis in den dritten Stock geschafft, im Klammergriff von zwei Polizisten, und schaut zu McDermott auf, immer noch einen Funken verzweifelter Hoffnung in den weit aufgerissenen Augen.

»Es tut mir leid«, sagt McDermott.

»Ich will sie sehen.« Riley ringt erneut mit seinen beiden Bewachern. McDermott steigt ein paar Stufen nach unten und packt Riley am Arm.

»Da ist nichts mehr übrig, was Sie sich ansehen könnten, Paul«, sagt er. »Es tut mir sehr leid.«

Riley bricht auf der Treppe zusammen, brüllt Shellys Namen. McDermott blickt hoch zu Stoletti, die mit ruhiger Stimme sagt: »Wir müssen den Gouverneur verständigen.«

47. Kapitel

Sieben Uhr. Über Funk wird noch immer sein Name herausposaunt, Leo Koslenko, er soll sofort in Gewahrsam genommen werden, bewaffnet und gefährlich, Chrysler LeBaron, und jetzt der neuste Knüller, Trotter, Michelle Trotter, Gouverneurstochter, die Tochter des Gouverneurs, mögliche Verbindung, wird gesucht, gefährlich, bewaffnet …

Bieg mit dem Toyota Camry vom Interstate ab, folge den Hinweisschildern durch die Stadt. Neues Gebäude hier an der Ecke, hat er noch nie zuvor bemerkt, komisch, die alten Gefühle kehren wieder, aber der Ort schaut anders aus, er war seitdem nicht mehr hier, hat sich immer ferngehalten, hatte keinen Grund, herzukommen, aber jetzt ist er zurück, in jeder Hinsicht, er arbeitet wieder, ist wieder im Spiel.

Mansbury College, willkommen in Mansbury, wo Visionen Wirklichkeit werden.

McDermott lauscht einem weiteren Bericht über die Befragung der Nachbarn; einem weiteren Bericht über irgendjemanden, der nichts gesehen hat. Ein Nachbar hat heute so um Mittag eine Kettensäge gehört, doch das schien ihm hier in der Nähe des baumreichen Parks am See nichts weiter Ungewöhnliches.

Um die Mittagszeit, an einem Wochentag. Koslenko muss sie

unter der Dusche überwältigt haben, nach dem Aufstehen, und dann gewartet haben, bis das Apartmenthaus sich leerte, bevor er sich an die Arbeit machte. Dieser Kerl mochte geisteskrank sein, aber dumm war er nicht.

Die Spurentechniker der Staatsanwaltschaft und der Gerichtsmediziner sind mit ihrer Arbeit fast fertig. Sie forschen auch nach Fingerabdrücken, aber alles wurde feinsäuberlich abgewischt, und sie wissen ohnehin, wer es war. Sie können ihn nur nicht finden. Seit heute Morgen läuft die Fahndung nach Koslenko und seinem Wagen auf Hochtouren – ohne Ergebnis.

Sein Handy klingelt, ein Anruf aus dem Revier, wo Harland Bentley und sein Anwalt inzwischen offensichtlich genug vom Warten haben. Sie sind aus freien Stücken hier, hat sein Anwalt gesagt, also könnten sie jederzeit wieder gehen.

»Albany hat sich ebenfalls verzogen, Mike. Wir konnten ihn schlecht ...«

»Schon in Ordnung«, sagt er. Er hat heute Nacht ohnehin alle Hände voll zu tun. Aber er ordnet an, je einen Wagen vor Bentleys und Albanys Haus zu postieren und ihnen zu folgen, wenn sie wegfahren.

Er wirft einen Blick ins Wohnzimmer, wo Paul Riley auf der Couch hockt, das Gesicht in den Händen vergraben, mit den Zehen auf den Teppich trommelnd. McDermott wollte, dass er sich in einen der Streifenwagen setzt, aber er hat sich geweigert. McDermott lässt ihn hierbleiben, unter der Bedingung, dass er ihnen nicht in die Quere kommt.

In Rileys Gesicht stehen nicht nur Trauer und tiefer Schock geschrieben. Vor allem spricht es von Schuld. Das hier geht auf seine Kappe, egal, was alle anderen dazu sagen. Mit der Zeit wird auch er nach Rechtfertigungen dafür suchen. Er wird sich sagen, dass er im Fall Burgos sein Bestmögliches getan hat. Er wird sich einreden, dass Leo Koslenko Shelly getötet hat und nicht er selbst. Aber er wird nicht daran glauben. Er wird sich ein Leben lang Vorwürfe machen.

McDermott kann ein Lied davon singen.

Er hatte die Möglichkeit und auch das Recht, seine Frau einweisen zu lassen, gegen ihren Willen. Mit einem dreijährigen Kind hatte er sogar mehr als das – er hatte die Verantwortung. Wie also konnte er an diesem Tag Joyce allein mit Grace zurücklassen? Nachdem er ihren Zusammenbruch am Vorabend miterlebt hatte?

Wie hatte er Gracie das nur antun können?

Sie gibt sich selbst die Schuld, sagte der Arzt.

Wie hatte *sie* ihrer Tochter das antun können? Egal wie krank, egal wie verstört – wie hatte Joyce der kleinen Grace das antun können?

Hol die Schuhschachtel vom Schrank.

Mach sie auf.

Gib Mami das Ding.

Er bemerkt, dass er auf der Schwelle zu Shelly Trotters Badezimmer verharrt. Was sich hier abgespielt hat, ist zutiefst grausam und böse, egal, wie man es hindreht, egal, ob es das Produkt einer geistigen Störung ist. Der Tod kennt keine Ausnahmen, nur Opfer.

Der Einschusswinkel. Der Spurentechniker dachte, McDermott könnte ihn nicht hören. Er wusste nicht, dass McDermott, der seine dreijährige Tochter fest im Arm hielt, aufmerksam auf jedes Wort aus dem Nebenzimmer lauschte.

Der Winkel ist sehr ungewöhnlich für einen Selbstmord.

»Mike.«

Sie hätte die Pistole über einen Meter von sich weg halten und damit auf sich zielen müssen.

»Mike.«

Dann muss es eben so passiert sein, hatte Ricki Stoletti gesagt, die damals seit vier Monaten seine Partnerin war. *Dann ist es genau so passiert.*

Stoletti berührt seinen Arm. Sie wirft keinen Blick ins Badezimmer, aber sie ahnt, was sich in McDermott abspielt. Sie haben nie darüber gesprochen, nicht mal direkt nachdem es geschehen war. Damals, nach dieser Unterhaltung mit dem Techniker, hatte Stoletti es vermieden, McDermott anzusehen.

Der Fall ist abgeschlossen, war alles, was sie zu ihm sagte. *Selbstmord.*

»Hey, Mike«

Danke, dachte er, hatte es aber nicht ausgesprochen. Damals nicht, und auch später nie.

»Der Gouverneur ist da«, sagt sie. »Mach dich bereit für die Show.«

Ich erhebe mich, als Gouverneur Trotter hereinrauscht, in Anzug und olivfarbenem Regenmantel, dicht gefolgt von seiner Frau Abigail und einem ganzen Tross Sicherheitsbeamter. Er stürzt auf mich zu, ergreift meine Hand, er zittert, seine Augen sind rot, aber nicht nass. Er weint nicht. Das hat er bereits erledigt.

»Wie …?« Seine Augen suchen in meinen nach einer Antwort, aber ich habe keine.

»Es ist wegen mir«, sage ich. »Er hat sie wegen mir getötet.«

Er schüttelt den Kopf, als verstehe er nicht recht. Nichts an dem Ganzen hier macht Sinn. Das wird es womöglich auch nie. Hinter ihm versucht sich seine Frau an McDermott vorbeizudrängen, um Shelly zu sehen.

»Abby, gehen Sie da nicht rein«, sage ich. »Das ist nicht … das ist nicht mehr Shelly.«

»Wie konnte das passieren, Paul?« Sie wendet mir ihr Gesicht zu, das um Jahre gealtert wirkt. »Was haben Sie getan, Paul?«

Es gibt nichts, was ich darauf erwidern könnte. McDermott tritt heran, nimmt den Gouverneur beim Arm und führt ihn und seine Frau in die Küche, um mit ihnen zu sprechen. Plötzlich jedoch reißt der Gouverneur sich los, späht ins Badezimmer, und kurz darauf folgt ein zutiefst gequälter Aufschrei.

McDermott, den die Anwesenheit des Commanders und des Gouverneurs irritiert, ist erleichtert, als sie endlich in Richtung Revier abziehen. Es ist kurz vor neun Uhr abends. Schon der zweite Abend in Folge, an dem er Grace nicht ins Bett gebracht hat. Und es könnte die zweite Nacht in Folge werden, in der er keinen Schlaf findet. Zum ersten Mal seit Stunden spürt er, wie sein Adrenalinspiegel sinkt. Sein Kopf ist völlig erschöpft. Die Beine kann er nur noch unter Schmerzen bewegen.

Susan Dobbs, die junge Gerichtsmedizinerin, gehört zu den wenigen, die sich jetzt noch im Apartment aufhalten. Mittlerweile hat ihr Gesicht wieder die ursprüngliche Farbe angenommen; bei ihrem Eintreffen vor einigen Stunden schien sie ziemlich beeindruckt vom Tatort, und das will durchaus etwas heißen, bei den Leichen, die normalerweise in dieser Stadt anfallen. »Der Gouverneur muss eine Einwilligungserklärung für den DNS-Test unterschreiben«, sagt sie. »Für eine zweifelsfreie Identifikation.«

»Nicht viel von ihr übrig.« McDermott seufzt.

Sie zieht den Reißverschluss ihrer Instrumententasche zu. »Nur der linke Fuß.«

»Oh, hab ich ganz vergessen.« McDermott schnippt mit den Fingern. »Gott, in der ganzen Hektik …«

»Ja«, sagt sie, »er war da. Ein kleiner Einschnitt zwischen der vierten und fünften Zehenwurzel. Er hat alles in Stücke gesägt, bis auf den linken Fuß. Er wollte sicherstellen, dass du drauf stößt.«

»Danke, Sue.«

Sie mustert ihn mitfühlend. »Wann hört er damit auf, Mike? Du hast erwähnt, dass er diesem Songtext folgt?«

McDermott nickt und deutet mit den Fingern das Peace-Zeichen an.

»Noch zwei Morde«, sagt er. »Wenn ich ihn nicht vorher schnappe.«

Fahr wieder auf den Interstate, diesmal in nördlicher Richtung, an der Innenstadt vorbei, ein Motel wäre das Beste, wo er den Mietwagen hinter dem Haus verstecken kann. Zwar wird keiner nach dem Camry suchen, aber er ist vorsichtig, immer hübsch vorsichtig. Er entdeckt einen geeigneten Ort abseits des Highways, zeigt seine falschen Papiere, trägt Brille, einen falschen Bart und eine Baseballkappe, zahlt bar, wartet in der Lobby, ob ihm jemand auf den Fersen ist, doch die Luft ist rein, alles läuft bestens.

Die Tochter des Gouverneurs wurde ermordet, sämtliche Nachrichten schreien es heraus, er sitzt auf dem Bett, schaut zu, dann schaltet er aus, geht ins Bad und leert die Tüte aus dem Drugstore auf dem Waschtisch aus.

Er klebt ihr Foto an den Badezimmerspiegel, fährt die Konturen ihres Gesichts mit den Fingern nach, schön, so wunderschön.

Mit dem Rasierapparat schert er sich die Vorderseite und die Oberseite seines Schädels, keine Glatze, das ist zu offensichtlich, nicht kahl, nur eine kleine kahle Stelle, einen Fleck in Form eines Hufeisens.

Du schaust komisch aus.

Ich weiß. Aber so werden sie mich nicht erkennen. Sie werden vermuten, dass ich mir den Kopf rasiere, aber nicht, dass ich mir nur eine kahle Stelle rasiere.

Sieht trotzdem komisch aus.

Haarfärbemittel wird die übrigen Haare von tiefschwarz in ein schmutziges Blond umtönen, andere Farbe, anderer Haarschnitt, er betrachtet sich im Spiegel und entdeckt einen Mann mittleren Alters mit typisch männlicher Glatzenbildung, hellbraunes Haar an den Seiten, Brille …

Ich habe Angst.

Ich weiß, aber mein Plan wird funktionieren. Riley wird uns jetzt helfen.

Er lässt sich aufs Bett fallen, bettet seinen Kopf auf die Kissen, und das ist angenehm, auch wenn er nicht mit Schlaf rechnet.

Elf Uhr. Das Revier gleicht einer betriebsamen Bahnhofshalle, der Commander hat Quartier im Büro des Lieutenants bezogen, wo er und Gouverneur Trotter miteinander konferieren. Der Sohn des Gouverneurs, Edgar Trotter, Chief der State Police, ist bei ihnen und bellt seinen Detectives, die er hier in einer Art Staatsstreich eingeflogen hat, Befehle zu. Der jüngere Trotter schien zunächst kurz davor, McDermott den Fall ganz zu entziehen, hat sich dann aber auf die Erklärung beschränkt, das Sonderkommando bräuchte eine *effektivere Führung* und die lokalen Polizeikräfte hätten »das« womöglich verhindern können, wären sie nur etwas weniger lahmarschig gewesen.

Bleiben Sie in der Nähe, hat er McDermott angewiesen. *Wir brauchen Sie vielleicht bei Detailfragen zum Fall.*

Die Presseabteilung hat sich der ganzen Sache angenommen, stimmt sich mit den Leuten des Gouverneurs ab, bereitet Erklärungen vor, feilt an jedem einzelnen Satz, damit sie nicht zu viel, aber gerade genug sagen, um den Eindruck von Effektivität zu erwecken. Die nationale Presse ist inzwischen auch vor Ort, was bei den PR-Leuten noch mehr Druck macht, wenn nicht sogar Panikstimmung auslöst.

Panik ist in seinen Augen überhaupt das zutreffendste Wort für den momentanen Zustand. Unter den Einsatzkräften herrscht eine gereizte Stimmung, eine Reaktion auf die unterschwelligen Vorwürfe, die Polizei sei verantwortlich für Shelly Trotters Tod. Falls diese Vorwürfe massiver werden, ist ziemlich klar, wer den Kopf dafür hinhalten muss. Es ist zwar unfair – Leo Koslenko hat einen gewaltigen Vorsprung, und immerhin ist es ihnen gelungen, wenige Tage nach Beginn der Mordserie seine Identität zu ermitteln – aber Fairness war noch nie eine herausragende Tugend im politischen Konkurrenzkampf.

Schon jetzt haben sie ihn aufs Abstellgleis geschoben. Er hat in diesem Fall nur noch beratende Funktion, und wenn alles vorüber ist, wer weiß, wie es dann bei ihm weitergeht.

Vermutlich werden sie ihn nicht auf Streife schicken. Das wäre eine Degradierung um drei Ränge. Da würde die Gewerkschaft nicht mitspielen. Nein, er wird einen Schreibtischposten kriegen – irgendwo in einem muffigen Keller, etwas, das ihn zur Kündigung zwingt. Und wenn alles vorbei ist, wird McDermott vielleicht sogar die Energie aufbringen, sich darüber ernsthaft Gedanken zu machen.

Er steckt den Kopf in den Konferenzraum und schaut nach Riley. Riley wird es noch heftiger erwischen als alle anderen. Wenn sich ihr Verdacht erhärtet, hat er entweder den falschen Mann in die Gaskammer geschickt oder es versäumt, einen Mittäter, einen Mitverschwörer zu fangen. Und falls sein Klient Harland Bentley in die Sache verstrickt ist, haben die Medien die freie Auswahl an Motiven: Riley hat die Ermittlungen behindert, entweder um sein Versagen vor sechzehn Jahren zu vertuschen oder um seinen Mandanten zu decken.

Aber was die Presse und der Bezirksstaatsanwalt Riley zufügen werden, ist nichts im Vergleich zu dem, was er sich selbst antun wird. Diese Geschichte wird ihn nie mehr loslassen. Manchmal wird es kurz an Intensität verlieren, nur um dann umso heftiger wieder auf ihn einzustürzen, ohne jede Vorwarnung. Jeder Moment des Glücks wird davon getrübt, sein ganzes Leben beeinträchtigt.

McDermott weiß das besser als jeder andere.

Mami hat das selber getan, hat er zu Grace gesagt, immer und immer wieder, unzählige Male. *Es war Mami. Sie war krank und wollte gehen.*

Dabei weiß er nicht, was wirklich geschehen ist. Er wird es nie wissen. Immer wieder malt er es sich aus, als wäre er als unsichtbarer Beobachter dabei gewesen, und sucht nach der am wenigsten schrecklichen Variante: Sie hat von Grace nur verlangt, ihr die Schuhschachtel aus dem Schrank zu holen, sonst nichts weiter; sie wollte Grace nach unten schicken, damit sie es nicht mit ansehen musste; sie wollte erst ihren Mann anrufen, damit er sich um Grace kümmern konnte; vielleicht war sie sich nicht mal sicher, ob sie die Pistole überhaupt benützen würde. Vielleicht wollte sie ihre Meinung im letzten Moment ändern.

Dann ging die Pistole los. Aber vielleicht war es ein Unfall. Jedenfalls hätte sie ihrer Tochter niemals befohlen, den Abzug zu drücken. Nein, wie gepeinigt ihre Seele auch war, das hätte sie ihrer Tochter nicht angetan. Es war ein Unfall.

Aber er weiß es nicht. Er wird es nie wissen.

Mami hat das getan. In der Hoffnung, dass es durch die Wiederholung zum festen Bestandteil ihrer Erinnerung wird. Sag es oft genug, und sie wird es glauben. Haben Dreijährige überhaupt Erinnerungen? Seine früheste Erinnerung reicht in das Alter von fünf Jahren zurück. Er sitzt auf dem Absatz vor einem Kamin und spielt mit Tierfiguren und einer kleinen Scheune. Aber mit *drei?*

Dr. Sutton meint, nein. Es besteht nur eine minimale Chance, dass sie sich daran erinnert. *Wenn* sie es überhaupt irgendwann versuchen sollte. *Wenn* es sich überhaupt so abgespielt hat.

Riley hockt bewegungslos in einem Stuhl, er nimmt keine Notiz von McDermotts Anwesenheit. Seine Augen sind blutunterlaufen und tief in sein bleiches Gesicht eingesunken. Sein Haar steht wild in alle Richtungen. Seine Krawatte ist verschwunden. Wie auch immer die ganze Sache ausgeht, eines ist für McDermott gewiss: Riley hat sich keines Verbrechens schuldig gemacht. Man kann die Fakten interpretieren, wie man will, aber sein Instinkt hat ihn bisher noch nie im Stich gelassen. Warum hätte sich Riley sonst mit Gwendolyn Lake getroffen? Warum Brandon Mitchum aufgesucht?

Einfach, weil er wissen wollte, ob er während seiner Ermittlungen im Fall Burgos etwas übersehen hat. Er verfolgte die Sache so hartnäckig, dass er bereit war, den größten Erfolg seiner Karriere infrage zu stellen, um die Wahrheit zu erfahren.

»Burgos ist Ihnen in den Schoß gefallen«, sagt McDermott zu Riley. »Er hatte ein Motiv, er hatte die Gelegenheit, sein Haus war voller Beweisstücke. Er hat gestanden. Ich habe das Vernehmungsprotokoll gelesen. Jeder an Ihrer Stelle hätte es genauso dabei bewenden lassen, mit dem Täter derart unmittelbar vor der Nase.«

Riley scheint ihn nicht zu hören. Er fährt mit den Händen über den Tisch, als wolle er Sand von einem zerbrechlichen Kunstwerk streichen; als suche er nach Worten.

»Ich brauche Ihre Hilfe, Riley. Ist Ihr Kopf noch klar genug dafür?«

Riley schweigt. Aber McDermott hat nichts zu verlieren.

Vielleicht ist das eine gute Gelegenheit, Riley überraschend und mit offenem Visier zu erwischen. Womöglich tut es ihm auch gut, sich auf den Fall zu konzentrieren statt auf seinen Schmerz.

Also breitet er den Stand der Ermittlungen vor Riley aus, auch wenn dieser bereits das meiste davon weiß oder doch zumindest ahnt. Harland ist Gwendolyns Vater, was Cassie kurz vor ihrem Tod herausfand. Cassie war schwanger und hatte eine Abtreibung – was Cassies Mutter bestätigt hat –, und sie hatte eine Affäre mit Professor Albany. Cassie vermutete, ihr Vater hätte ein Affäre mit ihrer besten Freundin Ellie – und das unmittelbar vor dem Tod der beiden.

Er muss Riley nicht eigens sagen, dass all das bereits hinlänglich auf Harland Bentley und Professor Albany verweist. Und falls es noch Zweifel gibt, werden sie durch den Brief ausgeräumt, den man bei Koslenko fand und dessen Echtheit Albany bestätigt hat: Harland hat mit Albany einen Handel geschlossen – schweig du über meine Affäre, dann schweig ich über deine.

Für beide stand einiges auf dem Spiel. Reiche Frauen, die Anwartschaft auf eine Lebensstellung. Da war durch den Tod von zwei jungen Frauen viel zu gewinnen.

Riley schweigt. Bisher hat er kein Wort gesagt. McDermott beginnt sich zu fragen, warum er sich überhaupt die Mühe macht.

Plötzlich springt Riley von seinem Stuhl auf. Er läuft in die Ecke des Raumes und starrt ins Nichts.

»Harland Bentley hat seine Tochter beseitigen lassen, Paul. Und Ellie. Er hat einen Helfer für die Schmutzarbeit aufgetrieben, einen psychisch gestörten und gewalttätigen Mann. Das konnte zwar seine Ehe nicht mehr retten, aber seine Frau war zu kaputt, um mit ihm zu streiten, also warf sie ihm zwanzig

Millionen in den Rachen, damit er verschwand, und er sackte sie eiskalt ein. Alles in allem kein schlechter Deal.«

Riley bewegt sich nicht. McDermott führt im Grunde ein Selbstgespräch.

»Ich weiß noch nicht, wie Albany ins Bild passt. Ich schätze, er hat ihm mit den anderen Morden geholfen. Vielleicht hat er die Schlüssel für das Auditorium organisiert, um die Leichen dort zu entsorgen. Womöglich hat er sich auch Burgos' Schlüssel geschnappt, in dessen Suburban die Frauen verschleppt und in Burgos' Haus geschafft. Es war ganz sicher seine Idee, den Songtext zu verwenden. Ich meine, wer kannte diesen Text besser als Albany?«

Riley stützt eine Hand gegen die Wand.

»Die anderen Morde sollten die an Ellie und Cassie bloß vertuschen. Sie wollten das Werk eines Serienkillers imitieren, der durch den Song inspiriert war. Alles passt zusammen, Riley. Nur hilft uns das nicht, Leo Koslenko zu finden. Der Kerl ist vermutlich längst über alle Berge. Wer immer ihn kontrolliert hat – Bentley, Albany –, hat keinen Einfluss mehr auf ihn.«

McDermott atmet tief durch. Er lädt hier eine Menge auf diesem Mann ab, der heute Abend seine Freundin in tausend Stücke zersägt vorgefunden hat. Aber er hat jetzt keine Zeit, diplomatisch vorzugehen. Er spürt, dass Riley alles tun wird, um Koslenko zu stoppen, und er braucht jetzt seine Hilfe.

»Riley«, sagt er leise. »Alle, die in dieser Woche ermordet wurden – Ciancio, Evelyn Pendry, Amalia Calderone und Shelly –, hatten einen kleinen Einschnitt zwischen der vierten und fünften Zeh ihres linken Fußes. Er wurde ihnen nach Eintritt des Todes beigebracht. Lässt das was bei Ihnen klingeln?«

Riley steht da wie erstarrt. Seine Lippen bewegen sich lautlos, als wiederhole er das soeben Gehörte.

»Ich muss weg«, sagt er.

Kurz vor Mitternacht verlasse ich den Einsatzraum der Detectives, übermüdet und mit überfrachtetem Hirn. Der Gouverneur ist immer noch auf dem Revier. Seine Presseleute haben bereits eine Erklärung herausgegeben, aber die Medien draußen lauern immer noch auf die Protagonisten aus Fleisch und Blut.

Neben mir ein Polizist, der mich nach Hause fahren soll. Die Pressemeute drängt sich hinter den Barrikaden, die den Parkplatz und den Haupteingang des Reviers abriegeln, und ich höre, wie sie meinen Namen rufen.

»Paul, hat Leo Koslenko Shelly ermordet?«

»Gibt es einen Zusammenhang mit dem Fall Burgos?«

»War Terry Burgos unschuldig?«

»Hat Leo Koslenko auch das Mansbury-Massaker verübt?«

»Einen Moment bitte.« Ich spüre einen Adrenalinschub, obwohl ich dachte, ich wäre völlig am Ende. Vielleicht ist es die Wut. Ich lasse den Cop hinter mir und steuere auf die Reporter zu. Einige von ihnen, die Veteranen, haben mich schon interviewt, als ich noch im Fall Burgos ermittelte. Wie aufregend muss das hier für sie sein. Wie rasch Journalisten doch in einen Erregungszustand geraten, wenn Köpfe zu rollen drohen.

»Haben Sie den falschen Mann verurteilt?«

»Was haben Sie Gouverneur Trotter gesagt?«

»Wurde ein Unschuldiger hingerichtet?«

Die Kameras, die Scheinwerfer, die Mikros, alles schwenkt in meine Richtung. Sie bombardieren mich weiter mit ihren Fragen, bis sie kapieren, dass es so nicht laufen wird. Schließlich verstummen die Rufe, und sie sind bereit, mir einen Moment zuzuhören.

»Leo Koslenko hat die Mansbury-Morde nicht verübt«, sage ich so ruhig wie möglich. »Terry Burgos ist der Täter. Was im

Moment geschieht, steht möglicherweise in Zusammenhang mit den Mansbury-Morden. Die Polizei hat mich um Mithilfe gebeten, und ich werde den Fall lösen. Geben Sie mir maximal ein oder zwei Tage. Ich verspreche Ihnen, ich werde alles regeln. Aber eines steht fest – niemand anders als Terry Burgos hat diese Mädchen getötet.«

Ich mache auf dem Absatz kehrt und marschiere zurück zu dem Cop, während die Reporter mir alle möglichen Folgefragen hinterherbrüllen. Wir laufen mit großen Schritten zu dem Streifenwagen, und ich springe in den Fond. Ich lehne meinen Kopf gegen die Nackenstütze, schließe die Augen und schiebe all die Fragen beiseite, die sie mir über die Barrikaden hinweg nachgeworfen haben.

Immer, wenn sie ins Haus kam, empfand er eine Art Hochstimmung. Sie legte immer Wert darauf, ihm guten Tag zu sagen, vielleicht auch ein paar Worte in Russisch.

Nicht so an diesem Tag. Sie rauschte einfach an ihm vorbei. Er folgte ihr. Als sie die Stufen hinauflief, trat ihr Gwendolyn entgegen. Leo bleibt im Hintergrund. Denn Mrs. Bentley war sehr wütend geworden, als er einmal ein Gespräch zwischen ihr und Gwendolyn belauscht hatte.

Was hast du meiner Mutter erzählt?

Nichts, was sie nicht ohnehin schon weiß.

Du weißt gar nichts über meinen Vater.

Nein, Cassie, ich glaube, du bist hier diejenige, die nicht durchblickt. *Cassie umklammerte das Geländer. Sie ließ den Kopf sinken. Sie versuchte, ihre Wut zu zügeln.*

Wenn du mir nicht glaubst, liebe Cousine, dann musst du ihm nur folgen. Schau selbst, mit wem er sich trifft. Vielleicht ist es sogar jemand, den du sehr gut kennst.

Cassie blickt wieder zu Gwendolyn auf. Sie will etwas sagen, aber sie bringt es nicht fertig. Schließlich dreht sie sich um und stürmt die Treppen hinunter.

Ich kann es kaum erwarten, Onkel Harlands Ausreden zu hören, *ruft Gwendolyn ihr hinterher.* Er wird sich in den Arsch beißen, dass er diesen Ehevertrag unterzeichnet hat!

Leo erwacht aus seinem Dämmerzustand. Der Werbeblock ist vorüber. Der Nachrichtensender berichtet live. Er springt von seinem Bett auf, als er Paul Riley erkennt, der zu den Reportern vor der Polizeistation spricht. Er dreht die Lautstärke auf und hält den Atem an.

»Leo Koslenko hat die Mansbury-Morde nicht verübt. Terry Burgos ist der Täter.«

Er schließt die Augen und lauscht den Worten Paul Rileys.

»Die Polizei hat mich um Mithilfe gebeten, und ich werde den Fall lösen. Geben Sie mir maximal ein oder zwei Tage. Ich verspreche Ihnen, ich werde alles regeln. Aber eines steht fest – niemand anderes als Terry Burgos hat diese Mädchen getötet.«

Leos Mundwinkel wandern nach oben und bilden fast so etwas wie ein Lächeln.

McDermott verfolgt die Nachrichten in der Cafeteria, wo er sich gerade einen frischen Kaffee besorgen wollte. Auf der Mattscheibe ist Paul Riley zu sehen, wie er vor dem Revier sein Statement abgibt.

»Was erzählt der da für einen Blödsinn?«, fragt Stoletti.

Sie war nie ein großer Fan von Riley, und heute haben die beiden Detectives einen besonders beschissenen Tag. Stoletti musste nicht so viel einstecken wie ihr Partner, trotzdem hat auch sie ihren Teil abbekommen. *»Burgos hat die Mädchen getötet? Die Polizei hat mich um Hilfe gebeten? Geben Sie* *mir maximal ein oder zwei Tage?* Weiß er was, das wir nicht wissen?«

McDermott nickt abwesend und verfolgt, wie die Nachrichten das Statement noch einmal wiederholen.

Die Polizei hat mich um Mithilfe gebeten, und ich werde den Fall lösen. Geben Sie mir maximal ein oder zwei Tage.

Stoletti seufzt. »Ich verzieh mich, Mike. Hier gibt's nichts mehr für uns zu tun. Ich hab mir heute schon genug Scheiße anhören müssen.«

Ich verspreche Ihnen, ich werde alles regeln.

»Bleibst du bis zu Bentleys Vernehmung? Er wird in etwa einer Stunde eintreffen.«

Er zuckt mit den Achseln.

Aber eines steht fest – niemand anderes als Terry Burgos hat diese Mädchen getötet.

Stoletti stellt sich neben ihn und deutet auf das wütende, verstörte Gesicht Rileys. »Verdammt, ich kann schon verstehen, wenn der Kerl mal Dampf ablassen will. Das war für ihn auch nicht gerade ein Glanztag heute. Aber damit macht er sich doch komplett lächerlich.« Sie klopft McDermott abschließend auf den Arm und verschwindet.

»Vielleicht«, murmelt McDermott. Vielleicht macht er sich lächerlich.

Vielleicht spielt er aber auch einfach bloß mit.

Freitag

24. Juni 2005

48. Kapitel

Ich sitze auf dem obersten Treppenabsatz meines Hauses, den Kopf gegen das Geländer gelehnt, und starre auf das Bedienfeld der Alarmanlage. Der Alarm ist nicht aktiviert. Es besteht auch keine Verbindung zum nahe gelegenen Polizeirevier. Aber selbst in ausgeschaltetem Zustand kann ich fünf potentielle Einbruchszonen im Haus überwachen und habe dazu noch die Bewegungssensoren im Eingangsbereich und entlang der obersten Treppenstufen. Sollte jemand versuchen, an einer dieser Stellen einzudringen, blinkt die entsprechende Nummer am Bedienfeld auf. Zwar wird dann weiter nichts geschehen – kein schriller Alarm, kein Anruf bei der Polizei –, aber zumindest weiß ich Bescheid.

Zone eins ist der Vordereingang. Zwei die Glasschiebetür. Drei die Kellertür. Vier und fünf die Fenster im Erdgeschoss.

Mir fallen die Augen zu. Mein Magen revoltiert, mein Schädel dröhnt, mein ganzer Körper ist jenseits der Erschöpfungsgrenze. Gleich darauf öffnen sich meine Augen wieder, so scheint es mir zumindest, und ich versuche, rasch die Orientierung zurückzugewinnen.

Ich starre auf die Lämpchen am Bedienfeld, doch sie sind immer noch dunkel.

Nachts um fünf nach eins trifft Harland Bentley mit seinem Anwalt ein. Er war für Punkt ein Uhr bestellt, also ist er zu spät, und McDermott überlegt, ob er das ansprechen soll. Das Ganze könnte zwar auf eine gewisse Abweichung ihrer Uhren zurückzuführen sein, aber McDermott vermutet, dass Bentley sich bewusst verspätet hat. Er trägt einen blauen maßgeschneiderten Anzug, der weit mehr als das Monatsgehalt eines Cops kostet, und auch das scheint ihm eine kalkulierte Geste zu sein.

McDermott wird bis auf weiteres nur noch als Zuschauer dabei sein. Nachdem man ihn aus dem Büro des Lieutenants geschickt hat, haben der Commander, der Gouverneur und der State Police Superintendent Edgar Trotter den überraschend unsinnigen Beschluss gefasst, dass Letzterer die Vernehmung von Harland Bentley durchführen wird, unterstützt von einem seiner Leute.

McDermott betritt den zentralen Observationsraum mit erhobenem Kinn – er wird vor diesen Idioten nicht den Schwanz einkneifen, er hat sich nichts zuschulden kommen lassen – und postiert sich schweigend neben dem Commander. Im Vernehmungsraum Eins zupft Harland Bentley sein Jackett zurecht und flüstert seinem Anwalt etwas zu. McDermott kennt den Anwalt von irgendwoher. Ein großer, gut aussehender Schwarzer in einem eleganten dreiteiligen Nadelstreifenanzug. Die beiden wirken wie aus dem Ei gepellt, überraschend frisch und gut frisiert für eine eilig einberufene Vernehmung mitten in der Nacht. Sie überlassen nichts dem Zufall. Auf ihren Auftritt sind sie gut vorbereitet.

Sie blicken auf, als Edgar Trotter den Raum betritt, flankiert von seinem Lieutenant. Rasch erheben sie sich aus ihren Stühlen.

»Harland«, sagt Trotter. Er nickt Bentleys Anwalt zu. »Mason.«

Mason. Richtig, so lautet sein Name. Mason Tremont, der

Mann, der bis vor kurzem als US-Staatsanwalt für den übergreifenden Gerichtsbezirk zuständig war, in dem auch die Stadt liegt. Es überrascht McDermott nicht, dass Bentley so schwere Geschütze auffährt.

Sie beginnen mit Beileidsbekundungen. Wie werden Sie mit der ganzen Sache fertig? Wie geht's dem Gouverneur? Wie Ihrer Mutter? Oh Gott, das muss Abby hart getroffen haben.

McDermott mustert den Commander mit hochgezogenen Augenbrauen. Was für ein Start in eine Vernehmung. Diese Kerle sind alte Freunde. Harland Bentley hat Hunderttausende von Dollar in Gouverneur Trotters Wahlkampagnen investiert, und Mason Tremont wurde auf Fürsprache des Gouverneurs hin vom republikanischen Präsidenten zum obersten Bundesstaatsanwalt befördert, denn auch Tremont hat fleißig Wahlkampfspenden gesammelt.

Und jetzt wird der Sohn des Gouverneurs zwei der engsten Verbündeten seines Vaters vernehmen.

Nachdem sich alle gesetzt haben, legt Mason Tremont los. »Edgar, es versteht sich von selbst, dass wir alles in unserer Macht Stehende tun werden, um zu helfen. Aber es gibt ...«, er nickt Richtung Harland und stößt dabei so etwas wie ein ungläubiges Lachen aus, »es gibt einen Unterschied, ob man als Freund gebeten wird, zu helfen, oder ob man Harland wie einen Verdächtigen behandelt. Der Beamte – ich glaube, sein Name war McDermott – hat bei uns den Eindruck erweckt, als habe man einen Verdacht gegen ...«

»McDermott wurde von dem Fall abgezogen«, sagt Edgar Trotter. »Sie sprechen jetzt mit mir.«

McDermott strafft sich. Er kämpft gegen das Verlangen an, Edgar Trotter scheitern und hilflos im Dunkel tappen zu sehen, bis ihm keine andere Wahl mehr bleibt, als McDermott hereinzubitten, um die Sache wieder hinzubiegen. Das wäre unzweifelhaft eine große Genugtuung, aber mehr noch drängt es ihn, einfach nur zu erfahren, was zum Teufel Bentley zu sagen hat.

Trotter beginnt mit den Fakten. Allerdings formuliert er es so, als seien es bloße Verdachtsmomente, keine Tatsachen: dass Harland mit Ellie Danzinger schlief; dass Harland der Vater von Gwendolyn Lake ist; dass Cassie kurz vor ihrem Tod schwanger wurde und eine Abtreibung hatte; und dass Leo Koslenko in dem Haus von Mia Lake und ihrer Tochter Gwendolyn gearbeitet hat. »Alles Informationen, die man uns zugetragen hat«, wie er es nennt.

»Wissen Sie, wo Leo Koslenko sich aufhält, Harland?«

»Nein. Ich kann mich kaum noch erinnern, wer dieser Mann überhaupt ist, Edgar. Und ich habe ganz sicher nicht mit ihm gesprochen, zumindest nicht soweit ich mich zurückerinnere.«

Trotter schiebt das Foto über den Tisch, das sie in Fred Ciancios Schrank in einer Schuhschachtel gefunden haben – Harland und die Reporter, Koslenko im Hintergrund.

»Es dreht sich um diesen Mann da, nehme ich an?«, fragt Harland Bentley. »Und Sie sagen, er hat in Mias Haus gearbeitet, nicht in unserem?«

Damit schafft er Distanz zu Koslenko.

Trotter neigt den Kopf zur Seite. »Haben Sie ihm nicht geholfen, in diesem Land als Asylbewerber anerkannt zu werden?«

Das verringert die Distanz wieder ein bisschen. Eine gute Erwiderung, richtig platziert und gekonnt vorgetragen, ohne jede Drohung, so, als sei er bloß neugierig.

»Wenn ich das getan habe, kann ich mich zumindest nicht daran erinnern. Ich glaube, so was fiel mehr in Natalias Zuständigkeitsbereich.«

Trotter lässt das einen Moment auf sich wirken. Nickt langsam, sagt aber nichts. Eine gute Verhörtechnik. Schweigen während eines Gesprächs erzeugt Unbehagen. Verdächtige haben die Tendenz, die Stille zu füllen. Sie versuchen, sich zu rechtfertigen und reiten sich dadurch immer tiefer hinein.

Aber Harland Bentley ist kein gewöhnlicher Verdächtiger.

»Shelly war eine wundervolle junge Frau«, bemerkt er. »Ich habe sie erst kürzlich getroffen.«

Trotter hört ihm zu, hält seinem Blick stand und sagt: »Hatten Sie eine Affäre mit Ellie Danzinger kurz vor ihrem Tod?«

Mason Tremont hebt die Hand. »Edgar, ich frage mich, ob das wirklich nötig ist. Wir wollen gerne helfen, wichtige Spuren zu verfolgen, aber wir reden hier über etwas, das bereits Jahrzehnte zurückliegt.«

»Ich weiß das aufrichtig zu schätzen, Mason.« Trotter nickt nachdrücklich, ohne Mason dabei anzusehen. »Aber Leo Koslenko hat meine Schwester sicher nicht deshalb getötet, weil die Vergangenheit irrelevant ist. Daher hätte ich gerne eine Antwort, bitte.«

Der Anwalt legt eine Hand auf Bentleys Unterarm. »Edgar ...«

»Entweder er ist bereit, zu antworten, oder er ist es nicht.« Trotter wirft seinen Stift auf den Tisch und lehnt sich im Stuhl zurück. »Ich warte.«

Die Temperatur im Raum ist schlagartig abgekühlt.

Tremont rückt seine Goldrandbrille zurecht. »Ich habe meinem Mandanten empfohlen, nur relevante Fragen zum Fall zu beantworten. Fragen, die ihn persönlich in den Schmutz ziehen sollen, sind nicht relevant.«

»Wie schaut es mit Gwendolyn Lake aus, Harland? Sind Sie ihr Vater?«

Tremont neigt leicht den Kopf. Das scheint ein verabredetes Zeichen für seinen Klienten zu sein.

»Ja, das trifft zu«, sagt Harland.

McDermott nickt. Keine große Überraschung. Und auch nicht weiter ungewöhnlich, dass er es eingesteht. Gwendolyn lebt noch. Ein simpler Vaterschaftstest könnte die Frage klären. Er wirft ihnen etwas hin, das sie auch ohne ihn in Erfahrung hätten bringen können, und erweckt dadurch den Eindruck von Entgegenkommen.

Edgar Trotter zieht ein Dokument aus seiner Aktenmappe. McDermott stellt sich auf die Zehenballen, um einen besseren Blick zu haben. Es ist der Brief, den sie in Koslenkos Schlafzimmer gefunden haben. McDermott besitzt auch eine Kopie davon.

Ich weiß, dass Sie von meiner Beziehung zu Ellie wissen. Und ich weiß von Ihrer Beziehung zu meiner Tochter. Wenn Sie was ausplaudern, werde ich das auch tun. Aber wenn Sie schweigen, richte ich auf Ihren Namen einen Lehrstuhl am Mansbury College ein. Ich benötige Ihre Antwort sofort.

Bentley lässt den Brief auf dem Tisch liegen, so dass sein Anwalt mitlesen kann. Er mustert einen Moment schweigend das Blatt, dann schnappt er es sich vom Tisch und studiert es genauer. Tremont, der nicht länger mitlesen kann, lehnt sich zurück.

McDermott beobachtet, wie Bentleys Augen sich über das Blatt bewegen. Sein Mund steht offen, seine Augenbrauen zittern. Als er den Brief erneut liest, beginnt er mit dem Mund die gelesenen Worte zu formen, und sein Gesicht verzerrt sich in wachsendem Entsetzen.

Irgendwas stimmt hier nicht. McDermotts Instinkt schlägt an wie ein Bluthund.

»Mein Gott«, stöhnt Bentley.

»Dieser Brief wurde an Professor Albany geschickt«, erläutert Trotter ohne jede Gefühlsregung. »Er hat bereits zugegeben, ihn bekommen zu haben. Außerdem hat er gestanden, die Anfrage mit einem Ja beantwortet zu haben.«

Tremont legt seinem Mandanten die Hand auf den Arm.

Bentley springt aus seinem Stuhl auf und läuft in eine Ecke des Raums, eine Hand über dem Gesicht.

»Vielleicht ist das der richtige Zeitpunkt für eine kurze Unterbrechung«, schlägt Tremont vor.

Bentley wirbelt herum und starrt Trotter an. »Wollen Sie damit sagen – dieser Lehrer – und meine Tochter?«

Trotter beantwortet seine Frage nicht. Stattdessen sagt er: »Wir wissen, dass Sie sich an Ihren Teil der Vereinbarung gehalten haben. Sie haben einen Lehrstuhl für Professor Albany eingerichtet.«

»Natürlich, ja, ich …« Harland Bentley erstarrt mitten im Satz. Sein Gesicht wendet sich langsam zur Decke, seine Augen zucken, die Lippen bewegen sich kaum merklich, formen kaum verständliche Worte.

»Ich möchte mich kurz mit meinem Mandanten besprechen«, sagt Tremont.

Ja, irgendwas stimmt hier ganz und gar nicht.

»O mein Gott, ich fasse es nicht«, murmelt Bentley. »Ich fass es einfach nicht.«

49. Kapitel

Im Vernehmungsraum eins herrscht Stille. Harland Bentley schüttelt weiter den Kopf, an irgendeinem Punkt lächelt er sogar ironisch, zieht es aber vor, zu schweigen. Edgar Trotter hat offensichtlich beschlossen, den Entwicklungen vorerst freien Lauf zu lassen.

McDermott denkt über Harlands Reaktion auf den Brief nach. Es war völlig anders als bei Albany. Bentley hat jedes Wort genau gelesen. Und wenn sein überraschter Ausbruch gespielt war, dann hat McDermott noch nie jemanden so gut bluffen sehen.

Ganz offensichtlich hat Harland Bentley diesen Brief nicht geschrieben.

»Der Brief stammt nicht von mir.«

Trotter greift sich seine Kopie und liest – oder tut zumindest so. »Geht es in diesem Brief um eine andere Person?«

»Nein«, gibt Bentley zu. »Es geht eindeutig um mich. Ja, das mit Ellie Danzinger und mir trifft zu. Das räume ich ein. Aber diesen Brief habe ich nicht geschrieben. Ich habe ihn noch nie zuvor zu Gesicht gekriegt.«

»Aber Sie haben diesen Lehrstuhl am Mansbury College für den Professor eingerichtet.«

»Ja.«

»Und Sie behaupten, das sei nicht aufgrund eines Tauschhandels mit dem Professor geschehen.«

»Richtig.«

»Dann ist das also ein Zufall. Und wer immer diesen Brief geschrieben hat, kann die Zukunft vorhersagen.«

Nein, das will er damit natürlich nicht behaupten. Wenn Harland die Wahrheit sagt, dann muss der Verfasser des Briefs von seiner Affäre mit Ellie gewusst haben. Ebenso wie er von Cassies Affäre mit Professor Albany wusste.

Und er war in der Lage, zu veranlassen, dass ein Lehrstuhl für einen College-Professor eingerichtet wurde.

Und derjenige musste auch Leo Koslenko gekannt haben, der Professor Albany den Brief überbrachte.

»Natalia«, sagt McDermott laut.

Im Verhörraum schüttelt Harland Bently erneut den Kopf, in Gedanken verloren. »Als Natalia und ich uns scheiden ließen – und ich kann ihr da schlecht einen Vorwurf machen –, wollte sie nicht nur, dass ich gehe, sondern dass ich sofort verschwinde. Sie hätte auf dem Ehevertrag beharren und ihn gerichtlich durchsetzen können, aber sie fand mich mit einer einmaligen Zahlung ab. Deutlicher konnte sie es kaum sagen: Sie wollte mich aus dem Haus haben, und zwar sofort.« Er seufzt. »Sie sagte, ich könnte das Geld habe, aber nur unter einer Bedingung.«

»Der Posten für Albany«, folgert Trotter.

Er nickt ernst. »Sie sagte, er sei ein Mentor für Cassie gewesen. Cassie hätte immer in den höchsten Tönen von ihm gesprochen. Und jetzt stellt sich heraus, dass dieses, dieses Monstrum, kurz davor war, seinen Job zu verlieren, wegen dem, was er getan hat. Er hatte keine unkündbare Stellung. Er hätte nie wieder unterrichten dürfen.« Er räuspert sich und hebt eine Hand. »Ich bin mir meiner Mängel als Ehemann durchaus bewusst. Und da Nat nur diesen einen Wunsch an mich hatte, wollte ich ihn erfüllen. Aber hätte ich das damals gewusst, hätte ich nur den leisesten Verdacht gehabt, dass er meine Tochter angerührt hat …«

McDermott wirft einen Blick auf den Commander, der weiter schweigt und ihm die kalte Schulter zeigt. McDermott hat hier nichts mehr zu melden. Und soweit er weiß, geht es dem

Commander nicht viel besser. Ach was, scheiß drauf. Das ist McDermotts Fall, ob es ihnen passt oder nicht. Und er ist jetzt nur noch interessanter geworden.

Es wird allgemein beschlossen, die Sitzung für heute zu beenden. Es ist kurz vor zwei. Ein langer Tag für die Trotters, für die Cops, für alle hier. Heute Nacht bleibt weiter nichts zu tun, als die Ergebnisse der auf Hochtouren laufenden Suche nach Leo Koslenkos Wagen abzuwarten.

Natalia Lake hat also diesen Brief an Albany geschickt. Sie wollte nicht, dass die Affäre ihrer Tochter mit Albany bekannt wurde. Sie hatte sich nur wenige Wochen nach den Morden an Cassie und den anderen Mädchen von Harland scheiden lassen.

Warum?

»Gehen Sie nach Hause, Detective«, sagt der Commander.

McDermott erwidert nichts, nickt nur mit dem Kopf. Für ihn gibt es hier nichts mehr zu tun. Es wird Zeit zu verschwinden.

Aber nicht nach Hause.

Die Zeit ist mein Feind geworden. Ich sitze im Flur, vor meinem Schlafzimmer, schwimme verzweifelt gegen den Strom an, bis um halb sechs in der Früh, nicke ein, schrecke wieder hoch, kontrolliere mit geschwollenen Augen das Bedienfeld der Alarmanlage in der obersten Etage. Ich schlucke ein paar Aspirin und nehme eine schnelle Dusche. Lautlos schleiche ich durchs Haus, die Ohren gespitzt, die Nerven zum Zerreißen gespannt. Ich würge eine Scheibe Toast hinunter. Ich verlasse das Haus durch die Hintertür, erwarte, dass es dort geschieht. Aber ich gelange ungehindert zu meinem Wagen. Ich öffne die Garagentür, wappne mich innerlich, aber dort steht nichts außer meinem Cadillac und ein paar Gartengeräten.

Ich steige in den Wagen und atme tief durch. Es ist an der Zeit, Natalia Lake einen Besuch abzustatten. Zeit, zu testen, wie gut ich im Pokern bin.

50. Kapitel

Als ich um sieben Uhr aus meinem Wagen steige, erwartet mich eine ganz in weiß gekleidete Frau mit hinter dem Rücken verschränkten Händen.

»Guten Morgen, Mr. Riley.«

»Morgen.«

Sie wendet sich zur Tür. »Mrs. Lake erwartet Sie bereits.«

Ich folge der Frau durch eine der Eingangstüren in eine reich dekorierte Halle. Sie führt mich in einen Salon mit einem Stutzflügel und antikem Mobiliar. Ein sauberer, luxuriös ausgestatteter Raum, der vor Reichtum und Depression förmlich zu schreien scheint.

»Danke, Martha.«

Ich drehe mich zu Natalia Lake um, und kurz blitzt in meinem Kopf die Erinnerung an den Moment auf, als sie die Leiche ihrer Tochter identifizierte. Sie hat sich gut gehalten, vermutlich mit Unterstützung von etwas kosmetischer Chirurgie im Gesicht und am Hals. Die künstliche Straffheit ihrer Haut verleiht ihrem Ausdruck eine zusätzliche Strenge.

»Danke für Ihre Bereitschaft, sich mit mir zu treffen, Mrs. Lake.«

»Oh, bitte, sagen Sie Nat.«

Nat trägt eine lavendelfarbene Bluse und weiße Hosen. Sie

ergreift meine Hand mit beiden Händen. »Nach allem, was geschehen ist, einfach Nat.«

Wir setzen uns gemeinsam auf die Couch. Die Spitzen ihrer dünnen Finger berühren meinen Arm. »Waren Sie mit dieser jungen Frau liiert? Mit Shelly Trotter?«

Ich nicke.

»Langs Tochter. Oh je.« Sie sieht mich direkt an. »Paul, bitte sagen Sie mir, dass Harland nicht in irgendeiner Weise dafür verantwortlich ist.«

»Harland hat nichts damit zu tun.«

Sie atmet tief durch. Eine Reaktion, von der ich nicht weiß, was sie bedeutet.

»Mit dem, was letzte Woche geschah, sollte irgendwas vertuscht werden«, sage ich. »Und Harland hat nichts zu vertuschen. Sicher, er hat viele beschämende Dinge getan. Er hat mit der besten Freundin Ihrer Tochter geschlafen. Er hatte ein Kind mit Ihrer Schwester. Aber er hat niemanden umgebracht damals. Daher hat er auch jetzt keinen Grund, jemand zu töten. Da ist nichts, was er verschleiern müsste, Nat.«

Ich lasse meine Bemerkung wirken und hoffe, dass Natalia das Schweigen aus eigenem Antrieb füllt. Ihre Mundwinkel sind nach unten gezogen. Vermutlich ist sie enttäuscht von meinen Ausführungen, aber das wird sie nie zugeben. Sie hantiert mit ihren Zigaretten, öffnet eine kleine perlenbesetzte Schachtel, zündet sich eine an und raucht schweigend.

Ich bin nicht ganz sicher, was ich hier eigentlich suche. Aber ich weiß, irgendwas liegt hier verborgen. Und ich bin ziemlich gut im Graben.

»Sie wissen, wo Leo Koslenko zu erreichen ist«, sage ich.

»Ich habe nicht die geringste Ahnung.« Aber ihre Antwort kommt zu schnell, zu aggressiv. Sie war auf diese Anschuldigung vorbereitet.

»Sie haben ihn in dieses Land geholt, Nat. Ihre Familie hatte in der Sowjetunion beste Beziehungen zu seiner. Er war ein kranker, gequälter Mann, der Ihnen gegenüber loyal war – und nur Ihnen gegenüber.«

Natalia klopft mit ihrer Zigarette leicht gegen den Rand eines Aschenbechers aus Marmor. Sie hat noch nie in ihrem Leben eine Frage beantworten müssen, die sie nicht beantworten wollte. Und sie wird jetzt nicht damit anfangen.

Also werde ich ihr ein wenig auf die Sprünge helfen müssen.

»Leo Koslenko hat Ellie Danzinger getötet«, erkläre ich. »Auf Ihre Anweisung hin.«

»Oh.« Ein kurzer Heiterkeitsausbruch ihrerseits. Sie wendet sich mir zu, behält den Ausdruck bei, eine Mischung aus Verachtung und Vergnügen. »Und – ist das vielleicht schon alles? Habe ich nicht auch noch die Morde an den anderen Mädchen befohlen? Etwa den an meiner eigenen Tochter?«

Ihr Ton ist herablassend, aber ihre Augen beginnen zu funkeln. Sie lässt ihre Zigarette im Aschenbecher weiterglimmen, erhebt sich von der Couch, richtet ein Gemälde an der Wand gerade. Mir schien es auch vorher völlig gerade zu hängen, daher wird ihr wohl langsam mulmig – oder sie versucht, Zeit zu gewinnen.

»Sie wollten Ihre Tochter nicht töten«, sage ich. »Aber Sie hatten keine andere Wahl. Cassie fand raus, dass Sie Ellies Tod in Auftrag gegeben hatten. Und Ihnen war klar, dass sie nicht schweigen würde.«

Nicht dass ich das für die Wahrheit halte. Aber ich rüttle am Baum. An einem Baum, in dem sich so einiges versteckt.

Ich bemerke etwas aus meinem linken Augenwinkel heraus, eine kurze Veränderung der Lichtverhältnisse im Flur. Wie ein huschender Schatten.

Jemand ist draußen im Gang.

»Sie wollten, dass Cassies Fall nicht zur Verhandlung kommt«, sage ich. »Sie haben befürchtet, jemand könnte einen genaueren Blick darauf werfen. Oder auf Cassie.«

Natalia legt die Hände hinter den Rücken und nickt langsam. »Was Sie da sagen, ist nicht nur lächerlich, Paul, Sie könnten es auch niemals beweisen.«

»Seien Sie sich da nicht so sicher.« Ich drehe mich unauffällig in Richtung Flur. Dann beginne ich auf und ab zu marschieren – um mich noch näher an den Flur heranzupirschen – und spreche dabei in Richtung des geöffneten Durchgangs. Ich will sicherstellen, dass sowohl Natalia mich hört wie auch die Person im Flur.

»Wir werden eine Exhumierung von Cassies Leiche veranlassen müssen«, sage ich.

»Sie bluffen«, erwidert sie in meinem Rücken. »Sie haben bereits einen Mann verurteilt wegen …«

Sie stockt, und ich lächle schweigend. Dank Natalia wurde niemand wegen Mordes an Cassie verurteilt. In ihrem Fall ist nie ermittelt worden.

»Das ist ein Bluff«, wiederholt sie.

»Es ist kein Bluff, Nat. Gouverneur Trotter hat vor, mich als Sonderermittler in Cassies Fall einzusetzen. Meine erste offizielle Amtshandlung wird sein, Sie wegen Mordverdachts zu verhaften.«

Nichts davon ist wahr, aber es klingt glaubwürdig, und nur darauf kommt es an.

»Die Technologie hat gewaltige Fortschritte gemacht in den letzten sechzehn Jahren«, teile ich ihr mit. »Ich kann nur ahnen, was wir an Cassies Leiche finden werden.«

In Wahrheit würde man vermutlich herzlich wenig finden. Aber das weiß sie nicht. Und ist auch gar nicht der Punkt.

»Sie werden alles einreißen, was Sie sich aufgebaut haben«, konstatiert Natalia. »Sie werden den größten Erfolg Ihrer Karriere in den Schmutz ziehen.«

Da das keine Frage ist, antworte ich nicht. Stattdessen beobachte ich weiter unauffällig den Flur.

Und dann tritt sie herein – Gwendolyn Lake steht plötzlich auf der Schwelle zum Salon, in einem langen T-Shirt und einer grauen Jogginghose.

»Liebling!« Natalia kommt seitlich in mein Gesichtsfeld geschossen. Ich nicke Gwendolyn zu.

»Sie täuschen sich«, sagt sie zu mir.

Kehr nie zurück, komm nie wieder hierher, ein Befehl, muss gehorchen. Komm nie wieder hierher, nach Highland Woods, setz nie wieder einen Fuß auf dieses Grundstück, nimm das Geld, mehr noch, wenn du brauchst, aber komm nie wieder zurück, niemand darf davon wissen.

Die Gegend schaut anders aus, ein paar Häuser wurden umgebaut, einige sind brandneu, hübsche Gegend, Highland Woods.

Kehr nie zurück. Aber es gibt Ausnahmen. Zum Beispiel wenn Paul Riley Mrs. Bentley besucht – die jetzt Mrs. Lake heißt.

Leo fährt an dem Haus vorbei, das inzwischen Mrs. Lake gehört, früher gehörte es ihrer Schwester, nur ein schneller Blick, dann parkt er am Fuß des Hügels. Das Labyrinth der vielen kleinen Straßen hat nur einen Ausgang, alle münden unten in die Browning Street. Hier wird er auf Riley warten, an einer Parkuhr, mit einem Becher Kaffee und einer Zeitung.

Natalia Lake tritt zwischen mich und Gwendolyn. »Nein, Liebling, nein …«

»Tante Natalia.« Gwendolyn versucht, Nat zu umrunden.

»Nein, Liebes!«

»Tante Natalia. Tante Natalia!« Sie packt Nat bei den Schultern und blickt sie direkt an. »Tante Natalia, hör zu. Ich weiß, du willst Cassies Andenken schützen, aber das darfst du nicht auf dich nehmen.«

Nach kurzem Ringen gibt Nat schließlich auf, ihre Haltung entspannt sich. Wortlos und ohne mich anzusehen geht sie an mir vorbei zum Fenster.

Ich wende wieder zu Gwendolyn. In ihrem langen T-Shirt und der Trainingshose, mit den vom Schlaf verstrubbelten Haaren und den müden Augen hat sie etwas Ungeschütztes, Sanftmütiges an sich. Ich sage nichts, denn ich will sie auf keinen Fall bremsen. Gwendolyn ist zu mir gekommen. Sie will etwas los werden. Shelly hat recht behalten, das wird mir jetzt klar, wobei ich den tiefen Schmerz in meiner Brust zu ignorieren versuche – sie würde es mir irgendwann sagen. Ich musste ihr nur ein wenig Starthilfe verpassen.

»Sie haben recht, was mich betrifft«, erklärt Gwendolyn nüchtern. »Harland ist mein biologischer Vater. Meine Mutter hat es mir vor ihrem Tod verraten. Eigentlich hatte sie es mir verschweigen wollen, aber dann dachte sie, ich hätte doch ein Recht, es zu erfahren.« Sie heftet ihren Blick auf Natalia, die bewegungslos am Fenster verharrt. »Sie war so entsetzt über ihre Schwangerschaft, dass sie nach Frankreich floh. In unser Haus nach Cap Ferrat. Sie plante wohl – einen Abbruch der Schwangerschaft.«

Ich nicke. Aber Mia Lake hatte sich offensichtlich anders entschieden und Gwendolyn an der französischen Riviera zur Welt gebracht.

»Ich habe Cassie davon erzählt«, bekennt sie. »Als ich in jenem Sommer in der Stadt war. Rückblickend war das nicht sehr nett von mir, ich hätte es nicht tun dürfen. Aber ich hatte ja keine Ahnung, was Cassie zu dieser Zeit durchmachte. Ich wusste nichts davon, bis es zu spät war.«

Bis es zu spät war.

»Sie wollen also sagen, Cassie hat Ellie Danziger getötet«, folgere ich.

Das hatte ich bereits vermutet. Nach allem, was ich gestern Nacht erfahren habe, kann es sich nicht anders abgespielt haben. Aber es gibt noch ein paar Dinge, die ich nicht weiß.

»Wir haben es kurz darauf rausgefunden«, fährt Gwendolyn fort. »Cassie hat es uns erzählt. Und wir haben der Polizei nichts davon gesagt. Wir wussten einfach nicht, was wir tun sollten.«

»Sie haben die Stadt verlassen«, sage ich. »Am Mittwoch, während der Mordserie.«

Sie nickt. »Ich war nicht der Typ – besonders damals nicht –, der einem harten Verhör irgendwas entgegenzusetzen hatte.« Sie unterbricht sich kurz, ihr Atem ist schneller geworden. »Wir wussten, wenn sie Ellie finden, würden sie zu uns kommen, um mit Cassie zu sprechen. Sie war schließlich ihre beste Freundin. Und ich wollte keine Fragen beantworten müssen. Ich war ohnehin nur kurz in der Stadt, also bestand kein Grund, warum ich nicht wieder verschwinden sollte.«

Ich blicke kurz über die Schulter zu Natalia, die wie erstarrt am Fenster steht, und dann wieder zu Gwendolyn. In ihren Augen glitzern Tränen, ihre Haut ist von einer gespenstischen Blässe, trotzdem wirkt sie erleichtert.

»Und was dann?«, frage ich Gwendolyn, meine aber eigentlich beide Frauen.

Gwendolyn schüttelt den Kopf, blinzelt die Feuchtigkeit in ihren Augen weg. »Nichts weiter. Ich bin abgereist. Tante Natalia und Cassie haben sich still verhalten und auf das Eintreffen der Polizei gewartet. Aber die kam nie. Also lebten sie weiter wie zuvor … bis Cassie ermordet wurde.«

Ich schüttle den Kopf, als würden mir immer noch ein paar Puzzleteilchen fehlen.

Gwendolyn zuckt mit den Achseln. »Terry Burgos muss irgendwas davon mitgekriegt haben. Er hat doch Ellie verfolgt, oder? Er muss die Tat beobachtet haben. Und dann hat er Cassie dafür umgebracht. Oder wie sehen Sie die Sache, Mr. Riley? Man wird es wohl nie herausfinden.«

Man wird es nie herausfinden? Das glaube ich weniger. Die beiden Frauen hier im Raum wissen jedenfalls eindeutig mehr darüber. Und ich würde gerne den Rest der Geschichte erfahren.

»Und was ist mit Leo Koslenko?«, frage ich.

»Er wusste auch davon. Cassie hat uns allen dreien davon erzählt.«

Ich breite fragend die Hände aus. »Und?«

»Nichts weiter.« Sie zuckt mit den Achseln. »Er hat nichts getan.«

»Wir haben keine Ahnung, warum Leo jetzt diese Verbrechen begeht«, wirft Natalia ein, die sich vom Fenster abgewandt hat. »Wir glauben, dass er versucht, auf irgendeine Weise Cassie zu schützen.«

Eine unbefriedigende Erklärung, aber nicht weiter überraschend. Sie wissen mehr, als sie zugeben, aber in diesem Punkt habe ich keine wirkliche Hilfe von ihnen erwartet.

Und ich bin auch nicht wegen dieser Geschichte hier, sondern vor allem wegen zwei Dingen. Nummer eins hat sich bereits durch mein bloßes Auftauchen hier erledigt. Punkt zwei werde ich gleich in Erfahrung zu bringen.

»Also wird meine erste Amtshandlung als Sonderermittler sein, Terry Burgos offiziell zu entlasten und Cassie als die wahre Mörderin von Ellie zu benennen.«

»Ist das wirklich nötig?« Nat nähert sich mir. »Unter diesen Umständen …«

»Unter *welchen* Umständen?«, frage ich. »Sie hat kaltblütig einen Mord geplant. Das darf nicht …«

»Sie hat gar nichts geplant!« Gwendolyns Gesicht verfärbt sich dunkelrot. »Sie war keine eiskalte Killerin. Sie hat ihren Vater aus dem Apartment ihrer besten Freundin kommen sehen, Mr. Riley. Sie können sich nichts Abstoßenderes, nichts Ekelhafteres vorstellen …«

Sie unterbricht sich, bedeckt die Augen mit einer Hand. Auch Natalias stoische Fassade beginnt zu bröckeln.

Doch ich muss jetzt all meine Erfahrung als Prozessanwalt aufbieten, mein langjähriges Training darin, inmitten überraschender Entwicklungen die Ruhe zu bewahren, meine gesamte Routine im Unterdrücken von Gefühlen und der Vorspiegelung völliger Gelassenheit. Meine Glieder beginnen zu zittern. Am ganzen Körper bricht mir der Schweiß aus. Ich muss gehen. Ich muss sofort hier raus. Ich glaube, ich kriege kein Wort mehr raus, so wild jagt das Adrenalin durch meinen Kreislauf.

Ich entferne mich von den Frauen in Richtung Tür. Natalia ruft mir hinterher: »Bitte, denken Sie darüber nach, Paul«, oder irgendwas in der Art. Ich kann sie schon nicht mehr hören. Denn ich bin plötzlich erfüllt von einer so überwältigenden Hoffung, dass ich mich dazu zwingen muss, einen Fuß vor den anderen zu setzen.

Sie haben mir eine Menge Stoff zum Nachdenken aufgetischt, vieles davon Lügen und Täuschungsmanöver. Aber zwischen den Zeilen haben sie mir etwas verraten, das viel wichtiger ist als das, was vor sechzehn Jahren geschah.

Shelly könnte noch am Leben sein.

51. Kapitel

Da kommt er. Er kommt. Jetzt ist er auf unserer Seite. Wieder auf unserer Seite. Er hat mit Mrs. Lake gesprochen. Sie hat alles geregelt. Und jetzt wird er alles in Ordnung bringen. So wie er es schon einmal getan hat.

Leo hebt die Zeitung vors Gesicht, als Rileys Wagen vorbeifährt und in die Browning Street einbiegt.

Was hat sie ihm erzählt?

Weiß er alles?

Was wird er jetzt tun?

Folge ihm. Aber nicht zu dicht. Du musst abwarten und beobachten.

Was soll ich als Nächstes tun? Ich fahre die Browning Street hinunter, ohne einen Schimmer, wie ich weitermachen soll. Ich habe darauf gesetzt, dass Koslenko mir folgt. Wenn mein Verdacht bezüglich Natalia Lake zutrifft – dass sie die Fäden zieht, an deren Ende Koslenko zappelt – und er mich bei meinem Besuch überwacht hat, dann muss er denken, ich bin wieder auf seiner Seite. Das – und meine Statements vor der Presse gestern Nacht, Terry Burgos hätte definitiv die sechs Mansbury-Morde begangen – muss ausgereicht haben, um ihn davon zu überzeugen, dass ich wieder sein Verbündeter bin, sein *Genosse,* bei diesem Vertuschungsmanöver.

Wo ist Shelly? Allein schon die Frage, die bloße Möglichkeit, ich könnte in Bezug auf sie recht haben, versetzt meinen Magen in heillosen Aufruhr.

Also, was soll ich tun? Dafür sorgen, dass Koslenko persönlich Kontakt mit mir aufnimmt? Wie soll ich das anstellen? Ich habe alles getan, um ihn anzulocken, von meinen öffentlichen

Kommentaren bis hin zum Besuch bei Natalia Lake. Gibt es noch etwas, das ich tun kann?

Shelly könnte überall und nirgends versteckt sein. Koslenko kennt eine Million Plätze, an denen er sie verbergen könnte. Ich muss ihm Auge in Auge gegenübertreten. Ich muss ihn irgendwie zum Sprechen bringen …

Ein Football hüpft direkt vor meinem Wagen über die Straße, unmittelbar gefolgt von einem hinterherjagenden Jungen, einem Teenager. Ich steige auf die Bremse und kriege den Wagen knapp zwei Meter vor ihm zum Stehen. Er blickt zu mir auf, als sei das Ganze mein Fehler.

Jesus, Bursche, denke ich, während sich mein Adrenalinspiegel langsam wieder normalisiert. *Solltest du nicht in der Schule sein oder so was?*

Aber dann, als der Junge auf der Straße mir gerade den Mittelfinger zeigt, fällt mir die Antwort auf meine Frage ein.

Gott. Natürlich. Er hat keine Schule. Es sind Sommerferien.

Rileys Wagen kommt mit kreischenden Bremsen zum Stehen. Leo verlangsamt das Tempo des Camry, er ist drei Fahrzeuge hinter ihm. Aber kurz darauf, der Junge ist wieder zurück auf dem Gehsteig, schießt Rileys Auto plötzlich wie eine Rakete nach vorn, überholt einen Wagen und prescht über eine rote Ampel, während es aus allen Richtungen wütend hupt.

Nein. Nein. Nein. Leo umkurvt die anderen Wagen und hat Glück, es wird Grün. Er will Abstand halten, aber nicht zu viel. Und wenn Riley weiter so rast, wird Leo ihn bald aus den Augen verlieren. Nein, er darf ihn nicht verlieren.

Er biegt ab. Vor ihm, zwei Blocks weiter, schwenkt Rileys Wagen gerade scharf nach rechts. Leo versucht, sich die Straße zu merken, und tritt das Gaspedal ganz durch. Dann begreift er. Riley will auf den Highway, in Richtung Süden.

Sie können sich nichts Abstoßenderes, nicht Ekelhafteres vorstellen …

Ich jage über das Gelände des Mansbury Campus, die Bilder wirken surreal, alles schaut ganz ähnlich aus wie damals und ist doch ganz anders. Der Campus ist verlassen, genau wie vor sechzehn Jahren. Nächste Woche werden die Sommerkurse beginnen. Die einzig relevante Frage ist, werden sie eine weitere Leiche finden?

Das Bramhall Auditorium erstreckt sich über den halben Häuserblock, ein überkuppeltes Gebäude, zu dem eine breite Betontreppe hinaufführt, der Eingang flankiert von Granitsäulen, links und recht gepflegte Rasenflächen. Ich fahre an den Straßenrand und schalte den Motor aus. Dann lange ich unter den Sitz, lüfte die Matte und ziehe das Küchenmesser hervor, mit dem Terry Burgos Ellie Danzinger das Herz herausgeschnitten und Angie Mornakowski die Kehle aufgeschlitzt hat.

Zumindest nahm ich das bisher an. Als ich heute Morgen das Messer aus seinem Fach in der Burgos-Vitrine unten in meinem Keller geholt habe, war ich mir zugegebenermaßen nicht mehr ganz so sicher.

Vor sechzehn Jahren stieg ich an fast der gleichen Stelle aus meinem Wagen. Und mein Leben hat sich für immer verändert.

Damals war der Ort geprägt von Polizisten und Technikern, von Neugierigen, die sich gegen die Absperrung pressten, und sechs toten Frauen, die im Inneren des Gebäudes lagen. Falls ich recht habe, gibt es da unten diesmal nur ein Opfer, und es ist vielleicht noch am Leben. Und keine Polizisten weit und breit. Das würde Koslenko sicher so wollen. Ich durfte es nicht riskieren, McDermott oder sonst jemanden mitzubringen.

Wenn du mitspielst, wird sie ebenfalls leben.

Ich verstaue das Messer in der Innentasche meines Sakkos. Ich besitze keine Feuerwaffe und bekam so kurzfristig auch keine bewilligt. Ich hätte jede Menge Küchenmesser mitbringen können, aber vielleicht, und nur vielleicht, kann mir dieses hier nützlich sein.

Ich bete leise zu Gott, den ich schon so lange sträflich vernachlässigt habe, und steige aus dem Wagen. Das Gebäude wirkt verlassen. Diese Woche ist eine der wenigen im ganzen Jahr, in der das Mansbury College wie ausgestorben ist.

Ich drehe mich um, als wollte ich noch einen prüfenden Blick auf mein Auto werfen, und versuche dabei, die Umgebung zu sondieren. Ist Koslenko schon hier? Beobachtet er mich? Ich habe nur einen einzigen Versuch. Ich kann mir keinen Fehler leisten.

Also ignoriere ich das Chaos in meinem Inneren und steige langsam und mit selbstbewusster Haltung die Treppen hinauf.

Es gibt drei Eingänge. Den Haupteingang vorne, den Personaleingang im Osten, und die große Tür für Lieferanten auf der Rückseite im Norden. Ich versuche es an der massiven Haupteingangstür. Vergeblich. Sie ist verschlossen, was mich nicht weiter überrascht.

Ich eile um das Gebäude herum zur Ostseite.

Leo fährt zur Nordseite des Hörsaalgebäudes – der Rückseite – und lässt seinen Wagen auf dem angrenzenden Parkplatz stehen. Er spurtet die Rampe hinauf und macht sich mit seinem Spanner und dem kurzen Haken an der Eingangstür zu schaffen. Der Riegel schnappt auf, er drückt die Klinke hinunter und schlüpft in die Dunkelheit.

Die Tür an der Ostseite ist von innen verriegelt. Keine Klinke, nur eine glatte, verrostete Stahltür. Selbst mit einer Kanone könnte ich hier nichts ausrichten.

Ich laufe über das unebene, abschüssige Gelände zur Rückseite des Gebäudes, und als ich um die Ecke biege, erstarre ich.

Auf dem Parkplatz steht ein einzelner Wagen, ein Toyota Camry.

Mit letzter Kraft und alle Bedenken in den Wind schlagend, stürze ich auf die einzige Tür zu, am Ende einer schmalen Rampe. Ich umklammere die Klinke, formuliere erneut ein stummes Gebet, drücke sie nieder – und bin drinnen.

Rasch gewöhnen sich meine Augen an die Dunkelheit und suchen den weitläufigen Raum ab, eine Lagerhalle mit großen Kühlschränken und Regalen voller Kartons bis unter die Decke. Ich haste quer durch den Raum zu einer großen Küche mit Spülbecken, Herden und weiteren Kühlschränken. Links von mir entdecke ich ein Treppenhaus und einen Lift.

Im Dunkeln stürme ich das Treppenhaus hinauf und stoße die Tür auf. Ein großer Salon, in Rot und Gold tapeziert, mit antiken Möbeln, Tageslicht strömt durch die großen Fenster. Mein Herz stockt. Ich kenne den Raum. Es ist das Vestibül, der Empfangsraum des Auditoriums. Meine Rolle als beherrschte, selbstbewusste Autoritätsfigur über Bord werfend, breche ich durch eine weitere Tür, und auch diesen Ort erkenne ich wieder – ich befinde mich direkt neben der großen Bühne des Auditoriums; natürliches Licht strömt von oben in den Hörsaal. Ich jage durch den Mittelgang, an den Stühlen vorbei, auf denen damals Detective Joel Lightner und Chief Harry Clark saßen und mir die schrecklichen Details der sechs Morde schilderten. Im Foyer wende ich mich nach links zu der Tür, die in den Keller und zu den Vorratsräumen des Hausmeisters führt.

Ich erreiche die Tür, eine Sicherheitstür, die normalerweise immer verschlossen ist, und öffne sie leise.

Er erwartet mich schon.

52. Kapitel

Leo schließt die letzte Tür am Ende des Kellergangs auf. Er geht an den Spinden mit den Vorhängeschlössern und den Vorratsregalen vorbei und steuert auf die großen Metallschränke an der gegenüberliegenden Wand zu. Dort verharrt er einen Moment und lauscht. Nichts zu hören. Er öffnet den mittleren Schrank und blickt nach unten.

Shelly Trotter schaut nicht zu ihm auf, aber in ihren verquollenen Augen spiegelt sich ein vages Wiedererkennen. Seit gestern hat er ihr zweimal eine ordentliche Dosis Gamma Hydroxybutyrat – GHB – verpasst, genug, um sie in einen konstanten Dämmerzustand zu versetzen. Ihre Hand- und Fußgelenke sind jeweils mit einem Paar Handschellen gefesselt, die wiederum mit einem dritten Paar aneinandergekettet sind, so dass ihr Körper zu einer Art ungleichmäßigem Dreieck zusammengekrümmt ist. So passt sie gerade in den großen Schrank, der normalerweise für Schneegebläse, Hacken, Schaufeln und dergleichen vorgesehen ist. Jetzt bietet er nur zwei Dingen Platz: Paul Rileys Liebster und einer stabilen, sechzig Zentimeter langen Barteaux-Machete mit einer Klinge aus gehärtetem Karbonstahl.

Es ist eine sehr schmerzhafte Körperhaltung, das weiß er genau, weil sie damals in der Sowjetunion gelegentlich renitente Personen damit gefügig machten, ihren Widerstandswillen durch lange Perioden der Unbequemlichkeit brachen. Aber es kommt ihm nicht darauf an, ihr Schmerzen zuzufügen. Er musste sie nur immer wieder für längere Zeit verlassen und deshalb sicherstellen, dass sie sich nicht bewegt. Im Grunde hat sie in einer Art künstlichem Koma gelegen, seit er sie aus ihrer Wohnung verschleppt hat. Shelly Trotter, Shelly Trotter.

Bei ihrem Anblick wird ihm klar, dass sie ohnehin völlig handlungsunfähig gewesen wäre, auch ohne die Handschellen. Das GHB hat gut gewirkt. Ihr Kopf zuckt unkontrolliert, sie stöhnt, aber sie kann nicht sprechen. Die Trainingshose, die er ihr übergestreift hat, ist verschmutzt von ihren Körperausscheidungen, der stechende Gestank übertönt den aseptischen Geruch der Reinigungsmittel. Ihr lockiges Haar ist flach an den Kopf geklatscht. Ihre Lippen bewegen sich unkontrolliert, Speichel rinnt ihr aus den Mundwinkeln.

Er schließt das dritte Paar Handschellen auf, das die Hand- und Fußgelenke zusammensperrt. Ihr Körper reagiert, sie versucht sich zu strecken, so gut es in dem engen Raum geht. Er schleift sie aus dem Schrank. Die Fesseln an Händen und Füßen wird er ihr nicht abnehmen. Er erwägt einen Moment, ihr noch eine dritte Dosis Betäubungsmittel zu verabreichen, entscheidet sich aber dagegen.

Draußen auf dem Flur hört er das Echo von Schritten auf der Kellertreppe. Er erhebt sich rasch, steht wie erstarrt da, atmet leise, lauscht. Er hört das Quietschen einer Tür – die Tür am anderen Ende des Kellergangs.

Er zückt die Pistole und wartet.

Ich zwinge mich weiterzugehen, mit weit ausgreifenden, aber disziplinierten Schritten, in Richtung der letzten Tür, dem Raum des Hausmeisters, in dem damals die Leichen gelegen haben. Dabei komme ich an anderen Türen vorbei, hinter denen er überall lauern könnte, um mich hinterrücks anzugreifen. Aber ich bin mir ziemlich sicher, dass Shelly sich im Hausmeisterraum befindet. Zwar hätte jetzt, in der Ferienzeit, jeder dieser Räume den Zweck erfüllt, aber Leo ist clever. Er hat versucht, dem Text des Songs zu folgen und die jüngsten Morde als Nachahmungstaten zu tarnen. Offensichtlich wollte er Albany die Sache in die Schuhe schieben, denn schließlich kannte der Professor die Texte besser als jeder andere. Alles sollte genauso aussehen wie beim ersten Mal.

Ich erreiche die letzte Tür, bevor mir auffällt, dass ich weder einen Plan habe noch die Zeit, mir einen auszudenken. Ich drehe den Knauf der Tür und stoße sie auf, in der Hoffnung, dass ich nicht von einem Kugelhagel empfangen werde.

Allerdings hätte er schon vorher jede Menge Gelegenheiten gehabt, mich zu töten.

Ich betrete den Raum, und mir entfährt ein Stöhnen. Koslenko hockt an der Rückwand des Raums vor einem Schrank und drückt eine Pistole gegen Shellys Schläfe. Shelly ist nur halb bei Bewusstsein, ihre Haut ist leichenblass, sie trägt ein dreckverkrustetes T-Shirt und eine mit hässlichen Flecken übersäte graue Trainingshose. Meine Knie drohen einzuknicken, aber ich versuche, mich zu konzentrieren und meine Vorstellungen von dem, was sie durchgemacht haben mag, zu verdrängen.

Das ist die Chance, um die ich gefleht habe. Meine einzige Chance. Es wird keine zweite geben.

Ich reiße mich zusammen, ziehe meine Mundwinkel nach oben, und zwinge mir ein Geräusch ab, das sich so ähnlich anhört wie ein Lachen.

»Okay, okay«, sage ich. »Machen wir uns an die Arbeit, Leo. An die Arbeit. Sie und ich.«

Koslenko wirkt verändert. Sein Haar ist ein Stück weit rasiert, um den Eindruck einer Glatze zu erzeugen, und auch die Haarfarbe ist anders, ein schmutziges Blond. Er trägt eine Brille, doch sie kann diese toten Augen nicht verbergen, und auch nicht die halbmondförmige Narbe darunter. Neben ihm steht ein Gehstock.

Clevere Verkleidung. Besonders die Halbglatze. Zusammen mit dem Humpeln und dem Stock macht sie ihn gut ein Jahrzehnt älter. Das schärfe ich mir noch einmal gründlich ein – er mag verrückt sein, aber er ist nicht dumm.

Ich werfe einen Blick auf Shelly, die unwillkürlichen Bewegungen ihres Körpers, das Heben und Senken ihrer Brust. Sie lebt noch. Wie nahe sie dem Tod ist, vermag ich nicht zu sagen.

Aber daran darf ich jetzt nicht denken. Ich darf mir nichts davon anmerken lassen, dass ich mich jetzt am liebsten auf die Knie werfen und ihn anbetteln würde, mein Leben gegen ihres einzutauschen. Kurz wird mir bewusst, dass ich mich auf diesen Tausch tatsächlich einlassen würde. Aber Leo Koslenko kann mit Schwäche oder Bettelei nichts anfangen.

Jetzt betrachtet er mich mit fragendem Ausdruck. »Wie – wie?«

»Wie ich auf diesen Ort gekommen bin? Das wissen Sie sehr genau, Leo.«

Ich bleibe vage, aus Angst, dass mich jede spezifische Auskunft verraten könnte. Ich habe keine Ahnung, wie ausgeprägt seine Psychose ist. Hört er Stimmen? Sieht er einen Baum und denkt, es wäre ein in Baumrinde gekleideter Spion?

Verrückt, aber nicht dumm. Nur: wie verrückt?

Egal, im Moment jedenfalls misstraut er mir. Ich lasse ihn schmoren, so, als sei die Antwort offensichtlich. Koslenko scheint unentschlossen, wie er reagieren soll.

»Natalia hat es mir gesagt, Leo. Was denn sonst?«

»Misses … Misses … Bentley? Misses –« Koslenko starrt nach unten, aber nicht auf Shelly. Er scheint innerlich mit irgendwas zu ringen. »Sie – mag?«

Sie mag?

»Nicht – bö – böse?«, will er wissen.

Okay. Daraus lässt sich einiges folgern. Er fragt sich, ob Natalia zufrieden ist mit dem, was er diese Woche angerichtet hat. Und genau das verrät mir, dass er alles in eigener Regie getan hat – nicht auf Natalias Geheiß hin. *Mrs. Bentley,* so hat er sie genannt. Ja. Das war viele Jahre lang ihr Name. So hieß sie damals, als Cassie ermordet wurde.

Er hat diese Woche nicht mit Natalia gesprochen. Und das gibt mir Raum.

»Nein, Leo, sie ist nicht böse. Sie haben schließlich einfach nur Cassie geschützt.«

Er schaut zu mir auf. Er sagt nichts, aber sein Ausdruck verrät tiefe innere Qualen. Dieser Mann, der in den letzten Tagen zahlreiche Menschen grausam getötet hat – und vor sechzehn Jahren vielleicht noch einige mehr – erweckt den Eindruck, als würde er gleich zu weinen anfangen.

»Niemand weiß, dass Cassie Ellie Danzinger getötet hat«, sage ich. »Und ich werde dafür sorgen, dass das so bleibt.«

Koslenko senkt den Blick. Wie ein kleines Kind, dessen Haustier gerade gestorben ist.

»So viel Angst«, sagt er. »So viel Angst …«

Cassie hat so viel Angst, sie zittert, sitzt am Küchentisch, weint, nimmt Leos Hand, ich glaube, ich hab sie umgebracht – ich glaube, ich hab Ellie getötet, *sagt sie.* Alles kommt wieder in Ordnung, *sagt er zu ihr.* Mutter, ich muss sie anrufen. *Mrs. Bentley tritt herein, und sie gehen nach oben, Leo bleibt unten in der Küche, starrt aus dem Fenster in die Dunkelheit, er mag die Dunkelheit, und er beschließt, alles kommt wieder in Ordnung, okay, alles wird wieder gut. Er hilft freiwillig, Nat ist einverstanden. Nachschauen, ob Ellie tot ist, kontrollieren, ob sie schon tot ist. Wenn nicht – wenn sie nicht tot ist – dann macht er sie tot.*

Eine Adresse. Er kennt den Namen: Terry Burgos. Er weiß es wegen der Sache vor Gericht, der Mann hat Ellie geärgert, ist ihr gefolgt, und jetzt werden sie die Leiche vor Terrys Haus finden, er wird verdächtigt, Cassie ist gerettet.

Einfach, ganz einfach. Er parkt in zweiter Reihe. Die Tür ist zu, aber nicht abgeschlossen. Ellie liegt auf dem Bett, Gesicht nach oben, die Augen zur Decke gerichtet, ihr Körper kalt und steif. Er trägt sie zur Eingangstür, späht hinaus, niemand da, er schafft sie ins Auto, fährt zu Terrys Haus, das gleiche Spiel, dunkel, niemand wach, trägt die Leiche zur Hintertür von Terrys Haus und rennt zurück zum Wagen.

Bleib dort, *hat sie ihm gesagt.* Schau zu, was passiert.

Er parkt den Wagen weiter weg, kommt zu Fuß zurück. Er hat nicht erwartet, dass es in der ersten Nacht schon passiert, aber es geschieht in dieser Nacht, eine Gestalt, Terry, ja, es ist Terry, Terry schleppt einen Körper durch seinen Garten zur Garage. Terry verschwindet durch die Seitentür in der Garage, dann rennt er zurück zum Haus und kommt mit Decken und einer länglichen Tasche zurück.

Fünf Minuten. Zehn. Zwanzig. Vierzig. Eine Stunde.

Dann öffnet sich die Garagentür, der Chevy stößt rückwärts aus der Garage und fährt weg. Er weiß nicht warum, er weiß nicht wohin.

Was ist los? Was ist hier geschehen? Dieser Mann, Terry Burgos – was hat er mit Ellies Leiche angestellt? Leo hat sich alles Mögliche ausgemalt, aber nicht das.

Er berichtet Natalia davon. Er weiß nicht mal, wo Terry sie hingeschafft hat. Natalia schweigt. Sie denkt nach. Sie sagt nichts. Dann spürt er es. Plötzlich ist ihm alles klar. Warum hat er das nicht gleich begriffen?

Terry Burgos ist einer von uns. Er hat die Leiche beseitigt.

Ich mache zwei Schritte auf ihn zu, indem ich vorsichtig mein Gewicht verlagere, während Leo Koslenko wieder aus seiner Trance erwacht. Diese Offenbarungen, so wirr und fragmentarisch sie auch sein mögen, lassen wichtige Rückschlüsse zu. Cassie hat Ellie getötet, nachdem sie ihren Vater aus Ellies Apartment hat kommen sehen. Ein einziger Schlag gegen Ellies Kopf, die dann langsam auf ihrem Bett verblutete. Aber da war Cassie bereits geflohen, nicht in ihr eigenes Haus, sondern in die Villa auf der anderen Seite von Highland Woods, die in diesen Tagen zumeist leer stand, wegen des Todes von Mia Lake und den ausufernden Reisen Gwendolyns. Cassie erzählte ihrem Freund Leo Koslenko, was vorgefallen war, und verständigte dann ihre Mutter.

Natalia reagierte sofort. Sie wies Leo an, Ellies Leiche abzuholen und in Terry Burgos' Hinterhof zu entsorgen. Ein brillanter Schachzug. Dass Burgos Ellie nachgestellt hatte, war allgemein bekannt. Zum einen gab es die Schutzanordnung, zum anderen war Burgos nachweislich psychisch instabil. Der perfekte Sündenbock.

Nachdem Burgos Ellie weggeschafft hatte – in eben jenen Raum, in dem wir uns gerade befinden – wertete Leo das als Indiz dafür, dass Burgos mit ihm zusammenarbeitete, dass er *einer von uns* war.

Uns. Eine Gruppe von Spionen. Ein Team, zu dessen innerem Zirkel Natalia Lake, Bentley, Terry Burgos, Leo Koslenko und ich gehörten.

Ellie war ein Geschenk Gottes, hatte Burgos gesagt. Und es wörtlich gemeint. Gott hatte ihm dieses Mädchen auf die Veranda seines Hauses gelegt, gestorben an einem Schlag auf den Schädel. Gott wollte, dass Terry dem Weg folgte, den Tyler Skye in seinem Song vorgezeichnet hatte. Gott hatte ihm die Frau geschenkt, die er so sehr begehrte, als erstes von sechs Opfern. Also riss er Ellie das Herz heraus, ganz wie das Lied es vorschrieb, und verfrachtete anschließend ihre Leiche in das Bramhall Auditorium.

Ich versuche mir auszurechnen, wie schnell ich das Messer aus meinem Jackett ziehen und einsetzen kann, falls es nötig wird. Aber in Grunde ist mir klar, dass die Sache hier auf einer anderen Ebene ausgetragen wird. Ich mache einen weiteren Schritt auf Koslenko und Shelly zu und studiere seine Reaktion. Seine Augen fokussieren irgendeinen Punkt auf dem Boden. Er durchlebt noch einmal, was vor sechzehn Jahren geschah.

Mit der linken Hand schiebt er Shelly eine Strähne aus dem Gesicht. Seine Pistole drückt er ihr ins Ohr, den Finger am Abzug. Ich weiß nicht, wie reaktionsschnell er ist, aber ich darf es nicht darauf ankommen lassen. Seine physischen Fähigkeiten hat er mir schon einmal demonstriert. Wenn ich es überstürze, ist Shelly tot, bevor ich auch nur in seine Nähe gelange.

Und es gibt einen besseren Weg. Wir sind Genossen, er und ich. In seinen Augen habe ich eine Weile gebraucht, bis ich wieder an Bord war – und mit der Entführung Shellys hat er da ein wenig nachgeholfen – aber die Hauptsache ist, ich bin hier.

»Sie haben Ihren Teil erledigt, Leo«, sage ich. »Jetzt bin ich wieder an der Reihe. Genau wie damals.«

Ich trete einen weiteren Schritt auf ihn zu. Ich könnte jetzt aus dem Stand auf ihn hechten. Er betrachtet meine Füße, dann schaut er zu mir auf.

»Es wird Zeit Albany, zu opfern«, sage ich. »Und das werde ich. Für Sie gibt es nichts mehr zu tun.«

Seine Augen zucken wild. Er ist wieder in Erinnerungen versunken. Aber seine Pistole ist immer noch auf Shellys Ohr gerichtet. Ich kann es nicht riskieren.

»Sie und Terry sind Helden.«

»Te … Terry. Held … Helden.«

Beobachte weiter, *befiehlt ihm Natalia.* Beobachte Terry. Sag mir, was er tut.

Leo gehorcht, er weiß, wie man beobachtet, weiß, wie man Menschen verfolgt, sie macht ihm Spaß, seine neue Mission. Terry bleibt am Montag den ganzen Tag zu Hause. Erst abends um sechs steigt er in seinen Chevy Suburban. Fährt zu einem Geschäft, das sich Albany-Druckerei nennt, ein paar Meilen vom Mansbury Campus entfernt. Alle anderen Autos fahren weg, er arbeitet allein, bleibt etwa bis neun, verlässt dann in seinem Wagen den Parkplatz, aber fährt nicht nach Hause, nein, nicht nach Hause, er fährt in die Stadt. Leo folgt ihm. Der Suburban kurvt kreuz und quer durch die West Side, in einer großen Schleife. Leo muss aufpassen, dass er nicht bemerkt wird.

Aber niemand bemerkt Leo.

Der Suburban fährt an den Straßenrand, und eine Frau, eine Prostituierte, nähert sich dem Wagen, redet mit ihm, als würde sie ihn kennen, sie steigt ein, er fährt los, zurück zu seinem Haus.

Um Mitternacht passiert es wieder, genau wie bei Ellie gestern, Terry schleppt einen Körper aus der Hintertür und durch die Seitentür in die Garage. Die Garagentür geht auf, der Suburban stößt heraus. Diesmal ist Leo vorbereitet. Er folgt Terry. Die Fahrt ist kurz, keine zehn Minuten, fünf, sechs, sieben, acht Minuten. Terry stellt seinen Wagen vor irgendeinem Theater ab, einem riesigen Gebäude, sehr luxuriös. Leo parkt seinen Wagen einen Block entfernt. Terry lässt die Heckklappe des Suburban aufschnappen, zerrt den Körper der Frau heraus, in eine Hülle gewickelt, rennt mit ihr im Arm die Stufen hoch, benutzt einen Schlüssel, um die große Tür zu öffnen. Zwanzig Minuten später kommt er wieder heraus. Leo wartet, bis er in seinem Suburban davonfährt. Diesmal will er es genau wissen. Er hält dort, wo Terry gehalten hat. Oben auf dem Gebäude steht Bramhall Auditorium. Er öffnet das Schloss der Eingangstür, folgt den schmutzigen Fußspuren zu einer weiteren Tür, öffnet auch dieses Schloss, folgt den Fußspuren, folgt den Spuren.

Sie sind beide da, im letzten Raum, am Ende eines langen Flurs, Ellie und das neue Mädchen, beide nackt, Ellies Brust geöffnet, ein blutiges Loch, eine riesige Wunde, kein Herz mehr, die Kehle des anderen Mädchens ist aufgeschlitzt, ganz tief aufgerissen. Er verwendet sein Schnappmesser, um sie zu markieren, so wie sie in der Sowjetunion ihre Opfer markiert haben, an Stellen, wo niemand es entdecken konnte, außer man suchte danach, ein kleiner Schnitt zwischen dem vierten und fünften Zeh, ein Zeichen, dass der Mord staatlich legitimiert war, vom Staat genehmigt, Schwamm drüber, keine Fragen wurden gestellt, keine Fragen wurden beantwortet, keine Antworten wurden hinterfragt.

Er erzählt Natalia alles. Sie ist erleichtert. Sie ist glücklich! Gut gemacht, *sagt sie. Bei ihrer Anerkennung wird ihm ganz warm in der Brust. Er hat seine Sache gut gemacht. Die Operation ist ein Erfolg.*

Sie schickt ihn zurück, Terry beobachten. In der nächsten Nacht passiert es wieder. Es ist Dienstag, ein anderes Stadtviertel, aber ansonsten pünktlich auf die Minute, er kommt um neun aus der Arbeit, liest ein Mädchen auf, bringt sie in sein Haus, dann, später in der Nacht, schafft er sie in die Garage, fährt sie ins Bramhall Auditorium und lässt sie im Keller zurück.

Am nächsten Tag, Mittwoch, fährt Leo wieder zur Villa, berichtet alles Natalia, und er kann Cassie sehen, durch den Türspalt in ihrem Schlafzimmer, oh, arme Cassie, ihr Gesicht erzählt von großen Qualen, kein Schlaf, getrocknete Tränen auf ihrem schönen Gesicht, Natalia wacht über sie. Sie darf das Haus nicht verlassen, sorg dafür, dass sie das Haus nicht verlässt, *geh Leo, los geh und beobachte Terry, ob er heute Nacht wieder das Gleiche tut.*

Hey, du da. Hey! Du!

Er dreht sich um, er ist gerade dabei, das Haus zu verlassen, nachdem er Nat berichtet hat, nachdem er Cassie erspäht, aber nicht mit ihr gesprochen hat, und da ist Gwendolyn.

Gwendoyln Lake, die Cousine, ihr Haus, aber sie ist nie hier, immer in Übersee, doch jetzt ist sie hier, über eine Woche schon, das Trinken und die Drogen, Ellie und ein Junge namens Brandon und Gwendolyn und manchmal Cassie, und da ist sie, Gwendolyn, in ihren teuren Kleidern, die Haare zurechtgemacht, sie steigt aus ihrem Porsche, hängt sich die Handtasche über die Schulter, sie sieht genauso aus wie Cassie, aber nicht nett, nicht freundlich, sie ist ruppig, zerdrückt ihre Zigarette unter den Sohlen und starrt ihn an, nie schaut sie ihn normal an, immer starrt sie ihn an …

Leo, richtig? Hast du irgendeinen Schimmer, was hier abgeht, zum Teufel? In meinem Haus? Was ist verdammt noch mal mit Cassie los?

Er antwortet nicht, er spricht nie viel und nie laut, er kann nicht so gut sprechen, er zuckt mit den Achseln, sondern geht einfach weiter.

Haben die etwa kein eigenes beschissenes Haus auf der anderen Seite der Stadt?

Er gibt keine Antwort, nein, er flieht, er rennt zu seinem Auto, kehrt zu seinem Beobachtungsposten zurück, beobachtet Terry, wieder das gleiche Spiel, am Mittwoch und auch am Donnerstag. Die Mädchen, die Nutten, diesmal fragt er sich warum, warum wählt er diese Mädchen aus, warum Frauen, die auf der Straße anschaffen gehen.

Dann fällt es ihm ein. Natürlich. Sie sind auch heimlich operierende Agenten, aber von der anderen Seite, vom Feind. Natürlich. Terry ist einer von uns, also gehören sie zu den anderen.

Leo blickt mir in die Augen. Ich nicke, als wüsste ich über all das längst Bescheid. Terry Burgos lieferte den geradezu perfekten Deckmantel für Natalias Plan, Cassies Mord an Ellie zu vertuschen – er verfiel in einen blutigen Taumel und ermordete vier Prostituierte. Angesichts dieser Taten würde keiner je vermuten, dass Ellie von jemand anderem ermordet worden war.

Vielleicht hätten wir uns den letzten Mord gründlicher vorgenommen, wenn wir nur die Chance dazu gehabt hätten. Aber Natalia bat den Bezirksstaatsanwalt, die Anklage fallen zu lassen, und der war nur allzu schnell dazu bereit, um seinen wichtigsten Wahlkampfspender zufriedenzustellen.

Und ich ließ ihn gewähren. Damit werde ich leben müssen. Aber im Moment muss ich das zu meinem Vorteil nutzen. Koslenko geht davon aus, dass ich so gehandelt habe, weil wir unter einer Decke stecken. Er betrachtet mich als Teil des großen Vertuschungsmanövers.

»Ver…stehen? Ver…stehen?«

Ich zwinge mich zu lächeln. Verstehen. Er will, dass ich die ganze Geschichte kenne, weil er weiß, dass ich die Sache ab hier in meine Hände nehme.

»Fred. Fred«, sagt er. »Ver… ver…«

»Fred Ciancio«, sage ich. »Der Wachmann. Er hat Sie in das Gebäude gelassen.«

Koslenkos Kopf fährt herum. Er kontrolliert jeden Winkel. Nach was hält er Ausschau?

»Sie hat gesagt … nichts … sag ihm nichts. Schlüssel. Nur … die Schlüssel.«

»Mrs. Bentley«, stelle ich klar.

Klingt plausibel. Eine Frau mit so viel Geld hat vermutlich Verbindungen zu reichen und einflussreichen russischen Kreisen in der Stadt und konnte sicher ein paar Drähte ziehen. Es ist auch nicht unüblich, dass ehemalige Gefängniswärter wie Ciancio Verbindungen zu entlassenen Gefangenen pflegen. Und es gab immer jede Menge Mitglieder der russischen Mafia im Gefängnis.

»Sie haben Ciancio nichts verraten?«, frage ich. »Wie hat er es dann rausgefunden?«

Ich sage das kopfschüttelnd, so, als sei ich ebenso enttäuscht darüber wie Koslenko, dass Ciancio eins und eins zusammengezählt hatte.

»Po…lizei. Cops. Cops waren da.«

»Er hat es sich zusammengereimt, als die Polizei auftauchte?«

Richtig. Das machte Sinn. Natürlich.

»Passen Sie auf, Leo …«

Ich stocke, höre das Gleiche, was auch Leo hört. Geräusche über uns. Das Splittern von Glas. Jemand dringt durch die Haupttür ein.

Scheiße. Ich blicke Koslenko an, dann zurück zur Decke

Koslenko starrt mich mit panischem Ausdruck an und rammt die Pistole tiefer in Shellys Ohr.

Eine Tür knallt gegen die Wand. Die Tür zur Kellertreppe.

»Schenken Sie denen keine Beachtung«, sage ich schnell. »Die vertrauen mir, Leo. Das haben sie immer getan. Sie wissen ja, was ich letztes Mal ermöglicht habe. Genau das werde ich wieder tun. Natalia … Mrs. Bentley hat mir gesagt, ich soll es wieder tun. Und das werde ich. Aber nicht, wenn Sie Shelly verletzen, Leo. Wenn Sie sie verletzen, dann erzähle ich denen alles über Cassie.«

Koslenkos Augen irrlichtern, ein leises Stöhnen dringt aus seiner Kehle. Er murmelt etwas Unverständliches. Worte in einer Sprache, die ich nicht verstehe.

Polternde Schritte auf der Treppe. In weniger als einer halben Minute werden sie hier hereinstürmen. Dann ist alles gelaufen. Shelly hat keine Chance mehr.

»Ich werde Sie schützen, Leo. Das habe ich immer getan.«

»Schützen. Schützen.«

»Für immer, Leo. Für immer.«

Aber er hört nicht mehr zu, hört auch nicht auf die Schritte der Männer, die auf den Raum zuspurten.

»Ihre Zeit ist gekommen, Leo. So wie Terrys Zeit gekommen war.«

»Skoro, Katrina«, flüstert Koslenko, als die Tür aufgetreten wird und Detective Michael McDermott seine Waffe hochreißt.

Ich schließe die Augen, als ein einzelner Schuss durch das Kellergeschoss donnert.

Samstag

25. Juni 2005

53. Kapitel

Am nächsten Tag erwache ich auf einer schmalen Liege am Fußende von Shellys Krankhausbett. Sie ist allein in einem großen Privatzimmer untergebracht, so dass Gouverneur Trotter und seiner Frau das Nachbarbett zur Verfügung steht. Mein Kopf lässt sich nur mit Mühe anheben. Die Ärzte schauen gerade nach Shelly, die sich relativ gut von den Torturen erholt hat.

Die toxikologische Untersuchung hat ergeben, dass ihr Gamma Hydroxybutyrat – GHB – injiziert wurde, ein Wirkstoff, der das zentrale Nervensystem lahmlegt. Sie vermuten, dass ihr im Abstand von etwa zwölf Stunden zweimal eine größere Dosis davon verabreicht wurde, so dass sich ihr Körper praktisch die ganze Zeit in einer Art künstlichem Koma befand. Das Ganze wird jedoch keinerlei bleibende Schäden hinterlassen.

Außerdem hat sie vermutlich eine Gehirnerschütterung, die nicht weiter gravierend ist und von dem Überfall im Bad herrührt. Sie ist nicht vergewaltigt worden. Abgesehen davon, dass er sie als Druckmittel benutzen wollte, hatte Leo Koslenko kein weiteres Interesse an ihr.

Gestern um die Mittagszeit hat Shelly das Bewusstsein wiedererlangt. Sie leidet unter einer retrograden Amnesie, daher kann sie sich an nichts erinnern: nicht an den Angriff und auch nicht an den Tag danach. Dafür bin ich sehr dankbar.

Vermutlich hat er sie unter der Dusche erwischt, wo sie wehrlos war, denn normalerweise lässt sich Shelly nicht leicht einschüchtern.

So gegen Mittag verlasse ich das Krankenhaus wieder. Ihre gesamte Familie umsorgt sie, streichelt und hätschelt sie. Ihr Verhältnis mir gegenüber ist momentan eher gespannt, was nur verständlich ist. Ich habe sie zwar gefunden, aber andererseits wäre sie ohne mich gar nicht erst in die ganze Sache reingeraten. Jedenfalls fühle ich mich wie ein Außenseiter bei einem Familientreffen. Ich küsse Shelly auf die Wange und verspreche ihr, dass ich bald wieder zurück bin.

Ich benutze den Notausgang, um den Heerscharen von Medienvertretern vor dem Haupteingang zu entgehen. Während ich hinaus in die helle Mittagssonne trete, ziehe ich mein Handy hervor. Ich bitte die Auskunft um eine Nummer. Als man mich durchstellt, nimmt eine Frau meinen Anruf entgegen.

»Dr. Morse, bitte«, sage ich. »Hier ist Paul Riley.«

»Möchten Sie einen Termin vereinbaren, Mr. Riley?«

»Nein. Ich will ihn nur kurz was fragen. Es ist dringend.«

Ich blicke mich um, stelle sicher, dass ich unbeobachtet bin, keine Reporter, keine Polizei, niemand. Dann warte ich, dass Dr. Morse ans Telefon kommt, obwohl ich seine Antwort bereits kenne.

Im Polizeirevier sagen sie mir, McDermott sei im Observationsraum, und überraschenderweise erklärt sich auch sofort jemand bereit, mich dorthin zu eskortieren. Als ich den Raum betrete, lehnt er am Beobachtungsfenster und starrt in einen der Vernehmungsräume, den Hemdkragen aufgeknöpft, die Ärmel hochgerollt. Er mustert mich aus dunklen, leblosen Augen.

Im Vernehmungszimmer sitzt Natalia Lake in aufrechter Haltung, Zigarettenqualm umhüllt ihr verwittertes Gesicht.

»Natalia hat zugegeben, dass Cassie Ellie getötet hat.« Er nickt in ihre Richtung.

Ich stelle mich neben ihn. Ich war mir nicht sicher, ob Natalia damit rausrücken würde. Aber ich bin mir ziemlich sicher, dass jemand anders sie dazu veranlasst hat.

»Allerdings weiß sie nicht, was danach geschah. Sie sagt, sie hätten sich vor der Polizei zu Tode geängstigt, aber es sei nie jemand gekommen. Sie vermutet, dass Terry Burgos mitgekriegt hat, was in Ellies Apartment geschah, und später die Leiche mitgenommen hat. Ihrer Ansicht nach hat Burgos kurz darauf Cassie getötet, um sich an ihr zu rächen.«

Die gleiche Story hat sie mir schon gestern in ihrem Haus aufgetischt. Cassie hat Ellie zwar umgebracht, aber der ganze Rest ist frei erfunden.

Bloß das werde ich McDermott nicht verraten. Nicht jetzt jedenfalls. Vielleicht nie.

»Glauben Sie ihr?«, frage ich.

Er überlegt einen Moment, seine Kiefer mahlen. »Keine Ahnung. Zumindest kann ich im Moment nichts anderes beweisen.« Er nickt mir zu. »Auf jeden Fall deutet alles darauf hin, dass Burgos die Nutten tatsächlich getötet hat.«

Das hat er. Koslenko hat es mir verraten. Aber was macht McDermott in diesem Punkt so zuversichtlich?

»Ich habe einen schnellen DNS-Test für die Mansbury-Mädchen angeordnet. Gerade sind die Ergebnisse eingetroffen. Die Prostituierten hatten seinen Samen in sich und auch sein Blut. Der Geschlechtsverkehr fand vor dem Tod statt, also ist es ziemlich sicher, dass er sie getötet hat.«

So weit, so gut. Aber im Falle von Ellie und Cassie fand der Sex post mortem statt. Und inzwischen weiß McDermott auch, dass Cassie Ellie getötet hat. Also wird er sich jetzt sicher fragen, wer Cassie auf dem Gewissen hat.

»Das ging aber flott mit dem DNS-Test«, bemerke ich, um das Thema zu wechseln.

»Die Sache hatte höchste Dringlichkeit.« Er klopft mir auf den Arm. »Das sollte Sie eigentlich glücklich machen. Damit ist bewiesen, dass Sie nicht völlig danebenlagen, Riley. Zumindest hat er vier der Frauen getötet.«

Ich habe McDermott unterschätzt. Er hatte von Anfang an den richtigen Riecher. Und mit noch etwas hat er recht – ich verspüre tatsächlich eine gewisse Erleichterung, dass Terry Burgos nicht völlig unschuldig war.

Unschuldig. Schuldig. Was für fadenscheinige Begriffe.

»Cassie bereitet mir noch Kopfzerbrechen«, fügt er hinzu.

Es ist keine Frage, also schweige ich.

»Haben Sie eine Meinung zu diesem Thema, Riley?«

Jetzt ist es eine Frage. Ich weiß nicht, was ich dazu sagen soll, daher speise ich ihn mit der einfachsten Antwort ab.

»Terry Burgos hat sie getötet«, sage ich. »Ich wüsste nicht, wer es sonst getan haben sollte.«

Die Antwort gefällt ihm nicht. Und ich kann es ihm nicht verdenken. Aber die Mansbury-Morde sind nicht sein Fall. Sein Job war lediglich, die aktuellen Morde aufzuklären und den Killer, Leo Koslenko, zu fassen. Der Mord an Cassie fällt nicht in seinen Zuständigkeitsbereich.

Gut für ihn. Denn Michael McDermott könnte diesen Fall bis ans Ende seiner Tage untersuchen und käme doch zu keinem Ergebnis.

»Koslenko hat Ihnen nichts verraten, während Sie dort im Keller zusammenhockten?«

Ich schüttle den Kopf. Nein. Ich wüsste nicht, warum ich die Informationslücken der Polizei schließen sollte.

Nicht im Moment jedenfalls. Und vielleicht nie.

Er atmet tief durch. »Ich hab im Fernsehen gehört, was Sie diesen Reportern hingeworfen haben. Sie haben mehrfach betont, dass Terry Burgos alle Mädchen getötet hat. Vermutlich wollten Sie damit Leo Koslenko auf Ihre Seite ziehen. Sein Vertrauen gewinnen. Sein Spiel *mitspielen.* Und als ich am nächsten Morgen bei Ihnen geklingelt habe, waren Sie nicht da. Also ließ ich über Funk nach Ihrem Wagen fahnden. Und da ich ohnehin auf Zwangsurlaub war, dachte ich, fahr ich doch mal zum Mansbury Campus, weil es da so schön sein soll im Sommer.«

Ich lächle ihn an. Auch in diesem Punkt habe ich ihn unterschätzt. Ihm war klar, dass Koslenko den Eindruck eines Nachahmungstäters vermitteln wollte und daher vermutlich den gleichen Ort nutzen würde. Zum Teufel, den Versuch war es wert.

»Und was ist mit Fred Ciancio?«, fragt er mich. »Ging es bei dem Einbruch in dieses Gebäude um den Diebstahl von Abtreibungsakten?«

Ich spiele den Ahnungslosen. In Wirklichkeit aber weiß ich, dass Cassie Bentley nie eine Abtreibung hatte. Denn sie war nie schwanger.

Ich vermute, dass Gwendolyn Lake irgendwann einen Vaterschaftstest hat machen lassen, weil Cassie es so wollte, oder weil sie selbst es wollte, um hundertprozentige Sicherheit zu haben. Inzwischen weiß die halbe Welt, dass Gwendolyn Harlands Tochter ist. Harland selbst hat es eingestanden. Daher biete ich McDermott jetzt diese Version an.

»Vermutlich hat der Vaterschaftstest Cassie mehr als alles andere in Rage gebracht«, sage ich. »Und als sie dann mitbekam, wie Ellie mit ihrem Vater schlief, mein Gott, da sind bei ihr die Sicherungen durchgebrannt.«

»Und Koslenko hat anschließend die Testergebnisse gestohlen, weil sie ein Hinweis auf Cassies Motiv gewesen wären?« Er schüttelt den Kopf. »Möglich, aber eher unwahrscheinlich.«

Ratlos hebe ich die Hände. McDermott hakt nicht weiter nach. Das Verbrechen ist aufgeklärt. Leo Koslenko hat sich selbst getötet, durch einen Schuss in den Mund. Es wird keinen Prozess geben. Und deshalb auch keine Suche nach Motiven.

»Haben Sie damit gerechnet, dass Shelly da unten und noch am Leben ist?«, fragt er.

Natürlich habe ich das. Aber das kann ich ihm schlecht verraten. Denn dann muss ich ihm auch erklären, wie ich es rausgefunden habe.

»Ich hatte keinen blassen Schimmer«, erwidere ich.

Er schluckt das. Er hat keinen Grund, etwas anderes zu vermuten. Aber er ist mit seinen Fragen noch nicht am Ende.

»Glauben Sie, Koslenko hat auf eigene Faust gehandelt?«

»Ganz sicher«, sage ich, erleichtert, wenigstens einmal die Wahrheit sagen zu können. »Natalia ist keine Mörderin«, füge ich hinzu, womit mein kurzer Ausflug in die Welt der Ehrlichkeit auch schon wieder zu Ende ist.

»Und er bringt all diese Leute um – Ciancio, die Reporterin, all die anderen –, nur um zu vertuschen, dass ein Vaterschaftstest gestohlen wurde?« Seine Augen werden schmal. »Finden Sie das plausibel?«

»Er war komplett durchgeknallt«, antworte ich. »Wer weiß, was in seinem Hirn vorging.«

Eine bequeme Hintertür, eine simple Erklärung für das Unerklärliche. Koslenko war verrückt – wer konnte schon sagen, warum er was tat? Doch natürlich ist das nur die halbe Wahrheit. Er war clever und organisiert. Seine Weltsicht war heillos verwirrt, aber seine Handlungen waren es nicht. Er wusste genau, was er tat.

Plötzlich fällt mir McDermotts Frau ein, ihre manisch-depressiven Zustände und ihr Selbstmord, und ich bereue es, den Ausdruck *komplett durchgeknallt* verwendet zu haben.

»Und wie hätte Koslenko Ihrer Meinung nach weitergemacht? Er hatte das Küchenmesser und die Machete.«

Richtig. Im Keller des Auditoriums, wo alles endete, fand die Polizei eine Machete. Das gleiche Modell, das ich als Andenken an den Burgos-Fall aufbewahre, eine stabile, sechzig Zentimeter lange Barteaux-Machete mit einer Klinge aus gehärtetem Karbonstahl. Mit Schaudern denke ich daran, dass Leo Koslenko irgendwann in meinem Haus gewesen sein muss, um die Machete zu betrachten und sich das identische Modell zu besorgen. Wenn er schon als Nachahmungstäter galt, dann wollte er die Rolle wenigstens so perfekt wie möglich ausfüllen.

»Soll ich raten? Koslenko hatte vor, Harland Bentley zu töten«, sage ich. »Und dann wäre Frank Albany an die Reihe gekommen. Es wäre leichter gewesen, dem Professor alles in die Schuhe zu schieben, wenn er tot war und nicht mehr widersprechen konnte. Vermutlich hätte er Albany getötet, es dann aber wie einen Selbstmord aussehen lassen.«

»Jesus.« McDermott seufzt. »Es klingt vielleicht komisch aus dem Mund eines Cops, aber Koslenko tut mir richtig leid.«

»Das klingt gar nicht komisch, Mike. Er wusste nicht, was er tat.«

McDermott hebt den Kopf und nickt in Richtung Vernehmungsraum. »Ich war mir sicher, dass entweder Professor Albany oder Harland Bentley hinter all dem stecken.«

Das hatte Koslenko natürlich auch beabsichtigt. Bereits damals hatten sie es so geplant – falls die Wahrheit über den Mord an Ellie Danzinger jemals bekannt zu werden drohte. Sie wollten alles auf Albany abwälzen. Doch dann war Burgos durchgedreht, nachdem er Ellies Leiche gefunden hatte, und hatte sie praktisch von jedem Verdacht befreit, indem er mehrere Prostituierte in rascher Folge tötete. Wäre Ciancio nicht diese Woche mit Evelyn Pendry und Leo Koslenko in Kontakt getreten, nichts davon wäre je ans Tageslicht gekommen.

»Ciancio hatte Beziehungen zur Russenmafia«, erklärt McDermott. »Das haben wir heute rausgefunden. Über diese Kanäle hat Koslenko ihn aufgespürt. Russische Beziehungen.«

Ja, so verlief die Verbindung. Aber sie war nicht von Koslenko hergestellt worden. Vielmehr hatte Natalia dafür gesorgt. Sie besaß das nötige Geld, um weit gespannte Drähte zu ziehen, bis hinein in die Kreise der russischen Mafia, die dann eine Absprache mit dem Wachmann traf. Vermutlich hat sie ihren Namen aus der ganzen Angelegenheit hübsch herausgehalten. Und das wird sie auch weiterhin so handhaben.

Und ich werde sie nicht verraten. Zumindest im Moment nicht. Vielleicht nie.

Ich nicke in Richtung Fenster, in Richtung Natalia Lake. »Was wird mit ihr passieren?«

Natalia steckt womöglich in echten Schwierigkeiten. Sie hat den Mord ihrer Tochter an Ellie Danzinger vertuscht. Und womöglich hat sie diese Woche mehr als einmal eine falsche Aussage gemacht. Aber aus der Perspektive der Cops hat sie letzten Endes nur die Schuld von jemandem verschwiegen, der dann selbst zum Opfer von Burgos wurde. Außerdem werden sie echte Probleme haben, ihr all diese Dinge nachzuweisen. Sie müssen ihr beweisen, dass sie von Cassies Mord an Ellie wusste und dass sie aktiv half, die Spuren zu verwischen. Das werden sie wohl kaum schaffen.

»Wir wissen lediglich, dass ihre Tochter vor sechzehn Jahren jemanden getötet hat. Sie muss das nicht zur Anzeige bringen. Vielleicht hat sie Koslenko befohlen, in das Gebäude einzubrechen und den Vaterschaftstest zu stehlen, aber wir können es nicht beweisen. Koslenko und Ciancio sind tot, und sie ist clever genug, um zu wissen, dass wir nichts in der Hand haben.«

»Richtig«, stimme ich zu.

»Sie hat versucht, ihre Tochter zu schützen«, fährt er unaufgefordert fort. »Womöglich hat sie dabei gelegentlich die Wahrheit etwas verdreht, aber sie tat es für ihre Tochter. Was mich betrifft …«

Er hält inne. Atmet tief durch.

»Sie hat niemandem Schaden zugefügt«, sagt er. »Ihre Tochter hat etwas getan, und sie hat das Beste aus der Situation gemacht. Ist das so falsch?«

Er wendet sich mir zu, mit grimmigem Blick, das Gesicht von aufwallenden Gefühlen gerötet.

»Wollen Sie mir vielleicht erzählen, Sie würden nicht das Gleiche für Ihre Tochter tun?«

Ich hebe kapitulierend die Hände, obwohl ich kein Wort gesagt habe. Offenbar trägt er einen inneren Kampf mit sich selbst aus.

»Ja«, erwidere ich. »Ich würde meine Tochter auch schützen.«

Er lässt sich wieder gegen das Observationsfenster sinken. »Sorry. Tut mir leid.«

»Es war eine lange Woche«, sage ich.

Lange starrt er mich an. Schlafentzug und Stress können einen Menschen verändern. McDermott machte auf mich immer den Eindruck eines Felsens in der Brandung, aber jetzt wäre ich nicht überrascht, wenn er in Tränen ausbräche.

»Es war mir ernst vorhin, Riley. Das mit Burgos. Er wurde zu Recht verurteilt. Schauen Sie, er hat vier Mädchen getötet, vielleicht auch fünf.« Wieder klopft er mir auf den Arm. »Zum Teufel, selbst sein eigener Anwalt hat nur einen kurzen

Blick auf die Sache geworfen und sofort auf Schuldunfähigkeit plädiert. Er hat die Fakten niemals angezweifelt. Es ist nicht Ihr Job …«

»Es *ist* mein Job. Ich hatte es in der Hand. Burgos war geistig verwirrt, Mike. Ein Fall wie aus dem Psychiatrielehrbuch. Er glaubte, Gott persönlich würde ihn lenken.«

»Meinetwegen«, knurrt McDermott, »aber ihm war sehr wohl bewusst, dass er ein Verbrechen beging. Er verschaffte sich ein Alibi. Er versteckte die Mädchen im Keller. Würden Sie auch nur das Geringste an Ihrer Argumentation ändern, wenn Sie noch mal vor die Jury treten könnten?«

»Nur eines«, sage ich. »Ich würde diese Argumente überhaupt nicht bringen.«

Ich entferne mich ein paar Schritte von ihm. Ja, Terry Burgos war sich bewusst, dass es Gesetze gab, die Mord unter Strafe stellten. Und, ja, er hatte Schritte unternommen, um nicht gefasst zu werden.

Er hatte sich ein Alibi besorgt. Er hatte die Leichen versteckt, damit niemand sie fand, bis er seine blutige Serie zum Abschluss gebracht hatte. Er verschleppte seine Opfer aus verschiedenen Teilen der Stadt, damit er nicht zweimal an den Ort einer Entführung zurückkehren musste. Was bedeutet, dass auf ihn die juristische Definition von Schuldunfähigkeit nicht zutraf – eine Definition, die ein Haufen von Politikern festgelegt hatte, der nicht zu weich gegenüber Kriminellen erscheinen wollte.

»Auch Leo Koslenko wusste, dass er gegen das Gesetz verstieß«, sage ich. »Ebenso wie er *wusste,* dass er ein Superspion war, mit der Aufgabe betraut, die Welt vor Undercover-Agenten zu schützen, die sich als Prostituierte tarnten. Und er *wusste,* dass ich ein Agent war, der zusammen mit ihm für diese weltweite Geheimorganisation arbeitete.« Ich lasse die

Arme fallen. »Und Sie wollen mir sagen, Koslenko war nicht verrückt?«

McDermott zuckt mit den Achseln. »Sie kennen die Gesetzeslage besser als jeder andere …«

»Ach, kommen Sie, Mike. Ich rede hier nicht von einer juristischen Definition von Schuldfähigkeit. Ich will einfach nur sagen, Burgos' Denken bewegte sich in einer ganz anderen Galaxie. Er glaubte, Gottes Wort zu folgen, und wenn Sie von so was überzeugt sind, was für eine Rolle spielt da noch die dämliche staatliche Gesetzgebung?«

McDermott schweigt.

»Man hätte ihn für den Rest seines Lebens einsperren sollen«, sage ich. »Er hätte behandelt werden müssen. Aber nicht hingerichtet.«

McDermott hat offensichtlich keine Lust auf eine Diskussion. Was ihn betrifft, kann ich mich ruhig selbst verdammen, wenn ich so scharf drauf bin. Er tritt zu mir und schüttelt mir die Hand. Es gab eine Zeit – und das ist kaum ein paar Tage her –, da hätte ich niemals erwartet, dass wir uns einvernehmlich voneinander verabschieden würden.

»Es geht mich zwar nichts an«, sagt er. »Aber nur so aus Neugier.«

»Schießen Sie los«, sage ich.

»Werden Sie bei Ihrem millionenschweren Klienten Mr. Bentley bleiben?«

Eine gute Frage. Harland hat sich mir gegenüber unmöglich verhalten. Aber er hat seine Tochter nicht umgebracht, und er hatte auch nichts mit dem Vertuschungsmanöver zu tun. Trotzdem kann ich mir nicht vorstellen, einfach zur Tagesordnung zurückzukehren, so, als sei nie etwas geschehen.

»Ich weiß nicht mal, ob ich überhaupt noch Anwalt sein möchte«, sage ich.

Er starrt mich einen Augenblick an, als warte er auf die Pointe. »Na, schon gut.« Er winkt mich hinaus. »Verziehen Sie sich, Riley. Und kümmern Sie sich gut um Shelly.«

Ich werfe einen letzten Blick in den Verhörraum, wo Natalia bewegungslos auf ihrem Stuhl sitzt. Vielleicht wird sie angeklagt, je nachdem wie viel Druck die Medien auf die Strafverfolger machen. Womöglich werde ich dabei sogar als Zeuge aufgerufen, weil ich von ihr, von Koslenko und von anderen eine Menge erfahren habe. Das wäre natürlich Hörensagen, aber man könnte eine Ausnahmeregelung beantragen und es gewissermaßen als Aussage eines Mitverschwörers gelten lassen, unter der Voraussetzung der Offenlegung sämtlicher …

Ich reiße mich zusammen. Ich kann es einfach nicht lassen, alles unter dem rechtlichen Aspekt zu betrachten. McDermotts Reaktion hat ins Schwarze getroffen. Es liegt mir einfach im Blut, das Gesetz. Es ist das Einzige, worin ich wirklich gut bin. Die einzige Arbeit, die mich wirklich interessiert.

Ich verlasse das Revier, und diesmal sage ich nichts zu den Reportern.

Nicht jetzt, jedenfalls. Und womöglich nie.

Mittwoch

6. Juli 2005

54. Kapitel

Shelly und ich verbringen eine Woche in der Präsidenten-Suite des Grand Hotel, lassen uns das Essen aufs Zimmer servieren, gehen am Strand spazieren, schauen uns die Sehenswürdigkeiten an und speisen köstlich und viel. Auch Zeit für intime Begegnungen ist vorgesehen, allerdings nehmen wir den Ausdruck *miteinander schlafen* eher wörtlich. Denn wir tun genau das. Verbringen zehn Stunden des Tages ausschließlich mit Schlafen.

Shelly geht es besser. Man stürzt sich nicht einfach mir nichts dir nichts zurück ins Leben, wenn man in seiner Wohnung angegriffen und entführt wurde, selbst wenn die Erinnerungen daran verschwommen sind. Mehr als an alles andere muss sie sich zunächst an das Gefühl der Angst gewöhnen. Wir unternehmen Ausflüge in die Stadt und spazieren am Strand entlang, aber immer nur bei Tageslicht. Ohne dass wir es so vereinbart hätten, bringe ich sie jeden Abend vor Einbruch der Dunkelheit zurück auf das ausgedehnte Hotelgelände. Nicht etwa, weil man draußen nur noch wenig sehen kann. Es geht um das Gefühl der Sicherheit.

Am vierten Tag erwache ich so gegen neun. Shelly kommt gerade in Handtücher gehüllt aus dem Bad. Als ich die Augen öffne, bemerke ich, dass sie mich beobachtet, und entdecke in ihren Augen eine angespannte Zurückhaltung. Ich sage »Guten Morgen«, und sie erwidert den Gruß, doch ihre Augen weichen meinen aus. Ein Klopfen an der Zimmertür, sie zuckt zusammen.

»Ach, der Zimmerservice«, murmelt sie und kichert freudlos über sich selbst.

Ich springe auf und werfe mir irgendwas über. Als sich der Kellner wieder zurückzieht, gebe ich ihm ein großzügiges Trinkgeld. Dann schiebe ich Obst und Knusperflocken in meinen Mund, kaue darauf herum und schlucke, aber ich schmecke nichts. Sie spielt mit einer Scheibe Toast, lacht höflich über meine Witze, bleibt dabei aber sehr reserviert. Für Shelly ist Reserviertheit so natürlich wie der tägliche Sonnenaufgang im Osten. Nur spüre ich es jetzt deutlicher als je zuvor, mehr noch als während unserer Trennung, weil mir da wenigstens die Hoffnung blieb, sie würde zu mir zurückkehren.

Ich dusche und schlüpfe in ein kurzärmeliges Hemd und eine helle Baumwollhose. Ich begleite sie hinunter ins Spa, wo ich einen Wellness-Tag für sie gebucht habe. Massage, Gesichtspflege, das ganze Programm. Erst hat sie gemurrt, den Gedanken an eine Pediküre weit von sich gewiesen, bis ich ihr versichert habe, dass eine Fußmassage inbegriffen ist. Sie will nicht umsorgt werden, sie will sich einfach nur entspannen.

Ich begleite sie bis zur Tür des Spa-Bereichs, eine ritterliche Geste, aber sie spürt, dass ich sie beschützen will und ihr nur deshalb überallhin folge.

»Was fängst du mit deinem freien Morgen an?«, fragt sie.

»Ich werd mir schon was einfallen lassen.«

Sie nickt und wendet sich zur Tür.

»Shelly.«

Sie sieht lässig zu mir, doch dann bemerkt sie meinen Gesichtsausdruck. Da sich mein Schweigen quälend dehnt und mein Ringen um Worte offenbar wird, ahnt sie, was kommt, und rüstet sich innerlich.

»Lass uns den Flug vorverlegen«, schlage ich vor. »Lass uns morgen fliegen.«

Sie blickt mir in die Augen.

»Du musst in dein Leben zurückkehren«, füge ich hinzu. »Und ich in meines.«

Sie ringt eine Weile mit sich, aber mit jedem Moment des Nicht-Antwortens wird ihre Antwort klarer. Ich kenne Shelly Trotter besser, als sie sich selbst kennt. Und ich weiß um den Unterschied zwischen dem echten Verlangen, mit jemandem zusammen zu sein, und der bloßen Angst davor, allein zu sein. Ebenso wie ich den Unterschied kenne zwischen dem Gefühl, gemocht oder wirklich geliebt zu werden.

Ich ziehe mich aufs Zimmer zurück, wo mir ihr schmerzhaftes, aber ehrliches Schweigen noch lange nachhängt.

Ich trete hinaus auf die Hotelveranda, unter dem Arm eine Akte, die ich mir aus der Kanzlei mitgebracht habe. In vier Wochen vertrete ich einen Mandanten in einem Betrugsprozess. Mit den Vorbereitungen bin ich etwas in Verzug, aber das stört mich nicht. Dieser Teil der Arbeit macht mir immer am meisten Spaß – die Strategie entwerfen, die Umsetzung planen. Es ist ein Spiel, ein Wettkampf, irgendwas zwischen Kontaktsport und Theater. Vermutlich würde mein Klient die Strafe verdienen. Wohlmeinend betrachtet, hat er die Augen verschlossen, während seine leitenden Angestellten ein riskantes Spiel betrieben und gegen die Auflagen der Aufsichtsbehörden verstießen. Weniger wohlmeinend gesehen, hat er die illegalen Aktionen selbst initiiert und gesteuert.

Aber ich schätze, er wird straffrei ausgehen. Wir werden argumentieren, dass er nichts von den Vorgängen wusste und auch keinen Einblick haben konnte. Ihr Hauptzeuge ist ein zwielichtiger Typ, dem das FBI einen Handel angeboten hat, wenn er gegen meinen Klienten aussagt. Er hat die staatlichen Ermittlungsbehörden schon einmal belogen und das auch zugegeben, außerdem scheint er ein Problem mit illegalen Wetten zu haben. Ich werde ihn vor der Jury in Stücke zerreißen und genug Staub aufwirbeln, um das Bild zu verschleiern.

Denn darin besteht mein Job: Das Bild zu verschleiern, unscharf zu machen, den Fall der Staatsanwaltschaft zu untergraben, die Zeugen der Anklage als unsympathisch und unglaubwürdig hinzustellen, während mein Klient friedlich dasitzt und freundlich lächelnd schweigt. So läuft das Spiel. Es dreht sich ums Gewinnen. Nicht um die Wahrheit. Es gehört nicht zu meinem Job, die Wahrheit rauszufinden.

Früher mal war das mein Job. Aber ich werde nie wieder als Staatsanwalt arbeiten.

Ich lehne mich über die Brüstung der Veranda, der warme Wind fängt sich unter meinem T-Shirt, und Sonnenstrahlen wärmen mein Gesicht, während Bilder von Leo Koslenko, den Opfern von Mansbury und ganz besonders von Terry Burgos durch meinen Kopf ziehen. Ich muss daran denken, wie er in der Gaskammer gefesselt dasaß, dicklich und ungepflegt, und mir in die Augen starrte, als der Vollzugsbeamte verkündete, Burgos wolle keine letzten Worte mehr sprechen.

Ich bin nicht der Einzige, waren die letzten Worte, die seine Lippen formten. Zitierte er einfach nur Tyler Skyes Song? Oder ahnte ein Teil seines Gehirns, dass er die Wahrheit sagte?

Ich ziehe mein Handy heraus. Die Nummer ist einprogrammiert, auf Verlangen des Gouverneurs. Eigentlich hatte ich vor, sie nie zu benutzen.

Ein Assistent geht dran, der mich gleich durchstellt.

Gouverneur Trotters erste Reaktion ist Besorgnis. Ich beruhige ihn und erzähle ihm, dass es uns gut geht, Shelly die Auszeit genießt und sich gerade massieren lässt. Wir plaudern ein wenig über dies und das, obwohl wir beide wissen, dass ich nicht anrufe, um mir die Zeit zu vertreiben.

Als eine kleine Pause entsteht, räuspere ich mich.

»Ich habe Ihren Vorschlag umgesetzt, Paul«, sagt er, »und ein Wort für Detective McDermott eingelegt. Ich denke, er kann bald mit einer Beförderung rechnen.«

»Das weiß ich sehr zu schätzen, Lang. Vielen Dank.«

»Aber deswegen haben Sie mich nicht angerufen«, fügt er hinzu. »Und auch nicht, um mich um Shellys Hand zu bitten.«

»Nein«, erwidere ich, ohne darauf einzugehen, wie recht er damit hat.

»Und Sie wollen mich vermutlich auch nicht darum bitten, ein gutes Wort bei Harland für Sie einzulegen.« Er lacht. »So wie es sich anhört, will *er,* dass ich für ihn ein gutes Wort bei *Ihnen* einlege.«

Bevor Shelly und ich in Urlaub fuhren, tauchte Harland bei mir im Büro auf. Es war das erste Mal, dass er sich zu mir bemühte. Er entschuldigte sich dafür, mir während des Burgos-Falls Informationen vorenthalten zu haben. Er fragte mich, ob ich weiterhin sein Anwalt bleiben wollte. Er bräuchte mich und würde sämtliche Bedingungen akzeptieren.

Ich bilde mir nicht ein, der einzige Anwalt zu sein, der Harlands Rechtsvertretung übernehmen kann. Als Repräsentant an der Spitze mache ich keine schlechte Figur, und wenn nötig, schreite ich auch selbst ein, aber viele andere Anwälte könnten diese Arbeit ebenso gut erledigen und in die Führungsrolle hineinwachsen. Ich denke schon, dass Harland meinen Beitrag zu schätzen weiß, aber gleichzeitig kann kein Zweifel daran bestehen, dass seine Bitte zu einem Gutteil aus schlechtem Gewissen geboren ist. Er hat das Gefühl, mir was zu schulden.

Ich habe Harland einen meiner Hauptpartner vorgestellt, Jerry Lazarus, der schon länger mit seinen Rechtsangelegenheiten vertraut ist. Ich erklärte ihm, Jerry sei ein junger, aggressiver und cleverer Anwalt, genau der Mann, den er bräuchte. Er stimmte mir im Wesentlichen zu, vermutlich einfach, weil ich ihn darum bat. So wird die Firma keine Anwälte entlassen müssen. Und sie wird nicht auf die Firmen von Harland Bentley verzichten müssen. Der einzige Unterschied werden die Namen auf der Kanzleitür sein. Shaker & Fleming klingt doch auch nicht schlecht.

»Urlaub nehmen, mal alles hinter sich lassen – das gibt einem Raum und Zeit«, bemerkt der Gouverneur. »Da findet man Gelegenheit, in Ruhe über sein Leben nachzudenken. Und über die Zukunft.«

Ich erwidere nichts. Aber ich lächle.

»Gehen Sie nicht zu hart mit sich ins Gericht, Paul. Ich war selbst viele Jahre lang Staatsanwalt. Ein Mann gesteht mehrere Morde, und sein Haus ist voller Beweise. Und er hat tatsächlich die meisten dieser Frauen umgebracht. Verdammt, sogar sein eigener Anwalt ging davon aus.«

»Danke, Gouverneur, ich weiß das zu schätzen. Leider kommt der Trost etwas verspätet.«

»Rufen Sie deshalb an, Paul? Weil er zu spät kommt?«

Er weiß genau, warum ich anrufe. An dem Geschehenen kann ich nichts mehr ändern, so sehr ich es mir auch wünsche. Aber ich versuche, daran zu glauben – ja, ich *muss* daran glauben – dass es nicht zu spät ist, etwas Gutes zu tun.

»Ich nehme an, Sie haben gehört, dass Richterin Benz letzte Woche ihren Rücktritt angekündigt hat«, sagt er. »Als Bundesrichterin war sie eine echte Bereicherung. Wir suchen einen würdigen Nachfolger.«

Lang Trotter ist ein ausgesprochen kluger Mann. Und ein guter Mensch.

Ich danke ihm und klappe das Telefon zu.

Vor dem Hotel besteige ich ein Taxi und nenne dem Mann die Adresse. Den Kopf gegen den Rücksitz gelehnt, betrachte ich die Küstenlinie, die wundervollen Strände, die unendliche, eisblaue See, während der Fahrer durch die engen Straßen kurvt.

Leonid Koslenko hat, wie sich mittlerweile herausstellte, mit fünfzehn seine Schwester Katrina ermordet und anschließend seiner Familie versichert, sie sei eine Spionin, die geplant habe, ihre Familie und das Vaterland zu vernichten. Seine Eltern hatten Verbindungen zum Politbüro und sorgten dafür, dass er in eine psychiatrische Anstalt eingewiesen und nicht weiter strafrechtlich verfolgt wurde. Und obwohl die Informationen nach wie vor spärlich fließen, zeichnet sich ab, dass jemand beim KGB, von Koslenkos physischen Fähigkeiten beeindruckt, diesen nach zwei Jahren Anstalt als Mann fürs Grobe rekrutiert hat. Zwei weitere Jahre später hatte die Familie, wenig begeistert von Leos neuer Tätigkeit, erneut ein paar Fäden gezogen und einen Deal mit der sowjetischen Regierung ausgehandelt – bei dem vermutlich eine Menge Geld in diverse Taschen floss. Diese Vereinbarung gestattete es Koslenko, die Sowjetunion als *politischer Dissident* zu verlassen. Etwas, das nach außen hin leicht vertretbar war, da die Sowjets bekanntermaßen ihre politischen Gegner gerne in Irrenhäusern internierten.

Aber Leo Koslenko war kein Dissident. Er gehörte wirklich in eine Anstalt.

In Koslenkos Vorstellung hatten seine Tage als Agent und Auftragskiller nie geendet. Die Vereinigten Staaten waren einfach ein weiterer Auftrag, mit Natalia Bentley als neuer Chefin. Er war weiter in Behandlung wegen paranoider Schizophrenie und nahm seine Medikamente. Keiner wusste, was sich während dieser Zeit in ihm abspielte – ob er auf neue Anweisungen wartete oder Missionen in eigener Regie ausführte – doch er schien sich, so weit wie möglich, aus allen Schwierigkeiten herauszuhalten und ein einigermaßen angenehmes Leben auf Mia Lakes Anwesen zu führen – als eine Art Mädchen für alles. Dort lernte er auch Cassie kennen, die von allen Mitgliedern des Lake-Bentley-Clans noch die Zugänglichste und Aufrichtigste war.

Und er war bereit, als er den Marschbefehl bekam – an dem Tag, als Cassie in einem Anfall von Wut und Verzweiflung Ellie Danzinger erschlug. Als Natalia nach ihm rief, war er sofort zur Stelle.

Nach dem zu urteilen, was er über Burgos von sich gegeben hatte – *er war einer von uns* – hatte er ihn wohl beim routinierten Entsorgen der Leiche beobachtet und daraus geschlossen, Burgos arbeite Hand in Hand mit ihnen zusammen. Das war in seinen Augen auch der Grund, warum ihn Natalia die Leiche Ellies zu Burgos' Haus hatte bringen lassen. Burgos war also ebenfalls ein Spion, ein Genosse. Und als Leo Zeuge wurde, wie sein Genosse Burgos die Prostituierten tötete, glaubte er, die Prostituieren wären der Feind, Agentinnen in geheimer Mission, die ihren Beruf als Tarnung nutzten.

Niemand kann jetzt noch sagen, wie viele Prostituierte Leo Koslenko im Anschluss an die Burgos-Geschichte ermordet hat. Straßenmädchen verschwinden häufig spurlos, und man sucht nur selten gründlich nach ihnen. Die Prostituierte, deren Mord man ihm vor Jahren zur Last gelegt hatte, wies jedenfalls einen Einschnitt zwischen dem vierten und fünften Zeh des linken Fußes auf. Die Polizei hatte inzwischen die Akten anderer tot aufgefundener Straßenmädchen wieder geöffnet; bisher hat man bereits bei dreien die gleiche Signatur entdeckt. Andere dagegen müssten zur Überprüfung eigens exhumiert werden, und es ist unwahrscheinlich, dass sich jemand dieser Mühe unterziehen wird.

Diese Schlussfolgerungen Leos bilden vermutlich auch das Motiv für den Mord an Amalia Calderone, der Frau, die ich von der Bar nach Hause begleitet habe. Er dachte, er würde mir das Leben retten. Er wickelte meine Hand um die Mordwaffe, während ich ohnmächtig dalag, um mich daran zu erinnern, dass meine Hilfe gebraucht wurde. Außerdem tötete er eine Frau aus einem Baumarkt, die zwar keine Prostituierte war, dafür aber sehr attraktiv und aufreizend gekleidet, und die er ihn seinem von Verfolgungswahn gepeinigten Verstand für eine Hure hielt – sprich für eine Spionin.

Und er hat eine russische Prostituierte, die unter dem Namen Dodya arbeitete, in Shellys Badezimmer als Körperdouble benutzt. Wie im Lauf der Ermittlungen deutlich wurde, hatte die Russenmafia junge russische Frauen in die Stadt importiert und in ein Lagerhaus eingesperrt, wo jeder mit ausreichend Bargeld seinen Spaß mit ihnen haben konnte. Für achttausend Dollar hatte Koslenko das arme Mädchen buchstäblich gekauft, sie getötet, in Shellys Apartment geschafft und dort zersägt.

Ganz offensichtlich war er nicht zufrieden mit dem, was ich bis dahin geleistet hatte. Auf seine Briefe hatte ich nicht reagiert. Und ich hatte seinen Mord an Brandon Mitchum vereitelt. Das Manöver in Shellys Apartment sollte mich wieder zurück an Bord bringen, mir blieben nur die ein oder bestenfalls zwei Tage, bis die Tests ergeben hätten, dass die Frau in der Badewanne nicht Shelly war. Er wollte, dass ich endlich in ihrem Sinne tätig wurde – *mitspielte* – ansonsten wäre Shelly wohl am Tag darauf getötet worden. Bis dahin hätte jedoch niemand nach Shelly gesucht, da alle – außer mir – sie bereits für tot hielten. Ich dagegen, da schien er sich sicher, kannte die Wahrheit.

Natalia Lake drohen, zumindest für den Moment, keine

strafrechtlichen Konsequenzen. Es heißt zwar, der Bezirksstaatsanwalt wolle Anklage gegen sie erheben wegen des Versuchs, Cassies Mord an Ellie Danzinger zu verschleiern, aber ich halte das lediglich für einen Knochen, den er den hungrigen Medien hinwirft. Weder gibt es Beweise dafür, dass Cassie ihre Freundin Ellie getötet hat – hat sie natürlich, aber etwas wissen und es nachweisen, sind zwei paar Stiefel –, noch dafür, dass Natalia den Mord aktiv vertuscht hat. Ganz zu schweigen davon, wurde Terry für den Mord an Ellie Danzinger bereits offiziell angeklagt, verurteilt und hingerichtet.

Natalia hat der Polizei gegenüber aus nachvollziehbaren Gründen verschwiegen, dass sie Leo Koslenko den Auftrag gab, Ellies Leiche auf Burgos' Grundstück zu verfrachten, und ihn dann weiterhin anwies, Burgos zu beobachten und ihr darüber Bericht zu erstatten. Auch ich habe der Polizei nichts davon erzählt.

Bisher jedenfalls. Und vielleicht werde ich das auch nie tun.

Das Taxi erreicht eine Villengegend, große Anwesen, die sich die Hügel hinaufziehen, mit hohen Sicherheitszäunen. Ich hatte erwogen, eines dieser Anwesen für die Woche mit Shelly zu mieten, aber Hotels sind in puncto Sicherheit einfach vorzuziehen. Und ich wollte Shelly nicht zumuten, tausend Meilen entfernt von zu Hause in einem riesigen fremden Haus zu schlafen, in dem es in allen Ecken und Enden knirscht und knackt.

Außerdem hat ein Partner in der Firma mir verraten, dass bei einem Aufenthalt in Saint Jean Cap Ferrat an der französischen Riviera das Grand Hotel einfach ein Muss ist.

Ich zahle dem Fahrer genügend Euros, um ihn dazu zu bewegen, auf mich zu warten. Dann marschiere ich zu einem großen Tor, das von zwei großen weißen Steinblöcken flankiert wird, und drücke einen in Gold eingefassten Klingelknopf.

»Bonjour«, meldet sich eine Frauenstimme über die Gegensprechanlage.

»Paul Riley«, sage ich. »Ich möchte gerne Gwendolyn Lake sprechen.«

»Ah.« Sie braucht einen Moment, um auf Englisch umzuschalten. »Mister – Riley?«

»Paul Riley, ja.«

»Haben Sie einen Termin?«

»Nein. Sagen Sie ihr bitte, ich bin allein.«

Nach gut zehn Minuten kommt ein Mann die lange Auffahrt heruntergelaufen. Er ist braungebrannt, wirkt sehr gesund und ist ganz in weiß gekleidet. »Mr. Riley?«

»Oui.«

»Bonjour.« Er öffnet eine schmale Pforte und lässt mich ein. Wir steigen eine schier endlos scheinende Freitreppe hinauf, vorbei an gepflegten, üppig blühenden exotischen Blumen und Bäumen. Das Haus selbst ist groß, aber nicht monströs, ein zweistöckiges Ziegelhaus mit vielen Fenstern, die in der hellen Sonne glitzern.

Statt mich ins Haus zu führen, weist er mir den Weg einen Pfad hinab, der sich um das Haus herumwindet, bis wir dessen Rückseite erreichen. Dort befindet sich ein Swimmingpool von den Ausmaßen unseres Trainingsbeckens damals in der Schule, daneben ein großer Whirlpool sowie ein ausgedehnter Liegebereich.

»Ms. Lake«, sagt der Mann.

Das letzte Mal, als ich sie sah, im Salon von Natalias Villa, wirkte sie zerknittert, trug einen Schlafanzug, ihre Haare lagen platt am Kopf an, und sie beichtete mir den Anfang einer belastenden Geschichte. Vier Stunden später ging sie an Bord einer American-Airlines-Maschine mit dem Ziel Paris.

Heute trägt sie einen einteiligen orangefarbenen Badeanzug

unter einem dünnen weißen Bademantel und liegt auf einem bequemen Deckstuhl neben ihrem Pool. Ihre Haut hat noch etwas mehr Farbe als bei unserer letzten Begegnung. Ihr Haar trocknet gerade nach dem Schwimmen und fällt ihr offen über die Schultern. Sie späht über ihre Sonnenbrille zu mir hoch.

Sie begrüßt mich nicht, bietet mir weder einen Stuhl noch sonst etwas an.

»Ich weiß nicht, was Natalia Ihnen erzählt hat«, beginne ich, »aber vermutlich hat sie keine Anklage zu befürchten. Sie hat Glück gehabt.«

Nachdem sie ihr Buch zur Seite gelegt hat, setzt sie sich auf und stellt die Füße auf den Holzboden.

»Es hat mich sogar ein wenig überrascht, dass sie der Polizei erzählt hat, ihre Tochter hätte Ellie getötet. Das hätte sie nicht tun müssen. War das Ihre Idee?«

Sie schweigt immer noch und starrt durch ihre Sonnenbrille in die Ferne. Natürlich liege ich richtig. Natalia hätte nie gewollt, dass irgendwer von Cassies Tat erfährt. Lieber hätte sie Terry Burgos, Professor Albany – wen auch immer – als Schuldigen gebrandmarkt.

»Sie haben ihr gedroht, wenn sie es nicht der Polizei sagt, dann würden *Sie* es tun.«

Wieder keine Antwort, noch nicht mal ein Blick in meine Richtung.

»Sie sind schon mal davongerannt«, sage ich. »Damals. Am Mittwoch in der Mordwoche. Sie sind nach Frankreich geflohen.«

Dieses Thema hatten wir bereits. Aber ich bringe es aus einem bestimmten Grund wieder auf, einem Grund, den sie ganz genau kennt.

»Frankreich liefert seine Staatsbürger nicht an die USA aus«, fahre ich fort. »Roman Polanski kann das bestätigen. Und das ist vermutlich auch der Grund, warum Sie damals verschwanden.«

Keine Antwort.

»Und warum Sie jetzt hier sind.«

Sie schaut zu mir auf.

»Sie wissen«, sage ich, »dass der Mord an Cassie Bentley weiterhin unaufgeklärt ist. Dieser Fall wurde offiziell nicht zu den Akten gelegt. Das ist Ihnen doch klar, oder?«

»Das ist mir klar.« Ihre Stimme klingt dünn und ein wenig trotzig. »Natürlich weiß ich das.«

Und trotzdem ist sie in die Vereinigten Staaten zurückgekehrt, wenn auch erst drei Jahre später.

»Helfen Sie mir, eine klare Vorstellung von Cassandra Alexia Bentley zu bekommen«, sage ich. »Die verhängnisvolle Affäre mit ihrem Professor. Die Stimmungsumschwünge. Sie findet raus, dass ihr Vater eine weitere Tochter hat, die sie immer für ihre Cousine hielt. Dann auch noch Harlands Affäre mit Ellie. Und irgendwann dreht sie durch. Es ist einfach zu viel für sie. Sie stürmt in Ellies Apartment, nachdem sie ihren Daddy hat heraustreten sehen, und sie zieht ihr eins über den Schädel. Trifft das so weit zu?«

Eine Träne rinnt unter ihrer Sonnenbrille hervor. Sie wischt sich das Gesicht ab, die Mundwinkel nach unten gezogen, verharrt aber ansonsten bewegungslos.

»Sehen Sie mir in die Augen«, sage ich, »und überzeugen Sie mich, dass das bisher Gesagte zutrifft.«

Sie starrt zu Boden. Sie hustet kurz, schnieft, räuspert sich. Nach einer Weile setzt sie ihre Sonnenbrille ab und fixiert mich aus feuchten roten Augen.

»Okay«, sage ich. »Und es gab nie eine Schwangerschaft. Keine Abtreibung. Das waren nur nahe liegende Vermutungen. Der Einbruch ins Sherwood Executive Center. Alle dachten, der Schwangerschaftstest, die Abtreibungsunterlagen oder ein Vaterschaftstest sollten gestohlen werden. Aber das war alles Unfug, richtig?«

Sie sagt kein Wort.

»Immerhin wirkte es plausibel«, sage ich. »Evelyn Pendry ging davon aus. Die Cops gingen davon aus. Zum Teufel, sogar ich ging davon aus.« Ich atme tief durch. »Und dann habe ich es Ihnen auf die Nase gebunden, als ich Sie am See besuchte.«

Sie ist clever genug, um zu schweigen.

»Und kaum hatte ich Ihnen von diesem Verdacht erzählt«, fahre ich fort, »machten Sie Gebrauch davon. Sie und Natalia richteten Ihre Version der Geschichte danach aus. Am nächsten Tag tauchten Sie beide freiwillig bei uns auf und erzählten uns von Cassie Bentleys Schwangerschaft und ihrer Abtreibung. Sie wollten, dass wir daran glauben. Aus dem einfach Grund, weil es Professor Albany schuldig wirken ließ. Denn das war von Anfang an Natalias Plan für den Notfall, oder? Es Professor Albany in die Schuhe zu schieben. Aber das war alles nur Lüge. Korrekt?«

Ihre Augen fixieren einen unbestimmten Punkt, als denke sie über eine Antwort nach.

»Die Wahrheit«, fordere ich. »Überzeugen Sie mich, dass ich hier das Richtige tue.«

Ihr Lachen hat einen bitteren Unterton. »Das *Richtige.* Sie glauben zu wissen, wer Cassie ermordet hat …«

»Nein, so funktioniert das nicht«, sage ich.

Sie mustert mich aufmerksam, den Kopf leicht zur Seite geneigt, mit schmalen Augen. Langsam kapiert sie, wie der Hase läuft. Die Mauern dieses prachtvollen Anwesens beginnen sich um sie zu schließen.

Sie erhebt sich von der Liege, dreht sich in alle Richtungen, als suche sie Schutz vor dem, was da auf sie zukommt.

Schließlich wendet sie sich mir zu und sieht mich jetzt offenbar in einem anderen Licht. Neu erwachter Respekt. Neu erwachte Furcht.

»Hat es Ihnen gefallen, was Leo mit Shelly veranstaltet hat?«, frage ich. »Die Kettensäge? Das arme Mädchen in der Badewanne?«

Sie wendet den Blick ab. Immer noch keine Antwort, aber die Ironie des Ganzen dürfte ihr nicht entgangen sein. *Alte Gewohnheiten sind nicht totzukriegen,* muss sie gedacht haben.

Zugegebenermaßen habe ich eine ganze Weile gebraucht, um draufzukommen. Aber irgendwann ist es mir gelungen, die Verbindungslinien zwischen den Punkten zu ziehen.

Nummer eins war der Mord in der Badewanne – die nicht identifizierbare Masse aus Fleisch und Knochen.

Dann Koslenkos Brief: *Wenn du mitspielst, wird sie ebenfalls leben.*

Ebenfalls leben. Wie in: *so, wie auch andere weiterlebten.*

Und nicht zuletzt war da Koslenkos Erklärung dafür, wie Ciancio alles herausgefunden hatte: In dieser Nacht im Sherwood Executive Center hatte Ciancio Koslenko seinen Schlüssel übergeben und ihm so den Diebstahl ermöglicht. Ciancio schöpfte erst Verdacht, als kurz darauf die Polizei im Gebäude auftauchte, um im Burgos-Fall zu ermitteln.

Aber es gab nur einen Grund, warum die Polizei nach dem Fund der Leichen dort erschien.

»Vor ein paar Wochen«, sage ich, »habe ich mich mit Harland unterhalten. Wir waren auf der Suche nach den Hintergründen des Einbruchs in das Sherwood Executive Center. Ich habe ihn gefragt, ob die Ärzte seiner Tochter in dem Gebäude praktizierten. Wissen Sie, was er mir geantwortet hat?«

Sie erstarrt. Sie hat natürlich keine Ahnung, aber sie scheint sehr interessiert.

»Ich ging davon aus, er hätte sich nicht die Bohne für die medizinische Versorgung seiner Tochter interessiert. Aber das war nicht der Fall. Er konnte sich daran erinnern, sie als Kind zu einem Zahnarzttermin begleitet zu haben.«

Ihr Gesicht verzieht sich. Eine frische Träne fällt. Ihre Schultern beginnen leise zu zittern.

»Und Sie haben auch dazu beigetragen, mich auf die Spur zu bringen«, teile ich ihr mit. »Indem Sie Cassies Reaktion beschrieben, als ihr Vater das Apartment von Ellie Danzinger verließ.«

Zwischen zwei Schluchzern nickt sie. Rückblickend ist ihr das vermutlich selbst aufgefallen.

Sie könnte sich *nichts Abstoßenderes, nichts Ekelhafteres vorstellen,* hatte sie gesagt. Ein wenig zu persönlich, zu betroffen für einen Bericht aus zweiter Hand.

»Natalia hat Sie nach Paris geschickt«, sage ich. »Am Mittwoch dieser Woche. Wahrscheinlich entsprach Ihr Zustand so ziemlich dem, wie Sie ihn mir beschrieben haben – Sie waren völlig durch den Wind. Ein Häufchen Elend. Sie wussten nicht mehr, was um Sie herum vorging. Sie wussten nicht, was kommen würde.«

»Nein, das wusste ich nicht.« Sie blickt mich an. »Ein Häufchen Elend ist der richtige Ausdruck. Ich war verwirrt, völlig verängstigt und stand zu diesem Zeitpunkt auch unter starken Medikamenten. Ich war ein Zombie, als ich in dieses Flugzeug stieg.«

Ich glaube ihr. Anders ist es schwer vorzustellen. »Sie haben sich keine Sorgen wegen dem Pass gemacht?«

Sie schüttelt den Kopf. »Das – das hätte ich vermutlich tun sollen – aber ich habe es nicht.«

Und dann war sie in Frankreich, in Sicherheit, weil ein französischer Staatsbürger nicht ausgeliefert werden konnte.

Natalia Lake hatte alles meisterlich eingefädelt. Sie hatte dafür gesorgt, dass Koslenko Ellies Leiche zu Burgos' Haus schaffte, sie hatte einen Pakt des Stillschweigens mit Professor Albany geschlossen, und sie hatte Glück, unvorstellbares Glück, als Burgos mit seiner Mordserie begann.

Aber Natalia hatte mehr getan, als nur einen Mord zu vertuschen. Sie hatte auch einen Mord befohlen. Leo Koslenko hat den Befehl ausgeführt, er hatte das arme Mädchen bis zur Unkenntlichkeit verprügelt und dann genauso wie Ellie vor Burgos' Hintertür deponiert.

Anschließend hatte Natalia meinen Boss, den Bezirksstaatsanwalt dazu gebracht, die Ermittlungen in Cassies Fall einzustellen, so dass niemand einen zu genauen Blick darauf – oder auf die Leiche – warf.

Cassie hat mich gerettet, hatte Burgos gesagt. Er war davon ausgegangen, dass der letzte Mord in der ersten Strophe bedeutete, er müsste sich selbst töten. Das legten die Zeilen des Liedes nahe – *schieb's zwischen die Zähne und drücke fröhlich ab* –, die Tyler Skye selbst befolgt hatte, indem er sich eine Pistole in den Mund steckte. Aber ganz offensichtlich wollte Burgos sich nicht umbringen. Er zögerte es zwei Tage hinaus. Vielleicht hatte er es nie wirklich vor. Aber dann bescherte ihm Gott plötzlich ein Wunder: Terry fand eine von schweren Schlägen entstellte weibliche Leiche auf seiner Hintertreppe, genau dort, wo Gott auch Ellie Danzinger für ihn abgelegt hatte. Er konnte diese Entwicklung nicht mit Tyler Skyes Levitikus-Zitat in Einklang bringen, also durchstöberte er die Bibel, bis er eine Passage über eine Steinigung fand, die noch am besten auf das passte, was der Frau in seinem Hinterhof zugestoßen war. Er strich die Levitikus-Stelle auf seiner Liste durch und ersetzte sie durch die aus dem Deuteronomium. Und schoss der Leiche anschließend auch noch eine Kugel durch den Kopf, um sicherheitshalber die Übereinstimmung mit Levitikus und dem Songtext zu gewährleisten.

Wie alle anderen glaubte auch Burgos, die Leiche in seinem Hinterhof sei Cassie. Warum auch nicht? Ihr Gesicht war zwar so gut wie völlig zerstört, aber in ihren Taschen fanden sich der Führerschein und die Kreditkarten von Cassandra Bentley.

Das reichte uns damals natürlich nicht als Identifikation aus. Ein Familienmitglied musste sie persönlich identifizieren. Wofür sich damals im Leichenschauhaus natürlich Natalia zur Verfügung stellte – und nicht ihr Ehemann.

Aber auch das reichte uns nicht. Da das Gesicht bis zur Unkenntlichkeit zerschlagen war und im Computer keine Fingerabdrücke zum Vergleich vorlagen, unternahmen wir den nächsten Schritt. Wir besorgten uns die zahnärztlichen Unterlagen.

Als ich an jenem Sonntag im Krankenhaus erwachte, am Tag nachdem wir Shelly befreit hatten, rief ich meinen Zahnarzt Dr. Morse an. Er erklärte mir, dass 1989 die meisten Zahnärzte noch keine digitalisierten Unterlagen im Computer hatten. Sie verwahrten die Röntgenbilder einfach in Ordnern, die mit dem Namen des jeweiligen Patienten versehen waren.

Wenn im Jahre 1989 jemand in seine Praxis eingebrochen wäre und Röntgenbilder aus zwei Ordnern vertauscht hätte – etwa die Bilder einer Schwester gegen die der anderen –, dann hätte das laut Dr. Morse niemand bemerkt. Vermutlich hätte man ein paar Etiketten umkleben müssen, aber das wäre ein Kinderspiel gewesen und niemandem aufgefallen.

Fred Ciancio, der in der Woche nach den Morden als Wachmann im Sherwood Executive Center arbeitete, muss sich ziemlich gewundert haben, als er mitbekam, wie die Polizei in die Zahnarztpraxis marschierte und die Unterlagen von Cassie Bentley verlangte. Und er muss sich gefragt haben, ob das wohl irgendwas mit Koslenko zu tun hatte.

Dann, kurz darauf, entdeckte er in der Zeitung ein Foto desselben Mannes – Koslenko –, der aus dem Hintergrund ein Auge auf Harland Bentley warf. Er brachte Koslenko mit der Bentley-Familie in Verbindung und erkannte immer klarer, was da vorgefallen war. Er rief die für den Fall Burgos zuständige Journalistin an, Carolyn Pendry, kriegte dann aber kalte Füße und legte auf. Carolyn gab es irgendwann auf, Ciancio sein Geheimnis entlocken zu wollen, und Gras wuchs über die Sache.

Doch im Juni dieses Jahres sorgte irgendetwas dafür, dass Ciancio sich wieder an alles erinnerte. Vielleicht war es die Sondersendung von Carolyn Pendry, die eine gewisse Sympathie für Burgos ausstrahlte. Jedenfalls spürte er Leo Koslenko auf und wies ihn darauf hin, dass es Zeit für eine zweite Zahlung wäre. Bei der Gelegenheit rief er irgendwann auch Carolyns Tochter Evelyn an. Wer weiß? Vielleicht war er sich unschlüssig, ob er sein Gewissen entlasten oder lieber extra Pensionsgeld kassieren sollte. Er muss Evelyn irgendwie geködert – womöglich indem er das Sherwood Center erwähnte –, sie aber nicht vollständig ins Bild gesetzt haben.

Ich frage mich, ob Ciancio je die ganze Wahrheit erfasst hat. Er muss gespürt habe, dass da etwas zum Himmel stank, aber ob er eine Ahnung davon hatte, was wirklich geschehen war?

Koslenko hatte natürlich nicht die Absicht, Ciancio mit diesem Wissen weiterleben zu lassen. Er folterte ihn und presste ihm Eveylns Namen ab. Er folterte Evelyn, die ihm Brandon Mitchums Namen lieferte. Jede dieser Personen wusste etwas, das auf die wahren Ereignisse von damals hinwies.

In Wahrheit nämlich war Cassie Bentley nicht tot. Vielmehr stieg sie in ein Flugzeug nach Paris, ausgestattet mit Gwendolyns Pass, während Gwendolyn grausam ermordet wurde und anschließend – durch den Austausch der zahnärztlichen Unterlagen – als ihre Halbschwester Cassandra firmierte.

Cassie Bentley schlingt sich den Bademantel enger um den Körper und beobachtet mich. »Und was jetzt?«

»Der Mord an Gwendolyn«, sage ich. »Ihre Mutter sollte dafür zur Rechenschaft gezogen werden.«

Aber wir wissen beide, dass das nur möglich ist, wenn alle erfahren, dass Cassie hier in Frankreich unter Gwendolyns Namen lebt.

»Was meine Mutter getan hat, war unrecht.« Cassie legt sich eine Hand vors Gesicht. »Ich hätte es verhindert, wenn ich davon gewusst hätte. Aber sie hat es für mich getan, Mr. Riley. Sie wusste, die Polizei würde mich wegen des Mordes an Ellie suchen. Und ihr war klar, dass ich ihren Fragen nicht gewachsen gewesen wäre.« Sie lässt die Arme fallen. »Doch wenn ich tot bin, würde niemand nach mir suchen.«

Die gleiche Strategie hatte Leo angewandt, als er einen Ersatz für Shelly in die Badewanne legte. *Wenn du mitspielst,* teilte er mir mit, *dann wird sie ebenfalls leben.*

So wie Cassie lebte.

Ich glaube ihr. Nichts an dem, was ich über Cassie Bentley erfahren habe, macht es wahrscheinlich, dass sie aktiv an einer diabolischen Intrige beteiligt war. Nach Ellies Tod wurde sie im Haus eingesperrt, wie Koslenko mir verraten hat, und kurz darauf nach Paris verfrachtet. Sie hatte keine Ahnung davon, dass ihr Tod inszeniert wurde. Sie wusste nicht, welches Schicksal Gwendolyn drohte.

Gwendolyn war eine nahe liegende Wahl. Sie hatte keine wirkliche Familie, kein echtes Zuhause; sie flog von Kontinent zu Kontinent, und niemand würde sie vermissen. Sie glich Cassie aufs Haar – sie hatten beide denselben Vater, und ihre Mütter waren Schwestern –, und zusätzlich war ihr Gesicht noch unkenntlich gemacht worden. Gwendolyn war ohnehin ein Unsicherheitsfaktor. Man konnte sich nicht darauf verlassen, dass sie bei dem geplanten Vertuschungsmanöver mitspielen würde. Sie war die perfekte Wahl. Zwei Fliegen mit einer Steinigung.

»Und mit Ciancio oder Evelyn Pendry oder den anderen Morden der letzten Zeit hatte Ihre Mutter nichts zu tun?« Koslenko hat mir bereits erklärt, dass er auf eigene Faust gehandelt hat, aber ich will die Antwort aus ihrem Mund hören.

Sie wirkt jetzt leidenschaftlich und wesentlich entschlossener. »Mr. Riley, sie hat seit Jahren nicht mehr mit Leo gesprochen. Niemand von uns hat das. Nach den ganzen Vorfällen gab sie Leo ausreichend Geld, damit er sein Leben bestreiten konnte, und kaufte ihm ein Haus in der Stadt, aber sie wechselte nie wieder ein Wort mit ihm.«

Richtig. Die Polizei ist auf ein Bankschließfach gestoßen mit fast einer Million Dollar auf Leo Koslenko Namen. Koslenko war niemandem mehr verpflichtet. Er handelte auf eigene Rechnung. Er versuchte, die Frau zu schützen, die er liebte. Niemand sollte je etwas über Cassie herausfinden.

»Mutter hielt sich bei Freunden in der Toskana auf, als Leo anfing, zu morden. Sie wusste überhaupt nichts davon, bis die Polizei sie in Italien kontaktierte. Auch ich hatte keinen Schimmer. Als Sie mich am See besuchen kamen, hörte ich zum ersten Mal davon.«

Das klang plausibel. Allerdings haben sie und ihre Mutter sich daraufhin sofort abgesprochen und mir und den Cops die gleiche erfundene Geschichte erzählt. Sie beschuldigten Leo, und sie beschuldigten Albany.

Schließlich jedoch erleichterte Cassie – als Gwendolyn – insofern ihr schlechtes Gewissen, als sie Harland und Albany entlastete. Vermutlich war ihr klar, dass Leo an diesem Punkt nicht mehr zu retten war; er war eindeutig verantwortlich für die Morde an Ciancio, Evelyn Pendry und Amalia Calderone sowie für den Mordanschlag auf Brandon Mitchum. Aber Harland und den Professor konnte sie noch retten. Sie und ihre Mutter hatten zunächst den Verdacht auf die beiden gelenkt, aber an diesem letzten Tag war sie in den Salon marschiert und hatte Cassie preisgegeben – sich selbst. Sie hatte offenbart, wer Ellie wirklich getötet hatte, zur großen Überraschung und gegen den Widerstand ihrer Mutter. Sie versuchte, das Richtige zu tun, ohne dabei ihre wahre Identität aufzudecken. Sie tat ihr Möglichstes. Ihre Mutter mochte bereit sein, Albany, ja sogar Harland zu opfern, nur um Cassie zu schützen, aber Cassie ließ das nicht zu.

Und nur deshalb habe ich bisher über die ganze Sache geschwiegen, mir mein abschließendes Urteil aufgespart, bis ich sie selbst gesprochen hatte. Cassie hat ein Mädchen getötet, ihre beste Freundin, aber unter außergewöhnlichen Umständen. Das Gesetz sieht gewisse Entlastungsmöglichkeiten vor – extremen emotionalen Stress, vorübergehende geistige Verwirrung – ein unbeholfener Versuch, widerstreitende soziale Einwirkungen auf den Täter in Rechnung zu stellen und eine Balance zwischen Strafe und Verständnis zu erzeugen. Keine Ahnung, wie ein Richter das sehen, wie eine Jury hier entscheiden würde. Ich habe vielleicht mehr als jeder andere die Konsequenzen einer harten und buchstabengetreuen Auslegung des Gesetzes miterleben können.

Damals verschwendete ich keinen Gedanken darauf, ob Terry Burgos vielleicht schuldunfähig sein könnte. Stattdessen machte ich mich sofort daran, diese Möglichkeit auszuschließen und Beweise anzuhäufen, um seine Verteidigung zu untergraben, wobei ich mir die ganze Zeit einredete, er habe ja einen Anwalt, es gäbe ja eine Jury, das System werde schon dafür sorgen, dass am Ende die Wahrheit herauskäme.

Aber ich war Staatsanwalt. Und bei diesem Job geht es um

mehr als nur darum, vor Gericht zu gewinnen. Trotzdem sah ich in jedem Beweis für Burgos' Psychose – und davon gab es eine Menge – nur ein Hindernis auf dem Weg zum Sieg, eine Tretmine, die ich umgehen, etwas, das ich diskreditieren musste. Dabei war mir egal, ob ich recht hatte oder nicht. Diese Frage habe ich mir nicht einmal gestellt.

Vielleicht werde auch ich irgendwann zu der Einsicht gelangen, dass Burgos' Taten unvermeidlich waren, dass bei ihm früher oder später ohnehin die Sicherungen durchgebrannt wären. Hätte nicht Ellies Leiche ihn entfesselt, dann möglicherweise irgendetwas anderes. Jemand, der so labil war, hätte vermutlich so oder so irgendwann zugeschlagen. Und gleichzeitig werde ich mir vor Augen führen, dass unentschuldbar ist, was er getan hat. Er war eine Gefahr für die Gesellschaft. Er hat vier junge Frauen getötet. Vermutlich ist das eine innere Debatte, die ich bis ans Ende meines Lebens austragen werde.

»Tun Sie, was Sie tun müssen«, sagt Cassie leise, und in ihren Augen glitzern neue Tränen. »Ich werde mich nicht widersetzen. Ich bin – ich bin es so leid, davonzurennen.«

Es liegt im Ermessen eines Staatsanwalts, ob er einen Fall zur Anklage bringt oder nicht. Er kann jederzeit und aus den unterschiedlichsten Gründen auf die strafrechtliche Verfolgung eines Verdächtigen verzichten. Ich bin nicht länger Staatsanwalt, aber die Mansbury-Morde waren mein Fall, und was weiter mit Cassie Bentley geschieht, liegt allein in meiner Hand, ob ich es will oder nicht.

Ich atme tief durch. »Auf Wiedersehen, Gwendolyn Lake.« Ich lasse Cassie stehen, die unbeweglich hinaus auf den Horizont starrt, und frage mich, ob sie je aufhören wird, davonzulaufen.

Danksagung:

Wie stets habe ich mich auch beim Entwickeln und Ausarbeiten dieses Romans auf die Fähigkeiten und Einsichten anderer gestützt.

Bill Kunkle, ein ehemaliger Kollege und der Leitende Staatsanwalt bei dem Prozess gegen John Wayne Gacy, hat großzügig seine Erfahrungen und Ansichten über die Anklage eines schizophrenen Serienkillers mit mir geteilt. Ich wünschte, ich hätte nur einen Bruchteil deines Fundus an Geschichten, Bill.

Dr. Ronald Wright, der forensische Pathologe in Florida, war wieder einmal sehr freizügig mit seiner Zeit und seiner Geduld. Er beantwortete mir viele technische Fragen und ließ das Studium von Leichen zu einem spannenderen Thema werden, als ich es je erwartet hätte.

Mein alter Freund aus Zeiten des Jurastudiums, Matt Phillips, war so freundlich, mir Zugang zum brillanten Verstand seiner Ehefrau Dr. Wendy Phillips zu gewähren; sie verschaffte mir einen Überblick über das Thema paranoide Schizophrenie und lieferte mir viele wichtige Details.

Jeff Gerecke sprang mir ein weiteres Mal mit Rat und Tat zur Seite, wie schon seit so vielen Jahren, und ich stehe für immer tief in seiner Schuld.

Ich habe zwei der üblichen Verdächtigen dazu verpflichtet, das Manuskript zu lesen und alles auszusprechen, was ihnen dazu einfiel. Jim Jann, Großstadtpoet und spiritueller Führer, entdeckt immer genau die Dinge, die mir entgehen, und weist mich darauf hin. Jim Minton sorgt stets dafür, dass mein Buch besser wird, vom winzigsten Detail über den Verlauf der Story bis hin zum großen Gesamteindruck. Zu dieser Gruppe zähle ich auch Mike McDermott, der mich seinen (im buchstäblichen Sinn) guten Namen hat verwenden lassen und dessen Kommentare zu den ersten Entwürfen immer sehr willkommen waren.

J.A. Konrath, der sich mit der Literatur über Serienkiller bestens auskennt und mich während meiner literarischen Karriere schon oft beraten hat, steuerte kritische Kommentare bei, gute Ratschläge und ganz viel Ermutigung. Ich schulde ihm weit mehr als nur einen Gefallen.

Dan Collins, ein Bundesstaatsanwalt und guter Freund, stand immer bereit, wenn es darum ging, meine nervtötenden Fragen über Strafverfolgung zu beantworten. Aber vielleicht tat er das auch nur, weil ich immer die Drinks bezahlt habe.

Von Larry Kirshbaum, meinem Agenten, lerne ich jedes Mal etwas, wenn er den Mund aufmacht. Sein Enthusiasmus ist ansteckend und seine Weisheit grenzenlos.

Es ist nicht leicht, mein Herausgeber zu sein. Aber Brendan Duffy hat diesen Roman von Anfang bis Ende hervorragend betreut, in großen wie in kleinen Dingen. Ohne ihn wäre das Buch nicht das geworden, was es ist. Ich schätze mich glücklich, als Krimiautor so einen fähigen Partner zu haben.

Und nicht zuletzt sei meine Frau Susan erwähnt, die geduldig meinem endlosen Gebrabbel über meine Romane lauscht und die mich ausgeglichen, gesund und wahnsinnig glücklich erhält. Du lässt mein Herz immer noch aufgeregt pochen.